Heimito von Doderer

Les Chutes de Slunj

Traduit de l'allemand
par Albert Kohn et Pierre Deshusses

W0337134

Rivages

L'endroit où Robert Clayton – il avait alors vingt-sept ans – vit pour la première fois sa future épouse était situé (et il l'est encore aujourd'hui) sur une hauteur dominant le paysage. En atteignant le sommet de la colline, la route tourne à droite. Au moment où Clayton arrêtait son cheval pour regarder le panorama – comme on le fait malgré soi quand on est sur ce genre de point de vue – la voilà qui arrivait de la gauche, là où la croupe de la colline s'élargit, traversant au petit galop un carré de prairie sur un gracieux alezan.

Cette région est l'une des plus charmantes du sud-ouest de l'Angleterre. Du sommet de la colline où Robert Clayton s'était autrefois arrêté, on ne voit que la campagne qui descend jusqu'aux trois boucles de la rivière dont les eaux brillent dans la vallée, presque aussi immobiles qu'un miroir, puis remonte en pente douce de l'autre côté, par paliers, avec de la forêt en haut : c'est ce qui fait que les grandes usines de machines agricoles que le père de Robert a fait construire non loin d'ici ne participent pas au décor. S'il n'y avait pas la forêt en face, on verrait le sommet des cheminées. Ainsi tout n'est que verdure et scintillement d'eau.

Neuf mois plus tard, ils faisaient déjà leurs préparatifs de mariage et de voyage de noces.

Celui-ci devait apporter de l'exotisme sans toutefois les emmener trop loin : le Canada était donc exclu, bien que la fiancée y eût des parents. On se décida pour le sud de l'Empire austro-hongrois, pour la Croatie. Jusqu'à Ostende, Nuremberg, Passau et Linz, il n'y eut rien d'exotique. A Vienne – en 1877, il n'y avait pas encore de filiale de la société Clayton & Powers – ils coururent à la fenêtre de leur hôtel dans le huitième arrondissement, car on entendait en bas dans la rue un chant étrange et charmant exécuté par deux jeunes femmes descendant tranquillement la rue avec de petites corbeilles au bras. C'étaient des femmes croates du Burgenland qui vendaient de la lavande séchée : c'est ce que disait leur chant.

En tout cas, notre jeune couple trouva déjà ceci exotique, « italien » par certains côtés (c'est ce qu'ils dirent). Leur séjour à Vienne ne dura pas longtemps et la chaleur caniculaire empêcha qu'il fût tout à fait plaisant.

Ils virent le palais supérieur du Belvédère, long bâtiment étendu dans le soleil, déployé comme deux ailes jusqu'aux petites tours d'angles, mais le regard n'y avait aucune prise à cause de la lumière trop vive. Peut-être étaient-ils aussi trop préoccupés de leurs propres corps pendant ce voyage de noces, et bien loin encore de ce contre-coup qui suit la félicité et rend ensuite ce genre de dépendance totalement incompréhensible, ne serait-ce que pour un court moment. Mais sur la terrasse du palais, ils furent quand même vivement touchés, l'espace d'un très court instant, par le panorama – qui avait encore des points communs avec celui que Canaletto avait peint autrefois. Le couple fit aussi une promenade en calèche dans l'allée principale du Prater. Ils firent arrêter la voiture et voulurent marcher au milieu de la verdure, quitter l'allée et avancer parmi les arbres séculaires. Mais il était impossible de se promener tranquillement ici à cause des moustiques. Ils virent un grand étang ou un lac aux rives sablonneuses et plates, dans lequel pêchaient quelques gamins, pieds-nus – à se demander comment ils supportaient tous ces moustiques ; de temps en temps ils venaient déposer leurs prises dans de grands bocaux posés sur la berge, à moitié remplis d'eau.

Clayton se baissa et regarda les bocaux. Ils contenaient des batraciens, des tritons dont certains étaient à moitié transparents, tandis qu'un autre avait un ventre rouge vif. Harriet qui se tenait à côté de lui ne se baissa pas pour voir les animaux. Clayton fut pris d'une soudaine bouffée de mélancolie. Ces derniers jours étaient comme un trou dans la trame d'ordinaire si serrée du temps, durant ces mois qui avaient précédé le mariage, et il passait à travers pour se trouver sur cette berge où la boue se mélangeait au sable ; et les roseaux à demi desséchés et blanchis par la chaleur torride dressaient leurs alignements dans l'azur brillant du ciel.

Ils retournèrent à la voiture qui avait continué tout doucement au pas, et remontèrent.

Dès le lendemain, ils poursuivaient leur voyage en quête d'exotisme ; au départ, et tant que le train stationnait dans le hall de la gare du Midi, une chaleur lourde régnait dans le compartiment de première classe. Leurs bagages avaient déjà été logés en haut dans les filets. La chaleur faisait ressortir l'odeur du cuir et du capitonnage ; une légère odeur de fumée arrivait par la fenêtre. Clayton avait l'impression qu'Harriet ressentait beaucoup moins la chaleur que lui. Il est vrai qu'il s'était plus démené qu'elle sur le quai, il avait été au-devant du porteur et l'avait ensuite aidé à installer les valises. Harriet Clayton était appuyée dans le coin. Clayton avait de longues jambes, une taille extrêmement mince et des épaules très larges en comparaison. De son coin, Harriet le regardait, il était encore debout. Le visage d'Harriet ne paraissait nullement congestionné, son nez ne brillait pas le moins du monde. Au-dessus du nez, ses sourcils fournis se rejoignaient presque. Elle considérait son mari avec satisfaction. Il lui plaisait. Sa maigreur nerveuse et sa très grande taille (leur fils Donald devait un jour en hériter !) étaient à son goût. Elle ne disait rien et ne bougeait pas. Son chapeau de paille était suspendu à l'un des crochets placés dans le compartiment. Sa chevelure châtain foncé, presque anormalement abondante, était ainsi entièrement visible. Sa bouche était ombrée d'un léger duvet. Quand le train s'ébranla doucement et quitta le hall, ils purent bientôt faire un peu de courant d'air par la porte ouverte du compartiment et la fenêtre du couloir opposée à la leur. Quand la vitesse augmenta, le chapeau d'Harriet se mit à osciller régulièrement. La température devint sensiblement plus fraîche et plus agréable. Clayton tira sa pipe et sa blague à tabac faite moitié de cuir, moitié de caoutchouc.

« Ça sent comme chez nous », dit Harriet quand il alluma le Capstan dans sa pipe.

A cette époque, un rapide ne mettait guère moins de deux heures pour aller de Vienne jusqu'au début de la ligne traversant le Semmering. La région était désolée. Elle s'appelle « Le champ de pierres ». Harriet lisait.

Clayton avait pu obtenir du portier de l'hôtel un numéro du *Times* datant de deux jours. Ce portier d'hôtel avait guidé d'une certaine façon le jeune couple dans le choix de son itinéraire de voyage. Il s'appelait Andreas Milohnić et il était dalmate, de l'île de Krk, fils d'un capitaine de navire croate. M. Andreas était remarquablement beau – Harriet disait que c'est ainsi qu'elle s'était imaginé les anciens Romains, quand elle était écolière – et il parlait parfaitement anglais ; c'est son père, le marin, maîtrisant lui-même bien cette langue, qui la lui avait fait apprendre de bonne heure. Mais M. Milohnić junior savait encore bien d'autres langues, notamment le français et l'italien (et bien entendu l'allemand, comme son père), par surcroît le latin et le grec, car il avait fréquenté le lycée d'Agram [1], et réussi comme il se doit son examen de fin d'études secondaires : ce n'est qu'ensuite qu'il fit un stage d'apprentissage et passa par les écoles hôtelières, par pure prédilection pour cette branche d'activité. C'était un portier d'hôtel avec toutes les promesses d'un bel avenir. Le vieux Milohnić – qui possédait par ailleurs un diplôme de capitaine au long cours et était aussi depuis sa jeunesse un des meilleurs connaisseurs de ce monde d'îles et de récifs en bordure de la côte dalmate, de ses canaux et de ses passes – son père donc prit sur le tard, et après sa retraite, une voie bizarre. Des affaires d'héritage le conduisirent à Bregenz, dans le Vorarlberg. Là, à la table d'hôte, dans une conversation avec un inconnu, il laissa vaguement entendre d'où il venait et quelle avait été sa profession : or, ce dernier point parut très fortement intéresser l'inconnu qui en était tout émoustillé. Il se présenta – c'était un homme qui avait de multiples intérêts dans l'armement, la navigation et les chantiers de construction navale sur le lac de Constance, il possédait même trois gros bateaux de passagers – et il adjura le vieux Milohnić – qui manifestement lui plaisait beaucoup – de venir s'établir à Bregenz. Il était, disait-il, quasiment impossible de trouver de vrais capitaines pour les vapeurs du lac de Constance, or ces capitaines étaient absolument nécessaires pour la naviga-

1. Aujourd'hui Zagreb (N.d.T.).

tion sur ces eaux qui étaient loin d'être toujours sans danger. Résultat : le vieux Milohnić naviguait maintenant sur le lac de Constance et s'en trouvait fort bien.

Quant à Milohnić junior, fils compétent d'un père compétent, il avait élaboré à Vienne, pour Mr. et Mrs Clayton, un itinéraire tel que sans doute seul celui qui a une connaissance très approfondie du pays pouvait l'établir. Il y avait aussi dans cet itinéraire des endroits dont beaucoup d'Autrichiens même n'avaient jamais entendu parler de toute leur vie.

Quand, après un arrêt d'une dizaine de minutes, le train fut de nouveau en marche, Clayton et Harriet ne tardèrent pas à remarquer que la ligne montait à présent. La région n'était plus plate. Au-delà d'un large fond de vallée apparaissaient des montagnes boisées. Ils entendaient la locomotive cracher la vapeur en d'innombrables bouffées haletantes et précipitées. Le train roulait à vive allure. Sur la droite, par la porte ouverte du compartiment et la fenêtre du couloir, on ne pouvait voir qu'un versant abrupt, couvert de buissons et de forêts. Clayton se pencha à gauche, un tout petit peu dans le vent de la marche, regarda par-dessus le fond de la vallée en direction des montagnes, puis regarda en avant et vit qu'on montait doucement par larges boucles successives au flanc de ce versant. A présent il apercevait l'avant du train. La grosse et lourde machine travaillait intensément, l'air avait une saveur fraîche, on pouvait le sentir en dépit de la fumée et le bruit de la machine produisait maintenant un puissant écho. En se retournant dans le sens du vent, Clayton découvrit qu'en queue du train une deuxième locomotive tout aussi grosse était en action, celle-ci poussait donc et ne tirait pas. Sa cheminée lâchait une colonne de fumée grondante dont la blancheur était troublée par des vapeurs fuligineuses.

Les montagnes d'en face gagnaient en hauteur. Puis il y eut un nouvel arrêt. Un quai rustique. Beaucoup de personnes descendirent des wagons ; il sembla à Clayton que ces personnes appartenaient à la haute société, des messieurs et des dames, qui avec des sacs à dos suspendus négligemment à l'épaule, qui avec des bagages élégants ; en bas, sur un petit chariot, passaient précisément plusieurs valises de cuir jaune et des nécessaires de voyage plats. Certains de ces messieurs et de ces dames semblaient avoir été attendus, on se saluait, on échangeait des poignées de mains, on riait ; les casquettes des garçons d'hôtel surgirent.

Harriet ne regardait pas au dehors. Clayton se tenait debout à la fenêtre. L'émotion qu'il ressentait ici participait du pays natal, mais pourquoi donc ? En Angleterre, il n'y avait pas de gare de chemin de fer en pleine montagne, peut-être en Ecosse, mais il n'y était jamais allé. Le quai était vide. Le train se remit doucement en marche. Clayton regarda en avant et remarqua que la voie tournait à gauche. Il avait à peine eu le temps de se rendre compte que ce qu'il apercevait et dont il se rapprochait était un viaduc, que déjà le sol en bordure des voies disparaissait, comme avalé ; on roulait déjà sur l'imposante arche de pierre à une hauteur considérable surplombant une localité toute en longueur dont la rue courait en-dessous.

Une fois le viaduc franchi, Clayton ne vint plus s'asseoir à côté d'Harriet. La ligne fit une courbe puis se mit à tourner sans cesse. On aurait dit qu'on montait vers le toit d'un bâtiment par un escalier tortueux. Le rapide passage entre les parois des goulets maçonnés que l'on frôlait dans un frissement bref procurait une vision nouvelle, maintenant prédominante, qui s'intégrait dans le panorama plusieurs fois avalé et emprisonné dans la bouche noire d'un tunnel. Clayton avait la sensation d'être déjà très haut, mais on montait encore. A présent, il voyait en face la large courbe de la voie sur laquelle on venait de passer. Les précipices bordant la ligne devinrent plus escarpés et plus profonds et finirent par devenir vertigineux au passage d'une sorte de galerie à claire-voie. Ses piliers défilaient dans un sifflement. A la courbe suivante, il vit, aussi bien à l'arrière qu'à l'avant, les locomotives lancer des jets de vapeur verticaux dans un bruit de tonnerre.

Il y avait des arrêts. Des gens descendaient pareils à ceux de la dernière gare avant le viaduc ; et sur le quai les choses se passaient exactement de la même façon. Davantage de garçons d'hôtel encore.

Pendant tout le passage du Semmering, Clayton était

constamment en mouvement, tantôt dans le couloir, levant les yeux sur une pente abrupte, tantôt à la fenêtre du compartiment, plongeant ses regards dans les profondeurs. On passa une nouvelle fois sur un grand viaduc. Clayton bondit dans le couloir, il voulait voir la déchirure de la vallée entaillant la forêt vers le haut. On l'avait maintenant dépassée. Le versant escarpé arrivait tout près de la voie. Clayton rentra dans le compartiment, s'excusa auprès d'Harriet pour ses nombreuses allées et venues et contempla par la fenêtre un horizon ici dégagé et varié, où le soleil s'appuyait à des pitons rocheux isolés qui émergeaient des forêts et brillaient d'un doux éclat ; des forêts lointaines, comme de la mousse. Harriet souriait. Clayton avait une impression de démesure face à ce paysage. Elle remarquait bien sûr – et ses pensées étaient très nettes là-dessus – que l'intérêt qu'il avait pour ce chemin de fer de montagne dépassait celui de l'ingénieur. En plus, il n'était pas constructeur de chemins de fer, pas même ingénieur dans cette acception élevée dont on avait ici la démonstration, mais spécialiste des techniques mécaniques dans l'usine de machines de son père, un futur chef d'entreprise qui réfléchissait à des améliorations. Toujours est-il qu'il était technicien ; ainsi pouvait-il, même ici, comprendre bien des choses qu'elle, Harriet, ne voyait absolument pas. C'est à ces choses-là que pensait Harriet derrière ses sourcils qui se rejoignaient. Elle sentait un léger voile qui la gênait pour entendre, quelque chose comme de la ouate dans les oreilles, sans qu'elle pût en discerner la cause : la rapide différence d'altitude. Clayton s'éloigna de la fenêtre. Il regarda Harriet ; mais à ce moment elle ne leva pas les yeux ; autrement elle aurait remarqué que son visage s'était pour ainsi dire assombri. On approchait d'une gare. La lecture du guide avait appris à Clayton qu'on se trouvait maintenant à une altitude approchant les neuf cents mètres. Après quoi, tout se termina dans les ténèbres et le souffle grondant d'un long tunnel. La lampe du plafond, dont le contrôleur s'était occupé avant le début du parcours en montagne, répandait une lumière diffuse dans cette alcôve aux sièges capitonnés, filant dans l'obscurité avec ses deux occupants. Clayton avait fermé les fenêtres. Dans le tunnel, Harriet pensa encore une fois au ravisssement de son mari observant la ligne, à l'air qu'il avait alors et qui lui avait beaucoup plu. La pensée de prendre part à cet étrange ravissement l'effleurait tout aussi peu qu'avant. Le tunnel avait disparu. Le train descendait rapidement, cognant et battant ; on le sentait nettement. Sur la montagne, l'allure s'était par endroits beaucoup ralentie. Dehors le paysage s'apaisait, faisant apparaître des hauteurs boisées moins escarpées. Soudain les oreilles d'Harriet se débouchèrent. Elle le dit à son mari qui lui donna l'explication de ce phénomène.

A Agram, ils croyaient encore parfois être à Vienne ; dans un grand café par exemple. C'étaient surtout les visages des garçons qui étaient tout à fait comme à Vienne, mais aussi ceux de certains clients. « Austrian faces » dit Harriet. Robert trouvait cela agréable.

Quant à la traversée du Semmering, il n'en fit plus jamais mention par la suite.

La destination suivante était un bourg de Carniole, du nom de Cerknica, un lieu qu'on appelait alors également Zirknitz. Il se trouve près d'un lac disparaissant parfois pendant des années à intervalles très irréguliers – avec tous ses poissons et autres animaux – par des émissaires souterrains, comme le lac de Neusiedl dans le Burgenland, à propos duquel Pline a déjà mentionné ce genre de particularité.

Ici, monsieur Milohnić – dans une sorte de lexique de voyage qu'il avait confectionné pour les jeunes mariés et qui contenait aussi les mots indispensables, anglais-slovène et anglais-croate – avait fait un dessin dans la marge : une petite écrevisse avec un grand point d'exclamation à côté. En s'aidant de ceci, on ne tarda pas à voir arriver sur la table, le soir à l'auberge, un plat tout en hauteur, enveloppé de serviettes, et qui se révéla être une montagne de ces animaux rougis par la cuisson. Le goût frais et salé était un vrai plaisir – c'étaient des bêtes énormes – et le Riesling de Pozegan prenait là-dessus une saveur indescriptible.

Mais Clayton – qui, à l'évidence, examinait avec le même intérêt des bocaux contenant des tritons et était capable de s'échauffer bien au-delà de l'admiration technique pour une ligne de chemin de fer de montagne – demanda à ce qu'on le conduise là où il pourrait avoir l'occasion de contempler ces écrevisses vivantes, dans leur milieu naturel (le lexique de Milohnić et le langage par signes allaient jusque-là !) « Oui, oui », dit l'aubergiste, « ce n'est qu'à quelques centaines de pas. »

Le lendemain, ils furent bientôt à pied d'œuvre. Il ne s'agissait pas du lac à proprement parler, mais d'une étendue d'eau plus petite, alimentée par un frais ruisseau, la Zirknitz. La rive était ombragée. La surface de l'eau miroitait cependant dans la lumière. Clayton se coucha à plat ventre dans l'herbe, là où la rive tombait dans l'eau, et se pencha autant qu'il le pouvait. L'étang avait ici sur le bord à peine la profondeur d'un bras et il était parfaitement limpide. A son grand étonnement, il vit aussitôt trois ou quatre grosses écrevisses se déplacer lentement sur le fond, près des creux de la berge. Clayton se leva d'un bond. « J'en vois déjà », cria-t-il à Harriet, debout dans le pré. Il jeta sa veste, retroussa jusqu'aux épaules ses manches de chemise, se remit à plat ventre et s'avança tellement, que seules ses longues jambes le maintenaient encore en équilibre. Puis il plongea lentement le bras droit dans l'eau : mais l'animal sur lequel il avait jeté son dévolu, faisant marche arrière d'un puissant coup de queue, s'éloigna rapidement vers les profondeurs de l'eau. Clayton, que cette réaction surprenait (il n'avait encore jamais vu une écrevisse en pleine eau) et réjouissait à la fois beaucoup, approcha la main d'un autre animal ; celui-ci se tenait à proximité de l'une des cavités de la berge, la tête et les pinces puissantes tournées en direction de l'étang. Clayton voulut aussi le faire bondir de façon cocasse ; mais l'autre, un spécimen particulièrement gros, ne remarquait manifestement pas cette main qui s'approchait. Alors Clayton risqua le coup et mit la main dessus, il s'y prit tout à fait comme il fallait, sans pourtant avoir d'expérience dans ce domaine : il avait saisi l'écrevisse à la partie antérieure du corps qu'on appelle le céphalothorax. Clayton remonta son bras. La queue de l'animal frappait vigoureusement l'abdomen, la créature cuirassée se plia complètement en arrière, les grosses pinces grandes ouvertes tentaient de saisir l'ennemi derrière elle. Vaine tentative, il est vrai. Clayton se retourna du côté gauche et posa l'écrevisse dans l'herbe, dressée sur ses pattes elle se mit aussitôt à avancer avec une fureur visible, les pinces en bataille. Clayton riait : « Je l'ai attrapée », cria-t-il à Harriet qui s'était approchée.

Elle sourit et baissa les yeux vers son mari et sa prise. Dans le silence on entendait bruire avec force la Zirknitz qui, non loin de là, se jetait dans l'étang par un ressaut de rocher. Clayton resta allongé et ramena l'écrevisse qui avait aussitôt pris la direction de l'eau. Mais au bout d'un moment, il la saisit de nouveau avec précaution par le céphalothorax et allongea le bras ; il la déposa tout près de l'eau sur une petite pierre plate qui émergeait. Posée à cet endroit, le monstre cuirassé hérissé de pinces sembla hésiter un peu, mais finit par descendre dans l'eau avec circonspection et disparut vers les profondeurs : Clayton le suivit des yeux aussi longtemps qu'il put, le visage à fleur de l'eau.

« On a fait connaissance », dit Clayton en montrant l'étang dans la direction où l'écrevisse avait disparu.

« Elle n'en sera pas plus ravie », dit Harriet.

Il n'y eut pas de nouvelle pêche aux écrevisses au profit de l'histoire naturelle. Harriet ne voulait d'ailleurs plus en manger : son appétit pour les écrevisses avait été coupé, disait-elle, depuis qu'elle avait vu cet animal brunâtre avancer lentement dans l'herbe ; on aurait dit une grosse araignée. Clayton acquiesça vivement à ce qu'elle disait, et comme avec plaisir. « Moi non plus, je ne veux plus manger d'écrevisses », dit-il.

Ils mangèrent alors du poisson ; il y en avait ici en abondance dans le lac et l'on savait très bien le préparer.

Ils séjournèrent plus longtemps qu'ils ne l'avaient prévu et se laissèrent un peu aller dans leurs habitudes de toilette. Il n'y avait pas de salle de bains dans la petite auberge. Chaque jour ils allaient nager – non pas là où Clayton avait attrapé l'écrevisse mais dans le lac – pratiquant ce sport pour le plaisir, surtout Harriet qui s'en donnait à cœur joie et plongeait aussi beaucoup, et pas tellement pour se rafraîchir. Ici, en dépit du ciel bleu et resplendissant de l'été, on ne souffrait jamais de la chaleur. Dans ce frais vallon, tout semblait régi par l'eau et l'épaisse verdure. C'est avec étonnement qu'ils se remémoraient leur séjour à Vienne, un peu comme s'ils avaient vécu dans un bain de vapeur, surtout quand un coup d'œil fortuit sur le thermomètre placé sur la fenêtre leur montrait que la température ici n'était en rien plus basse que là-bas. L'abondance du feuillage qui était partout, le babil de la Zirknitz, un sentier obliquant à travers champs pour fuir le soleil et entrer sous les énormes coupoles des arbres, la vapeur d'eau traversée par un unique rayon de soleil transperçant les épaisses ramures, tout cela découpait partout des échancrures d'ombre bleue jusque dans la clarté de midi et l'emportait sur la chaleur ambiante.

La chambre avait de la verdure. A gauche, dans l'encadrement de la fenêtre, on voyait en partie la cime d'un arbre. Au bout de huit jours, c'était vraiment devenu leur chambre à tous les deux. Telle était l'ampleur du changement. Ils le ressentaient mais n'en disaient rien. L'image d'Harriet, debout dans la prairie (elle s'était aussi tenue en arrière au bord de l'étang là-bas dans le Prater à Vienne) restait douloureuse pour Clayton. Il savait d'ailleurs que c'est pour cela qu'il l'avait épousée en fait, dans un pressentiment et une anticipation de tout cela. De temps à autre le ciel se couvrait, la lumière déposait comme de la poussière grise dans les coins de la fenêtre. La chambre était spacieuse, tapissée jusqu'au mur du fond par la lumière sans éclat. Il y avait une grande table. Harriet était toujours prête à écrire des lettres. Elle possédait tout ce qu'il fallait, même un encrier de voyage qui ne risquait pas de s'ouvrir. Quand il était fermé, il avait la forme d'une casquette de jockey, c'est ce qu'il représentait, et il était rayé comme le sont ces casquettes. Clayton n'était pas en état d'écrire des lettres, mais Harriet en était capable, même le soir après dîner. Cela donnait carrément l'impression à Clayton qu'elle avait ouvert ici un secrétariat. Elle écrivait vite. Quatre ou cinq lettres en une heure. Pour l'Angleterre, le Canada ou d'autres pays encore. Son écriture était grande et droite, sa plume faisait beaucoup de bruit en parcourant le papier à lettres mauve. Clayton était allongé sur l'énorme canapé monstrueusement tarabiscoté. Ils écrivirent une fois une carte à Milohnić, à Vienne.

Ce n'est qu'au bout de dix jours qu'ils poursuivirent leur voyage. L'aubergiste slovène regretta de semblables clients auxquels il avait prodigué tant de soins attentifs que les Clayton avaient joui, bien que sur le mode discret, d'un plus grand confort que celui qu'on rencontre aujourd'hui dans beaucoup de grands hôtels. Le voyage, qui ne dura pas trop longtemps, les conduisit dans une vallée vraiment différente, creusée par une rivière canalisée dans l'étroit goulet de son lit profond. Or, lorsqu'après un trajet en voiture de Cetin jusqu'à la Korana, ils firent leur première promenade le long de sa rive, il devint bientôt évident que le tonnerre continuel qui remplissait ici l'espace et qui s'amplifiait de plus en plus, ne pouvait venir du lit encaissé de la rivière qu'il longeait.

Après un coude, sur la gauche, ce lit était comme brutalement élargi. Mais il apparut bientôt que l'endroit où débouchait la rivière était verrouillé par une paroi verticale et blanche d'une hauteur formidable qui ne faisait qu'un avec son tonnerre et se dressait à quelque distance devant eux.

Pendant un instant Clayton chercha son souffle comme si vraiment la respiration lui manquait. Il est impossible de supposer que la façon la plus simple d'expliquer la puissance écrasante de l'impression qu'il subissait à présent lui soit alors venue à l'idée, ni maintenant, ni plus tard : jusqu'alors les grandes masses d'eau qu'il avait vues avaient toujours été horizontales – par exemple au cours de voyages en mer – mais jamais dressées en une paroi verticale (elle paraissait, tout au moins au premier instant, verticale et homogène).

Harriet elle aussi gardait le silence. Elle aussi donnait prise à l'effroi. En haut, contre l'arête d'écume blanche – la partie inférieure des chutes était enveloppée de vapeurs – on distinguait des détails incompréhensibles : de petits toits, des ponts, des grilles ou des choses de ce genre en bois fatigué et de couleur brunâtre. Ces choses là-bas en haut faisaient un effet terrifiant ; c'étaient bien elles qui étaient ce qu'il y avait de plus terrifiant dans cette cataracte, et pourtant tout cela se situait au-delà des mots, mais pourquoi en fait ?

Ils continuèrent d'avancer. Le tonnerre était à gauche, puis derrière eux, la chute soustraite à leurs regards.

Ce sont les chutes de la Slunjcica [1] – situées presque au milieu de la localité nommée Slunj [2] – curiosité remarquable de cette région, mais le plus remarquable de tout était bien sûr leur couronnement. Aujourd'hui cette curiosité n'existe plus sous cette forme et il se pourrait qu'elle ait en partie disparu depuis plusieurs décennies. Toutefois en 1877, cet assemblage particulier de vieilleries disparates s'étalait encore au milieu des eaux écumantes le long de toute l'arête supérieure de la chute avec des passerelles de communication, de fragiles garde-fous, des cabanes, et entre tout cela, des ponts n'inspirant pas toujours confiance. Ce qui s'étendait ainsi sur toute la largeur de la cataracte c'étaient des moulins, et en très grand nombre. Chacun appartenait à un paysan différent.

Lorsqu'un pont se présenta, Clayton et Harriet franchirent le lit profondément creusé de la Korana et pénétrèrent dans un paysage transformé. La Slunjcica arrivait de loin à travers une espèce de terrain plat parsemé de pierres : et elle se déployait ici en plusieurs bras, eau bouillonnante et agitée sur toute sa largeur. Juste en bordure se trouvaient les premières maisons du marché de Slunj. Harriet et Clayton voyaient la ligne de moulins couronnant la cataracte de derrière maintenant, à une distance d'une centaine de pas : ensuite le regard plongeait dans le vide. Ce n'est qu'indirectement qu'ils se rendirent compte à quoi devaient servir ces cabanes de couleur brune au milieu de l'eau. De la route où ils étaient, partait une autre route à angle droit en direction de la chute, elle menait tout près de l'eau. Là-bas il y avait des voitures pleines jusqu'en haut de sacs qu'on déchargeait et que des hommes portaient le long de la chute en franchissant les petits ponts. Quelques-uns de ces hommes n'allaient pas très loin, jusqu'à la troisième ou quatrième cabane au milieu de l'eau écumante. On en

1. Chutes d'eau situées en Croatie (N.d.T).
2. Prononcer « Slonñ » (N.d.T.).

voyait d'autres s'avancer très loin, silhouettes minuscules traversant les passerelles avec les sacs.

Il est difficile de décrire l'impression profonde et dans l'instant presque dévastatrice qu'avait faite cette scène sur Clayton et Harriet. Une chute d'eau n'est pas un phénomène naturel rare. Il est vrai que les moulins, à sa lisière supérieure, constituaient une curiosité qu'ils ne parvenaient pourtant pas à ressentir comme telle et dont ils ne pouvaient donc se distancier. Alors qu'ils revenaient vers l'auberge, ils se retournèrent encore vers les chutes et virent de nouveau en haut, tout petit, leur couronnement.

Comme toujours, cela les poussa l'un vers l'autre et ils refirent bras-dessus bras-dessous le chemin le long de la rivière vers la voiture qui les attendait ; le soir ils furent heureux dans la salle d'auberge et heureux dans leur chambre.

A leur retour du Sud, ils apprirent des nouvelles importantes. C'est le vieux Clayton qui en fit part au jeune couple – il n'avait alors que soixante-deux ans. C'est qu'il fallait quand même compter aussi avec lui, avec le père de Robert : et même pour une bonne part.

La conversation relative à ces nouvelles eut lieu le lendemain de leur arrivée à Brindley-Hall : dans le hall, effectivement. Après le repas on s'était approché de la cheminée où brûlait un grand feu déjà indispensable. Clayton père les surprit en leur annonçant que, pendant leur absence, il avait été à Vienne pour mener quelques pourparlers préliminaires. La construction là-bas d'une usine de machines agricoles était maintenant pour lui une affaire conclue. Les énormes possibilités de débouchés dans les régions en partie peu développées au Sud-Est ne faisaient aucun doute. Tout importer d'Angleterre ne pourrait jamais concurrencer pour plusieurs raisons – parmi lesquelles les questions de transport et de douane n'étaient même pas primordiales – ne pourrait jamais concurrencer en rentabilité la production sur place, c'est-à-dire en Autriche même, de toutes les machines agricoles et des locomobiles nécessaires pour les actionner. Pour finir, le vieux

Clayton dit qu'il avait déjà acheté des terrains et qu'on commencerait sans tarder à adapter des installations déjà existantes et à en ajouter de nouvelles. C'est surtout la partie technologique qui était à présent d'une importance capitale : les modèles qu'on devait construire devraient être très précisément adaptés aux besoins à satisfaire – même à ceux des régions alpestres.

En conclusion : « Tu vas apprendre l'allemand et si possible aussi le croate ou d'autres langues du même genre et tu vas établir ta résidence à Vienne avec Harriet. La partie technologique ne doit souffrir absolument aucun délai dans cette affaire. J'ai rapporté toutes les informations, si bien que nous pourrons immédiatement développer les modèles ici, à l'usine. A Vienne, il faut tout de suite ouvrir une agence qui prendra là-bas les affaires en main. Malheureusement, dans le peu de temps que j'y ai passé, je n'ai pas réussi à trouver quelqu'un de qualifié pour cela, je veux dire pour un bureau. Je ne peux pas avoir recours aux petites annonces et aux bureaux de placement.

– Nous écrirons à Milohnić », dit Harriet à Bob. Le fils expliqua à son père de qui il s'agissait.

« Bien », dit le grand patron.

Après tout cela, on peut facilement s'imaginer que beaucoup de choses changèrent dans la période qui suivit et qu'au bout d'un an et demi, beaucoup plus de choses encore avaient déjà changé. L'usine Clayton & Powers de Vienne existait, ce qui veut dire qu'elle tournait déjà, et à plein régime. Le vieux Clayton ne s'était pas trompé. C'est monsieur Chwostik qui avait la haute main sur l'agence. Il y avait encore d'autres personnes utiles qui avaient été amenées par cet homme compétent qu'était Milohnić – et que, bien sûr, on rétribua pour de pareils services. Bob Clayton parlait déjà assez bien l'allemand, et il prenait des leçons de croate avec l'excellent Andreas. Entre-temps – neuf mois exactement après leur arrivée à Slunj – Harriet avait donné naissance à un fils qu'on appela Donald.

Quand le moment de quitter l'Angleterre se fut rapproché – sans qu'on eût jusqu'alors particulièrement évoqué de façon vraiment concrète cette échéance imminente – on s'aperçut qu'il s'agissait d'une chose importante qui, du jour au lendemain, se mit à assiéger les cœurs – et n'épargna pas Harriet. A ce moment, son état permettait encore sans difficultés particulières la pratique de l'équitation : c'est ainsi que Robert et elle – Harriet sur l'alezan – allèrent plusieurs fois sur la large croupe de la colline, le cheval d'Harriet caracolant à travers la prairie comme autrefois, lorsqu'elle avait vu Robert Clayton pour la première fois.

Le temps n'était pas tout à fait clair, il était doux et laiteux et le clocher que l'on apercevait de l'autre côté de la rivière n'était qu'un trait sans épaisseur.

Donald Clayton vint au monde le 10 mai de l'année 1878 à Vienne, mais dès qu'il eut atteint l'âge scolaire, il fut conduit en Angleterre et élevé là-bas. Il y avait là, à l'égard d'Harriet, une certaine dureté que manifestement le vieux Clayton n'eut aucune peine à exercer. Tant qu'il fréquenta l'école élémentaire, le petit garçon vécut dans la maison de son grand-père. Plus tard il entra dans une *public school* (collège). Cependant, ce fut à l'école d'ingénieurs de Vienne que Donald termina ses études – dès son enfance il avait appris l'allemand et d'autres langues encore – et au printemps 1902, à vingt-quatre ans donc, il obtint son diplôme d'ingénieur en construction mécanique.

A partir de ce moment, Donald travailla à Vienne dans l'usine qu'il connaissait déjà bien pour y avoir fait de nombreux stages pendant les vacances.

C'est aussi à partir de ce moment que le père et le fils Clayton, qui se ressemblaient de plus en plus à mesure qu'ils avançaient en âge, prirent le caractère d'une effigie fortement marquée comme sur les deux faces d'une pièce de monnaie. Donald grisonnait déjà sur les tempes vers sa trentième année, alors que son père, à plus de cinquante ans, avait encore une chevelure dont la couleur restait inchangée sans l'aide d'aucune teinture. En Angleterre, on les appelait déjà les « Clayton bros. », c'est-à-dire « les frères Clayton ». La seule différence très forte, et même tranchée, entre le père et le fils n'était pas de celle qui sautait aux yeux. Donald avait le derrière de la tête plat – il avait hérité cela de sa mère (mais chez elle on le voyait à peine sous la coiffure en vogue à cette époque). Le crâne de Robert était fortement bombé derrière.

Harriet resta mince mais vieillit prématurément. Dès le début, elle fit du cheval tous les jours au Prater, empruntant la Grande allée et passant aussi devant ce fameux endroit où, à la fin de l'été 1877, elle s'était avancée avec son mari entre les vieux arbres sur le bord de l'étang ou de la mare, là où les moustiques n'avaient pas tardé à rendre cette halte insupportable. Mais elle n'arrêtait jamais son cheval près de cet endroit. L'alezan était resté en Angleterre.

A Vienne, les Clayton bros. avaient pris l'habitude d'être parfois à tour de rôle à l'usine (surtout tant que le vieux Clayton vivait encore et dirigeait tout d'Outre-Manche) et c'est ainsi qu'on les rencontrait aussi à tour de rôle dans la longue rue où se trouvait l'usine : l'un le matin, l'autre l'après-midi selon les cas. Le matin c'était généralement le père qui allait au bureau parce qu'il pouvait y voir le courrier immédiatement : l'après-midi c'était le fils. Bien entendu, ils étaient aussi souvent là tous les deux ensemble.

Le matin à huit heures moins le quart et l'après-midi à une heure et quart, la netteté de cette double effigie ne pouvait échapper à plusieurs lycéens qui, à ces mêmes heures, prenaient le chemin quotidien de l'école ou bien en revenaient. Eux aussi trouvaient que ces deux personnages qu'ils ne connaissaient bien entendu que de vue, se ressemblaient comme des frères, et ils les appelèrent d'ailleurs bientôt ainsi. Toutefois, le caractère affirmé et stable de cette effigie, ne tarda pas à provoquer une grande transformation et même une révolution chez ces écoliers qui avaient quatorze ans aux environs de 1910.

Ce fut l'un d'entre eux, fils d'un haut fonctionnaire du nom de Chlamtatsch, qui commença. Les frères, que d'autres écoliers avaient déjà appelés : « les Anglais » – chose étonnante, on était arrivé à deviner cela par l'aspect extérieur sans savoir quoi que ce soit ! – les frères agirent comme un levier et ouvrirent des horizons qui n'étaient rien moins qu'une nouvelle façon de vivre, la tête haute si l'on peut dire ; car jusqu'à présent, ce maintien n'avait pas toujours prévalu à cause des différentes bagarres et empoignades jalonnant le chemin de l'école : du jour au lendemain, le jeune monsieur de Chlamtatsch choisit pour aller en classe un nouveau chemin qui, d'une certaine façon, était un détour. On ne pouvait bien sûr l'emprunter que si on se levait suffisamment tôt le matin et si l'on rentrait à midi sans traîner ni s'arrêter à tous les coins de rue, car à la maison Chlamtatsch on mangeait à heure fixe et le père Chlamtatsch ne souffrait pas de retard pour une chose aussi sérieuse. Or Zdenko de Chlamtatsch (c'est ainsi que se prénommait notre écolier) voulait profiter de son détour, c'est-à-dire marcher tranquillement (comme il avait vu faire les Anglais), et cela exigeait un certain nombre de choses : non seulement du temps mais aussi une toilette du matin qui ne soit pas faite trop à la va-vite et même, dans la prolongation de ces efforts, il fallait s'acquitter correctement de la corvée des devoirs scolaires ; car à présent il n'était vraiment plus possible de parcourir un texte à la hâte juste avant la première heure de classe ou de le faire quand le professeur était déjà sur son estrade. De plus en plus ces choses-là furent faites le soir en toute tranquillité : le matin on ne filait plus à l'école en prenant au plus court ; on faisait un vrai détour.

Les effets qu'un contact pourtant toujours très distant entre deux époques eurent chez l'élève Chlamtatsch ne tardèrent pas à faire tache d'huile.

Bien entendu, les errances du jeune monsieur de Chlamtatsch étaient conçues de telle façon qu'il finissait toujours par rencontrer les Clayton bros. sur son chemin, et cela presque chaque jour. Parce qu'il s'obstinait à suivre sa nouvelle route – avec cette fermeté que la prime jeunesse montre souvent pour des choses dérisoires, et qui n'est rien d'autre que la forme anticipée de décisions ultérieures plus dures (comme si la vie, de bonne heure, voulait procéder avec nous à une répétition) – d'autres peu à peu se joignirent à lui : il est bien possible que son tempérament, qui se modifiait par ailleurs de plus en plus, exerçât quelque influence. Parmi ceux qui, par de semblables détours, sortirent du premier marécage de leur jeunesse et abordèrent la terre ferme avec ses séductions beaucoup plus dangereuses parce que transmises de seconde main, il y avait les lycéens Heribert de Wasmut et Fritz Hofmock. Le père du premier était même chef de section au ministère de la Cour impériale et des Affaires étrangères ; le vieux Hofmock, en revanche, était haut fonctionnaire dans l'administration des Finances.

Ces trois-là, qui constituaient le cœur de l'affaire, étaient donc bien assortis quant à leurs origines.

Leurs prétentions se révélaient déjà d'ailleurs.

Le fait que ces trois élèves aient déjà fait des progrès considérables en l'espace d'un semestre n'est pas vraiment capital pour nous. Ils ne tardèrent pas à faire partie des meilleurs de la classe. Mais cela n'était que l'épiderme d'un organisme rénové.

Plus important, c'est que Heribert, Fritz et Zdenko devinrent pour leurs parents, d'une certaine façon, plus faciles à manier. Cet esprit de rebellion des créatures juvéniles dont souffrent tous ceux qui ne peuvent pas renoncer à s'en servir pour enrichir le monde, diminua et sembla même finalement disparaître. Seul Zdenko fit alors véritablement l'expérience d'une séparation d'avec son état intérieur ; on pourrait même presque la qualifier de séparation douloureuse : c'était la nuit, il s'était réveillé – ce qui à l'ordinaire ne lui arrivait jamais – et son regard vit, droit devant lui, toute la longueur d'un semestre, comme toute la longueur d'un mur bien lisse blanchi à la chaux courant jusqu'à un angle ; et c'est justement là, derrière cet angle, qu'il s'était trouvé autrefois – il savait qu'il était là-bas ; pourtant il n'était plus capable de faire un pas en avant et restait pour ainsi dire calfeutré dans une encoignure. A cet instant il fut pressé par l'angoisse et se redressa d'un coup dans son lit.

Jamais il n'était question entre les jeunes gens des Clayton bros., jamais ils ne les mentionnaient, ils restaient un phénomène discret lié au trajet quotidien – et en même temps ils formaient ce qu'il y avait de plus intime pour chacun des trois, axe inexprimable autour duquel l'existence pivotait et oscillait. Les Anglais étaient soumis au plus strict des tabous.

Chwostik n'était pas un être avide de changement. C'est ainsi qu'il laissa inchangées un certain nombre de choses qu'il eût été dès maintenant urgent de modifier selon l'opinion de son ami du même âge, Andreas Milohnić ; notamment depuis que Joseph Chwostik se trouvait en très bonne voie pour devenir quelque chose comme un véritable chef de bureau chez Clayton & Powers. Car sur ce seul point Chwostik avait quand même changé et après que Milohnić l'eut longuement conseillé et exhorté, il avait abandonné la situation qu'il avait occupée jusqu'alors.

Elle était bonne mais offrait peu de perspectives. Dans la fabrique d'articles de piété Debrössy, Chwostik ne pouvait pas devenir plus qu'il n'était déjà à trente ans à peine, c'est-à-dire le vrai directeur commercial. La partie technique ne l'intéressait pas. Bien que cette affaire représentât l'une des plus anciennes et plus importantes fabriques d'ornements religieux et de souvenirs de voyage sur la place – beaucoup plus de 365 matrices et plaques gravées de saints, parmi lesquelles beaucoup même qui n'étaient pas couramment demandées, par exemple Saint Tryphon (le 10 novembre) ou Saint Smaragdus (le 8 août) et d'autres encore – c'était pourtant une toute petite entreprise de caractère presque provincial (l'ameublement des bureaux et le genre des employés étaient tout à fait dans le style) surtout comparée à Clayton & Powers.

Pourtant Chwostik avait été tout à fait à sa place dans la maison Debrössy. Lui aussi avait en propre un petit air non pas de prêtre mais de sacristain ou de bedeau, bien que de façon très atténuée et à peine décelable, et sans commune mesure avec ce que l'on pouvait constater chez plusieurs employés – et qui s'exprimait même par des détails tangibles dans la façon de s'habiller : de larges cravates de satin noir, des vestons foncés très simples ou encore la forme indescriptible du chapeau d'une vieille fille employée de bureau et qui rappelait la cornette. Les locaux commerciaux situés au rez-de-chaussée n'avaient jamais été vraiment clairs, même en plein jour. De plus, ils sentaient l'odeur des repas apportés par les employés qui les réchauffaient sur un réchaud. A la fin, il y avait même l'éclairage au gaz.

Chwostik ne présentait donc pas de particularités dans son habillement. Son immuable cravate rouge-groseille achetée toute faite était fatiguée et ternie. On pouvait en dire autant des bords de son chapeau melon noir. Le caoutchouc de ses bottines à tige élastique était avachi depuis bien longtemps ; elles entouraient ses chevilles comme des pots de fleurs ou des manchons. Chwostik était habillé de façon miteuse. Les Anglais – Robert Clayton et quelques messieurs, des ingénieurs qui séjournèrent ici au début pour l'installation technique – restaient totalement indifférents à cela. Ils appréciaient l'homme. Il apprit si rapidement l'anglais que c'en était presque inquiétant (comme s'il avait feint tout d'abord de ne pas le comprendre !) et comme il savait aussi le tchèque par sa mère, il ne tarda pas à parler couramment le serbo-croate. Sa faculté d'assimilation était étonnante. Chwostik n'était passé par aucune autre formation que celle – il est vrai, très bonne et très sérieuse – d'une école de commerce. Ainsi entrait-il et sortait-il tous les jours, très pressé et empressé, chez Clayton & Powers, miteux comme il était.

Milohnić se proposait aussi de modifier avec le temps ce dernier point chez son ami Chwostik. Cependant, comme nous l'avons déjà indiqué, il y avait des changements qui lui paraissaient plus urgents. Déjà la rue où habitait Chwostik déplaisait à « Milo » (c'est ainsi que l'appelait Chwostik que, de son côté, il appelait « Pépi »). A la tombée de la nuit dans l'Adamsgasse faiblement éclairée (ce nom de rue était-il ou non de mauvais augure ?), apparaissaient sur le trottoir des formes isolées, des silhouettes qui demeuraient sur place ou bien faisaient les cent pas près d'une porte cochère devant laquelle ou sous laquelle en étaient postées d'autres, à la faible lueur d'un réverbère. Ces femmes ne pouvaient donc pas être prises pour des passantes et ce n'est d'ailleurs pas du tout ce qu'elles voulaient. Elles interpellaient cependant des passants isolés. Chacune avait dans une maison une chambre où ensuite, une fois l'affaire conclue, certaines choses se passaient (la concierge encaissait là-dessus sa redevance pour l'ouverture de la porte au départ du client tout comme à son arrivée, donc toujours deux fois et il est vrai beaucoup plus qu'avec un « ménage sérieux »). Or, ce qui est décisif – et c'est le seul aspect qui puisse éveiller notre intérêt ! – c'est que ces maisons-là n'étaient pas exclusivement réservées aux fins indiquées (il n'y avait d'ailleurs jamais plus de quatre à cinq pseudo-passantes au maximum dans la rue) ; elles étaient habitées par des ouvriers, des employés, des retraités, des tenanciers de bureau de tabac et leurs familles, tout comme d'autres maisons de ce quartier très modeste. Ces locataires cédaient une chambre aux filles, non pour qu'elles l'habitent mais à des fins professionnelles. Les gens des grandes villes étaient alors très pauvres. S'il n'y avait pas d'accès suffisamment séparé pour la pièce en question – la plupart du temps c'était la plus belle de l'appartement – il fallait alors créer cet accès d'une manière souvent compliquée. Cela donnait naissance à de vrais couloirs hermétiquement isolés, des couloirs étroits entre de vieux tapis, des couvertures ou des draps fixés à des cordes : ces couloirs passaient souvent en plein milieu d'une pièce, la partageant en deux pour conduire à la porte de la chambre où recevait la dame en question. Les visiteurs entrant derrière elle, le visage presque toujours sérieux, voyaient, au travers des tentures et des tapis, briller faiblement les lampes à pétrole des occupants pour ainsi dire légitimes ; et ils sentaient leur odeur chaude, autant celle des habitants que celle des lampes. On ne doit pas ici faire de recherches et de constatations mais seulement envisager comme après tout possible ou imaginable qu'à la lueur des lampes brillant à travers les tentures, de petits écoliers aient été en train de faire des devoirs en retard.

Ainsi en était-il de l'Adamsgasse (dirait en conclusion l'historien grec Hérodote), et pour Milo cela était largement suffisant pour nourrir un vif mécontentement déjà mentionné.

Or, Chwostik avait lui-même dans son appartement deux de ces filles qui exerçaient leur activité nuit après nuit.

Sans tentures, draps ou rideaux à vrai dire, parce que du vestibule (une lampe à pétrole y était allumée toute la nuit) toutes les pièces étaient accessibles séparément.

« Si les Anglais l'apprennent, tu seras flanqué dehors sans avoir le temps de dire ouf » disait Milo. Il était assez curieux que de pareils scrupules n'eussent jamais surgi chez lui quand il s'agissait de la maison Debrössy.

« Je ne te demande pas, Pépi », disait-il encore, « que tu changes instantanément de domicile ou que tu mettes aussitôt les filles à la porte. L'un et l'autre ne sont pas possibles. La première de ces deux choses serait bien la meilleure solution. Mais tu devrais au moins songer à apporter un changement. » Il parlait un allemand aux sonorités un peu dures et qui parfois se rapprochait de l'expression écrite. Au fond de lui-même, cela restait quand même une langue apprise.

« Je réfléchis », disait Chwostik, le regard dans le vide et l'air un peu contrarié. En même temps il passait l'index gauche dans sa poche de gilet, comme il aimait le faire.

Milo savait très bien au fond que Chwostik était un être incorrigible. Il n'aurait d'ailleurs pas été aussi simple qu'on aurait pu le penser à première vue d'apporter un changement à la situation domestique de Chwostik.

Comment en était-il venu à avoir ces filles dont il était à présent flanqué à droite et à gauche durant la nuit ? Le cabinet spacieux où il avait pris ses quartiers se trouvait au milieu de l'appartement entre les deux chambres utilisées. C'est ainsi que Chwostik séparait les lits d'amour. Bien sûr, les portes à deux battants du cabinet étaient barricadées des deux côtés, masquées par des tentures et même condamnées par des meubles. Pourquoi ces femmes ? Et d'où venaient-elles ? Chwostik n'avait pas encore vingt-cinq ans quand, en une seule et même année, il avait perdu ses parents ; la mort de son père suivit celle de sa mère. Son père avait exercé toute sa vie la profession de garçon de café, les dix dernières années dans une taverne située à proximité, où Pépi et Milo s'asseyaient encore à l'occasion (la conversation reproduite plus haut a elle aussi eu lieu dans cet endroit et d'autres encore devaient suivre !). Le patron savait bien sûr que Chwostik était le fils de son ancien « garçon ». Pépi avait été laissé dans la pauvreté, chez Debrössy ses appointements étaient encore maigres, c'est seulement plus tard qu'il arriva à une situation plus prospère, ce qui veut dire en fait qu'il fit prospérer l'entreprise.

Après le décès de son père, il ne lui restait presque rien si ce n'est l'appartement avec ses meubles quelque peu horribles.

Mais après tout, il était seul dans son « chez soi » :

Et il était jeune.

Il avait une situation et il pouvait subsister.

Chichement pourtant, mal même. En outre, à vingt-cinq ans, on n'est pas un comptable à toute épreuve. Un jour la concierge, madame Wewerka, végétal troglodyte et bulbeux, qui, en plus, boitait d'une hanche – lui fit savoir qu'elle monterait ce soir-là pour lui dire quelque chose. (Eh bien oui ! La double redevance !) Les chambres étaient très appropriées, dit-elle, bien situées, précisa madame Wewerka, et en plus à l'entresol ! Et lui, Chwostik, pourrait quand même avoir une vie meilleure. Elle estima la somme. Elle était importante. Elle se chargerait de cette affaire. Deux femmes très gentilles et comme il faut. La Wewerka savait bien sûr parfaitement que ce n'était pas elle mais uniquement Pépi Chwostik qui, en accueillant les filles, flirtait avec les paragraphes du code pénal sur le proxénétisme. Toujours est-il que la chose était tolérée par la police dans cette rue, tout au moins tant que personne ne portait formellement plainte.

C'est ainsi que cela se fit. Finy et Feverl (Josefine et Genoveva). Très modestes, très réservées l'une et l'autre. Aux environs de la trentaine. Plutôt plus. Plutôt corpulentes. Aujourd'hui ces deux-là seraient inimaginables. A l'époque pourtant, la situation de toute cette corporation était meilleure et la mode n'était pas hostile aux grosses.

Godiches du Burgenland, d'origine paysanne, à dix-neuf ans elles avaient pris la poudre d'escampette, fatiguées du joug *(vomere fessae),* préférant gagner leur vie à Vienne couchées sur le dos plutôt qu'à manier la fourche à Podersdorf ou à Sankt-Marienkirchen de l'autre côté du lac de Neusiedl, presque à son extrémité nord ; c'est d'ailleurs là-bas qu'elles avaient été placées. Cette région est mouchetée de lacs et de petites étendues d'eau. Finy et Feverl ne tardèrent pas à y batifoler, nageant et plongeant comme des loutres, mais dans des costumes de bain aussi minces que des enveloppes de saucisses et non pas comme les paysannes hongroises qui entrent dans l'eau jusqu'à la poitrine avec tous leurs habits.

Chwostik n'a jamais parlé avec les deux filles, ne les a presque jamais aperçues, tout au plus une fois dans le vestibule, au moment où elles disparaissaient à toute vitesse. C'était la condition qu'il avait mise. La concierge devait tout arranger. Chez ses nouvelles sous-locataires comme chez lui, on conserva dès le début un instinct pour certaines frontières à ne pas dépasser, au-delà desquelles, sans avoir besoin de réfléchir, on savait à coup sûr l'existence d'un tout autre domaine, de toutes autres situations ainsi que de leurs lois. Les deux femmes étaient parvenues sans souteneur à se suffire à elles-mêmes. Peut-être n'en avait-il pas été toujours ainsi. Peut-être était-ce justement pour cela que pour toutes deux il n'existait pas sur ce point de chemin de retour. Et ça, la Wewerka le savait aussi du reste.

Une fois la concierge partie avec son pourboire, Chwostik resta à la fenêtre et regarda au-dehors, dans la rue. Cette chambre avait été la chambre à coucher de ses parents. Les lits conjugaux étaient encore là où ils avaient été durant des décennies. En bas, dans la rue, personne ne marchait, personne ne se montrait, la rue était vide, dans les gris et les jaunes. La concierge avait dit de mettre un des lits dans chacune des chambres à gauche et à droite du cabinet qu'il occupait, ainsi qu'un divan d'ailleurs, mais Chwostik n'aurait pas besoin de s'en inquiéter, il y en avait de toute façon un dans la salle de séjour et elle savait qu'il y en avait un second, resté au grenier lors du déménagement, et elle le ferait descendre ; il était à peu près pareil au divan sur lequel il dormait dans son cabinet, avait-elle dit. Chwostik était accablé. La perspective d'un revenu mensuel presque triplé ne contribuait que très peu à améliorer son humeur en cet instant.

Mais soudain, regardant un des pieds sur lesquels étaient montés les lits conjugaux, le pied sur le devant gauche, il sut que c'était ici le lieu du plus grand bonheur jamais ressenti dans sa vie : avec le chemin de fer tout neuf, le seul jouet de prix de toute son enfance. Soigneusement conservé. Jusqu'à aujourd'hui. Il l'avait encore dans son énorme boîte en beau carton.

Pour la période de Noël, il avait eu la permission de se retirer dans la chambre à coucher de ses parents afin de jouer sans être dérangé. Le cercle formé par les rails tournait autour de ce pied de lit, le train ne cessait de disparaître dans le noir et d'en ressortir. Tout à fait comme le métropolitain de Vienne avec ses tunnels.

Le bonheur existait donc ! Chwostik le connaissait effectivement pour l'avoir éprouvé ! Il le connaissait aussi par des excursions sur la Raxalpe avec son père et sa mère. Cela avait été le seul plaisir que le garçon de café Chwostik s'était accordé de temps en temps, jusque dans ses dernières années : le dimanche, levé de bonne heure alors qu'il faisait encore nuit, mais arrivé en haut avant la mi-journée déjà. La pause quelque part à l'abri du vent, et par-delà les falaises calcaires à pic, le regard étonné tombant sur les forêts jetées comme des draps sombres et gaufrés.

Pépi connaissait cette montagne. Beaucoup de ses crevasses, de ses parois et de ses sentiers. Tout oublié, depuis qu'il était chez Clayton & Powers. Mais ce temps reviendrait.

La Wewerka qui, avec son concierge d'époux (que ce nom devient ici terrifiant !) et son beau-fils, logeait au rez-de-chaussée, et même quasiment à la cave dans une exiguïté troglodytique (ce fut seulement bien plus tard qu'il y eut là aussi l'éclairage au gaz), la Wewerka eût aimé, après le décès des époux Chwostik, se porter candidate pour avoir leur appartement. Mais elle n'avait jamais alors réussi à amener le propriétaire (qui vivait dans un autre quartier) à donner son congé au jeune Chwostik. Le propriétaire de l'immeuble ne voyait tout simplement aucune raison à cela, et il ne regarda pas la Wewerka d'une façon très amicale mais plutôt d'un œil froid lorsqu'il s'aperçut où elle voulait en venir ; si bien que celle-ci se vit contrainte de dire rapidement quelques paroles avantageuses au sujet de monsieur Chwostik. Une concierge devait vivre au rez-de-chaussée, c'était partout ainsi, dit le propriétaire, et jusqu'à présent elle s'était bien tirée d'affaire. Ce n'était pas son habitude de donner congé sans motif à des locataires. Si toutefois le jeune monsieur Chwostik voulait un jour, de son propre chef, aller s'intaller ailleurs, il serait alors volontiers disposé à envisager de prendre ensuite en priorité son beau-fils comme locataire.

Ainsi, de ce côté, la forteresse Chwostik ne pouvait être prise d'assaut, la Wewerka le comprit. Mais maintenant que les filles se livraient là-haut à leur trafic, elle aurait eu des choses à dire sur Chwostik ; au moins ceci : qu'en ce qui concernait son mode de vie, sa conduite, sa réputation, il avait sans nul doute un point faible, et que, sous l'angle de la loi, il était aussi attaquable. On le voit, Finy et Feverl étaient devenues une espèce de cheval de Troie dédoublé, sauf qu'en comparaison d'un tel cheval, elles avaient deux avantages essentiels : on n'avait pas besoin d'abattre des murailles pour elles (au contraire ! Il fallait même en édifier, avec des meubles) et en plus elles en laissaient tomber dans l'escarcelle ! Non pas exactement des pommes d'or, ce que d'ailleurs le cheval de Troie n'a absolument pas fait ; mais au moins quarante kreutzers de redevance chacune et chaque nuit. C'est ainsi que l'indignation morale de la Wewerka sur les agissements de Chwostik demeura provisoirement latente. Elle procéda comme la police : elle toléra et garda tout d'abord le silence ; vis-à-vis du propriétaire aussi bien sûr, d'autant plus qu'on avait très rarement l'occasion de le voir ici.

Ce que nous savons, Chwostik le savait aussi. Ou tout au moins ceci : la mise à la porte de ces femmes aurait entraîné avec certitude une dénonciation pour proxénétisme de la part de la Wewerka, dénonciation à l'occasion de laquelle le végétal bulbeux eût sans doute été en situation de prouver que ce renvoi avait eu lieu sur son insistance après qu'elle eut un jour constaté sans doute possible les choses scandaleuses qui se passaient dans l'appartement de Chwostik. En plus : la police croyait alors plus à la parole d'une concierge qu'à celle de toute autre personne.

Donc, ce que nous savons, Chwostik le savait aussi. Il

était là au milieu, tout mince, comme enclavé, et séparait les couches où s'ébattait l'abominable volupté, un peu comme une ride de contrariété, un pli fortement marqué sont parfois capables de partager un visage. Un trait qui divise mais pas l'aiguille qui fait pencher la balance, hélas ; cette aiguille, la Wewerka était seule à la constituer.

Toute cette affaire ne devint vraiment pénible que des années plus tard, lorsque sa position chez Debrössy était déjà bien assurée (l'entreprise dépendait déjà entièrement de lui) et que Chwostik aurait pu depuis bien longtemps se passer des suppléments provenant de la sous-location à Finy et Feverl. Ses relations avec la Wewerka demeuraient toujours cordiales. Après son changement de situation, Milo lui rebattit alors les oreilles. Peu à peu Chwostik devint insensible à ses paroles. Coincé comme il l'était dans sa vie et dans sa chambre, il s'étourdissait maintenant carrément dans le travail, restait au bureau aussi longtemps qu'il était humainement possible et le soir, mort de fatigue, il plongeait dans son lit. Il ne remarquait alors vraiment plus ce qui se passait à droite et à gauche. Il n'abandonna pas la fréquentation dominicale de l'église. Mais il passait maintenant son après-midi du dimanche partagé entre deux professeurs de langues. A cette époque, dans sa première année chez Clayton & Powers, il est aussi arrivé que Chwostik se jetât dans la partie technique et que, toutes les fois que c'était possibile, il fît un tour à l'usine – changement radical par rapport à son comportement chez Debrössy où les 365 matrices de saints ne lui disaient pas grand-chose. C'est ainsi que, sous la direction de Chwostik, le bureau de la fabrique de machines ne commit absolument plus aucune erreur dans la partie technique (chose qui habituellement se produit facilement et qui s'était aussi produite ici au début) tout simplement parce que Chwostik était capable de se représenter de mémoire et à n'importe quel moment toutes les positions possibles des appareils avec toutes leurs combinaisons et leurs accessoires.

Il n'aurait pas eu besoin de Milo pour voir ce qui, dans ses conditions domestiques, ne prêtait même pas à discussion. D'un autre côté, il était nécessaire d'avoir la nature de Chwostik pour supporter de telles conditions durant tant d'années, tout en restant vraiment tolérant et en ne réagissant finalement à tout ceci que par un regard en coin contrarié.

Le matin, à cinq heures et demie, un train de marchandises arrivait lentement sur le pont, dont le trait mince enjambait ici très haut ce qu'on appelait le canal du Danube (jadis cours d'eau principal) : aussitôt ce pont se trouvait comme épaissi par le train, frangé horizontalement par les panaches de vapeur ouatée rejetés par la locomotive. A un endroit précis, avant que l'ombre noire de la locomotive ne s'avance sur le pont, celle-ci sifflait. Chwostik l'entendait à présent tous les jours en été. Ses fenêtres étaient ouvertes. A cette heure il était debout depuis bien longtemps. C'était son seul temps de liberté pendant sa première année chez Clayton & Powers. Monsieur Clayton jugeait qu'il n'était pas nécessaire de commencer le travail au bureau de trop bonne heure. Il trouvait tout à fait suffisant que les employés apparaissent à huit heures et demie. Seules les femmes de ménage devaient être là à sept heures pour aérer et nettoyer à fond. Tous les matins, en été, Chwostik quittait son logement qui avait très peu d'agrément pour lui et il allait se promener. La plupart du temps peu après six heures, juste quand la Wewerka ouvrait la porte de l'immeuble. Salutation aimable : « Déjà de si bonne heure, M. Chwostik ? » Presque à chaque fois. Donc, à cinq heures trente, le train passait le pont et continuait sur le viaduc vers ce qu'on appelle le Praterstern [1].

Les prairies étaient vides. Il y avait des gens qui avaient des habitudes semblables à celles de Chwostik et qui faisaient de l'exercice avant de commencer la journée, mais de façon aristocratique : sur les allées cavalières à gauche et à droite de la Grande allée, on sentait l'odeur âcre du tan qui jaillissait en particules rougeâtres sous les sabots des chevaux.

Les rues aussi étaient encore désertes. Chwostik n'allait pas toujours au Prater. Il se promenait aussi par les rues. A vrai dire les bords du canal étaient à l'époque

---

1. L'étoile du Prater : grand carrefour à l'entrée du Prater où se trouve aussi la gare-nord de Vienne. (N.d.T.).

loin d'être totalement occupés par des constructions, comme ce fut le cas vingt ans plus tard. Mais il y avait déjà des enfilades de rues avec des maisons neuves – à l'époque du moins. Elles arborent encore aujourd'hui, dans la mesure où l'on n'a pas changé les façades, de bien vilaines décorations.

La Grande allée du Prater file droit comme une flèche entre les marronniers, depuis le Praterstern jusqu'au pavillon appelé Lusthaus : grande perspective toute en longueur, enfilade où le regard s'engouffre comme un boulet de canon. Chwostik ne connaissait pas encore Harriet Clayton à l'époque. Les particules rougeâtres de tan giclaient. La dame passait à cheval. Il avait à peine levé les yeux. A droite, entre les vieux arbres du bois d'une hauteur vertigineuse, s'étendait un large plan d'eau. Ici, Chwostik aurait pu pour sa part rehausser sa promenade matinale d'une touche nautique à défaut d'une touche cavalière. Mais le loueur de barques dormait certainement encore. Les petites embarcations de toutes les couleurs étaient alignées devant l'embarcadère désert. Une légère brume laiteuse voilait l'air du matin. Saturation d'odeur : à gauche de l'allée, le bras d'eau, qui se changeait ici en marécage, dégageait une brume fraîche ; le tan recouvrait les allées cavalières : mais l'air était partout rempli des senteurs exhalées pendant toute une nuit d'été par l'abondante végation que l'on trouvait ici. Déjà le soleil de la journée pesait sur les grandes étendues de prairies et s'intensifiait pour atteindre des sommets de chaleur.

Si l'on s'avançait au milieu de la large chaussée, on voyait tout au bout, dans la trajectoire rectiligne de la perspective, la tache jaune du Lusthaus.

Un pavillon baroque. Il contenait d'innombrables perroquets bavards. Peut-être provenaient-ils encore du siècle précédent.

Plus tard, il a été transformé en café-restaurant et l'est resté jusqu'à aujourd'hui.

Le plan d'eau s'éloignait de la Grande allée ; à droite, non loin de celle-ci, il y avait encore une grande mare étale entre les vieux arbres de la prairie. Chwostik aimait s'avancer sur le bord à demi sablonneux, à demi marécageux. Le matin, les moustiques ne piquaient pas.

Les hautes coupoles de feuillages couronnant les arbres, la fraîche exhalaison de l'eau scintillante, la courbure d'un chemin pénétrant entre des buissons touffus où pouvait encore se nicher la fraîcheur de la nuit : tout cela retenait des espaces d'ombre bleue alors que le jour était levé dans tout son éclat, et atténuait encore ici d'une brume laiteuse la chaleur qui se concentrait.

On le voit, il était bien seul, notre porteur de cravate toute faite à la mine contrariée. En dehors de cela, peu de fréquentations. Milo. Chwostik sentait bien sûr que Milo l'aimait bien et se réjouissait chaque fois qu'il le voyait. Les admonestations renouvelées au sujet de Finy, Feverl et des Anglais n'étaient pas véritablement gênantes pour Chwostik ; et il était bien loin de fuir Andreas pour cette raison. Il ne montrait aucune espèce d'entêtement non plus. Il se cantonnait dans un état de passivité et de contrariété. Des relations ne tardèrent d'ailleurs pas à se nouer avec les collègues de bureau chez Clayton & Powers, avec tel ou telle. Ici, chose remarquable, personne ne détestait personne. Du fait du choix opéré par Milohnić, le personnel présentait une communauté d'apparence engendrant des sympathies réciproques. Pour l'entreprise cela constituait une espèce d'avantage latent mais d'une constante efficacité.

Les promenades matinales de Chwostik, comme nous l'avons déjà évoqué, ne le menaient pas seulement à travers les vastes prairies et les halliers du Prater mais aussi le long des rues tantôt loin, tantôt dans les alentours. Une longue rue déjà flanquée en grande partie de constructions avançait ici sur une bonne longueur presque parallèlement à la rivière qui, il est vrai, décrivait ici une large courbe aplatie. Chwostik voyait la pâle lumière du matin s'appuyer sur le front des maisons blanchies à la chaux et, tout en haut, quelques fenêtres brillaient déjà sous l'interpellation du soleil matinal. Bien sûr, toutes les matinées n'étaient pas limpides. En plus, il y avait des fenêtres à l'ombre. Sur ces dernières, même à cette heure-ci en été, on disposait debout ou couchées telles ou telles choses pour les garder au frais. Des bouteilles de lait par exemple. Chwostik connaissait la fenêtre d'une maison d'angle au premier étage où, en passant, il pouvait observer certains changements (plus tard dans l'année, le 6 décembre, à la Saint-Nicolas, il y avait sur le coussin entre la double-fenêtre de petites chaussures où manifestement le protecteur de tous les enfants sages avait mis quelque chose de bon qui dépassait en haut, enveloppé dans du papier crépon rouge ; c'est vers cette époque de l'année que les promenades matinales de Chwostik cessaient complètement ; il ne faisait plus qu'un petit détour sur le chemin du bureau peu après huit heures). Quand le ciel était couvert, la lumière faisait comme de la poussière grise dans les angles des alignements de fenêtres. Dans ces maisons neuves, les pièces devaient être grandes, les fenêtres étaient larges, pas comme dans l'Adamsgasse, et la lumière sans éclat pénétrait jusqu'au mur du fond.

Un jour, Chwostik dut quitter le bureau à onze heures du matin et, passant non loin d'ici, il traversa le pont pour aller sur l'autre rive du canal. C'était là que demeurait le docteur Eptinger.

C'était un bon avocat et il défendait les intérêts de la maison Clayton & Powers.

Ce matin il n'était pas à son bureau, qui se trouvait au centre ville, ni non plus au tribunal, mais il attendait monsieur Chwostik – qu'il avait prié de venir – à son domicile. Chwostik y allait pour la première fois.

Le docteur Eptinger s'occupait aussi des problèmes fiscaux de la maison (en ce temps-là ce n'était pas encore une activité à part entière pour un avocat). Il ne faut pas oublier qu'il s'agissait ici d'établir une première assiette de l'impôt, étant donné l'importance d'investissements très récents. L'enjeu était donc d'obtenir dès le début une base d'évaluation favorable comme condition préalable à tout ce qui suivrait : c'était le point de départ. L'enjeu était d'obtenir un jugement équitable sur le montant qu'il était possible d'atteindre dans cette affaire ; et ce montant devait être atteint sans risque d'ébranler le crédit moral qu'on possédait auprès de l'administration. En somme, cette mesure, cette évaluation de base, aurait une influence considérable sur la rentabilité de l'entreprise pour des années et même pour toujours.

Le Dr. Eptinger s'occupait déjà de ces affaires depuis

de nombreux mois. On peut dire qu'il aimait ce problème. En fait, il y en avait plusieurs. L'un d'eux concernait les achats de terrains du vieux Clayton à Vienne, par lesquels tout avait véritablement commencé. Ces achats de terrains – d'ailleurs très avantageux –, le Dr. Eptinger voulait les faire entrer dans les investissements ; il voulait obtenir qu'on les considérât comme une partie de ces investissements, dans lesquels ils auraient été en quelque sorte intégrés. A l'administration des impôts on ne partagea tout d'abord pas cette manière de voir, on avait plutôt l'intention de prendre en compte ces valeurs pour établir l'assiette de l'impôt sur la fortune du vieux Clayton en Autriche, sans oublier une imposante villa à la lisière du Prater qu'il avait achetée au même moment à un conseiller de commerce, Gollwitzer, qui avait déménagé pour aller habiter une villa à Hietzing dont il avait hérité, heureux d'être débarrassé de cette grande maison coûteuse et, par surcroît, humide comme une cave (où désormais habitaient Robert, Harriet et le petit Donald – naturellement le vieux y avait aussi ses pièces réservées.)

Le chef de section que le Dr. Eptinger trouva comme interlocuteur à l'administration des impôts, un commissaire délégué, le docteur Hemmeter, au beau visage mince de paysan de Basse-Autriche, appartenait à cette catégorie de fonctionnaires dont la pensée fiscale, bien que sans faille, demeurait pourtant capable d'accueillir la lumière de considérations purement économiques et même patriotiques : ce qui à vrai dire conduisait ici à conclure qu'il fallait en tout cas voir un élément positif dans un afflux de capitaux anglais en Autriche. Des hommes tels que le Dr. Hemmeter agissaient certes en fonctionnaires du fisc mais en même temps dans l'intérêt véritable de l'Etat, ce qui n'est pas forcément la même chose. Leur point de vue une fois arrêté, ils le défendaient ensuite bien sûr aux échelons plus élevés, face à leurs supérieurs.

Il importait simplement au Dr. Eptinger de parler une fois personnellement, sans être dérangé, à monsieur Chwostik qu'il avait remarqué depuis bien longtemps, et il avait même dit à Robert Clayton : « Cet homme a un instinct très sûr pour les choses du commerce. Je le juge très intelligent. » « Je l'espère bien ! » avait dit Clayton en riant. Il pouvait paraître bizarre en soi que l'avocat sollicitât la visite du chef de bureau comme pour une consultation. Pour les Anglais il n'y avait rien là de bizarre. Les difficultés avec eux étaient d'un autre ordre. Leur forme de pensée, face aux autorités autrichiennes, était pour ainsi dire carrée au lieu d'être ronde, et ils mettaient parfois le docteur Eptinger dans l'embarras par des scrupules moraux tout à fait imprévus.

Chwostik traversait le pont. Il tenait bien serrée sous son bras une serviette de cuir épais : elle contenait le motif véritable pour lequel Robert Clayton l'avait prié de passer aujourd'hui chez le docteur Eptinger, à qui précisément ces documents-ci manquaient pour établir la déclaration fiscale : l'ensemble des factures détaillées relatives notamment aux groupes de machines et aux outils achetés en Angleterre et importés en Autriche, avec tous les papiers d'accompagnement, les certificats de dédouanement et les quittances douanières. Il était impossible de confier cela à un garçon de bureau. Chwostik marchait lentement. C'est justement ce qu'il portait soigneusement sous le bras qui lui occupait l'esprit. Au milieu du pont il s'arrêta même quelques instants et son regard, sautant par-dessus le parapet, plongea dans l'eau verdâtre qui filait rapidement. Pendant quelques secondes tout le pont parut remonter le courant comme une large scène de théâtre. Chwostik connaissait cela du temps de sa petite enfance. Il quitta ensuite le pont et obliqua à gauche, vers l'amont, le long du débarcadère.

A cet endroit, celui-ci n'était pas encore complètement fermé par des constructions. A droite, en direction du Prater, on voyait des tourelles et des toits à pignons de villas. Ce n'est qu'en approchant du pont de chemin de fer que les alignements de maisons recommençaient. Lorsque Chwostik eut trouvé le numéro, il chercha dans l'entrée de l'immeuble le nom du Dr. Eptinger sur le tableau des locataires et le trouva. La porte à deux battants de l'immeuble était ouverte. On avait vue sur le canal du Danube. L'ouverture du ciel au-dessus de l'eau semblait, par sa très grande luminosité, repousser pour ainsi dire la maison.

Une femme de chambre ouvrit à Chwostik. Immédiatement, le petit avocat portant une barbe taillée en pointe sortit par une porte aux vitres dépolies et pria Chwostik d'entrer. La pièce avait deux grandes fenêtres du côté de l'eau. Elle était très claire et semblait entièrement garnie d'objets n'ayant qu'une fonction de représentation : un énorme bureau, des fauteuils, une vitrine avec des bibelots, un large divan. Pendant quelques instants, Chwostik regarda non pas dehors par les fenêtres mais dans une troisième fenêtre qui s'ouvrait à présent entre les deux donnant sur le canal du Danube. C'était un tableau. Une fillette de dix à douze ans était assise à une petite table, robe bleue, jambes nues et chaussettes courtes. Le tableau était grand, grandeur nature. Pour Chwostik, il creusait dans le mur une cavité rectangulaire et bleue d'où l'enfant le regardait. Le Dr. Eptinger avança une chaise, la femme de chambre apparut avec deux verres de malaga posés sur un plateau. Chwostik dut prendre place en tournant à demi le dos au tableau ; il ne le voyait plus à présent que du coin de l'œil, à gauche. Chwostik se sentait gêné que le Dr. Eptinger examinât son complet comme sans en avoir l'air : il avait déjà fait cela dans le vestibule. Peut-être que d'autres avaient aussi observé l'état minable de son complet : peu importe, Chwostik le ressentait aujourd'hui pour la première fois ici.

Il prit les documents relatifs à la déclaration d'impôt et les posa devant lui sur la petite table ronde. En même temps, il lui vint une idée : il pouvait aussi poser sa serviette vide à gauche, sur une espèce d'étagère qui était là. Il verrait alors le tableau pendant quelques instants. De nouveau l'enfant le regarda. C'étaient des yeux de grande personne. On aurait même dit qu'ils étaient nichés dans de petits hamacs ou de petits étuis ; en tout cas, il y avait un léger renflement sous les yeux.

« Vous habitez bien ici, dans le quartier, monsieur Chwostik ? » dit Eptinger. « Oui, en face, sur l'autre rive (il voulait parler de la rive du canal du Danube), dans l'Adamsgasse. Mais cela ne me convient guère », ajouta-t-il. Ces paroles étaient sorties brusquement, comme si ses lèvres et sa langue avaient prononcé cette phrase toutes seules, sans Chwostik. En outre, celui-ci sentait nettement que cette dernière remarque n'était en fait qu'une réponse à l'inspection qu'avait subie son complet tout à l'heure.

« Hum !, dit l'avocat, j'imagine. Ce n'est effectivement pas un beau quartier. » A présent, son regard passant devant Chwostik se posa sur le tableau là-bas à droite qui représentait, dans une petite robe bleue, sa sœur, de quelques années plus jeune, quand elle était enfant, et qui était maintenant l'épouse du docteur Bachler, un dentiste.

Chwostik pensa à Milo et se dit que celui-ci avait entièrement raison. Tant à propos de son complet que de son appartement. Peut-être était-il trop tard maintenant.

« Monsieur Chwostik, dit le Dr. Eptinger, j'aimerais ici, à cette occasion, vous parler aussi de questions privées. Tout de suite après, nous discuterons de nos affaires (il montra les papiers posés sur la table), mais la suggestion que j'ai à vous faire pourrait avoir quelque intérêt pour vous. »

Nous y voilà, pensa Chwostik. A gauche, derrière lui : le bleu du tableau, la nouvelle fenêtre. Soudain – ce fut comme un impact, une flèche décochée du plafond – il fit de nouveau confiance à la situation ; à la situation précise où il se trouvait en ce moment.

« Si vous voulez changer d'appartement, et ce serait peut-être bien, je peux vous donner un bon conseil. Ici, dans le quartier » (il prononça le nom de cette rue, de l'autre côté du « canal », et qui, sur une certaine longueur, lui était parallèle) « j'ai un client qui est propriétaire d'un immeuble. Dans cet immeuble demeure aussi ma sœur cadette, qui est la femme d'un médecin, dans un appartement beaucoup trop petit. Elle a déjà une petite fille et peut-être qu'il y aura encore d'autres enfants ; en deux mots : elle veut déménager pour habiter Döbling, dans un appartement qui soit suffisamment grand pour que son mari puisse aussi y installer son cabinet. En outre, la plupart de ses clients sont en banlieue, propriétaires de villas. Ils ont déjà pris quelques dispositions, mais l'appartement où ils souhaitent emménager ne se libèrera que l'an prochain, au début du troisième trimestre. Provisoirement, rien n'est encore définitif, mais je crois que l'actuel appartement de ma sœur vous conviendrait tout à fait, monsieur Chwostik, vous qui êtes célibataire. Au cas où cette affaire prendrait tournure, je vous informerai, si vous le voulez bien, suffisamment tôt pour que vous puissiez encore donner congé dans les délais. On a énormément construit ces derniers temps. Il y a souvent des appartements qui restent vides assez longtemps à présent. Le propriétaire de l'immeuble est mon client et c'est précisément ma sœur qui veut déménager. J'aimerais dépanner le propriétaire en lui procurant immédiatement après un locataire sérieux que je connais. La situation serait avantageuse pour vous, monsieur Chwostik. De votre nouveau domicile vous n'auriez pas à faire plus de chemin que maintenant pour aller au bureau. Et vous ne pourrez guère rester plus longemps dans votre appartement actuel. »

Cette dernière phrase, Chwostik la ressentit – certainement tout à fait à tort ! – presque comme une menace. En vérité elle ne faisait que renforcer la voix de Milo qui ainsi s'amplifiait en quelque sorte.

« Maître, dit-il, pendant que la voix d'Andreas renforcée par Eptinger continuait à résonner en lui, je vous serais extraordinairement reconnaissant si vous aviez la réelle bonté de m'aider dans cette affaire de logement. Les conditions domestiques dans lesquelles je dois vivre en ce moment sont désagréables ; pour ne pas dire plus. Cependant, il me manque tout simplement le temps de me mettre à la recherche d'un appartement plus approprié. C'est bien cela. Je suis – heureusement certes, on peut le dire – tellement occupé, qu'il me reste juste le temps de poursuivre mes études de langues qui me sont extrêmement nécessaires : des cours de perfectionnement en anglais et en français, le croate, le slovène et le serbe chez monsieur Milohnić (vous le connaissez d'ailleurs) et maintenant je commence à apprendre le turc. »

Il se tut. En tout état de cause il lui semblait qu'il avait correctement exposé toute sa situation. Même la phrase sur « les conditions domestiques » paraissait réussie : ni trop, ni trop peu.

« Si vous le désirez, monsieur Chwostik, je prendrai très volontiers en main, pour vous, cette affaire d'appartement », dit l'avocat. « Il faut seulement que vous ayez présent à l'esprit que cela ne se fera pas du jour au lendemain. Comme vous le savez vous-même, il y a quatre termes trimestriels, donc quatre dates où l'on peut donner congé, tout au moins ici en banlieue ; au centre, il en est autrement, comme chacun le sait. Le premier trimestre va du premier novembre au premier février. De là on va jusqu'au premier mai. Puis de nouveau jusqu'au premier août. C'est seulement ce jour-là que l'appartement que ma sœur convoite pourrait se libérer, et ce n'est pas encore entièrement certain ; en outre, elle-même n'est pas tout à fait décidée à aller là-bas. Si les choses devaient se faire, il vous faudrait, tout comme ma sœur, monsieur Chwostik, donner congé le premier mai. Jusque-là, il y a encore du temps. Si toutefois cette affaire n'aboutissait pas, je vous procurerais alors autre chose, ici, dans le quartier. J'ai des immeubles en gérance. Cependant, visiter déjà quelque chose n'a pas grand sens. Nous ne savons d'ailleurs pas encore quel choix entrera sérieusement en ligne de compte pour ma sœur. Tenons-nous en donc à ce que je vous ai dit, monsieur Chwostik : je vous informerai à temps au printemps. Je vais en prendre bonne note. »

« Je vous remercie de tout cœur, maître », dit Chwostik en s'inclinant. Ils passèrent alors aussitôt aux documents posés sur le guéridon. De nouveau, comme une flèche décochée du plafond, une flèche légère l'égratignant délicatement, une pensée effleura Chwostik : il pourrait en tout cas regarder encore une fois la fillette en bleu là-bas à gauche, et à qui il tournait le dos, quand il reprendrait sa serviette qu'il avait placée sur la fameuse étagère. Il s'était bien débrouillé. Il avait carrément de la reconnaissance pour lui-même. L'avocat examinait les factures anglaises, les papiers d'accompagnement et les documents de dédouanement.

« Le Dr. Hemmeter, de l'administration des impôts, dit-il alors, ne veut pas reconnaître la totalité de ces montants comme investissements, c'est-à-dire que, pour les premières années, ils ne doivent pas tous venir en amortissement de la base de calcul pour l'établissement de l'assiette de l'impôt. En outre, l'administration défend le point de vue que dans le cas présent, on ne peut intégrer qu'une somme qui correspondrait aux coûts d'acquisition en Autriche des groupes de machines et des outils entrant en ligne de compte – c'est-à-dire ce qui est facturé ici. M. Robert Clayton s'oppose à cette façon de voir pour la simple raison que cette base de calcul pour établir l'assiette de l'impôt ne correspondrait pas à la vérité. J'aimerais entendre votre opinion là-dessus, monsieur Chwostik. »

Celui-ci garda le silence.

Puis il dit :

« Naturellement, monsieur Clayton a raison. Mais ce n'est là qu'une affaire secondaire en quelque sorte, ce n'est pas d'une importance décisive. D'après tout ce que j'ai entendu, l'administration des impôts sera intraitable sur ce point. Qu'elle reste intraitable, laissons-lui ce plaisir. Mais je suis persuadé que l'on se montrera conciliant avec nous sur quelques autres points beaucoup plus importants si nous acceptons sans broncher de payer une taxe intérieure ou de revoir les frais d'acquisition. J'ai fait le calcul. »

Chwostik tira de sa veste un portefeuille usé et en sortit une petite feuille de papier.

Cette répartition était convaincante. Le Dr. Eptinger contempla Chwostik avec étonnement. Bien sûr, il avait déjà fait et refait le calcul et avec le même résultat.

« Maintenant, comment va-t-on faire entrer cela dans la tête des Anglais ? dit-il.

– Si vous le permettez, maître, je veux bien essayer encore une fois.

– Faites-le ! s'exclama vivement le Dr. Eptinger, peut-être aurez-vous de la chance. »

Les deux hommes n'étaient absolument pas conscients qu'ils faisaient totalement leur la cause de la société. Ce qui va de soi colle à la peau. Tout cela dort et respire avec nous en quelque sorte. Sur ce point, la présentation des événements que nous donnons ici est déjà celle de faits quasi-historiques.

Chwostik se leva. Il pouvait maintenant se tourner pour avancer la main vers sa serviette. Déjà il regardait par la troisième fenêtre de la pièce, la fenêtre bleue. Elle était assise à une petite table blanche laquée. C'est seulement maintenant qu'il le remarquait. Les fils se tendirent entre lui et le tableau. A cet instant, on entendit un grondement sourd venant du fleuve. Le Dr. Eptinger était allé à la fenêtre.

« Regardez, monsieur Chwostik, le nouveau vapeur, le *Léda*» dit-il. Chwostik dut alors se mettre à côté de lui.

Il vit le bateau, large tache blanche posée sur le fleuve au-dessous du pont de chemin de fer très haut. Pendant qu'il passait dessous, un train de marchandises déboucha sur le pont là-haut, siffla puis épaissit le trait mince du pont en le frangeant horizontalement de blancheur ouatée. Plus le vapeur approchait, plus il s'allongeait, et finalement il passa devant eux, immaculé, élégant (comme un cygne, pourrait-on dire bien sûr, mais à propos de *Léda,* cela donnerait un imbroglio mythologique impossibile à démêler) et il s'avança vers le pont qui prolongeait la rue. Déjà la haute cheminée s'abaissait, maintenant elle était rabattue horizontalement. On voyait des matelots bouger sur le pont, et sous les tentes protégeant du soleil, il y avait de nombreux passagers assis ou debout.

Ici, près du pont sous lequel le *Léda* glissait maintenant si vite qu'un petit attroupement qui s'était rapidement formé pour le voir d'en haut se dispersait déjà, ici, les alignements de maisons ne tardaient pas à disparaître presque complètement des berges du fleuve : surtout sur la rive gauche où la prairie se refermait, verte et touffue, avec ses arbres et ses grands buissons entremêlés qui, sauf à certains endroits, empêchaient le regard de se porter sur les grandes étendues d'herbe cachées derrière. Le vapeur avançait de plus en plus au milieu d'un paysage intact qui, vu du bateau, était mouvant et lisse, libéré de son poids et de sa gravité.

Sur la passerelle se tenait le capitaine, le vieux Hanner. Celui-ci connaissait parfaitement le Danube, avec ses passes difficiles – près de Persenbeug et dans la région de Strudengau. Henner connaissait aussi d'ailleurs son collègue plus âgé, Milohnić, avec lequel, dans sa jeunesse, il avait fait du cabotage à la voile le long de la côte dalmate. Il était spécialiste de la navigation fluviale. Lui aussi aurait dû commander un vapeur sur le lac de Constance. Mais il ne voulait pas. Son fils dirigea également le *Léda* durant de nombreuses années : celui-ci avait une fille extraordinairement belle, Ella. Elle était dans toute sa splendeur vers 1920 à Vienne.

De chez le Dr. Eptinger, Chwostik ne rentra pas directement au bureau, mais alla déjeuner. Midi était passé depuis bien longtemps. Il prit son repas dans un restaurant dont le patron s'appelait Urschütz (et non pas dans cette taverne où son père avait été garçon). Il régnait ici une odeur fraîche de cave, cela sentait un peu les tonneaux de bière, peut-être aussi une fine odeur de cigare (Virginia-Impérial ?) ; et il y avait bien sûr le fumet d'une bonne cuisine soigneusement préparée comme il est de mise dans un petit restaurant digne de ce nom. Nulle part on ne mangeait mieux que dans un modeste établissement comme celui-ci. Ils étaient florissants à Vienne à cette époque.

Il traversa la rue et entra dans un café ; une atmosphère débarrassée de toute odeur de graisse, un parfum de café, la fumée des cigarettes, le claquement des cartes de tarot dans la salle de jeu au fond, le silence, le léger clic-clac des boules de billard qui s'entrechoquent. Les joueurs ne correspondaient entre eux que par murmures.

Entre le petit restaurant et le café, en traversant la rue, Chwostik sentit alors le séisme qui avait eu lieu à l'intérieur et à l'extérieur de lui-même et dont les ondes de choc continuaient à se faire sentir fortement : la troisième fenêtre bleue, le vapeur blanc s'en allant sous le pont. Tout était presque parfaitement clair ; c'était une affaire déjà réglée : il s'habillerait de neuf, de la tête aux pieds, et il jetterait ses vieux vêtements, même son manteau d'hiver, ses chaussures, son linge. A cet instant il crut sentir un parfum d'automne venant du Prater, des marronniers de la Grande Allée, le premier parfum d'automne, l'interpellation de la saison qui déjà s'approchait, dégagée de tout ce qui la recouvrait : dans l'année qui venait, il habiterait dans une maison plus récente, plus claire. Le soleil le baignait comme une plaine d'or dont le rayonnement le traversait doucement, la fenêtre bleue était une seconde lumière tombant sur lui, le vapeur blanc était la troisième.

Au café, Chwostik ne toucha pas au journal.

Avec un salut il passa devant la caisse où trônait, encadrée de miroirs, madame la patronne, et se dirigea à droite vers une petite bibliothèque vitrée contenant quelques ouvrages de référence à l'usage des clients (parmi lesquels la « Boussole » dont on avait besoin sur le vaste océan de la vénérable hiérarchie des fonctionnaires). Chwostik emprunta le 11e volume (Lan-M) de l'Encyclopédie Meyer, le porta sur le guéridon de marbre où était son petit « noir », trouva bientôt le nom cherché et lut :

« Léda, dans la mythologie grecque, fille de Thestios, roi d'Etolie, épouse du roi de Sparte Tyndare, jouit de la faveur de Zeus qui l'approcha sous la forme d'un cygne, après quoi Léda enfanta deux œufs, de l'un desquels sortit Hélène et de l'autre Castor et Pollux. Cependant, les mythes qui se rapportent à ces naissances diffèrent sur de nombreux points. »

Chwostik vit d'un seul coup que sa progression dans les études se réduisait à une bande relativement étroite, avec son anglais, son serbe et, puisqu'il le fallait, son turc (à l'occasion duquel il devait apprendre en outre beaucoup de persan et d'arabe car il n'y a pas de personne cultivée en Orient qui parle un turc absolument pur, la langue des effendis fourmille de tournures empruntées). Il voyait à présent qu'il y avait à droite et à gauche, pour ainsi dire, encore beaucoup de choses, et des choses complètement différentes. Ce qu'est un Spartiate, il ne l'ignorait pas, quant à la Belle Hélène, Chwostik en avait déjà entendu parler. Mais ce que pouvait bien être la mythologie, voilà qui restait pour lui une énigme. En tout état de cause, c'était en relation avec les légendes. Toutefois ce premier trou béant qu'il avait soudain percé n'effraya pas trop Chwostik. Il s'approprierait juste ce dont il avait réellement besoin et pour des cas comme celui de Léda, il pouvait venir vérifier ici au fur et à mesure ; c'était bien pour ça que le dictionnaire était là.

Il se leva alors pour ranger le volume. Tandis qu'il traversait l'espace libre devant la caisse où il n'y avait pas de table, il lui sembla soudain regarder encore une fois par la fenêtre bleue et voir le bateau blanc. Immédiatement après il lui vint à l'idée qu'il avait une somme considérable à la caisse d'épargne ; dans ses dernières années chez Debrössy, Chwostik avait déjà eu un très bon salaire, et à présent il gagnait encore bien plus. Le renouvellement de sa garde-robe était une bagatelle.

Chose singulière (mais cela faisait sans doute partie de cette journée), à six heures du soir, au moment de la fermeture, dans le bureau de Chwostik – comme chef, il avait naturellement une pièce à lui – une conversation s'engagea à l'improviste entre Robert Clayton et lui sur l'affaire des impôts. Chwostik n'eut absolument pas besoin de faire de grands efforts ; ce n'était d'ailleurs pas dans son caractère de vouloir convaincre sur l'heure son patron anglais et de lui assener des arguments. Il laissa seulement entendre que l'attitude prise par l'administration dans cette affaire était, à proprement parler, une attitude patriotique et donc dictée par des raisons morales ; et ce n'est peut-être que l'expression anglaise que Chwostik utilisa alors (*for ethical reasons*) qui fit pencher la balance. Il aurait pu, après tout, dire aussi la chose différemment. Mais moins quelqu'un parle en visant un but précis, plus il touche l'oreille de son interlocuteur. Et sur ce point Clayton sembla donc entendre, bien plus, il réussit même plus tard à convaincre son père ; si bien que par la suite les choses s'arrangèrent réellement de la manière que le Dr. Eptinger et Chwostik avaient envisagée durant leur conversation.

Une semaine après, une conversation semblable eut lieu à la taverne entre Milo et Pépi, on pourrait cependant qualifier cet entretien de conseil de guerre ou de conférence. Si Andreas avait été moins intelligent, il aurait presque pu se sentir vexé qu'une simple suggestion de l'avocat ait réussi, là où il avait mis tant de temps à essayer en vain. Oui, il s'en fallait de peu qu'il ne se vexât. Mais il combattit ce sentiment. D'ailleurs, il se doutait que ses efforts n'avaient pas été en pure perte mais avaient préparé Pépi à saisir l'heure propice.

Chwostik consulta aussi Milo sur le choix d'un bon tailleur, d'un bottier et d'une couturière pour ses chemises, et même pour plus que cela : pour avoir ses lumières en matière de mode dans toute cette affaire. Milohnić se dévoua alors à cette cause avec un enthousiasme véritable. Il fournit un premier inventaire des articles nécessaires – une garde-robe masculine complète, puisque Chwostik pensait ne rien conserver de ses vieilles frusques ! – et dans ce premier inventaire figurait même une tenue de soirée avec chemises et chaussures assorties ainsi qu'un de ces monstres à longues basques qu'on affectionnait alors et qu'on appelait « redingote ». Ces queues-de-morue furent remplacées plus tard par la jaquette.

« L'année prochaine, fais la même chose pour les meubles quand tu déménageras ! » lança Milohnić. « Ils sont affreux. Tu ne pourras même pas les vendre aux enchères. Le transport et les frais de magasinage te coûteront plus cher que cela te rapportera au bout du compte.

– Moi aussi, j'en ai bien l'impression », dit Chwostik.

Par la suite deux choses bizarres ne laissèrent d'étonner Milohnić. La première est que Chwostik ne voulait absolument rien porter des pièces d'habillement qui étaient peu à peu terminées : ni vêtements, ni linge, ni chaussures ; peut-être tant que toute la collection ne serait pas complète devant lui ? Pensait-il alors faire totalement et subitement peau neuve ? Ensuite il se montra fort intéressé par des bagages solides et élégants, tant des malles d'assez vastes dimensions que des valises et des sacs de voyage. Dans ces bagages il conservait beaucoup de ses nouveaux trésors : surtout le linge, bien sûr, peut-être aussi les chaussures. Quant aux costumes neufs, il les suspendit l'un à côté de l'autre dans son armoire tels qu'ils arrivaient de chez le tailleur.

C'est dans cette période qui passait alors très lentement, qui se rassemblait ici et là en nappes immobiles ou bien, totalement oublieuse de son cours, se figeait en mares reflétant le ciel, car ils étaient bien pareils à des mares, ces états de si grand apaisement ; c'est dans cette période, que se déversa le flot de l'automne, accompagné, longtemps avant le changement de couleur des arbres, d'une modification de la saveur de l'air, et longtemps encore avant celle-ci, d'une modification de la lumière, quand, au sortir d'un coin de rue sombre, on entrait alors dans le soleil.

Prairie, arbre et verdure commençaient à exhaler leur souffles à la limite de la maturité. Ce qu'il y avait de particulier aux livres de classe neufs encore à peine utilisés, c'était une odeur de propre, et plus d'un écolier n'a en fait été attiré vers l'étude que par ce parfum, et c'est ainsi qu'il faisait une bonne entrée dans la nouvelle année scolaire en évitant que le fusil braqué des mauvaises notes ne la perce trop tôt de trous par où s'échapperait alors le peu que l'on savait. Chwostik, élève de la classe où l'on étudie « le sérieux de la vie », était pourtant toujours bien préparé, même dans les nouvelles disciplines qui étaient venues s'ajouter (le turc, le français, un brin de Léda aussi, et d'autres choses de ce genre, maintenant il connaissait le tableau du Corrège, il lui plaisait bien) et il pouvait en toute quiétude faire ses promenades matinales. Elles s'écourtèrent peu à peu car le jour commençait de plus en plus tard. Les prairies étaient recouvertes de légers coussins de fine batiste qui pourtant disparaissaient vite et presque discrètement devant le soleil. Au Prater, il y avait maintenant, sous le soleil, comme un fumet d'automne qui n'était pas à proprement parler de la brume. De nombreux arbres laissaient tomber des espèces de longues cosses tortillées comme des corps de serpents ; c'est l'effet qu'elles produisaient sur l'herbe humide. Puis vint l'époque où les bogues éclatées en tombant, toutes hérissées de piquants, laissèrent apparaître les premiers marrons d'un brun clair et luisant, et sur la Grande Allée il y avait toujours davantage de feuilles de marronniers jonchant le sol de leurs grands doigts couleur tabac. Ça faisait du bruit quand on marchait. Ça faisait du bruit sous les pas traînants des enfants marchant en rangs. On faisait les premiers colliers avec des marrons percés. Cependant les barques de toutes les couleurs étaient encore amarrées, elles s'éloignaient aussi du bord, les avirons brillaient. Les saisons se recouvrent l'une l'autre. Un jour de fin d'été est parfois plus automnal que tout l'automne rassemblé.

La villa des Clayton se trouvait sur l'allée appelée « Prinzenallee ». Presque en face, se trouvait le « Bicycle-Club ». A cette époque le vélo était encore essentiellement un sport, pour lequel on portait un costume particulier, les dames aussi avec leurs pantalons bouffants.

Quand sur le sol, les feuilles devenaient brun foncé et se tachetaient bientôt de noir, on allumait tous les jours un feu dans la cheminée du hall.

La villa était construite en fait à la manière des maisons de campagne anglaises.

Toutefois ces maisons de maîtres disséminées à la lisière des prairies avaient toutes la même tare fondamentale. Elles étaient humides et leurs murs suintaient même comme ceux d'une cave. Or, à l'époque justement où les Clayton s'établirent ici, une firme de Vienne mit sur le marché des poêles de construction nouvelle pour assécher l'air : l'affiche faisant connaître au public ce nouvel article était effrayante. On y voyait le nouveau poêle, la gueule embrasée, placé dans l'obscurité d'une cave ; à droite et à gauche des bras sortaient du poêle, les poings levés ; devant un pareil monstre les champignons et les démons de la moisissure s'enfuyaient pleins d'effroi, le visage crispé par une angoisse mortelle, tandis que la lueur sauvage du brasier qui sortait de la gueule du poêle lançait au milieu de leur fuite panique une langue de feu. Elles pouvaient vous faire du mal, ces créatures promises à l'anéantissement, ces petites jambes de champignons qui détalaient, ces mousses gémissantes, ces nuées qui fuyaient précipitamment. Pendant des années, on put voir à Vienne cette affiche avec le poêle et ses poings brandis dans un geste de menace. Même le petit Donald Clayton a pu encore la voir.

Ce sont donc des poêles de ce genre qui se trouvaient dans les caves de la villa Clayton et on les alimentait de façon appropriée. L'effet ne laissait rien à désirer.

Harriet Clayton était debout dehors devant la rampe d'arrivée des voitures surmontée d'une voûte soutenue par de gros piliers. Une énorme lanterne agrémentée de dessins en fer forgé se balançait sous la voûte sonore, éclairant la rampe d'une lumière sans éclat qui laissait beaucoup de coins d'ombre. Dans la nuit qui tombait, arrivait du Prater l'odeur des feuilles mortes qui était exactement à la limite entre maturité et pourriture, entre les feuilles encore brunes et celles déjà noires. Harriet rentra dans la maison et traversa le hall éclairé seulement par la faible lumière d'une lampe, et au fond duquel le feu de la cheminée commençait juste à pétiller. Elle monta les marches d'un large escalier bordé de deux rampes en fer forgé – on parlait à l'époque d'escalier Joly – et arriva en haut dans la galerie courant autour du hall, avec les portes menant aux chambres. Elle entendit une chanson chantée à mi-voix ; cela venait de la nursery. Harriet n'entra pas encore, elle s'arrêta dans la pénombre de la galerie. Kate, la bonne d'enfants, continuait à chanter à l'intérieur. Kate était une Anglaise d'un âge totalement indéfinissable, elle avait un diplôme d'infirmière et avait fait le voyage avec toute la famille pour servir de nurse. Elle portait un nom allemand d'ailleurs très bizarre – sans cependant comprendre un seul mot de cette langue. Elle s'appelait Kate Thürriegl. Son visage était très régulier, avec l'attache du nez à peine marquée : de semblables physionomies hésitent entre un profil grec et une tête de brebis, tantôt elles ressemblent à l'un et tantôt à l'autre. La jeune fille chantait toujours, en anglais, accompagnant très adroitement sa chanson en polyphonie, sur un luth. Cela paraissait bien plaire au petit Donald, on entendait à présent son rire repu d'enfant satisfait. Harriet se tenait toujours dans la galerie sombre.

Cette chanson anglaise pour enfants (c'était « Baa, baa, black sheep, have you any wool... ») fit soudain jaillir une vive et douloureuse révolte du plus profond d'Harriet. Pourquoi ne puis-je pas être à la maison ? – c'était dans cette question presque accompagnée de pleurs que cette révolte culminait. Pourquoi faut-il que Bob fasse ici le directeur d'usine ? Cette maison est à nous, elle est déjà anglaise, oui mais elle flotte sur une mer étrangère – elle oubliait, il est vrai, que tout pont de navire britannique – même sur la plus étrangère des mers – est un morceau de terre anglaise.

Elle regarda dans le vague, dans la demi-obscurité. Un claquement sec arriva de la cheminée du hall, en bas. Ce fut tout ce qu'elle obtint.

Puis elle entendit Bob dans le hall.

Elle n'entra pas dans la nursery, mais descendit.

Devant la cheminée ils discutèrent d'un dîner qui devait avoir lieu ici la semaine prochaine ; ils établirent la liste des invités. Parmi ceux-ci figuraient Chwostik et Milohnić.

Dès six heures Milo était chez Pépi. Il fut ébahi mais ne dit rien. Dans les derniers temps, son ami avait même su, en la taillant peu à peu, modifier à tel point sa moustache, qui rappelait une queue d'écureuil, qu'elle avait maintenant pris la forme d'une petite brosse. Sans parler de sa tenue de soirée (avec bottines vernies, bien entendu). Il ressemblait à n'importe quel autre des messieurs invités au souper. Ce fut du moins l'avis d'Harriet, la seule différence fut qu'elle en prit moins nettement conscience que Milo. Elle était presque déçue. Robert Clayton lui avait beaucoup parlé de Chwostik. Elle ne découvrait rien de particulier chez lui ; Clayton non plus (bien qu'il ait connu tout ce qu'il avait de miteux auparavant !) ; tout aussi peu les jours suivants, quoiqu'il y eût assez d'occasions pour cela : car c'est précisément à partir de ce fameux souper que Chwostik ne porta plus que ses vêtements neufs ; il avait jeté tous les vieux.

A table il y avait aussi le Dr Eptinger avec son épouse. Que celui-ci eût sa petite idée, c'était évident. La mue de Chwostik commençait en effet seulement à passer par une phase d'accoutumance. Cette période dura d'ailleurs très peu de temps : peut-être quinze jours. Milo était très satisfait ; ce qui l'étonna le plus, c'était la cravate seyante de Chwostik (on les portait alors beaucoup plus grandes qu'aujourd'hui).

Madame le docteur Eptinger – à l'époque déjà, la femme portait à Vienne le titre universitaire de son mari – était une belle personne avec des cheveux d'un noir bleuté, vraiment imposante, tant qu'elle était assise. Si elle se levait, elle n'en devenait guère plus grande à cause de ses jambes courtes, et elle s'éloignait de la table, étonnante de petitesse. Après dîner on demeura assis dans le hall devant la cheminée : Chwostik à côté d'Harriet. Dans sa bouche l'anglais arrivait sans effort. Il parla à la maîtresse de maison des hautes montagnes des environs et de l'alpinisme qu'il avait pratiqué : son récit intéressa aussi Robert Clayton. Bientôt tous écoutèrent. Mais après avoir donné quelques informations objectives, Chwostik coupa court et se tut. C'est à cette époque que les Clayton décidèrent de faire l'ascension de la Raxalpe sous la conduite de Chwostik.

Du point de vue des affaires, la fin de l'automne et l'hiver représentaient pour Finy et Feverl une assez bonne époque et même la meilleure : par temps de brouillard et d'humidité, le monde masculin, pour autant qu'il vagabonde, succombe davantage à l'idée de cavités ouvertes où l'on peut se blottir. Bien que les deux filles fussent toujours ensemble, on ne peut pas les désigner par une abréviation – par exemple Feverl & Cie – parce que leur activité est liée à la personne. Cela semble être une marque distinctive de la profession, non de la personne. Ceci étant, il faut quand même dire que, du point de vue intellectuel, on doit voir en Finy et Feverl des créatures pleines de possibilités, ne fût-ce qu'à cause de leur oisiveté et de la simplicité de leur existence. Pour ce qu'on peut connaître de leur personne, elles étaient plutôt anodines, comme la plupart des habitants de la fameuse maison de l'Adamsgasse. Ce n'est qu'en bas, au rez-de-chaussée, chez la concierge Wewerka, que se trouvait le mal terriblement superflu, enfer de ruse inépuisable.

Du reste, comme nous le savons déjà, les chevaux de Troie avaient ailleurs leur petite écurie personnelle où elles dormaient ; dans l'Adamsgasse elles n'avaient que leurs locaux de fonction. Elles n'habitaient pas trop loin d'ici, mais déjà dans un autre quartier, une petite chambre avec cuisine.

Ce n'était pas précisément joli (pas du tout), mais la saison chaude (pendant laquelle les affaires marchaient moins bien), on pouvait s'en échapper. Et c'est ici qu'apparaît une curieuse particularité des petits chevaux de Troie : c'étaient de vrais ragondins.

τὸ ὕδωρ ἄριστον – l'eau est le bien suprême, a dit le poète grec Pindare dans ses odes, et peut-être que Feverl et Finy avaient vraiment un besoin immédiat de cette matière bleuissante et précieuse entre toutes pour compenser tout ce qu'elles pouvaient ressentir de malaise (ce qui nous laisse soupçonner qu'elles exerçaient en dilettantes la profession qu'elles avaient choisie). Bref, elles nageaient et se baignaient quand et où elles en avaient l'occasion et dès qu'il faisait assez chaud, soit au bord du « Gänsehäufel », un ancien bras du Danube, soit dans le canal du Danube, pas très loin de l'Adamsgasse, bien que la police ne vît pas d'un très bon œil qu'on y pratiquât la natation. Déjà l'impératrice Marie-Thérèse avait eu le « culot » de faire sévèrement interdire toute baignade en ce lieu.

Ainsi, lorsque le printemps arrivait, elles n'en ressentaient pas la poésie – ce qu'on ne saurait attendre d'elles en considération de leur profession, qui d'ailleurs dans ces semaines montrait toujours une tendance passagère à la hausse – il était plutôt simplement pour elles le messager leur rappelant la saison des bains qui approchait une fois de plus. Bien entendu, ces avertissements du printemps qui, pour le dire en quelques mots, bousculent chacun avec une pénible indiscrétion par son invitation muette et pénétrante à souhaiter devenir quelque chose parce que tout alentour quelque chose se fait et qu'il ne faut surtout pas manquer ça – ces avertissements quasi épidermiques n'épargnaient pas non plus Feverl et Finy ; mais elles les supportaient avec patience et sans frétillements. Elles enduraient docilement et sans poser de questions tous leurs états ou leurs « envies » comme elle les appelaient. Au printemps on n'y pouvait rien, c'était toujours comme ça, et puis on pourrait bientôt recommencer à nager.

Quand enfin le moment était venu, elles allaient au Prater plonger dans la grande piscine de l'école militaire de natation qui, depuis très peu de temps, était ouverte aux civils certains jours de la semaine, elles s'en donnaient à cœur joie, plongeant jusqu'au fond du bassin extrêmement spacieux et faisant chaque fois précéder cette action d'un tel élan que, l'espace d'un instant, elles montraient au ciel leur gros derrière dans leur costume de bain mouillé (en ce temps-là, on était encore très couvert dans l'eau), mouvement de culbute comme celui des canards, qui procurait un amusement bienveillant aux quelques messieurs d'un certain âge appuyés à la rambarde. Cela ne faisait ni chaud ni froid à

Finy et Feverl, et elles n'attachaient ici absolument aucune importance aux occasions d'entrer en contact. Après quelques plongeons et quelques sauts depuis le tremplin elles avaient une faim de loup : elles se dirigeaient vers un buffet qui venait d'ouvrir. Là chacune d'elles dévorait une saucisse.

A cause de l'école militaire de natation, la baignade dans le canal du Danube (qui de toute façon était interdite) tomba dans un déclin total ; en outre on était vite emporté par la force du courant, on s'en allait loin, ce qui fait que l'une devait rester près des vêtements ; quant à la nageuse mouillée, elle pouvait facilement être vue sur le chemin du retour par un agent de police qui relevait alors son identité. D'ailleurs l'eau rapide du canal du Danube était trouble et malpropre. Plus tard on y installa des bains municipaux dans une espèce de péniche flottante, avec plusieurs petits bassins au travers desquels passait le courant ; mais il n'était guère possible d'y faire plus de quelques brasses.

A présent, surtout quand le temps était moins chaud, nos petits chevaux préféraient brouter sur le talus verdoyant de la rive où les herbes couchées longues et touffues allaient jusqu'à l'extrême bord qui s'arrêtait net à environ un mètre au-dessus de l'eau tourbillonnante où venaient s'enfoncer des pilotis verticaux. Glissant au-dessus de l'eau qui filait à toute allure, leurs regards se portaient sur la rive opposée où il n'y avait que des maisons isolées, tandis que les coupoles verdoyantes des frondaisons au-dessous du ciel voilé de l'été annonçaient le Prater et ses prairies. C'est ainsi que Feverl et Finy laissaient le temps s'écouler jusqu'au soir, après avoir dormi tout leur saoul, prenant plaisir à laisser leurs pieds nus dans la brise tiède ; leurs chaussures et leurs bas étaient posés dans l'herbe à côté d'elles.

Münsterer, beau-fils de la Wewerka, le végétal bulbeux, était un jeune homme mince et bien fait qui vivait avec son père (le concierge en fait), et la seconde femme de celui-ci (*horribile dictu* – chose terrible à dire !) dans une promiscuité pesante de troglodyte. Son concierge de père ne se manifestait guère. Il était de quelques années plus âgé que l'*horribile dictu* et s'adossait ici et là pour cuver son vin. De temps en temps seulement, il montrait des traces de la vie d'autrefois et rouspétait dans l'entrée par exemple contre des locataires qui ne le connaissaient absolument pas, car la Wewerka le tenait la plupart du temps sous clé, et après ces quelques rares accès de rébellion, il devait supporter le venin acide du végétal bulbeux qui, une fois en colère, pouvait être de la pire méchanceté. Ensuite, la Wewerka le privait chaque fois de vin et l'enfermait dans un petit réduit attenant à la cour vitrée. Elle le gardait là souvent plusieurs jours.

Münsterer ne prenait pas la défense de son père. Les malheurs que celui-ci avait attirés sur la jeunesse de son fils en épousant le végétal bulbeux – avec dans la corbeille de mariage un poste de concierge, un logement correspondant et la possibilité de vider quelques bouteilles – paraissait à ce dernier valoir une telle malédiction que chaque fois que le vieux était traité comme un chien, il s'en réjouissait de tout cœur.

Or ce Münsterer avait maintenant dix-neuf ans et il avait terminé son temps de stagiaire à la poste ; désormais auxiliaire, ses appointements étaient pourtant tellement bas qu'ils ne lui permettaient pas une existence indépendante loin du calvaire et de la caverne de la vie de troglodyte. Il gagnait encore bien moins que Chwostik jadis chez Debrössy, à l'époque où ses parents moururent ; mais celui-ci avait eu un appartement en propre et l'avait encore.

Voilà qui fixe les relations entre Chwostik et Münsterer. L'un avait un domicile, l'autre un gîte avec rien de plus qu'un lit (nous le savions, mais nous ne donnerons pas de détails à ce sujet.)

Le jeune Münsterer avait un visage tel qu'on eût dit que la nature, dans un soudain accès de fureur, y avait donné un coup de patte ; ou encore qu'une vieille ignominie faite de toutes sortes de petites choses effrayantes coagulées les unes aux autres au fil des années y avait soudain fait surface. Des gens de cette sorte, il en circule toujours beaucoup. Toutefois, alors que la plupart des personnes que nous connaissons deviennent avec les années de plus en plus vulgaires, c'était tout le contraire avec Münsterer. Le visage défiguré par le furieux coup de patte guérissait et se recomposait pour ainsi dire en un visage neuf.

Le jeune Münsterer fuyait la caverne où vivaient ses parents autant qu'il le pouvait. Comme il payait sur son maigre salaire l'argent de son entretien, ne gardant pour lui chaque mois que quelques florins et kreutzers, il était quelqu'un de relativement indépendant et le végétal bulbeux ne pouvait plus revendiquer une autorité qui lui permît de disposer de lui (c'est du moins ce qu'on aurait pu croire !).

Fort bien ; mais entre-temps une question s'est posée : comment donc l'époux de la Wewerka, *horribile dictu*, pouvait-il s'appeler Münsterer sans qu'elle s'appelât elle-même ainsi ? Bien sûr qu'elle s'appelait comme ça. Mais seulement sur le papier. Elle était ici concierge depuis bientôt trente ans ; elle était la Wewerka et le restait. Münsterer en revanche, dans la mesure où on le connaissait, apparaissait comme un élément rapporté sur le tard. Il y avait des gens qui l'appelaient Monsieur Wewerka et il le méritait d'ailleurs : individu conciergifié, et par conséquent déchu, il était pour ainsi dire complètement enfoncé sous l'épaisse couche de boue de sa turpitude, et seules ses narines dépassaient encore, lui permettant tout juste de respirer. On appelait pourtant le fils, Monsieur Münsterer ; il n'était pas en effet recouvert d'une semblable turpitude.

L'un avait donc un gîte. L'autre (Chwostik) avait un domicile. Or c'est dans les particularités de notre composition littéraire que les choses en arrivent quand même un jour à ce résultat, à savoir que Münsterer trouva par la suite un gîte dans l'appartement de Chwostik, bien que pour un court moment (ce fut tout ce qu'il gagna alors, même s'il se retrouvait dans les conditions jadis si ardemment désirées), il ait dormi dans le lit de Chwostik et même sur ses matelas, flanqué à multiples reprises de Feverl et Finy accompagnées de leurs partenaires respectifs ; et bien sûr en proie à des sentiments indescriptibles.

Ceux-ci ne se rapportaient cependant pas aux filles qui exerçaient leur fonction à côté, mais toujours à Chwostik qui était pourtant parti.

Pour l'instant, il était encore là. Münsterer le saluait

avec respect quand ils se rencontraient dans l'entrée et il en était toujours remercié amicalement et cérémonieusement.

Et Chwostik montait et disparaissait tandis que Münsterer s'enfonçait vers le bas et restait assis sur son grabat que nous avons pris soin de ne pas décrire (la couverture de lit en grosse laine grise était la lie des couvertures – mais arrêtons là !). Aujourd'hui, silence ; sans doute le manque de place était toujours là mais il n'avait rien d'oppressant. Vide, la caverne. A l'entrée, une lampe. Ici, dans l'exiguïté du réduit où il se trouvait entravé comme une bête par la conciergification de son père, il faisait presque nuit. *« Horribile dictu »* et son ivrogne turpide étaient aujourd'hui tous les deux à la taverne (là où le père de Chwostik avait autrefois été garçon) : la société d'épargne de l'arrondissement avait sa séance, son assemblée. Coutumes de faubourg : on versait de l'argent toute l'année et, avant Noël, les intérêts tombaient. A cette époque, le montant de cette épargne, du point de vue de l'économie nationale, était appréciable (aujourd'hui il est énorme). Lors de ces séances à la taverne, l'ivrogne n'avait le droit de presque rien boire, seulement une demi-chopine. A la maison, on lui donnait ensuite une bière, puis du vin : il était d'autant plus facile de le ramener de la taverne. A la maison, la Wewerka le laissait boire à tire-larigot et le giflait ensuite avant qu'il aille se coucher, mais sans la moindre dispute ni le moindre prétexte à dispute, dans le plus grand calme, pourrait-on dire. Münsterer-père ne s'emportait jamais : il ne faisait que balbutier et pousser de légers grognements. Quant à la Wewerka, il faut bien en convenir, elle avait dans son genre une certaine envergure.

Münsterer était assis sur son horrible petit lit. En lui, dans son for intérieur, Chwostik continuait à monter les escaliers pour aller là où il demeurait, il s'élevait au-dessus de lui comme il l'avait fait si souvent. Chez Münsterer ce processus, même s'il n'était rien que le reflet d'une réalité extérieure que n'importe qui pouvait voir, était pourtant d'une secrète profondeur. Mais aujourd'hui, pour la première fois, il se raidit sourdement contre cette force qui le tirait comme un chien voulant échapper à sa laisse ; et pendant quelques secondes il sentit en lui la nature de chien de son père et en même temps le respect pour Chwostik qui s'ouvrait comme une crevasse plongeant en son tréfonds, plus loin qu'il n'en avait jamais eu conscience jusqu'à présent ; mais cela justement le libérait aussi de son père et de la Wewerka, de l'horrible lit et de l'odeur de pétrole que l'on ne manquait pas de sentir chaque fois que, depuis l'allée de l'immeuble, on descendait les marches des enfers et qu'on devait passer devant la lampe là-bas ; c'est dans la journée que cette odeur de lampe était la plus répugnante, lorsqu'elle était froide. Sur le globe de porcelaine contenant le pétrole étaient collés de petites mouches, et en été des papillons de nuit.

Or, là-dessus vint encore se greffer la mue de Chwostik (c'est-à-dire le moment où il s'habilla de neuf) – à partir de ce fameux dîner chez les Clayton, dont bien sûr Münsterer ignorait tout.

Ce fut alors que Münsterer apprit quel âge avait réellement Chwostik. Mais la différence, qui n'excédait guère plus de dix ans, n'excusait pas chez Münsterer le retard de sa propre personne dû à sa vie de troglodyte : même un coup d'œil furtif jeté sur son âge juvénile ne pouvait guère excuser ce retard.

A partir de la mue de Chwostik, l'impression qu'il exerçait, l'attirance vers lui et les étages supérieurs, devinrent toutes puissantes.

En rentrant chez lui, Münsterer se surprenait à présent à faire les derniers pas jusqu'à la porte de l'immeuble comme s'il était Chwostik, ouvrant aussi lentement la porte de l'immeuble en s'arc-boutant dessus comme Chwostik le faisait. Depuis la mue de Chwostik, Münsterer commençait à consacrer beaucoup de soin à son apparence extérieure, dans les limites étroites de ses possibilités. Et un jour, la Wewerka, qui en avait pris note depuis bien longtemps, étala au grand jour le secret des secrets et dit dans la cuisine où l'on mangeait dans l'odeur de la lampe : « Toi, t'as une petite drôlesse pour être toujours à te bichonner ?! »

Il arrivait assez rarement que Chwostik et Münsterer franchissent la porte en même temps ; en effet, le postier auxiliaire quittait le bureau à six heures précises ;

Chwostik, au contraire, restait par moments à son bureau jusqu'à sept heures, sept heures et demie, lorsque Robert Clayton, ainsi que les ouvriers et les employés, avaient depuis bien longtemps quitté l'usine et le bureau. De temps en temps, il est vrai, quand Chwostik voulait encore travailler après la fermeture des bureaux, son patron l'en empêchait ; Robert Clayton aimait alors s'attarder chez Chwostik, dans son bureau, assis à califourchon sur un siège sous lequel il plaçait une bouteille de whisky apportée à cette occasion, riant et bavardant encore une demi-heure avec le chef de son agence avant de rentrer chez lui. Il tenait alors sa pipe à tuyau noir d'une façon particulière dans la bouche, de telle sorte qu'il n'avait pas besoin de serrer les dents : sa « Peterson » ne sortait pas horizontalement de sa bouche mais descendait au coin des lèvres comme seule le fait ordinairement une pipe coudée.

Feverl et Finy étaient assises sur un vieil imperméable au-dessous du talus couvert d'une herbe d'un vert soutenu qui poussait tout en bosses et en buissons mais ne se tenait pas droite, descendant vers l'eau comme peignée, affaiblie par la chaleur estivale. Elles avaient les jambes étendues, étant entièrement absorbées par leurs pieds nus. Finy notamment était capable de redresser ses gros orteils tout seuls et indépendamment des autres, ce que Feverl n'arrivait pas à faire ; chez elle les quatre autres orteils remuaient en même temps. Aussi, pour acquérir cette aptitude remarquable de Finy, elle prenait des leçons avec elle, et Finy donnait alors aux gros orteils de Feverl une espèce de légère assistance, comme un professeur de gymnastique, en maintenant les quatre autres orteils baissés. Que, dans cette occupation de haute spiritualité, les choses ne fussent pas allées sans gloussements ni piaillements, cela va de soi. Du reste, un tel degré d'autonomie dans la mobilité des gros orteils chez Finy apparaît quelque peu suspect, il renvoie au monde animal et en particulier à une certaine espèce de créatures qui ont aux pieds un gros orteil fonctionnant comme un pouce (donc quatre mains à proprement parler) et s'élancent de cime d'arbre en cime d'arbre en un tour de main ; parce que quatre fois pourvues de mains.

Aujourd'hui, pas de grand soleil. La journée était chaude mais couverte. Au-dessus de la mousse verte des arbres du Prater en face, tout en haut dans le ciel, de gros cumulus bourgeonnaient. Plus bas, la carcasse rigide du pont au treillis de métal gris enjambait le courant rapide du fleuve.

Elles entendirent, venant de la rue au-dessus, le lent martèlement sonore et répété des sabots de chevaux tirant une lourde voiture.

Puis un cri clair.

Les bruits de voiture cessèrent.

Finy lâcha les orteils de Feverl.

Toutes deux se retournèrent. Au même instant une tache blanche apparut en haut, au-dessus du talus ; à présent l'enfant ne pouvait plus arrêter sa course, il roula au bas de la pente abrupte et passant par-dessus la berge bordée de pilotis, à quelques mètres en amont de l'endroit où Finy et Feverl étaient assises, il tomba dans l'eau profonde. On le voyait encore : la petite robe flottait, elle dérivait vers elles. « Tu restes en haut et tu la suis, je te la passerai », cria Finy. Déjà elle sautait. L'enfant commençait juste à couler ; Finy fit deux brasses ; puis elle passa un bras sous l'enfant qui se débattait, et en s'aidant fortement des jambes, elle souleva la petite fille très au-dessus de l'eau et se dirigea vers la rive bordée de pilotis : au même instant, en haut, Feverl s'était jetée à plat ventre ; elle saisit l'enfant par le col et la tira vers le haut. Finy avait réussi à donner encore une impulsion d'en bas mais elle était maintenant emportée et ce n'est qu'un peu plus en aval qu'elle réussit péniblement à sortir de l'eau. Les berges du canal du Danube sont profondes et le courant est fort.

Une tache blanche agrandie descendit le talus en chancelant, sans être vue par Feverl couchée à plat ventre, seule Finy l'avait aperçue pendant les instants décisifs où elle avait passé l'enfant ruisselante à Feverl ; et déjà elle était emportée par le courant. Une dame en robe d'été blanche avec un grand chapeau blanc était maintenant agenouillée à côté de Feverl et de la petite qui n'avait pas perdu connaissance mais vomissait de l'eau, pas beaucoup cependant, puis (par bonheur !) se mit aussitôt à crier et à pleurer. La dame avait jeté à côté d'elle son réticule et son ombrelle. Feverl retourna en courant à l'endroit où elle et Finy s'étaient allongées et rapporta le vieil imperméable. Aussitôt elles débarrassèrent l'enfant, qui poussait maintenant de grands cris, de ses affaires mouillées, elles la frictionnèrent et l'enveloppèrent. Finy arriva, les vêtements trempés comme une soupe, l'étoffe mince lui collait sur le corps.

« S'il vous plaît, s'il vous plaît, venez avec moi toutes les deux, venez avec moi ! » cria la dame en blanc en prenant dans ses bras l'enfant enveloppée dans l'imperméable. Feverl la soutint ; Finy courut chercher ses bas et ses chaussures et ceux de Feverl, et elles se dépêchèrent de les enfiler. La dame voulait immédiatement gravir le talus, Feverl bondit alors derrière elle pour l'aider (avec ses bas qui pendaient) tandis que Finy ramassait les affaires mouillées de l'enfant, le réticule et l'ombrelle de la dame ; celle-ci avait tout laissé là. C'est ainsi que la cohorte arriva en haut du talus. Elles traversèrent alors la rue qui, aussi loin qu'on pouvait voir, était déserte dans la chaleur et la lumière tamisée de l'après-midi, sans véhicule, sans âme qui vive.

Dans cet espace désert, les femmes qui avançaient à vive allure virent alors apparaître, marchant lentement sur le trottoir d'en face, un agent de police avec son casque à pointe et sur la poitrine la plaque en demi-lune portant son numéro matricule. La dame en blanc l'interpella : « Monsieur l'inspecteur ! » ; aussitôt il arriva d'un pas rapide. « Je vous en prie », dit-elle aussitôt au fonctionnaire qui la saluait, « ma petite fille est tombée à l'eau et ces dames ont réussi à la sauver » (et elle montra Finy trempée comme une soupe) « il faut vite que je rentre chez moi mettre la petite au lit et j'ai besoin tout de suite d'un médecin. L'enfant a avalé beaucoup d'eau. Ma femme de chambre n'est pas à l'appartement en ce moment, et mon mari n'est pas à la maison non plus. Pourriez-vous avoir la grande bonté de m'envoyer n'importe quel médecin du quartier ? » « Certainement, Madame », dit le fonctionnaire, « il y a justement chez nous, au poste de police, Monsieur le docteur Grundl ; je vais immédiatement le prévenir. » Elle lui donna l'adresse exacte et il s'éloigna rapidement en tenant son sabre. Interdites, Finy et Feverl considéraient avec étonnement cet être supérieur qui interpellait sans autre forme de procès un agent de police. Voilà qui ne leur serait jamais venu à l'idée.

Elles traversèrent le premier pâté de maisons par une rue débouchant perpendiculairement sur le canal du Danube et parvinrent dans cette fameuse avenue rectiligne presque déjà partout bordée de maisons et qui, sur une certaine distance, était presque parallèle à la rivière, laquelle faisait à cet endroit, il est vrai, une vaste courbe aplatie. Les maisons neuves de couleur claire s'étendaient au loin dans la lumière étale de cette journée chaude et couverte ; dans les longues rangées de grandes fenêtres, parfois même à trois vantaux, cette lumière faisait comme une poussière de cendre fine. La dame en blanc qui marchait toujours en tête à grandes enjambées avec son enfant – Feverl et Finy trottinaient derrière elle – traversa la rue en diagonale pour se diriger droit vers la porte de la maison d'angle. L'allée faisait une ouverture lisse et spacieuse, l'escalier était large et clair, les parties supérieures des fenêtres de la cage d'escalier laissaient tomber la lumière du jour par un vitrage de couleur. Elles ne montèrent qu'un étage. C'est seulement maintenant, devant la porte laquée blanche, que la dame, en voulant ouvrir, s'aperçut avec effroi qu'elle n'avait pas son réticule : Finy lui tendit aussitôt son petit sac, elle et Feverl se chargèrent de l'enfant et la porte s'ouvrit après que la dame eut fouillé dans le fond de son sac pour en extraire la clef, ce qui avait pris quelque temps. Pendant ce temps Feverl lisait le nom sur la porte : Dr Maurice Bachler.

Nos petits chevaux de Troie n'avaient jamais été conduits dans une petite écurie aussi propre. C'était "d'une propreté méticuleuse" comme on a coutume de dire – et c'est aussi de cette façon que l'on rendrait convenablement ce que Finy et Feverl ressentirent. En même temps le *genius loci* se manifesta par une légère odeur acide, peut-être y avait-il eu de la salade de concombres à midi. Mais peut-être qu'après tout ce n'était pas une odeur, mais la propreté à l'état pur.

Le nom de « Maurice », Feverl l'avait à peu près lu comme : Mauritze.

On traversa à grands pas une vaste pièce avec une

fenêtre à trois vantaux et des meubles polis comme des miroirs, il faisait clair, la lumière voilée du jour tapissait de sa blancheur le mur opposé. Feverl porta derrière sa mère la petite Monica – qui était tout à fait calme à présent – dans la pièce voisine, et Finy, toute mouillée, la suivit en trottinant. C'est ici que se trouvait le lit d'enfant avec, à côté, une sorte de commode qui, avec son dessus blanc et lisse, avait sans doute aussi servi autrefois de table à langer. Monica fut alors débarrassée du vieil imperméable, elle était assise sur la commode, nue et maladroite, tandis que sa mère la couvrait de baisers rapides tout en la frictionnant avec une serviette. Elle s'était consolée. Elle riait même. On la mit alors dans son petit lit. Madame le docteur Bachler se tourna et vit Finy dans ses vêtements mouillés.

« Maintenant, vite » dit-elle, « vous ne pouvez pas rester ainsi. »

On ouvrit armoires et tiroirs. On voit ici se manifester chez Madame le docteur Bachler quelque chose comme une ferme prise en main et, on aimerait dire, un talent à gérer la situation momentanée d'autrui ; une aptitude morale tangible qui s'exerçait dans le cas présent comme une disposition à venir en aide. Finy passe à la cuisine avec un ballot d'affaires – il y a aussi des chaussures, et qui lui vont même – on lui donne du savon, une serviette, une brosse et, un quart d'heure plus tard elle se présente dans une vieille robe d'été de Madame le docteur, dans laquelle elle a quelque chose d'un peu explosif, à cause du boutonnage trop serré. De ses affaires mouillées on fait un paquet avec du papier d'emballage et de la ficelle.

« M'dame », dit Finy, « mais ça va durer queques jours jusqu'à c' que j'rapporte les affaires à Madame, car j'veux d'abord laver c'que je porte là. » Madame le docteur dit que ce n'est pas nécessaire mais Finy insiste. Elle déposera ensuite le paquet chez la concierge.

C'est seulement maintenant, dans la salle de séjour aux meubles brillants comme des miroirs – la nageuse eut droit à un cognac et on prépara dans la cuisine un café bien chaud – que Madame le docteur Bachler put enfin vraiment remercier les femmes. Soudain elle se mit à fondre en larmes. Feverl, qui avait mis en mouvement la manivelle d'un moulin à café serré entre ses genoux, s'arrêta effrayée ; quant à Finy, elle paraissait aussi décontenancée : la situation, d'ailleurs légèrement oppressante pour les petits chevaux de Troie, commençait à devenir difficile (et cela ne faisait que commencer, cela devint encore bien plus difficile après). On pourrait penser que l'effroi que la mère avait enduré s'extériorisait maintenant chez elle sous forme de pleurs ; mais c'est quelque chose d'autre qui se manifestait.

« C'est que je ne sais pas nager ! » s'exclama-t-elle avec force. « Si vous n'aviez pas été là, je n'aurais pas pu lui venir en aide. C'est inimaginable... »

Elle laissa tomber son visage dans le creux de ses mains et sanglota la tête appuyée sur le dessus de la table ; puis elle chercha à tâtons la main de Finy : « Comment vous remercier ? Dites-moi donc, je vous en prie, comment vous remercier ? »

A cet instant on sonna à la porte de l'appartement.

L'entrée du médecin de la police, le docteur Grundl (qui se rendit aussitôt dans la pièce du fond et s'approcha du lit d'enfant où la petite Monica sommeillait déjà) mit le comble à l'embarras de nos petits chevaux de Troie. Car bien sûr, elles connaissaient Monsieur le docteur Grundl – par les visites hebdomadaires au commissariat de police auxquelles elles avaient la stricte obligation de se présenter – et il était hélas tout à fait hors de doute que le médecin lui aussi dût les reconnaître.

Pour le moment celui-ci auscultait la petite Monica que l'on avait allongée sur la table à langer, il appliquait son stéthoscope sur son petit cœur, appuyait sur son estomac et son petit ventre et demanda à la mère de soulever l'enfant quelques instants par ses petits pieds. Monica ne rendit plus d'eau. Elle se montrait patiente, toute somnolente. Le docteur Grundl demanda s'il y avait un thermomètre médical à la maison. « Alors prenez la température de la petite ce soir, demain matin et demain soir. A la moindre élévation de température ou à n'importe quel signe de refroidissement, de toux ou de rhume, vous devrez aussitôt faire venir votre médecin de famille. Mais j'ai l'impression que tout est normal. »

On remit Monica au lit et ils repassèrent dans la salle de séjour. Entre-temps Finy et Feverl s'étaient éclipsées dans la cuisine, avec le moulin à café. A vrai dire, elles auraient voulu disparaître complètement, et même prendre la poudre d'escampette. Mais une telle conduite leur paraissait inconvenante, aussi, tout intimidées, se rendaient-elles utiles en préparant le café.

Mais si quelqu'un s'est conduit héroïquement ou avec beaucoup de dévouement et se retrouve par le fait même dans une situation intenable, il n'a de secours à attendre de personne ; il ne peut plus faire machine arrière. Elles sentaient plus ou moins cela et elles n'étaient pas loin de se trouver stupides de s'être fourrées dans une histoire pareille. Mais auraient-elles pu vraiment laisser la petite dans l'eau ? Quand le café fut prêt, elles tournèrent en rond dans la cuisine entre les meubles laqués de blanc – elles avaient l'impression d'avoir été exilées ici – et contemplèrent avec intérêt mais sans entrain une table blanche pivotante à un pied qui rappelait un peu le cabinet d'un médecin (c'était effectivement une table à instruments qui venait du cabinet dentaire du docteur Mauritze qui l'avait remplacée par une nouvelle table plus appropriée). Ce truc-là ne leur disait rien qui vaille. Rien n'y fit : voilà qu'apparaissait maintenant Madame le docteur Bachler, un sourire aimable aux lèvres. Où étaient-elles donc passées ? Elles durent ainsi l'aider à porter le café et les tasses dans l'autre pièce. Le médecin lui avait déjà certainement tout dit.

Le Dr Grundl se tenait debout près de la fenêtre, il était donc dispensé de la question d'étiquette qui se serait sans doute posée s'il avait été assis : aurait-il dû se lever à l'entrée de Finy et de Feverl, ou rester assis (car naturellement il les avait aussitôt reconnues toute les deux). Il avait bien entendu voulu s'en aller immédiatement après l'examen de la fillette et échapper à cette situation, c'est pourquoi il n'avait pas été question pour lui de s'asseoir : or voilà que Madame le docteur Bachler l'avait prié de prendre un café et un cognac ! En plus, un sentiment de responsabilité le retenait, vu l'ignorance de la mère au sujet des deux femmes ; il restait debout, indécis, tandis qu'elle lui demandait aimablement de lui faire connaître le montant de ses honoraires ou de lui envoyer sa note. « Les visites chez des confrères sont toujours gratis, chère Madame », dit-il, « de plus j'ai été étudiant avec Monsieur votre époux, nous étions au même cours d'anatomie avec le professeur Hyrtl. » C'est alors qu'elle sortit pour aller chercher le café ; il était trop tard pour s'éclipser ! (« Ma parole ! Elle ramène les deux filles ! ») Mais il fit bravement face à la situation, s'avança vers Finy et Feverl et leur tendit la main en disant : « C'est bien, ce que vous avez fait, mes enfants ! » Madame le docteur Bachler se retrouva ainsi dispensée d'avoir à le présenter aux deux femmes dont elle ignorait le nom. Mais après que tous quatre eurent pris place à la table où le café était servi, elle raconta en détail tout le déroulement de l'histoire au bord du fleuve : on apprit que la petite Monica avait soudain lâché la main de sa mère dans la rue et qu'elle avait traversé la chaussée juste devant une voiture qui approchait et dont le cocher, effrayé, avait encore pu retenir les chevaux au dernier moment. Quant à elle, cette grosse voiture lui avait bouché la vue et elle avait été obligée de la contourner en courant ; mais cela avait été des instants décisifs car il ne lui avait alors plus été possible de rejoindre l'enfant et de la rattraper. « Si vous n'étiez pas intervenues... », dit-elle à Finy et Feverl (qui étaient assises là comme des élèves à un examen qu'elles n'ont pas préparé et n'osaient pas toucher à leurs tasses de café). Madame le docteur s'interrompit, ne pouvant presque plus se dominer. « Moi, je ne sais pas nager », dit-elle au médecin avec une voix déjà étranglée par les sanglots. Mais aussitôt elle retrouva sa vivacité : « Il faut que je vous remercie toutes les deux ! Dites-moi si je peux faire quelque chose pour vous, peu importe ce que c'est, j'essaierai de toutes mes forces. Dites-moi d'abord vos noms et adresses. » (Elle parlait sans aucune trace de dialecte viennois et, dans l'ensemble, en respectant la grammaire, seulement de façon un peu décousue, cela tenait peut-être à son état d'excitation).

« Je suis la Finy, M'dame. »

« Et moi la Feverl. Et il faut maintenant que nous partions. Nous avons du chemin. »

Le docteur Grundl qui avait regardé tout cela pendant quelques instants d'un air songeur, ne résista pourtant pas à ces dernières paroles des petits chevaux de Troie et éclata de rire.

Alors Finy se leva – parvenant enfin à ouvrir une brèche dans cette situation désespérée – et dit, tandis que Feverl se levait également :

« M'dame, nous partons. »

Pour bien comprendre la stupéfaction de Madame le docteur Bachler – dont les meilleures intentions se heurtaient ici à un mur invisible ! – il faut se rappeler que les deux godiches ne ressemblaient pas du tout à l'image que l'on se fait des personnes de leur profession.

Mais ce fut le docteur Grundl qui, devant cette situation sans issue, prit soudain les choses en main avec énergie et même une certaine gravité : « Soyez raisonnables », dit-il, « reprenez votre place et buvez votre café. Si Madame veut vous aider – qui sait, peut-être le peut-elle réellement. Et en vous voyant, je n'ai pas l'impression que vous soyez vraiment si excessivement heureuses dans la vie que vous menez. Voici peut-être un moyen de vous en sortir. Vous devez seulement m'autoriser à dire la vérité à Madame le docteur et à lui donner vos noms et adresses. D'ailleurs je les ai dans votre dossier. »

« Mais, dites-le seulement après notre départ, Monsieur le docteur. »

Effectivement elles burent bravement leur café puis partirent ; quant à Madame le docteur Bachler, elle avait déjà sans doute aperçu quelque peu la vérité après les paroles du médecin de la police. Mais elle les accompagna toutes les deux à la porte en les remerciant une nouvelle fois et leur tendit la main en disant : « J'espère de tout cœur que j'aurai encore l'occasion de me rappeler à vous ! » Entre-temps, les vêtements mouillés de Finy avaient ramolli le papier : on fit donc un nouveau paquet et on reficela le tout.

Le médecin resta encore un peu chez Madame le docteur Bachler et prit lui-même la température de l'enfant. La femme de chambre était arrivée quelques minutes après le départ de Finy et de Feverl et elle éclaira surtout pour le médecin dans la pièce du fond où était couchée la petite Monica à qui, peu après, on donna sa bouillie au lit. Le docteur Grundl ne vit aucune raison de s'inquiéter au sujet de la petite. Dans la salle de séjour il parla ensuite avec la mère. Dehors la nuit commençait à tomber. Le médecin se montra sceptique, d'autant plus, semblait-il, qu'il remarquait chez la jeune femme une sorte d'enthousiasme, une joie à changer et (comme elle le prétendait) à améliorer la situation d'autres êtres (un enthousiasme éthico-social, c'est ainsi que le docteur Grundl appelait cela pour lui-même). « Chère Madame », dit-il, « croyez-moi, la place de chaque individu est toujours celle où il se trouve. Cela ne m'a pas empêché de donner une issue à vos bons sentiments à propos de ces femmes. Mais mes expériences – et, pour dire vrai, j'en ai fait assurément quelques-unes avec des créatures du genre de ces deux là, Finy et Feverl – mes expériences n'en subsistent pas moins. Ce qui ne veut pas dire que je réfute ou que j'oublie qu'elles se sont comportées toutes deux bravement et avec abnégation ; bien que ce fût plus par réflexe que par un élan véritablement moral. »

Mais ses propos ne firent pas mouche ; et peut-être n'était-elle véritablement pas seulement emportée par une exaltation morale, mais dans l'impossibilité d'oublier maintenant ces deux femmes qui l'avaient préservée d'une douleur sans nom.

« Wewerka » veut dire « l'écureuil » ; le végétal bulbeux d'envergure n'avait vraiment rien de commun avec ce petit animal (si ce n'est la mâchoire aux dents aiguisées avec laquelle elle rongeait menu son ivrogne de mari). Mais il y a bien aussi des bonnes femmes qui s'appellent "Marguerite", donc "la perle" et qu'on aimerait bien vite jeter aux pourceaux, ou encore "Rose", bien qu'elles soient parfois en épines et n'aient rien d'autre à vous offrir.

Pourquoi Chwostik ne lui avait-il rien dit quand, avant même le premier mai – sur les conseils de Monsieur l'avocat Eptinger – il donna son congé en bonne et due forme au propriétaire de l'immeuble, voilà une chose à laquelle nous-mêmes ne pouvons répondre avec précision. Sans doute trouvait-il cela superflu. Il n'avait pas tellement souvent l'occasion de voir la concierge et l'idée de descendre dans le sombre séjour ne lui serait jamais venue. Une fois, l'ivrogne complètement saoul appuyé à un mur dans l'allée de l'immeuble avait maugréé dans le dos de Chwostik pendant que celui-ci commençait à monter l'escalier ; depuis le premier palier on avait pu alors, au tournant, apercevoir la Wewerka bondir de son trou, saisir l'ivrogne entre ses griffes et le traîner en bas.

Dans sa lettre de congé, Chwostik avait prié, dans la forme appropriée, le propriétaire de l'immeuble, de lui permettre de lui faire une visite d'adieu en considération du fait que ses parents, aussi bien que lui-même, avaient habité durant si longtemps ici dans cette maison.

Une telle démarche n'avait absolument rien de courant. Nous sommes plutôt ici en présence d'un nouvel élément de style qui, chez Chwostik, nous paraît tout au moins aussi significatif que sa mue maintenant achevée depuis bien longtemps. Du reste, on pourrait aussi interpréter de cette façon le fait de laisser de côté la Wewerka dans toute cette affaire.

Le conseiller à la Cour d'appel en retraite, le Dr. Eugen Keibl – tel était le nom du propriétaire, non pas de ce seul immeuble, car il en possédait encore six autres à Vienne – ne considéra pas sans sympathie la belle écriture anglaise de chancellerie de monsieur Chwostik, puis il s'assit à un secrétaire baroque à « tabernacle » et aux innombrables petits tiroirs et écrivit un billet invitant Chwostik à lui faire le plaisir de sa visite tel jour à onze heures.

En tout état de cause, cela l'intéressait de faire la connaissance de cet homme. L'établissement à Vienne de la firme Clayton & Powers n'avait pas échappé au docteur Keibl, un de ses parents ayant assuré la fourniture d'installations de chauffage lors de la construction de l'usine. Quant à monsieur Clayton, il aimait, comme on sait, parler de son étonnant chef de bureau ; on en a encore ici une fois la preuve. Bref, le Dr. Keibl voulait tout de même voir ce locataire qui partait pour prendre un appartement plus en rapport sans doute avec ses nouvelles conditions de vie.

Chwostik choisit pour cette visite la redingote, comme on appelait cette veste avec laquelle on portait un haut-de-forme noir. Ce jour-là il ne faisait pas tellement chaud pour qu'il se sentît gêné dans ce costume. Il s'était excusé au bureau. Il partit à temps de chez lui et se sentait particulièrement bien. Andreas Milohnić y était pour quelque chose. Celui-ci lui avait fait cadeau, quelques jours auparavant, d'une bouteille d'eau de Cologne de Jean-Marie Farina, un accessoire de toilette que Chwostik n'avait jamais utilisé jusqu'ici. Et, le jour de sa visite au propriétaire de l'immeuble, il tira le petit bouchon (ce qu'il fit encore souvent par la suite, et pas seulement avec cette seule bouteille).

Le propriétaire habitait dans l'arrondissement de Wieden. Chwostik fit un bout de chemin à pied en direction de la station de fiacres la plus proche. Mais c'est seulement dans la Seidlgasse qu'il put trouver un fiacre, il avait même des roues à bandage de caoutchouc et roulait par hasard au pas, lentement, vide, peut-être à la recherche d'un client. Chwostik monta. La voiture fit demi-tour. Les chevaux bien étrillés, à la robe luisante, ne semblaient pas avoir beaucoup travaillé aujourd'hui, le cocher devait les retenir pour qu'ils restent au petit trot. De temps en temps il leur parlait, avec des sons qui n'étaient qu'à moitié articulés, tout en repoussant chaque fois un peu sur la nuque son chapeau melon noir de sa main gantée de clair. Le long fouet mince remuait en l'air comme une antenne d'écrevisse. La Seidlgasse avait des pavés de bois et l'on avançait ici comme sur un tapis, c'est seulement sur les petits pavés bombés de la Landstrasser Hauptstraße que la voiture se mit à cahoter et à vibrer légèrement. On quittait maintenant le centre pour rouler en direction du Ring car le cocher évitait la Lastenstraße avec ses nombreuses voitures lourdement chargées qui avançaient lentement et ralentissaient la circulation ; il ne suivit pas non plus la Wollzeile qui était encore en pente très raide à l'époque. C'est seulement une fois arrivée dans la Ringstraße avec ses alignements d'arbres que la voiture légère retrouva ses vraies qualités, le cocher lâcha davantage la bride aux chevaux. A gauche se trouvait le parc municipal tout en verdure profonde. Chwostik se revit allongé dans sa chambre, flanqué des locaux de fonction de Finy et de Feverl et ici, dans la voiture, il ressentit ce contraste curieux, abrupt, qui continuait à traverser son existence : mais il se sentait déjà soulevé et poussé au-delà, et ce léger clic-clac des sabots des chevaux et le fiacre aux roues à bandage de caoutchouc qui cahotait doucement le rendaient étranger à son Adamsgasse, des bruits d'un autre monde. L'eau de Cologne de Milo sentait bon. Maintenant c'était la période passée chez Debrössy qui revenait à sa mémoire et l'odeur qu'on sentait quand les employés faisaient réchauffer leurs repas sur des réchauds. Dans le quartier de Wieden, les rues étaient silencieuses, revêtues en partie de pavés de bois qui dégagaient une légère odeur sous le soleil perçant à travers les nuages, une odeur de nostalgie estivale que Chwostik avait déjà ressentie dans son enfance. La voiture s'arrêta, le numéro était le bon. C'était un vieil hôtel particulier de deux étages seulement. Au-dessus des fenêtres on voyait des médaillons en demi-lune avec de petits amours.

Le Dr. Keibl avait eu, lui aussi, une jeunesse pauvre mais à l'intérieur d'une classe sociale qui se voyait obligée de toujours comprimer cette pauvreté – ce funeste coup du sort – comme les lèvres d'une blessure béante, car non seulement la pauvreté ne faisait pas partie de cette classe sociale mais elle n'avait tout simplement pas le droit d'exister.

Son père avait été un assez haut fonctionnaire des services de la comptabilité et le fils devait faire son droit bien entendu ; il avait trouvé une place de secrétaire au tribunal d'arrondissement avec une « indemnité » plus que mince (quelques florins). Plus tard s'ajouta une rétribution ; et avec les deux réunies on ne pouvait pas vivre, sauf à manger à la table de ses parents. A trente-deux ans il était juge. A cette époque, le sort le frappa deux fois de son éclair : la première fois par la perte de ses parents, tous deux en l'espace d'une année ; ce fut un éclair noir, un éclair sinistre assombrissant l'horizon. Quant au second éclair, il fit une coupure lumineuse et insolite dans son existence : par l'héritage d'un oncle du nom de La Grange, dont les enfants étaient morts, Eugen devint un homme très riche. La façon dont il surmonta cette rupture par rapport à toutes ses conditions de vie passées forma sa personnalité, on peut même dire que celle-ci ne prit véritablement naissance qu'en franchissant une barrière qui, autrement, aurait arrêté sa vie et l'aurait réduite à l'immobilisme.

Premier point : il resta en fonction. Deuxième point : c'est seulement à ce moment qu'il la découvrit, cette fonction. Le travail qui consistait à pénétrer et à commenter le Code civil général – une des réalisations les plus grandioses de l'ancien Etat – venait juste de démarrer vraiment, et cela à cause des transformations rapides de l'époque ; les premières irruptions de la vie réellement moderne conditionnaient l'arrivée de nouveaux matériaux juridiques encore incertains, et le travail de jurisprudence nécessaire pour en venir à bout astreignait le juriste, s'il voulait vraiment en être un et le rester, à une activité sans relâche. Ce fut elle qui devint la fiancée du docteur Keibl et il demeura célibataire. Déjà conseiller au tribunal régional, il acquit de surcroît une chaire à l'université. Menant une vie paisible et à présent presque luxueuse, engagé sur une voie déjà solidement tracée, il suivait la pente de son travail aussi bien pratique que théorique, et, quand il prit sa retraite, ce dernier avait tellement pris forme qu'il ne regretta pas l'absence du premier, ressentant même sa nouvelle situation comme un soulagement. Un an après avoir accédé à l'honorariat, il fut nommé professeur extraordinaire chargé de cours.

Tel était l'homme que Chwostik, conduit par le valet de chambre, trouva en face de lui. Ils étaient tous deux petits et minces. Avec sa moustache encore brune tombant aux coins des lèvres, le Dr. Keibl avait quelque chose de français, peut-être aussi à cause de ses mouvements de mains d'une civilité un peu surannée.

Une fois qu'ils furent assis, Chwostik fut gagné par une sensation absurde, impossible à écarter : qu'on se trouvait ici très loin de la rue que le fiacre avait empruntée pour venir jusqu'à cette maison, comme si celle-ci avait une profondeur de plusieurs kilomètres (en même temps se dégageait en lui une certitude concernant son enfance : à cette époque il avait tout ressenti de cette façon, absolument tout, mais depuis, le monde qui l'entourait s'était rapetissé – même l'odeur du goudron des pavés de bois, il l'avait ressentie de cette façon quand il était enfant, mais... comment donc ?!) Il n'y avait que quelques mètres d'ici jusqu'à la rue qu'on ne pouvait cependant pas voir maintenant car les trois fenêtres de cette pièce excessivement grande s'ouvraient sur le jardin : depuis la rue toute bordée d'habitations on n'aurait jamais imaginé qu'il pût y avoir derrière la maison un jardin d'une telle étendue et d'une telle profondeur : on ne voyait que de la verdure, cela accaparait complètement le regard et des cimes d'arbres hautes et touffues excluaient tout le reste, aucune maison voisine n'était visible, pas même un coin ou un mur de ce petit parc.

Cependant, alors que le valet de chambre servait un verre de Malaga, le Dr. Keibl avait engagé la conversation avec une adresse bienveillante ; et dans chaque entrevue, celui qui s'en sort le mieux, c'est celui qui est capable de prendre la mesure de l'autre et le fait entrer ainsi dans ses propres dimensions : or ici, qu'on le veuille ou non, c'était le conseiller à la Cour d'appel qui avait l'avantage ; comme Chwostik, il avait autrefois connu toutes les traces et les transes du chemin qui mène d'une jeunesse pauvre à la victoire sur la pauvreté, mais il avait justement en plus la longue pratique d'une profession riche et compliquée avec la théorie qui s'y rapporte, théorie sans laquelle tout reste plongé dans une immédiateté trouble, dans un état en quelque sorte profondément indigne de l'humain. Ce juriste de haut rang commença donc par féliciter Chwostik du grand pas en avant qu'il avait fait dans la vie – comparant son entrée dans une industrie aussi importante et prometteuse à un embarquement sur un grand et solide navire dont la route est déjà toute tracée – et en même temps il considéra que le désir de Chwostik de donner un nouveau cadre à cette nouvelle image de sa situation était non seulement parfaitement justifié mais avait carrément valeur d'évidence. « Bien entendu, il y a aussi certaines obligations à caractère représentatif qui vous attendent encore », dit-il (Il en savait même plus que Chwostik ! Un de ses parents précédemment mentionné, lui avait raconté en passant que l'Anglais, à savoir monsieur Clayton junior, voyait en fait en Chwostik le futur directeur commercial de toute l'entreprise de Vienne, ce qui devait raisonnablement aboutir à lui accorder bientôt les fonctions de fondé de pouvoir ; seul l'ancêtre d'Angleterre avait objecté que Chwostik était encore un peu jeune pour cela et qu'il fallait donc attendre). « En outre il se peut bien sûr que dans la maison où vous habitez, monsieur Chwostik, persistent encore chez différents locataires certaines situations – bref, vous l'aurez certainement remarqué » (Chwostik rabattit pour ainsi dire ses oreilles en arrière, il sentit aussi immédiatement comme une menace, tout à fait comme naguère chez le Dr. Eptinger !). « J'ai hérité jadis de cette maison – avec déjà ces charmantes conditions accessoires que, chose étonnante, je n'ai pu immédiatement changer – peut-être que je n'ai pas fait non plus assez d'efforts, c'est bien possible. Mais en fait on m'a laissé entendre que, vu l'attitude tolérante des autorités dans cette affaire, je pouvais bien laisser les choses en l'état, comme si je n'en avais rien su ; et dans les textes, la responsabilité en incombe d'ailleurs aux seuls locataires concernés. Bref, je n'ai jamais voulu m'en occuper ; en plus ce n'est pas moi qui gère mes immeubles. Il y a pour cela une espèce de société fiduciaire. Je lui ai écrit plusieurs fois pour dire nettement qu'il fallait mettre un terme à cette situation. Cela a-t-il réellement été fait ? Je ne sais pas. Quelles impressions aviez-vous à la fin sur ce sujet, monsieur Chwostik ?

– Au vrai, je n'ai plus rien trouvé d'anormal », dit Chwostik sans s'attarder. Le caractère inouï de la situation lui donnait du recul et du calme. Du reste, il pouvait maintenant vraiment jeter les bonnes-femmes dehors. Quitte à ce que la Wewerka en fasse une jaunisse ! Ou mieux encore : déménager aussi vite que possible, ne pas attendre la fin de ce trimestre déjà payé. « Ainsi, dit le Dr. Keibl pour conclure, *summa summarum,* je trouve non seulement tout à fait concevable mais tout à fait justifié que vous vouliez déménager, M. Chwostik. Avez-vous déjà un nouvel appartement en vue ? »

En gros, le Dr. Keibl avait su du premier coup d'œil, dès l'entrée de Chwostik, qui il avait devant lui. En fait, il en était de même avec chaque nouveau visage (ce n'est vraiment pas l'expérience qui lui manquait), bien plus même : il était capable de percer la surface, même si elle présentait des traits défavorables ou franchement repoussants (ce qui n'était d'ailleurs pas du tout le cas chez Chwostik), et il ne faisait nullement partie de ces gens qui, dans de pareilles situations, font immédiatement un bond en arrière comme une balle renvoyée par un mur (et voilà l'antipathie scellée, et par là même le jugement prononcé). Le Conseiller de la Cour d'appel pouvait ainsi parvenir à une forme de justice supérieure à celle offerte par la jurisprudence. Dans cette forme de justice c'est un peu comme s'il y avait dans notre for intérieur un avocat spécialement désigné pour prendre la défense de l'autre. Le Dr. Keibl avait fait usage de semblables dispositions. « Il n'y a encore rien de définitif », répondit Chwostik, à la question qui lui était posée. « Toutefois, Monsieur le docteur Eptinger, notre avocat, tient plusieurs choses à ma disposition, et très prochainement je vais visiter quelques appartements. »

Pendant qu'il parlait, il sentait nettement qu'une sorte d'obligation le poussait à prononcer le nom du Dr. Eptinger qui, dans ces dernières minutes, avait déjà été bien présent et même les avait complètement dominées : tout renvoyait maintenant au docteur Eptinger d'une certaine façon. La question directe du Conseiller à la Cour d'appel n'aurait nullement été nécessaire. Chwostik aurait trouvé de lui-même un prétexte pour nommer l'avocat et même carrément pour le citer ou l'invoquer. Mais maintenant qu'il l'avait fait, voilà que s'ouvrait face à la menace répétée causée par la rupture encore brutale dans ses conditions d'existence, voilà que s'ouvrait comme une fenêtre remplie d'azur profond donnant sur la liberté, sur une vie libre de contraintes et d'embarras de ce genre. Chwostik se cramponnait à cet espoir, en toute conscience maintenant. Bientôt, dans un avenir prévisible, il habiterait un autre immeuble et c'est là qu'il commencerait l'automne et passerait le prochain hiver. A cet instant, il sentit comme un parfum d'automne venu du Prater, des marronniers de la Grande allée.

« Bon, vous avez encore le temps de choisir », dit le Dr. Keibl. « Je connais d'ailleurs le Dr. Eptinger de par mes activités au tribunal. Un excellent juriste. Nous avions un jeune avocat général qui avait carrément peur de lui. »

La conversation retombait maintenant et se dispersait. Bientôt Chwostik jugea qu'il était convenable de partir. Debout en face de lui, le Conseiller à la Cour d'appel dit qu'il se permettrait un jour d'inviter Chwostik, il y avait de temps en temps chez lui des soirées entre hommes, et c'est pourquoi il le priait de bien vouloir lui faire connaître sa nouvelle adresse. La grande pièce paraissait alors entièrement remplie du reflet des cimes vertes des arbres pénétrant à l'intérieur par les trois fenêtres.

Retournons nos deux individus comme des gants et demandons-nous comment ils s'en tirent de l'autre côté que l'on n'a ordinairement pas l'occasion de voir. Chez Chwostik la chose est simple. Il fréquente de temps à autre une maison bien connue dans la Bäckerstraße, et il s'y conduit du reste décemment et avec modestie, sans rien boire. Quant au Dr. Keibl, il a une liaison avec la femme du dentiste, le docteur Bachler. On peut imaginer que celle-ci aurait eu sinon une forme d'exaltation morale toute différente, en diverses occasions, campée au milieu de son appartement qui sentait la salade de concombres, baignée même complètement par cette odeur. Mais la circonstance particulière que nous venons d'indiquer exerçait une action modératrice et même humanisante, humanitaire. Peut-être doit-on voir là la vraie raison de l'attitude de Madame le docteur Bachler envers Finy et Feverl. Que son enfant, sauvée des eaux par ces femmes, fût du docteur Eugen, elle le savait avec une absolue certitude. C'était donc un enfant de l'amour. Ceux qu'elle n'eut pas par la suite auraient été les enfants du dentiste. On peut qualifier celui-ci de gandin, de bien trop beau garçon ; et c'est ainsi qu'il perdit prématurément sa femme sans même s'en apercevoir.

Personne ne remarqua quoi que ce soit.

Ordinairement tout finit par se savoir.

Mais il existe des exceptions.

Tout existe en effet. Quand, dans sa conversation avec Chwostik, le docteur Eugen a pour ainsi dire joué l'étranger lorsque fut mentionné le frère de sa maîtresse, l'avocat Eptinger, ce n'était absolument pas un stratagème ; il ne l'avait rencontré qu'à titre professionnel et jamais à titre privé ; de même il ne connaissait pas son alter ego, le dentiste ; oui, si l'on passe tous les hommes et toutes les femmes en revue, on ne pourra trouver personne qui ait connu les deux à la fois : le docteur Eugen et Madame le docteur Bachler. Ainsi donc, ils vivaient dans des sphères complètement différentes. Le Conseiller à la Cour d'appel avait bien vu cet état de choses et se gardait d'y toucher.

Quant à Monica, il la voyait.

Du moins quand elle était encore toute petite.

La mère lui amenait le bébé.

A son hôtel particulier, bien entendu ; Eugen et Madame le docteur Bachler ne se sont jamais rencontrés ailleurs.

Ainsi donc, il n'y a jamais eu le moindre racontar, rien, pas même l'ombre d'un soupçon. C'était un secret hermétiquement gardé, sans liaison avec le monde, solidement retranché derrière les boiseries de la vieille maison du Dr. Eugen dans le quartier de Wieden. Avec le temps, et grâce à la discrétion raffinée qui baignait cet amour en conserve comme une liqueur l'empêchant de heurter quoi que ce soit, de toucher quoi que ce soit ou de s'y appuyer, il devint une sorte de chose momifiée, sans plus aucun lien avec le monde. Et l'épouse du médecin entrait dans la vieille maison d'Eugen comme dans un autre siècle tout en restant à la même époque (peut-être trouvait-elle du charme à cela). Sortant de la salade de concombres, elle se trouvait enveloppée ici de la senteur rafraîchie émanant du bois précieux de meubles anciens. Les sphères ne se mélangeaient jamais. Elles se rencontraient comme deux blocs infrangibles. Toute perfection est inhumaine, voire mortelle, on le sait, on le reconnaît déjà à cet exemple. Et effectivement, le nerf de l'affaire dépérit progressivement et l'amante devint fille. A l'époque où Monica était tombée dans l'eau, les choses en étaient presque arrivées là, ou en prenaient du moins le chemin. Choses ou personnes : si elles veulent vraiment vivre et rester en vie, elles sont obligées d'entrer en contact avec les gens et bien sûr aussi – puisqu'il le faut – de faire parler d'elles.

Il reste seulement à savoir comment deux êtres issus de mondes si différents, en étaient venus à se rencontrer : ma foi, il est facile à la vie de mettre de telles choses en scène, infiniment plus facile que pour nous ici ; en un tournemain elle a planté ses décors (on ne peut jamais la suivre), tout tourne, tout s'anime ; et pendant que nous en sommes encore au premier collage, des faits isolés très éloignés les uns des autres se sont déjà agglomérés en couches épaisses et tout regorge d'existence, et même sur le mode le plus vulgaire, serait-on presque tenté de dire. Dans la maison des parents de madame Bachler (Rita Bachler, née Eptinger) il y avait eu autrefois une femme de chambre qui, plus tard, fut impliquée – bien que très brièvement – dans un procès criminel, à cause d'un amant bien entendu ; Madame Rita, appelée comme témoin secondaire, dut faire une déposition sur le passé de cette personne devant un tribunal présidé par le docteur Eugen. Elle s'aperçut aussitôt qu'elle le connaissait, de vue. Cela remontait aux premiers temps de son mariage avec ce gandin de docteur Bachler (et ils habitaient alors déjà à l'angle de cette longue rue dont nous avons parlé, près du canal du Danube). Par son mariage, Rita s'était retrouvée dans une situation où elle ne tarda pas à rester figée d'étonnement. Car après avoir installé son cabinet dentaire avec l'importante dot de sa femme, le docteur Bachler ne s'occupa plus du tout d'elle. Leur mariage avait été un échec, dès le début les choses avaient mal tourné et il n'était jamais rien arrivé de bon. Il existe des cas semblables. Personne ne peut rien y faire, ni l'homme, ni la femme.

Elle connaissait donc déjà notre Dr. Eugen, longtemps avant de s'avancer à la barre des témoins où il s'était adressé à elle pour l'instruire et la questionner. L'oisiveté des jeunes femmes aisées de cette époque – ses formes plus hygiéniques et leurs attributs : raquette de tennis, entraînement en piscine couverte même en hiver, n'avaient pas encore acquis droit de cité sur le continent – l'oisiveté donc les conduisait presque chaque matin dans le premier arrondissement tout proche, « le centre », comme on disait à Vienne ; c'était une sorte de rite de flâner ici entre onze heures et une heure devant les vitrines brillantes des magasins, saluant ici et là un visage connu, s'acquittant d'une petite emplette. Cette période était à tous points de vue profondément marquée par ce que les gens qui s'affichaient, considéraient comme parfaitement convenable de s'octroyer, tout à fait comme notre époque est maintenant placée sous le signe de l'infinie prétention de ceux qui autrefois restaient à peu près invisibles ; du moins on ne les voyait jamais dans le centre entre onze heures et une heure, ils n'existaient pas. Si, pour un empêchement quelconque, on ne pouvait se rendre le matin dans le quartier proche de la Cathédrale Saint-Etienne, on prenait le thé à cinq heures de l'après-midi chez Demel, place du Kohlmarkt.

Et là il était parfois donné de voir, bien qu'assez rarement et non pas chaque semaine à jour fixe, le Dr. Eugen encore anonyme qui, il faut bien le constater, gagna ici une bataille contre ce gandin de Maurice Bachler, avant même que celle-ci n'ait commencé, et malgré son âge déjà avancé. La fréquentation de la pâtisserie et du salon de thé de chez Demel devenait carrément passionnante.

Après l'audience, au cours de laquelle Rita déposa comme témoin, il cessa tout à fait de venir et ne réapparut que la semaine suivante ; toutefois, en dépit de toute la subtilité et la malice féminines, et à cause de son ignorance de ce que signifiait l'expression « procédure en instance » – elle ne trouva pas la bonne explication à ses absences, explication qui aurait dû la satisfaire.

La fois suivante, il la salua et lui adressa la parole sans préambule au moment où ils étaient tous les deux debout en train de choisir devant les alignements de *petits fours* et les tartes de toutes dimensions. Comme cela arrive parfois, le hasard fit qu'ils se retrouvèrent assis à la même petite table de marbre, pour la simple raison qu'aucune autre place n'était libre. (Cela fait partie de la mise en scène de la vie.)

Bien entendu, Rita s'est aussi entretenue avec le docteur Eugen du procès, qui, d'abord à la barre des témoins et maintenant chez Demel, l'avait conduite vers l'homme qu'il fallait. Le gaillard dont il s'agissait dans cette affaire s'appelait Okrogelnik ; c'était un individu terrible. A l'époque, il avait été acquitté par les jurés pour manque de preuves dans une affaire de voie de fait dont il était accusé. Il avait pourtant un casier judiciaire bien rempli. En fouillant de nouveau dans le passé d'Okrogelnik, on en vint à parler d'un cas où l'on n'était jamais parvenu à reconstituer le produit très important d'un vol : et voilà soudain que l'accusé prétendait tout à trac qu'on lui avait tout dérobé et que tout avait été vendu dans son dos par une ancienne maîtresse, une femme de chambre du nom de Sophie Liesbauer. Mais cette sortie proprement absurde ne lui réussit guère. Car cette Sophie, qui avait autrefois servi dans la maison de la mère de Rita – là on ne l'appelait pas Sophie ou Sopherl mais très joliment Sopferl et même pour finir Zopferl – n'avait pas tardé à l'époque à se sentir gagnée par un sentiment de malaise au sujet d'Okrogelnik, en dépit de ses manières tout à fait convenables. Bien plus, elle souhaita en être débarrassée ; surtout quand il apporta de plus en plus de petites caissettes et de paquets (certains étaient lourds) que Zopferl devait garder dans sa chambre de bonne : ils remplissaient déjà tout l'espace au-dessous du lit-cage de Zopferl et formaient contre la cloison un véritable mur : « des fournitures pour l'agriculture » (?) disait-il, achetées sur les instructions de sa belle-sœur vivant en Styrie et propriétaire d'un domaine ; très prochainement il allait embarquer tout cela. Zopferl trouvait ça louche. Elle se confia à mademoiselle Rita qui avait le même âge qu'elle, et lui dit qu'elle voulait être débarrassée d'Okrogelnik et de son fourbi. Toutes deux décidèrent donc d'en parler à madame Eptinger mère (née Globusz) qui fit alors vigoureusement la commission auprès d'Okrogelnik en le jetant dehors au moment où il voulait encore une fois rentrer dans la cuisine pour rejoindre Zopferl (la plupart du temps il se dépêchait d'aller ensuite dans la chambre de celle-ci pour se livrer à différentes opérations avec son fourbi). Et il lui fallut à l'instant transporter ailleurs tout ce qu'il avait entreposé – pas si bête ! – à l'abri d'une maison respectable. Or, sa sortie devant la Cour contre son ancienne amie Zopferl ne fut rien moins que stupide, car Rita Bachler et sa mère, qui vivait encore à cette époque, dirent toutes deux dans leur déposition exactement comment les choses s'étaient réellement passées. D'ailleurs Okrogelnik semblait alors avoir trouvé très vite une autre cachette qui convenait encore mieux à son trésor. Car peu après avoir été jeté dehors de chez madame Eptinger, il fut brusquement arrêté une nouvelle fois, fortement soupçonné qu'il était d'avoir participé à la mise en circulation de fausse monnaie.

Cependant ils ne parlèrent pas longtemps du cas jugé au tribunal (il n'occupa que furtivement leur tête-à-tête avec une sorte de réalisme cru et brutal et s'effaça aussitôt). Peut-être en parlèrent-ils encore chez Demel ; une fois dans la rue, ils n'en parlèrent plus. Ce fut l'une des très rares fois où elle fit quelques pas en compagnie du docteur Eugen ; et ce n'était que le début de leur liaison. Ensuite, cela n'arriva plus jamais. Ainsi le fait de marcher côte à côte dans la rue avait déjà alors en soi quelque chose de tout à fait provisoire, annonçant l'arrivée d'une situation entièrement différente, ce n'était pas une manière de donner le change mais une voie toute droite sur laquelle ils avançaient sans hésiter : il n'y aurait jamais là ni précipitation ni recul, ils prenaient au plus court, le but était à leurs pieds et ils n'avaient plus qu'à l'enjamber.

La journée avait déjà annoncé la couleur avec une matinée rayonnante et déployait maintenant son azur au-dessus des rues dans un scintillement de détails que l'on ne percevait pas séparément mais seulement comme un concert embrouillé de lumières, comparable à un grand orchestre en train d'accorder ses instruments plutôt qu'en train de jouer. Il voulait aller voir des peintures exposées à proximité avant qu'elles ne soient mises aux enchères ; et il avait des intentions précises à ce sujet ; il paraît qu'il y avait là un petit tableau du maniérisme italien de l'époque de Bronzino ; on en avait parlé au Dr. Eugen ; maintenant il voulait le voir, et peut-être participer plus tard aux enchères. Il en parlait à présent. Elle marchait à côté de lui, penchée en avant, appuyée en quelque sorte contre le flot de lumière, comme si elle marchait contre le vent. Elle n'était pas exaltée et n'était pas du tout prête non plus à juger ou corriger une situation extérieure (comme jadis dans le cas de Zopferl, et beaucoup plus tard dans le cas de Finy et de Feverl). Docile sous une charge qui s'annonçait lourde, elle avançait contre le vent de lumière qui soufflait là, elle ne comprenait rien aux tableaux et gardait cette fois-ci un silence modeste, grandissant et s'éveillant à un degré qui lui était étranger et qui pourtant aujourd'hui s'imposait impérieusement à elle.

Guère plus de deux mois après la conversation que nous avons relatée entre Chwostik et le Conseiller à la Cour d'appel – vers la mi-juillet donc – le Dr. Eptinger se présenta au bureau de Chwostik pour lui annoncer que sa sœur avait bien obtenu l'appartement qu'elle désirait à Döbling et qu'elle avait aussitôt déménagé : il pouvait aller visiter le logement devenu vacant et, si l'appartement lui convenait, emménager aussitôt : tout était en bon état ; d'ailleurs il était resté quelques meubles qui, s'ils lui plaisaient, seraient laissés à sa disposition contre une très faible reprise ; qu'il veuille bien alors verser à l'occasion la modique somme à lui-même, le docteur Eptinger. La concierge s'appelait madame Wenidoppler. Elle était toujours là en fin d'après-midi et était prête à monter avec monsieur Chwostik pour lui faire visiter.

Il y alla le jour même : en rentrant du bureau qu'il avait quitté plus tôt à cet effet. Il était cinq heures et demie. Il s'engagea dans la longue rue parallèle au canal du Danube et vérifia encore une fois le numéro sur le papier que le docteur Eptinger lui avait donné. C'était un peu plus loin en direction du pont de chemin de fer. Les maisons neuves de couleur claire s'alignaient le long de la rue déserte, avec aussi à intervalles réguliers de grandes fenêtres à trois vantaux. La chaleur du jour ne diminuait pas encore, enveloppant toutes les choses qui étaient comme adossées à ce coussin d'air lourd. Dans les longs alignements de fenêtres fermées, la lumière du soleil encore haut dans le ciel faisait comme une poussière de cendre. Chwostik se rendit alors compte que c'était la maison d'angle. Il leva les yeux sur la façade et vit au premier étage du papier rose derrière la fenêtre à trois vantaux. Puis il poussa la porte de l'immeuble peinte de couleur claire et il dut pour cela appuyer en faisant un certain effort. Elle se referma automatiquement derrière lui. L'allée n'était pas à proprement parler fraîche mais elle donnait cette impression derrière les vitres bleues qui atténuaient la lumière dans la cage d'escalier. Sous une petite corniche en demi-lune sur laquelle était écrit « Portier », brillait le bouton de cuivre de la sonnette.

Aussitôt apparut madame Wenidoppler, une jeune personne qui le regarda comme une bête curieuse, d'un œil d'abord soupçonneux, avant de dévoiler d'un sourire son visage de chatte. « Monsieur le directeur Chwostik... ? » dit-elle. On devait le lui avoir décrit.

Elle alla chercher les clefs et monta l'escalier devant lui. Chwostik n'avait pour ainsi dire pas retrouvé entièrement son équilibre depuis qu'il avait reconnu cette maison pour l'avoir vue au cours de ses promenades matinales l'été précédent. La lumière colorée de la cage d'escalier lui donnait l'envie furtive de regarder par l'une des vitres bleues et de voir, ainsi teinté, tout ce qui était dehors. Ils ne montèrent qu'un étage, puis la Wenidoppler fit cliqueter son trousseau de clefs. Tandis que Chwostik reculait d'un pas devant la haute porte peinte en blanc, il remarqua que la concierge portait une petite jupe noire (peut-être n'était-ce qu'un jupon à cause de la chaleur) et qu'elle était jambes nues dans ses pantoufles. Il enregistra cela malgré lui, il n'était ni repoussé ni attiré. Puis la porte de l'appartement pivota sur ses gonds.

Entrant derrière la Wenidoppler, ici dans la pénombre du vestibule – qui était peint tout en blanc, avec une paroi en bois où étaient fixés un grand miroir et des porte-manteaux – il se sentit enveloppé comme par un souffle : il aurait été incapable de dire ce que c'était, ce sentiment qui l'assaillait maintenant, incapable de bredouiller en secret la plus petite bribe de parole ; la seule chose qu'il savait : jamais encore ressenti cela, être repoussé et attiré en même temps, désir passionné de ce qui était de toute façon là à portée de main et devait lui échoir, et en même temps ce mouvement instantané qui naissait en lui et le poussait à fuir. Il n'était pas non plus en état de prononcer une parole. Elle ouvrit la porte de la salle de séjour. Partout les jalousies vertes étaient baissées, les fenêtres hermétiquement fermées. L'appartement semblait avoir été bien aéré auparavant, maintenant l'air était presque frais et pur bien que stagnant et confiné. Il y avait ici un parfum froid avec une fine touche d'acidité, comme lorsqu'on mord dans une pomme sauvage qui contracte la bouche. La Wenidoppler donnait des explications, montrant ce qu'il y avait comme mobilier et ce qu'il pourrait utiliser le cas échéant, indiquant qu'il y avait l'éclairage au gaz et que Madame le docteur avait laissé aussi bien les appareils d'éclairage qu'un réchaud dans la cuisine, parce qu'en banlieue, à Döbling, elle avait tout racheté. Et ici, dit-elle en soulevant un peu une jalousie, on voit jusqu'au Prater parce qu'il n'y a pas encore de maisons en face. Sur la fenêtre il y avait un papier de soie rose. Il n'enveloppait plus rien. Il était vide. Pour la première fois, Chwostik sortit de sa réserve un peu contrariée (« je réfléchis », avait-il dit à Milo !) pour atteindre ici à un certain pathétique de la vie, ce que nous ne voulons pas prendre dans un sens défavorable. Nous ne voulons pas tourner Chwostik en dérision. La concierge, à qui ce papier rose laissé sur la fenêtre donnait peut-être une impression de désordre, le froissa en boule et le fourra dans la poche de son tablier. Chwostik éprouva alors presque comme une douleur. L'objectivité de sa vision d'ensemble n'en était pas moins parfaite, la situation le portait comme l'eau rapide d'un chenal, elle paraissait avoir été préparée pour lui, c'était comme si elle se mettait maintenant en marche, sans plus attendre, comme s'il était monté dans un train et partait maintenant avec lui. La Wenidoppler lui montra, dans la cuisine, une table blanche pivotante très pratique, « elle vient du cabinet du docteur ». Chwostik se sentait depuis bien longtemps au-delà d'une décision qu'il aurait encore fallu prendre, ou d'un choix. Il agissait déjà comme quelqu'un qui exécute un ordre strict dont il ne doute en aucune façon. Il voyait bien qu'il y avait déjà là tout ce qui était de première nécessité et en même temps il trouvait cela tout naturel : une grande armoire à habits était restée dans la chambre de bonne, de même Madame le docteur Bachler n'avait pas daigné emporter un lit de fer relégué là avec une table de nuit. L'ancienne table à langer de Monica était là, ainsi que deux fauteuils blancs ; dans la pièce de devant il y avait même un petit bureau de dame branlant. D'une façon générale, Chwostik était déjà installé ici. Il était aussi loin que possible de penser maintenant à repartir. La Wenidoppler reçut cinq florins et, avec un sourire de chatte, elle tomba devant Monsieur le directeur au-dessous du niveau de la plus extrême obséquiosité.

Chwostik partit en disant qu'il emménagerait dans les prochains jours et que jusque-là il arrangerait tout avec Monsieur le docteur Eptinger.

La concierge le précéda et ouvrit la porte de l'immeuble.

La rue était enfouie dans les mêmes épais coussins de chaleur.

Il alla dans l'Adamsgasse et resta longtemps debout devant les armoires ouvertes et devant ses malles, sans pourtant rien entreprendre. Même les lampes, il n'avait pas besoin de les emporter ; même celle du vestibule resterait tout simplement où elle était, comme toutes les autres choses ici. Cela le soulageait beaucoup. La charrette à bras du marchand de charbon et un jeune gaillard suffiraient. Les détails se présentaient bien alignés, petite colonne ordonnée, facile à embrasser du regard. Sur la charrette, en dehors des malles, seulement le seau, le balai et des choses de ce genre. Il n'était plus chez lui ici. Il se tourna vers la porte, remit son chapeau et alla manger dans la taverne où jadis son père avait été garçon et où le même patron qu'autrefois se tenait toujours derrière le comptoir. Il fallait mettre Milo au courant. Cela lui vint à l'esprit alors qu'il regardait sans la voir la nappe aux motifs bleus et blancs. Quant aux filles à droite et à gauche, il faudrait bien qu'il les supporte encore deux ou trois nuits ; que le diable les emporte ! La Wewerka aurait les meubles, et que le diable l'emporte elle aussi ! Il n'était plus qu'à moitié immergé dans les conditions matérielles de sa vie qui subsistaient encore et il n'en sentait plus la pression. Une période nouvelle avait déjà commencé avec la solidité d'une chose réelle et prenait le dessus. Il y avait cependant une cassure et un chagrin, presque le chagrin d'un adieu. Chwostik pensa aux lits de ses parents qui, maintenant séparés, se trouvaient dans les chambres des deux filles. Il y avait comme une légère brûlure à l'endroit de cette cassure et, chose étrange, c'était pareil quand il pensait au papier de soie rose que la concierge avait fourré dans la poche de son tablier. Il ne comprenait pas bien que tout cela lui fût familier. La suture entre l'ancien et le nouveau était encore toute fraîche et rien ne l'empêchait de regarder de part et d'autre. C'était comme si Chwostik avait eu pendant quelques instants une tête de Janus (il aurait également été obligé de consulter le dictionnaire encyclopédique, celui-ci était d'ailleurs là pour ça).

Nous multiplions les analyses le concernant en utilisant un mode d'expression qui lui aurait été incompréhensible. Mais on ne peut faire autrement. Il n'y en a pas qui lui soit propre.

Plus tard, tout se passa sans accroc. Quand les malles furent descendues, la Wewerka bondit hors de son trou. Même les dragons ont des intuitions. Est-ce qu'il partait en voyage ?

Chwostik dit qu'il déménageait.

« ...jste blàzen ! » (Etait-il devenu fou ? – En état d'excitation, le végétal bulbeux avait des retours d'accent tchèque). « Et les poulettes ? Faudra qu'elle couchent par terre maintenant, si vous embarquez les meubles ? »

Chwostik mit la main dans sa poche intérieure. Il s'y trouvait une déclaration en bonne et due forme – le docteur Eptinger l'avait rédigée pour Chwostik – disant qu'il faisait abandon de son droit de propriété sur les meubles et qu'il les transmettait à madame Léopoldine Wewerka pour qu'elle les utilise à son gré. C'était une donation. Elle tira ses lunettes de son tablier et lut. Parce qu'elle ne flairait jamais que l'ordure (la sienne), rien ne vint éclairer sa physionomie crispée de carnassier : Chwostik, qui entre-temps s'était bien assuré que tout avait été chargé et arrimé sur la petite charrette à bras, remit encore les clefs de l'appartement, salua et s'en alla aussitôt à grands pas, suivi de ses biens qui roulaient derrière lui, tirés par le commis du marchand de charbon associé à un gros chien.

La Wewerka, après avoir suffisamment éloigné son nez de sa propre ordure et l'avoir fourré dans le papier que lui avait remis Chwostik – comprit la réalité de ce qu'elle avait sous les yeux ; aussitôt elle se rengorgea, prenant des airs importants de concierge, elle se conciergifia, serait-on presque tenté de dire (en latin : *concierificatio sui ipsius*) et prit des dispositions tactiques adaptées à la nouvelle situation.

En conséquence de quoi, lorsque Münsterer revint le soir de la poste, il fut délogé et envoyé en haut, mesure qui montrait nettement qu'elle s'acquittait de sa quote-part de moralité et de son sens des responsabilités. (« Les poulettes peuvent pas rester toutes seules là-haut ! ») Et c'est ainsi que Münsterer quitta son horrible lit et atterrit au plus vite dans celui de Chwostik : en tant qu'organe de surveillance de la conciergerie. Pourtant cela ne le réjouissait guère. Dehors, dans le vestibule, brûlait la flamme solitaire de la lampe à pétrole destinée à éclairer Finy et Feverl dans leurs itinéraires professionnels. On n'entendait pas encore les femmes. Mais Münsterer se tortillait dans son propre ridicule en pensant à présent qu'il avait essayé d'imiter Chwostik (en s'arc-boutant contre la porte de l'immeuble pour l'ouvrir, comme on se le rappelle peut-être). Non, ce n'était pas aussi simple que cela : on ne pouvait pas devenir un Chwostik en empruntant ce genre de raccourci. Il était maintenant dans le lit de son idole, conciergifié et donc déshonoré. Et Chwostik s'était évanoui. Münsterer entendit alors une clef se glisser dans la serrure. Dans son lit, il se tourna sur le ventre, mordit l'oreiller et gémit doucement. C'était la nature de chien de son père qui poussait sa plainte à travers lui.

Environ trois ou quatre jours après le déménagement de Chwostik, Finy et Feverl penchèrent leur nez sans malice sur une lettre de madame Rita Bachler ; celle-là était arrivée non à l'adresse de l'Adamsgasse mais à celle de la petite écurie où elles dormaient. On les priait de venir faire une visite ; le jour et l'heure étaient indiqués ; tout comme la rue et le numéro ; à Döbling, Reitlehgasse.

« J'irai pas, dit Finy.

– On ira, dit Feverl.

– J'ai pas envie, dit Finy.

– Sois pas idiote, dit Feverl.

– Allons nous baigner », dit Finy.

Elles allèrent se baigner (ça de toute façon). En fait elles avaient déjà complètement oublié l'aventure avec madame Bachler, bien que leurs visites régulières au commissariat de police pour l'examen médical eussent dû la leur rappeler ; bien sûr le docteur Grundl ne faisait ou ne disait rien dans ce sens.

Pourquoi, le jour fixé, allèrent-elles quand même dans la Reitlehgasse, en dépit de leur faible disposition à y aller au début – Feverl, elle aussi, avait bientôt cessé ses quelques exhortations –, voilà qui est difficile à dire. Il est possible que les avantages, rares mais fondamentaux, de leur forme d'existence – à savoir la simplicité et l'oisiveté – aient eu en la circonstance un effet décisif : simplement parce qu'ils laissaient le champ libre à l'arrivée de quelque chose de nouveau qui pouvait alors être réellement perçu, en toute quiétude. Il est en effet bien connu que beaucoup ne trouvent pas d'issue à une situation quelle qu'elle soit parce que la vie où ils sont enfermés est remplie d'un tel bric-à-brac qu'ils ne remarquent pas qu'une porte est ouverte depuis déjà bien longtemps.

Elles allèrent vers la Schottentor, un quartier d'allure élégante qui leur était tout à fait étranger – montèrent dans l'omnibus pour Grinzing et en descendirent à la bifurcation de la Grand-rue de Döbling. Continuant à pied, elles se retrouvèrent au calme sur le trottoir presque vide que les arbres bordant la rue mouchetaient de taches d'ombres et de ronds de soleil. Toute cette entreprise commençait à produire un sentiment de malaise qui n'avait vraiment aucune raison d'être ; et jusqu'à présent, en dehors de leur clientèle, elles n'avaient vraiment jamais rien demandé à personne. On les faisait venir ici un peu comme des quémandeuses, ou bien pour recevoir une récompense qu'elles ne désiraient pas. Cependant, comme il arrive dans ces cas-là : si l'on s'est dévoué à une cause, si l'on s'est engagé ne serait-ce qu'une fois (et ça, elles l'avaient déjà fait sur le bord du canal du Danube), il n'y a plus de possibilité de s'arrêter, un pas entraîne l'autre. Elles tournèrent à l'angle et remontèrent alors la Reitlehgasse qui, pour ainsi dire, ne correspondait plus en rien à l'idée qu'elles se faisaient d'une rue, mais fixait de façon déconcertante les deux sauveteuses d'enfant de toute sa rangée de maisons élégantes pour le goût de l'époque. Elles traversèrent un étroit jardin devant la maison.

C'était au premier étage.

C'était totalement différent de ce qu'elles s'étaient imaginé pendant les dernières minutes.

Une femme de chambre ouvrit. Au même instant elles entendirent un gros rire cascadant, un rire d'homme venant de quelque part derrière. Madame Rita Bachler traversa à grands pas le vestibule et leur tendit aussitôt la main cordialement. Ici, tout était brillant et neuf, même dans les deux pièces qu'on traversait maintenant, c'est à peine si l'on voyait un meuble ancien dont le poids, alourdi par les ans, aurait pu affaisser la surface lisse des choses, leur imprimant la marque d'un passé devenu anonyme (remarquons au passage : l'investissement de la dot de Rita dans le cabinet dentaire du docteur Maurice Bachler semblait assurément avoir été profitable, si bien qu'en quittant l'ancien appartement on avait pu laisser les choses où elles étaient – bien que de façon moins sommaire et globale que ne l'avait fait monsieur Chwostik). Dans la troisième pièce était assis un gros homme bâti en géant dans une veste de drap épais avec des bottes à tiges ; sans se lever il regarda s'approcher les deux petits chevaux de Troie qui se faisaient déjà minuscules comme de petits chevaux à roulettes, des jouets que madame Rita Bachler aurait tirés derrière elle au bout d'une ficelle pour les amener devant le colosse.

« Les voilà », lui dit-elle, et à leur adresse : « C'est mon oncle Lala Globusz, un grand propriétaire foncier de la région de Mosonszentjanos ou St-Johann, un cultivateur. Il pourra peut-être vous employer. »

Qu'on n'aille pas croire que cette nouvelle façon qu'avait madame Bachler de s'adresser à elles échappât à Finy ou à Feverl. Mais toutes deux étaient ici, pour ainsi dire, en observatrices ; et bien qu'elles se soient faites toutes petites en entrant et qu'on les rapetissât encore à présent, elles restaient conscientes que cette visite ici ne les engageait à rien du tout.

« Alors, les enfants, que savez-vous faire ? » dit Globusz.

Mais cette voix montrait qu'il était superflu de feinter, c'était inutile. Cet organe plein de vibrations chaleureuses associé au rire qui s'étalait sur tout ce grand visage comme la lumière du soleil sur un étang de village changea irrésistiblement toute la situation.

Globusz ressemblait à beaucoup de ces maquignons juifs qu'il y avait alors en Hongrie, des gens qui circulaient beaucoup et qui étaient empreints d'une urbanité villageoise, bien que ce soit en fait une contradiction. Mais la roublardise de ces gens reposait pourtant sur une bonne dose d'authentique joie de vivre dont leur patrie les comblait, une patrie qui aime la table, une patrie avec de larges routes faites uniquement d'ornières défoncées, avec des villages dont les rangées de maisons blanches étaient si dispersées que le ciel lointain venait se vautrer depuis l'horizon jusqu'au milieu de la place, des régions où l'on allait à cheval en emportant plus d'un plaisir qui s'offrait incidemment entre le lac de Zick et Apetlon. La place qu'y tenaient des gens comme Globusz était toujours considérable. Le profit qu'ils faisaient venait pour ainsi dire du fond du cœur.

« Monsieur Globusz », dit Feverl qui, sous les regards d'un tel soleil, perdit sa taille de jouet (doit-on penser ici au docteur Grundl et dire : « le jouet éthico-social de madame Rita Bachler ? ») et retrouva sa dimension normale : « nous sommes toutes les deux d'votre région. C'qu'une fille de Podersdorf a appris, vous le savez bien. Et nous avions déjà vingt ans jusqu'à tant que nous arrivions là, à Vienne naturellement, i'fallait absolument qu'nous allions à Vienne et on pouvait plus nous ret'nir. »

« C'est toujours la même chose, dit M. Globusz. Et surtout dans cette région », ajouta-t-il en guise d'explication à l'adresse de madame Rita Bachler. « Parce que Vienne n'est pas loin et le diable ne dort jamais. »

En un rien de temps il avait posé quelques questions à Finy et Feverl sur le travail aux champs et même dans les vignes, tout comme sur leur habileté manuelle à travailler les joncs et la paille de maïs, et dont il fallait faire preuve sur son domaine. Madame Rita Bachler était assise en tiers pendant cette conversation entre compatriotes, car Finy et Feverl formaient ici une seule et même personne.

« Chez moi, tout marche comme sur des roulettes », continua Globusz, « chacun fait ce qu'il a à faire mais quand on a besoin de quelqu'un quelque part pour aider en dehors de sa tâche, quand on a besoin d'un extra, il n'y a plus personne, et quand je veux porter des lettres à la poste ou avoir des bottes astiquées, je peux toujours courir. Venez chez moi, devenez les aides-de-camp du vieux Globusz afin que j'aie quelqu'un sous la main et que j'aie mon café le matin. Des bonshommes, vous en aurez sûrement plein le dos, je connais ça, je le sais bien. Grande exploitation, on a besoin de toutes les mains. »

Devant Globusz, toutes leurs réserves fondaient comme neige au soleil. Feverl et Finy ne dirigeaient plus la conversation ; il se peut aussi que la résurgence d'un fond d'enfance et de jeunesse campagnardes – sous le grand ciel bleu au bord de l'étang miroitant dans un village tout pareil, comme le leur autrefois – ait été un facteur déterminant bien que pas précisément rationnel.

Ce dont elles avaient besoin à la police c'était avant tout d'un certificat de leur futur patron déclarant qu'il les avait embauchées ; et effectivement chacune d'elles reçut un tel papier. Madame Rita Bachler avait en outre parlé avec le docteur Grundl. Elles se présentèrent chez lui et il les instruisit expressément des obligations qu'elles devaient observer en se faisant rayer des contrôles. Elles reçurent l'attestation médicale après un nouvel examen pratiqué par lui-même et il accompagna ensuite les deux femmes le long d'un couloir mi-obscur aux murs blanchis à la chaux jusqu'au bureau du commissaire de police. Qu'elles ne veuillent pas rester à Vienne mais changer de région se révéla être un atout.

Malgré tout, Finy et Feverl avaient l'impression d'avoir avalé un volumineux corps étranger. Cela n'avait pas vraiment de nom et n'était pas composé de détails concrets, bien qu'à présent il y en eût suffisamment, en comparaison de la simplicité et de l'oisiveté de l'existence qu'elles avaient menée jusqu'alors : les démarches à la police (il n'est pas si simple de se débarrasser du « livret jaune »), l'achat de fortes chaussures pour la campagne, le congé à leur petite écurie-dortoir – ici elles avaient payé leur loyer tous les mois, ce qui s'avéra être une circonstance favorable, bien qu'elles aient quand même déjà payé pour tout le mois de juillet – enfin l'achat d'une malle et d'autres choses encore... Mais ce n'était pas cette mosaïque de détails qui occupait vraiment leur esprit, elles ne s'y absorbaient pas. Sans qu'aucune d'elles en eût conscience, les deux qualités fondamentales déjà plusieurs fois citées de leur existence modeste les préservaient de cette agitation frétillante, et elles vivaient maintenant en quelque sorte sur d'anciennes réserves de vide et d'indifférence accumulées au cours d'une vie qui avait presque totalement manqué d'occasions pour ainsi dire ; et elles ressentaient d'autant plus maintenant, avec une sensation féconde d'étrangeté et d'étonnement bien réel, la nouveauté qui apparaissait ici : elles comprenaient très bien son avertissement intime et elles étaient suffisamment sensibles et réceptives pour s'apercevoir qu'il y avait là une porte qui s'ouvrait devant elles, tandis qu'une autre se refermait. Elles supportèrent cet état patiemment, docilement, sans poser de questions. Elles ne se retournaient plus vers ce qu'elles quittaient et qui effectivement avait vraiment perdu toute existence pour elles depuis qu'elles s'étaient engagées ailleurs. Et c'est ainsi qu'en somme elles flottaient à la surface des choses commes deux feuilles tombées dans l'eau l'une à côté de l'autre, ne voyant pas les profondeurs, mais instruites de leur existence par un savoir primitif. On serait tenté de dire : Feverl et Finy ou Finy et Feverl ne réagissaient pas seulement de manière objective à ces nouveautés mais avec un certain lyrisme aussi.

Lyrique fut aussi leur chagrin de voir leurs baignades perturbées. Ne plus voir le bleu de l'eau à l'école militaire de natation du Prater était une perte, la plus grande étant la disparition de ces heures échappées du temps, profondément équilibrées, rattachées à rien, et passées entre le soleil, l'odeur de bois dégagée par les planches et le clapotis de l'eau.

Elles y allèrent encore une fois. Mais elles ne s'enfoncèrent plus entièrement jusqu'au fond de cette coupe qui avait été autrefois celle de leur existence, cette coupe qui, si plate et si amicale, les avait soutenues et qui à présent commençait à briller comme vue de biais et à une certaine distance. Ensuite elles retournèrent encore une fois dans l'Adamsgasse – en plein jour ! – pour aller chercher quelques menues affaires, des accessoires de toilette qu'elles avaient toujours laissés là-bas.

Un dragon plein de pressentiment bondit hors de son antre.

Elles récitèrent très simplement leur petit couplet : elles étaient seulement venues chercher ces choses-là et elles ne reviendraient plus. (Bien qu'ici aussi elles aient payé jusqu'à fin juillet).

Dans ce cas non plus, aucun éclair de compréhension n'éclaira la physionomie crispée de carnassier de Wewerka. Quoi qu'il en soit, lorsque Finy et Feverl tendirent chacune un florin, une serre de rapace s'avança pour s'en emparer.

Puis elles partirent ; la Wewerka les suivit par la porte ouverte de l'immeuble et les vit s'éloigner sur le trottoir d'un pas traînant, remuant leur derrière. Confrontée à une situation qu'elle ne comprenait pas, elle lâcha dans son jargon primitif à peine articulé : « Cert vás vem, vy starý kurvy, stejne uz zadnýho chlapa sem nezátahnete. » [1] La traduction n'est pas de mise (pour des Autrichiens qui s'y connaissent elle serait d'ailleurs superflue).

Tous les jours à cinq heures et demie du matin, un train passait quelque part au loin et sifflait ; on l'entendait rouler pendant un moment.

La chambre où elles habitaient à présent, sous le toit d'un bâtiment des communs et au-dessus de la remise des voitures, était absolument immense, avec un plancher qui reluisait tant il était astiqué, et donnait l'impression d'être presque vide. Dans le coin il y avait un grand poêle blanc, au milieu deux monstrueuses armoires peintes en jaune, la table avec deux fauteuils, et à chaque extrémité de la pièce, dans le sens de la largeur, un lit du gabarit des armoires, avec une table de nuit et un bougeoir dessus suffisant pour assommer un homme vigoureux.

1. « Allez au diable, vieilles putains, de toute façon vous n'amènerez plus aucun homme ici. » (N.d.T.).

Quand le train arrivait, Finy et Feverl étaient déjà éveillées dans leur lit. Quand il sifflait, elles sautaient de leurs lits en piaillant. Depuis qu'elles étaient ici, elles piaillaient ainsi tous les matins. Dans la pièce la clarté était resplendissante. Le bâtiment fermait la cour au sud-est et des trois fenêtres de la pièce, le regard se portait vers la plaine sans buter sur aucun obstacle, glissant sur une vaste étendue d'eau brillante comme un bouclier d'azur au premier plan, pour atteindre la lointaine rive opposée, frangée de roseaux qui, au soleil, traçaient une ligne verte et nettement marquée. C'est le matin suivant leur arrivée qu'elles avaient aperçu pour la première fois ce lac situé derrière la ferme et dont la rive pouvait être éloignée d'environ cent cinquante pas.

Une odeur sèche de vieux bois traversait la pièce et le long couloir qu'elles empruntaient aussitôt après s'être levées pour aller au-devant de leurs tâches quotidiennes très irrégulières.

Ce que Finy et Feverl avaient redouté le plus – et elles traînaient déjà cette inquiétude depuis Vienne – c'était que quelqu'un d'ici découvrît la pierre d'achoppement que constituait leur passé et la jetât dans leur jardin le moment venu. Mais rien de tel ne se produisit. Au bout de quelque temps, elles jugèrent possible que Globusz – elles ne tardèrent pas à connaître son sobriquet de « Globe de Hongrie » – n'ait jamais rien laissé filtrer là-dessus, ni devant le régisseur, le chef de la laiterie, ou le premier valet. D'ailleurs personne ne demanda où elles avaient été auparavant. D'une manière générale, personne ne semblait se soucier de son voisin et chacun ne regardait que ses propres mains déjà suffisamment occupées avec ce qu'il y avait à faire. Il en fut encore de même après la moisson ; tant qu'elle avait duré, la gigantesque ferme avait été comme morte pendant la journée ; Feverl et Finy qui avaient surtout à faire dans les vastes bâtiments luttèrent au début avec la difficulté de s'y retrouver à tout coup ; et il n'y avait pas souvent quelqu'un à qui demander. Mais bientôt c'est au pas de course qu'elles firent le trajet entre la gigantesque cuisine et la glacière, entre la buanderie et les chambres des valets et des filles de ferme, en remuant leur derrière et pourtant agiles comme des belettes. Elles ne restèrent pas longtemps novices. Et dès le départ on ne les avait pas traitées en novices mais on avait fait peser sur elles le poids d'une totale exigence. Si elles pouvaient y suffire, c'était grâce à l'assise de leur jeunesse villageoise qui maintenant affleurait soudain, libérant ses capacités, ses pratiques et ses tours de main restés dans l'oubli pendant toute une partie de leur vie. Feverl montrait même une étonnante prédilection pour le travail à l'étable où, dans la précipitation de la moisson et l'inévitable pénurie de personnel, elle dut plusieurs fois donner un coup de main. Dans l'ensemble, nos deux filles n'étaient pas compliquées et toujours disponibles. On profitait d'ailleurs de ces dispositions et l'on n'avait pas besoin de se faire prier. Ce fut pourtant le « Globe de Hongrie » qui mit des bornes à tout cela. Il fallait satisfaire ses besoins personnels et Feverl et Finy pressaient l'allure pour lui apporter le café du matin à heure dite et pour astiquer ses bottes à hautes tiges. A présent il n'avait plus besoin de chercher longtemps quelqu'un pour aller porter une lettre à la porte, ou d'y aller lui-même. Toute cette exploitation était un grand domaine sans maison de maître, chose étonnante, surtout en Hongrie, il fallait en chercher l'explication dans le fait qu'il s'agissait au départ d'une propriété paysanne que Globusz avait transformée en vrai domaine de rapport en ne cessant d'acheter des terres hypothéquées situées autour dans un rayon de plus en plus grand : c'était davantage ce qu'on pourrait appeler une grande exploitation agricole qu'une très grosse ferme. Lui-même logeait dans l'ancien bâtiment d'habitation qui n'était pas grand et où il n'occupait que deux chambres. Les autres pièces servaient à remiser du matériel agricole.

En un mot, nos petits chevaux se mirent vite à l'heure paysanne. De fait, il ne restait plus rien de leur oisiveté d'autrefois, quant à la simplicité, elle fêtait sans retenue son triomphe. Lorsque la moisson fut passée et qu'elles se furent insensiblement et complètement habituées à leur nouvelle vie, elles ne purent résister plus longtemps à l'eau du lac, brillant bouclier d'azur, qui chaque matin scintillait devant leurs fenêtres, et la journée de travail achevée – on n'avait alors plus besoin d'elles – elles sortirent de la ferme par la porte de derrière, en costumes de bains sous des manteaux d'été dans la chaleur encore pesante.

Il y avait derrière le bâtiment, courant sous leurs fenêtres, un chemin peu fréquenté, creusé par les ornières des voitures et à demi envahi par les herbes : elles le franchirent et arrivèrent sur une large bande de terre irrégulièrement couverte de végétation, une bande de terre entre elles et l'eau qui, si l'on avait élevé ici des moutons, aurait fait un pâturage tout à fait convenable. De ce côté, il n'y avait pas de champs ; ceux-ci commençaient dès le portail d'entrée de la ferme vers l'ouest et s'étendaient jusqu'à l'horizon. Là où l'herbe et les plantes se faisaient plus rares, il y avait sur le sol des endroits sablonneux toujours plus nombreux à mesure qu'elles approchaient de l'eau et qu'elles entraient dans ce vide parfait qui n'offrait rien aux regards sinon le bouclier d'azur du lac, le trait vert et lumineux des roseaux sur l'autre rive. Sur celle-ci, il n'y en avait pas. Elles étaient maintenant au bord de l'eau dont la surface était au même niveau que le sol, à fleur de prairie pour ainsi dire, là où l'eau recouvrait le sol ; celui-ci présentait un fond caillouteux accompagnant la courbe peu marquée de la rive. Mais lorsque, débarrassées de leurs manteaux et de leurs chaussures, elles entrèrent dans l'eau et s'avancèrent sur cette nappe qui se mit soudain à bruire légèrement, le fond glissant et caillouteux se modifia au bout de vingt pas sous la plante de leurs pieds : ceux-ci s'enfonçaient dans un sable lisse et doux ; elles eurent une impression de bonheur. L'eau ne leur arrivait pas encore aux genoux. Elles s'y jetèrent et s'y roulèrent. Puis elles s'avancèrent encore et furent enfin enveloppées de couches plus fraîches jusque sous les aisselles. Puis elles nagèrent, firent aussi la planche et aperçurent de nouveau la rive qu'elles avaient quittée avec le petit tas de leurs manteaux et de leurs souliers, distant déjà de plus de cent pas.

Leurs habitudes trouvèrent ainsi une nouvelle assise et c'est seulement à ce moment que le fléau de la balance qui maintenait leur situation cessa complètement d'osciller et se stabilisa. Comme toutes deux étaient simples – ce qui revient à se laisser davantage accaparer par la situation du moment qu'à essayer de l'accaparer – en dépit de toute leur adresse manuelle et de tous les menus travaux, leur oisiveté restait préservée au fond d'elles-mêmes ; d'une certaine façon Finy et Ferverl ne touchaient pas à leur vie, elles se contentaient de la consommer. Oui, les différentes dispositions qu'elles avaient dû prendre en dernier lieu – tout cela était une conséquence de leur aventure au bord du canal du Danube – leur paraissaient à présent et après coup témoigner d'un affairement étrange et d'un étonnant esprit de décision. Or, en réalité, elles n'avaient pris aucune décision du tout. Quant à leur existence du moment, elle se trouvait au-delà de toute possibilité et donc de toute obligation de prendre la moindre décision : or, c'est justement ce qui donnait à leur situation un fond de bonheur qui, nous nous permettons de le répéter ici, affleurait maintenant avec tout son lyrisme, une fois les petits détails matériels mis à leur place.

Elles s'en rendaient compte. Dans l'odeur de bois sec de leur chambre ; dans le sifflet du train le matin à cinq heures et demie ; dans le scintillement bleu du lac aperçu le matin au saut du lit ; dans l'habitude qu'elles avaient de nettoyer ensuite les bottes au soleil dans le jardinet, devant la maison de Globusz : c'est dans ces petits faits que se logeait le bonheur. Disons-le autrement : le temps ne coulait plus ; il restait là immobile, comme pris au piège dans des bacs. Et c'est justement ce qui faisait le tréfonds de leur bonheur. A Vienne, elles n'avaient rien laissé, ni personne. D'où elles étaient maintenant, elles auraient pu se rendre compte combien elles y avaient été seules. Mais cela aussi était bien loin de leurs pensées. Ici en revanche, elles n'avaient à se soucier de rien, ni rien à organiser. Les choses n'avaient qu'à rester comme elles étaient. Aucun but ne tendait l'existence vers un avenir imaginaire, ne la forçait hors du cercle paisible où elle se trouvait ou n'en déformait la circonférence. La simplicité jubilait sans retenue. Dans la cour, un gros caneton essayait de traverser un petit fossé d'écoulement sortant de l'étable ; il y avait bien une passerelle à deux pas ; mais ce lourdaud mal assuré sur ses jambes voulut prendre au plus court et tomba dans le fossé à plat sur son gros ventre ; il fallut aller le retirer. Pour Feverl et Finy, toute l'opération fut une source de réjouissance. Elles se rappelaient cette scène l'une à l'autre des jours après encore et repartaient dans des rires.

Mais un jour, elles rencontrèrent une créature bien plus étonnante, c'était dans le lac. Un hippopotame. Elles le virent une fois revenues au bord, il était très loin : un corps massif, avec les quatre pattes entièrement dans l'eau : il ne bougeait pas, penché en avant. Mais ensuite il se retourna et on entendit un bruit énorme. D'abord effrayées, Finy et Feverl entrèrent quand même dans l'eau et se risquèrent plus près. C'était Globusz qui se baignait. Les voyant s'éloigner du bord à la nage, il leur fit signe des deux bras et les appela. Le spectacle de cette créature gigantesque s'ébattant et s'ébrouant dans l'eau était surprenant, presque inquiétant même. Globusz leur demanda de bien vouloir lui apprendre à nager puisque manifestement elles savaient si bien le faire. On entama le processus de la façon suivante dans un endroit où il y avait plus de fond : après avoir suffisamment montré les mouvements, Finy et Feverl soutinrent de part et d'autre le ventre imposant de Globusz afin que l'hippopotame puisse être allongé dans l'eau. On enchaîna sur les mouvements répétés régulièrement et comptés en chœur par Finy et Feverl. Globusz qui, à partir de ce jour, désirait prendre une leçon de natation quotidienne, proposa cinquante kreutzers d'honoraires, un demi-florin donc par leçon, ce qui était tout de même appréciable. A la dixième ou douzième leçon, l'énorme masse se libéra pour la première fois de ses appuis, et passant entre Finy et Feverl, s'éloigna dans un beuglement sonore car il criait : « Je nage, je nage ! » en hongrois bien sûr ; ce ne fut qu'après une dizaine de mètres des plus violents efforts qu'il reprit pied sur le fond sablonneux. Cela avait été un spectacle colossal. Mais enfin le géant savait maintenant flotter dans l'eau et il s'abandonna bientôt plus tranquillement à la force portante de l'élément liquide.

C'est ainsi que le « Globe de Hongrie » avait appris à nager. On voit que les fonctions de Finy et de Feverl à St-Johann frôlaient aussi le grotesque. Ainsi, bien qu'extérieurement la phase d'adaptation soit complètement terminée, la nouveauté était quand même présente, de façon épurée, pourrait-on dire, non plus portée par le train de multiples affaires courantes mais installée en leur centre, immobile. Tout changement est un miracle : ne plus se réveiller en fin de matinée et ne plus voir depuis leurs petites écurires le mur nu d'une cour ; avoir maintenant une chambre si vaste qui sentait tellement le bois ; troquer l'école militaire de natation contre un vrai lac et l'abrupt talus du Danube contre une berge plate et caillouteuse ; être réclamée et mise à contribution, entendre quelqu'un crier dans la cour : « Fi-i-i-ni ! » ou « Fe-e-e-verl ! ». Le dimanche, le départ pour l'église se passait ainsi : on attelait deux chariots à ridelles ; Globusz conduisait toujours le premier. C'est dans cet équipage qu'on parcourait le kilomètre et demi jusqu'au village. Les chariots étaient décorés de rubans rouge-blanc-vert et de rameaux verts. Devant l'église, les hommes et les femmes se rangeaient, tout petits, derrière l'hippopotame et le cortège entrait lentement. Et après l'office, on entrait dans le même ordre dans l'auberge, la csàrda. Il y avait du vin à volonté, aux frais de la direction.

Même les petites courbatures des quinze premiers jours étaient passées et oubliées. Nous nous demandons, tout en regardant l'existence de Finy et de Ferverl trouver de nouveaux plis et se développer en une vie vierge de toute dépravation, si cette existence-là a jamais pu être dépravée ? Elles échappaient tout doucement au temps. Que l'on considère leur vie maintenant dans la longue période de l'automne, ou en hiver (quand on allait parfois à l'église en traîneau) ou bien un an ou dix ans plus tard : la nouveauté avait pris de l'âge et pourtant, chose étrange, elle gardait son air lointain de nouveauté, là-bas au-dessus de l'horizon et ne cessait de susciter l'étonnement, voire même un sentiment fécond d'étrangeté. Après 1900, c'étaient déjà deux vieilles gaillardes.

Le samedi, Feverl et Finy jouissaient la plupart du temps du repos hebdomadaire dès l'après-midi.

Le régisseur, un Hongrois petit et mince du nom de Gergelffi, qui aimait bien les deux godiches, avait fait cadeau à Feverl d'une paire de bottes à tiges à cause de son travail occasionnel à l'étable, pensant qu'elle pourrait ainsi mieux marcher sur le tas de fumier. Ces bottes qui, comme par hasard, lui allaient parfaitement, furent considérées par Feverl comme une haute distinction et à partir de ce jour elle les porta constamment à la ferme, comme un signe de son rang et de sa fonction. Ce jour-là, c'était un samedi après-midi, après avoir reçu ce cadeau inattendu, Feverl avait aussitôt essayé les bottes, les avait fait briller (toutes deux avaient déjà un certain entraînement dans l'art d'astiquer les bottes). Et elle arpentait maintenant la grande chambre en se pavanant dans sa nouvelle splendeur. « Belles bottes ! » dit-elle en baissant les yeux.

« Comme une Hongroise ! » dit Finy qui était assise près du lit. Le bord supérieur était échancré devant, et comme sur les bottes de hussards de la vieille armée, on pouvait y voir de petites rosettes en cuir tressé.

« Maintenant, j'les porterai tous les jours.

– Mais pas à l'église.

– J'va tout même pas à l'église avec des bottes.

– J'le disais comme ça. A l'église on y va pas avec des bottes.

– Ma foi non. Pas à l'église.

– Ce sont d'belles bottes. Mais pas pour porter à l'église. Autrement tu peux les porter. Mais pas à l'église.

– J'va tout de même pas aller à l'église avec des bottes ! Ma foi non, pas avec des bottes. »

Goethe écrivit un jour à Schiller : « Le fondement de la poésie n'est en fait rien d'autre que la représentation de l'état empirico-pathologique de l'homme. » Quant à nous, dans la mesure où il peut être encore ici question de poésie, nous sommes absolument à court de pathologie et de toute espèce de pathétique face à ces deux benoîtes idiotes : sur quoi devrions-nous alors nous appuyer ? Il ne reste plus qu'à éliminer de notre composition ces deux personnages dont la simplicité a atteint un degré si insupportable qu'il est une insulte à toute forme d'art (et il n'a d'ailleurs plus besoin d'art du tout). Ainsi : à la porte vous deux ! Un bon coup de pied à chacune dans le gras des fesses ; moderato tout de même ; un coup de savate, de bonne grosse pantoufle, pas un coup de botte.

Après nous être débarrassé avec bonheur de ce personnage à double face – car où a-t-on pu réellement distinguer Feverl de Finy, excepté lors du sauvetage de l'enfant ? (toujours est-il qu'il nous reste encore les Clayton bros. !) – revenons à Münsterer chez qui rien ne s'était arrangé après le départ des filles, et à cause justement de leur départ ; mais c'est précisément ce que Münsterer avait attendu. Il semble paradoxal que ce soient justement les filles dont il était flanqué à droite et à gauche qui aient représenté un obstacle à – disons – sa « mutation chwostikienne » ; en effet, ce Chwostik avait quand même été encadré de ces deux-là pendant des années.

Il dormait mal.

Il était souvent couché sur le ventre, le visage enfoui dans l'oreiller. Le matin, à cinq heures et demie, il entendait le roulement du train de marchandises et son coup de sifflet.

C'était nouveau. Cela lui donnait de l'espoir. Ici, il pouvait laisser les fenêtres ouvertes, et il entendait le train qu'il n'avait jamais entendu quand il était rencogné dans le réduit de la caverne de troglodyte où se trouvait son lit. Il entendait le train. Il sentait l'air frais.

Un soir, vers six heures, peu de temps après le départ de Finy et Feverl, le propriétaire de l'immeuble entra dans l'allée et ferma lentement la porte derrière lui. La Wewerka bondit hors de son trou ; elle semblait avoir de fins appendices sensoriels comme les crustacés (les Anciens appelaient cet organe animal : des « antennes ») et bien sûr elle les faisait constamment jouer, dehors, dans l'allée et au pied de l'escalier. Elle ne reconnut pas tout de suite le docteur Keibl ; il est très vraisemblable que sa physionomie toujours crispée de carnassier ait déjà eu sur elle un effet abêtissant, paralysant son aperception. Ce n'est que lorsqu'elle sentit la froideur impassible de ce phénomène d'un autre monde que sa faculté de perception rattrapa son retard et qu'elle essaya de faire oublier l'expression à la fois offensive et défensive de son visage. Elle n'y réussit pas. Cela n'aboutit qu'à un ricanement.

Monsieur Chwostik était-il déjà sorti ou peut-être

était-il chez lui ? (Le Dr Keibl s'adressait à la concierge en l'appelant : « Chère madame Münsterer »).

A vrai dire, elle était maintenant comme une bouteille qu'on débouche et les renseignements coulaient à flots. Ses griffes prédatrices farfouillèrent dans la poche de son tablier et en sortirent un étui à lunettes ; à l'intérieur se trouvait – fort curieusement – l'acte de donation des meubles rédigés par Chwostik. Elle portait donc toujours ce document sur elle (peut-être pour être sûre que l'ivrogne n'en prendrait pas connaissance ; il aurait sans doute alors essayé, devant l'accroissement manifeste de leur patrimoine, de faire valoir un droit au rétablissement de sa ration de vin ; car celle-ci avait été réduite après le départ de Finy et de Feverl du fait de la diminution des redevances pour l'ouverture et fermeture de la porte). Bref, nous savons que monsieur le docteur Eugen Keibl faisait gérer ses immeubles par une société de gestion immobilière, et dans la plupart des cas il n'était donc pas très précisément informé des détails ; sa demande à propos de Chwostik n'était motivée que par l'intérêt personnel et parce que le hasard l'avait conduit jusque-là. (Du reste, très peu de temps après, Chwostik avait envoyé au Conseiller à la Cour d'appel une carte annonçant son déménagement et sa nouvelle adresse).

La Wewerka en vint alors au cœur de l'affaire, à ce qui – pour elle – était le plus important : il avait été impossible de fermer purement et simplement cet appartement et de le laisser sans surveillance avec tous ces meubles ; c'est pourquoi, depuis le départ de Chwostik, elle avait donné l'ordre à son beau-fils d'aller dormir en haut.

Fort bien, mais tout cela ne nous semble pas très convaincant. « Montons voir un peu, chère madame Münsterer », dit le Dr Eugen.

En tout état de cause, elle avait donné à temps son explication, avant que l'œil du propriétaire ne pût se poser sur le lit et la petite brosse à dents de Münsterer.

Mais le Dr Eugen pensait à tout autre chose. Il lui était maintenant possible de voir l'appartement de Chwostik et son ancien mobilier. Cela avait quand même son intérêt. Ce n'est qu'en montant l'escalier derrière le végétal bulbeux qui boitait d'une hanche et agitait son trousseau de clefs, qu'il se souvint avoir rangé quelque part la lettre de congé de Chwostik, écrite avec soin, il y avait maintenant deux mois et demi ; il ne l'avait plus aperçue depuis et ne l'avait donc pas transmise à la société de gestion immobilière, chose indispensable pour pouvoir relouer l'appartement. Ma foi, c'était toujours la même chose. Ils entrèrent. Dans l'antichambre il y avait une lampe à pétrole à large pied posée sur une commode. Dans les pièces, c'était affreux mais bien rangé. Les traces du séjour de Münsterer dans la pièce du milieu étaient fort rares. Le lit était soigneusement fait. Sur la table, un petit flacon d'encre avec un porte-plume, un peigne, un crayon, tous rangés parallèlement. L'employé auxiliaire à la poste était un pédant.

Le Dr Eugen jeta un regard circulaire : plein d'inquiétude. C'est seulement maintenant qu'il comprenait vraiment Chwostik qui avait laissé tout ça derrière lui.

« Qu'allez-vous faire des meubles ? » demanda-t-il à la concierge.

C'était une question délicate pour la Wewerka. Elle voulait l'appartement bien sûr et donc aussi que les meubles restent là où ils étaient. Mais l'opinion exprimée autrefois par le propriétaire (après le décès des parents de Chwostik) lui était bien restée en tête : une concierge devait habiter au rez-de-chaussée. Globalement, les petits chevaux de Troie avaient rempli leur tâche – puisqu'ils avaient contribué à déloger Chwostik parvenu à un échelon supérieur ! Quant à la Wewerka, le terrain ayant été libéré, elle l'avait fait immédiatement occuper par un organe de la conciergerie. Il s'agissait maintenant de pousser Münsterer en avant. Les choses en étaient là, lorsqu'une clef se glissa dans la serrure (Münsterer évitait toujours de faire du bruit, pourquoi, il l'ignorait lui-même, mais peut-être était-ce un dernier effet de sa vénération pour Chwostik.)

Il entendit bien sûr les voix provenant de sa chambre actuelle, dont la porte était ouverte. C'est à cet instant seulement qu'il prit conscience – après coup – que la porte du couloir s'était ouverte d'un seul tour de clef. On l'avait simplement repoussée. Il entendait la voix de sa belle-mère. Elle entrait tout simplement dans sa chambre avec un quidam (un nouveau locataire ?) et causait ; il se faufila dans l'appartement comme un chien. A présent, il comprenait les paroles de la Wewerka : « ... oui, Monsieur, c'est comme ça, pour mon beau-fils qui habite chez moi où nous n'avons pas beaucoup de place. Il voudrait se marier. Il est dans les Postes. »

Mais il ne faisait pas que se faufiler, il rampait aussi, le Münsterer. Il était un organe de la conciergerie placé à un poste avancé relevant de l'autorité de la Wewerka *(homo conciergificatus wewercae)*.

Il y avait là une sorte d'obéissance automatique (doit-on peut-être même dire dans un style ampoulé : une mécanique mue par le ressort d'une puissance démoniaque ?) quand, au lieu de hurler dans l'antichambre : « Mais je ne veux pas me marier », il toussota poliment, fit lentement quelques pas, puis frappa sur le battant de la porte ouverte.

En entrant, il vit le petit homme et négligea la présence de sa belle-mère qui le présenta en disant : « C'est lui, M'sieur ». Münsterer s'inclina comme il convenait.

Le docteur Eugen lui tendit la main et dit son nom.

Münsterer se révélait : ce qu'il venait de constater en lui-même soulevait son visage déformé par un furieux coup de patte de la nature, comme un masque qu'il portait encore ; il n'eût pas été besoin d'un Dr Eugen Keibl pour voir un autre visage derrière celui-ci.

Oui, ici, dans cet environnement repoussant et mort en quelque sorte (la coquille vide de Chwostik ?) le Conseiller à la Cour d'appel fut pris du même sentiment que si, à cet instant, le rôle d'un personnage moteur dans la tragédie venait de lui échoir. Aussi agit-il en son âme et conscience (on surestime presque toujours ce qu'il y a de décisif dans une pareille fonction).

« Vous désirez reprendre cet appartement, Monsieur Münsterer ? » dit-il.

Le beau-fils s'inclina légèrement.

« Je vais demander qu'on fasse le nécessaire pour que vous puissiez devenir locataire à partir du premier novembre. »

Si Münsterer avait été maintenant en situation de payer son appartement et aussi sa nourriture, autre que cette tambouille de concierge, il aurait théoriquement pu mettre la Wewerka à la porte. Toujours est-il qu'il y avait encore ses meubles à elle. Mais même en faisant abstraction de cela, croire qu'il était possible de vivre dans un immeuble de Vienne en hostilité déclarée avec la concierge sans succomber sous une masse de menus tourments aurait été alors une chimère ; et aujourd'hui encore ça n'a guère changé.

Ainsi, les choses restèrent comme elles étaient.

Non, on n'accède pas à une vie plus pure en montant sur des marches faites de matière visqueuse.

Ce n'est pas ainsi que se font les métamorphoses.

Comme avant, le train sifflait à cinq heures et demie, l'air plus frais arrivait par la fenêtre. Toutefois une chose avait quand même changé depuis l'instant où, dans le vestibule de l'appartement qui était désormais « le sien », il avait entendu la Wewerka disposer de lui et avait dû constater ensuite à quel point il lui était obéissant. Münsterer se prit lui-même en main. A partir de là, il ne se révéla pas seulement pour les autres. Il se rendit compte de sa situation, elle ne le retournait plus simplement à plat ventre sur son lit pour lui faire mordre les oreillers.

Ceci était particulièrement sensible le matin. L'air frais qui rentrait par la fenêtre avait une sorte de pouvoir séparateur, décomposant et dissociant tout.

Ayant réglé ses affaires, le Dr Eugen monta dans sa voiture qui s'était arrêtée devant la porte de l'immeuble de l'Adamsgasse. A présent on s'explique mieux que la Wewerka ait bondi tellement à point nommé hors de son trou – et, cette fois du moins, sans qu'elle l'eût senti par ses antennes : elle avait vu le fiacre. C'était chose possible par le soupirail de la cave où elle logeait, d'où l'on avait une perspective à ras du sol, alors que son œil ne pouvait appréhender un piéton qui obliquait pour entrer dans l'immeuble. Mais cette fois, les jambes des chevaux étaient venues s'arrêter juste devant son poste d'observation. Il est vrai que l'interruption de leur clic-clac avait pu aussi être perçu. D'ailleurs on entendait tous ceux qui mettaient le pied dans la maison. La Wewerka obtenait sans peine ce résultat en omettant tout simplement de graisser les gonds de la porte ; on percevait leur grincement jusqu'au dernier renfoncement du réduit. Si nous atténuons ainsi l'effet des pouvoirs magiques de madame Wewerka, nous n'en restons pas moins persuadé qu'au bout du compte les sensations de ses antennes restaient la chose primordiale : or, celles-ci justement avaient été perturbées par la voiture. Il n'était pas courant, mais extrêmement rare au contraire, qu'un fiacre s'arrêtât ici, dans l'Adamsgasse ; et jusqu'à présent le propriétaire n'était jamais arrivé dans cet équipage mais toujours à pied, lors de ses très rares apparitions ; c'est pourquoi à l'arrivée du fiacre, la Wewerka avait pu penser à tout sauf au Dr Eugen.

Cela faisait déjà trois mois qu'il avait acheté la voiture et les chevaux.

Il vieillissait et le sentait.

Il commanda au cocher d'aller au Prater.

Les chevaux fringants se mirent à trotter au bout de quelques pas. La voiture cahotait légèrement en roulant sur la grande rue droite et déserte. Aujourd'hui, la journée avait été relativement favorable. Le Dr Eugen, qui avait conclu un contrat pour la fin de l'année avec une maison d'édition spécialisée dans les ouvrages juridiques afin d'y publier ses commentaires de lois, vivait depuis lors accablé par un délai fixé et se sentait ainsi bousculé dans son travail ; en conséquence il avait activé un peu trop ce travail, peut-être même beaucoup trop. Il sentait de temps en temps la fatigue. Il se produisait pour ainsi dire des creux et des vides de fatigue, et souvent il ne restait vraiment rien d'autre à faire qu'à attendre d'en sortir. Il se retrouvait bloqué, arrêté par une force qui, dans de nombreux cas, devenait si intense qu'elle pouvait passer pour réellement irrésistible. Il avait maintenant travaillé de nombreux mois sans lever les yeux pour ainsi dire.

Mais aujourd'hui, en cette fin d'après-midi, il avait soudain eu la révélation, en l'espace d'un quart d'heure, qu'il avait déjà réuni tous les documents et qu'il n'aurait plus guère besoin que de trois semaines pour terminer son manuscrit. Il y a des cas où l'on peine sous le harnais, attelé à la tâche sans rien voir, accompagné par le sentiment lancinant du chemin qui s'allonge devant, comme si on venait juste de s'y engager ; mais un jour apparaissent, au bord de ce chemin, des marques et des signes nouveaux, la région change, des sentes entrecroisées se rejoignent pour former des routes lisses et l'on s'arrête enfin, tout étonné, dans le paysage insolite de l'œuvre accomplie.

Quelle chose curieuse ! pensa le Dr Eugen. En outre, il avait cru qu'il lui restait encore à faire un long et volumineux chapitre dont la transcription au propre se trouvait depuis longtemps dans un tiroir fermé à clef de son bureau.

Il était vraiment parvenu à se cacher cela.

La date de remise du manuscrit était fixée au 15 novembre et on était à la mi-juillet.

Il pouvait faire une pause et partir pour Gastein.

La voiture tourna à gauche et s'engagea sur le pont au grand trot. De l'autre côté, la verdure des frondaisons faisait une large barrière verticale.La chaleur était encore pesante, à six heures et demie du soir. La rivière scintillait en amont et en aval entre les poutrelles d'acier du pont. La prairie les accueillit. On prit encore une fois à gauche, la voiture roulait dans l'ombre verte d'une allée et passa devant la villa Clayton. Cela aurait intéressé le docteur Eugen de le savoir.

Rita habitait à présent dans la Reithlegasse. Il ne savait pas à quoi ressemblait cette rue, pas plus que son dernier appartement.

Chaque fois qu'il y pensait, il ressentait une brusque impression de mésaise, un sentiment complexe, un vrai malaise venant du tréfonds, pas seulement une ombre de vague à l'âme passant comme un nuage et qui est chose habituelle quand on avance en âge. Autrefois, il en avait éprouvé de la douleur, il était même au supplice de savoir que celle qu'il aimait se trouvait là-bas, loin de chez lui, dans un environnement inconnu, dans des situations diverses dont il ne connaissait rien, et soumise à un étranger. L'impératif absolu de discrétion érigé par lui-même et non par Rita – qui aurait sans doute été prête à choisir de tout autres voies – conduisait à des situations qu'on ne pouvait que trouver indignes : on n'osait même pas entreprendre une excursion, aller souper, se rencontrer en ville. On n'osait pas, cela veut dire : lui ne l'osait pas, ne l'avait et ne l'aurait jamais osé. Rita aurait été prête à tout, sans problème, le Dr Eugen le savait bien : et le divorce – en dépit du scandale que cela signifiait à cette époque – lui était vraisemblablement apparu, à elle, dans les premières années, comme le moyen approprié de s'en sortir. Ces premières années passèrent tout comme passèrent finalement le tourment et la douleur pour le Dr Eugen qui avait élevé la discrétion au rang d'un absolu intangible : mais il ne pouvait éliminer ces instants où il lui fallait bien se demander : mais pourquoi donc ? S'était-il seulement et exclusivement comporté ainsi à cause de sa situation de magistrat ? A cette question, il lui fallait répondre par l'affirmative, il le savait, tout comme il savait que cela ne rendait pas les choses plus belles. Mais une telle affirmation ne répondait pas à tout, la question n'en était pas cernée et épuisée pour autant.

C'est donc ainsi que le Dr Eugen en était arrivé plusieurs fois à se rebeller contre sa propre façon de vivre qu'il défendait pourtant opiniâtrement et maintenait d'une main de fer ; et ça aussi, le Dr Eugen ne l'ignorait pas à vrai dire, bien que ce fût d'une évidence moins lumineuse que le fait que ses hautes fonctions fussent à l'origine d'une véritable dictature de la discrétion.

Cependant, bien que la douleur et le tourment se fussent apaisés avec les années, ils revinrent sous une autre forme lorsque Rita ne lui amena plus la petite Monica, parce que l'enfant grandissait et commençait à parler : elle lui était maintenant retirée par Rita ; c'est l'expression qu'il employait pour lui-même et il le ressentait souvent ni plus ni moins que comme des représailles, sinon une vengeance. Au bout du compte, les précautions qu'ils avaient prises se retournaient contre lui, et le Dr Keibl était bien forcé de reconnaître que prudence n'est pas toujours synonyme de prévoyance.

La voiture obliqua dans la Grande allée et parcourut au grand trot la chaussée rectiligne.

Ces dernières choses, et leur résultat qu'il n'avait pas prévu, il les apercevait clairement, notre Dr Eugen. Mais une pression sourde dans la conscience est plus efficace que la compréhension la plus claire comme moteur de la vie personnelle. Ce genre de pression ne se manifestait plus, en tout cas elle n'était plus en relation claire avec Rita et l'enfant. Le malaise qui venait de la dislocation de son existence en deux moitiés hétérogènes était devenu chez lui une sorte de sensation indépendante rôdant partout ici et là. Par expérience, le docteur savait bien que l'on pouvait mener une sorte de double vie : mais de façon tout à fait incompréhensible il apparaissait qu'une fois amorcée, cette dislocation s'était poursuivie et avait abouti à une sorte de brèche, bref l'ensemble ne tenait plus – tout débordait les limites d'une solution commune, tout était réduit en morceaux – et chacune des parties commençait à susciter un étonnement qu'on ne saurait qualifier de fécond mais seulement de déconcertant : que ce soit sa maison, la chambre à coucher, son bureau, sa vieille gouvernante, la salle des professeurs à l'université, ou bien Rita quand elle venait : la vie du Dr Eugen était un ensemble qui se disloquait en multiples éléments – parmi lesquels se logeaient aussi les espaces vides de la fatigue – un ensemble qu'il maîtrisait néanmoins non sans un sentiment de malaise ; et l'étonnement causé par cet état devait lui apparaître indigne quand il pensait à son âge avancé qu'il voulait rendre responsable de tout cela. Etait-ce là la moisson de sa vie et son ultime sagesse : se trouver au milieu de circonstances qu'il côtoyait tous les jours, qu'il avait lui-même provoquées, et qu'il ne comprenait désormais plus du tout ? Ses pensées étaient loin d'être aussi précises, et ses sentiments non plus. L'homme qui manie sans arrêt une terminologie scientifique finit par ne plus avoir de langage pour ses relations avec lui-même : il est incapable de se faire comprendre et n'est pas compris non plus par son propre Moi ; celui-ci ne se laisse pas aborder ainsi. Il exige un langage personnel rustre, avec des expressions qui seraient incompréhensibles à d'autres ; un peu comme les différents jargons qu'utilisent entre eux les enfants d'une même famille. Le dialogue intérieur finit par se tarir chez le Dr Eugen.

La voiture était arrivée au bout de la Grande allée, elle contourna au pas le pavillon baroque qui se trouvait là puis repartit en sens inverse. Entre-temps, dans le ciel, le coucher de soleil avait achevé son spectacle majestueux. A travers les couronnes de grands arbres isolés du Prater, on voyait encore filtrer les derniers rougeoiements du soir.

Münsterer, depuis qu'il n'était plus exclusivement couché sur le ventre et qu'il avait cessé de s'acharner à vouloir effacer et anéantir les choses qui l'entouraient mais en percevait et en acceptait la matérialité et l'existence, reconnaissait désormais aussi les avantages de sa situation.

Sans doute était-il conciergifié, il n'était rien qu'un émissaire et un mangeur de tambouille. Et pourtant ce n'était plus un affreux petit lit qui l'attendait dans l'étroitesse et l'obscurité du réduit où il avait été reclus, mais une chambre à lui.

Le soir, il pouvait quitter la caverne de troglodyte et monter, rester assis là, à la lumière d'une bougie achetée des ses deniers. Il évitait la lampe. Il rentrait dans le rang. C'était une chose décisive.

Celui qui comprend cela et sait comment s'y prendre vivra à l'aise même en Enfer.

Un soir, alors qu'il remontait, la lampe à pétrole au large pied brillait dans le vestibule comme autrefois, comme elle l'avait toujours fait.

Elle sentait aussi.

Elle répandait une odeur chaude et pleine, à la fois douce et pénétrante.

Münsterer s'arrêta dans le vestibule et s'abîma dans des réflexions. C'était ce qu'il pouvait faire de mieux.

Ensuite il se dirigea d'un pas léger et rapide vers la porte de la chambre voisine, à droite, et écouta. Tout était parfaitement calme. Dans le vestibule l'air était empreint de l'odeur douceâtre de la lampe. Il appuya lentement sur la poignée de la porte et l'ouvrit. La pièce était également éclairée par une petite lampe à pied dont la mèche était baissée et qui sentait fortement. Münsterer alla à gauche, c'était la même chose dans l'autre pièce. Il vit un divan recouvert de toile cirée et sur lequel était jeté un drap blanc. Le couvercle de la table de toilette en bois était relevé. A côté, se trouvait un seau émaillé.

Ces constatations faites, Münsterer se retira aussitôt sur le territoire qui lui était imparti. Il alluma sa bougie – et une cigarette, ce qui lui fit beaucoup de bien – ferma la porte à clef et contempla avec un étonnement satisfait une idée parfaite qu'il avait eue dans le vestibule : que seule la précipitation du cours des choses, en conformité avec une situation donnée, peut mener quelque part. Il se mit au lit et lorsqu'une clé se glissa dans la serrure, il n'entendait déjà plus rien.

Münsterer ne devait pas être déçu. Une semaine à peine après que la Wewerka eut introduit de nouvelles filles dans l'ancien appartement de Chwostik – à peu près comme on met des écrevisses dans un ruisseau – il reçut un ordre d'appel pour ses trois ans de service militaire (il avait été auparavant jugé apte au service) et fut affecté au 84e régiment d'infanterie impériale et royale. (Territoire de recrutement : Vienne et la Basse Autriche). Il n'est plus jamais revenu dans l'Adamsgasse.

Nous anticipons ici triomphalement.

Non sans arrière-pensée toutefois. Voici l'instant où la Wewerka peut être jetée dehors, loin de notre composition, (et avec elle toute l'Adamsgasse ; elle est déserte ; n'est-elle pas comme une termitière abandonnée dans la lumière blafarde de ce brûlant après-midi de juillet, avec ses alignements de fenêtres fermées aux reflets aveugles ? On n'aperçoit aucune verdure. Seulement le ciel au-dessus couvert de gros nuages et qui retient la chaleur estivale, coiffant de son étouffoir la ville prise dans le carcan de l'été. (Et cette Adamsgasse était-elle d'ailleurs autre chose qu'une sombre nuée d'où nous vîmes émerger Chwostik, telle Aphrodite sortant des flots ? Chwostik-Aphrodite. /Hum !/ Voilà une métaphore qui a pris le mors aux dents et qui galope où elle veut !) Mais maintenant la Wewerka peut être flanquée dehors ; et arrive l'instant – un instant bien trop rare, bien trop bref ! – où le romancier n'est plus lié aux lois propres qui régissent ses personnages mais peut finalement encore faire ce qu'il veut avec eux.

Pensons peut-être ici à la façon dont on a congédié Finy et Feverl. Mais cette fois, plus question de savates ou de pantoufles. Accorde-le à l'auteur, ô lecteur ! Accorde-lui la jouissance délectable de deux gifles carrément monstrueuses qui vont expédier la Wewerka hors de ce livre à la vitesse de l'éclair, jusqu'à l'horizon où elle explosera en une effrayante gerbe d'étincelles.

Et que nous importe de savoir ce qu'elle fait maintenant de l'ancien logement de Chwostik et du contrat de location ? Münsterer, pour sa part, n'a absolument pas souscrit à ce contrat.

Ce n'était pas un soldat superbe mais il était bien dans son élément à l'armée, particulièrement dans les troupes à pied. Il marchait facilement et longtemps, et la longueur naturelle de son pas correspondait juste à celle du règlement (soixante-quinze centimètres) ; ainsi, dans sa section, il ne rencontra pas de difficultés, même au début. Il ne se faisait pas remarquer. Dans l'infanterie, l'instruction ne connaissait pas alors les mêmes rigueurs que celles en vigueur dans la cavalerie ou le génie.

« Les soldats du 84e sont une tribu indienne qui a planté ses wigwams dans le Prater » – c'est ainsi qu'Anton Kuh (*enfant terrible* de la littérature), qui a accompli son année de volontariat dans cette tribu, commençait la description de son temps de service. A vrai dire, ce service était rude (et ne l'était pas moins du temps de Münsterer) traversé qu'il était par ces plaisanteries plates et résignées qui apparaissent partout où les gens sont forcés de passer à l'état de soldat sans y porter le moindre intérêt, et à qui il ne reste alors rien d'autre à faire qu'à édulcorer cette caste éternelle – à laquelle on ne peut adhérer que par libre choix – pour qu'elle devienne aussi supportable à des gens comme eux. C'est ainsi que fleurit l'humour militaire auquel on a toujours attribué une grande importance, et pas seulement en Autriche : car il dissimule d'un voile la situation absurde en soi de cette nouvelle nursery pour adultes.

Münsterer se laissa envelopper par ce voile. Un lit propre, d'excellents repas et beaucoup de mouvements au grand air – il n'en avait pas beaucoup profité auparavant ! – y furent pour quelque chose. Sans piper mot, il s'en tint à ce qu'il avait appris une fois pour toutes : que seule la précipitation du cours des choses en conformité avec une situation donnée peut mener quelque part. Au bout de deux ans il était depuis longtemps caporal. Il ne fait aucun doute que l'organisation et le travail à la poste étaient, à cette époque déjà, bien plus compliqués que les exercices en formation de section, de compagnie ou de bataillon, que le tir ou les prescriptions relatives à la castramétation et à l'équipement, c'est-à-dire au logement et à l'habillement. En ce temps-là, l'instruction n'allait pas beaucoup plus loin.

Münsterer a aussi participé à de grandes manœuvres en Basse-Styrie, et a donc connu une existence qui se rapprochait de la véritable instabilité de la vie de soldat. Il n'était pas accablé par les marches forcées. La façon pratique dont les militaires étaient chaussés dans l'ancienne armée – une chaussure à lacets pas trop lourde et les légères « chaussures de commodité » pour le cantonnement – le havresac recouvert de peau et bien ajusté pour qu'il ne glisse pas d'un côté et de l'autre : tous ces modes d'équipement issus d'une longue expérience, permettaient à un soldat déjà entraîné – il n'y avait jamais de nouvelles recrues dans les troupes en manœuvre – de satisfaire à ce qu'on exigeait de lui sans s'épuiser jusqu'à l'écœurement. Münsterer put même, dans le cadre d'une mission de reconnaissance tactique, se distinguer comme chef de patrouille et ne tarda pas à avancer jusqu'au grade suivant de sous-officier, appelé autrefois et aujourd'hui encore « chef de section ».

Ainsi nous en arrivons avec Münsterer à un point où déjà mûrissent des fruits appelant une décision. On lui fit savoir qu'après l'expiration de son service obligatoire de trois ans, rien ne s'opposait à son entrée dans une carrière plus longue de sous-officier. C'est ici qu'il convient de rappeler aussi la transformation de son aspect extérieur : cela aurait été frappant pour quiconque l'eût encore connu dans l'Adamsgasse : le plus frappant était la transformation du visage, puis venaient la démarche, l'allure et le teint. En ce qui concernait la physionomie de Münsterer, on pourrait dire que c'est celle que le Conseiller à la Cour d'appel, le Dr Eugen

Keibl, avait déjà aperçue dans l'ancienne chambre de Chwostik, qui se révélait maintenant de façon définitive.

Or, toujours est-il que Münsterer hésita lorsque cette nouvelle carrière se présenta à lui. Cela prouve qu'il avait suffisamment acquiescé à sa nouvelle vie issue de son incorporation dans l'armée pour pouvoir maintenant l'abandonner à nouveau (sans commencer par attendre la précipitation adéquate du cours des choses). Dans les Postes, il continuait à accumuler de l'ancienneté, même pendant la durée de son service militaire. Quand il retourna à la vie civile il se retrouva déjà titulaire. Quelques primes étaient également venues s'ajouter.

C'est ainsi que nous retrouvons donc notre Münsterer, qui avait abandonné la carrière des armes, dans le bureau de poste d'un arrondissement périphérique de Vienne alors encore presque champêtre, où il habitait une chambre meublée et où tout le monde le traitait avec considération. Le stade des époques, des précipitations et des décisions était passé. Désormais, chaque année déposait un sédiment semblable à celui de l'année précédente et la tour de sa biographie s'élevait de façon moins troublée mais non moins irrésistible. Nous aimerions encore ajouter qu'un nouvel horizon apparut, pas plus grand qu'un jardinet de pavillon. Rien dans sa vie privée qui puisse vraiment faire frémir. Pas de mariage non plus. Il revoyait encore l'horrible avilissement de son père. Aux environs de 1900 nous voyons Münsterer receveur d'un bureau de poste dans un lieu de villégiature estivale très recherché, à deux stations de chemin de fer de Vienne. Et c'est ainsi que cet habitant de l'Adamsgasse va sortir lui aussi de notre champ visuel.

Chwostik s'éveilla. Il était entouré par la blancheur de la petite chambre de bonne. Il l'avait choisie comme chambre à coucher. Le lit de cuivre et la grande armoire étaient restés en place, tout comme la table de toilette. La fenêtre était ouverte ; elle donnait sur une cour ; la porte conduisant à l'antichambre était également ouverte ; Chwostik l'apercevait de son lit. En face, ses deux autres pièces ; d'où il était, il voyait celle du fond. Tout était bien aéré, nulle part une porte ou une fenêtre fermée, les battants ouverts des portes étaient bloqués par des chaises placées devant. Mais il n'y avait pas de courants d'air ; seulement la fraîcheur de la nuit, même s'il faisait déjà clair. Le train siffla ; son bruit était un peu plus faible et plus lointain que dans l'Adamsgasse. Chwostik se leva et ferma tout pour se protéger de la chaleur qui arrivait.

Sa toilette fut minutieuse. Il avait pris différentes habitudes ; par exemple de se masser le cuir chevelu avec une lotion alcoolisée.

Quand il eut terminé, il passa dans la pièce du fond et s'y arrêta. Les fauteuils étaient déplacés. A côté, une petite table avec des boissons.

Milohnić était venu chez lui la veille au soir.

Fort satisfait, cela va de soi.

Il avait parlé à Chwostik un peu comme on parle à quelqu'un qui a réussi à se tirer d'un marécage.

Une fois encore, dans cette paix matinale, Chwostik sentait grandir une opposition contre cette attitude. Après tout, là-bas dans l'Adamsgasse, n'avait-il pas pour ainsi dire déjà été un être humain ? N'y avait-il pas vécu, étudié et peiné ? Or ici ce n'était que le début de sa véritable arrivée, il avait d'abord fallu mettre de l'ordre, compléter ceci, acheter cela ; pour le service : la Wenidoppler. Achat de quelques meubles supplémentaires (Milo comme conseiller). Pose de doubles rideaux (Exécution : Wenidoppler). A présent les choses s'étaient calmées. C'est seulement maintenant que Chwostik arrivait vraiment ici. A vrai dire, les détails faisaient encore partie de l'ancienne vie. Avec tout cela, on était déjà à la mi-août. Il croyait parfois sentir ici une trace de camphre ou de naphtaline, surtout dans la chambre à coucher quand il ouvrait la grande armoire. (C'est d'ailleurs dans cette pièce qu'avait trouvé place la table blanche pivotante provenant de la cuisine, la table de nuit, autrefois près du lit, était devenue la propriété de madame Wenidoppler à qui, pour on ne sait quelle raison, cela fit un plaisir manifeste). Dans les pièces, particulièrement dans celle du fond où il se trouvait maintenant, flottait encore de temps à autre un parfum sévère, légèrement acide, venant sans doute du vernis des meubles neufs. Chwostik resta longtemps debout. Enfin il avança, remonta la jalousie baissée, et son regard traversant la rivière se posa sur les coupoles vertes des arbres du Prater. Vers la gauche en amont, il ne pouvait pas voir, des maisons neuves lui bouchaient la vue.

Le tableau bleu à l'enfant, dans le salon de réception du docteur Eptinger, était ici plus proche que dans l'Adamsgasse ; pas de différence de niveau pour l'en séparer ; à présent ce tableau faisait réellement partie de l'univers de Chwostik.

On entendit la Wenidoppler. Elle ouvrait la porte d'allée. Maintenant elle entrait dans la cuisine.

Milo va quitter Vienne. Il avait tout d'abord accepté un poste de *Chef de réception* dans un grand hôtel de Belgrade, dans la Kralja Milana : pour le 1er octobre de cette année 1879. On lui écrivit alors que l'on préférerait donner cet emploi à quelqu'un d'autre et l'engager, lui, comme directeur, avec des appointements beaucoup plus élevés bien entendu : « en nous fondant sur des références que nous avons entre les mains », écrivait-on. De quelles « références » nouvelles s'agissait-il donc ? De références de là-bas ? Celles d'ici, il les avait toutes données, et même son directeur – qui le voyait partir très à contrecœur – avait rédigé pour Milohnić un excellent certificat. Ici, une carte nouvelle avait dû se mêler à son jeu. Milohnić finit par se souvenir d'un riche boyard serbe, grand propriétaire terrien et exportateur de bétail, qui, il y a maintenant assez longtemps, avait résidé à l'hôtel dans le quartier de Josefstadt lequel, à cause de son calme et de sa situation retirée, lui était apparu (comme à bien d'autres, par exemple aux jeunes Clayton) beaucoup plus plaisant que les grands hôtels pour étrangers du centre de Vienne. Ce Serbe avait été heureux de pouvoir parler avec Milohnić dans sa langue maternelle ; et Milo, en connaisseur des lieux, l'avait utilement conseillé. Peut-être qu'une recommandation de poids pour l'hôtelier de Belgrade était venue de là.

Pour Chwostik, rien en fait ne délimitait mieux une nouvelle étape que cette seule circonstance : bientôt Milo ne serait plus à Vienne.

Durant ces instants, alors qu'il s'attardait à la fenêtre

et portait ses regards vers le Prater en face, le disque du temps se mit à tourner plus rapidement au-dessous de lui, tandis qu'il flottait au-dessus à la verticale, immobile dans les airs comme certains insectes des prairies, et dans un vide encore jamais ressenti, c'était le lot de sa jeunesse. Il était arrivé. Il s'arrêtait ici. Il avait la prémonition que dans cet appartement, au fur et à mesure que ce disque tournerait, chaque année déposerait un sédiment semblable à celui de l'année précédente, en fines couches de cendre, comme de la poussière sur de la poussière. Le temps d'un minuscule instant, il sentit tout le poids du quotidien, de ce qui revient chaque matin avec une évidence fastidieuse, c'était un immense effort qui n'avait rien de fluide et d'insignifiant mais qu'il fallait toujours reproduire en s'attachant à chaque chose en particulier. Et c'était vraiment trop. Ça ne pouvait guère marcher encore que deux ou trois fois. ... Chwostik laissa tomber la jalousie, ferma la fenêtre et retourna dans la pièce du fond. Oh oui, les nouveaux meubles étaient jolis, ils donnaient une impression d'élégance, tout provenait de la meilleure maison de meubles, la maison Portois et Fix. Le petit bureau de dame branlant avait été placé au fond. Chwostik avait absolument voulu le conserver. Le moment de dépression passa. Il s'assit dans l'un des fauteuils neufs, près de la petite table abandonnée avec les verres et les bouteilles. Un moment après, les pas de la Wenidoppler se firent entendre. Elle entrebâilla la porte en disant : « Le petit déjeuner, monsieur le directeur ! », et elle disparut.

Le vieux Clayton était vraiment parvenu à enlever à Harriet son petit garçon quand celui-ci eut atteint l'âge scolaire. Donald vint chez son grand-père à Brindley-Hall et alla à l'école à Chifflington. C'en était fini de l'époque de la nursery dans la Prinzenallee à Vienne et des chansons accompagnées à la guitare par Kate Thürriegl. Celle-ci, il est vrai, resta dans la maison. Non plus comme nurse mais comme gouvernante, dame de compagnie. C'était ma foi une demoiselle d'un âge déjà avancé.

Avec tout cela, la vie était devenue plus calme dans le

hall et dans les chambres du haut, le long de la galerie. L'absence de l'enfant – même si les parents la trouvaient contre nature, et c'était peut-être encore plus le cas pour Robert Clayton que pour sa mère – fut ressentie dans les faits comme un poids en moins et donnait plus de liberté de mouvements. Comme en outre à l'usine les choses prenaient de plus en plus le bon pli et la bonne pente, on reprit après la précipitation des premières années à Vienne qui marquait pour ainsi dire une époque, d'anciennes habitudes : même avant son mariage, Harriet avait aimé les voyages, et elle en fit alors avec son mari. Ils passèrent des vacances à Menton et à Nice mais visitèrent aussi l'Egypte et la Grèce ; les assez longs séjours que le vieux Clayton faisait parfois ici rendaient tout cela encore plus facile ; dans des cas pareils on envoyait Kate Thürriegl en Angleterre pour surveiller Donald. A vrai dire le vieux Clayton ne vint plus à Vienne dans les trois ou quatre dernières années de sa vie. Non pas qu'il eût été malade ; il est mort bien portant, de vieillesse tout simplement. C'est une chose qui arrivait plus fréquemment à cette génération-là qu'à la suivante, ou a fortiori que de nos jours. Non, le grand-père Clayton avait finalement vu qu'à Vienne les choses marchaient comme il fallait ; et en plus, il n'aimait pas du tout être hors d'Angleterre. C'est d'ailleurs lui, le vieux Clayton qui, au début des années quatre-vingts – bien qu'il eût effectivement conseillé auparavant d'attendre encore ! – recommanda à son fils de faire désormais de Chwostik son directeur commercial, poste pour lequel la remise de la procuration allait de soi.

Pour Chwostik, Milo avait encore réglé provisoirement un point délicat au début : le recrutement de représentants qualifiés dans le Sud-Est européen, tant à postes fixes qu'itinérants. Milohnić qui, ici à Vienne, était en relation avec un grand nombre de compatriotes serbo-croates, avait pu intéresser à l'affaire des Clayton un jeune ingénieur en construction mécanique du nom de Vincenz Wosniak, qui venait de sortir de l'école d'ingénieurs et était sur le point de retourner à Belgrade. Wosniak, un garçon éveillé, regroupa encore autour de lui, dans le Sud-Est, d'autres personnes qui s'y connaissaient et qui étaient plus âgées, et en l'espace d'une année, il réussit à mettre sur pied une organisation de vente suffisamment développée pour couvrir au début ces importantes régions agricoles. Les exportations vers les Balkans augmentèrent, progressant plus vite et plus loin que ce que l'on avait espéré, jusqu'au Moyen-Orient même. Robert Clayton lui-même avait déjà été non seulement à Sofia et à Bucarest (accompagné de sa femme) mais aussi à Constantinople et à Beyrouth. Cependant, un facteur imprévu survint et il fut perçu avec une clarté suffisante par Clayton qui n'était pas précisément enclin à se faire des illusions : à savoir qu'il pouvait très bien voyager en Orient avec Harriet qui y prenait plaisir, mais que sur le plan commercial et personnel il n'obtenait pas là-bas les contacts nécessaires, bien plus, il avait même été lésé et trompé à telle ou telle occasion. Tout cela fut le prélude à une chose qui devait devenir par la suite d'une grande importance : c'est monsieur le Directeur Chwostik en personne qui fit les voyages. Plus tard, il a emmené avec lui à plusieurs reprises le jeune Donald.

Mais pour l'instant, le petit Donald grandissait encore en Angleterre chez son grand-père et fréquentait le collège de Chifflington. L'attitude de Harriet apparaît quand même curieuse : elle s'était laissé tout simplement prendre le bambin, sans vraiment résister (c'était d'ailleurs la raison pour laquelle Bob, qui s'étonnait dans son for intérieur de l'attitude de sa femme, n'avait pas soulevé d'objections sérieuses). Que Harriet ait désiré que Donald puisse être élevé dans sa patrie comme un Anglais, voilà qui paraît concevable. Mais ce qui était curieux et moins limpide, c'étaient ses rapports avec son beau-père en général.

Bob ne lui ressemblait absolument pas. Le vieux Clayton était un petit monsieur très vif, large d'épaules et aux cheveux encore bruns malgré son âge avancé. Conan Doyle aurait dit de lui ce qu'il avait dit de son célèbre Sir Henry Baskerville : qu'il devait être d'origine celtique. Ses épais sourcils bruns étaient relayés par des touffes de poils dans les oreilles et dans le nez. Son crâne avait quelque chose de surprenant : bien que ramassé, il était plat par derrière. La tête allongée de Harriet présentait la même particularité, presque cachée à vrai dire par la coiffure féminine de l'époque ; c'est de sa mère que Donald, qui autrement ressemblait à son père, avait hérité cette nuque plate. Chez lui, cela se voyait plus nettement.

Harriet n'a jamais contredit son beau-père, sur aucun point, et cela dès le premier instant, ni sur des choses importantes ni sur des détails. S'il trouvait qu'il était bien de monter avec des rênes allemandes, surtout pour une dame, elle faisait aussitôt la même chose lors de ses séjours occasionnels à Brindley Hall ; et même son alezan, qu'elle avait encore en Angleterre les premières années, reçut ce genre de bride. Mais à Vienne aussi, elle ne montait jamais plus au Prater sans « martingale ». Comme le vieux se faisait servir le whisky à l'envers – c'est-à-dire avec l'eau gazeuse en premier – on ne servit plus que de cette manière chez Harriet. On pourrait citer de nombreux exemples sur ce chapitre. Mais tout ça n'était pas seulement fait pour plaire à son beau-père ; non, Harriet considérait elle-même aussitôt que c'était le plus judicieux et ce qu'il y avait de mieux ; la preuve en est, c'est que même à Vienne, elle montait avec des rênes allemandes, et il y avait bien d'autres exemples encore. Vis-à-vis de son mari, Harriet ne pratiquait pas du tout une pareille observance. Dans l'ensemble, elle semblait vraiment trouver son beau-père plus raisonnable que son Bob.

Celui-ci, qui attachait moins d'importance que sa femme à l'équitation, s'était adonné aux joies du golf, pour lequel il existait à Vienne un club et des terrains. Même Chwostik dont la compagnie faisait plaisir à Bob Clayton, fut amené à entrer dans ce club et à apprendre cet art qui n'est pas particulièrement simple. Ainsi tous deux arpentaient le gazon ras des vastes prairies de la Krieau, suivis de garçonnets qu'on appelait « caddies » ; ils portaient les sacoches contenant les différents clubs. La marotte du golf commença dès cet automne 1879 où Milo partit pour Belgrade et il en fut encore témoin à Vienne, il s'en est réjoui et y a aussi vu à sa façon une étape montrant que son Pépi était maintenant sur la bonne voie. C'est d'ailleurs à cette époque qu'on réalisa l'ascension de la Raxalpe – entreprise qui fut souvent réitérée dans les années suivantes – et Milo n'a pas oublié l'habileté, le calme et la prudence dont firent preuve les Clayton dans une petite escalade à laquelle ils avaient absolument voulu participer. Chwostik était en tête. Ici, l'expérience de sa prime jeunesse lui rendait beaucoup de sentiers familiers. Son père l'avait emmené quand il était encore petit garçon. Harriet et les trois messieurs firent ainsi halte sur une vire rocheuse au-dessous de la paroi calcaire verticale comme une cathédrale, et portèrent leur regard sur le vaste panorama. Harriet avait une jupe de loden gris qui s'arrêtait au-dessus des chevilles et une jaquette assortie avec des passements verts ; elle portait des chaussures de montagne jaunes lacées haut, les hommes étaient chaussés de la même façon avec des knickerbockers et des chaussettes rabattues sous les genoux, que Clayton avait maintenues non avec un élastique mais à l'anglaise, avec un assez long ruban de gros tissu extensible passé au-dessous de la partie rabattue. Le soleil du matin frappait la paroi. Au-dessous d'eux ils voyaient les cimes des sapins qui plus loin se perdaient dans le vert foncé des forêts en pente ; celles-ci s'étendaient à droite et à gauche sur les contreforts et, plus bas, là où les crêtes se rejoignaient et se recoupaient, seul un petit bout de plaine restait dégagé au milieu, comme porté par les chaînes de collines qui s'entrecroisaient.

Pendant ce temps Milohnić avait avancé dans ses préparatifs de voyage ; à présent c'était lui qui – tout comme Chwostik autrefois – recherchait des bagages élégants ; et ses exigences étaient plus grandes que celles de Pépi à l'époque ; la garde-robe de Milo fut allégée de tout ce qui ne correspondait pas à ces exigences ; et c'était quand même des choses encore très belles. C'est monsieur Wenidoppler, époux de la concierge de l'immeuble de Chwostik, qui en profita ; celui-ci n'était nullement un individu conciergifié mais avait du vrai sang de concierge dans les veines : c'est lui qui par mariage *(conciergificator non conciergificatus)* avait conciergifié son épouse Mizzi – oh non ! elle n'avait rien de l'*horribile dictu* ! Chwostik l'avait tout de suite remarqué dans l'escalier ! Les origines de cette Mizzi, née Nechwatal, n'avaient rien à voir avec les monstruosités et les déchets de cette vie bien-aimée dont les possibilités peu appétissantes sont effectivement illimitées. Son père était boucher de viande chevaline. Monsieur Wenidoppler quant à lui occupait une très bonne situation : il était surveillant et livreur pour les expéditions d'un grand quotidien. Au début il avait été engagé comme cocher.

Trois semaines avant de quitter définitivement Vienne, Milohnić partit pour Bregenz et monta aussitôt à bord du « Rohrschach », que son père commandait. Le navire était à l'embarcadère sous le rayonnant soleil d'automne, masse blanche d'une hauteur considérable. Son père, bronzé et large d'épaules dans sa vareuse bleue, traversa le pont pour venir à sa rencontre et serra son fils dans ses bras. Milo eut une cabine et navigua deux jours avec son père. Entre eux ils ne parlaient que croate. « Mon cher fils, dit le capitaine, si ta défunte mère était encore en vie, je ne serais peut-être pas venu ici. Mais après tout un marin est partout chez lui. Ici, les hommes sont différents de chez nous dans le sud. Chacun est comme une cabine bien rangée. Ils chantent seulement quand ils sont vingt ou trente ensemble ; ça ne viendrait pas à l'idée de quelqu'un de chanter tout seul ; personne ne serait capable de retenir un chant aussi long que l'histoire de Vuk Brakovic. Pour ma Draga, ça n'aurait rien valu. L'an prochain, je prends un congé et je rentre à la maison, je m'assiérai en bas devant la maison sur les rochers, et je pêcherai. Au fait, j'ai fait calfater le bateau à voiles, c'est le voisin, le petit Italien, qui l'a fait ; il m'a écrit que tout était en ordre. Assieds-toi au salon à l'avant et bois un schnaps. Nous appareillons bientôt. »

Là-dessus, il monta sur la passerelle. Peu à peu le navire s'était rempli de passagers. Au salon on servait déjà le petit déjeuner. Milo quitta de nouveau la salle dont l'élégance maniérée avec ses petits rideaux et ses pompons aux fenêtres le mettait mal à l'aise ; dehors il passa devant les fenêtres sur les bordages fraîchement lavés de l'allée latérale, le long de la rambarde, jusqu'au gaillard d'avant dont la pointe extrême, où se trouvait le guindeau pour relever l'ancre, était interdite aux passagers. A gauche se tenait un homme en train de tirer à bord une amarre ; une fois arrivé à l'avant, Milo sentit la légère vibration des machines qui tournaient déjà. Au même instant le vapeur siffla pour la troisième fois et des détails proches, tant à terre que sur l'eau, commencèrent à défiler lentement ; les mâts des voiliers amarrés ici s'éloignèrent. Sur la passerelle du navire que Milo pouvait maintenant apercevoir en partie en se retournant, son père apparut un instant avec sa casquette blanche à visière. Peut-être que sa mère se serait quand même plue ici. C'était tellement varié : la ville au fond là-bas, les montagnes, les navires et les canots et pas seulement la houle comme en bas devant la maison sur les rochers. Milo revoyait sa mère maintenant. Il s'était de nouveau tourné vers le lac qui s'étirait sous le soleil jusqu'à l'infini. Le beaupré entaillait sa surface. C'est là-bas dans le lointain qu'il semblait voir l'image de sa mère. Elle était presque plus grande que son père, elle se tenait très droite et marchait lentement ; ses nattes brunes étaient relevées en un chignon ; jamais plus dans sa vie Milo n'avait vu des yeux aussi noirs que ceux de sa mère. Quand Milo était en vacances à la maison et que son père arrivait après plusieurs mois de voyages, de Constantinople, d'Egypte ou même de l'Inde, la petite maison semblait s'agrandir, elle devenait une salle de fête, et chez sa mère montait une joie profonde, sombre, presque sauvage.

A midi il déjeuna avec son père dans la cabine de celui-ci. Le vieil homme honora son hôte, ouvrit la porte devant lui et le laissa entrer le premier. Milo disait encore « vous » à son père.

« Tu as fait du chemin, mon fils, dit le capitaine, si jeune que tu sois. A présent tu vas occuper une situation importante. A l'étranger nous ne devons pas être étrangers. Ce n'est qu'une faiblesse. A Sidney on ne foule pas le sol autrement qu'à Dubrovnik. »

Milo regardait par le hublot la surface de l'eau. Les paroles de son père lui convenaient parfaitement. Il se rappela alors une curieuse expression que Chwostik avait utilisée récemment à propos du golf : il disait qu'il appelait ça pour lui le billard sur herbe. Cela dénotait une façon similaire de voir les choses. Cependant, chez Chwostik, cette faculté paraissait avoir une assise plus stable et plus profonde. Lui-même s'était constamment efforcé – et il en avait assez souvent eu l'occasion dans sa profession – d'étudier les manières de vivre de ces gens qui représentaient pour lui le grand ou le vaste monde, depuis la façon légèrement négligée de nouer une cravate jusqu'à celle de s'allonger dans un fauteuil ou de marcher lentement jusqu'à la réception pour demander la clef au portier ; tous ces détails étaient notés et évalués un par un par Milo, parce que cette évaluation faisait justement partie du métier de Milo. Mais il n'aurait jamais pu s'imaginer que Pépi puisse s'intéresser à ces choses-là : pourtant, sur ce plan-là, Chwostik venait à bout de tous les problèmes avec brio. Pour la première fois – assis à déjeuner en face de son père dans la cabine – Milo fut effleuré par l'idée que ce qui l'avait toujours attiré chez Chwostik était une sorte de supériorité.

Ils parlèrent de vacances possibles au cours de l'année prochaine ou de celle d'après, des vacances que prendrait aussi Milo et que l'on pourrait passer ensemble dans la petite maison sur les rochers ; c'est à ce moment seulement que Milo la découvrit vraiment, cette maison, une maison possédée depuis longtemps mais jamais vraiment regardée. Combien de vacances d'été il avait passées là jusqu'à ces années qui marquèrent la fin de ses études secondaires à Agram ? Tous ces mois mis bout à bout faisaient une si longue période ! Elle était si vaste qu'elle semblait révéler partout des niches et des recoins, c'était une période incroyablement riche et tranquille comme il n'y en avait plus jamais eu depuis. Souvent, quand il faisait très chaud, la mer montrait un renflement violet à l'horizon. Sur la plage il y avait des tas de choses passionnantes. Il n'y avait du sable qu'à un seul endroit, à gauche au-dessous de la maison, partout ailleurs c'étaient des rochers. C'est là que se trouvaient les crabes. La plage de sable avait tout au plus une largeur de sept à huit mètres. Les jeunes garçons de l'Italien d'à côté faisaient toujours de nouvelles découvertes ; Milo était alors mis dans le secret quand il venait en vacances. Ils faisaient souvent des kilomètres, longeant toujours le haut de la côte rocheuse. A présent sa mère se tenait de nouveau au-dessus de l'eau, grande et droite. La cloche du navire tinta. On arrivait à vitesse réduite au débarcadère de Lindau. Son père posa sa tasse de café, prit sa casquette et alla sur la passerelle.

La Wenidoppler n'aurait peut-être pas osé démonter ou forcer cette table de nuit dont Chwostik lui avait fait cadeau, si elle n'avait lu la veille dans les nouvelles locales de son journal une information disant que « l'auteur d'actes de violence et le criminel endurci bien connu, Vaclav Okrogelnik », avait été tué d'un coup de couteau par le chef d'une bande ennemie (une « Platte » comme on appelle encore aujourd'hui à Vienne les cercles de malfrats) et laissé sur place dans une auberge de la périphérie près de Harnals. Ce fameux Vaclav avait aussi fait une apparition dans la vie de Mizzi Nechwatal autrefois, et même exactement à l'époque où il faisait le joli cœur avec la soubrette de madame Eptinger ou du moins faisait usage de sa chambre pour entreposer son butin. La Mizzi était même presque devenue pour quelques semaines la rivale de cette jeune fille. Vaclav disait qu'il ne faisait aucun cas de cette dernière mais qu'il l'utilisait en ce moment pour mettre en sécurité ses... bon, disons : ses effets. Vaclav avait toujours eu tendance à faire le fanfaron. Il racontait qu'il avait là-bas toutes sortes de choses dont cette oie blanche qui travaillait chez madame Eptinger n'avait aucune idée : et que la plus sûre cachette était sa table de nuit. Il avait de l'or, beaucoup d'or, disait-il. Mizzi n'en croyait naturellement pas un mot. En outre, après être sortie de temps à autre avec lui – ce qui n'avait pourtant pas donné lieu à une véritable liaison – elle le trouva inquiétant. Dans la partie du Prater réservée aux baraques foraines, il se retrouvait entouré de figures un peu trop audacieuses quand il allait avec Mizzi au stand de tir où il raflait tous les prix les uns après les autres, ou quand ils s'asseyaient dans une brasserie en plein air. Elle finit donc par ne plus aller à aucun rendez-vous ; elle l'évitait ; et en même temps elle avait peur. Mais Okrogelnik ne s'est jamais plus soucié de la Mizzi.

Peu après que celle-ci eut accédé à l'état de concierge, le ménage Bachler était venu habiter ici (notre gandin de docteur se montra d'ailleurs dès le début des plus généreux à l'égard des Wenidoppler, tout comme Chwostik à présent). Une concierge sait tout, mais pas toujours de façon précise ; en outre, celle-ci était toute jeune dans le métier *(nuper conciergificata).* Ainsi elle savait bien d'où venait la jeune femme mais pas si l'une des tables de nuit pouvait être la bonne (en outre toute cette histoire n'était sûrement que mensonge, ou alors Okrogelnik avait retiré l'argent – mais elle savait une chose : qu'on l'avait brusquement arrêté une nouvelle fois, heureusement à un moment où elle ne sortait déjà plus avec lui). Quand on déchargea le mobilier, la Wenidoppler se tenait naturellement devant la porte de l'immeuble, donnant un coup de main ou un conseil quand on monta les meubles. Quelle concierge ne s'intéresserait pas à l'ameublement de nouveaux locataires ? Mais la nôtre veillait surtout aux tables de nuit. Il y en avait deux neuves, élégantes, qui faisaient partie des éléments de la chambre à coucher et une troisième, qui avait certes un dessus de marbre encastré comme les autres, mais qui était vieille, minable ; ça pouvait donc bien être la bonne, peut-être que la mère Eptinger l'avait laissée à sa fille, elle faisait très chambre de bonne et elle fut d'ailleurs placée – avec l'aide de la Wenidoppler – dans la pièce équivalente du nouvel appartement. Depuis, elle y était restée. Bien que l'objet fût lourd, les déménageurs n'avaient pas ôté le dessus de marbre pour le porter à part parce qu'après tout il n'y avait qu'un étage à monter.

Ceci étant, il était inévitable que la Wenidoppler après l'excitation du début, n'en finisse pas par oublier complètement la table de nuit, et Okrogelnik avec. Dans les années suivantes, elle n'eut d'ailleurs plus la possibilité de s'approcher de l'objet. Elle n'avait pas les clefs de l'appartement – comme aujourd'hui par exemple avec le directeur Chwostik ; et en tout état de cause, elle n'aurait pas pris le moindre risque pour une pareille bêtise.

Puis vint le jour où les époux Bachler transportèrent leurs pénates à Döbling dans leur nouvelle résidence chic. En haut, tout était maintenant vide et silencieux, et en plus elle avait les clefs. Il y avait encore quelque chose avec les clefs : une liste précise de tous les meubles restés là (le petit bureau branlant, la table pivotante blanche dans la cuisine et ainsi de suite et, pour finir, la table de nuit dans la chambre de bonne ; le nouveau locataire avait déjà reçu un double de cette liste – on reconnaît bien ici la main et la correction de monsieur le docteur Eptinger ! – et ce locataire devait alors faire savoir quels meubles il désirerait reprendre pour un prix modique : chaque meuble était brièvement décrit).

Elle monta. Auparavant, elle s'était encore dépêchée de prendre un petit ciseau à bois dans la boîte à outils, et l'avait mis dans la poche de son tablier.

La cage d'escalier bien éclairée avec les vitres de couleur sur les fenêtres lui plaisait, il était agréable d'y être, (comme dans une robe), plus qu'en hiver parce qu'il y faisait alors toujours froid et il y avait des courants d'air. La profondeur du silence qui régnait ici était tout aussi grande que le vaste périmètre sur lequel il paraissait s'étendre, limité au loin par le bruit d'une voiture tintinnabulant sur le pavé. La Wenidoppler gravit lentement les marches, luttant ainsi contre une agitation qui commençait à poindre en elle. D'habitude (quand elle avait les clefs de quelque endroit), elle ouvrait les portes et se promenait de pièce en pièce, comme si elle était chez elle, dans un domaine soumis à son entière autorité, (bien que fille d'un boucher de viande chevaline, elle semble avoir de très bonnes dispositions pour le métier de concierge), or aujourd'hui il lui manquait cette assurance souveraine ; et cela dans un appartement vide et abandonné. Elle était donc pour ainsi dire dans ses petits souliers en traversant les pièces vidées de leurs meubles et à demi obscures qui, à cause des jalousies baissées, baignaient dans une lumière glauque.

Quoi qu'il en soit, elle traversa les pièces, toujours dans ses petits souliers, et n'alla pas directement du vestibule à la chambre de bonne. Maintenant elle était debout devant l'objet de ses réflexions. Il était moche et sans finesse, d'une forme inhabituellement large qui le rendait un peu étrange. On aurait dit qu'il provenait de la campagne. Mizzi tira le petit tiroir et ouvrit la porte. Le caisson n'était pas divisé en deux par une tablette comme c'est généralement le cas. Sur la planche rugueuse du fond on distinguait un cercle laissé par le vase de nuit qui avait eu sa place ici. La Wenidoppler referma la porte, repoussa le tiroir et prit le ciseau dans la poche de son tablier. Le dessus de marbre n'était pas vissé mais seulement posé dans son logement. Elle le souleva sans peine et vit qu'il était relativement mince ; une fois enlevé, il n'y avait rien d'autre en-dessous que le bois brut, non poncé. Peut-être que la Wenidoppler aurait quand même accompli quelque travail de destruction ou fait de nouvelles recherches. Mais elle se sentait carrément bernée par Okrogelnik. Ce qui la consolait en ce moment, c'était seulement de savoir à coup sûr que personne ne l'observait. En plus : le ciseau avait fait son office, elle ne l'avait pas seulement apporté avec elle dans la poche de son tablier mais elle l'avait utilisé. Quelque chose avait fini par se produire dans cette affaire. Il se peut que cela lui ait suffi. Elle replaça le dessus de marbre dans son logement, traversa l'antichambre, alla directement à la porte d'entrée de l'appartement et descendit après avoir soigneusement fermé la porte à clef. Il se conçoit que toute cette affaire ait resurgi en elle quand elle lut que Okrogelnik avait été refroidi et quand, de surcroît, Chwostik lui fit cadeau de la table de nuit. Aussitôt, elle se remit en action. Elle porta la chose en bas avec le dessus de marbre à part, c'était encore suffisamment lourd comme ça. Monsieur Wenidoppler se trouvant au service d'expédition du journal, la Mizzi ne fut pas dérangée. Du côté de la cour, elle avait un cagibi qui servait à garder toutes les vieilleries imaginables. C'est ici que se trouvaient aussi les outils. Elle y plaça la table de nuit et retourna à l'entrée pour s'assurer que la porte était bien fermée à clef. Puis elle s'approcha de son objet. Elle ouvrit tout d'abord la petite porte et put voir alors que l'espace inférieur avait jadis été partagé par une tablette que l'on avait ôtée ensuite ; les petits tasseaux qui la supportaient étaient encore là. Elle sortit alors entièrement le petit tiroir et le contempla sur toutes ses faces. L'intérieur du meuble dégageait on ne sait quelle odeur d'éther, faible mais peu agréable, rappelant un parfum ou un médicament, peut-être que quelque chose de ce genre y avait été conservé. Mizzi posa le tiroir à côté d'elle. C'est seulement alors qu'elle remarqua qu'elle ne pouvait pas regarder ou passer la main dans le caisson de la table de nuit par le logement du tiroir, comme c'est généralement le cas avec ce genre de tables de nuit. Le logement du tiroir était fermé en bas par une planchette. Mizzi passa la main à l'intérieur et remarqua aussi que le petit tiroir glissait sur des tasseaux comme c'est habituellement le cas ; en-dessous une planche avait été fixée pour séparer les deux compartiments. Elle appuya dessus ; d'abord doucement, puis plus fort. Mais elle n'eut pas besoin d'appuyer longtemps ; ça craquait déjà, puis la petite planche tomba dans un énorme vacarme à l'intérieur du meuble. La Wenidoppler se baissa, sortit la planche et scruta l'intérieur. Il n'y avait rien. Maintenant on pouvait passer la main à travers le logement du tiroir. « Vieux baratineur, va ! » lança la Mizzi à Okrogelnik parti dans l'au-delà.

Elle remit le tiroir, ferma la petite porte de la pointe du pied et passa dans la cuisine, tenant dans la main la petite planche qu'elle jeta à côté du fourneau sur la réserve de bois. Tout cela fut accompagné d'autres petits mots d'adieu murmurés à la mémoire d'Okrogelnik ; une façon de célébrer une oraison qu'on ne saurait qualifier de particulièrement respectueuse. Il était temps de préparer le repas. La planchette de bois sec paraissait devoir faire l'affaire pour allumer le feu. Elle la reprit et saisit la hache. Juste au moment où elle voulait la fendre par le milieu, elle vit que quelque chose y était cloué avec des pointes comme si elle avait été rapiécée avec une mince feuille de placage. Elle y glissa le tranchant de la petite hache et la fit sauter aussitôt, l'instant d'après les mollets nus de Mizzi et les pantoufles qu'elle avait aux pieds furent entourés de papiers voletant dans tous les sens et qu'elle mit un certain temps à reconnaître, presque à contrecœur, comme étant de gros billets de banque.

Elle se dépêcha alors bien sûr de poser sa hache et se mit à genoux (peut-être même au sens figuré). Les invectives à l'adresse d'Okrogelnik n'en cessèrent pas pour autant, et parce qu'un des billets était allé voler sous le buffet, il dut encourir dans l'au-delà un nouveau « Sale baratineur ! » (tandis que la Wenidoppler, les fesses en l'air, allait repêcher le billet avec une balayette). Une fois tout étalé sur la table, cela faisait cinq cents florins, ce qui représentait pour cette époque presque une petite dot. C'était donc ça « l'or » du baratineur. Fanfaron ! En y réfléchissant bien, la Mizzi préférait presque qu'il en fût ainsi. Elle n'avait pas besoin d'aller le changer quelque part. C'était de l'argent comptant.

A partir de ce moment, la Wenidoppler voulut se débarrasser de la table de nuit. Elle aurait certainement pu la réduire en morceaux et en faire du feu. Mais sans compter le travail que cela coûterait pour réussir à démantibuler cette chose massive, elle redoutait les ennuis, les questions du mari qui demanderait ce que signifiaient ces débris de meubles ici, près de la cuisinière, ou objecterait qu'on aurait bien pu la garder pour y conserver ceci ou cela... elle se mettait déjà en colère. Il n'était pourtant guère possible de fourguer cette chose miteuse à un brocanteur ou au Mont-de-Piété. Il n'est pas si facile que ça de se débarrasser d'une table de nuit (essayez un peu !). Or, à l'évidence, c'est ce que la Wenidoppler voulait à toute force. Peut-être s'imaginait-elle au fond de son âme conciergifiée que l'esprit d'Okrogelnik demeurait encore dans la table de nuit. Le baratineur était mort. Maintenant cette carcasse vide devait aussi disparaître de sa vue.

Il existait à l'époque ce qu'on appelait « La compagnie de ramassage ». C'était une association de bienfaisance qui collectait pour les plus pauvres d'entre les pauvres de vieilles choses qui pourtant pouvaient encore servir ; elles encombraient leurs propriétaires mais avaient cependant une valeur pour ceux qui ne pouvaient rien s'acheter : des gens qui avaient tout perdu dans un incendie, des victimes de catastrophes naturelles, des émigrants ou de jeunes mariés démunis. Il n'y a pas longtemps, peut-être avant-hier, il y avait eu quelque chose là-dessus dans le journal : de pauvres émigrants auxquels le gouvernement impérial de Russie voulait donner des terres dans des régions de peuplement. Effectivement, la Wenidoppler trouva dans son journal le petit article de l'avant-veille. Environ une semaine plus tard, une de ces voitures qui faisaient la collecte dans les maisons s'arrêta. La table de nuit partit pour sa destination lointaine. Mais la Wenidoppler avait gardé le dessus de marbre. Il pouvait toujours servir.

Pendant les années passées à Brindley-Hall, lorsque Donald allait à l'école à Chifflington, il y avait encore en lui de temps en temps comme des mouvements de repli, un penchant à revenir en arrière : vers la maison de la Prinzenallee à la lisière du Prater, vers la « nursery » en haut au-dessus du hall, et surtout vers Kate et sa guitare ; quand son grand-père était à Vienne, ce qui arrivait rarement, et Kate ici (il apparut par la suite que l'habitude oiseuse que l'on avait prise de l'envoyer ici dans des cas pareils n'était pas bonne du tout), il fallait qu'elle joue et chante pour le petit Donald. Quand elle arrivait, il inspectait tout de suite ses bagages pour voir si la guitare était là. Il fallait qu'elle joue et qu'elle chante en bas dans le parc, au bord du grand étang qui était déjà presque un petit lac.

Personne ne pouvait penser que le garçonnet conjurait ainsi ses peines secrètes, et même de manière efficace. Donald était un enfant maniable, aimerait-on dire, commode, qui ne dépassait jamais la mesure, ni dans la force physique, ni dans l'humeur batailleuse, ni dans de quelconques intérêts ou talents particuliers. Le médecin recommanda de lui faire commencer tard le sport, et très progressivement. Son cœur avait encore besoin de se développer et d'avoir un certain équilibre. Pourtant Donald n'était pas délicat, c'était un enfant vigoureux. Dans ses premières années il ne contracta aucune maladie ; hormis celles communes à tous les enfants. Il profitait. Personne ne se faisait beaucoup de soucis à son sujet. Il n'y avait pas de raison.

Jamais personne donc n'aurait pensé que les accords de la guitare de Kate Türriegl au bord du lac représentaient pour Donald une espèce de nécessité vitale, à laquelle il n'accédait en outre que rarement. Il était oppressé par un mal secret ; et l'enfant supportait cette chose horrible – à laquelle était attachée une certaine grandeur – dans le plus complet mutisme et dans le plus profond isolement.

Cela arrivait la nuit. C'était impossible à prévoir, n'apparaissait pas pendant des mois et revenait ensuite à pleine force. Le lac pivotait comme autour d'un axe ; l'étendue horizontale de sa surface miroitante devenait une paroi verticale qui se dressait de façon terrible jusqu'à une hauteur vertigineuse. Elle s'élevait juste devant les fenêtres de la chambre où Donald dormait, et l'accumulation de sa masse gigantesque menaçait à chaque instant de fondre sur lui. La paroi défilait à toute vitesse de haut en bas et ce mouvement la faisait frémir et trembler. Donald voulait voir sa base, l'endroit où elle touchait le sol dans un grondement de tonnerre, là où ce devait être effrayant ; mais il était incapable de s'approcher de la fenêtre pour regarder en bas, malgré toute sa volonté, malgré toute la puissance de l'attraction exercée sur lui. Une fois, il tomba de son lit. Il resta assis par terre, dans l'obscurité. Dehors la pluie battait avec force. S'il avait rassemblé son énergie, ouvert la fenêtre, regardé en bas, là où la paroi liquide touchait le sol, il l'aurait alors depuis longtemps métamorphosée en une pluie inoffensive ne causant aucun dommage au jardin.

Lorsque Kate avait joué et chanté au bord du lac, lorsque l'eau scintillante et ridée s'était déployée comme un large éventail, la paroi liquide qui apparaissait la nuit ne revenait pas pendant longtemps ; c'était du passé, quelque chose d'inimaginable.

Donald vivait avec le vieil homme qui était seul à présent. Or, celui-ci n'était pas déraisonnable. Il savait ce dont un petit garçon comme Donald avait besoin pour grandir librement, sans contrainte, avec la possibilité de s'ébattre de tous côtés. La gouvernante, Mrs Cheef, était elle aussi une excellente femme. Seulement, elle s'entendait mal avec Kate Thürriegl quand celle-ci restait un certain temps, ce qui d'ailleurs n'arriva que deux ou trois fois parce que le vieil homme ne quitta ensuite plus l'Angleterre. Dès le début, Mrs Cheef avait considéré que, par sa présence, Kate empiétait sur ses droits : auprès du vieux monsieur, auprès du petit Donald (là surtout !), dans le ménage en général ; la Thürriegl ne voulant pourtant pas rester tout à fait oisive ici, il en était effectivement souvent ainsi.

Mrs Cheef se fâchait quand elle entendait Kate jouer et chanter en bas au bord du lac. Cela lui paraissait être des singeries et une basse complaisance pour les marottes du garçonnet. Que Donald n'en eût par ailleurs aucune et ne fût d'une façon générale nullement capricieux, voilà une chose à laquelle elle ne pensait guère.

Les accords de la guitare étaient agréables et résonnaient entre les grands arbres du parc ; par-dessus s'élevait la voix de vieille fille de Kate, une voix sèche, inexpérimentée (comme un pot fêlé, pensait Mrs. Cheef).

La voix rassemblait ici tout ce qui, pour Donald, était à la fois proche et lointain : le soleil et les ombres des feuilles de la « Prinzenallee », la chambre d'enfant, le grand jardin derrière la villa et, souvent en été, les lourdes senteurs des plantes libérées par le soir.

Donald avait ici une belle chambre.

Brindley Hall n'était pas un vieux manoir aristocratique, pas du tout ; bien qu'il ait été construit un peu dans ce style par son grand-père.

Dans la chambre de Donald, il y avait un banc d'école complet avec pupitre. C'est là qu'il faisait ses devoirs. Dès le début, Donald avait trouvé un grand charme à s'asseoir là. C'était une invite à l'étude. Cela l'isolait dans une certaine mesure du reste de la pièce quand il travaillait, cela éloignait toute distraction. Donald apprenait facilement quand il était assis devant ce pupitre.

Parfois son grand-père lui faisait réciter ses leçons. Donald devait alors se lever pour répondre. Le grand-père posait des questions plus précises et plus difficiles que le maître à l'école. Dans ses cahiers, pas la moindre faute ne lui échappait, elle était même soulignée d'un gros trait rouge. Le vieux corrigeait les devoirs d'examen qu'il donnait à Donald, toujours en présence de Donald qui, pendant ce temps, pouvait rester assis sur son banc. Quand le grand-père soulignait d'un trait rouge, il le faisait en riant. C'est ainsi que les choses se passaient quand Donald était déjà dans les classes supérieures. Pour Donald la mesure des choses à ingurgiter était déterminée par son grand-père. En comparaison il était facile de satisfaire à ce qu'on demandait à l'école.

Le reste aussi était facile, bien que le vieux Clayton eût pu prévoir des difficultés et les ait peut-être effectivement prévues. La localité était composée en grande partie d'ouvriers de son usine, dont les enfants allaient ici à l'école. Au milieu d'eux, Donald était une sorte d'être à part, et avec lui sans doute encore quelques autres bambins, les fils des deux directeurs de l'entreprise, pour la partie technique et commericale, tout comme les enfants des différents chefs-contremaîtres, quoique dans une bien moindre mesure. Face à de tels enfants, on aurait dû s'attendre de la part de leurs camarades de classe à un comportement hésitant entre la timidité et des accès d'hostilité. Et ça arrivait bien sûr aussi. Mais ces tensions très sérieuses – et décisives pour toute la vie de chacun des enfants impliqués, sans exception – formaient autour de Donald une sorte de golfe, d'échancrure, et ne le touchaient jamais. Cela venait sans aucun doute de lui, de sa nature la plus intime et de son comportement. Il était ainsi capable de résoudre effectivement un problème pour son propre compte avant même que celui-ci n'apparaisse au grand jour. Donald ne s'en rendait jamais compte. Il était étranger à tout et le restait ; et cela bien qu'il ait manifestement aussi de mauvais penchants : par exemple, lorsqu'une bagarre éclatait sur le chemin de l'école – le sien était d'ailleurs très long – il cognait toujours un peu trop tôt et un peu trop fort, on pouvait carrément dire qu'il boxait. Des cas pareils – d'ailleurs rares – auraient bien pu donner lieu un jour à d'assez graves difficultés. Mais elles ne se produisirent jamais.

Donald restait étranger à tout. C'était aussi au fond l'impression que son grand-père avait de lui à mesure que le petit garçon grandissait.

Même Kate Thürriegl dut en faire l'expérience, elle qui avait pourtant toujours cru savoir s'y prendre avec Donald. Lors de son deuxième séjour à Brindley Hall, ses relations avec la grande et massive Mrs Cheef – une femme de soixante-douze ans – se détériorèrent à vue d'œil dès le premier instant, et à peine le grand-père Clayton était-il parti pour Vienne qu'eut lieu le premier accrochage. Il est possible que Mrs Cheef ait pris la mouche par une circonstance bien particulière : Kate fut invitée par le grand-père à partager sa table, au même titre qu'elle ; en tant que dame ayant la haute main sur le ménage elle voulut voir là-dedans une rétrogradation. Le jour même où le grand-père avait quitté Brindley-Hall pour aller sur le continent, dans le large couloir devant la chambre de Donald, elle rencontra Kate Thürriegl qui, la guitare en bandoulière, venait chercher Donald pour aller avec lui dans le parc. « Vous ne pouvez pas entrer ici », dit Mrs Cheef d'un ton peut-être trop décisif, « Donald a maintenant son heure d'étude ». C'était un mensonge et la Thürriegl le savait car elle connaissait l'emploi du temps fixé une fois pour toutes par le grand-père pour son petit-fils, emploi du temps qui était toujours respecté. Elle se permit donc de faire remarquer que ce n'était pas du tout l'heure de l'étude maintenant. « Je suis responsable des progrès de Donald pendant l'absence de Monsieur », répliqua Mrs Cheef en haussant considérablement le ton. « A son retour, il lui fera passer un examen sérieux. Je ne permets pas que vous, Miss Thürriegl, vous distrayiez Donald de ses études. » « Ce n'est pas du tout mon intention », s'écria Kate, sur un ton qui n'était pas particulièrement doux non plus, « mais vous faites vraiment comme si vous aviez accaparé Donald. Je le connais depuis bien plus longtemps que vous. » Kate avait déjà dans la voix une inflexion presque glapissante. Or, juste à cet instant la porte s'entrouvrit, Donald jeta un coup d'œil dehors et dit d'un ton calme, et même gentil : « Please stop that noise » et là-dessus il disparut.

Mrs Cheef s'éloigna sans ajouter un mot, et Kate Thürriegl en fit autant, avec sa guitare, mais dans l'autre sens.

Cette scène ne laisse pas d'être étonnante. Penser que Donald, en voyant la Thürriegl avec sa guitare, n'ait pas aussitôt voulu la suivre ! Cela, bien sûr, aurait abouti à prendre parti contre Mrs Cheef, ou tout au moins à soutenir l'affirmation de Kate que cette heure n'était pas réservée à l'étude.

Rien de tel ne se produisit. Nous avons une seule explication du comportement de Donald : c'est qu'à cette époque déjà ses peines secrètes diminuaient – que leur emprise se relâchait – ou bien encore qu'elles avaient une nouvelle fois pris du champ, voire même qu'elles étaient devenues inimaginables.

Il arrivait aussi bien sûr à la mère de venir, une fois même accompagnée de Kate, lorsque le grand-père ne s'absentait pas. Face à Harriet, Mrs Cheef ne pouvait absolument pas s'imposer et l'attachement véritablement outrancier qu'elle portait à Donald devait laisser le champ libre à la mère. D'ailleurs le vieil homme et Harriet formaient ensemble une sorte de bloc impossible à entamer et qui ne laissait aucune place à la guérilla de la jalousie. En plus Harriet ne revendiquait guère pour elle le garçonnet. Elle le laissait courir, on ne peut le dire autrement. Si Donald était un enfant commode, Harriet aussi était une mère commode. Opaques et étrangers à tout, c'est ainsi qu'ils apparaissaient tous les deux. C'est à son beau-père que Harriet consacrait tous ses soins. Elle accompagnait chaque jour cet homme âgé dans sa promenade à cheval, qui ne durait certes plus qu'une demi-heure, mais à laquelle il ne renonçait jamais. Dans les premières années, Harriet montait alors son alezan sur lequel Donald a encore appris plus tard à aller à cheval. Toujours avec des rênes allemandes (excepté pour apprendre à monter).

Les premiers temps, ici en Angleterre, elle pouvait encore aller voir son vieil oncle chez lequel elle avait été élevée, à Pompe-House, à quelques miles seulement de Brindley-Hall. Il avait en quelque sorte hérité de cette enfant riche mais précocement orpheline après le décès de son frère au Canada. A la mort de l'oncle, Pompe-House revint d'ailleurs à Harriet qui, à vrai dire, ne sut pas tout d'abord bien quoi en faire. Cependant elle n'aurait jamais consenti à vendre une parcelle de terre anglaise lui appartenant, et surtout pas depuis qu'elle vivait à l'étranger. Maintenant elle y allait parfois à cheval.

En sortant par le portail du parc, elle prenait à droite (à gauche, on allait à Chifflington) et traversait le petit bois sur la hauteur, ensuite le chemin sinueux épousant les degrés du terrain descendait en pente douce jusqu'à la rivière, dont elle pouvait voir par intervalles le miroir presque immobile de ses trois méandres. Après le pont on remontait presque aussitôt. En haut de la colline, là où la route faisait un coude à gauche, Harriet prenait un chemin à travers les prairies et, poussant à droite, traversait au galop la croupe de la colline qui s'élargissait ici. C'est à l'extrémité de celle-ci que se trouvait Pompe-House, avec vue sur la rivière. Même de là on ne pouvait pas voir les hautes cheminées de l'usine Clayton & Powers. La forêt en face la cachait aux regards. Très loin, mince comme un trait, se trouvait le clocher de Chifflington, à gauche de la forêt.

Il suffisait de s'approcher de Pompe-House, pour que le silence devienne absolu. A la lisière de l'esplanade de gravier il y avait de nombreuses touffes d'herbe qui étaient revenues s'installer ici. Dès que le bruit des sabots de l'alezan sur le gravier se faisait entendre, le jardinier apparaissait en courant au coin de la terrasse, petit homme aux jambes en cerceau avec, sur la tête, une vieille casquette de cricket qu'il soulevait alors ; sa façon de se hâter avait en soi quelque chose de flasque, il lançait ses jambes comme des saucisses. Harriet lui confiait le cheval. La femme du jardinier apparaissait, faisant de loin une petite révérence, un bouchon de paille à la main. On défaisait la sangle, on ôtait la selle d'amazone puis l'homme bouchonnait un peu l'alezan et le promenait de long en large.

Harriet suivait la femme du jardinier qui courait devant elle avec les clefs. Cette personne était pour Harriet un sujet d'étonnement et même, depuis peu, presque de légère jalousie : à cause de son aspect immuable. Elle avait l'air d'une tasse de camomille dans laquelle on laisse flotter une marguerite. C'est précisément dans les derniers temps que Donald passait encore à Brindley-Hall chez son grand-père, que Harriet prit conscience qu'elle commençait à vieillir précocement, d'une manière encore insensible pour son mari et les autres, mais sensiblement pour elle-même. Une propension à la maigreur traversait tout son corps. Fallait-il renoncer à faire du cheval ?

Elle entra dans le petit cabinet de travail, le bureau privé de son défunt oncle (elle laissa de côté sa chambre de jeune fille) ; c'est ici qu'elle voulait prendre le thé. La jardinière disparut. Cette pièce qui avait été celle du vieux célibataire aisé était maintenant devenue la cellule intime d'Harriet, son soutien, sa forteresse, si rarement qu'elle y vînt. Elle se disait avec satisfaction, et même avec délectation, que cette maison était maintenant la sienne, que ce petit cabinet lambrissé, de couleur brune, était le sien et que le jardinier et sa femme étaient désormais ses employés à elle. Nulle part le thé n'était aussi bon qu'ici. On le préparait pour elle avec le plus grand soin, tout à fait comme elle le voulait. Elle s'était imposée. Si rares que fussent ses visites ici, on était pourtant constamment dans l'attente.

C'est à peine si Bob eut deux ou trois fois l'occasion de l'accompagner ici, quand il venait en Angleterre chez son père (et pourtant Bob était souvent venu ici à l'époque où ils étaient fiancés), Donald aussi n'y est venu que rarement, plus tard, quand il était déjà à moitié adulte. Peut-être qu'Harriet s'arrangeait pour éviter tout cela.

Elle voulait être seule ici. C'était pour ça qu'elle y venait.

Un désir concevable, cette solitude momentanée, va-t-on dire ; il reste inaccessible, il est vrai, à la plupart des épouses. Elles n'ont pas d'autre maison que leur maison, pas de manoir. Et au début, Harriet ne savait pas non plus quoi en faire, c'est venu plus tard. En tout état de cause ce fameux désir d'être seul demeure problématique, car personne n'est capable d'entamer une liaison passagère avec la solitude.

Il n'était pas question de cela pour Harriet. Elle se reposait ici d'une fatigue, on pourrait presque dire, d'un état d'accablement que lui donnait tout commerce avec les gens et qui s'était déjà accumulé chez elle en une sorte de réserve permanente. Elle devait remplacer par de constants efforts son manque de facilité à établir des relations avec les autres – croyant peut-être au début que ceux-là pourraient pallier ce manque – et cela tourna finalement en lassitude lorsque, dans ce domaine, tout ne fut pour elle que disette en quelque sorte. Il n'y avait rien là sur quoi elle pût se jeter. Au fond le vieux Clayton, son beau-père, était encore le seul être humain dont la compagnie lui fît du bien. Il était le seul à s'opposer à sa vision sèche et asséchante des choses. Bob demeurait un grand enfant qui était heureux devant un chemin de fer de montagne ou qui s'étonnait en voyant une bête dans l'eau et se faisait rouler à Beyrouth en concluant des affaires.

Et Donald était un enfant. Qui sait ce qu'il deviendrait ?

C'était avec l'ancêtre que les choses allaient encore le mieux. Un vieil homme. Il lui manquera.

Chwostik était gai, oui. Milo était maintenant parti depuis longtemps. Un beau garçon. Un méridional.

Ici, dans le cabinet brun, il y avait des portraits d'ancêtres encastrés dans le lambris et au bas d'une écritoire, des livres de commerce pesants, de la taille d'un in-folio. Le plateau du bureau était entouré d'une galerie de bois. La fenêtre donnait sur la rivière mais on pouvait difficilement regarder dehors, c'étaient des vitres épaisses et colorées, serties de plomb. Harriet leva sa tasse et huma l'arôme du thé. C'est à ce moment seulement qu'elle retrouva un peu de joie de vivre, ou du moins comme un sentiment de bien-être. C'était la première fois depuis longtemps.

Le vieux Clayton ne faisait certainement pas partie de ces gens qui s'étonnent beaucoup. La surprise profonde lui était étrangère. Mais sur un point, il fut quand même étonné.

Le petit Donald avait maintenant déjà fait plusieurs voyages sur le continent et était revenu soit avec sa mère, soit accompagné de Kate Thürriegl. Car il passait naturellement les vacances scolaires chez ses parents, en partie à Vienne, dans la Prinzenallee, en partie dans des lieux de villégiature où ses parents aimaient aller en Autriche (ils ont d'ailleurs acheté plus tard une maison au bord de l'Attersee [1]).

On ne pouvait cependant rien tirer du garçonnet, aucune impression de quelconque nature que de pareils voyages qui, à cette époque, étaient encore d'assez longue durée, auraient quand même pu lui laisser. Rien sur Londres, sur Douvres, sur la traversée, sur le long voyage en train – un rapide faisait alors du soixante kilomètres à l'heure – et encore moins sur Vienne.

« C'était un grand bateau ?

– Oui, un grand.

– Tu t'es senti mal ?

1. Lac de Haute-Autriche, à l'est de Salzbourg (N.d.T.).

– Un peu.
– As-tu vu la Hofburg [1] à Vienne ?
– Oui.
– C'était beau ? C'était grand ?
– Grand. »

Il ne disait d'ailleurs pas « grand » ou « pretty » mais « large ». Le vieil homme était quand même encore plein d'allant. Il commençait à trouver Donald inquiétant. Pourtant l'adolescent n'était nullement bête ou obtus : plus il grandissait, plus il apprenait facilement : ces choses-là ne semblaient pas lui poser plus de problèmes que le jeu de cricket. Comme tous les enfants intelligents, Donald avait physiquement une grande facilité d'adaptation. Cela se vit aussi quand il apprit à monter sur l'alezan de Harriet. L'ancêtre était là pour les séances de longe.

« Baisse les talons ! » criait le grand-père, « les coudes au corps ! »

A partir de ce moment Donald se tint correctement.

Pour le grand-père, le pire était en fait la bonne éducation de Donald (ce qui n'était peut-être pas le fort du vieux Clayton). Le garçonnet répondait toujours avec empressement et fort gentiment – mais ce n'étaient pas des réponses. Il était impossible d'avoir une conversation avec lui. Harriet semblait n'avoir jamais essayé non plus. Or, le grand-père portait une sorte d'attention soutenue à l'enfant. On pourrait dire qu'il recherchait ses bonnes grâces. Peut-être la présence de Donald l'a-t-elle maintenu robuste, et a-t-elle prolongé sa vie ? Il est mort lorsque Donald était déjà dans sa deuxième année de public-school.

C'est ainsi qu'on grandissait, glanant de-ci de-là, il en restait toujours des traces. Rapide comme un chevreuil bondissant, le temps filait par les bois de la jeunesse, ces bois qu'aucune coupe n'a éclaircis et qui restent inexplorés.

Faisait aussi partie de ce domaine la prairie vaporeuse du Prater près de Vienne, juste à la lisière duquel on habitait. Ici aussi, Donald jouissait de toute la liberté de

1. Palais impérial et résidence favorite des Habsbourg (N.d.T.).

mouvement pour grandir librement, sans contrainte, s'ébattant de tous côtés. Vivant sa jeunesse dans deux pays, il n'était jamais pris par l'étau du pays unique qui est alors seul à former le jugement. A cet égard, Donald était devenu étranger à sa mère ; et il se peut que Harriet – qui avait voulu que les choses en soient autrement – l'ait déjà ressenti. Il lui fallait accepter l'usage de l'allemand dans la maison familiale de la Prinzenallee – comme entraînement pour Donald. Qu'il apprît encore d'autres langues, des langues slaves et celles du Proche-Orient, était considéré par sa mère comme une chose raisonnable. Son Donald ne devait pas se faire rouler à Beyrouth. C'était Chwostik qui donnait à l'adolescent des leçons de conversation en serbo-croate, en turc et en arabe.

Il se forma de bonne heure entre eux deux cette relation qui plus tard, en Orient, devait s'avérer si bénéfique pour la maison Clayton & Powers. L'Autrichien doué pour les langues qui, au cours des années, avait poussé sa prédilection grandissante pour l'apprentissage des langues étrangères jusqu'à la manie et jusqu'à une espèce de rage de collectionneur (qui se payait par exemple le luxe d'apprendre encore en plus l'arménien), cet Autrichien trouva en Donald un talent tout aussi marqué pour les langues, talent qu'on ne saurait spécialement qualifier de particularité nationale chez un Anglais.

La public school était bonne pour Donald, il aimait y aller et préférait encore être là-bas qu'à Brindley-Hall, content au fond d'être débarrassé de Mrs Cheef qui veillait sur lui avec tendresse et aussi de Kate Thürriegl, et de leur guérilla provoquée par la jalousie. Son « tutor » (à proprement parler « housemaster » mais nous n'aimons pas employer ce terme, on sait pourquoi [1]), qui avait sous son autorité le groupe d'élèves dont Donald faisait partie, était un excellent homme avec un grand visage couvert d'un duvet blond, un visage comme modelé en quelque sorte dans le sable, et tous les garçons l'aimaient bien. Il était en même temps

1. La traduction allemande littérale est : « Hausmeister », le concierge (N.d.T.).

professeur de cette discipline qu'on appelle généralement « géométrie descriptive ». La fréquentation de cette école et d'autres encore du même genre à dominante scientifique, était la première condition pour entrer dans n'importe quelle école d'ingénieurs. On faisait beaucoup de calculs – même à haut niveau – et beaucoup de dessins. Donald dessinait avec soin. Quand, beaucoup plus tard, il dut passer à Vienne l'examen d'entrée à l'école d'ingénieurs – principalement en géométrie descriptive – tout le jury d'examen constata avec plaisir que son niveau correspondait en tous points aux exigences de l'établissement et qu'il dessinait habilement et agréablement.

Rien d'extérieur ne venait oppresser et gauchir cette jeunesse. A Vienne, Donald revoyait aussi toujours avec joie Kate Thürriegl – sans Mrs Cheef. Ici – et, pas seulement ici, mais aussi en Angleterre – la prairie vaporeuse du Prater constituait de tous temps le véritable arrière-plan de son existence, un domaine de marécages, de buissons et de forêts en marge de la vie quotidienne, une sorte de réserve dans laquelle on ne pouvait pourtant pénétrer qu'en partie. Elle commençait au sortir de la villa.

A vrai dire, elle commençait derrière le court de tennis que Bob Clayton avait fait installer. Il était entouré de hauts filets. Car il aurait été difficile de retrouver une balle égarée dans les buissons touffus. Le terrain voisin n'était pas encore construit. Entre le court de tennis et la terrasse située derrière la maison où étaient installées les chaises longues de différentes couleurs, s'étendait une grande surface unie de gazon ras.

Mais comment est-ce quand on s'enfonce plus profondément dans la prairie et qu'on va à l'écart ? Les sentiers sont souvent étroits et enchevêtrés à travers les fourrés, mais le sous-bois touffu finit là où de vieux arbres sont largement espacés. Ici l'herbe est dégagée. Le gazon va jusqu'au bord de l'eau et descend vers la rive en pente douce. L'eau miroitante de l'ancien bras du fleuve écarte les grands arbres séculaires, ouvrant une longue perspective sur toute sa surface qu'une brise légère plisse comme un éventail. En face, des branches avancent au-dessus de l'eau. Du canot à rames on peut les toucher ; il y a ici des barques de toutes couleurs à louer. Non loin de ce plan d'eau dégagé et assez profond, le long de la Grande allée rectiligne qui s'élançait au loin bordée de ses deux pistes cavalières recouvertes de tan, il y avait encore, entre les arbres majestueux, un marais peu profond. Sa rive était à moitié sablonneuse, à moitié marécageuse.

Le paysage de la prairie, intimement lié au fleuve et l'accompagnant dans son cours aussi loin que son lit avait pu se déplacer, ce paysage restait pour Donald une espèce d'au-delà dans le monde d'ici-bas, un au-delà qui lui était secrètement proche (même en Angleterre !). Il ne lui est jamais venu à l'idée – même pas plus tard quand il montait déjà à cheval – de parcourir une fois tout ce territoire, de pousser jusqu'aux limites et à l'extrémité de cette prairie, de se faire une idée claire de sa situation par rapport à la ville, et de son extension. La verdure foisonnante, les plans d'eau ridés par le vent, les grandes étendues de prairies sans clôtures formaient pour lui les parties d'un espace revenant sur lui-même et comme infini.

Il y avait aussi des parties plus accessibles et soignées sur lesquelles reposait pourtant, ici comme partout, la même lumière de paysage fluvial estompée dans les lointains. Juste à l'extrémité de la Prinzenallee (où il existait alors encore sur la gauche le vieux jardin zoologique), c'était un déploiement de larges chemins gravillonnés, et en bordure de ce présentoir de gazon bien tondu se trouvait le bâtiment à colombages des vastes écuries.

C'était ici, quand il montait avec sa mère, qu'ils prenaient leurs chevaux. Dès qu'Harriet était montée sur sa selle d'amazone et avait le pied dans l'étrier, elle se dirigeait aussitôt vers l'Allée sans tourner la tête vers Donald, poussant son cheval pour qu'il allonge le pas. Mais sitôt arrivée sur le tan rouge de l'allée cavalière, elle passait immédiatement au galop, accélérant l'allure jusqu'à la limite de la carrière. C'était une manière de monter un peu rude et brusque, et sûrement pas la bonne façon de mettre un cheval en condition le matin. Donald y pensait chaque fois qu'il montait avec sa mère mais il ne disait rien. Ça lui était égal. Le galop ne le fatiguait pas. Ainsi restait-il silencieux à côté de sa mère. Au bout de l'allée, Harriet, sans s'arrêter, contournait un pavillon jaune du XVIIIe siècle qui se trouvait ici (à l'époque c'était encore une volière pour perroquets, plus tard cela devint un restaurant), et repartait aussitôt au galop en sens inverse par l'allée parallèle, faisant courir tant qu'il pouvait le cheval qui ne demandait qu'à retrouver l'écurie. Les bêtes rentraient souvent la robe sombre de transpiration.

Donald ne craignait pas ces cavalcades un peu sauvages. Cependant, quand il montait seul au Prater, il agissait tout à fait différemment. Il flânait. Un petit trot, un bref galop, non sur les particules de tan rouges qui giclaient mais par les vastes prairies. Il mettait aussi pied à terre, menant son cheval par la bride, et pénétrait dans les fourrés entremêlés de la prairie, il s'asseyait même, sa selle anglaise posée à côté de lui, ou bien il s'installait dessus, et donnait au cheval toute la longueur de la bride, il le laissait un peu brouter.

Il y avait d'autres sortes d'efforts que Donald craignait et évitait carrément, sur le conseil d'ailleurs du médecin attaché à l'école qui l'avait fait sortir de l'équipe de hockey et de football et lui avait instamment déconseillé deux activités : la course sur la piste cendrée et la boxe ; en ce domaine le médecin lui avait par la suite strictement interdit de participer aux entraînements.

Non pas que Donald ait eu des troubles cardiaques. Mais il ressentit de bonne heure une certaine insuffisance sur le terrain de football, bien qu'il n'ait jamais joué comme avant mais comme défenseur, une place où, il est vrai, les jambes devaient donner tout ce qu'elles pouvaient, par exemple lors des percées de l'adversaire et quand il y avait danger que l'arbitre ne sifflât une sortie en ligne de touche.

Mais ici apparut de bonne heure un élément décisif dans la manière d'être de Donald : il ne se sentait guère enclin à compenser une insuffisance par un redoublement d'efforts. Ce genre de besoin à toujours vouloir exercer la plus grande résistance – ce besoin qui consume de maintes façons l'énergie vitale des hommes, et qui leur fait ensuite défaut dans les domaines où résideraient leurs véritables aptitudes – un tel démon, celui de la volonté opiniâtre exercée à contresens, ne le possédait pas. Il abandonna le football, il abandonna sa crosse de hockey. Il y avait assez de champs d'activités importants où d'autres devraient rester derrière lui. Par exemple les mathématiques et la géométrie descriptive. Même en équitation il était bien plus adroit que beaucoup d'autres.

La prairie vaporeuse du Prater, c'est ainsi que nous l'avons appelée précédemment, était bien ainsi, et ce devait être l'impression de Donald, surtout le matin à la fin de l'été. L'ardeur du soleil arrachait à l'humidité profonde de ces bois et de ces prairies une vapeur chargée des senteurs de la végétation foisonnante, une vapeur qu'on ne saurait appeler brume et qui pourtant atténuait d'un voile laiteux les rayons du soleil partout où ils se posaient, sur le sol, sur les cimes des arbres et les étendues de prairies. Cette vapeur était déjà dans le jardin, devant la maison et sur les chemins longeant la Prinzenallee. Cette aura se mariait curieusement à l'arôme du thé pris au petit déjeuner mais aussi à l'odeur âcre du tan sur les allées cavalières. C'était comme le souffle d'une mystérieuse divinité de la gourmandise et de la pureté, serait-on presque tenté de dire. Et c'était dans la région appelée la Krieau qu'on pouvait le ressentir avec le plus de force, dans les vastes prairies où se trouvait le terrain de golf.

Ici, Donald suivait vraiment la pente du moindre effort et, en plus, dans la compagnie qu'il préférait : avec son père et Chwostik. Ici on laissait aussi de côté tous les exercices de langue et l'on parlait anglais. Le jeu réfléchi et concentré (« du billard sur herbe », comme disait Chwostik), le vaste ciel au-dessus des étendues de gazon – ce ciel semblait inexprimablement aller rejoindre le cours principal du Danube, dont on était déjà plus près ici – les clubs de golf bien propres que l'on choisissait et que l'on balançait : tout cela faisait naître un état de satisfaction paisible et pure, un sentiment de bien-être des pieds jusqu'à la tête, un sentiment difficile à obtenir ailleurs et constamment ranimé par les tensions et les surprises non négligeables de l'exercice sportif. La partie terminée, on allait prendre un café dans la laiterie voisine pour parachever le plaisir. La serveuse en tablier blanc traversait prestement la terrasse de gravier, le soleil de fin d'été s'étalait sur les tables. Pour Donald, c'était ici la frontière du Prater officiel, civilisé pour ainsi dire : en arrière c'était la prairie revenant sur elle-même et comme infinie, avec ses mares et ses marécages, avec ses taillis et ses vieux arbres gigantesques. On sentait ici dans son for intérieur l'écoulement sonore du temps, justement parce qu'il passait plus doucement et ne filait pas comme une flèche. On n'était pas la proie des heures, on en était le maître ici, dans ce café en plein air, avec derrière soi le rougeoiement du soir et devant soi les hautes ramures des arbres.

Le golf a procuré aux Clayton toutes sortes de relations mondaines et sociales à Vienne (plus en tout cas que les chevauchées un peu rudes d'Harriet) essentiellement dans les cercles de la grande bourgeoisie industrielle. La haute noblesse, ce qu'on appelait « le premier monde » ne faisait bien sûr pas d'apparition dans un club bourgeois de ce genre. Indépendamment du fait que la société viennoise – « le premier monde », le « deuxième » (les hauts fonctionnaires) et le « troisième » (les chefs d'entreprises et les industries) – ne s'est jamais protégée des étrangers par une muraille de Chine, comme par exemple dans les anciennes villes hanséatiques et patriciennes du Nord, les Clayton profitaient à l'époque du simple fait d'être Anglais (sans être même des Anglais vraiment typiques) car le mode de vie anglais avait depuis bien longtemps commencé à irriguer le continent par de multiples petits canaux, et à l'imprégner. Les anglomanes ont déjà amusé le moraliste qu'était Johannes Nestroy [1] ; et vers 1900, et même encore longtemps après, on comptait encore en anglais sur tous les courts de tennis et l'on utilisait aussi les termes anglais pour le cricket et le football.

---

1. Johannes Nestroy (1801-1862), acteur, directeur de théâtre et auteur de comédies. Encore très souvent représenté sur les scènes de langue allemande, il dépeint avec humour la société viennoise. (N.d.T.).

A l'époque où Donald vint s'établir définitivement à Vienne pour entrer à l'école d'ingénieurs – en 1898 donc – il perdit sa mère. Le cocher viennois qui était en même temps le jardinier dans la Prinzenallee, eut une formule assez juste pour parler devant les siens de la cause de cette mort – toujours bien définie d'un point de vue médical : « Notre chère Madame est morte de consomption », avait-il coutume de dire.

Elle fut bien entendu enterrée à Chifflington. Pour Bob, sa mort accrut encore la gravité de la situation déjà créée par la mort de son père : car souvent il se trouvait à peine de taille pour faire face à la nécessité de diriger en même temps l'usine d'Angleterre et la succursale viennoise. Le changement fréquent de résidence amena une certaine instabilité dans son caractère, à laquelle vint s'ajouter ensuite une longue période de dépression après la mort d'Harriet. Autour du noyau obscur de cette dépression qui en masquait souvent totalement le motif concret – la perte de son épouse – au point que l'accablement de Bob ne semblait plus rattaché à rien, il y avait parfois dans un halo trouble, l'idée que Harriet, qui avait toujours gardé dans son cœur le désir de rentrer au pays, aurait peut-être vécu plus longtemps en Angleterre.

Toujours est-il qu'après la mort de l'ancêtre, Donald avait dû encore passer plusieurs années à la public school. Mais lui, Robert, n'aurait pas pu abandonner la nouvelle usine de Vienne, à l'inverse de l'usine de Chifflington où tout suivait son train depuis longtemps et où sa présence épisodique suffisait. Ainsi avait-il pris peu à peu racine à Vienne.

Les premières semaines où Donald était venu habiter Vienne – non pas dans l'ancienne nursery mais dans une très grande chambre à l'étage donnant derrière sur le parc – le père et le fils n'échangeaient souvent que quelques mots dans la journée.

Cependant, les espoirs de Bob reposaient sur Donald et c'étaient des espoirs fondés. La façon dont Donald menait ses études à l'école d'ingénieurs de Vienne doit être qualifiée de circonspecte et de parcimonieuse quant au temps qu'il y consacrait ; aucune passion là-dedans. Dès le premier instant il semblait s'être donné pour but d'en finir au plus vite et sans histoire, en respectant toujours les délais, que ce soit pour remettre les épures obligatoires, ou pour passer les examens oraux, les fameux « colloques ». En conséquence de quoi, il passa aussi sans histoire les examens d'Etat. Donald ne montrait d'ailleurs aucune prédilection pour les matières théoriques ou pratiques ; les mathématiques élémentaires, les mathématiques supérieures et la mécanique avaient pour lui la même valeur que la technologie mécanique (qui pourtant le concernait tout particulièrement, vu son avenir à l'usine), discipline qui justement faisait souvent trébucher les étudiants doués, parce que c'était presque uniquement une question de travail (un peu comme la pharmacologie pour les étudiants en médecine ou l'étude des sources chez les historiens). Donald bûchait avec circonspection quand il le fallait, mais sans grand intérêt, semblait-il. Il ne parlait jamais de l'école, même pas avec son père qui avait pourtant une formation analogue. Bob réagit avec Donald comme l'ancêtre autrefois à Brindley-Hall : devant si peu de transparence il se retrouva peu à peu dans la situation du demandeur. Pendant les stages de vacances qui débutaient maintenant à la fin de chaque semestre à l'usine de Vienne, il laissait carte blanche à Donald, non sans s'étonner de voir comment celui-ci s'y prenait : en effet, il ne cherchait manifestement pas à faire, en tant que technicien, un tour d'horizon de toutes les phases du travail, mais s'attachait au côté manuel (Bob Clayton avait procédé autrement chez son père à Chifflington). Donald apprit à conduire un tour puis à travailler les tôles et ainsi de suite jusqu'au montage final.

Les soucis que se faisait Bob Clayton pour l'avenir diminuèrent considérablement lorsqu'en juin 1902 Donald rapporta à la maison son diplôme d'ingénieur en construction mécanique. Aussitôt après il prit ses fonctions d'ingénieur de la fabrication dans l'usine de Vienne qu'il connaissait déjà sur le bout du doigt – ainsi que chacun des ouvriers. Donald avait alors vingt-quatre ans.

Ainsi, après 1902, la situation s'améliora à vue d'œil. A Vienne il y avait Donald et Chwostik qui s'entendaient bien. Le vieux docteur Eptinger était encore en activité. Robert pouvait souvent prendre du temps pour s'occuper de l'usine de Chifflington. Pour les décisions concernant Vienne on pouvait câbler en cas de nécessité. A Brindley-Hall, Bob était maintenant chaperonné par Kate qu'on avait une nouvelle fois déplacée. La vieille Cheef avait quitté ce monde.

Il allait maintenant plus fréquemment qu'autrefois à Pompe-House à cheval. Lui aussi s'asseyait à présent, comme Harriet autrefois, dans le cabinet brun de l'oncle en qui Bob avait naturellement vu dès le début une sorte de beau-père. Si cette pièce avait été auparavant une sorte de point d'appui pour Harriet, voilà qu'elle prenait maintenant presque la même signification pour son mari devenu veuf. Il est vrai que ce n'était pas la solitude qu'il cherchait à Pompe-House. A Brindley-Hall aussi, il était seul maintenant. Brindley-Hall était grand, désert et vaste. Or, ici l'endroit était plus intime, surtout dans cette petite pièce brune. On avait l'impression d'être à l'intérieur d'une boîte à cigares. Ici, la solitude devenait un plaisir. Un plaisir raisonnable. On avançait déjà vers la cinquantaine. Les cheveux avaient encore leur couleur naturelle. Ici on pouvait fumer tranquillement sa pipe. Le jardinier avait beaucoup vieilli, sa femme était restée presque inchangée. Elle accourait chaque fois avec un bouchon de paille tandis que son mari ôtait la selle anglaise. Avec ses jambes en cerceau, celui-ci promenait alors le cheval de long en large. Clayton aurait pu jurer qu'il portait toujours la même casquette de cricket qu'au temps de ses fiançailles avec Harriet.

Donald faisait ses preuves. Pas seulement à l'usine. Dès le premier voyage en Orient avec Chwostik, il avait fait ses preuves. Ici commençait pour Robert Clayton le domaine de l'incertitude, depuis Beyrouth. Peut-être cette incertitude s'était-elle un peu étendue, gagnant aussi d'autres domaines... Donald était un homme sans idées personnelles. Il s'attachait toujours exactement aux directives qu'on lui donnait. Presque aussi appréciable qu'un Chwostik.

Il était donc assis là, Clayton, à fumer sa pipe à tuyau droit qu'il laissait pendre de sa bouche comme on ne le fait en général qu'avec une pipe coudée.

Les années écoulées entre le décès de son père et

l'entrée de Donald dans l'entreprise l'avaient fortement éprouvé (extérieurement on ne l'aurait absolument pas dit). Peut-être que de ne plus pouvoir s'appuyer sur quelqu'un n'était pas ce qu'il lui fallait, n'était pas dans son tempérament ? Donald ne se retrouvera-t-il pas dans la même situation ?

Arrivé à ce point de ses pensées, il se remémora un désir que Harriet avait fréquement exprimé dans les dernières années ; et tous les deux s'étaient bien mis d'accord là-dessus.

Un neveu de Harriet – que Bob n'avait vu que petit garçon – était élevé à Montréal où il fréquentait déjà une école d'enseignement secondaire. Il s'appelait Augustus Cunish. On était tombé d'accord pour qu'il fasse ses deux dernières années de classe à Vienne dans un lycée autrichien et qu'il passe ensuite par une école supérieure pour entrer comme ingénieur dans la maison Clayton & Powers. A Montréal, on veilla à ce qu'Augustus reçût un enseignement approfondi en allemand ; toutefois il ne fréquentait pas là-bas un établissement à dominante scientifique mais apprenait aussi les langues anciennes. C'est pourquoi il devait aller ensuite à Vienne dans un lycée classique faire ses « humanités » comme on disait. Bob Clayton savait par ouï-dire qu'en Autriche le niveau exigé par ces lycées était assez élevé ; et il ne manqua pas de le rappeler expressément dans ses lettres aux parents d'Augustus ; mais on le rassurait toujours en l'informant que le jeune garçon était très bon élève. Bien qu'ayant un baccalauréat autrichien, Augustus aurait besoin par la suite de passer un examen complémentaire après sa sortie du lycée, car seuls les élèves des lycées modernes pouvaient s'inscrire à l'école d'ingénieurs sans cet examen complémentaire. Y préparer Augustus en le conseillant, serait alors l'affaire de Donald qui avait l'expérience adéquate ; en tout cas, dans six ans environ, on aurait ainsi dans l'entreprise un jeune homme de la famille comme assistant.

Fort bien. C'est à l'automne qu'Augustus devait arriver. Clayton vida le fourneau de sa pipe et la mit dans la poche de sa veste. Il était temps de reprendre le chemin de Brindley-Hall. Kate l'attendait pour le dîner. Il quitta le cabinet lambrissé de boiseries brunes et traversa le hall pour gagner l'esplanade.

Déjà le jardinier amenait son cheval. La sangle de la selle avait déjà été resserrée. Un instant, tandis que le cheval faisait les premiers pas, rompant le mur de silence qui entourait comme toujours Pompe-House, Clayton se demanda s'il n'y aurait pas un autre chemin pour rejoindre la route que le sentier dans la prairie qui passait sur la croupe de la colline. Oui, il voulait déjà tirer sur la bride pour arrêter le cheval qui avançait d'un pas vif. Mais il n'y avait pas d'autre chemin. Clayton serra les jambes et fit un bref galop par-dessus la large croupe de la colline jusqu'à la route qui, après le sommet, tournait à droite.

L'enracinement des Clayton dans la société viennoise n'était pas seulement venu, à vrai dire, du club de golf mais dans une bien plus large mesure des affaires. On s'était trouvé en effet dès le début dans une situation d'acheteur et de preneur vis-à-vis de plusieurs grandes firmes, dont les moindres n'étaient pas les aciéries de Ternitz, les fabriques de vis et d'outillage de Basse-Autriche et de Styrie, sans parler des grandes entreprises de construction qui, bien entendu, avaient coopéré dès le début. Une source de relations encore plus nourrie fut ensuite constituée par Donald, en particulier pendant les années qu'il passa à l'école d'ingénieurs. Tout cela tenait à la couche sociale que nous avons déjà caractérisée. Donald ne tarda pas à faire partie du comité du « bal des élèves du technique » et, un peu plus tard, d'une association semblable créée par les industriels pour organiser leurs bals, où l'on pouvait voir étinceler sur les poitrines imposantes des dames-patronnesses des collections de bijoux qui – parce qu'ils n'allaient souvent pas du tout ensemble – étaient en tout cas plus troublants que les poitrines elles-mêmes.

Mais à Vienne, les lignes de démarcation sociale n'ont jamais été très strictes ou même ostentatoires. Elles étaient plutôt discrètes bien que solides. La haute administration, dans laquelle bien entendu la noblesse poussait aussi ses antennes de diverses façons, se sentait néanmoins attirée – énormément même parfois – par le faste étincelant de grandes et riches maisons et leurs fêtes somptueuses, et les pères, chefs de section, ne voyaient pas d'objection à ce que leurs fils prissent pour femmes des filles issues de ces milieux qui garantissaient tout au moins qu'on pouvait manger à un plus grand râtelier que celui devant lequel on avait dû rester toute sa vie, avec en plus tout un décorum d'obligations mondaines.

Ces pères, chefs de section, on les voyait partout. Certains maintenaient même le contact pour des rejetons à peine adolescents afin qu'ainsi aiguillés, ils puissent tout de suite entrer dans les milieux appropriés.

Le hall de la villa Clayton était toujours faiblement éclairé d'une lumière diffuse, bien qu'on eût l'électricité ; de grands lampadaires de cuivre aux larges abat-jour assuraient la survivance d'une tradition instaurée par Harriet. En haut, la galerie où les portes conduisaient aux chambres – aucune pièce ne communiquait, chaque chambre avait sa propre entrée, comme dans un hôtel – était presque totalement dans l'ombre. (Dans l'une de ces chambres où se trouvait autrefois la « nursery », habitait maintenant depuis l'automne et le début de l'année scolaire, le jeune Augustus Cunish de Montréal, mais en ce moment il n'était pas là mais chez un camarade de classe du nom de Hofmock.) Seule une ampoule électrique brillait faiblement dans son logement en forme de coquille contre l'escalier Joly. Si quelqu'un avait pu voir à présent les deux messieurs en tenue de soirée sortir sur la galerie de deux chambres situées exactement en face l'une de l'autre, aller vers l'escalier et descendre côte à côte dans le hall, il aurait peut-être eu l'impression inquiétante de voir un personnage et son double parfait. La ressemblance entre le père et le fils allait jusque-là. Les Clayton bros. s'assirent dans un fauteuil sous l'un de ces lampadaires et aussitôt le valet de chambre leur apporta un plateau. Mais on ne versait plus l'eau gazeuse avant le whisky. Ici la tradition était rompue. Il en était de même sous le porche où arrivaient les voitures. Il n'y avait plus ici de calèche qui stationnait mais une grande Knight-Minerva dont les roues étaient faites d'une multitude de minces rayons d'acier. Cette voiture pouvait rouler presque sans bruit, avec seulement un léger ronron. Le vieux cocher – celui-là même qui avait qualifié de « consomption » la dernière maladie de Harriet – n'était plus que concierge et jardinier. Quand il le voyait, Robert ne pouvait s'empêcher de penser au jardinier de Pompe-House bien que celui d'ici, à Vienne, ne fût pas petit et n'eût pas les jambes en cerceau, pas plus qu'il n'avait l'habitude de porter une vieille casquette de cricket. Cependant il existait quelque similitude entre eux. Quand on traversait la cour de la maison du jardinier, à gauche de l'entrée des voitures, bordée en été de plantes vertes toujours dans de grands pots de fleurs posés sur les pavés bosselés, on pénétrait dans un silence pareil à celui qui régnait ordinairement autour de Pompe-House. Seulement, à Vienne, son périmètre était plus petit. Il ne dépassait pas cette cour. A Vienne, le concierge était veuf. Son vrai nom est tombé dans l'oubli. Nous inventerons pour lui le nom de Broubek. Il ressemblait à ce nom.

Le vestibule où le valet de chambre aidait maintenant les Clayton bros. à passer leurs manteaux était nu et exigu. Pour qui ne connaissait pas cette maison, entrer d'ici dans le vaste hall avec l'escalier Joly devait être une surprise.

Sous la voûte de la rampe d'accès, la lampe, gênée par trop d'ornements de fer forgé, ne jetait qu'une faible lueur, par rapport à son importance décorative, sur la voiture et les marches du perron.

Il ne faisait pas froid mais frais. Dans cette fraîcheur il y avait encore une dernière touche, comme figée, de l'automne évanoui ; c'étaient les effluves de feuilles de marronniers et d'érables, noircies depuis longtemps, et gisant sur le sol.

La voiture, roulant sans bruit, franchit bientôt le pont. La dualité du père et du fils, assis là côte à côte, pourrait avoir quelque chose de surprenant ou même de ridicule parce qu'on est beaucoup trop tenté d'imaginer qu'il pourrait s'agir de deux mannequins assis côte à côte dans la voiture, tout raides derrière le chauffeur. Mais tel n'était pas le cas. Chacun était dans son coin, Robert à droite, Donald à gauche. Ils ne parlaient pas. Il leur était facile de ne pas se parler. Ils n'avaient absolument pas idée d'autre chose et ils se trouvaient bien ainsi. Robert avait renoncé depuis longtemps à essayer de parler avec

Donald (tentatives qui rappelaient celles qu'avait faites le grand-père).

Dans les salons de la famille de l'industriel Harbach, dans la Reichsratstraße derrière la nouvelle université, on pouvait voir presque partout, une des nombreuses filles de la maison – toutes très blondes – grands chevaux postés ici et là pour accueillir et saluer les invités. Cependant on ne tardait pas à s'asseoir. A cette époque il n'y avait pas encore de calendrier fixe, comme à la bourse, pour les rencontres utilitaires extra-professionnelles, tout simplement parce que seuls donnaient des soirées ceux qui avaient pour cela assez de place et de sièges. Il y avait peu d'hommes à pouvoir dominer par la taille les filles Harbach ; et c'était sans doute pour cette raison qu'elles avaient des amies tout aussi hautes sur jambes ; une infortune commune crée des liens. La présence côte à côte de ces demoiselles inutilement allongées, surtout quand elles parlent toutes plus ou moins en même temps comme ça s'est toujours fait, cette présence a quelque chose de fondamentalement et d'étrangement sot : le premier coup d'œil nous impose cette constatation, nous en sommes persuadés d'entrée de jeu. Sans parler de leurs discussions !

Il y avait cinq filles dans la maison Harbach. Entre l'aînée et la plus jeune, il y avait quatorze ans de différence. Les autres différences étaient peu importantes. Toutes pouvaient passer pour de jolies filles, l'aînée même pour une beauté. Mais elle avait maintenant plus de trente ans. Il y avait aussi un fils encore plus âgé. Celui-ci avait disparu de la maison. Durant quelques années, son père avait dit de lui qu'il était un propre à rien, bien qu'il n'ait eu aucune raison de porter un tel jugement si ce n'est que Paul n'avait pas voulu entrer dans l'entreprise. Il vivait à Munich, était médecin, assez réputé même, en dépit de sa jeunesse ; il n'avait pas encore trente-quatre ans. Il n'avait pas fait ses études de médecine, vues d'un mauvais œil par son père, aux frais de ses parents et il ne les avait pas faites non plus à Vienne. Elles avaient été financées par une autre source. Le vieux Harbach appelait cette source « la bonne femme ». Paul avait déserté l'écurie de bonne heure, immédiatement après le baccalauréat. Il semble alors qu'à Munich tout ait déjà été préparé pour lui. Là, il avait aussi été étudiant à l'université – dans des conditions matérielles favorables – il avait passé ses examens, fait l'internat et s'était finalement installé comme spécialiste des maladies internes. Il était toutefois resté célibataire (« Bonne femme ?! »). Paul allait voir ses parents à Vienne régulièrement, bien que rarement ; ceux-ci avaient dû finir par accepter la distance qu'il avait réussi à établir et qu'il n'était plus possible de rattraper ; la haie protégeant cette vie qui leur était totalement étrangère s'était épaissie. Du reste, le docteur Paul Harbach s'efforçait d'avoir à l'égard de ses parents la plus grande attention et la plus grande gentillesse ; cela faisait sans doute partie de la distance. Finalement, il va presque de soi qu'il ne ressemblait pas du tout à ses parents et à ses sœurs. Il était de taille moyenne et brun.

Il serait peut-être resté à Vienne et y aurait fait ses études médicales, en dépit des désaccords entre son père et lui, si un lien essentiel qui l'attachait à sa ville natale n'avait pas été rompu et supprimé, bien avant encore qu'il ne passe le baccalauréat : c'était le départ pour Budapest de la famille Russow. C'était les Russow qui le rattachaient encore à la maison familiale, ils étaient même les seuls, à strictement parler. Irma Russow, alors adolescente, faisait partie des amies de ses deux sœurs aînées qui atteignaient l'âge adulte, bien que sa taille menue ne semblât pas la prédisposer à cela. Mais pour Hilda et Jenny et surtout pour Grete, le temps de la concurrence, des notes plus ou moins bonnes, et tout ce maquignonnage, n'avait pas encore commencé ; on folâtrait sans inquiétude ni intention précise dans l'antichambre de la vie qui ressemblait beaucoup plus à une chambre d'enfants.

C'est ici pourtant que réside l'une de nos illusions les plus profondes. Nous nous imaginons que la partie ne sera sérieuse qu'une fois que nous serons adultes, et que les points obtenus avant ne seront pour ainsi dire pas pris en compte. Mais qui donc est adulte ? Celui qui ne se laisse pas abuser par lui-même, pourrait-on répondre. Interrogées avec précision sur ce sujet, même des personnes d'un certain âge seraient obligées de constater que leur âge adulte date d'avant-hier. Le compte des points n'attend pas jusque-là. Au contraire, on dirait que jusqu'à la dix-septième ou dix-huitième année celui-ci se fait avec une grande précision et qu'ensuite on est plus négligent ou plus libéral pour compter. Jusqu'à quinze ans rien ne se perd et tout est resservi plus tard au point près. Ainsi à cette époque c'était déjà la vraie vie, tracée pour ainsi dire à grands traits. Plus tard, tout n'est plus que barbouillage et gribouillage. On pourrait joliment vexer ceux qui croient de façon effrénée à la seule validité de leur vie « adulte » et leur donner l'occasion d'élever de violentes et franches protestations si on leur disait qu'à quinze ans tout est déjà décidé et que ce qui suit n'est que l'exécution désordonnée, sinon la répétition douteuse et confuse, d'un projet primitivement net et précis.

En tout cas, aujourd'hui encore, quelque part là-derrière, tout était très clair pour lui, pour notre Dr Paul Harbach. Les filles n'avaient pas été avec lui à la grande patinoire près du parc municipal (où il n'avait pas l'habitude de s'occuper d'elles le moins du monde, la gouvernante était là pour ça.) Revenant donc de là-bas, ses chaussures de patinage sous le bras – les patins « Halifax » étaient vissés à demeure sur les bottines qu'on laçait haut – il entra dans le vestibule de la maison dans la Reichsratstraße. Pourquoi les chaussures ? Il ne lui était plus possible de se le rappeler. Il y avait pourtant au vestiaire de la patinoire un compartiment qu'on pouvait fermer et où on pouvait mettre ses patins sous clef. Peut-être y avait-il eu quelque chose à réparer ? Ici, il y avait un trou dans le souvenir. Dans le vestibule, la porte derrière laquelle se trouvait la pièce des aînées était grande ouverte. Paul n'avait jamais la permission d'entrer ici. Elles le poussaient immédiatement dehors à coups de poing quand il lui arrivait de pénétrer dans leur chambre pour chercher l'une de ces créatures. Paul portait ses patins sous le bras. A cette époque, il connaissait déjà Emilia Ergoletti, oui, tout était réglé entre eux depuis longtemps. Au milieu de la chambre, Irma Russow qui avait environ quatorze ans, était toute seule. Aucune des sœurs de Paul n'était là.

Paul lui tendit la main. Irma avait un nez relativement grand, elle était pâle, mince et blonde.

Aussitôt après son entrée, deux ou trois de ces péronnelles arrivèrent et le bousculèrent pour le faire sortir.

Dans sa chambre, quelque chose le traversa comme les deux dents d'une fourchette, deux pointes acérées qui n'avaient pourtant rien de commun. Cette porte restée béante qu'il avait déjà eu la surprise de voir s'ouvrir devant lui peu après le Jour de l'An, montrant dans toute sa largeur et sa profondeur une pièce jusqu'alors inconnue, cette porte ne menait pas dans la chambre de ses sœurs, vers Irma Russow, mais bien loin de là et dans une tout autre vie : à Munich.

Les parents Russow étaient des gens d'une taille minuscule et d'une indéniable distinction. Mais même derrière celle-ci, il y a souvent l'argent et les affaires, cette fois c'était le commerce des grains. Ceci expliquait Budapest. Ils y avaient une grande maison ; et Russow père, après le décès de son frère à Pest, trouva qu'il valait quand même mieux retourner s'établir au vrai centre des affaires.

Cette décision, les Russow la firent savoir encore avant le printemps, et pour Paul Harbach cela mit fin à un conflit qui pourtant n'avait pas été un véritable conflit, avec les deux plateaux de la balance en équilibre, mais une tendance à toujours s'écarter de ce qui était certain pour aller vers ce qui néanmoins restait encore dans le domaine du possible. Ensuite tout se transforma en une longue suite d'adieux.

Auparavant il s'était déjà souvent joint au groupe des filles sur la patinoire, et les péronnelles aux longues jambes s'y entendaient pour faire un rapprochement entre ces nouvelles habitudes et Irma, qui fut exposée là-dessus à de multiples tracasseries. C'est vers cette époque – comme il arrive toujours dans ce genre de choses – que Paul rencontra à l'improviste les Russow chez ses parents, et comme son intérêt pour le père et la mère d'Irma était véritable, il s'entendit bien avec Monsieur et Madame et sut plaire (beaucoup même). Ainsi il ne tarda pas à être invité en même temps que ses sœurs (elles prenaient maintenant avec lui des airs protecteurs), dans la Lenaugasse où demeuraient les Russow, pas loin de la maison des parents de Paul.

Tout cela ne changeait et ne diminuait en rien l'impression saisissante que lui avait faite l'Ergoletti, peu après le Jour de l'An. Cette porte brusquement repoussée restait toujours ouverte avec, derrière, cette pièce vaste, large et toute éclairée.

C'est ainsi qu'il portait en lui cette brèche fraîchement ouverte et elle garda sa fraîcheur même au bout de quelques semaines, lorsqu'il allait déjà à la patinoire avec Irma Russow et chez ses parents, Lenaugasse.

Car il est rare que quelqu'un soit frappé aussi à l'improviste et en même temps de façon aussi décisive que Paul le fut par l'Ergoletti.

Après le Jour de l'An, le temps fut doux et humide pendant environ une semaine (aucune possibilité de faire du patin), il pleuvait par moments. Ceci explique qu'on ait remis à Paul un gracieux petit parapluie avec mission de le porter à l'hôtel Bristol, sur le Kärntner-Ring : une dame l'avait laissé ce matin, etc., etc. Le nom d'Ergoletti fut prononcé, un nom qui ne disait rien à Paul Harbach. Sa mère lui enjoignit de mettre un autre complet que celui qu'il avait porté le matin à l'école. Paul l'aurait fait de lui-même. Il était joli garçon, bien habillé. On y faisait attention. Comment pouvait-il en être autrement ? Les Harbach faisaient partie de la fine fleur de la bourgeoisie, ils ne pouvaient pas se permettre le négligé aristocratique.

Dès le matin, le temps tiède pour la saison avait rendu cette journée excitante et inhabituelle. Paul partit à pied. Le parapluie de dame avec sa poignée mince et recourbée était suspendu à son bras gauche. La femme de chambre avait voulu l'envelopper dans du papier d'emballage, trouvant manifestement que le jeune monsieur ne pouvait pas sortir avec un parapluie de dame ; mais Paul lui avait pris le parapluie des mains.

Il est peut-être important de dire ici que rien alors n'occupait Paul Harbach, ni d'une façon ni d'une autre. Surtout pas l'école ; il possédait deux qualités inestimables qui faisaient que le travail scolaire était presque pour lui un amusement. En premier lieu : une faculté de concentration extraordinairement développée pour son âge, on serait tenté de dire : une attention boulimique. Dans ces moments-là, ses yeux lui sortaient un peu des orbites, ils semblaient étonnamment bombés, et presque ronds comme des boules de loto. C'est ainsi qu'il suivait ordinairement les cours. Cela était accompagné chez lui du désir de surprendre ses professeurs en flagrant délit d'erreur. Il y réussit plusieurs fois d'ailleurs. Il ne fit cependant jamais de réflexion à ce sujet. Mais ce désir devint une incitation à mieux maîtriser les sujets que ses camarades de classe. Quant au second avantage dont il jouissait c'était sa mémoire. Ce qu'il entendait, les yeux grands ouverts en boules de loto, était pour ainsi dire gravé en lui comme sur un disque de phonographe. Tout était ensuite répertorié et classé comme des boîtes empilées. Plus tard cela a considérabement simplifié ses études à l'université.

Cette mémoire ne se limitait pas chez Paul aux matières scolaires. Le cas échéant, il pouvait exactement ressortir à Hilda ou Jenny ce qu'elles avaient dit il y a un mois. « Ces façons écœurantes et insupportables » (c'est ainsi qu'elles les qualifiaient) lui valaient des coups de poing, des bousculades, des bourrades.

Vu ces dispositions personnelles, il va de soi que Paul ne se faisait pas de soucis pour le baccalauréat qu'il allait bientôt passer en juin. A cette époque, aux environs de 1895, cet examen était beaucoup plus difficile que vers 1910, lorsque nos jeunes messieurs du Club Metternich (nous allons bientôt y venir !) s'en rapprochaient. A l'écrit, par exemple, il n'y avait alors plus de thème grec mais seulement une version.

On remarquera à cette occasion que des jeunes gens peuvent être pour des raisons fondamentalement différentes aussi bien de bons que de mauvais élèves. Naturellement tout le reste suit. Paul, par exemple, n'avait pas d'amis à l'école. On aurait dit que ses yeux en boules de loto, ce regard parfois exorbité et sa concentration éloignaient de lui ses camarades de classe. Or, ces deux choses ont eu ensuite un pouvoir très attirant sur l'Ergoletti ; oui, c'est même ça qui lui a plu, elle en fut carrément fascinée. Peut-être a-t-elle senti la froideur de ce jeune homme. Il se tenait à l'écart. Il ne participait pas. C'était dans la maison de ses parents que s'ébauchèrent les bases de ce caractère et qu'il commença à l'exercer : il était l'aîné avec, derrière lui, des sœurs sottes et une mère qui ne l'était pas moins, dans une ambiance centrée de plus en plus sur des fadaises. Il devint solitaire de bonne heure.

Il marchait donc, l'élégant petit parapluie au bras. L'air était tiède et fade, un enduit pâteux recouvrait le pavé. Mais le soleil perça. Les vastes espaces qui l'environnaient étaient remplis de l'odeur presque printanière de terre et d'humus venue de grands parcs. Paul voyait tout cela avec une grande netteté, comme à travers des vitres bien lavées. Il n'aurait pas pu s'imaginer qu'il eût pu se sentir autrement. Au-delà de l'Opéra, au coin du Kärntner-Ring, il y avait foule. Il s'y plongea, la fendant adroitement, et en ressortit devant la grande porte à tambour du Bristol.

A peine avait-il dit son nom à la réception qu'elle approchait déjà à grands pas du fond du hall. Paul avait remarqué sa promptitude à se lever d'un fauteuil.

« C'est mon petit parapluie ! » s'exclama-t-elle.

Elle a un grand nez et tout le visage est déjà dans ce nez.

Telle fut la première impression, sinon l'impression décisive. Très grande, très mince. Mais d'une tout autre façon que ses sœurs ainées qui étaient déjà grandes et minces. Les jambes étaient très longues, ça sautait aux yeux comme si rien ne les cachait. Le galbe en paraissait souligné : simple effet de la nature ou complicité de la couturière (les jupes étaient longues à l'époque). Tout était très ajusté.

Elle l'emmena au fond du hall et fit apporter quelque chose à boire (ici se situe déjà le premier trou de mémoire, avant même celui qui concernait les chaussures de patinage tenues sous le bras.)

« Votre maman est très aimable », dit-elle en s'asseyant. Elle garda le petit parapluie à la main.

Mais elle ne réussit pas à placer le jeune Paul dans l'étau de l'observation ou même simplement à le garder sous ses grands yeux humides, comme on regarde une bête à bon Dieu grimpant le long de son index. La froideur du jeune homme commençait à se faire sentir. Il avait déjà un peu les yeux en boules de loto. Il y eut alors une courte lutte silencieuse, du moins en ce qui la concernait. L'intelligence de Paul se révéla plus concentrée. C'est alors qu'elle succomba.

En même temps, l'Ergoletti tenta aussitôt de s'affirmer et elle s'engagea donc sur cette voie. Paul n'avait encore prononcé aucune parole. Déjà il lui eût été impossible de le laisser partir comme ça après ce sherry, ou quoi que ce fût. Il fallait déclencher quelque chose, provoquer une réaction, prendre le dessus. Elle vit que, chez cet être terrifiant, le menton s'avançait un peu tandis qu'il la regardait attentivement (il mettait aussi souvent ses professeurs mal à l'aise de cette façon, ils se sentaient contrôlés par Paul, ils l'étaient effectivement ; plus tard, à Munich, dans les séances de dissection, il avait aussi souvent l'habitude d'avancer le menton de cette manière ; ses camarades de faculté aimaient imiter ce tic en son absence). L'invraisemblable et l'inhabituel venaient de se produire, c'était arrivé : ils étaient en effet assis dans leurs fauteuils depuis au moins cinq minutes sans s'être rien dit du tout. Et pourtant le partenaire d'Emilia Ergoletti paraissait se complaire dans cette situation, comme s'il avait été ici chez lui. Quel énergumène ! Est-il tout simplement bête ?

Alors elle déclencha quelque chose.

« Avez-vous un projet pour cet après-midi, monsieur Harbach ?

– Non, dit-il.

– N'avez-vous pas de leçons à apprendre ou de devoirs à faire ?

– Non. »

Elle aurait tout aussi bien pu dire « de cours à étudier » pour un jeune homme qui devait prochainement entrer à l'université. Mais il ne servait à rien de le provoquer.

Puisqu'elle ne déclenchait rien, elle s'avança davantage.

« J'ai pris un appartement pour quelques semaines pendant mon séjour ici. A l'hôtel, cela finit par être quand même par trop inconfortable. Je veux encore aller y faire un saut aujourd'hui. Une femme de chambre y est déjà. Elle a tout bien chauffé. Je voudrais savoir ce que vous en dites, vous qui êtes complètement en dehors de cela (!). Si vous avez le temps, nous irons en voiture faire une inspection. C'est en bordure du Parc de

Modène, dans le troisième arrondissement.

– Avec plaisir », dit Paul.

Il avait toujours possédé ce don inappréciable de doser ses propos. Sur ce point, chez Paul, toute auto-éducation s'avéra plus tard superflue. Sur d'autres points également. Il n'avait pas de ces entraves que nous nous mettons continuellement dans les jambes au fur et à mesure que nous avançons.

Elle avait arrêté un groom qui passait et demandé sa voiture.

« Ce n'est pas la mienne, mais elle me dépanne pour ces quelques semaines. » Ils passèrent par le tambour de la porte. La voiture arrivait juste, une puissante Daimler grise. Nos futurs lycéens, (à cette époque ils apprenaient juste à marcher), tels que nous les connaissons déjà, Zdenko, Heribert et Fritz auraient su mieux goûter la situation, mais observer avec moins d'acuité que l'avait fait alors notre Paul Harbach. Il est vrai qu'il ne savait absolument pas qui pouvait bien être cette Ergoletti.

A Vienne, cette comtesse frayait avec ce qu'on appelait « le premier monde », chose qui ne lui aurait pas été possible à Rome, pour un certain nombre de raisons. C'est à Munich qu'elle avait la plus grande liberté de mouvement, simplement parce qu'on y connaissait depuis toujours la Putzinger – elle était née Putzinger – et aussi son immense fortune venant de deux côtés : d'une part de chez elle (fille unique mais déjà sans parents), d'autre part du défunt « comte » italien, mais qui avait été comte papal. Ainsi, à quarante-cinq ans, elle faisait tout simplement ce qu'elle voulait.

Mais ce n'était pas beaucoup. Et elle n'avait jamais vraiment donné dans l'ordinaire, la Putzinger, elle ne s'était jamais trouvée longtemps dans un état où l'on reste assis à ne rien faire, le regard glauque. C'est pourquoi elle voulait déclencher quelque chose, mais c'était du vent. Quand on passe l'année entre Munich, Rome, Venise et Vienne, tout finit par ne ressembler qu'à un petit tour en tramway. Il peut arriver de façon sournoise, chez quelqu'un qui voyage beaucoup, que de petites choses, de minuscules petites choses épinglées le long de la ligne et de la voie restent imprimées dans la mémoire, non pas seulement les « repères », la vue sur

Prato et Pistoia lorsque le train franchit les Apennins ou le paysage qui s'ouvre entre les montagnes près de Traunstein en Haute-Bavière, ou le tunnel du Semmering. Mais quand on vient du Sud, des choses comme la dernière maison de garde-barrière avant ce tunnel. Elle est édifiée en pierres solides. La localité toute proche s'appelle Steinhaus (maison de pierre). Les deux, va-t-on se dire, n'ont rien à voir ensemble. Le village est beaucoup plus ancien que le chemin de fer. Il y a de plus en plus d'objets, le long des lignes de chemin de fer, qui se fixent dans la mémoire et ces objets deviennent de plus en plus insignifiants, de plus en plus humiliants serait-on presque tenté de dire, et le temps est loin où Munich s'était peu à peu identifié à « Wamsler » et Vienne à « Pittel und Brausewetter », tout comme le puissant « Cinzano » à Rome. Au contraire, on connaît avec exactitude des détails franchement compromettants. Ce sont des broutilles, c'est certain. Mais justement on ne peut plus les ignorer et elles se présentent en file de plus en plus serrée, formant une ligne continue tout au long des voyages, et l'on remarque, même sans le vouloir, que les volets délabrés du vieux pavillon de jardin entre Meidling et Baden près de Vienne n'ont toujours pas été réparés. C'est ainsi que le regard risque de devenir glauque, qu'on le veuille ou non, comme lorsqu'on est dans le tramway n° 6 à Munich et qu'il suffit d'un vague regard glauque sur la Maxburg quand on veut descendre au Schillerdenkmal.

C'est pour ça qu'elle voulait déclencher quelque chose, mais c'était du vent. Elle était seulement arrivée à ce que beaucoup de choses se soumettent docilement à une routine et deviennent très commodes à régler ; à Vienne, on pouvait facilement obtenir d'une amie absente qu'elle vous cède pour quelques semaines son appartement, et même sa voiture avec chauffeur et, plus tard, on lui rendait la pareille à Munich ou lors d'un séjour à Rome.

Mais tout ça c'était du vent. Les pavillons de jardin avec leurs volets toujours pas réparés se faisaient déjà beaucoup trop nombreux tout le long de la ligne.

Entre-temps ils roulaient dans le Ringstraße avec, devant eux, le large dos d'un chauffeur en livrée, et Paul, au lieu d'idéaliser la situation – il était capable de la goûter sans rien y ajouter – se demandait quelles raisons cette Ergoletti avait bien pu avoir de l'emmener avec elle. (Une chose qu'il ne se demandait pas, c'est pourquoi il avait immédiatement dit « oui »). Peut-être voulait-elle obtenir quelque chose de son père. Dans ce cas elle se fourvoyait. Il fallait, le cas échéant, le lui faire comprendre sans ambiguïté. On voit que Paul était conscient de son rôle de fils, mais il le refusait. Beaucoup, dans des cas semblables, exercent cette charge comme un métier. Et à part ça ? Rien, même avec la meilleure volonté du monde ! Il devait donc donner son avis sur un appartement.

L'idée qu'il pût s'agir de sa propre personne ne lui vint même pas à l'esprit. Il ne faisait pas non plus partie de ces lycéens qui savent déjà que de longues jambes fines, moulées dans des bas seyants, peuvent avoir un effet sur tel ou tel professeur. Paul avait, il est vrai, une intelligence qui le poussait à ouvrir des yeux en boules de loto (γλαυχῶπις), mais qui n'était ni corrompue ni vicieuse. Et au lieu de regarder effrontément la vérité dans les yeux, il sentait maintenant que ce qui importait déjà pour lui c'était cette Ergoletti. Plus précisément : un effluve nouveau. Son odeur et le parfum qu'elle utilisait. Les deux étaient discernables, les deux.

La maison devant le Parc de Modène était une construction d'un certain âge, construite dans un style assez pompeux, mais qui n'en était pas moins une maison de rapport avec des appartements à chaque étage, même s'ils étaient très grands. L'escalier avait beaucoup de marbre et une belle envolée, la porte de l'appartement était haute et encore rehaussée par quelque chose au-dessus, un trumeau. A l'intérieur on entendait arriver la bonne que l'Ergoletti avait sonnée parce qu'elle aimait beaucoup trop ses aises pour sortir les clefs de son réticule ; on aurait dit qu'elle marchait longtemps arrivant de très loin. Quand elle ouvrit et fit une courbette, Paul vit que c'était une fille très petite et de peu d'allure mais correcte, en blanc et noir, avec une petite coiffe. « Fais du thé, Lina, pour le jeune monsieur Harbach et pour moi », lui dit sa maîtresse du moment, puis : « Fait-il chaud dans le grand salon ?»

« Oui, Madame la Comtesse, bien chaud », et elle eut un sourire aimable pour Paul.

Ici, dans le vestibule, il régnait une odeur domestique, une odeur de fond qui n'avait absolument rien de commun avec l'Ergoletti. Celle-ci n'entrait pas chez elle. Paul ressentit vivement, nettement cet état de choses, oui il pouvait carrément sentir l'interférence des deux effluves. Celui d'ici était ancien, épuré, presque stérile, une odeur de papier, apparentée à celle d'une grande bibliothèque (après être entré dans les pièces, Paul vit d'ailleurs beaucoup de livres ici, mais l'atmosphère était sans rapport avec ceux-ci, elle ne semblait pas avoir été engendrée par les livres). C'était vaste, pâle, dans les tons rose pastel. Un luth ou un clavecin auraient été à leur place dans ces pièces. Elles donnaient l'impression d'être inhabitées. Peut-être ne les utilisait-on guère d'ordinaire. Il y avait dans les angles des poêles de faïence galbés dans le style Biedermeier, on les avait réellement allumés et ils diffusaient de la chaleur quand on s'en approchait. Peut-être faisait-il déjà trop chaud dans le grand salon à cause de la douceur de la température.

Avec le thé en plus. Son arôme se fondait dans les effluves du lieu. Par bonheur l'Ergoletti et Paul étaient assis bien à l'écart du poêle.

En comparaison de cet esprit et de ce parfum qui régnaient ici en toute discrétion (et presque sévèrement), ce qui venait d'Emilia et assaillait Paul, ne pouvait paraître que par trop chaud et humide, comme une transpiration. Vu le caractère totalement différent de l'arrière-plan, c'est l'impression qui prévalait. Un mets fumant et odorant servi sur une assiette de couleur pâle à l'éclat irréprochable.

Sa peau paraissait humide : pourtant elle ne brillait pas. Son nez – la racine, qui donnait sa forme à tout le visage – paraissait un peu rouge au bout et pourtant il ne l'était pas. Les mouvements bien nets de sa bouche accompagnaient chaque parole qu'elle prononçait, semblant vouloir écraser un peu les mots. Une fois, Paul reçut très légèrement dans les narines l'odeur de sa transpiration. Il ne se trompait pas. Il était sur les traces d'Emilia. Il savait aussi que cela pouvait devenir encore bien plus délicat. Toutes ces perceptions, toutes ensemble.

La bonne une fois sortie, l'Ergoletti ouvrit le feu.

Mais attention ! Elle tirait sur une cible déjà touchée. Deux couches superposées d'odeurs – une couche inférieure large et floue, une couche supérieure plus affirmée et même toute proche des narines – c'étaient précisément ces deux couches qui ouvraient un vaste espace dont jusqu'à ce jour aucune connaissance ne lui était parvenue de façon aussi insistante. Or, voilà que cette connaissance parvenait à Paul qui, à strictement parler, n'avait connu jusqu'à ce jour que l'odeur domestique de la Reischsratstraße, mais en revanche d'autant plus profondément. Il existait autre chose, fort bien, on s'en était aperçu et on l'avait toujours su. Mais que sont tous les organes de la perception en comparaison de notre nez ! Lui seul donne un corps au savoir.

L'Ergoletti fit feu :

« Pouvez-vous imaginer, Paul, (hum !) même de loin, ce que peut signifier pour un jeune homme de votre âge de se retrouver totalement indépendant ? Je ne parle pas de quelqu'un qui s'enfuit de chez ses parents pour ensuite aller laver des assiettes en Amérique, passer des années pénibles, et ainsi de suite. Mais de quelqu'un qui, étant étudiant, serait déjà son propre maître, avec des moyens suffisants pour vivre libre comme l'air, sans attendre le premier de chaque mois la lettre de change de Monsieur son papa ; et sans être forcé de « terminer ». Mais pouvoir au contraire s'accorder tranquillement encore un semestre ou deux. Et ne pas être obligé de vivre en dehors du monde pendant ses études, mais pouvoir se permettre de satisfaire aux dépenses et aux exigences de la société, voyager si ça lui dit sans devoir rien demander à personne et tout cela à dix-huit ans, à un âge où la vie, je dirais presque, vient encore à point nommé : je considérerais qu'une telle situation est le summum de tout ce que la vie peut offrir, un sommet tout entouré de vertes vallées entre lesquelles on peut faire son choix ! »

Elle était proche de l'exaltation.

Il ouvrait des yeux en boules de loto.

Et reniflait imperceptiblement, plein de cette nouveauté.

Mais à sa question – « Pouvez-vous, Paul, (!) vous imaginer ? » il ne répondit pas mais dit :

« Des choses pareilles, ça n'existe que dans les romans et les opéras. »

C'était la meilleure chose qu'il pouvait dire (à son avantage, ce dont il ne se rendait pas encore compte !). Car par ces paroles il l'incitait carrément à déclencher quelque chose (nous qui connaissons plus intimement la situation, nous dirions : à entreprendre quelque chose contre toute cette ribambelle de détails qui se pressaient sur le parcours de ses voyages, que ce soient les maisons de garde-barrière construites en pierre ou les pavillons du XVIIIe siècle le long du parc de Hetzendorf avec de méchants volets toujours pas réparés, pendant tout de guingois et gris).

« Vous vous trompez, mon petit Paul (!) », dit-elle alors en pleine possession d'une certitude qui, dans le cas présent, ne dépendait que d'elle. Silence, des yeux en boules de loto, vision très nette.

La couche odorante inférieure, la plus propre, la plus large, celle qui sentait le papier, était maintenant plus sensible. Cela expliquait sans doute la sage contenance de Paul (dans tous les sens du terme).

« Vous vous trompez », répéta-t-elle.

Puis elle laissa partir le coup.

Elle n'était nullement une bienfaitrice, dit-elle, ce n'est pas ce qui l'intéressait. Il s'agissait exclusivement pour elle d'une expérience. Le « faire avancer », lui, le petit Paul (!). (Elle employa encore plusieurs fois cette expression. Elle signifie en outre en Allemagne – mais pas en Autriche – pour un élève : faire avancer dans la classe immédiatement supérieure. Mais il est peu probable que l'Ergoletti ait pensé ici à cette signification.) Elle dit qu'il lui était tout à fait possible d'occuper la situation qu'elle lui avait précédemment décrite : celle d'un jeune homme indépendant. « En plus, il faut que vous sachiez que ce ne serait pour moi qu'une bagatelle ridicule. En outre, vous pourrez me rembourser tout cela plus tard. Si vous êtes d'accord, sitôt après avoir obtenu votre baccalauréat, disons plus simplement à partir du 1er juillet, vous aurez un crédit mensuel de 500 mark et un compte ouvert pour les dépenses exceptionnelles crédité provisoirement de 5.000 mark – et cela jusqu'à ce que vous soyez établi comme médecin. Dans cette affaire, je pourrai vous aider efficacement aussi bien par mon argent que par mes relations.

– Et avec quoi dois-je être d'accord ? » demanda-t-il. « Vous avez bien dit, chère Madame : « Si vous êtes d'accord ? »

Cette remarque ne fut certainement pas du meilleur effet. Elle dénotait de l'obstination, elle introduisait une gêne dans la situation, elle aurait été bien propre à freiner l'Ergoletti. Mais en même temps elle témoignait de la complète impassibilité de Paul. Celle de quelqu'un qui reste à l'écart. L'Ergoletti en fut preque terrifiée et en même temps elle en fut ravie. « Je voulais seulement dire : si vous voulez accepter ce que je vous offre.

– Je ne sais pas encore, dit-il. Une pareille chose demande réflexion ! »

Elle abandonna le sujet de crainte d'une alternative possible.

« J'étais ce matin chez vos parents, Paul », dit-elle. « J'ai fait ma visite. Indépendamment du fait qu'en règle générale, je n'aime pas fréquenter les milieux bourgeois (Holà Putzinger, Putzinger !!!), je me rends compte que ce milieu ne peut que vous déformer. Nécessairement, je vous le répète. Votre père est absolument opposé à ce que vous étudiiez la médecine, c'est venu par hasard dans la conversation. Bien entendu, il veut un successeur dans l'entreprise. Et qui lui garantit que l'une des demoiselles lui ramènera un jour quelqu'un qui puisse faire l'affaire ? En plus, votre maman ne m'a pas l'air d'être du genre à déployer plus tard un talent particulier pour marier ses filles. Elle est tout infatuée d'elle-même et le restera sans doute. Etre un étudiant en médecine mal vu des siens tout en restant dans le voisinage immédiat d'une ménagerie de péronnelles ? Non. »

Elle observa un bref silence – lui aussi – puis elle dit :

« Ne soyez pas stupide. Abandonnez de bonne heure ce qui entrave votre vie ! Une fortune vous attend, mais à quoi vous sert-elle à présent ? A présent ! A présent ! Je suis à votre disposition. J'ai cette toquade, voilà tout.

Pour moi, le côté financier n'est qu'une bagatelle. Soyez intelligent, Paul, acceptez sans hésiter ! ».

S'il avait déjà connu Irma Russow, peut-être que l'issue de toutes ces choses n'aurait pas été aussi évidente que maintenant. Il n'en développa ensuite pas moins pour elle une sorte de fidélité romantique qui, si Irma avait été la première, aurait tout au moins eu un effet nettement retardateur dans son monologue intérieur. Mais dans les conditions présentes, ce genre d'effet fut finalement écarté. Le sacrifice de sentiments donne presque toujours plus tard une solide assise pour construire sa vie ; à assez longue échéance, bien sûr. Mais c'est une chose avérée. Ceci s'avéra également juste avec Paul Harbach.

En même temps il a déjà dû savoir certaines choses sur ce fameux compte des points assez précis dans les premières années de la vie et dont nous avons précédemment dit un mot ; et peut-être avait-il en outre assez d'imagination et assez d'aversion pour les évolutions ou les déroulements mesquins de tous ces genres de choses – une aversion qu'il avait développée dans la maison de ses parents – pour savoir où ne pouvaient manquer de conduire les fils d'une trame sentimentale tissée entre Irma et lui : à rien. Une pâle dérive, un prélude sans suite. Cela devait immanquablement amener un délayage, un affaiblissement, une altération qui – et curieusement, cela ne faisait alors pas le moindre doute pour lui – représentaient en soi une valeur suprême, se maintenant justement parce que l'on s'en détachait.

Tel fut plus tard l'aspect que prit chez Paul le sacrifice de ses sentiments. Auparavant, il eut naturellement sa période Ergoletti aussi longtemps que celle-ci resta à Vienne, quelques semaines seulement ; c'est encore pendant cette période que Paul reçut une lettre d'information de la banque de l'Ergoletti à Munich – poste restante à un numéro qu'il avait dû indiquer à l'Ergoletti, et Paul avait bien entendu choisi un bureau de poste loin de la Reischsratstraße, d'abord pour bien la séparer de toute cette affaire, ensuite pour exclure tout risque d'erreur et de confusion : ce fut donc Währing. Il se prit d'affection pour ce bureau de poste et de surcroît pour le quartier en général où il allait ensuite toujours chercher les lettres, même après le départ d'Emilia. Comme l'Ergoletti l'en avait chargé, le banquier crédita les fonds à partir du 1er juillet. On demanda à Paul d'envoyer sa signature. Comme adresse privée à Munich, on inscrivit tout d'abord celle de l'Ergoletti.

C'est ainsi que tout commença ; comment cela finit, nous le savons déjà : tout à fait comme Emilia l'avait souhaité et se l'était imaginé. Qu'on n'aille pas croire qu'à Munich elle ait complètement accaparé Paul Harbach. Elle ne le couvait que par intermittence et il appréciait même beaucoup les jours où elle le prenait sous ses plumes. Cela se passait chez elle, où d'ailleurs Paul n'a jamais habité, même pas dans les tous premiers temps passés à Munich. Au contraire, dès le début, il a habité dans une pension de l'Akademie-Straße. L'Ergoletti le prit aussi sous son aile pour en faire un homme du monde, grâce à elle il a eu ses entrées dans toutes les grandes maisons de Munich et dès le premier carnaval, il fut d'ailleurs de toutes les réceptions : il était bon danseur ; c'est ce que l'on attendait d'un jeune Viennois ; par bonheur il ne déçut en rien cette attente.

Paul passait pour un fils de famille riche ; et il l'était d'ailleurs avec son allocation mensuelle de 500 mark (c'était beaucoup pour l'époque, et pour un étudiant !) La seule différence était que cet argent ne venait pas de Harbach père. Mais sur ce point ils étaient extrêmement discrets, Emilia et Paul, et encore plus sur un autre plan, si bien qu'on pourrait presque aussi parler dans leur cas d'une sorte d'amour en conserve, que tous deux, qui vivaient dans le milieu agité et à tous égards varié de la société munichoise, avaient installé pour ainsi dire dans un creux ou quelque espace vide, du moins pendant les premières années.

C'est ici qu'il y a lieu de dire que, peu après s'être établi à Munich comme spécialiste des maladies internes, le docteur Harbach put rembourser Emilia de toutes les sommes avancées, y compris les intérêts calculés au taux pratiqué par les banques, ce qu'elle accepta également sans faire d'histoire. Mais ce n'était pas encore la clientèle du docteur qui expliquait ses moyens financiers. Ce ne fut le cas que plus tard. Dans le cas présent, le vieux Harbach avait pour ainsi dire renoué avec son fils et l'avait obligé à accepter de lui, en bloc, le montant de tous les frais de ses études et de sa formation ultérieure (et il se montra grand seigneur dans ses calculs, ce grand poêle au crâne chauve !). Paul y avait droit, disait-il, autrement il serait défavorisé dans sa part d'héritage par rapport aux filles.

Cela eut lieu vers l'époque où Emilia Ergoletti se remaria avec un grand frabricant de machines du nom de Mangolf.

Le dîner eut lieu à l'hôtel de « Quatre Saisons » et le Dr Harbach fut bien sûr invité, tout comme d'autres amis de la maison. Cependant, sanglé dans son habit au milieu d'autres habits, il se sentait beaucoup trop étroitement enveloppé par l'événement. Salué comme les autres par Emilia ; quant à l'ingénieur Mangolf, il le connaissait pour l'avoir déjà vu autrefois ; il était si grand qu'il dépassait nettement Emilia. Ou bien sa tête aux cheveux blonds et lisses était réellement un peu petite, ou bien ce n'était qu'une impression due à la hauteur où elle se trouvait quand on regardait d'en bas. Cet homme aurait donc bien été à sa place dans la famille Harbach (c'est Paul qui le pensait !) vraisemblablement aussi pour d'autres raisons encore. Quant à l'Ergoletti, elle semblait maintenant avoir définitivement abandonné son aversion pour les milieux bourgeois.

Le docteur Paul (qui sinon n'était pas vraiment maladroit), était engoncé aujourd'hui dans une sorte de raideur qui le prenait depuis le bas mais s'arrêtait à la tête qui trouvait tout cela ridicule : notamment le fait de garder trop longtemps les yeux fixés sur le passé qui s'en était allé. (Entre les yeux écarquillés et le regard désenchanté, tout ce qu'on ne va pas chercher !) Ce n'est qu'après le repas, dans les salons, alors qu'on n'arrêtait pas de circuler avec son champagne, que se produisit un dénouement imprévu. Il se retrouva soudain devant elle, ses yeux largement fendus s'ouvrirent tout humides, tandis qu'elle baissait le regard vers lui ; c'est qu'elle était grande et le décolleté était profond, et Paul sentit encore une fois sa trace, quand elle dit : « Je suis heureuse que vous soyez là, vous aussi, mon petit Paul. » Et tandis qu'elle disait cela, son long bras droit pris dans son gant de chevreau glacé émergea comme un col de cygne sortant de l'eau, et elle tendit la main à Paul ; et au moment où il s'inclinait profondément, les doigts d'Emilia marquèrent une petite pression légère et insistante tandis qu'elle le regardait, la bouche rieuse.

Mais à partir de cet instant, il fut un invité comme tous les autres ; à sa manière, un peu à l'écart ; et il commença même à apprécier cette fête.

Mais jadis, comment était-ce ? Il voulait le savoir et s'interrogeait, enveloppé dans sa cape, le haut-de-forme rejeté en arrière, tout en descendant la Maximilianstraße mal éclairée en direction de la place Max-Joseph et de la poste centrale, au lieu de prendre tout de suite un fiacre et de rentrer. Il s'interrogeait. Et aussitôt il y eut un trou : pourquoi dans le vestibule avait-il alors sous le bras les patins attachés ensemble ?

Ces instants remontaient à une huitaine de jours après le départ d'Emilia.

La seconde pierre solide sur laquelle il put marcher dans le lit de la rivière du temps se trouvait déjà dans la maison des Russow à Vienne : une vieille maison, dans la Lenaugasse, avec de très grandes pièces hautes et profondes. Telle était aussi la chambre d'Irma, dans laquelle il avait eu la permission d'entrer avec ses deux sœurs aînées : mais sans qu'on le jette dehors le moins du monde.

Elle avait le même nez qu'Emilia ; il n'y avait absolument aucun doute là-dessus, il suffisait d'y regarder une fois de près. Et dans sa chambre – aux grands meubles cossus peints de fleurs roses – ne régnaient certes pas les effluves de l'Ergoletti mais bien plutôt ceux de l'appartement du Parc de Modène, une odeur domestique, fraîche, pure, qui sentait le papier et rappelait les vieux livres. Et dans la chambre d'Irma, il y avait un tout petit piano de bois clair presque pas plus grand qu'une épinette.

Ensuite, il savait qu'entre Irma et lui, il ne s'était jamais rien produit qu'on puisse mentionner, même pas une pression appuyée du bout des doigts comme celle dont l'Ergoletti l'avait gratifié encore aujourd'hui, bien que sur la patinoire, quand on glissait à trois ou quatre dans le flot des autres (il y avait sous un dôme un orchestre de cuivres qui jouait), il y ait eu suffisamment d'occasions pour cela ; car on se tenait effectivement par la main. Mais ici, sur la vaste patinoire, entouré de tous ces bruits de patins crissant de tous côtés, au milieu d'un froid rafraîchissant, c'est l'odeur domestique de la chambre d'Irma dans la Lenaugasse qui revenait comme apportée par le vent, et elle avait rendu Irma, qui glissait ici à côté de lui et dont il tenait la main, encore bien plus présente que ne pouvait le faire sa présence physique.

Plus tard il y eut la discussion avec son père ; et à ce moment il n'y avait plus d'Irma depuis longtemps.

Du bureau de son père on voyait le derrière du bâtiment de l'université. Cela se passait-il avant ou après le baccalauréat ?

Vraisemblablement après. Au milieu de l'été. Le reste de la famille était dans la villa de Hacking.

« Alors tu ne veux pas t'inscrire à l'Ecole d'ingénieurs ?

– Non, papa, je vais faire médecine. Et pas à Vienne, mais à Munich.

– Tu vas... Je crois que j'ai quand même un mot à dire là-dessus. Car enfin, tu as besoin de moi pour cela.

– Non, papa. Il n'est pas question que tu finances des études universitaires que tu n'approuves pas et que tu tolères seulement. En ce qui me concerne, tout est réglé au mieux. J'aimerais partir dans quelques jours. »

Son père le regarda mais ne dit rien et il sortit de son bureau, sans toutefois fermer la porte avec plus de force que d'habitude. Peu après Paul s'en alla aussi.

« C'était sûrement après le bac », pensa-t-il alors en quittant la place Max Joseph et en s'engageant dans la Residenz-Straße. « Car quelques jours après, j'étais déjà ici, à Munich. Pension Elite. »

Quand cinq filles riches et jolies, même si elles sont un peu montées en graine, restent sous le toit familial – il est vrai que pour les plus jeunes, la période optimale pour une grosse cotation arrivait juste – l'expérience nous enseigne qu'il faut très souvent aller en chercher la raison du côté de la mère. Car aussi bien du côté des parents que des filles, on aurait encore pu renoncer à cette espèce de jeunes messieurs du (troisième) monde qui hésitent devant une dot partagée en cinq. D'ailleurs ce genre de mufles ne se rencontre pas tous les jours (car il faut déjà avoir quelques aptitudes pour cela). Madame Harbach mère, telle qu'elle s'avançait maintenant en ondulant à la rencontre des deux grands Anglais (c'est ainsi qu'elle appelait Robert et Donald par devers soi), était une belle femme ; elle faisait d'ailleurs profession de l'être et était encore loin de vouloir abandonner ce métier aimé et exercé pendant toute une vie, joint à la capacité qu'elle avait de déplacer beaucoup d'air partout où elle passait : bien au contraire ; sa passion dans ce sens était devenue notablement plus vive. Mais il faut se rappeler ici qu'en ce temps-là une femme de plus de cinquante ans passait déjà pour une vieille dame ; madame Harbach n'en était vraiment pas une et était bien loin d'assumer ce nouvel emploi. Or, ceci n'était pas bon pour l'écurie. Ce n'est pas ainsi qu'on devient un éleveur qui présente et place ses canassons. Naturellement elle le voulait aussi. Mais elle n'y réussissait pas. On ne pouvait jamais bien voir ses chevaux ; pour être précis, elle était toujours là à s'immiscer et leur faisait de l'ombre. Et ce fluide suspect mais indéniable qui ne manque pas de se faire instantanément sentir entre toute belle femme d'une maturité avancée et tout très jeune homme, détournait toujours l'attention portée à Hilda, Grete, Jenny ou qui que ce fût d'autre, et faisait monter la tension vitale de la mère et le niveau de sa propre valeur sans que jamais rien ne débordât, sans que jamais rien d'illicite ne fût autorisé, tenté ou surtout même effectué. Or pourtant bien des trames dont les fils allaient se resserrer autour d'une Hedi ou d'une Pipsi (particulièrement les plus jeunes avaient eu récemment à en souffrir !) avaient été perturbées ou rompues alors qu'une réalisation officielle ou du moins les préparatifs à une telle réalisation auraient été de mise ; de façon urgente et même très urgente pour Hilda ou Grete. Non, ce n'est pas ainsi qu'on vend des chevaux. La plus jeune des filles, Pipsi, était du reste la seule à ne pas être un grand cheval, elle était un peu plus petite, d'une taille déjà plus normale.

Elle était brune, madame Harbach. La blondeur des filles venait du père. Aujourd'hui, il y a bien longtemps qu'elle ne se voyait plus chez lui et le crâne chauve de Monsieur l'ingénieur Harbach – d'ailleurs extraordinaire technicien en textile – miroitait là-haut à peu de distance des lumières du lustre, chose que seuls les Anglais pouvaient voir, eux qui dépassaient encore de quelques centimètres sa taille de grand poêle de faïence (et aussi toutes les Hilda). Sa femme n'était guère moins imposante que lui, elle l'égalait presque dans toutes ses mesures et le dépassait même largement pour certaines, comme le veut la nature. En robe du soir, son décolleté avait la fulgurance d'un glacier immaculé. (Pour une belle femme mûre et plantureuse, Harbach est d'ailleurs un nom terrible ; comme en équilibre au-dessus des abîmes).

On voit que la cote de Robert (en tant que veuf) aussi bien que celle de Donald, en tant que fils, devaient être élevées ici. C'est toujours un piètre motif d'orgueil que d'avoir une cote élevée comme fils de son père, mais la plupart des fils de cette espèce ne s'en trouvent pas embarrassés, ils en profitent même carrément ; c'est à peine s'il leur arrive une fois de sentir qu'il y a là quelque chose de pas très normal. Donald non plus ne sentait rien, mais il ne profitait guère de sa situation. Nous n'avons d'ailleurs jamais noté qu'il ait eu beaucoup de flair ; tout au plus en rêve, et c'était il y a bien longtemps déjà.

Une Hilda arriva et les choses se passèrent comme à l'accoutumée : le fluide de la mère avait déjà établi une tension entre elle et Donald (c'était ce qu'elle croyait, certaine de sa victoire, mais Donald restait Donald, et dépourvu de flair), la fille fit tapisserie pendant un certain temps, puis décampa.

Aussitôt après, les deux messieurs furent salués par le Conseiller de commerce Gollwitzer. On se le rappelle peut-être, c'est à cet homme que Robert Clayton avait jadis acheté la villa du Prater. A vrai dire, Gollwitzer était devenu une vieille fripouille (quand il était jeune il était déjà du même tonneau et donc déjà vieux en fait ; les gens de cette sorte ne sont bientôt plus appréciés qu'avec circonspection un peu partout : ce qui fait qu'ils sont moins importunés et qu'ils ont une vie plus agréable que toutes les honnêtes gens.) Mais pour Clayton, Gollwitzer avait encore aujourd'hui quelque importance : elle tenait moins à la position que Gollwitzer occupait aussi bien à la Chambre de commerce qu'à l'Union des industriels, qu'au fait que son frère était co-propriétaire à Bucarest de la maison Gollwitzer & Putnik, qui était alors la plus grande entreprise commerciale pour machines, instruments agricoles et accessoires en tous genres dans les Balkans, sans pourtant rien fabriquer. C'est l'ami de Milo, le jeune et entreprenant ingénieur Wosniak, qui avait établi la liaison entre la maison de Bucarest et les Anglais, lesquels confièrent d'ailleurs plus tard à Gollwitzer & Putnik leur représentation générale pour la Roumanie. On voit déjà à son nom que cette maison n'était du reste pas d'origine roumaine.

Les trois messieurs – Robert, Donald et Gollwitzer (plus tard le vieux docteur Eptinger se joignit à eux) continuaient depuis un moment déjà leur conversation assis dans un coin retiré du salon. Une lampe à large abat-jour était suspendue au-dessus des fauteuils élégants et graciles, comme dans la villa Clayton.

Gollwitzer demanda à Robert Clayton comment il était venu à bout de l'humidité dans la villa du Prater et du suintement de l'eau sur les murs des caves – chose dont il n'avait pas pu faire mystère lors de la vente de la villa. Robert dit qu'on était très vite venu à bout de cette affaire grâce aux poêles spéciaux de telle et telle marque, de telle et telle maison, qui venaient alors juste d'arriver sur le marché. Aujourd'hui, il est vrai, on avait installé tout simplement le chauffage central, même aussi dans la plus grande partie de la cave. Donald, qui avait juste en face de lui le Conseiller de commerce, vit que ce dernier ne se réjouissait pas le moins du monde de ce qu'il venait d'entendre, ne s'en montrant ni satisfait ni soulagé ; assis dans son fauteuil, le buste un peu penché en avant, Gollwitzer regardait attentivement son père, se contentant manifestement de prendre acte que quelqu'un n'avait pas eu les ennuis qu'il avait lui-même escomptés avec certitude. Oui, à voir l'expression de son visage, on aurait presque dit qu'il venait juste d'apprendre quelque chose qui n'était pas particulièrement réjouissant. Quelqu'un d'autre avait échappé à des ennuis. Dommage. Derrière la physionomie de Gollwitzer, comme apprêtée pour refléter la vieille bonhomie viennoise – avec des rouflaquettes à la Schubert et une moustache qui faisait très populaire – Donald vit soudain quelque chose de terrible, une terrible malfaisance et, pire encore, il sentait que celle-ci dominait tout. Cette sensation était si intense et si peu en rapport avec sa propre nature telle qu'il la connaissait, qu'il la portait comme un corps étranger. Donald ressentait à la fois de la crainte, de l'antipathie et de l'étonnement.

On parla encore de ces fameux poêles. Dans sa soudaine et vive aversion pour ce sujet de conversation, Donald ne pouvait à vrai dire que reconnaître une aversion contre Gollwitzer. L'illusion sur soi-même était en l'occurrence tout à fait inévitable. En ces instants, Gollwitzer pénétrait profondément en Donald, oui, jusqu'à la texture fondamentale, serait-on tenté de dire, jusque dans les forêts de la prime jeunesse demeurées obscures et inexplorées. Donald se sentait submergé par ses propres sensations comme jamais encore il ne l'avait été depuis qu'il pouvait penser, ou tout au plus en rêve. Il n'était pas à la hauteur de la situation ; et il l'abandonna volontiers sans se mesurer à elle (comment l'eût-il fait d'ailleurs ?) lorsque son père, penché vers lui, dit à mi-voix en anglais : « Tu devrais un peu t'occuper des filles ! » C'est ainsi que Donald échappa à un cercle de messieurs âgés ou d'un certain âge qui arrivaient ici : le docteur Eptinger d'abord, qui vint prendre place ici, puis monsieur de Chlamtatsch et le chef de section Franz de Wasmut qui appartenait au ministère de la Maison impériale et des Affaires étrangères (il nous semble que nous avons déjà rencontré ces deux-là quelque part).

Donald erra au petit bonheur parmi les Hilda et autres Pipsi. Il avait l'esprit complètement absent. S'il avait heurté maintenant de plein fouet madame Harbach et son considérable système orographique, même elle, dont les désirs avaient toujours la paternité de tout ce qu'elle imaginait, n'aurait pu s'empêcher d'apercevoir que son fluide n'opérait chez lui aucune tension. Mais Donald ne buta pas sur ces fameux escarpements ; ceux-ci venaient juste, trois pièces plus loin, de s'interposer entre la malheureuse Jenny et son interlocuteur, juste au moment où elle trouvait à qui parler.

Restait pourtant Hilda. A travers une espèce de voile, Donald sentit qu'elle ferait l'affaire pour l'aider, le soutenir un moment. Toutes les possibilités étaient là comme derrière une cloison, oui, derrière la tapisserie de soie violette de la pièce, mais elles étaient comme immobilisées. Elle lui parla anglais et il répondit de même ; bien qu'à Vienne les Clayton se fussent depuis bien longtemps habitués à répondre directement en allemand. De ce fait, la conversation prit pour Donald un caractère quelque peu exceptionnel, en accord avec son propre état d'esprit. Monsieur Harbach, qui entendit en passant sa fille répondre juste à ce moment au jeune Clayton dans un anglais courant, en fut tout heureux.

Quand, à la recherche d'un petit coin pour bavarder, tous deux traversèrent la pièce où Robert était assis avec les autres messieurs âgés ou d'un certain âge, celui-ci pensa un instant qu'en disant à Donald de s'occuper des filles, il avait en fait pensé aux cadettes. Le docteur Eptinger était en train de parler de sa nièce Monica Bachler, revenue maintenant de Suisse pour diriger désormais ici la nouvelle succursale d'une firme où elle travaillait là-bas depuis déjà plus de dix ans : une grande maison d'édition pour les livres techniques et scientifiques qui éditait également plusieurs revues. « Je les connais », dit Clayton. « Elles sont quasiment indispensables. Ces publications paraissent aussi pour une part en anglais. Mais, dites-moi, mon cher docteur, il faut donc que votre nièce ait étudié toutes ces choses-là ?

– Oui, bien sûr, répondit le vieil Eptinger. Elle est ingénieur diplômée en construction mécanique.

– Ça par exemple ! s'exclama monsieur de Wasmut, je crois que ça n'existe pas chez nous. L'université technique n'a pas d'étudiants du sexe féminin, pour autant que je sache.

– Elle a fait le Polytechnikum de Zurich, dit Eptinger.

– Je trouve ça vraiment formidable, mon cher, dit à son tour Monsieur de Chlamtatsch, si je puis me permettre, quel âge a mademoiselle votre nièce ?

– Elle doit avoir dans les trente-six ou trente-sept ans, dit l'avocat.

– Pour cela il faut vraiment être très doué, avoir une bonne dose de talent, à mon avis.

– Oui, elle en a », dit Eptinger.

L'évocation de ce cas vraiment fort inhabituel pour l'époque – pareille chose pourrait d'ailleurs encore faire figure d'exception aujourd'hui – avait presque provoqué une sorte d'excitation parmi les messieurs présents. Robert Clayton vit de nouveau passer Donald avec la fille aînée de la maison. Il secoua légèrement la tête, un mouvement presque purement intérieur qu'il aurait été impossible de remarquer.

Le « Club Metternich » s'était réuni cette fois dans la grande chambre que le lycéen Fritz Hofmock occupait chez ses parents. Cette pièce était garnie de meubles assez modernes qui n'étaient pas sans élégance (Maison Portois & Fix) et qui imitaient un peu le style Empire. Par-delà cette tonalité fondamentale, les parois de cette tanière qui était tout un monde, paraissaient marquées ici et là par le souffle personnel de son occupant. Sur un rayon il y avait tous les volumes des écrits posthumes de Metternich ; devant, dans un petit vase, un œillet blanc. Lors des assemblées réglementaires et des séances de travail, tous les membres ordinaires – Heribert de Wasmut, Zdenko de Chlamtatsh, Fritz Hofmock – ainsi que le membre extraordinaire, Augustus Cunisch de Montréal, portaient un œillet semblable. Pour son admission, on avait convoqué une assemblée réglementaire au cours de laquelle on lui mit pour la première fois à la boutonnière cette fleur achetée exprès (dépense quelque peu coûteuse en hiver). Les quatre jeunes gens avaient en horreur tout « insigne ». Le Club ne comprenait pas d'autres membres. Il devait sa création essentiellement au rayonnement des Anglais, qui agissait comme une invitation à redresser la tête, ces « Anglais » qu'on rencontrait presque régulièrement sur le chemin de l'école (les Clayton bros. faisaient bien sûr toujours à pied les quelques pas qui séparaient la villa des bureaux de l'autre côté du pont). Entre cette double apparition –

elle était tabou, on n'en faisait jamais mention – et Augustus Cunish, il n'y avait pour les lycéens, dans les premiers temps, aucun lien commun. D'Augustus, ils savaient bien sûr qu'il habitait Prinzenallee, dans une villa que possédait son oncle (c'était une recommandation !). Le Club Metternich – dans l'esprit de son fondateur Zdenko de Chlamtatsch, en tout cas c'est lui qui avait donné la première impulsion – était dans les faits un club de travail. Les statuts obligeaient tout membre ordinaire ou extraordinaire à s'acquitter correctement et dans les délais, de tous les devoirs et préparations scolaires. (Pour Augustus, cela avait en fait toujours été une évidence). Les soucis d'école et le trac avant un examen étaient des sujets que l'on n'abordait pas et surtout qui passaient pour suprêmement inélégants. Selon les statuts, chaque membre du Club devait soutenir les autres dans leurs études, les côtés forts et les côtés faibles de chacun se complétant à vrai dire fort bien. (C'était le plus grand avantage de toute cette affaire, car l'un était meilleur en grec et l'autre en mathématiques, et ainsi tout le monde arrivait finalement à un niveau élevé). Lors de leurs fréquentes réunions ordinaires, on contrôlait avant tout les connaissances et en particulier les préparations pour le lendemain. Selon les statuts, chacun des membres devait faire soigneusement sa toilette le matin et se trouver au lycée dix minutes au moins avant le début des cours. Faire un petit détour sans se presser pour aller au lycée, était carrément un *point d'honneur* [1]. On appréciait de se rencontrer à ce moment-là. Les statuts du Club étaient fixés par écrit et signés par les membres ordinaires et le membre extraordinaire. Ils étaient conservés entre les pages de garde du premier volume des *Ecrits posthumes* de Metternich.

Ces statuts étaient vraiment respectés scrupuleusement par les quatre garçons.

On peut facilement imaginer qu'en classe ils étaient capables de réciter Horace avec entrain, de traduire couramment le Gorgias et le Ménon, qu'ils débitaient

1. En français dans le texte (N.d.T.).

sans effort des séries de dates historiques et que, dans les compositions de mathématiques, ils avaient déjà correctement résolu les quatre problèmes un quart d'heure avant la fin.

Entre ce quatuor et le reste de la classe s'instaura une certaine distance.

Le chemin d'Augustus pour aller à l'école n'avait aucune partie commune avec celui des autres. Tout comme le trajet des Clayton bros. pour aller au bureau, ce chemin empruntait le pont mais tournait ensuite à gauche dans la longue Sophienbrückengasse qui montait tout droit. Le lycée était au bout. Augustus regardait toujours la perspective lointaine qui s'ouvrait devant lui quand, le matin, il traversait le pont sans se presser, conformément aux statuts. La chaussée courait au milieu, entre les grosses poutrelles de la charpente métallique. De part et d'autre se trouvaient de larges trottoirs. La plupart du temps, Augustus marchait à droite et ne traversait la rue qu'après le pont. Du trottoir de droite on voyait en amont la légère courbe du canal du Danube jusqu'au viaduc du chemin de fer suspendu dans la grisaille hivernale comme un train mince, hardiment tracé. Parfois Augustus s'arrêtait sur le pont. C'était un garçon de taille moyenne mais grassouillet ; ses mouvements paraissaient nonchalants, presque alanguis même. Il prenait son temps. Son comportement sur le chemin de l'école correspondait tout à fait aux statuts du C.M. (le Club Metternich). Mais dans les premiers temps, Augustus ne faisait pas de détours.

On peut se demander pourquoi les séances du C.M. avaient lieu précisément chez Hofmock et non, par exemple, chez Zdenko de Chlamtatsch. On pourrait répondre en disant que toute chose nouvelle glisse des mains de son initiateur et passe dans celles d'un organisateur : et par là nous aurions déjà correctement défini Zdenko et Fritz l'un par rapport à l'autre. En outre, Fritz possédait la monumentale édition des Ecrits de Metternich (cadeau de son père qui l'avait dans sa bibliothèque) et la topographie du mobilier de sa chambre, du fait de la position centrale d'une étagère en acajou aux reflets rouges, faisait vraiment de cette rangée de volumes le centre de la pièce. Devant les livres il y avait suffisamment de place pour l'œillet blanc dans son vase : Fritz ne regardait pas à la dépense pour en avoir un, souvent même en hiver ; mais en tout cas avant toute assemblée réglementaire.

Au cours de ces séances, l'emploi de l'allemand était du reste prohibé – cette langue restait limitée aux séances de travail scolaire – à moins qu'on ne lise ensemble un chapitre de Metternich écrit en allemand. Toutefois la conversation sur ce chapitre avait lieu en français. Depuis peu cependant, on préférait pour ces lectures la correspondance du Chancelier avec la comtesse Lieven – femme de l'ambassadeur de Russie à Londres à cette époque. Ces lettres sont toutes rédigées en français. Mais la langue usuelle des membres du C.M. en dehors des séances était l'anglais.

Sur ces deux points, Augustus obtint aussitôt une fonction dans le club et de l'importance. Car l'anglais était en effet sa langue maternelle, quant au français, il le parlait couramment depuis son enfance. Le bilinguisme est typique de la région du Canada d'où venait Augustus. Mais le français et l'anglais des trois membres ordinaires du C.M. étaient à la base l'œuvre des gouvernantes – chose habituelle alors à Vienne dans ces milieux – augmentée et complétée plus tard par la lecture, mais soutenue par les seules notions grammaticales que les trois garçons avaient acquises dans les cours optionnels suivis dans ces deux langues depuis la première classe du lycée. Au total, c'était tout juste suffisant. Augustus devenait ici irremplaçable. C'est seulement avec lui qu'ils apprirent à s'exprimer en français et en anglais.

Cette double faculté apparaît indispensable à un membre du C.M. Le Chancelier n'a pas seulement été un styliste de premier ordre, que les Français revendiquent pour ainsi dire comme l'un des leurs, comme en témoigne l'édition par Hanoteau (Paris, 1909) de sa correspondance avec la comtesse Lieven – mais, comme nous l'atteste Franz Grillparzer [1], après un

1. Franz Grillparzer (1793-1872), auteur dramatique autrichien. Il a composé dans la tradition de Schiller de nombreux drames historiques, toujours représentés sur les scènes allemandes (N.d.T.).

déjeuner à Naples auquel il avait convié l'écrivain qui se trouvait là-bas en même temps que lui, il a, au moment du café, récité de mémoire et en anglais tout un chant tiré d'une œuvre nouvelle de Lord Byron. (Tels étaient les politiciens de l'époque).

Il faut mentionner à ce point du récit que lorsque Robert Clayton voulut écrire de nouveau à ses parents du Canada, il jugea bon de se renseigner au préalable sur les progrès d'Augustus au lycée. Car on ne pouvait pas tirer beaucoup plus d'Augustus qu'un « quite well » et « all right » ; il ne racontait rien non plus sur l'école et les camarades qu'il avait. Toutefois ce n'était pas une indifférence et une insensibilité comparables à celles qui affectaient Donald par exemple. On le sentait bien. Au contraire, tout semblait beaucoup l'amuser, il avait un rire malicieux et peut-être même un peu sournois. Ce petit bonhomme tout rond avait la flemme d'ouvrir la bouche, à ce qu'il semblait. Un matin, Robert prit le chemin du lycée.

Quand il eut passé le pont, Clayton tourna à gauche et suivit la longue rue qui montait tout droit. Le bâtiment scolaire qui occupait énormément de place, avait une espèce de configuration géminée et deux grandes entrées : la première conduisait à un institut de formation pédagogique également logé dans ce bâtiment. Robert se dirigea vers la seconde entrée. Il connaissait la maison car en automne il y avait fait inscrire Augustus. Les larges couloirs dallés étaient en ce moment, pendant les heures de cours, déserts et silencieux. Ici et là, on entendait une voix venue des salles de classe. Quand il arriva dans le couloir en face du secrétariat du directeur et de la salle des professeurs, le nom du professeur principal ne lui revint pas à l'esprit. Le gros garçon l'avait mentionné une seule fois. Clayton ne savait donc même pas qui il devait demander. A cet instant un gros homme, de grande taille, en uniforme foncé avec des boutons jaunes et une casquette noire, sortit non sans dignité du secrétariat du directeur ; il s'agissait manifestement d'une sorte d'huissier. Robert salua poliment et demanda s'il était possible de parler au directeur d'études de la 7 a. Clayton, il est vrai, connaissait la classe. Ansböck, tel était le nom de l'auxiliaire de direction, fut un peu interloqué, car en général on demandait les professeurs par leur nom, et personne n'avait l'habitude non plus de dire « directeur d'études », mais « professeur principal » appelé aussi « Ordinarius ».

Ce n'était certes pas une heure de rendez-vous, fit poliment remarquer M. Ansböck, avec la gravité d'un agent qui représente une instance supérieure mais qui justement se sait identique à celle-ci ; toutefois Monsieur le professeur docteur Petschenka n'avait pas cours en ce moment et se trouvait ici dans la salle des professeurs et il allait annoncer Monsieur. « Clayton, oncle de l'élève Cunish », dit Robert. Mais ce ne fut pas nécessaire. Une porte s'ouvrit et celui qu'il cherchait, un petit homme encore assez jeune, sortit; Ansböck lui annonca la visite à mi-voix et respectueusement, puis il s'éloigna.

Le docteur Petschenka s'approcha et les deux messieurs se présentèrent l'un à l'autre.

En arrivant ainsi – sans qu'on l'ait prié de venir et en dehors des heures de rendez-vous – Clayton était tout à fait comme ces parents qui arrivent tout inquiets parce que leur enfant est sur le point de décrocher. Robert, il est vrai, ne pouvait pas le savoir, tout comme il ne savait pas quel calvaire ce genre de parents (et d'élèves) infligent aux professeurs. Il remarqua seulement l'attitude un peu réservée de Monsieur le professeur. Monsieur le docteur Petschenka était un excellent philologue et un maître habile. Seulement il était très irascible ; il devenait alors non pas écarlate, mais blême. Ses élèves avaient depuis longtemps remarqué ce phénomène inquiétant. Il y avait aussi un distique qui circulait :

« Le doux visage de Petschenka
est carré de forme, si je ne me trompe pas. »

C'était à peu près exact. Il y avait donc quelque chose d'inquiétant à son endroit. Le métier de professeur de lycée hypertrophie, il est vrai, le caractère, parce qu'il le met chaque jour aux prises avec une trentaine ou une quarantaine de caractères différents rassemblés devant lui. Il y a peu de professions où l'individu soit aussi continuellement exposé.

Quand le docteur Petschenka entendit de qui il

s'agissait, sa réserve se transforma visiblement en un sentiment de soulagement. Mais il paraissait s'étonner à présent de la visite de Clayton. « Oui, M. Clayton, dit-il, il n'y a pas beaucoup d'observations à faire. Il est bien possible que votre neveu Augustus soit encore cette année premier de la classe ou « Prix d'excellence », comme on dit généralement, car j'entends mes collègues des autres disciplines dire que ses résultats dans celles-ci sont tout aussi bons que dans les matières que j'enseigne. Il semblerait cependant être plus doué pour les sciences positives ; en tout cas, en physique et en mathématiques, il mérite la mention « excellent » comme me l'a dit hier mon collègue, le docteur Travnicek. Ce qui est frappant, c'est sa façon d'être toujours extraordinairement bien préparé en latin et en grec. Dans l'ensemble, cet élève donne tous les motifs de satisfaction. »

Voyez un peu ce gros lard ! pensa Clayton.

« C'est étonnant comme il maîtrise l'allemand, ajouta encore Petschenka, même ses connaissances en littérature sont bonnes, comme l'a fait remarquer mon collègue germaniste au dernier conseil de classe. En outre, votre neveu, M. Clayton, fait preuve d'une autre disposition remarquable. »

Le professeur sourit. C'était un sourire particulier qui était comme posé sur son visage. Il se faisait violence. On le sentait. Ce sourire avait fait apparaître ses incisives supérieures.

« Et laquelle ? demanda Clayton.

– La disposition à bien choisir ses fréquentations », dit Petschenka, tandis que son sourire disparaissait presque, ne semblant pas pouvoir cacher complètement on ne sait quel ressentiment perceptible. « Aussi bien dans l'établissement, je veux dire pendant les récréations, que, tout récemment, dans la rue, sur le chemin du lycée ; pour autant que j'aie pu l'observer, on ne voit votre neveu qu'avec les sommités de la classe (il y avait déjà manifestement un sous-entendu ironique dans cette expression), je veux dire avec les meilleurs élèves, ceux qui ont le plus de perspectives d'avenir » (cela aussi n'était pas dit sans ironie). « Le comportement de ces jeunes gens correspond à celui de futurs étudiants. »

Cette caractérisation en termes de comportement

universitaire aurait infiniment irrité les membres ordinaires du C.M. ; quant au membre extraordinaire, il ne l'aurait peut-être pas entièrement comprise. Mais le Club n'a rien su de cette conversation. Car devant Augustus, Clayton n'a fait aucune mention de sa visite au lycée. Non pas qu'il se fût abstenu à dessein ou pour quelque raison pédagogique : mais après avoir fait la démarche pour aller se renseigner à l'école et s'être débarrassé de ses inquiétudes, Robert Clayton avait purement et simplement oublié. Là-dessus étaient encore arrivées dans la même matinée des nouvelles commerciales très satisfaisantes : à Bucarest, Gollwitzer & Putnik ne commandaient pas moins de quatorze séries de machines bien précises. Cette commande se trouvait dans le courrier du matin. De la porte du bureau, Donald lui avait fait signe, la lettre à la main, au moment où il se préparait à la porter à l'usine et à l'entrepôt. Les ventes dans les Balkans étaient en constante augmentation. Ce même jour, en prenant leur lunch dans la villa, Robert et Donald décidèrent d'ailleurs d'augmenter les commissions de l'ingénieur Wosniak à Belgrade, qui œuvrait pour eux avec toujours autant de succès.

Après avoir pris respectueusement congé du docteur Petschenka, Clayton s'engagea sur le large couloir dallé menant à l'escalier, et il vit, accroché juste en face, un grand tableau avec, encadrée sous verre, la liste de tous les professeurs de l'établissement ainsi que leurs disciplines et les classes où ils enseignaient. Il s'arrêta devant et vit bientôt la liste des professeurs enseignant en 7 a. Fort bien. C'est ici qu'il aurait pu avoir son renseignement de tout à l'heure. Le directeur du lycée figurait en tête. Il avait même le titre de conseiller du gouvernement. On voyait que tout le tableau avait été exécuté avec un soin extrême, écrit en ronde avec les initiales à l'encre rouge.

Dans le silence, on entendait des voix assourdies, venues des salles de classe toutes proches.

Quelque part, le gros Augustus était assis là lui aussi.

Bon, ce qu'il venait d'apprendre suffisait pour sa lettre pour le Canada.

Clayton descendit les escaliers. En bas les portes vitrées montées sur ressort continuèrent de battre derrière lui. Il leva un instant les yeux vers le plafond du hall d'entrée et remarqua les pendentifs de la voûte, peints de couleurs vives : bleu et rouge. Ces décorations mouchetées d'or lui plurent. Ils avaient sûrement été repeints avant le début de l'année scolaire. Mais quel rapport entre la peinture et les résultats d'Augustus en grec et en mathématiques ? Cette journée d'hiver lui parut très chaude lorsqu'il se retrouva devant le portail du lycée sur le large trottoir asphalté à cet endroit. En montant la longue rue, cela ne l'avait pas frappé ; Clayton la suivit maintenant dans l'autre sens. Il n'y avait pas de maison en face mais un talus en pierre de taille dont la hauteur augmentait à mesure que la rue descendait. Au-dessus courait un mur et l'on voyait dépasser les arbres d'un jardin. En descendant, Clayton pensa à Hilda Harbach et aussi que Donald aurait dû davantage se soucier des cadettes. C'est en suivant la longue rue qu'il s'aperçut qu'il prenait le chemin pour rentrer à la villa au lieu d'aller au bureau. Au premier coin de rue il obliqua à gauche.

Ainsi donc, nos petits gaillards menaient leurs études au lycée comme d'autres mènent n'importe quelle autre affaire, et les trois membres ordinaires du C.M. n'avaient plus guère conscience que c'étaient les deux Anglais qui les avaient aiguillés sur cette voie (ils continuèrent d'ailleurs à bien la suivre), sans que ceux-ci s'en doutent à vrai dire, et uniquement à cause de la fascination exercée au début sur Zdenko de Chlamtatsch. Ils faisaient toujours consciencieusement leur travail parce qu'il n'était pas élégant de se faire du souci pour l'école. Bref, qu'importe la clef qu'on utilise pour accéder à une situation : pourvu qu'elle ouvre.

Après coup, Robert Clayton se rendit bien compte, sans s'appesantir là-dessus, que quelque chose gênait cet excellent professeur à propos des jeunes gens qu'Augustus fréquentait, comme il avait dit. Il y avait là du ressentiment. Des moyens modestes. Un homme d'une telle culture devrait sans doute être rétribué tout autrement. Il voyait juste, l'industriel.

Cependant il continuait à faire chaud, comme le jour où Robert s'était rendu au lycée. Mais on ne pouvait pas encore parler de printemps. Dans le jardin tout était humide, noir et d'un gris verdâtre. Donald se tenait derrière la maison, les épaules relevées, les mains enfoncées dans les poches de son pantalon, il tenait sa pipe entre les dents, presque à l'horizontale (non pas comme son père – il y avait ainsi quelques différences, mais minimes seulement). Le concierge tourna au coin de la maison et se dirigea vers l'entrée de derrière pour descendre à la cave et s'occuper du chauffage central installé depuis maintenant quelques années. Il fallait le régler, la chaleur produite était trop forte pour la saison.

Donald accompagna Broubek. Il n'avait jamais été en bas. Au bout de l'étroit escalier, le concierge ouvrit une porte en fer. La chaleur était forte, surprenante qui plus est, on se sentait presque bien ici. Un vestibule, une petite pièce. Sous le soupirail, une table et un fauteuil ; sur la table un journal ; sur celui-ci les lunettes du concierge. « Les voilà » s'écria Broubek. Quand il faisait marcher le chauffage, il devait souvent attendre ici assez longtemps pour voir si la combustion était bien partie. C'était un équipement vieillot pour nos conceptions actuelles. De la petite pièce on passait dans la salle où se trouvait la chaudière. Broubek alluma l'électricité. Le courant était amené jusqu'ici par de gros câbles. « Est-ce que ça va plus loin ? » demanda Donald en montrant une seconde porte en fer. « Oui, dit Broubek, dans les caves ». Il se précipita, zélé, ouvrit la porte et alluma la lumière dans le local d'à-côté.

Donald plongea le regard dans cette pièce chaude, avec sur la gauche une voûte ouvrant sur un couloir. Dans le coin à droite, on voyait la masse sombre de quelques volumineux engins recouverts de grosse toile. « Ce sont les vieux poêles pour assécher, dit Broubek, ils étaient très bons. On pourrait encore les installer à tout moment, ils sont tous en bon état. C'était du solide. Mais maintenant il y a le chauffage central dans les caves de devant. Même en été je l'allume de temps en temps. Il n'y a plus d'humidité et à plus forte raison de suintement le long des murs. Regardez, Mister Donald, on le voit bien là. J'ai mis ça ici quand on a installé les poêles, ça va bientôt faire trente ans ; c'était avec les poêles. Aucune humidité. »

Broubek frappa de la main sur un grand morceau de papier qui recouvrait en partie le mur du fond. L'affiche aurait dû en effet s'être désagrégée depuis longtemps si c'était resté aussi humide qu'auparavant. Donald se retourna. Aussitôt il reconnut ce que représentait l'affiche : la gueule embrasée du poêle en furie, brandissant les bras et les poings qui lui sortaient du corps à droite et à gauche ; la fuite plaintive des champignons et des moisissures. L'espace d'un très court instant, il fut donné à Donald de reconnaître pour ce qu'elle était en partie, cette aversion incroyablement violente qu'il avait ressentie récemment : c'était le souvenir d'une douloureuse impression d'enfance. Mais cela s'effaça aussitôt. Donald était un individu tourné vers l'extérieur. Il ne possédait pour ainsi dire pas la routine d'une vie intérieure. Les hasards, même intérieurs, il faut savoir les attraper au vol.

Il dit donc à Broubek quelques mots sans savoir et remonta. Il est quand même bizarre – bien qu'il n'y ait rien eu là d'extraordinaire – qu'au dîner (où même Augustus devait toujours aussi se présenter tiré à quatre épingles), le père évoquât le Conseiller de commerce Gollwitzer. On était invité à une soirée chez lui.

Cependant, Robert Clayton ne put se rendre à cette soirée du Conseiller de commerce. Il était au lit, légèrement fiévreux, à éternuer et à pester, prenant tantôt du pyramidon, tantôt du whisky sans eau gazeuse, uniquement relié au monde extérieur et à l'usine par les corbeaux du prophète Elie, c'est-à-dire Donald et le directeur Chwostik. Comme le rhume le rendait presque incapable de se servir de ses yeux, il ne pouvait pas non plus se distraire en lisant ; et c'est Augustus qui venait à la rescousse, lisant le soir à son oncle des chapitres du remarquable ouvrage du Comte de Cromer : « Modern Egypt ». Ensuite, non seulement Augustus, mais tout le C.M., attrapa le rhume. Toutefois Donald et Chwostik furent épargnés.

Comme son père avait été bien entendu obligé de décliner l'invitation chez Gollwitzer et de s'excuser pour son gros refroidissement, Donald avait pensé ne pas aller non plus à la soirée. Mais Robert ne voulait pas du tout en entendre parler : il fallait absolument que Donald y parût. Il n'en démordait pas.

Ainsi, le soir en question, la longue Knight-Minerva s'arrêta de nouveau sous la voûte du porche, dans la faible lumière de la lampe imposante ; et dans le vestibule étroit et nu, le valet de chambre aida Donald à enfiler sa pelisse.

La voiture partit dans un ronronnement assourdi. Depuis le pont, Donald vit scintiller les lumières lointaines près de la courbe du canal. On passa ensuite devant l'usine qui était bien sûr plongée dans l'obscurité maintenant ; on pouvait seulement voir une fenêtre éclairée dans le pavillon du gardien ; plus tard, c'est là aussi que le veilleur de nuit venait entre ses rondes.

C'était un trajet relativement long : on enfilait la Wollzeile – dont la Knight-Minerva vint facilement à bout malgré la pente encore assez forte alors – on passait devant la Cathédrale, coupait le Graben déjà plus calme, tournait alors à gauche et traversait ensuite la Hofburg : on ne tarda pas à avancer ici au milieu d'une vaste mer d'obscurité avec de rares lumières. Donald trouva le parfum d'habitude si légèrement soutenu de son eau de lavande Atkingon presque fort ou piquant ; il sortait, sous sa pelisse, de l'échancrure de son costume de soirée, là où le plastron empesé (que l'on portait encore autrefois avec le smoking) faisait un léger renflement. Il avait sans doute mis un peu trop d'Atkinson sur son linge et sa pochette. La voiture remonta la longue Mariahilferstraße, un quartier de Vienne qui était toujours resté étranger à Donald. Celui qui emprunte toujours une voiture conduite par un chauffeur du pays et qui connaît les lieux, ne se familiarise que relativement lentement avec eux. Abstraction faite du Prater, c'était toujours le quartier où se trouvait l'Ecole d'ingénieurs avec ses différents instituts, qui restait le plus familier à Donald.

En descendant de voiture dans la Fichtnergasse à Hietzing, devant les fenêtres brillamment éclairées de la grande villa, Donald sentit qu'il s'agissait ici d'un autre monde que celui des Harbach et de tous les gens de leur espèce. Il y avait déjà, parmi les invités qui arrivaient – les calèches succédant aux calèches devant la porte, avec de temps à autre une automobile au milieu – une familiarité bruyante, car la plupart se saluaient déjà dans la rue, et dans le vaste vestibule on ne retrouvait pas ce silence cérémonieux de l'introït au cours duquel les gens ôtent habituellement leurs fourrures ou leurs manteaux, mais un brouhaha déjà considérable. Arrivé dans le premier salon, on saluait le maître de maison avec force rires et exclamations ! « Comment va donc votre papa ? » demanda Gollwitzer, et Donald déjà gagné par la bonne humeur générale répondit en riant : « Merci, Monsieur le Conseiller de commerce, il est au lit, il éternue et il est bien fâché de ne pas pouvoir être ici ». Au même instant, Donald trouva que c'était un manque total de caractère de rire ainsi devant Gollwitzer ; cela s'était produit dans le tourbillon joyeux de l'entrée générale. Il n'avait pas présent à l'esprit que pour des hommes de l'âge de Gollwitzer, et sans doute aussi déjà de son père, un sérieux refroidissement portait quand même plus à conséquence que chez un jeune homme. Et une ombre passa alors sur le visage du Conseiller de commerce lorsqu'il demanda avec un peu plus d'insistance : « Est-ce que votre papa a beaucoup de fièvre ? » « Non, absolument pas » dit Donald. et déjà il s'était repris. A présent le flot des nouveaux arrivants le poussait à travers la pièce voisine et la suivante : ce flot n'était coupé que par les domestiques s'y frayant un passage, tenant en équilibre de grands plateaux avec des coupes de champagne et veillant pour ainsi dire à ce que chacun ait à boire. Il était impossible de rester, ne fût-ce que quelques instants, avec le verre vide ou à plus forte raison sans verre du tout. C'est l'agacement qui incita Donald, qui habituellement ne goûtait aux plaisirs de l'alcool que pour la forme, par convention sociale, et ne connaissait le whisky que comme une habitude paternelle, c'est l'agacement qui l'incita à vider toute une coupe de champagne. Il écarta la coupe suivante qu'on lui présenta aussitôt après. Avec ce Gollwitzer tout se passait comme s'il suffisait de le frôler pour subir déjà quelque désagrément. On aurait dit qu'il extirpait aussitôt à chacun une faiblesse possible, comme un tire-bouchon extrait le bouchon de la bouteille.

Ce faisant, Donald était arrivé au bout de l'enfilade

des pièces. Ici s'ouvrait de façon surprenante un vaste jardin d'hiver.

L'incident avec Gollwitzer (c'en était un pour le jeune Clayton) ne lui avait pas encore permis de parvenir à s'expliquer de la manière la plus simple la différence d'atmosphère de cette maison par rapport à d'autres qu'il connaissait – différence qui s'était déjà fait sentir au moment de l'afflux des invités : c'était le foyer d'un riche célibataire qui n'invitait sans doute aussi certaines personnes que parce qu'elles lui plaisaient ou l'amusaient, sans toujours obéir à la nécessité de visées particulières. Du moins celles-ci n'occupaient pas tout le devant de la scène mais étaient dissimulées et amorties par autre chose. Mais surtout : il n'y avait pas ici de maîtresse de maison et, ce qui devait être encore plus décisif, pas de fille de maison à laquelle s'attachait une intention poursuivie avec plus ou moins d'adresse.

Du reste, Donald ne tarda pas à se rendre compte que les gens ici appartenaient pour une part à une catégorie que l'on ne rencontrait pas dans les milieux industriels viennois. On rencontrait bien sûr là-bas de temps à autre, un acteur du Burgtheater, un professeur d'université ou même un peintre si celui-ci était un portraitiste connu et complaisant. Mais ici, la majorité des personnes présentes semblaient tendre vers des buts de l'existence que l'on n'avait pas là-bas dans la Reischsratstraße, ni de près ni de loin. Donald n'avait pas tardé à le ressentir en entendant des bribes de conversations très animées glanées en passant, conversations auxquelles il n'aurait absolument pas pu prendre part par manque d'affinité avec les sujets abordés.

Tout en réfléchissant, il avançait sur le fin gravier et contourna le groupe de palmiers vigoureux plantés au milieu du jardin d'hiver, et aussitôt il se retrouva seul. Personne ne s'était égaré jusque-là ; personne n'en avait donné le signal, bien qu'il y eût, ici et là, de confortables fauteuils en rotin ; tous ceux qui jetaient un regard jusqu'ici ne voyaient que l'espace vide et restaient à l'intérieur, dans les salons, avec les autres. Entre les arbres se trouvait un grand bassin de la profondeur d'un bras, un étang modèle réduit, à l'eau limpide avec du gravier au fond.

Tout en regardant la surface de l'eau, Donald envisagea sérieusement de s'esquiver. Il avait salué le maître de maison (et parlé avec lui) ainsi que quelques visages connus ; il avait fait acte de présence ; il pouvait s'en aller ; peut-être devait-il se montrer encore une fois dans les salons ?

Ici, « l'étang » était partagé en deux par un muret gracieusement incurvé en S, au milieu duquel bouillonnait un jet d'eau bas mais bien nourri, d'où une eau fraîche s'écoulait dans les deux moitiés du bassin. D'un côté Donald vit alors deux gros poissons rouges apparaître lentement sous de petites feuilles de nénuphar flottant à la surface. Le rouge clair de ces poissons jetait comme de la lumière. Ces animaux aquatiques ornementaux sillonnaient le bassin avec une élégance paresseuse, faisant un minimum d'effort avec leurs nageoires caudales.

Naturellement son père s'apercevrait de son retour prématuré, ou il l'apprendrait par le chauffeur.

Cette petite réflexion fit retomber les voiles que Donald avait déjà hissées pour le départ. Il leva les yeux car soudain quelque chose parut lui manquer : les voix arrivant par vagues des salons voisins s'étaient tues, ils étaient vides (l'ouverture de la grande salle à manger avec le buffet avait aspiré les invités). Donald devait maintenant reconnaître qu'en fixant l'eau et le mouvement des poissons, il s'était complètement perdu dans ses pensées. Maintenant, en traversant les salons vides, il aurait facilement pu atteindre le vestibule. Mais voilà que des gens entraient précipitamment. C'était une petite dame, assez jeune, en habits foncés, avec des cheveux noirs brillants, et derrière elle trottinait le vieux docteur Eptinger dont la barbiche était depuis longtemps blanche comme neige. « Pose-le là-derrière, nous viendrons le chercher après », dit-il rapidement. Puis il aperçut Donald : « Eh bien, Monsieur l'ingénieur, que faites-vous donc là tout seul ? »

Pour Donald tout cela paraissait bien s'accorder avec Gollwitzer. On se faisait surprendre. Des poissons nageaient en rond. Une maison à malices et à caprices. Le docteur Eptinger le présenta à sa nièce. Donald se faisait l'impression d'être une demeure dont on n'a pas fermé la porte et où tout le monde pouvait entrer depuis la rue. Mademoiselle l'ingénieur Bachler cherchait entre-temps un endroit où elle pourrait déposer son réticule qui la gênerait au buffet, disait-elle, parce qu'il fallait tenir des assiettes à gâteaux et d'autres choses encore. On trouva un endroit approprié derrière le groupe de palmiers, là où le mur bordant le petit étang s'élargissait pour former une sorte de banc.

Nous sommes obligés de dire que la petite Monica était devenue tout le portrait de son père depuis bien longtemps décédé, le Conseiller à la Cour d'appel Keibl. Elle aussi avait une certaine affectation compassée dans les mouvements ; toutefois son joli visage paraissait pénétré d'une perspicacité alerte qui avait quelque chose de charmant alors qu'elle avait toujours produit chez sa mère une impression de légère contrariété (il en était encore ainsi aujourd'hui).

Donald arriva donc avec eux deux dans la salle à manger. La jeune Bachler était déjà plantée en lui comme une flèche entrée par une porte qu'il avait oubliée de fermer. Lorsque l'on en eut fini avec les langoustes, le Chablis et les petits fours de chez Gerstner, dans un habile exercice d'équilibre (ça aurait bien cadré avec Gollwitzer si quelqu'un s'était renversé tout ça sur son plastron blanc !) et que le vieil Eptinger eut disparu dans un salon de jeu, la flèche solidement fichée dans Donald dépassait déjà de façon sensible. Ce n'était guère agréable à porter. Il était bien obligé de le constater. Il l'avait vue venir (?!).

Plus tard elle laissa rentrer seul son oncle, pour qui le détour par Döbling où elle habitait encore provisoirement chez ses parents (provisoirement ! disait-elle), eût en effet été très long, et c'est la Knight-Minerva qui fit ensuite exactement le même détour... Entre-temps Donald avait déjà appris d'où elle venait et ce qu'elle faisait à Vienne.

Il faut remarquer que Monica ne paraissait pas plus jeune qu'elle n'était, largement au-delà des trente-cinq ans comme on s'en souvient. Cela avait sûrement quelque chose à voir avec la perspicacité alerte.

Dans la voiture, elle fit remarquer en passant qu'elle ne pensait pas vivre en permanence chez ses parents à

Vienne. Elle en avait perdu l'habitude. Le quartier ici lui conviendrait (ils passaient juste par la Grand-rue de Hietzing). D'ailleurs, à partir de maintenant, elle ne voulait plus parler qu'anglais avec lui, pour s'exercer. Elle prononça déjà cette dernière phrase en anglais et s'y tint. Cette déclaration frappa Donald, ayant même sur lui un effet excitant comme lorsqu'on lance un pont, un pont pour monter à l'abordage : ces mots présupposaient de façon évidente qu'on continuerait à se voir. « Mon oncle est l'avocat de votre société depuis longtemps déjà, n'est-ce pas ?

– A Vienne, il l'a été depuis le début. »

La voilà qui partait maintenant en promenade sur le pont. Sa façon de parler anglais négligemment, sans effort, était extrêmement étonnante. Elle maîtrisait l'anglais presque aussi bien que les Clayton l'allemand. Etait-elle déjà allée là-bas ? demanda Donald. « Oui, à Birmingham. J'y ai fait un stage de deux ans dans une fabrique de plumes à écrire, chez Brandauer & Co. La maison Brandauer existe aussi à Vienne. Ce sont aussi des gens d'une taille à n'en plus finir comme par exemple vous ou les filles Harbach. Vous les connaissez aussi ?

– Oui, j'y étais hier. »

Pendant le trajet, Donald continua à avoir l'impression que Hietzing se composait en grande partie de vastes parcs obscurs. Ce quartier aussi lui était presque complètement étranger. Un instinct curieux et, il faut bien le dire, salutaire, commanda alors à Donald de garder le silence. Quelque chose venait de se produire, il le savait avec certitude, une sorte d'événement qui lui était extérieur (tant il avait d'agilité pour transformer la déconcertante situation intérieure en un fait positif) et il voulait voir ce que c'était. Immédiatement, il le sentit bien, son mutisme lui donna l'avantage et la direction des opérations (qui, sinon, n'était pas facile à prendre, vu la vivacité de Monica), simplement en s'abstenant tout bonnement d'utiliser la menue monnaie de la conversation, sans grande valeur et vite dépensée. Lui aussi voulut s'en tenir à sa décision. Mais à côté de lui elle ne faisait pas le poids et il fallut qu'elle commît cette erreur qui, selon ses échelles de valeur et ses grilles à elle, n'en était pas du tout une. Elle s'exprima donc en petits propos éparpillés, comme tout le monde a l'habitude de le faire, jetant peu à peu ses pièces avec toujours plus d'entrain, et même à pleines mains, contre un mur qui, en dépit de la précarité de la situation où se trouvait manifestement Donald pour la première fois, ne présentait pratiquement pas la moindre faille. Quant à nous, qu'il nous soit ici permis pour la première fois de constater ce que nous ne faisions que pressentir auparavant (lorsqu'à Brindley Hall, lors de la dispute entre Mrs Cheef et Kate, il était sorti de sa chambre), à savoir que notre Donald avait une nature froide ou en possédait du moins les prémisses.

Tel fut le trajet vers Döbling. Ses parents, disait-elle, voulaient donner dans quelques jours une petite soirée sans façons pour fêter son retour à Vienne, « Seulement mes amis, hommes et femmes, et vous viendrez aussi, j'espère, monsieur Clayton ? » Quand elle lui donna son adresse avec le jour et l'heure, Donald – chose surprenante – fit arrêter la voiture, le chauffeur dut allumer, et il sortit son agenda pour y noter tout ceci.

Quand il rentra seul à la maison, à travers la ville, depuis Döbling jusqu'au Prater, la place où Monica avait été assise à côté de lui était un vide béant et froid.

Les jours suivants, Donald fut surtout occupé à tenir les délais de livraison des quatorze groupes de machines commandées par Gollwitzer & Putnik. Il fallait absolument garantir ces dates, les calculer en gardant une marge de réserve et rester autant que possible en-deçà. Mais les stocks furent ici d'un grand secours : les gens de Bucarest avaient touché dans le mille et demandaient justement ce qui se trouvait en quantité suffisante au dépôt. Donald et Chwostik apportèrent tous deux vaillamment leur aide. Clayton père riait et laissait pendre sa pipe. Depuis assez longtemps il ne s'occupait plus du tout des affaires que Chwostik et Donald avaient prises en main. Et ces deux-là fonçaient. Robert riait, tapait sur l'épaule de Chwostik en disant : « Old Pépi ! » Il se sentait bien ici. Il y avait réellement pris racine, maintenant qu'une absence prolongée, voire même un retour définitif à Chifflington, auraient été beaucoup plus plausibles qu'autrefois.

Pendant les longues vacances de Noël on avait beaucoup vu Augustus circuler dans l'usine. Toujours un gros carnet à la main. Il embarqua même des ouvrages technologiques dans sa chambre.

Conformément aux rites du C.M., il s'était mis lui aussi à faire des détours sur le chemin du lycée. Zdenko, Fritz ou Heribert appréciaient de se rencontrer à ce moment-là dans la même attitude désinvolte. Augustus parla à Heribert de son petit stage pendant les vacances du Nouvel An. « Tu veux donc vraiment devenir ingénieur en mécanique ? » demanda Heribert, ce à quoi Augustus répondit bien sûr par l'affirmative. Ils approchaient déjà du lycée, il était huit heures moins le quart. Dans les rues, il y avait de la neige sale dans les ruisseaux. Il ne faisait pas froid. De toutes parts des élèves arrivaient, des petits aussi avec leur cartable sur le dos, car à l'institut de formation pédagogique à côté du lycée était rattachée une école primaire où les apprentis-pédagogues pouvaient se faire la main. Heribert et Augustus avançaient ici comme sur une crête offrant une vue dégagée ; c'est ainsi que l'on peut caractériser leur manière d'être quand ils arrivaient d'un pas tranquille, en temps voulu, sans précipitation, la mise soignée et les leçons bien apprises. Ils pouvaient envisager le cours comme un plaisir. A vrai dire, ils étaient bien loin de seulement soupçonner même que ce genre de situations privilégiées où l'on domine tout, fait partie de ce qu'il y a de plus rare dans la vie. Certes le plaisir qu'ils avaient à marcher et à converser tranquillement était bien là, mais sans du tout être rehaussé par quelque comparaison ; alors que Heribert de Wasmut n'aurait en fait pas eu besoin de beaucoup se forcer pour en faire une ; car il était loin d'avoir toujours été un aussi bon élève et un travailleur hors pair ; au contraire, il n'y a pas si longtemps il n'apprenait rien et sur le chemin du lycée qu'il faisait à la hâte, son manque de préparation sur tous les sujets lui avait bien vite donné plus de soucis qu'il n'avait de cheveux sur la tête. Mais tout ça, il l'avait complètement oublié.

Seul Zdenko était encore capable, à l'occasion, de se souvenir comment c'était avant. Mais la plupart du temps seulement à l'état de demi-sommeil.

Ils poussèrent les choses si loin dans leur C.M. que les exigences qu'ils s'imposaient les uns aux autres étaient beaucoup plus sévères que celles de l'école.

Mais tout cela uniquement pour le panache. Pour leur drôle de dandysme qui refusait absolument de s'en laisser imposer par l'école. Mais ce n'était pas le fait d'esprits blasés. C'était du romantisme authentique qui leur faisait jouer ici les jeunes messieurs. On peut se demander si ce gros rusé d'Augustus comprenait tout ça. Pour lui le travail scolaire était plutôt une sorte de sport – pour le reste il était paresseux et indolent, et les leçons d'équitation que l'obligeait à prendre Robert Clayton dans un manège tout proche étaient très peu à son goût. D'ailleurs les autres garçons apprenaient aussi à monter à cheval. Seul Zdenko était depuis longtemps un cavalier émérite.

Ce qui est certain, c'est que le Canadien ne savait pas et ne pouvait absolument pas savoir où Heribert avait voulu en venir avec sa question presque étonnée : Augustus voulait-il oui ou non vraiment devenir ingénieur en mécanique ? Or, le jeune Monsieur de Wasmut semblait disposé à le lui expliquer. Ce fut à vrai dire une tentative tout à fait vaine ; car la tendance suivie par Heribert ne pouvait que rester à jamais incompréhensible au gros garçon d'outre-Atlantique. Il en ressortait presque que la profession d'ingénieur n'était pas convenable pour un membre du C.M. ! « Ils ne jouissent chez nous d'aucun rang dans la société » dit Wasmut en parlant des ingénieurs. Il en est ainsi pour quelques professions. Par exemple les dentistes, les professeurs de lycée ou les officiers d'active dans l'infanterie. Ces gens-là ne sont absolument rien dans la société. Pour les ingénieurs, il est vrai, les choses ne vont pas aussi loin.

Augustus, qui n'était bien entendu pas issu d'une nation hiérarchisée de fonctionnaires mais d'un pays au fond encore colonial, où, à l'origine, seul le pionnier aurait pu avoir un rang (si tant est qu'il était là question de rang), Augustus était absolument insensible aux assertions d'Heribert, à la pique qu'il venait de lancer.

« Un médecin ou un professeur peut bien être aussi un gentleman », dit-il, manifestant par là sa complète incompréhension.

« Tu as évidemment tout à fait raison », dit Heribert, renonçant ainsi à se faire comprendre d'Augustus ; et sans s'écarter du sujet, il changea pourtant aussitôt le cours de la conversation. « Moi, pour ma part, j'aimerais embrasser la carrière de fonctionnaire dans l'administration et pour cela évidemment faire mon droit. Je ne veux tout de même pas avoir été pour rien dans un lycée classique et avoir fait du latin et du grec. Est-ce que tu ne trouves pas un peu saumâtre, Augustus, de choisir des études universitaires qui n'ont absolument plus rien à voir avec tout ça ? Tu te seras pour ainsi dire échiné pour rien.

– Je ne crois pas, Heribert (il avait l'habitude de prononcer ce nom à la française), dit Augustus en riant. Tout au moins, il me sera alors plus facile, même comme ingénieur, de devenir gentleman. »

« Mais, c'est qu'il n'est pas bête du tout, ce gros patapouf ! » pensa Wasmut en lui-même. Ils obliquèrent vers le portail du lycée. Presque immédiatement à la suite des jeunes gens, Monsieur le professeur docteur Petschenka pénétra aussi dans le bâtiment. Mais il montait maintenant les escaliers très lentement et restait en retrait.

Tandis que Donald continuait à faire du Gollwitzer &-Putnik comme un fou avec Chwostik, ce dernier faisait déjà ses préparatifs de voyage dans l'hiver finissant. Rien de semblable il est vrai à ce qu'il avait fait il y a plus de trente ans, quand il avait acheté des malles, y avait enfoui ses trésors pour finalement, tel un navire qui appareille et devant l'étonnement sans bornes du végétal bulbeux Wewerka, passer entre les môles de Feverl et Finy – (« môles » veut dire en latin « la masse ») et mettre le cap en direction des côtes très proches et pourtant très lointaines de la Weiβgerberstraβe. Non, les malles, la garde-robe et des choses de ce genre faisaient depuis longtemps partie de la routine. Il s'agissait d'autre chose. Il s'agissait de l'itinéraire du voyage, de son élaboration, pourrait-on dire, de la bonne succession des étapes obligées.

Aujourd'hui encore, Chwostik pensait commencer son voyage – où Donald Clayton devait l'accompagner

– par le Proche-Orient, par le point le plus éloigné donc et non le plus proche, c'est-à-dire aller d'abord d'une seule traite jusqu'à Beyrouth (ou à Damas) par mer, sur un navire de l'Osterreichischer Lloyd, le « Graf Wurmbrand » par exemple, ou le « Cobra » ou le « Wien », ce qui promettait d'être tout à fait plaisant. La raison pour laquelle il mettait ainsi la charrue avant les bœufs était très simple. C'était parce que si on avait en effet – par expérience – à Budapest, Belgrade ou Sofia une idée de Beyrouth ou de Damas et qu'on savait ainsi apprécier à sa juste valeur quelqu'un qui rentrait au siège de la maison avec une serviette pleine de commandes, il n'était pas possible, ou pensable, de rencontrer à Damas des gens ayant une idée de ce que pouvait être Belgrade ou Bucarest. Ainsi, il devait donc y avoir en préambule ce beau voyage sur l'un des confortables navires où la nourriture était exquise et où l'on rencontrait toutes sortes de gens différents. Chwostik pensait déjà avec plaisir au moment où le « Graf Wurmbrand » quitterait le quai d'embarquement à Trieste aux accents lents et solennels de l'hymne national autrichien exécuté sur le pont supérieur par l'orchestre du bateau. C'était chaque fois très beau.

Entre-temps eut lieu chez le docteur Bachler, dans la Colloredogasse, la réception pour sa fille, l'ingénieur Monica, réception à laquelle Donald avait été invité d'une façon qui excluait toute opposition.

Traversant deux grands vestibules blancs, elle vint à sa rencontre d'un pas vif et léger ; à droite on allait à la salle de consultation du père (toujours ce gandin !) Il faudra bien finir par lui river son clou à celui-là ! C'est ainsi qu'elle salua Donald tout seul. Celui-ci aurait d'ailleurs bien aimé rester seul avec elle dans le vestibule. Mais il fallait entrer, et les premiers qui s'avancèrent vers Donald étaient deux anciens membres du comité des fêtes de l'école d'ingénieurs, Radinger et Martinek (ça ressemble au nom d'une firme, mais c'étaient pourtant deux personnes physiques et distinctes). Eux mis à part, il ne tarda pas à avoir l'impression qu'il s'agissait ici d'une filiale de chez Gollwitzer – on parlait uniquement de choses non seulement inconnues mais aussi totalement indifférentes à Donald (et peut-être aussi aux deux ingénieurs). Quel autre effet aurait d'ailleurs pu avoir sur ces messieurs cette solution ou plutôt cette dissolution à base de Sigmund Freud et d'Otto Weiniger [1] savamment dosée par l'ingénieur Monica ?

Mais comme on buvait joyeusement tout en mangeant ce qui se présentait sur toutes sortes de petites assiettes, même ceux qui se tenaient à l'écart furent pris dans la conversation, c'est-à-dire qu'ils finirent par s'y mêler et se retrouvèrent assaillis de bons conseils, ce contre quoi ils se défendirent naturellement. Et tout cela conduisit à une situation (avant que la conversation n'éclatât de nouveau en petits groupuscules) où, bien que cela n'ait duré que quelques minutes, tout le monde sans exception croyait vraiment savoir de quoi on parlait, bien que ce ne fût absolument pas le cas. Il y avait ici, dans le salon central, environ quinze personnes ; il y en avait encore quelques-unes à côté.

Donald ne bougeait pas. Nous savons qu'il n'était pas bête, sa façon de conduire ses études supérieures nous l'a déjà montré. Seulement il lui manquait ces réactions – certes superflues – qui seules permettent pourtant à un individu de trouver sa place parmi les autres. On pourrait très bien dire que Donald était en avance sur son temps. Ainsi par exemple il ne redoutait par le moins du monde l'ennui et il n'avait aucune honte à cet égard : en société il ne cherchait ni à le chasser, ni à le cacher. Il est facile à ces gens-là de se taire (aujourd'hui on y est habitué), parce que à strictement parler, ils ne peuvent pas faire autrement. Seulement, si le silence culmine dans la profondeur d'esprit, au premier degré c'est du je-m'en-foutisme.

Suivit l'entrée du gandin et de madame. Marchant en tête (!), il traversa rapidement les salons et salua les jeunes gens comme s'il était un des leurs. La blancheur de sa chevelure très fournie était extraordinairement lumineuse et pure, presque comme une fourrure de lapin. Cela ressortait peut-être encore d'autant mieux

1. Philosophe (1880-1903), auteur de l'ouvrage qui fit sensation « Sexe et caractère » (1903) où il justifie l'infériorité des femmes. (N.d.T.).

que le docteur Bachler portait un gilet lilas avec son complet foncé. On aurait dit Saint-Jean Bouche-d'Or en personne, et c'est vrai qu'il mettait d'une main experte dans la bouche de ses patients l'or qu'il prenait ensuite au décuple dans leurs poches. Où était aujourd'hui la dot de Rita ? Une petite bourse enfouie sous une montagne de richesses. Le docteur Bachler était un vrai héros pour garçons de café et cochers de fiacre. Quelqu'un qui est connu partout ! Déjà avec notre Wenidoppler (elle était toujours concierge dans la Weiβgerberstraβe, elle avait seulement pris de l'âge et était donc devenue considérablement plus ordinaire) il avait toujours eu, comme nous le savons, le cœur sur la main. Depuis peu, le docteur Bachler s'adonnait également aux sports d'hiver (tels qu'on les concevait à l'époque). Il avait suivi un cours de ski sur le Semmering. Derrière lui venait Rita. Elle était habituée à ses façons impolies de prendre les devants en toutes circonstances et promenait donc derrière lui son air contrarié.

Du reste, les parents ne restèrent pas longtemps. Ils avaient seulement fait une apparition pour saluer les invités de Monica ; après quoi ils se retirèrent : madame Rita Bachler dans ses appartements ; quant au gandin de docteur, maintenant en pelisse et chapeau melon foncé, il sortit sa voiture du garage et partit en ville. Il sortait toujours en ville et était rarement à la maison le soir. Il faut noter ici qu'un monsieur bien, conduisant lui-même sa voiture, n'était pas alors chose particulièrement fréquente. En général, seuls avaient une voiture les gens qui étaient prêts aussi à payer un chauffeur.

Il est incontestable que Donald aurait déjà pu voir et observer ici un certain nombre de choses : les parents par exemple, lui surtout ; le fait, par exemple, qu'entre le docteur Bachler et sa fille on ne pouvait pas trouver même la plus petite ressemblance. Ensuite les amis de Monica, qui semblaient se composer de deux catégories inconciliables dont l'une, connue et familière, était représentée par Radinger et Martinek et se retrouvait opposée à cette fameuse faune de la succursale Gollwitzer. Il aurait été loisible, dans un premier temps, de supposer que Donald aurait pu faire un bon observateur et se rendre compte de beaucoup de choses, puisqu'il restait à l'écart sans dire un mot et sans bouger. Mais l'indifférence est loin d'être synonyme d'objectivité et il faut quand même se mêler un tantinet aux autres si l'on veut voir quelque chose. Il n'y a pas perception lorsque l'on se contente de déverser quelque chose dans quelqu'un, comme lorsqu'on boit un demi au café. (Contrairement à ce que le mot laisse supposer, les « têtes creuses » ne sont pas faites pour qu'on y mette quelque chose). La perception est un travail conjoint : une moitié doit être accomplie par nous-mêmes et seule l'autre moitié est accomplie par le monde. Donald restait entièrement passif. Et c'est ainsi qu'il ne percevait que Monica. Ce n'est pas vraiment ce que l'on pourrait appeler un accomplissement au sens précédemment mentionné.

Elle s'assit d'ailleurs avec lui dans un coin et raconta que son vieil oncle, le docteur Eptinger, pourrait sans doute lui procurer un appartement à Hietzing. Elle serait chez lui demain en fin d'après-midi. Quand Donald sortait-il du bureau ? On pourrait se rencontrer là-bas, dans son quartier. Connaissait-il le « Café Zartl » ? Très bien, c'était d'ailleurs sur son chemin quand il rentrait chez lui, n'est-ce pas ?

Ce fut donc le « Café Zartl », là où Chwostik, il y a bien longtemps, avait appris que Leda avait été la fille de Thestios, roi d'Etolie, et l'épouse du roi de Sparte, Tyndare ; et aussi cette chose scandaleuse : « elle jouit de la faveur de Zeus ». On ne trouvera guère plus décent qu'une encyclopédie allemande. Tout au plus madame Rita Bachler.

Il ne pouvait pas la voir elle, Monica, et d'une façon générale que pouvait-il bien voir ? Il ne s'était jamais mêlé aux autres. Et voilà que maintenant une seule et unique personne prenait de l'importance par effraction, comme un arbre pris soudain de folie se courbe, rentre par la fenêtre et remplit toute la pièce. Mais Monica, elle, le vit déjà de loin, derrière la fenêtre du café. Elle était là avant lui, comment en eût-il été autrement ? Elle s'était éclipsée à temps de chez son oncle et sa tante ; Donald, il est vrai, devait évidemment d'abord finir son travail au bureau. Elle y songeait et comptait devoir attendre un certain temps, et le garçon empressé édifia autour d'elle tout un rempart de journaux. C'est alors que Donald apparut en face à droite, là où la large Marxergasse débouche dans la Razumovskygasse. Monica le reconnut dès qu'elle l'aperçut, bien que dehors il commençât déjà à faire sombre. C'est vrai que sa haute taille faisait vraiment l'effet d'un signal. Au café la lumière s'était brusquement embrasée dans de nombreux globes de verre dépoli. Le garçon passait devant les vitres, un long bâton à la main, tirant partout les doubles rideaux. Les anneaux métalliques filaient sur les tringles de cuivre et l'on entendait un léger crissement. Monica ne voulait d'ailleurs plus regarder dehors. Le tambour de la porte se mit en mouvement, Donald était là.

Depuis que le vieux capitaine de navire avait suivi sa Draga, il y a de nombreuses années de cela, Milohnić ne passait plus qu'une partie de ses vacances dans la petite maison d'autrefois sur la côte rocheuse de l'île de Krk, la plupart du temps il allait à Vienne et dans des lieux de villégiature autrichiens. Cette fois-ci Chwostik, en lui écrivant, lui parla du voyage projeté dont la dernière partie devait bien sûr aussi le conduire à Belgrade. C'est pourquoi Andreas décida de prendre ses vacances plus tôt, au printemps, quand Pépi serait encore à Vienne.

Il s'octroyait pour ainsi dire des congés à lui-même. Milo était devenu depuis longtemps propriétaire du grand hôtel de la Kralja Milana à Belgrade, où il était jadis arrivé comme directeur. Dix ans plus tard, son patron l'avait déjà pris comme associé, et pour finir, cet homme sans famille en avait fait son héritier. Il fait partie de ceux qui savent se faire aimer, notre Milohnić. C'est là une chose innée. Elle se manifeste jusque dans les plus petites ramifications et les moindres détails de la vie. Elle apporte partout la satisfaction. Seul celui qui ne fait pas partie de cette catégorie est capable de reconnaître, tout étonné, l'effet continu de son pouvoir qui permet au talent de s'épanouir sans effort.

C'était peut-être dans cette configuration de leur destinée et dans cette similitude qu'il fallait chercher en fait la base de la relation solide et durable unissant Chwostik et Andreas. Vus des fenêtres d'une telle existence, beaucoup de gens paraissent sots et prisonniers d'inhibitions déraisonnables. Les gens heureux estiment que leur art et la faveur dont ils jouissent peuvent s'apprendre. Ils rabaissent ainsi l'un et l'autre.

Chwostik ne prenait jamais de vacances régulières bien qu'il eût pu en avoir sans aucune difficulté. D'une manière générale, il aurait, pour ainsi dire, pu tout avoir de Robert Clayton. Pourtant il voyageait rarement pour son propre plaisir et seulement quand la marche des affaires le permettait commodément et que les deux patrons étaient à Vienne. Une fois, il accompagna Robert en Angleterre pour voir l'usine de Chifflington et là il fit la connaissance de son homologue, le directeur commercial, un certain monsieur Cyrus Smith, qui d'ailleurs n'était pas sans ressembler quelque peu à Chwostik (bien qu'il n'ait pourtant pas été choisi par Milohnić !). Il y avait là quelque chose de singulier, quelque chose de commun, comme le lointain air de parenté entre les deux gardiens, celui de Pompe-House avec la casquette de cricket et monsieur Broubek à Vienne. Robert le constata sans en souffler mot quand, à Brindley Hall, après un dîner auquel monsieur Smith était convié il se retrouva assis devant la cheminée avec les deux messieurs. Ils semblèrent d'ailleurs avoir tout de suite de la sympathie l'un pour l'autre.

Une fois, Chwostik avait été quinze jours chez Milo en Dalmatie, durant l'été qui suivit le décès du vieux capitaine. Andreas lui montra le chemin pierreux au-dessus de la plage que lui et les autres gamins empruntaient autrefois, et les endroits dans les rochers où le vieil homme avait pêché. Ils attrapèrent aussi une langouste entre les blocs de rochers. Le bateau était encore en état de prendre la mer. Par une chaude journée, sur une mer d'azur lisse comme un miroir avec une brise légère, Milohnić était au beaupré et à la barre ; ils firent une grande boucle au large et rentrèrent. Le soir, le voisin arriva, c'était le fils de cet Italien qui autrefois avait calfaté le bateau pour le vieux capitaine (à présent il faisait le même travail pour Milo). Il apporta la langouste accommodée et ils burent du vin rouge de Lissa.

Ainsi donc Milo devait venir à Vienne. (Il habitait toujours dans cet hôtel de l'arrondissement de Josefstadt où il avait été autrefois réceptionniste). Lorsque quelque chose se prépare, il y a déjà une sorte de convergence qui filtre goutte à goutte entre les individus. C'est un fait que l'on peut toujours observer. On arrivait de Zurich (l'ingénieur Monica Bachler), de Montréal (un gros lard), et maintenant de Belgrade. Dans ces conditions il était inévitable que le C.M. ne subisse l'attraction à son tour : et il se retrouva en effet dans le jardin de la villa Clayton, Prinzenallee.

Monica avait aussitôt fait aller bon train ses affaires à Vienne. Le local loué par la maison d'édition suisse – tout un étage – était bien situé, dans le centre, dans un immeuble en bordure du Graben. Dix jours après que les installations nécessaires eurent été effectuées, les meubles de bureau mis en place, les énormes caisses qui arrivaient déballées, la distribution pour tout le territoire de la monarchie austro-hongroise tournait à plein régime. La salle d'expédition à elle seule occupait cinq personnes. On commençait déjà aussi à imprimer sur place à Vienne, chez Uberreuther près de l'Alsergrund.

C'est seulement maintenant que Monica pouvait en fait s'occuper d'un peu plus près de ses questions de logement.

On le voit, pendant les premiers temps passés à Vienne, elle était plongée dans les affaires jusqu'au cou. Cela ne lui causait aucun désagrément. D'ailleurs les choses dont l'ingénieur Monica se voyait chargée étaient des plus diverses ; ainsi par exemple, la journée pouvait commencer par la constatation que tout ce que les ouvriers avaient fait était certes très robuste mais complètement de travers, sans tenir compte de ce qui avait été demandé, si bien que deux grands rayonnages pour des dossiers ne purent pas trouver place entre les fenêtres parce que les mesures indiquées n'avaient pas été respectées. Ensuite, en l'absence de Monica, on se mit à installer le téléphone avec le standard à fiches dans l'entrée, près du vestiaire au lieu de le mettre dans la pièce d'à côté. Cependant Monica arriva encore juste à temps pour empêcher cette absurdité. Le matin avant neuf heures elle avait été à l'école supérieure d'ingénieurs pour s'assurer d'un contrat avec un professeur de là-bas concernant un ouvrage sur la chimie des textiles et l'installation de teintureries, un manuel qui promettait une très grosse vente. D'autres ouvrages de la maison d'édition étaient déjà en cours d'impression à Vienne, et l'imprimerie Uberreuther ne débitant que par piles entières ce que l'on appelle les placards, il fallait aussitôt procéder à la correction pour que la composition ne soit pas arrêtée. Monica n'avait amené de Suisse qu'un seul auxiliaire, comptable de son métier et spécialiste de l'édition. mais il n'était pas technicien. Les autres collaborateurs, elle les avait recrutés sur place, à Vienne ; Monica connaissait encore à peine ces gens-là. Elle devait lire elle-même une grande partie des épreuves. Elle le faisait la nuit. Ne pas se réveiller une fois le matin, ne se lever qu'après six heures, être une seule fois fatiguée l'après-midi ou arriver en retard quelque part : voilà qui chamboulait tout l'emploi du temps et pouvait même presque mettre toute une journée par terre.

Toutefois, elle trouvait quand même du temps pour Donald. Ce n'est pas pour surprendre chez une femme amoureuse. Ce qui pourtant avait de quoi étonner, c'est qu'elle se renseignait toujours avec un vif intérêt sur le travail de Donald, ses occupations et ses soucis, sans jamais laisser échapper plus qu'une allusion sur ses propres affaires. Il ne l'interrogeait d'ailleurs pas sur ce sujet. Il ne disait rien non plus de ce qui remplissait sa journée. Une fois seulement il fit allusion, et seulement par hasard, à la grande livraison pour Bucarest. Depuis lors elle se renseignait toujours avec un vif intérêt sur cette affaire, où elle en était, et comment elle se développait. Elle poussait jusque dans les détails. Lui faisait des remarques brèves. Comme si tout cela ne l'intéressait pas. Donald tenait sa pipe dans la main, regardait Monica et souriait. Il n'arrêtait pas de la regarder. C'était tout.

Chez monsieur de Chlamtatsch, on déjeunait à une heure quinze minutes et nous avons encore en mémoire que le père de Zdenko ne tolérait aucun retard pour une occasion aussi sérieuse. Après les cours qui finissaient seulement à une heure, on raccompagnait donc chez lui Zdenko pour qui les détours se limitaient ainsi au trajet du matin, moment où il les pratiquait avec toute la gravité voulue et quotidiennement. Mais peut-être que le mot gravité n'est pas tout à fait l'expression juste pour cette espèce peu fréquente de dandysme. Les Français appelleraient ça « impassibilité », et effectivement il y a eu à Paris au siècle dernier toute une école littéraire qui se regroupait sous ce terme, une sorte de stoïcisme du lyrisme.

C'est d'ailleurs ce lyrisme qui remplissait et imprégnait toute la vie des lycéens, il y flottait comme une émulsion extrêmement fine qui ne coagulait pourtant jamais et ne formait jamais de caillots : c'est en effet ce qui se serait passé si l'un de ces jeunes gens avait réellement composé un poème. Au C.M., c'était hors de propos. C'est Zdenko qui y aurait été le plus porté, sans toutefois se l'avouer et sans rien en laisser paraître. Pour le gros patapouf d'Augustus par contre, nous pouvons être à l'abri de toute crainte. Il restait égal à lui-même : malicieux.

Une fois Zdenko disparu derrière la porte cochère, on poursuivait alors le chemin à trois. Car au moment où Augustus avait commencé de son côté à pratiquer des détours matinaux, il se joignit aussi à ceux de la mi-journée.

Mais Zdenko était pourtant le seul à attendre – dans sa chambre secrète pour ainsi dire – de rencontrer une fois en compagnie d'Augustus les deux « Anglais » ou l'un d'entre eux. Depuis longtemps on les voyait déjà plus rarement le matin. Et à la mi-journée, seul un petit bout de chemin qui était sur leur route leur en offrait l'occasion. Car il fallait aller déjeuner.

Il ne dirait certainement pas un mot sur les « Anglais » à Augustus. Mais peut-être était-il possible d'observer s'ils faisaient quelque impression au gros patapouf. Peut-être dirait-il de lui-même quelque chose à leur sujet. Heribert avait récemment parlé de sa conversation avec Augustus sur les ingénieurs. Cela faisait réfléchir Zdenko. Il y avait là quelque chose d'intéressant. Il ne pouvait pas encore dire exactement quoi. Il y avait là une possibilité toute nouvelle, inconnue. Jusqu'à présent Zdenko ne s'était encore jamais intéressé, au-delà du pensum scolaire, aux expériences de physique ou de chimie qu'on avait bien suffisamment l'occasion de voir dans la salle de physique du lycée. Sur le banc devant lui était assis un certain Frehlinger, fils d'un directeur d'usines chimiques, un grand garçon, joli et bien élevé. Il était très bon en mathématiques et en physique et possédait même chez lui un véritable petit laboratoire ; c'est lui qui en avait parlé une fois. Augustus avait vraisemblablement raison et l'on pouvait à la fois être ingénieur et gentleman. Peut-être une espèce très intéressante de gentleman. On n'était pas obligé d'adopter uniquement les vues d'Heribert.

Peu après, à une récréation de dix heures, il entama une conversation avec Frehlinger qui s'y prêta aussitôt, et de bonne grâce. Depuis bien longtemps les quatre du C.M. avaient en effet dans la classe une sorte de position spéciale, respectée même si on n'était pas unanime à les trouver sympathiques. Toutefois, bien que très bons élèves, ils ne passaient pas pour des « Justi » (des justes). C'est ainsi qu'on appelait généralement les « Stucker » (les bûcheurs) et les arrivistes. Personne ne les aurait comptés parmi ceux-là. Telle est la subtilité des distinctions faites par la masse.

Frehlinger dit à Zdenko qu'il pouvait bien venir une fois chez lui un dimanche après-midi : il lui montrerait différentes choses.

Ainsi rendez-vous fut pris. Le directeur Frehlinger habitait dans la Schwalbengasse. C'était un quartier industriel avec évidemment beaucoup de constructions neuves, dans l'ancienne circonscription d'Erdberg. Même la maison où demeurait la famille Frehlinger était neuve à cette époque et la rue, n'existant pas encore depuis bien longtemps, se composait de quelques bâtiments dominant un peu le « Canal du Danube », avec une vue très étendue.

Le docteur Frehlinger avait sans doute pris cet appartement parce qu'il était à proximité de l'usine qu'il dirigeait.

Une fois dans l'entrée, on voyait que celle-ci n'était

guère en rapport avec le reste de l'environnement. Il y avait une loge de concierge vitrée et les escaliers étaient recouverts d'un tapis rouge. Les Frehlinger occupaient tout un étage bien que la famille ne se composât que de trois personnes ; mais ils avaient besoin de pièces pour recevoir du monde.

Zdenko entra avec Heinrich (tel était le prénom de son camarade) dans la chambre carrée et très spacieuse de celui-ci. C'était un véritable cabinet de savant, à l'étage, avec un vaste panorama. A droite de la large fenêtre il y avait donc aussi une puissante lunette de couleur noire posée sur un trépied ; mais elle était pointée droit vers le ciel. A côté, sur une petite table trapue qui semblait faite d'un seul bloc, brillaient plusieurs cubes et prismes, des modèles de cristaux, semblait-il, en verre, en bois et en métal. A gauche de la fenêtre, tout l'angle était recouvert non pas de carreaux de couleur claire, mais d'un panneau gris-argent. Contre le mur un évier blanc avec des robinets faisait saillie. Un établi massif en bois brut avec un serre-joint à vis. Aux murs de ce côté-ci et en face près de la lunette, étaient accrochées des armoires blanches laquées aux portes vitrées avec, à l'intérieur, des rangées de creusets ; et à gauche de la fenêtre il y avait sur le mur un petit tableau de commandes avec des manettes noires et des leviers. Un tableau noir était fixé à côté avec de la craie dans la rainure.

La pièce était extrêmement claire.

Zdenko ne perçut pas immédiatement tous ces détails, mais il en découvrit encore d'autres par la suite (sur le mur de droite, une armoire vitrée avec des appareils électriques, la bobine noire d'un inducteur d'étincelles de Rhumkorff et les disques tout aussi noirs et brillants d'une machine à influence de Whimshurst ponctuée par les lamelles argentées placées tout autour).

C'était un laboratoire, un vrai.

Au milieu, une grande table brune, miroitante, sans rien dessus.

Un lit ? Zdenko n'en voyait pas. Il y avait seulement un divan contre le mur du fond, avec des fauteuils.

Il ne va quand même pas dormir ici, dans le laboratoire où il produit peut-être toutes sortes d'émanations, pensa Zdenko.

Il s'avéra plus tard que Heinrich dormait à côté dans une jolie petite chambre. Zdenko fut tout d'abord aussi étonné que s'il avait découvert en plein milieu de Vienne un nouveau continent (et effectivement, cela y ressemblait presque). Heinrich le laissait tout inspecter à son aise et se tenait à côté, silhouette haute et mince, toujours aimable et discret, répondant à toutes ses questions. Pour Zdenko, la plus forte impression vint des modèles cristallographiques posés sur la petite table d'un seul bloc, à côté de la lunette : des formes pures, lisses, étincelantes. Mais il ne posa pas de questions là-dessus. Il se contentait d'y jeter des regards de temps à autre.

A vrai dire l'idée avait déjà traversé l'esprit du jeune monsieur de Chlamtatsch que le père de Frehlinger devait être un homme très riche s'il pouvait équiper de cette façon la salle d'études de son fils. Que ce qui se trouvait ici, ce petit cabinet de physique, fût le résultat du dada, pourrait-on dire, et du besoin de faire joujou du docteur es-sciences Heinrich Frehlinger senior, voilà ce que Zdenko n'apprit qu'un petit moment après, indirectement, au hasard des réflexions de Heinrich. Les intérêts, les talents et les dispositions de l'adolescent remplissaient d'aise le père, et il était déjà bien établi que Heinrich étudierait, soit les mathématiques et la physique, soit la chimie comme son père ou encore les trois à la fois. Mais quand Heinrich reçut en cadeau à Noël une bobine de Rhumkorff, c'est aussi à lui-même que Frehlinger avait acheté un nouveau jouet. Souvent ils faisaient ensemble des analyses chimiques et même de temps à autre, quand il s'agissait de bricoles, ils en faisaient aussi pour l'entreprise, bien qu'il y eût naturellement là-bas un vrai laboratoire et plus grand. On peut facilement imaginer que le lycéen apprenait dès à présent de son père beaucoup de choses pour ses études à venir.

C'est ce qu'il faudrait à Augustus ! pensa Zdenko. Oui, mais lui voulait devenir ingénieur en mécanique.

A gauche contre la cloison, près du coin-laboratoire, il y avait encore une armoire basse, une sorte de commode, mais avec des portes et non pas des tiroirs. Le dessus était recouvert du même matériau gris-argenté que celui qui revêtait les murs dans l'angle (« résistant à l'acide » dit Frehlinger en tapotant dessus). Il y avait ici, à côté d'un objet volumineux enveloppé d'une toile à bateau de couleur verte bordée de cuir (un moteur électrique, comme il s'avéra plus tard), deux grosses cornues en verre, étincelantes dans leurs supports en fer. Elles apparurent à Zdenko comme le pôle opposé des modèles cristallographiques qui brillaient sur la petite table d'un seul bloc à côté de la lunette, tout en leur étant apparentées.

Il ne posa aucune question sur ces deux choses. Nous voyons son manque d'attitude objective dans un monde dominé par l'objectivité, à l'intérieur duquel il créait des relations qui n'existaient absolument pas. Sur un continent nouveau, on est frappé par des choses sans importance auxquelles les autochtones prêtent à peine attention. Frehlinger avait placé sur l'établi du laboratoire un grand bac en verre, comme un aquarium pour poissons rouges, il y versa un sel de couleur blanche et remplit le récipient d'eau aux deux tiers. « L'important c'est d'apprendre à observer, dit-il. Si l'on ne perd de vue aucune des conditions et des circonstances que l'on a créées en faisant l'expérience, la bonne explication jaillit toujours d'elle-même. Mais il ne faut rien oublier. Il peut y avoir interférence de circonstances secondaires qui n'étaient absolument pas voulues et que l'on a pourtant provoquées. » Il se mit à rire. « Je vais te montrer un exemple simple. A toi de trouver la solution. » Ce Frehlinger était vraiment très bien habillé mais pas véritablement élégant. Plutôt à la façon d'un savant. La grosse chaîne de montre de son gilet, par exemple. Et les chaussures montantes à lacets. Zdenko portait déjà des chaussures basses.

Zdenko jeta un regard sur les cornues.

« Nous les avons achetées avant-hier seulement », dit Frehlinger en approchant l'un des supports. Il se mit à rire. « Assieds-toi dedans », ajouta-t-il en l'invitant d'un geste de la main. « Je ferai l'homoncule », dit Zdenko. Ils rirent tous les deux. « Ça serait peut-être assez grand pour Weidler », dit Frehlinger. Weidler était le plus petit de la classe. Cela plut à Zdenko de voir qu'en haut, les bouchons en verre aient été taillés exprès pour les cornues.

Ils s'occupèrent de l'expérience simple préparée par Frehlinger. Heinrich accrocha l'un en face de l'autre sur les petits côtés du bac en verre deux minces fils électriques qui plongeaient dans l'eau. Ils étaient gainés de manière isolante, seul un centimètre environ de métal brillant dépassait. « Dans l'eau il y a du sel ammoniac, dit Frehlinger. Je fais maintenant passer au travers un courant très faible. » Ce disant, il abaissa une petite manette sur le côté droit du tableau de commandes. « Il faut attendre un peu », fit-il encore observer en riant.

Zdenko se tenait à côté de l'établi et regardait dans le lointain qui n'en était pas vraiment un, ce n'était pas une étendue s'évanouissant pour ainsi dire dans une perspective plus apaisée mais au contraire une proximité toujours répétée et agitée, un imbroglio de maisons et d'usines. Sous une immense verrière, une lumière bleue et aveuglante se mit à rayonner, une lumière qui, l'espace de quelques secondes, donna à l'après-midi un aspect de crépuscule. « Qu'est-ce que c'est ? » demanda Zdenko, mais ce n'était que la forme empruntée d'une interrogation, ce n'était pas une question mais un comportement. En fait il ne souhaitait pas du tout de réponse à ce qu'il avait demandé. Cette lumière bleuissante lui suffisait ; lui suffisaient les aspects frappants des phénomènes de ce continent où il avait abordé. La relation entre les détails, c'était d'une certaine façon l'affaire des habitants d'ici, non la sienne. On voit que toute attitude objective par rapport aux choses de ce continent était vraiment étrangère à Zdenko. Il n'est d'ailleurs jamais devenu ingénieur ou scientifique à la grande différence de Frehlinger qui, plus tard, et dans un siècle totalement transformé, fit partie des choryphées de la physique. Zdenko, lui, ne fut pas entraîné sur ce nouveau continent. Mais le pouvoir de l'attraction, de la gravitation fut quand même puissant.

« Cette lumière là ! Je crois qu'ils sont en train de souder quelque chose, dit Frehlinger. Maintenant ils travaillent même le dimanche. Ce que c'est exactement, je n'en sais rien, ça peut aussi être autre chose.

– En face du lycée, derrière les jardins, on voit aussi parfois une lumière comme ça, là où il y a la grande maison, elle a aussi une espèce de verrière », dit Zdenko.

Frelinger fit oui de la tête. « C'est autre chose, dit-il, une maison de photographie et de lithographie, Löwy & Co ». Ils se rappelèrent alors avec délectation qu'en quatrième, pendant l'heure de onze à douze, on avait lu la ballade de Goethe « Le chercheur de trésors » et juste au passage : « Et il vit une lumière de loin, à l'instant même où les douze coups sonnaient », la lumière de la lampe à arc de chez Löwy & Co. se mit à briller, et au même moment l'auxiliaire Zechmann avait sonné la cloche annonçant la fin de l'heure : et toute la classe, de s'esclaffer, au grand étonnement du professeur qui, de sa place derrière le bureau, n'avait pas pu apercevoir la lueur. « La même couleur», dit Frehlinger en montrant le grand récipient de verre sur l'établi.

Effectivement, la solution incolore était devenue entre-temps d'un bleu électrique.

« Qu'est-ce qui s'est passé ? demanda Frehlinger en riant.

– Une électrolyse quelconque », dit Zdenko, tout à fait conscient de ce qu'il y avait de désinvolte et de frauduleux dans sa réponse. Elle était aussi peu une réponse que précédemment sa question à l'apparition de la lumière bleue sous la verrière avait été une question.

« Qu'est-ce qui a été soumis à l'électrolyse ?

– Le liquide, manifestement.

– Je ne pense pas, dit Frehlinger en riant. Mais si ce n'est pas le liquide, quoi alors ? »

Ici, le jeune monsieur de Chlamtatsch fut à court de réponse.

« Le sel ammoniac ne se transforme pas au passage du courant électrique. Autrement il ne pourrait pas être utilisé pour les piles qui alimentent toutes les sonnettes de porte. Or, la pile Leclanché est une pile stable, elle donne un courant constant. Ici, j'ai vingt trucs de ce genre » dit-il en montrant un coin derrière l'établi où il y avait par terre deux petites caisses de bois fermées, allongées, en travers dans un coin de la pièce « ce sont eux justement qui fournissent en ce moment le courant de faible intensité qui passe ici à travers le liquide. Tu vois, entre-temps le bleu a encore foncé. A cause de quoi ? Sous l'action d'une circonstance secondaire que nous avons nous-mêmes provoquée. Exactement ce que j'ai dit tout à l'heure. Les fils métalliques qui plongent dans l'eau sont en cuivre. Quand le courant passe, le contact avec le sel ammoniac produit du sulfate de cuivre. Il colore l'eau en bleu. Tu vois les toutes petites bulles qui montent de l'électrode de cuivre ? Si les pôles étaient en platine, il n'y aurait absolument aucun changement. Le courant passerait et la solution ammoniacale resterait incolore, comme elle l'était au début. Mais comme ça, on obtient une électrolyse du cuivre ».

Frehlinger s'avança vers le tableau de commandes – sur la moitié gauche il y avait aussi de gros câbles noirs dirigés à angle droit sur des boutons de porcelaine – et il tira la petite manette à droite, coupant ainsi le courant.

« C'est vraiment tout un système », dit Zdenko, en contemplant le tableau de commandes, sur un ton de quelqu'un qui prend ses distances et presque avec détachement : après un premier mouvement brutal, l'attraction que l'antre de Frehlinger avait exercée sur lui décroissait déjà un peu. Heinrich lui expliqua l'installation – en fait il y en avait deux, simplement elles étaient montées sur le même tableau : à gauche le courant à haut voltage, à droite le « circuit personnel » de Frehlinger, comme celui-ci disait en riant, produit par des piles Leclanché. Il riait toujours d'un rire amical, inoffensif ; il était étrangement professoral pour un garçon aussi jeune, même dans ses plaisanteries : par exemple lorsque, comme entrée en matière, il avait invité Zdenko à s'asseoir dans la cornue. Un court instant, le jeune monsieur de Chlamtatsch trouva alors ces manières presque inquiétantes – comme s'il manquait chez Frehlinger on ne sait quoi, comme si son camarade de classe n'était qu'une espèce d'automate ! – mais ce sentiment passa immédiatement.

Zdenko contemplait sur le tableau de commandes les cadrans de mesure dont les aiguilles étaient à présent au repos. Le crépuscule commençait à inonder la pièce, c'était un flot venu du dehors, de ces emboîtements et de ces empilements de bâtisses, de ce lointain qui n'en était pas un, et il se concentrait ici. Frehlinger venait de montrer les deux rhéostats montés sous le tableau de commandes, le plus grand pour le courant à haut voltage : des résistances étalonnées que l'on pouvait brancher et débrancher, on pouvait choisir tous les voltages que l'on voulait avec la manette qui se déplaçait sur un trois-quarts de cercle. L'aiguille du voltamètre oscilla, retomba, s'arrêta. Frehlinger ôta ensuite la toile de bateau de couleur verte et bordée de cuir qui recouvrait l'objet volumineux posé sur l'armoire basse à côté des deux cornues. C'était un gros moteur électrique. Heinrich tira à lui deux câbles et fixa dans les bornes le fil de cuivre mis à nu. Puis, il renversa la plus grande des manettes à gauche du tableau de commandes, celle qui avait une poignée d'ébonite. La machine démarra avec une puissance qui – telle fut l'impression de Zdenko – était tout à fait déplacée dans une pièce, et elle fit aussitôt entendre un glapissement de plus en plus aigu à mesure que les tours montaient. L'armoire tremblait. Frehlinger arrêta le courant. Au moment où il relevait la manette, coupant ainsi le contact, il y eut sur le tableau de commandes une vive lueur bleue qui rendit alors sensible la pénombre qui régnait dans la pièce. « Le bleu est la couleur de cet après-midi », pensa Zdenko en jetant un coup d'œil sur le récipient de verre posé sur l'établi. Frehlinger avait allumé la lumière. « En fait ce moteur est fait pour entraîner un tour, dit Frehlinger. S'il n'a pas sa charge, naturellement il s'emballe. Papa l'a placé dans ma chambre parce qu'il veut le démonter avec moi. » Ce disant il ôta les câbles des bornes.

Maintenant il faisait clair ici et dehors il semblait déjà faire nuit. Zdenko fit lentement le tour de la pièce, jeta un regard de côté sur les modèles cristallographiques posés près de la lunette, demanda incidemment si Heinrich s'occupait aussi d'astronomie (ce à quoi celui-ci répondit par l'affirmative) et s'arrêta devant l'armoire vitrée avec les appareils électriques. « Tu dois évidemment en savoir beaucoup plus en physique et en chimie que tout ce que nous apprenons au lycée.

– C'est un fait, dit Frehlinger, un petit brin en plus déjà. En mathématiques aussi. »

A cet instant on entendit nettement deux coups frappés à la porte et le directeur d'usine, le Dr Heinrich Frehlinger senior, entra. « Bonsoir messieurs », dit-il en riant, mais d'une façon quelque peu différente de son fils, non pas de manière professorale, pourrait-on dire, mais avec entregent et sur un ton badin. C'était un homme de grande taille, très élancé, avec une barbe en pointe, encore plus grand que Heinrich junior (dont la croissance n'était d'ailleurs pas terminée), avec des mouvements qui avaient quelque chose de fluide et qui s'accordaient à sa taille élancée, chacun découlant sans peine de l'autre. Il regarda tout autour de lui : présentation de Zdenko ; poignée de main. « Je connais votre papa, monsieur de Chlamtatsch, dit le directeur ; il y a seulement quelques jours, à Hacking, à la villa Harbach, nous nous sommes aperçus que messieurs nos fils étaient dans la même classe au lycée. Comment ça va à la maison ?

– Merci, monsieur le directeur, très bien », dit Zdenko en s'inclinant légèrement.

On voyait, au visage de Frehlinger senior, que le jeune homme plaisait. De plus, il semblait être d'excellente humeur (comment fait-il celui-là, s'il est toujours ainsi ? pensa soudain Zdenko). Quand le directeur disait « Messieurs » aux jeunes gens, il s'ajoutait toujours une petite nuance de parodie à cette appellation. « Qu'est-ce que c'est que cette sauce bleue que vous avez là ? » demanda-t-il en riant et en montrant l'établi.

« Une électrolyse de cuivre involontaire pour démontrer la possibilité de sources d'erreurs », dit le professeur Heinrich avec une correction enjouée.

« Eh bien, chez nous à l'usine, une électrolyse volontaire a raté à grands renforts de cymbales et de trompettes et dans un glorieux court-circuit ! Maintenant allons goûter, Messieurs, la maman attend. »

Il les précéda. Plus tard, dans le souvenir de Zdenko, c'est comme s'ils avaient alors marché très longtemps ; et plus cet après-midi et cette soirée s'estompaient dans les profondeurs du temps, plus s'allongeait dans l'espace un chemin qui conduisait à travers un appartement certes presque sans fin mais qui pourtant ne comptait en tout que cinq ou six pièces. Comme nous l'avons déjà mentionné, le directeur Frehlinger habitait avec les siens tout un étage comportant à l'origine deux grands appartements ; ils étaient maintenant réunis. Les grandes pièces que l'on traversait avaient le caractère et l'ameublement de salles uniquement destinées aux réceptions, c'étaient des salons, bien entendu dans le style de l'époque, avec de petites tables à thé disposées ici et là, des sièges recouverts de brocart, des causeuses, des fauteuils, des paravents à l'éclat soyeux et les inévitables lampes hautes sur pied avec de larges abat-jour. Des années plus tard, Zdenko ne pouvait pas remonter dans ses souvenirs d'avant ce moment-là avec autant d'agilité que jusqu'à ce moment-là précisément : jusqu'à ces images scellant toute une époque de sa vie, qui avait approximativement commencé avec la fondation du C.M. et finissait ici dans la traversée de ces pièces. Zdenko pensa encore – et ce fut la dernière pensée contenue pour ainsi dire encore dans l'ancien espace, dans l'ancienne époque – que chez ses parents il n'y avait qu'un seul salon comme ceux-ci. En passant, il vit à cet instant accroché au mur et encadré sous verre, un gigantesque agrandissement photographique de l'énorme pont ferroviaire sur le Firth of Forth en Angleterre (le père du directeur avait été l'un des ingénieurs en chef lors de sa construction). Cette vision scellait l'image finale. Puis les événements se précipitèrent.

On pénétra dans une très vaste salle à manger avec des meubles massifs en bois foncé. Sous le lustre électrique qui dominait la scène, était assise là, à la table mise pour le café de l'après-midi, la maîtresse de maison, imposante : une charge (et nous voyons maintenant avec les yeux de Zdenko), qui n'en finissait pas d'exploser de partout, anéantissant l'espace alentour et rendant invisibles aussi bien les gens que les choses. Mais sa majesté n'était pas seulement grande quand elle était assise. Lorsqu'un peu plus tard la soubrette en tablier blanc lui annonça que « Madame l'ingénieur » était au téléphone et qu'elle se dirigea alors vers la porte (on avait entendu la sonnerie située dans une pièce plus éloignée), il apparut que sa taille élancée n'était pas enveloppée par les plis ballants de sa robe d'après-midi mais était au contraire moulée par celle-ci. Mais à cet instant (où le téléphone sonna), tout était déjà consommé en fait, et rien ne pouvait plus être arrêté, freiné, repris.

Nous qui, à la vue de madame Henriette Frehlinger, n'avons pas perdu la tête (comme Zdenko), nous dirions qu'elle était une personne semblable à la maman Harbach, seulement plus jeune d'au moins quinze ans, voilà tout. Tout s'était passé en un clin d'œil. Elle le vit, cet adolescent (membre du C.M.) et l'engloutit. Quant à lui, il pâlit. Le père et le fils étaient occupés à discuter de quelque question de chimie, et tout donnait l'impression que l'invité se consacrait à la maîtresse de maison en conversant poliment avec elle d'une voix assourdie. Zdenko sentit alors la pression de plus en plus appuyée de la pointe de son pied, et tandis que madame Henriette le regardait toujours dans les yeux, cette pression franchit irrésistiblement le seul de l'ambiguïté et transforma entièrement le concret de la vie. Maintenant elle approchait son genou, mais il en faisait autant de son côté. Elle lui tendit le sucrier en disant, penchée vers lui et tout à fait sur le ton de la conversation, comme une remarque aimable lâchée sur un ton léger : « Dans la poche de ton manteau il y a un petit mot. A lire attentivement. »

Après quoi on alla encore une fois dans le laboratoire et madame Henriette se retira après avoir reçu trois baisemains : un de son époux, un de son fils et un de Zdenko. Elle serra brièvement et fortement le bout des doigts du jeune homme entre les siens.

Il partit à pied, fit un détour par l'Erdbergerstraβe, descendit la Sophienbrückengasse (passant devant le lycée, bloc maintenant inerte qui recommencerait demain à fourmiller) puis il obliqua à gauche et entra finalement dans le café Zartl. Ici il y avait un téléphone. Zdenko appela chez Hofmock, eut Fritz à l'appareil et s'excusa pour la séance du club aujourd'hui : on lui avait donné une place de théâtre. « Salut, à demain ». Ainsi sa soirée était libre, elle flottait dans le vague.

Tout flottait. Il descendit l'Erdbergerstraβe en serrant dans la poche gauche de son manteau un tout petit rectangle de carton, un bristol ou ce que cela pouvait être. C'était légèrement coupant dans la paume de sa main. Il ne voulait pas le sortir dans la rue, ne l'avait donc pas encore lu, bizarrement il craignait que quelqu'un le lui arrachât, que quelqu'un l'observât ou qu'il puisse tomber. Zdenko aspira une goulée d'air. Il crut sentir un souffle venu des lointaines prairies du Prater, ce qui n'était pourtant guère possible ici. Elles s'étendaient dans la nuit et l'humidité de l'hiver finissant, ici et là peut-être une lumière, un réverbère, peut-être sur la Grande allée. Il y avait peu de circulation. Le pavé brillait d'un éclat humide. C'était arrivé. Oui, c'était réellement arrivé. Zdenko se trouvait en harmonie avec lui-même, comme jamais encore il ne l'avait été. Cet accord avait une sonorité vraiment formidable.

Au café : aller d'abord au téléphone sans retirer son manteau, avant tout il fallait libérer cette soirée. Ce qui était arrivé ne pouvait se mêler à rien d'autre. C'est ensuite seulement qu'il choisit une place. Il y en avait suffisamment de libres. L'endroit était calme. Zdenko suspendit son manteau à un portemanteau. Puis il plongea la main dans sa poche gauche et sortit ce qu'il y avait dedans sans le regarder. De nouveau le contact légèrement coupant du petit carton dans la paume de la main. Il se retira alors dans l'angle de la banquette rouge et rembourrée. Juste à cet instant le vieux garçon, monsieur Joseph, arriva, les lunettes sur le nez, et le salua respectueusement. Il estimait ces jeunes messieurs les étudiants. La plupart étaient discrets tout en étant généreux sur les pourboires. Lorsque Zdenko eut commandé son « Einspänner » [1], il posa le petit bristol sur la table devant lui et le regarda. Mais il n'y avait rien à voir, seulement le vide de sa petite surface blanche. Il retourna le bristol. Ici était écrit au crayon, d'une écriture tout à fait nette : dimanche prochain. Auhofsstraße 123, Hietzing. Premier étage, la porte à gauche de l'escalier, 5 heures précises.

Zdenko conserva le billet. Sous ses pieds s'ouvrit un entonnoir qui tourna en grondant pendant quelques instants ; et voilà qu'il tombait au fond.

Remonté à la surface il vit un monsieur très grand et même d'une taille hors du commun entrer par la porte à tambour. C'était l'un des deux « Anglais ». La première

1. Café avec de la crème chantilly dessus. (N.d.T.).

chose que Zdenko ressentit, ce fut que ces gens ne le concernaient plus. Ils étaient dans un espace qu'il avait quitté. Ainsi d'ailleurs que le C.M. « L'Anglais » se comporta comme on pouvait s'y attendre, comme il convenait à sa personne. Après avoir ôté son manteau et s'être installé à l'écart dans un coin, il allongea ses jambes qui n'en finissaient pas, tira une blague à tabac en cuir ainsi qu'une courte pipe et commença à bourrer celle-ci. Puis il disparut derrière un journal et resta soustrait aux regards, tandis que des nuages de fumée bleue flottaient au-dessus de lui. Toutefois il ne demeura pas longtemps ainsi absorbé. La porte à tambour livra passage à une petite dame mince et brune n'ayant pas du tout l'allure anglaise, qui se dirigea vers le monsieur masqué par son journal et lui toucha légèrement l'épaule. Aussitôt, mais sans surprise et avec une lenteur mesurée, « l'Anglais » salua la dame et l'aida à quitter son manteau.

Ces faits ennuyaient déjà considérablement Zdenko, et lui ôtèrent l'envie de rester ici plus longtemps. Il ne tarda pas à quitter le café et tourna à droite en direction du pont et du canal du Danube. Tandis qu'il marchait le long de l'embarcadère plongé dans l'obscurité, sous les constellations terrestres de lumières disséminées ici et là, tout l'après-midi qu'il venait de vivre remontait peu à peu en lui dans une apparition qui – par rapport à l'espace intérieur de Zdenko – englobait presque tout : le duo final avec le petit tambour et la trompette en do. Il avait rendu visite à un camarade de classe pour voir des expériences de physique et à cette occasion il avait gravi à l'improviste une montagne, puis il était retombé de l'autre côté dans une autre vallée : d'où aucun retour n'était possible. Profondément déconcerté, Zdenko s'était rendu compte de cela devant son indifférence à l'apparition de l'un des « Anglais ». A présent il n'aurait même pas pu dire si c'était le plus jeune ou l'aîné des deux. En revanche une chose était certaine, il était à un point de non-retour, dimanche prochain il se conformerait à l'ordre concis inscrit sur le bristol qu'il conservait maintenant dans son portefeuille.

A un coin de rue, il avait quitté l'embarcadère puis changé encore une fois de direction et se dirigeait maintenant par la longue Adamsgasse vers le viaduc du chemin de fer. Comme toujours et comme à l'époque où Chwostik habitait encore ici, les taches noires de femmes attendant sur les trottoirs et sous les portes cochères apparaissaient chaque soir. Mais aujourd'hui c'était encore trop tôt pour elles, leur heure n'était pas encore arrivée. Et pour Zdenko elle ne devait jamais venir. Jamais il ne connut ce cimetière où tant de jeunes gens préoccupés et inquiets enterrent leur première expérience du genre. Il le dut au comportement autocratique d'une dame majestueuse assise à la table où l'on servait le goûter.

Mais c'est ici justement, sur cette portion de trajet qui allait de l'Adamsgasse jusqu'au viaduc, que la couleur véritable de cet après-midi apparut dans sa pureté extrême, concentrée comme jamais : un bleu d'éclair, un bleu électrique, une étincelle accompagnée d'un crachement de félin en colère, comme celle apparue sur le tableau de commandes lorsque Frehlinger avait coupé le courant arrêtant ainsi le glapissement du moteur.

Entre-temps, les choses avaient bien avancé chez l'ingénieur Monica, elle avait emménagé dans son appartement de Hietzing et la maison-mère helvétique lui avait alloué une voiture et un chauffeur. Quand elle pendit la crémaillère dans son nouvel appartement il y eut à peu près les mêmes invités qu'à la petite fête chez ses parents à Döbling à l'occasion du retour à Vienne de Monica. Donald était là bien sûr, mais il y avait aussi cette fois son amie de jeunesse un peu plus âgée qu'elle, Henriette, avec qui nous avons entre-temps fait d'une certaine façon connaissance. Le nouvel appartement était un vrai trésor. Quatre agréables pièces d'angle dont toutes les fenêtres donnaient sur le vaste jardin. Des meubles neufs. Quelques-uns venaient pourtant de chez les parents. Entre autres une jolie causeuse Empire installée dans la dernière pièce, la chambre à coucher. Monica était contente chaque fois que son regard tombait sur ce meuble.

Sa vie était devenue plus calme et plus régulière, elle

se fatiguait moins, les choses suivaient leur cours. A présent elle pouvait recevoir Donald ici, chez elle, mais elle le rencontrait encore de temps à autre dans ce café du troisième arrondissement. C'était pratique pour lui. Et un nouveau motif la conduisit chez son oncle, le vieil avocat, le docteur Eptinger qui exerçait toujours : celui-ci s'était chargé de la représentation juridique de cette société suisse dont Monica dirigeait actuellement la succursale à Vienne. Il était devenu son syndic autrichien.

Qu'en était-il de Donald ? Quel tour prenaient les choses ? Impossible de le dire, d'annoncer quoi que ce soit de concret. C'est lui qui occupait toute l'existence de Monica à Vienne. Mais elle, elle remplissait le temps libre de Donald. Il restait alors assis près d'elle, tenant sa pipe dans la main, il regardait Monica et souriait. A Hietzing comme au « Café Zartl ». Avec Henriette elle parlait de tout (et celle-là parlait de tout avec elle). Madame Frehlinger était d'avis que sa lenteur et sa retenue étaient peut-être des qualités spécifiquement nationales. Avec ça, on n'était pas plus avancé. Il est certain qu'au début Monica n'avait pas été disposée à laisser franchir certaines limites à Donald. Peut-être l'était-elle maintenant. Mais lui ne dépassait pas ces limites. Toutefois il faut noter ici qu'il laissa carrément filer la possibilité de fiançailles avec l'une des plus jeunes Pipsi Harbach, possibilité qui existait alors sans aucun doute possible. Les désirs de son père dans cette direction, désirs inexprimés, ne furent pas exaucés. En outre, il suffisait qu'elle, Monica, ne donnât pas signe de vie pendant une journée – non pas à dessein, mais sous la pression des affaires qui l'empêchaient de savoir si elle pourrait rencontrer Donald et à quel moment – pour qu'immanquablement le téléphone sonnât à la maison d'édition ou à Hietzing, et il était au bout du fil.

Nous ne disons pas qu'entre eux tout restait purement conventionnel. En anglais, le babil amoureux est en outre particulièrement charmant. En français, il devient facilement mièvre, en allemand il tombe dans la profondeur du sentiment et en italien il devient même déclamatoire. Mais en anglais la bouillie sucrée se mange gentiment à la petite cuillère (« to spoon with somebody »). Ni trop, ni trop peu. Ils utilisaient donc la petite cuillère. D'ailleurs – et c'était l'impression de Donald – on avait à peine commencé, c'est à peine s'il s'était passé quelque chose. On ne peut pas vraiment dire que notre Donald ait gâté la sauce. Pourtant il dut avaler toute sa part, sans rien pouvoir laisser.

A l'époque déjà il se sentait mal dans sa peau. Il y eut d'abord du föhn, comme souvent au printemps ; et puis bientôt tout reverdit partout, et chacun était au fond un peu désemparé devant le bouleversement des années qui se manifestait ici encore une fois, le bouleversement de ses années. Mais Donald connaissait une sorte d'état nouveau, et qui n'était pas une amélioration, depuis sa visite des caves dans le domaine de Broubek, le gardien de la villa de Prinzenallee. Il le savait comme on sait ce genre de choses entraperçues du coin de l'œil ou à peine effleurées en passant. Il ne dormait plus d'une seule traite jusqu'au matin. Il se dressait sur son séant, allumait et continuait à rêver assis sur son lit : il savait alors qu'il lui fallait se lever, aller à la fenêtre et regarder en bas le bout de jardin à l'aplomb de sa fenêtre : il préservait ainsi d'un dommage la maison et le jardin. Mais il était incapable de s'approcher de la fenêtre et de regarder dehors en bas, quel que fût son désir de le faire. Dans ses oreilles il entendait un sifflement faible et creux. Et c'est ce qui le poussait à bouger : d'une secousse, il se retrouvait alors assis sur le bord de son lit, ne comprenant plus ce qu'il venait de ressentir et de vouloir si instamment. Sur le coup il en était soulagé et heureux et il pensait à son père qui dormait dans sa chambre donnant sur la galerie au-dessus du hall, juste en face de sa propre chambre. Cela le calmait alors tout à fait.

Jetant pour ainsi dire un regard furtif au tournant, il savait déjà bien où en étaient les choses avec Monica. En fait nous serions tentés de dire qu'il n'aurait eu de son côté qu'à ôter un couvercle. Sur le contenu du récipient il n'y avait plus aucun doute possible. Mais Donald restait sous son couvercle. Il était assis en face d'elle, sa pipe à la main, et souriait. C'était ainsi la plupart du temps. S'il arrivait quelque chose de plus, c'était délayé dans le reste, quelques cuillerées de bouillie. Pas davantage.

Que le diable emporte madame Henriette avec ses idées de lenteur et de retenue comme qualités nationales (simplement le contraire des siennes !). Non, on aimerait bien de temps à autre botter les fesses de ce grand dadais. Mais cela ne servirait certainement à rien. On ne lui bottera donc pas les fesses. Et pour finir on s'aperçoit que l'auteur ne botte le derrière qu'à des créatures sans méchanceté et inoffensives comme Finy et Feverl. Avec des chaussons, à vrai dire, avec des chaussons ! Et pas à coup de bottes.

Au moment où Wasmut, Hofmock et Augustus avaient raccompagné Zdenko chez lui après la fin des cours et qu'ils descendaient par la Razumovskygasse vers la large Marxergasse, ils tombèrent sur les deux « Anglais ». Zdenko n'eut pas cette chance (il en eut une autre).

Cette fois ils s'avançaient tous les deux ensemble et non pas séparément comme la plupart des autres fois. Il y avait des raisons à cela. L'affaire avec Gollwitzer et Putnik à Bucarest était réglée et bien réglée, on avait transporté aujourd'hui à midi les dernières caisses à la douane centrale toute proche pour les formalités, non sans l'assistance de Chwostik qui avait absolument voulu être présent lors de cette expédition – dont se chargeait l'agence de transport Schenkel et Co. Robert et Donald étaient d'excellente humeur, et ils avaient décidé de prendre aujourd'hui une après-midi de liberté.

Ils interpellèrent aussitôt gaiement Augutus en anglais et c'est ainsi qu'on se trouva tous ensemble sur le trottoir, et Augustus présenta aux deux messieurs ses camarades de classe – non sans parler d'ailleurs de Zdenko de Chlamtatsch déjà rentré chez lui. Les Anglais serrèrent la main des jeunes gens et Robert s'adressa aussitôt à Augustus en allemand. « Maintenant, dis-moi un peu, gros gamin, pourquoi n'amènes-tu jamais tes amis chez nous ? Nous avons en effet, Messieurs, (Clayton s'adressait à Fritz et Heribert) un grand jardin et un court de tennis. Qu'en dites-vous ?! Vous jouez au tennis ?! Oui ? On pourrait alors organiser une grande rencontre, n'est-ce pas Donald ? Tu feras l'arbitre ?! Quand le temps sera plus chaud et sec, je ferai immédiatement mettre le court en état. Bon, nous vous verrons bientôt chez nous Messieurs, et vous amènerez aussi bien entendu votre camarade qui n'est pas là en ce moment ! »

Hofmock et Wasmut s'inclinèrent légèrement, non sans élégance, et dirent merci pour l'invitation. Les Clayton prirent congé, Augustus resta avec ses amis. Robert lui lança encore en se retournant : « Dépêche-toi, on prend le lunch un peu plus tôt aujourd'hui, dans une demi-heure ! »

« C'est mon oncle et son fils, donc en fait mon cousin », dit le gros patapouf. « Les Clayton, chez qui j'habite. L'usine là-bas devant nous leur appartient. »

La chose satisfit grandement Heribert et Fritz. Il faudrait dire : elle satisfit ces jeunes messieurs du point de vue du style. Elle eut pour effet de conforter le style de vie auquel ils s'efforçaient de parvenir. Il faut dire également que ce fameux secret qu'avaient jusqu'ici représenté les « Anglais » pour chacun d'entre eux pris isolément resta dès lors à jamais englouti pour chacun d'entre eux, maintenant qu'ils avaient fait connaissance des deux messieurs. Ceci est aussi valable pour Zdenko ; il les avait même devancés sur ce terrain puisque, comme nous le savons, il était déjà arrivé à ce stade au « Café Zartl ». Si Zdenko avait été présent au moment où Augustus leur fit faire connaissance, de façon aussi soudaine que profondément surprenante, des deux « Anglais », il aurait peut-être remarqué que Robert Clayton les appelait « Messieurs » sans cette légère nuance d'ironie que le jeune monsieur de Chlamtatsch avait récemment pu discerner Schwalbengasse.

Mais tout cela lui était déjà indifférent. Depuis ce dimanche qui suivit sa visite chez Frehlinger, après le déjeuner et le café pris à la table de ses parents – ici il était encore à l'abri, séparé de lui-même par les bavardages de la table, ballon encore captif, simple caboteur, mais le grand large attendait – depuis que, cet après-midi, il s'était encore une fois bichonné pour entreprendre ensuite son voyage de Christophe Colomb à Hietzing, se déplaçant dans un vide qui repoussait et éloignait le monde environnant tout en le faisant voir plus nettement (à cause de la distance que toute situation exceptionnelle confère à son porteur, mais cela, à vrai dire, il l'ignorait) : depuis lors donc, tout était paralysé et assourdi, en proie à un complet désenchantement et privé de son ancienne aura, tout ce qu'il y avait eu avant la traversée des quatre ou cinq grandes pièces, Schwalbengasse, avec le Dr Frehlinger et Heinrich et avant qu'il ne passe devant la photo du viaduc de chemin de fer au-dessus du Firth of Forth. Il partit pour Hietzing en prenant le train de petite banlieue ; celui-ci était encore tiré par des locomotives à vapeur, et dans le wagon de couleur brune le chauffage fonctionnait ; il était seul dans un compartiment de seconde classe. Dans les longs tunnels la lampe à gaz du plafond ressortait dans les ténèbres qui tombaient rapidement comme un cube d'obscurité. On eût dit chaque fois que le train était plongé dans un carton plein de fumée.

Et puis ce fut l'Auhofgasse. Des choses comme les rues et les numéros des maisons nous guident comme les organes de transmission d'une machine. Brusquement tout devient grave. Il n'y a plus de liberté.

A gauche sur le palier du petit escalier. Une porte d'un vert-olive élégant renvoyant un faible éclat. Quand il eut franchi la dernière marche, la porte tourna sans bruit sur ses gonds ne laissant voir, ainsi entrebâillée, qu'un fond d'obscurité.

Une fois entré, Zdenko entendit un léger déclic derrière lui, il ne voyait maintenant presque rien du tout. L'instant d'après, il fut tiré par la main dans une pièce claire. Elle le serra aussitôt dans ses bras et l'embrassa sur la bouche. Ce qui advint ensuite, il lui arriva encore d'en douter des années après, mais les choses s'étaient indéniablement passées de la sorte. De nouveau conduit par la main à travers d'autres pièces. Pour finir, une chambre très vaporeuse. Sans cesse après, il revit Henriette assise sur la causeuse, une explosion profonde et térébrante : elle était en chemise avec un grand bustier : elle se leva et commença à le dénouer. Zdenko glissa vers elle sur ses genoux nus. Elle lui caressa les cheveux et lui fit seulement un signe de main : reculer, s'allonger. Puis elle arriva : glacier brûlant.

Tels furent les souvenirs qu'il garda de madame Henriette Frehlinger. Ils ont toujours eu des lacunes, comme un sentier traversant un ruisseau de pierre en pierre. Mais ils ne furent pas recouverts d'une succession d'images analogues. Car les choses en restèrent à cette unique fois.

Lorsque, quinze jours ou trois semaines plus tard, Monica demanda à madame Henriette quand est-ce qu'elle voulait disposer de nouveau de son appartement, son amie plus âgée lui dit :

« A quoi penses-tu, Moni ? Je ne peux tout de même pas avoir une liaison avec un lycéen ! »

Compréhensible. Une dame autocratique. Ce qui est beaucoup plus curieux c'est que Zdenko ne se soit jamais attendu, pas même un seul instant, à revoir Henriette, ou surtout à se retrouver avec elle de la façon dont Monica l'avait entendu. Pour celle-ci évidemment, toute cette affaire se rattachait au reste de la vie et devait donc y trouver une prolongation naturelle. Il n'en était pas de même pour le jeune monsieur de Chlamtatsch. Oui, il y a dans notre existence des événements soudains et abrupts qui, jusqu'à aujourd'hui, se tiennent en arrière dans un espace vide, comme des soleils ardents et solitaires, sans que rien qui puisse s'y rapporter ne gravite autour d'eux. Non, ils n'ont pour ainsi dire rassemblé ou formé aucun système de planètes, n'ont produit et ouvert aucun espace où nous aurions pu entrer, créé aucune caverne recélant un univers. Ces événements-là sont des faits, mais des faits entièrement isolés qui, à cause de cela justement, deviennent bientôt sujets à caution (n'y a-t-il pas une parenté avec l'amour en conserve hermétiquement fermé à force de discrétion où se trouvaient Rita Bachler et le Conseiller à la Cour d'appel Keibl ?). Ces soleils solitaires nous sont infiniment précieux. Parfois nous allons vers eux pour les interroger. Mais ils ne répondent jamais. Ils sont trop raffinés pour cela. Ils ne se sont jamais mêlés à la plèbe grouillante des faits. De pareilles choses étaient naturellement incompréhensibles à l'ingénieur Monica Bachler. Il fallait donner une suite aux choses, et donc d'abord en faire sortir quelque chose (elle a effectivement raison de son point de vue, nous ne le nions pas !), comme avec Donald par exemple. Or lui restait assis en face d'elle, à côté de sa propre vie, dans un fauteuil (sans trouver en cette circonstance la jonction avec le reste), il tenait sa pipe à la main et souriait. Ça recommence à nous démanger dans les bottes, le lecteur sait bien de quoi nous parlons.

Quant à Zdenko, ni les deux « Anglais », dont on savait à présent qu'ils étaient réellement Anglais (rassurante mise en ordre des choses !), ni un laboratoire dans la Schwalbengasse ne pouvaient plus lui faire une impression particulière et lui en imposer. Il lui semblait presque par moments qu'il avait poussé au grand jour l'arrière-plan de toutes ces choses, oui, comme si pour la première fois il avait vraiment pu, l'espace de quelques instants, les voir de derrière, comme madame Henriette d'ailleurs (dans tous les sens du terme). Ces deux découvertes restèrent inoubliables, mieux même : inaltérables.

Mais, inquiet de la fragilité d'un tel dépôt, il s'entoura d'un rempart d'une espèce particulière ; en tout cas celui-ci s'accordait peu avec tout ce que l'on nomme les désarrois d'un lycéen, tout comme en général le C.M. dans son ensemble se tenait à belle distance de tous les « drames de collégiens ». A cette époque ils étaient d'une certaine façon à la mode et amenèrent même la parution d'une revue à caractère révolutionnaire qui s'appelait « Le registre de classe » et s'en prenait aux habitudes qui régnaient en ce temps-là dans les collèges.

Non pas qu'il y eût alors chez Zdenko un souvenir brûlant qu'il cherchât à combattre par un travail scolaire accru : il y fût difficilement arrivé. Mais chez lui, rien n'était brûlant. Si ardent que le feu ait été : la grille était à présent froide et grise. Et bien des choses sur lesquelles il avait auparavant jeté des regards en douce – filles, livres, images – échappaient maintenant à son attention comme des objets morts. Ce qui demeurait inaltérable, c'était la rotation que les murs qui l'entouraient avaient accomplie soudain pendant un bref moment pour revenir ensuite en oscillant à leur ancienne position, comme un rideau qui retrouve son immobilité. Quant au fragile dépôt, à l'abri dans sa propre poitrine, il n'était formé de rien d'autre que de sa nouvelle condition d'adulte. Personne ne devait s'en approcher. Le lycée devait être ramené à un simple divertissement. S'il avait travaillé auparavant par « dandysme » (pour jouer « l'impassibilité » [1]) il ne le faisait plus maintenant à strictement parler que par discrétion, par volonté de se claquemurer en lui-même, de ne donner à personne l'occasion de dire son mot. C'est ainsi qu'en se fermant, les frontières de sa personne vinrent heurter plus durement le monde environnant. Toute pose recèle la possibilité de n'être rien d'autre que la cuirasse encore vide – placée à l'horizon – d'une certaine attitude dans laquelle l'individu finit par disparaître. Jusqu'alors le poseur ne s'y est exercé que par jeu, comme un enfant imitant les activités des adultes. On ne devrait en fait pas porter de jugements dédaigneux sur les gens qui prennent des poses (on le fait presque toujours). Car soudain le poseur cesse brusquement d'en être un et le voilà devenu le personnage qu'il jouait jusqu'à présent, un peu comme un gamin qui plus tard devient vraiment mécanicien de locomotive ou capitaine de navire.

C'est Zdenko et non Augustus, comme le professeur Petschenka s'y était attendu qui devint au semestre suivant le premier de la classe ou « Primus » comme on disait alors. Il n'en souffla mot chez lui. Sur l'excellent bulletin qu'il reçut en juillet, ce ne fut d'ailleurs pas mentionné.

Le fait que Zdenko soit premier, fut vivement applaudi par ce qu'on appelle les « éléments » de la classe (« Il y a dans cette classe des éléments dont on saura venir à bout »), donc par ces espèces de fainéants, de chercheurs de bagarre et de tricheurs qui troublaient l'ordre et le calme de la classe chaque fois qu'ils le pouvaient et constituaient un facteur d'insécurité publique. Le directeur du lycée appelait aussi ce genre d'individus, « des plantes vénéneuses qu'il faut extirper. » Les pires d'entre eux étaient au nombre de trois et s'appelaient Ventruba, Rottenstein (baron de) et Doderer. Ces éléments (qui pour une part travaillaient de façon tout à fait acceptable) préféraient que Zdenko fût premier plutôt qu'un des « Justi » : bosseurs, bûcheurs et arrivistes : ils étaient bien contents que Chlamtatsch leur eût soufflé la première place. Comme nous l'avons déjà

1. En français dans le texte.

dit, il ne serait venu à l'idée de personne de compter Zdenko parmi les « Justi », bien qu'il fût très bon élève.

Comme ses résultats étaient très bons depuis longtemps, leur amélioration ne fut pas à vrai dire percutante. A présent, au printemps, il était en plein travail mais toujours douloureusement habité par ce qui l'avait métamorphosé.

Cet état de choses et ce printemps eurent leur part dans la possibilité qu'il eut de pénétrer dans des espaces extérieurs cette fois, des espaces nouveaux pour lui, si proches qu'ils aient pu être. Plus tard il a considéré que ces espaces nouveaux avaient été le véritable pivot, oui, on serait tenté de dire les sources de sa jeunesse, auxquelles il faudrait peut-être encore ajouter la traversée des nombreuses pièces chez les Frehlinger et le passage devant la photographie du pont du chemin de fer sur le Firth of Forth. Mais jamais l'explosion de blancheur dans la causeuse. Cette explosion demeura une étoile-mère, une matrice d'étoiles, un « algol », comme les astronomes appellent aussi ces accumulations de matière dans l'espace cosmique. Immenses accumulations solitaires dépourvues de satellites, réserves de l'univers. Maintenant que par-dessus les fers de lance de la longue grille fermant l'ancien parc des comtes Razumovsky – pour autant qu'il en restait encore quelque chose, car c'était sur ces terrains qu'à la fin des années soixante-dix on avait édifié le lycée avec à côté l'institut de formation pédagogique – maintenant que, par dessus cette grille, les buissons verts se penchaient déjà sur le trottoir, un hasard lui permit de pénétrer pour la première fois dans ce jardin. Il était sinon, réservé à l'usage de l'institut de formation pédagogique. Celui-ci avait emprunté à la salle de physique du lycée un appareil de projection qu'on devait maintenant rapporter. Aux membres de l'institut de formation pédagogique on adjoignit pour le transport deux élèves des grandes classes du lycée – pour porter différentes pièces délicates de l'appareil – ainsi que l'auxiliaire Zechmann.

Il s'agissait de trouver ce dernier avant de se rendre de l'autre côté et cela revenait à entreprendre une descente dans le sombre séjour qu'était la conciergerie –

« auxiliaire » était une qualification officielle et distinguée conférée par les autorités au sommet, en réalité Zechmann était le concierge – cela revenait donc à descendre pour ainsi dire au fond des entrailles de l'établissement qui s'ouvrait tant sous Aristote, Euripide que Démosthène. « Ad infernos ! » dit Hofmock en appuyant sur le haut et lourd battant de la porte qui offrit quelque résistance à cause de son rappel automatique. Puis ils descendirent l'escalier de la cave.

Cet escalier était large. Tout comme les couloirs à demi obscurs. Ce qui les entourait maintenant était le reflet du monde supérieur, seulement l'esprit en était différent, disparate, empli de cette atmostphère stagnante, gris souris, qui constitue le caractère essentiel de l'Hadès. On sentait aussi déjà le dieu du lieu, car son terrible tabac à quatre sous guidait si bien les lycéens qu'ils n'auraient absolument pas eu besoin de la petite plaque d'émail blanc sur la porte. Ils étaient dans la cuisine de Zechmann.

Celui-ci, ivrogne débonnaire au regard clair et humide se leva à l'entrée des jeunes messieurs et sourit, comme pour s'excuser, oui, comme s'il voulait excuser cette cuisine et ces marmites (d'où montait une odeur qui n'était pas désagréable du tout) bouillant à petit feu sur le fourneau, excuser sa propre présence, le tabac qu'il fumait et l'existence même de ce sombre séjour qui osait étendre ses entrailles et son bric-à-brac sous Platon et Cicéron, sans rien céder en dimensions au monde supérieur. Madame Zechmann n'était pas là. L'auxiliaire était resté seul devant le fourneau, surveillant les marmites comme il en avait eu mission, le journal à la main. Peut-être que l'embarras maladroit de Zechmann venait aussi de ce que pour l'instant il ne pouvait pas laisser seules les marmites sur le fourneau, mais que d'un autre côté – comme le lui dirent aussitôt Fritz et Zdenko – il devait venir avec eux sur ordre de la direction pour aller chercher le projecteur. En effet, lorsque madame Zechmann rentra du marché avec son sac à provisions, il retrouva aussitôt une attitude plus ferme, peut-être aussi en sa qualité d'époux en face de ces garçons. La femme de Zechmann était pleine d'entrain. A dix heures au buffet des élèves, elle avait l'habitude d'attraper prestement les saucisses chaudes dans l'énorme marmite et elle avait une façon bienveillante de parler avec les élèves comme si elle connaissait leurs soucis parfois grands, (c'était de cette façon que les longues phrases de Démosthène se reflétaient dans les enfers). Elle était sans doute plus jeune que le dieu fumeur de tabac et allumeur de lampes dans les couloirs et les cabinets, en tout cas, elle était bien mieux conservée. Elle n'avait pas du tout non plus ce côté souffrant et contrarié qu'ont souvent les femmes de buveurs (quoi d'étonnant ?!). Manifestement, elle s'était accommodée depuis bien longtemps et une fois pour toutes des cuites périodiques de son débonnaire époux.

Ils laissèrent madame Zechmann à ses marmites et quittèrent le sombre séjour, ramenant Zechmann à la douceur de l'air de la surface, sorte de butin pris à l'Hadès, comme jadis Heraklès ramenant Cerbère, mais aujourd'hui c'était moins dangereux.

Puis vinrent des couloirs inconnus qui pourtant ressemblaient tout à fait à ceux du lycée en face, la différence étant qu'on n'y avait plus guère été depuis l'époque des classes primaires passées ici à « l'école d'application » annexée à l'institut pédagogique. Au-dessus d'une porte était écrit en lettres noires sur fond marron « Ecole d'application, classe de septième ». Surprenant. On entendait des voix à l'intérieur, ici on faisait classe.

Ce fut Hofmock qui en eut l'idée : avant d'aller chercher les choses qu'ils devaient transporter, ils pourraient bien aller dans ce jardin où l'on ne pénétrait jamais. Le gardien qu'ils rencontrèrent et à qui notre délégation s'était aussitôt adressée, s'empressa alors de conduire dehors ces jeunes messieurs (un pourboire fut versé, au C.M. on connaissait les usages non seulement d'en haut mais aussi d'en bas !), ils pénétrèrent dans une salle de classe de l'institut pédagogique inutilisée pour l'instant – le gardien l'ouvrit – et il apparut alors que ce grand local aux nombreuses tables alignées était presque au même niveau que le jardin qui le bordait. On pouvait y aller par une porte vitrée située à côté de l'estrade et du bureau du professeur.

Maintenant ils étaient là, debout sur les grosses dalles

de pierre grise d'une terrasse située devant le batiment et surélevée seulement de deux marches, et leurs regards se portaient sur la belle ordonnance de ce jardin soigné (peut-être ce jardin servait-il aussi à des fins pédagogiques ?) et plongeaient dans d'agréables petits chemins s'enfonçant au milieu de la verdure. Le ciel était couvert, c'était une journée sans soleil. Dans une lumière diffuse s'élevait en face la haute et lourde façade du Palais Razumovsky donnant sur le parc (comme une partie du quai de la Neva à Saint-Petersbourg face au Palais d'hiver, échouée à Vienne, complètement étrangère au caractère modeste des hôtels particuliers de Vienne).

Ils firent quelques pas dans le jardin jusqu'à un bassin bordé de pierres où flottaient quelques nénuphars encore en boutons.

Le jardin était tout de même encore très large et très long et l'on avait d'ici une sorte de grande perspective menant non seulement jusqu'au palais en face mais aussi sur sa droite vers les rues.

C'est par là d'habitude qu'on le longeait quand on était dehors.

Surprenant. Maintenant on était à l'intérieur, entouré de nombreux détails visibles. Zdenko pensa soudain qu'en classe Heinrich Frehlinger était assis devant lui. Rien d'autre ; bien qu'il eût pu poursuivre ses pensées. Qu'ils avaient par exemple emprunté tous deux le même passage secret, quoiqu'à des âges très différents et en sens opposé. C'eût été indéniable, mais Zdenko n'y pensa pas. Ça fait partie de la vie de ne pas penser à ce qui tombe sous le sens et ne fait aucun doute.

Dans la cuisine de Zechmann il y avait aussi de la verdure. Zdenko ne s'en aperçut pour ainsi dire qu'après coup. Des plantes vertes sur la fenêtre. Ici tout était immobile. L'air, les nuages dans le ciel, les maisons au loin. Même le sombre séjour de Zechmann s'était figé. Les plantes vertes sur la fenêtre.

Ils firent demi-tour, sortirent du jardin et retournèrent à leurs obligations.

Une fois déjà nous avons retourné deux individus comme des gants, parce que nous voulions apprendre comment ils s'en tiraient de l'autre côté que l'on n'a ordinairement pas l'occasion de voir : il s'agissait de Monsieur le directeur Chwostik et du Conseiller à la Cour d'appel, le docteur Keibl. Pourquoi ne devrions-nous pas en faire autant avec Mr. Donald Clayton, puisque nous avons renoncé à une méthode toute différente – un tel procédé serait complètement voué à l'échec – de traiter l'envers de sa personne.

Le lecteur est déjà au fait.

Monica alla même une fois jusqu'à l'interroger très franchement sur ce sujet : mais ce qu'elle apprit alors lui donna le vertige. Car elle l'avait naturellement interrogé sur ses "expériences" – que pouvait-elle donc s'imaginer d'autre que ce qu'elle avait elle-même connu tant à Birmingham qu'à Zurich ? – mais non pas sur des choses organisées et des habitudes. « On n'est jamais à court de ces choses-là » – ainsi parlait Donald – « dans ma situation, ceci ne pose aucun problème. Tabarin, Moulin Rouge », les chemins bien soignés réservés à Adam. Pas vraiment l'Adamsgasse. Il avait même loué un petit appartement pour l'une d'elles. Plus tard ses exigences devinrent trop élevées à son goût. Comme tous les hommes qui ont cette façon de vivre – et particulièrement ceux des pays du Nord ! – il pensait au fond qu'une femme convenable n'est pas là pour ces choses-là (Mes bottes ! Mes bottes !). Cette méthode peut d'ailleurs avoir du bon à un niveau ultime. Mais pas au niveau de Mr. Donald.

Pour aller chez Monica à Hietzing il ne prenait pas la voiture (à cause du chauffeur), mais le train de petite banlieue jusqu'à Unter-St.Veit. Cette station était la plus proche du numéro à plusieurs chiffres de sa maison dans la Auhofstraße. A la soudure entre avril et mai, alors que le temps était maussade mais déjà presque chaud, sa situation vis-à-vis de Monica lui était déjà devenue tout à fait perceptible : une espèce de pointe émoussée mais lancinante, une sourde pression dans la conscience. Une telle pression peut nous être plus précieuse que la connaissance la plus claire. Il suffit d'affûter la pointe, de l'effiler. Il ne fait aucun doute que Donald était la proie d'une inhibition d'une banalité aussi plate qu'une punaise : l'idée que le cas échéant, il lui faudrait épouser Monica. Ce sont toujours ceux qui ont exclu jusqu'à présent de leur vie une part tout de même fort appréciable de l'existence qui deviennent si terriblement moraux. Mais cette trivialité cachait quelque chose de plus profond et peut-être de meilleur : la vie en commun avec son père – Clayton bros. ! – qui était depuis bien longtemps pour lui un frère, ne permettait guère de se représenter concrètement des possibilités de vie extérieures à cette assise ou dépourvues de celle-ci.

Ainsi résigné à supporter ces points de pression – auxquels il commençait déjà à s'habituer – tout en sachant bien que sa situation était encore dans sa main et qu'elle obéirait entièrement à sa pression, il descendit les marches du quai de la ligne de petite banlieue et pénétra dans l'atmosphère un peu lourde d'une journée de printemps sans soleil ; il obliqua aussitôt à gauche dans une rue qui menait à l'Auhofstraße perpendiculairement à celle-ci. Même ce chemin lui était déjà familier, rendu seulement différent aujourd'hui par l'enveloppe de calme et de silence et le manque d'éclat particulier à cette journée. Ce que Donald trouva pourtant inhabituel c'est que lorsqu'il eut atteint le palier et s'avança vers la porte pour sonner, son battant vert-olive qui brillait d'un reflet mat dans la cage d'escalier, s'ouvrit sans bruit et laissa voir l'obscurité du vestibule.

Mais elle alluma dès qu'il fut entré et Donald put ôter son chapeau et déposer son parapluie roulé qu'il avait emporté à cause du temps incertain et sans doute aussi parce qu'il n'avait pas perdu les habitudes de son ancienne patrie. Ils passèrent dans les pièces et Monica le précéda. Le vert du jardin était dans le blanc des rideaux transparents. La pièce d'angle (avant la chambre à coucher de Monica) recevait cette lumière de deux côtés. Elle dit : « Maintenant tu vas m'excuser une demi-heure, Donald, il faut que je fasse un brouillon de lettre, à présent j'ai la chose bien claire dans la tête, je crois, et je veux la noter sur mon bloc. » Il s'était installé dans un fauteuil, sourit aimablement et sortit sa pipe. Tel que nous l'écrivons, on a l'impression, en allemand, que notre demoiselle-ingénieur tutoyait vraiment Donald. Mais il n'en était rien. Ils parlaient toujours anglais entre eux. Le passage du « vous » au « tu » qui a tout de même son importance chez les amoureux, était en l'occurrence passé inaperçu ; ils l'avaient sans doute franchi, ce fameux seuil, mais ce n'était pas passé dans les mots, rien ne marquait expressément ce phénomène. Nous ne pensons pas que cela soit sans importance. Devant d'autre personnes et en allemand, ils se seraient évidemment adressés l'un à l'autre en employant le « vous ». La dernière fois qu'ils l'avaient fait remontait d'ailleurs déjà à quelque temps : c'était quand Monica avait pendu la crémaillère dans son nouvel appartement, ici. Mais à l'époque, Monica et Donald en étaient encore véritablement au « vous ». Entre-temps, c'était devenu un peu plus sombre dans la pièce. Elle s'assit près de lui sur le bras du fauteuil. Et lorsqu'ils s'embrassèrent et qu'elle pressa consciencieusement, pourrait-on dire, sa poitrine ferme contre lui, elle sentit pour la première fois comme une vague qui se dressait, une houle, parcourir tout ce grand corps. Sa nuque qu'elle tenait ne remplissait pas sa main, elle était plate et droite. Ils restèrent bouche contre bouche. Pour la première fois aussi il laissa glisser ses mains des épaules de Monica et suivit lentement le contour de ses formes ; cela aussi fut fait consciencieusement. Enfin. Elle sauta de ses genoux où elle avait glissé, et debout devant lui, elle le regarda avec des yeux qui s'allumèrent ; puis sans se retourner, un pas après l'autre, elle recula vers la porte de sa chambre à coucher, saisit la poignée derrière son dos, ouvrit le haut battant peint en blanc, se glissa à l'intérieur, le regard toujours dirigé vers lui et dans l'entrebâillement de la porte qui se refermait, elle lui fit encore un signe de la tête et un sourire, un signe d'assentiment.

Elle lui fit un signe d'assentiment, oui, il n'y a que nous à le dire ! Donald restait assis, il ne tendit pas non plus l'oreille vers la pièce d'à côté. Le ciel s'était encore assombri. « Il faut qu'elle allume si elle veut écrire un brouillon de lettre sur son bloc... » Oui, c'était réellement ce qu'il pensait. C'était la chose la plus négligeable, la plus totalement superflue qui pût être pensée dans sa situation. Toutefois il savait que quelque chose devait arriver, peu importe quoi. Oh oui, il le savait bien. Mais la pluie se mit à crépiter sur le sol, et cela engendra chez Donald une situation toute différente et qui paraissait venir de loin, et à partir de là il ne fit absolument rien, rien de faux et rien de juste.

Il resta simplement en dehors.

Il n'était pas là. La pluie dégringolait furieusement le long des vitres, les lavant à grande eau, et tambourinait en bas sur le gravier. Et Donald regardait dehors, le regard fixé sur cette véritable muraille liquide. A vouloir quelque chose, il aurait préféré se lever d'un bond et regarder en bas, là où la masse d'eau destructrice touchait le sol. Cependant, une paralysie qui semblait venue de l'extérieur le retenait, comme une barre qui serait tombée sur lui.

Dans la chambre, elle avait jeté ses vêtements sur la causeuse ancienne et elle était maintenant étendue sur le dos, les yeux fermés.

C'était donc arrivé, oui, c'était vraiment arrivé, le virage brutal était pris. Ce qui se passerait maintenant était déjà arrivé.

Naturellement elle aurait encore pu reculer. Tout cela était son œuvre. (Ainsi Monica voguait sur le canot de sa souveraineté sauvée des eaux, une coquille de noix, oui une feuille tombée flottant sur l'eau au-dessus de l'abîme, sans le voir.)

Il arriva alors que rien ne se produisit. C'était un rouleau qui l'écrasait lentement mais sans ménagement : ça commençait par les pieds, depuis l'extrémité de son large lit tourné vers le battant blanc de la porte. Devant, la causeuse avec ses vêtements. Lorsque, au bout d'un certain temps – alors que la pluie crépitait déjà – le rouleau inexorable commença à atteindre son estomac, avec une soudaine promptitude elle se coula au-dessous pour s'en échapper, glissa hors du lit et tourna le bouton ovale et doré du verrou avec un impétueux sentiment de gratitude pour le cadeau que lui faisait cet objet docile en fonctionnant sans bruit. Comme une ombre, elle se glissa dans ses vêtements. Elle s'approcha du miroir. Il y avait sur la coiffeuse, apportés par hasard jusque dans sa chambre (elle avait arpenté toutes les pièces) et laissés là lorsque l'arrivée de Donald, précis entre tous, avait été prévisible, un bloc-notes et son porte-mine en argent. Elle prit les deux objets et se sentit encore plus profondément soulagée et reconnaissante que précédemment, lorsque le verrou s'était fermé en douceur et sans bruit. Un instant, les commissures de ses lèvres eurent une inflexion de mépris lorsqu'elle se surprit à penser, pour se consoler, que Donald pourrait peut-être vraiment avoir supposé qu'elle voulait alors travailler... Puis elle entra aussitôt retrouver Donald, avec le bloc et le porte-mine à la main.

« You got it ? » demanda-t-il. Son visage était empreint d'une étrange tristesse, dans les premières secondes seulement. La pluie cessa, il fit plus clair.

« It's all right »,dit-elle et elle regarda le ciel par la fenêtre. Il s'était ouvert. Les nuages laissaient voir du bleu en deux endroits.

Ils décidèrent d'aller se promener un peu au grand air et d'aller dîner ensuite au Parkhotel.

Le lendemain, Milohnić quitta son hôtel dans l'arrondissement de Josefstadt, largement à l'heure – dans le hall il serra cordialement la main de son ancien patron et maintenant son collègue, (un vieux monsieur déjà ! – comme sont les choses, nous ne voyons en face que celui qui vieillit comme nous et nous ne nous voyons pas nous-mêmes), et se mit donc en route pour aller au Prater chez les Clayton où devait avoir lieu aujourd'hui un five o'clock (notions courantes ! acquises ! le génie de Chwostik les possédait comme s'il les avait reçues au berceau (!!), le golf, du billard sur herbe !). Thé à cinq heures. Milo y avait aussitôt été invité – avec de grands « hellos » de la part de Robert Clayton – lorsque la veille, au premier jour de son séjour à Vienne, il avait téléphoné au bureau de Clayton & Powers.

(Monica, de son côté ne pouvait plus reculer – et d'ailleurs comment l'aurait-elle fait ?! Elle eût ainsi manifesté à Donald que la veille il s'était passé quelque chose entre elle et lui, et il ne s'était pourtant rien passé du tout ! Vraiment ! La nièce du docteur Eptinger qui vivait maintenant à Vienne avait bien entendu été invitée et ses parents aussi du même coup).

Ainsi Milo se mit en route, par un ciel d'un bleu

éclatant avec du soleil (mais le tennis des Clayton n'était ni sec ni utilisable après les averses des derniers jours, le tournoi avec Donald comme arbitre ne pouvait provisoirement pas avoir lieu et le C.M. ne parut donc que pour le *five o'clock*).

Il était très tôt, seulement un peu plus de quatre heures. Milohnić fit un bout de chemin à pied par la ville. Vraiment personne n'aurait donné son âge à l'homme élégant qu'était Andreas. Ses cheveux étaient bruns. Nous nous en apercevons maintenant parce qu'il fait quelques pas en tenant à la main son chapeau, sa canne et ses gants. Il quitte Josefstadt en direction du Parlement, traverse le Ring, longe le Volksgarten et passe devant le Burgtheater. Dans la Schottengasse, am Hof et sur le Graben, il s'arrête plusieurs fois devant les vitrines.

Les séjours de Milo à Vienne avaient toujours aussi des fins vestimentaires. Il s'acquittait de ses essayages chez le tailleur et retournait chaque fois à Belgrade presque habillé de neuf, avec des habits qu'il avait déjà portés durant ses congés et où il faisait broder ses initiales à cause de la douane. Un bottier originaire de Bohème, du nom d'Ouhrabka, dans la Habsburgerstraße, avait les formes de Milo et quand celui-ci arrivait, ses chaussures étaient prêtes, il pouvait les mettre et les essayer aussitôt pour voir s'il était gêné à quelque endroit. Pour les cravates et les gants, Milohnić avait toujours un œil vigilant quand il passait en ville, quant à ses chemises, elles étaient également faites sur mesure à Vienne.

C'était une journée délicieuse. L'une de ces journées où l'éclat réfléchi du soleil sur un vantail de fenêtre qui bat ou sur la vitre d'un véhicule, n'arrête pas de faire jaillir ici ou là d'éblouissantes étoiles blanches.

Naturellement dès hier il avait retrouvé Chwostik (qui devait aussi venir aujourd'hui), et même dans la vieille taverne où le père de Pépi avait jadis été garçon. Ce n'était plus le même patron depuis bien longtemps. Chaque fois Milo trouvait Chwostik inchangé, c'était à peine croyable. Peut-être le secret résidait-il simplement dans le fait que Pépi n'avait jamais eu l'air jeune. L'apparence singulièrement contractée de Chwostik ne prêtait pour ainsi dire pas le flanc à l'âge, n'y donnait aucune prise. Chwostik était lui-même une sorte de face ridée – mais affable – et qu'est-ce qui pouvait alors bien se rider chez lui ? Pépi semblait être fait d'une matière imputrescible.

Quand Milohnić, après avoir flâné en ville, arriva de nouveau sur le Ring par la Wollzeile, il monta dans le tramway. Celui-ci ne tarda pas à quitter la large avenue du Ring pour obliquer en direction du Prater. Ce quartier de la ville descendait en une morne étendue vers les lointains ensoleillés et ne scintillait pas de mille détails comme les petites rues du centre. On filait maintenant sur le pont et l'on franchissait la rivière. Au-delà c'était le domaine du Prater semblait-il, bien qu'il y eût encore là des maisons, mais c'était comme si les prairies finissaient seulement ici tout à fait, comme si elles s'avançaient encore entre les maisons jusqu'à la rivière qui s'incurvait au loin entre les rubans verts de ses rives. Juste à la limite des vastes prairies, Milo descendit du tramway et, marchant à l'ombre des arbres, il remonta la Prinzenallee en direction de la villa Clayton.

« Elle est presque aussi bête que n'importe quelle Pipsi Harbach. Qu'est-ce qu'elle a dit déjà ? » « Je ne peux quand même pas avoir une liaison avec un lycéen ! » « Quelle pécore ! Et comment qu'elle le pourrait ! Cela vaudrait mieux que les bêtises qu'elle commence avec ce Radinger, ce « gentleman des sleepings ». Ça pourrait faire un beau scandale ! C'est un garçon si gentil ce petit-là, et joli et élégant avec ça ! Naturellement il restera muet comme une tombe. Laisser tout simplement tomber ce pauvre gamin ! Ça doit être terrible pour lui. Peut-être qu'il soupire après elle ! »

Tel était à peu près le cours d'un monologue intérieur que se tenait Mademoiselle l'ingénieur Monica tout en traversant avec Zdenko de Chlamtatsch le gazon tondu ras devant la terrasse. Le soleil l'avait séché depuis bien longtemps. Dans le jardin des Clayton – c'était presque un vrai petit parc – on ne restait pas sur le gravier des chemins, très peu nombreux du reste, mais on marchait sur le gazon. On s'y promenait ici et là, après avoir pris le thé dans le hall. En arrière se dressaient les hauts montants qui entouraient le court de tennis encore un peu humide ; après les averses des derniers jours, Broubek, le gardien, avait une nouvelle fois ôté tous les filets avec l'aide du valet de chambre, car mouillés, ceux-ci se seraient trop tendus. Le vert du gazon avait un éclat vif. Après les dernières averses de ces journées maussades, le soleil qui brillait de toute sa force depuis le matin faisait partout fumer le Prater dont la végétation se redressait sous le ciel bleu.

Après avoir reçu hier ce qui ressemblait à un coup de matraque, Monica était déjà passée à une nouvelle vie. Et dans celle-ci, ça ne portait plus à conséquence de voir Donald à quelques pas d'elle et de Zdenko, bavarder avec deux Pipsi. Elle le retrouvait ici de façon toute différente, c'était une nouvelle première fois, oui, avec un Donald dépourvu de ce voile qui séparait et assombrissait tout et qui l'avait toujours tourmentée, un Donald réellement présent qui vivait, participait, bougeait : c'était Robert.

Tout d'abord elle avait eu un mouvement naturel de recul devant cet événement étourdissant qui l'attendait ici dans le parc des Clayton. Et l'aimable face ridée de Chwostik lui avait alors été un soutien. Déjà en prenant le thé elle avait engagé une conversation avec lui et remarqué avec surprise la façon agréable qu'il avait de poser des questions, si bien qu'elle lui avait décrit par le menu et avec beaucoup de vivacité, les difficultés qu'elle avait rencontrées au début pour mettre sur pied la succursale viennoise. Et maintenant elle marchait sur la pelouse avec ce gentil Zdenko, elle était à tel point revenue à la vie, qu'elle désirait sérieusement apprendre de quelque façon détournée, où en était le pauvre garçon par rapport à l'autocratique pécore. De l'autre côté, près de la terrasse, elle ne pouvait pas le voir à présent, se trouvait Robert Clayton. Elle l'entendait rire.

Monica continua à marcher sur la pelouse avec le Zdenko de son amie Henriette jusqu'au fond du parc. Ici se dressait un vieil arbre du Prater : un géant. Avoir aujourd'hui la possibilité de cerner Zdenko était un moment qu'elle attendait. Car il y a déjà huit jours de cela, le lycéen Heinrich, au repas de midi avec ses parents, avait mentionné entre autres petites anecdotes sur le lycée, que trois de ses camarades de classe – parmi lesquels celui qui, il y a quelque temps, avait fait des expériences avec lui le dimanche après-midi – étaient invités chez un industriel anglais du nom de Clayton dans sa villa du Prater (manifestement les membres du C.M. n'avaient pas pu tenir leur langue ; ma foi, ce n'était quand même pas rien !). Henriette savait déjà que Monica viendrait aussi chez les Clayton. Ils étaient maintenant là sous le vieil arbre. Il y avait aussi là deux bancs. En tout état de cause, c'était une muflerie sans nom que de traiter ainsi ce gamin ! Pourtant il ne semblait nullement plongé dans l'affliction ou la tristesse. Il a l'air très absorbé. C'est mignon cet air de garçonnet sérieux sur un si joli visage ! Il a un air décidé ! Peut-être que cette gourde n'est pas tombée sur celui qu'il lui fallait ? Quand je pense, dans ma chambre à coucher !

Mais la curiosité la tourmentait. Peut-être aussi que Monica voulait absolument se changer les idées, penser à autre chose et s'y cramponner, emportée qu'elle était maintenant dans un nouveau tourbillon !

« N'avez-vous pas un camarade de classe du nom de Frehlinger ? » demanda-t-elle brusquement. C'est ainsi que le coup partit, surprenant le tireur lui-même qui d'ailleurs ne toucha aucune cible.

« Oui », dit-il, « il est devant moi en classe. »

« Vous le fréquentez ? »

« J'ai été une fois chez lui, un dimanche. »

« Sa mère est une de mes amies d'enfance. Vous connaissez les parents Frehlinger ? »

« Oui, j'étais invité à goûter. »

« C'est une belle femme, n'est-ce pas ?! » (« C'est pousser déjà assez loin le bouchon », pensa Monica aussitôt après avoir prononcé ces paroles).

« Je ne m'en souviens plus très bien. Nous ne sommes restés que peu de temps à table pour prendre le café. Elle est grande, je crois, comme Heinrich d'ailleurs. »

« Il est inébranlable comme une casemate, celui-là ! » se dit Monica. « Et personne ne se serait jamais douté de rien ! Pécore ! Et il faut qu'elle commence une liaison avec ce Radinger ! Mais je lui dirai ce que j'en pense. Peut-être qu'on pourrait faire repartir l'affaire avec Zdenko ?! Ce serait vraiment idéal ! Pour les deux ! »

C'est l'envie de tout le monde de jouer les intercesseurs. Mais voilà que des gens s'approchaient. C'était quand même une idée grandiose, bien qu'un peu excentrique (elle venait de Robert !), que de boire ici au milieu du parc du champagne français après le thé. « C'est original, je dirais presque : génial ! » déclara Gollwitzer quand le valet de chambre, une soubrette et Broubek, traversèrent le gazon portant les coupes de champagne sur de grands plateaux d'argent.

Naturellement on entendit les Pipsi rire avec les lycéens Wasmut et Hofmock. On pouvait même distinguer un peu le gros rire d'Augustus.

Derrière se trouvait un second groupe d'adultes (on ne tarda d'ailleurs pas à ramener des chaises longues de la terrasse) : les époux Bachler et Eptinger avec Donald et même les parents Eptinger s'y installèrent avec majesté. Quant à Chwostik et Milo, ils allèrent rejoindre Monica et Zdenko lorsque Robert Clayton se dirigea vers ces derniers avec Gollwitzer.

L'espace d'un instant seulement, il y eut une fissure dans le temps, son cours s'arrêta, laissant place à une scène de genre : lorsque Robert, regardant Monica, leva sa coupe à sa santé. Ce qui devait venir maintenant était déjà arrivé. Aussitôt la conversation recouvrit le trou béant. C'est d'ailleurs à ça qu'elle sert toujours (et c'est pour ça que la plupart du temps elle a si peu de valeur). Quelques questions à Monica sur son activité à Vienne ; et il paraît qu'elle avait été longtemps en Angleterre, avait dit Donald. Les questions étaient moins alertes et moins adroites que celles de Chwostik tout à l'heure. Mais elles n'avaient d'ailleurs pas besoin de l'être. Du reste Monica ressentait nettement ce qu'il y avait d'agréable dans la présence de Chwostik, voire de reposant et de réconfortant. Un fragment ou un éclat tombés dans une conversation peuvent donner à celle-ci un tour complètement différent et il n'est ensuite plus guère possible de s'en rendre compte et de les déceler, surtout si la conversation se poursuit. Encore moins après, une fois qu'elle a pris un tour nouveau et qu'on ne sait même plus de quoi il était question avant et quel en était le point de départ. Quand on eut fini d'apporter de petites tables basses et les fauteuils de jardin – les bancs sous le vieil arbre paraissaient quand même un peu humides – et qu'on eut mis à l'ombre une grande bassine à punch en cuivre, pleine de glace et de bouteilles de champagne (tout cela était très agréable, il faut bien le dire ! et les invités étaient assis un peu partout dans le jardin et buvaient !) on parlait en tout cas déjà du Semmering.

« Old Pépi ! » cria Clayton, « il faut que vous nous conduisiez encore une fois sur la Rax. Ça remonte à quand... ? » Il s'interrompit. « Oui », dit Chwostik, et il continua sans se gêner en dialecte viennois (qui d'ailleurs était devenu une sorte de mode chez Robert Clayton, il essayait de temps en temps d'imiter cette intonation). « Ça m'déplairait pas d'y traîner encore mes guiches. »

« Mes guiches, mes guiches... Qu'est-ce que c'est des guiches ? » demanda Robert.

« C'est comme les tibias », laissa tomber sèchement le pernicieux Gollwitzer. Il est possible que Clayton et Chwostik aient eu la même image dans la tête : leur halte avec Harriet au pied de la paroi à pic.

« Mais le chemin de fer, le chemin de fer ! » s'écria Robert. « On ne devrait jamais passer le col du Semmering en automobile. Seulement en chemin de fer. Ce fut ma première grande et forte impression en Autriche. »

Vinrent quelques remarques sur la ligne du Semmering, la date de sa construction – ça faisait bientôt soixante ans – la durée des travaux ; c'est Milohnić qui donnait tous ces détails (héritage de l'époque où il servait dans un hôtel à Vienne ? C'est qu'il avait été un chef de réception bien informé !) chose qui, tout de même, mérite d'être mentionnée. Gollwitzer connaissait certaines choses pernicieuses : dans la portion montagneuse on avait tracé des courbes trop raides et trop serrées de sorte que les locomotives de l'époque pouvaient à peine les franchir. Bien entendu le nom du constructeur, Karl Ghega, tomba aussi dans la conversation. En ce temps-là les travaux du génie n'étaient pas encore des entreprises frappées d'anonymat. Le Semmering et Suez représentaient une gloire personnelle.

Hofmock et Wasmut s'étaient joints aux Pipsi. Peut-être Heribert a-t-il mieux compris à cette occasion, qu'un ingénieur peut aussi être un gentleman. Zdenko, pour sa part, était justement en train d'y penser : il n'était pas vrai qu'il pensât toujours à Henriette. Monica était seule à le croire. Elle surestimait beaucoup l'importance de sa belle amie pour le lycéen. Quand les éléments se ruent sur un enfant, celui-ci reste quand même un enfant.

Mais voilà que Robert Clayton reprenait la parole. Il décrivait le tracé de la ligne de montagne :

« A peine a-t-on eu le temps de se rendre compte que ce que l'on aperçoit et dont on se rapproche dans une courbe est un viaduc, que déjà le sol en bordure des voies disparaît, comme avalé : déjà on roule sur l'importante arche de pierre à une hauteur considérable surplombant une localité tout en longueur dont la rue court en-dessous. »

« C'est Payerbach-Reichenau », dit Monica en regardant Robert. Elle était assise un peu penchée en avant et gardait dans la main sa coupe de champagne. « Oui », dit-il, « la ligne tourne et se met bientôt à tourner sans cesse. On dirait qu'on monte sur le toit d'un bâtiment par un escalier tortueux. On croit être très haut mais on monte encore. On voit la large courbe de la voie sur laquelle on vient juste de passer. Les précipices qui bordent la ligne deviennent plus escarpés et plus profonds et finissent par devenir vertigineux au passage d'une sorte de galerie à claire-voie dont les piliers défilent dans un sifflement. »

« La Weinzettelwand ! » s'écria Monica. « Ce n'est vraiment pas un simple voyage en chemin de fer. C'est une belle aventure. C'est seulement en empruntant la ligne de chemin de fer qu'on découvre le paysage de montagne, il s'ordonne tout au long du trajet. On peut s'en rendre compte à partir de n'importe quel chemin rural. Mais ici, on le voit en grand. »

« Oui, tout à fait ! »

« Et en même temps, par les petites fenêtres du wagon, on voit toujours des horizons variés », poursuivit-il. « Le soleil s'appuie à des pitons rocheux isolés. Les forêts sont beaucoup plus loin, comme de la mousse. »

« Et à la fin », dit Clayton, « toute cette magie disparaît quand, après la station « Semmering », on entre dans le tunnel le plus long : courant d'air, sifflement, obscurité, éclairage au gaz dans le compartiment. C'est dans un paysage vert et complètement apaisé, avec des hauteurs modérées que l'on revient à la lumière du jour. »

Clayton se tut, prit son verre sur la petite table, se pencha en avant et le fit tinter contre la coupe de Monica qu'elle leva aussitôt vers lui.

Ainsi prit fin ce bref duo. Il avait largement dépassé la société et sa conversation et avait peut-être même eu un effet insolite. On se tut d'ailleurs pendant quelques instants et le pernicieux Gollwitzer ne trouva même rien à rappeler. Après cette cristallisation passagère, la situation se délita, quelques-uns quittèrent le petit cercle et bientôt tout ce monde se mélangea pour former d'autres groupes. Robert et Monica furent séparés eux aussi.

Au fond, à la limite de la propriété, courait un des rares chemins qu'il y avait dans ce jardin, un chemin qui n'était pas couvert de gravier mais d'une herbe verte, il était large, bordé de part et d'autre de jeunes arbres plantés à faibles intervalles et entre lesquels poussaient des buissons touffus. On avait tout laissé en l'état. Un arrière-plan sauvage pour des pelouses soignées et bien tondues. Rita Bachler, son frère le docteur Eptinger et Chwostik s'étaient dirigés là-bas en explorateurs, avançant lentement sur le chemin gazonné, abrité par le feuillage vert-clair.

Madame Rita Bachler faisait sur Chwostik une impression toute différente de celle qu'elle a en général toujours faite sur nous (la salade de concombres). Dès le premier instant où il vit son visage, il eut la sensation qu'elle était mêlée à une situation dans laquelle il s'était trouvé à un moment quelconque et dont il avait maintenant pour ainsi dire le goût sur le bout de la langue. A vrai dire, cela n'avait rien à voir avec la nature réelle et la présence de madame Bachler. Cependant cette présence exerçait sur Chwostik une attirance sensible. C'était comme s'il s'approchait d'une fenêtre ouverte et regardait au loin le bleu de l'air. Le docteur Eptinger, avec une espèce de loquacité sénile qui lui était de plus en plus particulière ces dernières années, ne tarda pas alors à éclairer Rita et Chwostik (disant que ce dernier avait jadis repris l'appartement de sa sœur et d'autres choses de ce genre) mais cette relation de fait entre eux était bien loin de donner une explication de ce que Chwostik sentait toujours, oui, de ce qu'il cherchait en fait – ou cherchait à sentir pourrait-on presque dire. Il ne trouvait pas ; il était incapable de saisir ce bleu qui l'emplissait et pourtant se dérobait devant lui.

Ils marchèrent sur le chemin ombragé jusqu'à ce que celui-ci s'arrête brutalement devant un grillage et ils s'en retournèrent entre les feuillages et la végétation qui avaient encore le vert clair du printemps et dont les effluves presque excessifs s'étaient concentrés ici dans l'air immobile. Ainsi, avec l'accomplissement du printemps, toute la prairie du Prater commençait à exhaler ses vapeurs et ses senteurs, tandis que les feuillages s'assombrissaient progressivement, gorgés de sève comme d'un sang nouveau.

Zdenko marchait au hasard sur le gazon tondu ras. Il aimait cette façon d'utiliser un jardin ; rien de commun avec les parents de sa mère à Lainz, où il ne serait venu à l'idée de personne de sortir du chemin recouvert de gravier et de marcher entre les plates-bandes et les bosquets. Rien de tel ici. On circulait dans le jardin comme dans une enfilade de pièces recouvertes de tapis.

Naturellement, il avait tout de suite reconnu Monica, qu'il avait vue au « café Zartl », le soir mémorable de sa visite chez Frehlinger. Maintenant il savait que c'était le plus jeune des deux Anglais, le fils donc, Donald, qui l'avait attendue là-bas. Ces constatations le laissaient tout à fait indifférent, tout comme Monica elle-même. Depuis qu'il avait aperçu Madame Harbach, il savait aussi qu'Henriette était remplaçable ainsi que toutes les « Madame Harbach » de leur côté, et qu'elles vivaient, tout comme Monica certainement, de l'illusion d'être irremplaçables parce qu'elles occupaient présentement le champ de vision d'un quidam et l'empêchaient de regarder plus loin. Si maintenant, après Henriette, madame Harbach pouvait lui plaire, c'en était fini de tout ce qu'il pouvait y avoir d'exceptionnel, fini une fois pour toutes.

C'est ainsi qu'il se détacha, incontinent et de façon bien singulière, de madame Harbach qui passait juste à ce moment, majestueuse au milieu d'une escadrille légère de lycéens. Son important époux était resté sur sa chaise longue avec son champagne.

Cependant, et en dépit de tels désenchantements, le jeune monsieur de Chlamtatsch traversa non sans profit les espaces recouverts du tapis de gazon en jouissant d'une avance sur l'escadrille qu'il venait de voir, avance qu'il ne devait pas à l'expérience qu'il avait faite avec madame Frehlinger, mais seulement à son expérience présente et toute fictive avec madame Harbach.

C'est seulement de cette façon qu'il parvint aussi à bien profiter du ciel bleu, du gazon vert, et aussi du champagne.

Ailleurs, là où le gazon n'était pas tondu, au fond en bordure des fourrés, on pouvait voir comme l'herbe était déjà haute. C'est là que marchaient Monica et Milohnić qui était sous son charme comme presque tous les hommes ici (c'est à peine si les lycéens, à l'exception de Zdenko, se risquaient près d'elle, ils se contentaient de la lorgner sans arrêt, tout en riant avec les Pipsi).

Auparavant, Milo avait devisé avec les Harbach (qui semblaient bien connaître ce gandin de docteur Bachler – ils étaient ses patients depuis toujours – comme il apparut alors dans la conversation). Il était flagrant qu'il recherchait ces riches notabilités par une espèce de vénalité innocente provenant sans doute de sa profession (ou était-ce justement cette vénalité qui l'avait conduit à sa profession ?). Un client est un client – tout patron de taverne vous le dira et laissera chacun être ce qu'il est (à condition qu'il ne fasse pas de dégâts). Mais dans l'hôtellerie on fait quand même des distinctions, et un grand industriel de Vienne est bien sûr tout à fait à sa place dans un établissement de premier ordre à Belgrade. C'est pourquoi la maman Harbach avait eu droit à des yeux doux, et elle y avait répondu aimablement, bien que Milo ne comptât plus parmi les jeunes hommes : ceux-là d'ailleurs, elle préférait en fait les atteler à son majestueux char de triomphe. Auparavant pourtant, alors qu'elle ondoyait à travers le jardin, entourée de l'essaim des lycéens qui avaient relégué les Pipsi au second plan, elle avait plutôt eu l'allure d'un navire-amiral escorté par des avisos.

Maintenant il marchait ici avec Monica. C'était quand même plus sérieux. Donald se joignit à eux, la pipe à la main. Il fit signe à Broubek et celui-ci arriva avec un plateau et des coupes de champagne. Quoi qu'il en soit, Milohnić n'était pas du genre à se laisser marcher sur les pieds, par disposition ou par formation, les deux peut-être. A l'instant même où les verres tintèrent – peut-être à la façon dont Monica avança à peine son verre en direction de Donald et le recula immédiatement après – il sentit d'ailleurs qu'il y avait ici un certain nombre de paramètres qui lui étaient inconnus, qu'il y avait ici la présence d'un passé très récent qui était leur lot à tous les deux. Lorsque Robert, sa coupe de champagne à la main, traversa allègrement le gazon, en direction du petit groupe à la lisière des fourrés, et trinqua avec Monica, Milo avait en fait déjà deviné l'essentiel.

« Il se passe toujours quelque chose », a dit une fois un garçon de café viennois d'une taverne d'Ottakring juste au moment où quelqu'un venait de se faire tuer d'un coup de couteau. Au fond, Milo ne pensait pas différemment. Le visage de Monica – maintenant il l'observait déjà à la dérobée – portait des traces d'abattement et de conflit. Chwostik passait par là. « Monsieur le directeur ! » cria Monica, « venez donc vous joindre à nous ! » Cette fois c'est Robert qui fit signe à Broubek. Et la façon dont Old Pépi trinqua avec les Clayton bros. laissait transparaître sans équivoque qu'ici tout tournait rond.

Tirée à hue et à dia comme elle l'était à présent et soudain profondément méfiante – sa propre incertitude se déposant comme une buée sur les fenêtres de son âme ! – Chwostik lui apparut comme une échappatoire. Tout l'après-midi elle s'appuya sur lui beaucoup plus qu'elle ne le savait – elle le savait pourtant bien un peu – et au moment de partir elle ressentit l'impossibilité de le perdre déjà. Ces choses-là, qui suivent pour ainsi dire une voie qui vient de bien plus loin que ne l'imaginent les voyageurs qui montent maintenant dans le train – ces choses-là finissent toujours par s'arranger. Et une fois de plus tout se déroula sans accroc. Chwostik marchait à côté de Monica dans la Prinzenallee ; d'autres devant et d'autres derrière. Les lycéens avaient déjà disparu. Les Eptinger aussi. Les autres adultes et les Harbach avec les Pipsi montaient dans leurs voitures. Monica avait laissé la sienne près du café Zartl. Son chauffeur y était aussi. Ils s'y dirigèrent alors en couple. Ils s'étaient déjà séparés des autres invités. Quand ils furent arrivés, Monica dit qu'elle aimerait faire quelques pas au grand air en direction du Prater. Elle entra dans le café – Chwostik attendit dehors – et dit à son chauffeur qu'il veuille bien dîner au très bon restaurant d'en face (il s'appelait Urschütz, nous le connaissons par la biographie de Chwostik !) et qu'ils se retrouveraient ensuite de nouveau ici, au café. Là-dessus, elle sortit retrouver Chwostik et ils refirent en sens inverse le chemin par lequel ils étaient arrivés, en direction du Prater.

Entre-temps il commençait à faire nuit. Le fait de s'être rapidement séparés des invités avec lesquels ils avaient passé tout l'après-midi, cette marche à présent en sens inverse de tout à l'heure, lorsqu'il avait voulu la conduire à sa voiture, tout cela donnait à leur rapprochement un caractère en quelque sorte autonome qui n'avait plus aucun motif mondain comme dans la société de tout à l'heure. On aurait plutôt dit qu'ils s'étaient donné rendez-vous pour aller se promener le soir. Sur le pont, Chwostik regarda en amont à travers les poutrelles du treillis métallique – ils marchaient du côté droit – à peu près dans la direction où le docteur Eptinger habitait (il était sans doute maintenant chez lui depuis bien longtemps) et plongea le regard dans une grande fenêtre bleue encore ouverte dans le ciel, mais que l'obscurité fermait peu à peu. Ils suivirent la large rue au-delà du pont, traversèrent la Prinzenallee (la villa Clayton était à gauche, et c'est ici qu'apparut seulement avec une totale évidence l'autonomie de leur entreprise) et suivirent les rails du tramway qui se prolongeaient dans la verdure sur une voie indépendante, cessant ainsi d'être un tramway. Elle courait à gauche du chemin, derrière une grille.

L'endroit n'était pas désert. Beaucoup mettaient à profit cette belle soirée, ils affluaient au Prater ou ils en revenaient. Monica regretta que ce fût aujourd'hui samedi et que tous les restaurants et cafés du Prater déjà ouverts ici et là fussent certainement pleins (Chwostik avait proposé de manger quelque part). Elle dit que ce serait très bien mais qu'elle craignait la promiscuité. Si on pouvait être seuls ! Dans un endroit isolé. Cet après-midi, cela avait été presque trop pour elle. Il proposa le plus innocemment du monde – et seulement parce qu'il voulait en tout point lui être agréable ! – que si cela lui convenait de prendre un petit en-cas chez lui après cette promenade, ce serait pour lui un très grand honneur ! Il habitait en effet dans les environs, dit-il. « C'est ce que nous allons faire, Monsieur le directeur ! » dit-elle aussitôt. « Vous avez de quoi chez vous ? » « Oh oui » dit-il, « tout ce qu'il faut » (la Wenidoppler qui avait pris de l'âge et perdu des manières, pour autant que ce fût là chose possible, avait l'habitude de faire les courses pour lui.)

Le Prater ne présentait pas vraiment encore ce grouillement estival des jours de forte chaleur, lorsque dans les vastes cafés en plein air de la Grande allée, les ensembles militaires donnaient des concerts qu'on pouvait entendre par-dessus un mur de badauds, et que sur la chaussée défilait un corso de fiacres et d'équipages. Les automobiles, il y a cinquante ans, n'avaient pas encore l'autorisation de circuler. Il y avait maintenant de plus en plus de promeneurs, et on entendait déjà ici et là les orgues de Barbarie des manèges dans le parc d'attractions ; et au-dessus des frondaisons flottait déjà un peu la lueur de cette brume laiteuse qui, à l'heure où tout bat son plein, monte haut dans le ciel et chasse les étoiles.

Ils prirent l'allée principale et la quittèrent de nouveau près de cette hauteur à l'air étrangement artificiel et qu'on appelle : « Konstantinshügel ». En haut, il faisait noir, le restaurant était encore fermé. Maintenant c'est

Chwostik qui montrait le chemin car les détails de l'endroit paraissaient étrangers à Monica et ils retombèrent entre les maisons en direction du canal du Danube, bien en amont du pont, presque à l'endroit où habitait l'oncle de Monica, le docteur Eptinger.

Ici il y avait un bac à câble pour passer la rivière et il marchait encore, bien que la nuit fût déjà tombée. Une lumière solitaire brillait. Ils descendirent les marches vers l'eau.

De descendre ainsi, on coupait les liens avec la rue et la terre ferme, et même du simple fait d'avoir maintenant l'intention de passer le cours de la rivière, de diriger ses pas vers la berge. Chwostik qui avait utilisé souvent ce bac, durant des années, quand il voulait aller au Prater, de l'autre côté, ressentait encore chaque fois cette impression, bien que de façon abrégée à cause de la répétition.

Il y avait déjà des gens qui attendaient en bas sur l'espèce de ponton ancré là et qui faisait office d'embarcadère. Ici la rivière faisait une entaille dans le paysage urbain où s'engouffraient les lointains d'où elle venait, ouvrant dans la nuit un éventail de lumières isolées. Lorsque l'embarcation venant d'en face eut glissé vers la rive et lâché ses voyageurs peu nombreux, on descendit trois marches pour passer sur le bateau et l'on paya dix hellers. Déjà l'embarcation s'était détachée du bord, l'écart s'élargissait, le passeur se tenait derrière, réglant un peu l'allure par le gouvernail. Il était maintenant absolument impossible de voir dans le noir la poulie qui tournait sur une traille tendue au-dessus de la rivière. L'eau était proche et filait rapidement. Déjà on accostait en face.

Ils montèrent les marches de la berge, traversèrent l'embarcadère et suivirent une rue qui débouchait à angle droit sur la rivière. Ici, tout était construit. Même en face de la maison d'angle où demeurait Chwostik courait un alignement de constructions neuves (finie la vue sur le Prater en face). La porte de l'immeuble était encore ouverte. Ignorons la Wenidoppler. Peut-être a-t-elle jeté un regard par le judas selon l'usage des concierges. Passons !

Monica se sentait légère et agréablement recueillie.

Cette soirée la sortait d'elle-même, la soulevait. Elle ne comprenait pas de quelle eau on l'avait tirée (cette fois c'était une eau stagnante, elle s'appelait Donald). Sans cesse, l'image de Robert était bien devant elle, oui, elle-même se trouvait pour ainsi dire au cœur de cette image, loin de tout ce qui, ces dernières semaines, avait pu l'oppresser et l'accabler. Maintenant cela paraissait surmonté et mis au clair, comme une erreur sans importance qui l'avait si longtemps immobilisée. Il lui semblait qu'elle s'éveillait d'un rêve sans issue où tout se recoupait obstinément. Toutefois, maintenant qu'elle était sortie de ce rêve, Chwostik demeurait le soutien dont elle n'avait pas voulu se séparer.

Pendant ce temps, il s'activait dans la cuisine – tandis que Monica était assise dans cette pièce du fond où le vieux petit bureau de dame voisinait avec les meubles de Portnois Fix toujours comme neufs – et en dix minutes le dîner improvisé fut sur la table : des sardines, du pain blanc et du beurre, tout ce qu'un vieux garçon peut avoir chez lui, et une bouteille de bordeaux fut débouchée.

Chez Chwostik, toute cette situation, entourée des détails s'y rapportant, était comme un objet étincelant posé là, comme l'élégante petite corbeille d'argent avec les friandises posées sur la table (un cadeau de Milo, et la Wenidoppler la tenait toujours bien astiquée). Ici on avait allumé une lumière nouvelle, un puissant luminaire, qui lui était inconnu jusqu'alors, jetait ses feux dans son petit appartement, oui, c'était paradoxalement un lever de soleil après le coucher du soleil. Mais tout cela, il le vivait sans aucun regard en coin jeté ironiquement sur lui-même, un regard de regret que l'on regrette, et cela représente déjà quelque chose de tout à fait exceptionnel pour une telle face ridée d'Autrichien.

C'est ainsi que tout cela lui tomba dessus, et c'est ainsi qu'il le reçut. Monica de son côté se trouvait dès le début dans un climat de confiance avec Chwostik et aussi avec cet environnement maintenant. Cela parle en faveur de l'épanouissement de ses instincts. Car on la regardait ici avec un étonnement respectueux comme un astre descendu sur la terre et notre Pépi tournait autour comme un satellite dont on ne voyait qu'une pâle lueur, presque sombre. Et il la servit de façon charmante tandis qu'elle mangeait de bon appétit. Une fois, alors qu'elle lui présentait son profil perdu, durant quelques instants, elle rappela à Chwostik quelqu'un, il ne savait qui, qu'il avait connu autrefois, il y a très longtemps mais c'était trop éloigné et il était incapable de ranimer ce souvenir. Elle lui paraissait avoir quelque chose de français (ou ce qu'il se représentait sous ce qualificatif). Cela venait peut-être de la Suisse où elle avait été élevée, Monica l'avait raconté. Au total : il savourait cette présence, il en était témoin et témoin de sa présence à lui par surcroît. A cet âge, devant les perles que la vie fait rouler vers nous, on n'est plus l'un des pourceaux dont parle la Bible. Non, on les voit rouler très nettement, ces perles, comme le joueur de billard voit la boule brillante sur le tapis vert comme une prairie, au milieu de l'atmosphère médiocre d'un café banal dont il est client.

Nous connaissons les habitudes très simples de Chwostik dans la partie de sa vie qui nous est cachée et qu'il nous est arrivé une fois de retourner. S'il se retrouvait maintenant pour ainsi dire avec une étoile tombée du ciel sur ses genoux – et cela est relativement rare, il y en a beaucoup à qui cela n'arrive jamais – elle aussi sentait avec confiance et une impression de réconfort ce que cette île flottante, ici, sur le fleuve du temps avait d'exceptionnel, une île qui n'engageait à rien, où l'on ne se dépêchait pas d'anticiper avec des questions plein la tête mais où l'on demeurait au contraire entièrement dans le présent et dans son innocence paradisiaque comme sur l'une de ces îles fortunées des mers du Sud. Et n'était-elle pas pour ainsi dire rescapée d'un naufrage, à mi-chemin entre une vie ancienne et une vie qui restait à découvrir et déliée de l'une et de l'autre dans l'innocence du présent ? Car le présent à l'état pur, à la surface si douce, sans souci, sans regard en arrière est aussi exempt de faute et de menace, et lorsque nous nous mettons en état de le reconnaître, c'est à proprement parler un retour dans notre ancienne chambre d'enfant. En voyant dans la petite chambre à coucher de Chwostik la table pivotante blanche à un pied elle dit en riant : « Mon papa en a une pareille dans son cabinet. C'est nettement plus sympathique qu'une table de nuit ! » Mais Chwostik ne répondit rien (bien qu'après tout il eût vraiment pu le faire). Il serrait son étoile maintenant incandescente.

Et notre Old Pépi garda un sentiment de vénération pour la mince déesse entrée une fois chez lui et dont il jugeait le retour absolument impossible, et qui d'ailleurs ne s'est jamais produit. En quelque lieu qu'il la rencontrât plus tard – ce qui n'était pas spécialement rare – elle restait pour lui une porteuse de bienfaits ; et il s'inclinait sur sa main avec une courtoisie surannée.

Monica n'a jamais pris conscience qu'en l'occurrence elle ne se comportait pas autrement que son amie Henriette, si violemment critiquée, à l'égard de Zdenko. Et si quelqu'un avait pu lui dire ce genre de choses, il lui aurait certainement été répliqué : « C'est quand même tout à fait différent. »

Cependant elle n'avait vraiment pas le loisir de pouvoir découvrir ces états de fait et de se livrer à de pareils dialogues intérieurs. Car Robert Clayton oubliait le golf – dont la saison allait maintenant bientôt recommencer – il oubliait même provisoirement son bureau et, de temps en temps, il oubliait aussi sa pipe, qu'il fumait dans ces jours décisifs de façon singulièrement différente. Sa pipe à tuyau droit ne pendait plus comme seule le fait habituellement une pipe à tuyau coudé : quand il était seul – et il cherchait maintenant la solitude – Robert la tenait au contraire horizontalement avec la main, tirant des bouffées à petits coups. C'est alors qu'il monta gaillardemment à l'assaut sur tous les fronts.

Qu'en était-il de Donald ? C'était pour Monica le chapitre le plus difficile. Comme avant, ses appels téléphoniques amicaux arrivaient à la maison d'édition et chez elle, en toute quiétude. (N'aurions-nous pas dû nous servir quand même de notre botte ?). Mais expédier Donald hors de notre composition comme la Wewerka, c'est une chose que nous n'aurions pas pu faire, simplement parce que nous en avons besoin ; d'ailleurs pour ce grand flandrin aux dehors apathiques, trop en avance sur son époque et donc anachronique, nous avons après tout estime et affection. Quel manque de chance quand même pour lui à l'époque, en face d'une génération de pères qui ne faisaient encore qu'une bouchée de ces individus à nature de sphinx !

O grand flandrin de sphinx ! Est-ce que tu remarques quelque chose ? Moi, j'ai bien l'impression que tu ne remarques rien ! Il continue tout simplement à téléphoner chez elle ! Eh bien, au plaisir ! Ça promet.

A vrai dire, elle se dérobait, qu'eût-elle pu faire d'autre ? Quelle autre solution lui restait-il ? Une explication était impossible, en tout cas maintenant. Non ? Aurait-elle dû lui dire qu'elle s'était déjà allongée sur le lit de la pièce d'à côté, la veille de la garden-party ? Pour elle, Donald n'était plus dans le domaine du possible. En elle, il n'y avait plus de place pour lui.

Deux messieurs absolument inconnus de Monica tinrent d'abord Donald un peu éloigné : c'était monsieur Cyrus Smith à Chifflington (Chwostik II) que nous avons déjà aperçu une fois et le directeur technique ou l'ingénieur en chef de là-bas. Ils sollicitaient la présence de Donald à cause du montage de machines d'un nouveau modèle que Donald avait déjà exécuté à Vienne et où il avait donc de l'expérience. Nous sommes ainsi confrontés au problème insoluble de sonder notre sphinx sans qu'il s'en doute, pour qu'il nous apprenne s'il s'est aperçu de quelque chose quand l'autre moitié des Clayton bros. lui annonça qu'il était nécessaire d'aller en Angleterre. Chwostik, en tout cas, a vu dans le bureau la lettre que Robert avait fait écrire à ces deux messieurs d'Outre-Manche le lundi suivant la garden-party et où il leur proposait la venue du directeur junior pour le cas où ils la jugeraient nécessaire. Eh bien, quel individu ne sauterait pas sur l'occasion lorsque, dans une affaire où il n'est peut-être pas lui-même très au fait, on parle de le décharger de sa responsabilité ? Ces messieurs sautèrent donc sur l'occasion et sollicitèrent la venue de Donald. Ils avaient écrit tous les deux pour donner plus de poids à la demande, bien que le directeur technique fût pourtant seul compétent dans cette affaire.

Robert le lui dit le soir dans le hall, une fois le dîner achevé. Augustus était aussi présent. Nous sommes assis (sans penser à grand-chose) les yeux fixés sur la cheminée où il n'y a plus de feu depuis longtemps et nous observons avec attention. Et nous ne voyons rien en ce qui concerne Donald. « Je t'en prie, va faire aussi un tour à cheval jusqu'à Pompe-House, en face, » dit Robert, « ça va bientôt faire un an qu'aucun de nous deux n'y est allé. »

On arrangea aussitôt une excursion sur la Raxalpe avec Monica et Chwostik. La nouvelle route de montagne qui franchit le col pour passer en Styrie venait alors juste d'être terminée et la Knight-Minerva enchaîna sans difficulté les larges virages jusqu'à près de 1.000 mètres d'altitude. Il y avait là aussi une auberge qui venait d'être construite. On laissa la voiture et le chauffeur. Ici c'était le versant le plus doux de la montagne, le moins escarpé, avec des parois moins hautes que sur l'autre face par laquelle ils étaient montés autrefois avec Harriet.

Ils quittèrent la route et s'engagèrent sur le chemin pierreux. Derrière eux la barrière à claire-voie d'un alpage se referma en grinçant.

A voir les trois excursionnistes obliquer plus à gauche et pénétrer dans la forêt, une chose ne laisse pas de nous étonner : c'est que la différence d'âge entre Monica et ses deux accompagnateurs avait complètement disparu durant cette promenade en montagne. Ce qu'il en était de Pépi, la face ridée, Milo l'avait déjà bien vu. Mais Robert n'était pas une face ridée. Ce genre de faces ridées, on en avait d'ailleurs vu dans le dernier village en bas, lors d'une courte halte, et Clayton, à sa manière, établit immédiatement à cette occasion une relation avec « Old Pépi », semblable à peu près à celle entre Broubek et le gardien de Pompe-House avec sa vieille casquette de cricket. Ces faces ridées constituent toutes ensemble une espèce de réseau de racines, ce qu'on appelle la population. Cette population avait un coup de fusil infaillible pour commettre ses braconnages, elle rampait si nécessaire sur d'étroites vires au-dessus des abîmes, n'avait peur de rien, gagnait sa vie par un effrayant travail de forçat sur des pentes escarpées et en abattant du bois dans la haute forêt encore plus abrupte, déployait une énergie à donner la chair de poule à un observateur non averti. Robert n'avait vu que quelques faces ridées dans le village et, en passant en voiture, beaucoup de champs en pente raide. Mais cela lui suffisait déjà. Il tirait de cette observation quelques conclusions. Il n'était pas une face ridée. Au contraire il était un homme aux nerfs vigoureux et haut sur pattes, fils de cette île que nous aimons et tenons tous en haute estime et dont les enfants dégingandés ont porté un regard plein de curiosité hardie sur le monde entier (qu'ils ont conquis par la même occasion), que ce soit en Afrique ou sur le Cervin où ils sont aussi arrivés les premiers.

Robert n'avait pas un seul cheveu gris (alors qu'on pouvait déjà en voir sur les tempes de Donald). Il avançait allègrement à grandes enjambées. Chez Chwostik il était tout à fait évident que c'est sa légèreté qui le faisait avancer, son allure sèche et ramassée. Monica, quant à elle, avait fait en Suisse des randonnées en montagne. Elle ne manquait pas d'entraînement. Le trio paraissait en bonne condition. Ils s'accordaient bien. La forêt était maintenant plus escarpée, tout en escarpements même. Entre les troncs d'arbre se trouvaient beaucoup de blocs de rochers gris, ils n'avaient pas tous dévalé du sommet, certains avaient été lancés. Ils entendirent le clapotis de la source près de la cabane, tout près de la lisière de la forêt.

C'est ainsi qu'on perçut le silence dans lequel on était entré, deux heures après avoir dépassé les zones industrielles autour de Wiener-Neustadt. D'ici, il n'y avait pas beaucoup de vue. Pourtant, à un endroit, une échancrure parmi les énormes épicéas permit de voir combien on était haut déjà. Presque tous les sommets boisés étaient plus bas et ressemblaient à de la mousse sous les voiles de brume ensoleillés. Midi approchait. Ils n'étaient pas partis trop tôt de Vienne. C'est seulement à huit heures que Clayton avait appuyé sur le bouton à côté de la porte vert olive de l'appartement de Monica.

Mais à cet instant, lorsque la sonnette retentit, la situation devint alors tout à fait limpide pour Chwostik. « Accompagnez-moi, Monsieur Chwostik, nous monterons tous les deux. » (Ainsi parla Robert dans la voiture, lorsqu'ils s'arrêtèrent Auhofstraße). Puis il passa devant et monta les escaliers quatre à quatre. C'est ainsi que

Chwostik apprit ce que Milo n'avait fait que subodorer ou soupçonner dans le jardin de la villa Clayton, non sans le raconter ensuite, il est vrai, à Pépi le dimanche qui suivit la garden-party. C'est lundi que la lettre pour l'Angleterre avait été dictée par Robert Clayton. Chwostik avait vu en effet ce courrier au secrétariat. A son avis il n'était pas si important que Donald eût la haute main sur cette affaire de Chifflington. Là-bas se trouvait un contremaître que Donald avait eu ici et qu'il avait guidé lors du montage des mêmes machines qui avait eu lieu tout récemment. Cependant ce ne sont pas les connexions qui font véritablement voir les choses, qui font qu'elles vous sautent aux yeux, mais seulement les faits et les impressions physiques : dans le cas présent la façon de Robert Clayton de monter quatre à quatre les escaliers, Auhofstraße.

Et Pépi reçut sur la tête un fruit de plomb tombant de son petit arbre de la connaissance jailli du sol.

Peu de temps après qu'une étoile lui fut tombée sur les genoux.

Retenir cette étoile et vraiment chercher à s'en emparer, voilà une chose que notre Chwostik était à cent lieues de penser, comme nous l'avons vu. Mais maintenant qu'il avait anticipé sans rien en laisser transparaître sur le cours de cette affaire, il sent s'insinuer en lui la conscience d'une infidélité à l'égard de ses patrons, de tous les deux. Ces sentiments qu'avait Chwostik nous font d'ailleurs découvrir qu'à nous promener ainsi aux alentours de 1910, nous décrivons des façons de sentir qui ont véritablement valeur historique. Ce n'était pas du tout la femme qui importait à ce Pépi. C'était du passé et elle était devenue un objet de vénération, elle était une étoile ou une déesse ; ce qui lui importait, c'était seulement les deux hommes, nous serions tentés de dire : son maître légitime et son maître par droit héréditaire. Aussi avait-il du chagrin. Mais de chagrin d'amour, aucune trace. O petite face ridée !

On peut la féliciter, la petite face ridée. Les entrailles, avec leurs conditions avilissantes, n'entraient pour aucune part dans son conflit. Les faits qui l'avaient poussé dans cette situation excluaient aussi toute espèce de reproche contre lui-même. Tout cela avait fondu sur lui et avait été accueilli en conséquence. Le fruit de plomb tombé sur sa tête, c'était simplement la reconnaissance de la gravité de la situation, et peut-être même était-il, lui Chwostik, le premier à le reconnaître. Car Milo en avait parlé comme on fait une petite remarque, en passant, et à demi amusé, uniquement pour mettre Chwostik au courant de la pièce qui était en train de se jouer.

Ainsi Chwostik se trouvait en pleine possession de ses moyens et dominait parfaitement la situation, ce qui n'entraîne jamais de minables débordements de tristesse. Quand la forêt perdit de sa force à l'approche de la montagne et de sa pierraille calcaire descendue jusque-là, et que les arbres, d'abord un par un, puis comme sur un seul front s'écartèrent du sentier escarpé, il accueillit avec une entière jouissance l'éclat puissant du soleil et le vent déboulant des parois à pic ; c'était vraiment comme une arrivée à l'air libre, bien au-dessus de la situation clairement aperçue, comme on franchit une haie ou une marche en la laissant derrière soi.

C'est juste à cette époque – pas plus loin que l'été dernier – dans cette région des « Peilsteine » [1] comme on les appelle, que s'était produite une énorme chute de pierres où l'une de ces tours de rochers fendue par le milieu jusqu'à la base, s'était écroulée dans un bruit de tonnerre sur les éboulis le long de la paroi. A présent la moitié du piton rouge sombre comme du calcaire des Dolomites se dressait pareille à une tour d'angle flamboyante face au ciel d'un bleu gentiane, à l'endroit exact où le flanc de la montagne passe de l'autre côté, en Styrie. Nos trois touristes s'arrêtèrent entre les pins nains et levèrent la tête. Le cri aigu des choucas qui, l'instant d'avant, projetaient encore leur ombre au-dessus des têtes, s'était maintenant évanoui, soulignant le silence. La montagne ne parlait plus, elle se taisait peut-être maintenant pour un siècle après les dernières paroles de tonnerre qu'elle avait prononcées et qui avaient fait se tourner brusquement vers elle toutes les faces ridées qui trimaient sur leurs champs en pente raide à droite et à gauche de la vallée.

1. « Pierres-jalons » (N.d.T.).

Du lieu de l'éboulement partait un fleuve de décombres rouges. Le laissant bien à droite, ils arrivèrent contre les parois qui maintenant, vues de près, apparaissaient décomposées en multiples crevasses et gorges, par l'une desquelles ils parvinrent en haut sous la conduite de Chwostik, sans s'aider beaucoup des mains ni passer par trop d'endroits vertigineux. Il y avait aussi un câble métallique scellé dans le rocher pour se tenir. En débouchant au sommet, ils foulèrent le sol de l'alpage recouvrant ce haut plateau montagneux et virent à quelques centaines de pas le refuge au milieu des champs de neige. Le vent frais bondit à leur rencontre.

Le même jour, Donald qui, après le lunch, avait passé une heure sur le sofa dans sa chambre, sortit du parc à cheval en prenant à droite après le portail (à gauche, cela menait à Chifflington). Il traversa le petit bois sur la hauteur et descendit ensuite le chemin d'où il voyait à chaque tournant le cours de la rivière qui scintillait dans la vallée. Parvenu en bas et sur le point d'arriver au pont, il mit son cheval au pas. C'était une habitude du lieu. Personne ne traversait le pont au trot et personne n'aurait été en mesure de dire en fait pourquoi. Peut-être à cause du bruit. Le pont était en bois et s'incurvait comme un joug au-dessus de la rivière, un peu bombé au milieu. L'eau passait dessous, calme et lisse, à plusieurs endroits son niveau était presque à la même hauteur que les prairies à droite et à gauche, le lit de la rivière était à peine encaissé. L'herbe allait jusqu'à la limite de l'eau. Sur la croupe de la colline d'en face, Donald fit un petit galop sans forcer. Puis la zone de silence. Puis Pompe-House. Le vieux pouvait toujours se déplacer prestement avec à la main le bouchon de paille que sa femme lui tendait. Celle-ci n'avait pas changé. On aurait pu s'imaginer qu'elle survivrait des siècles à tout ce qui existait. Donald regarda autour de lui, s'enquit de telle et telle chose, traversa les pièces et s'assura que tout était en ordre, comme on a coutume de dire.

Naturellement il cherchait tout autre chose, il cherchait à découvrir ce qui s'attachait à toutes ses pensées depuis qu'il était arrivé de Vienne à Brindley Hall. Qu'il ne soit pas passionné par la réflexion, voilà ce que nous savons déjà. Chez la plupart des individus, l'intelligence personnelle ne suffit pas pour arriver à se connaître soi-même, cela demande d'ailleurs quelques efforts et n'aboutit pourtant jamais à des résultats probants. Donald s'orientait avec paresse vers ce qui occupait quelque part son esprit et l'accablait, mais il y allait de biais, sans forcer ; il s'y appuyait, se vautrait un peu contre. Ce n'est pas ainsi que les objets de notre pensée se laissent appréhender.

Il était triste, voilà ce qu'il avait. Le décor approprié fut installé. Le gardien apporta le thé dans la pièce aux lambris de couleur brune, bureau du grand-oncle, là où se trouvaient, debout ou empilés, les gros livres de commerce. Donald but du thé et fuma sa pipe, mais contre la tristesse il ne fit rien. S'y mêlait le fait que de l'autre côté, à Brindley-Hall, tout près du divan où il avait fait la sieste cet après-midi, (mais ce meuble venait juste d'y être mis) il y avait encore son petit banc d'écolier avec le pupitre derrière lequel il avait jadis appris ses leçons. Peut-être qu'il n'aurait quand même pas dû coucher dans sa chambre d'enfant.

Les nouvelles machines étaient montées, trois fraiseuses et une presse à estamper, elles marchaient déjà. Pourquoi ne pas rester à Brindley-Hall ? Son père n'aurait sans doute pas eu d'objection, lui semblait-il. Peut-être était-ce justement là la raison de sa tristesse actuelle. Des hommes incompréhensibles : son père et Chwostik et ce Milohnić. Derrière eux on traînait la jambe pour ainsi dire. Il y avait toujours quelque chose qui les émoustillait et les mettait en train et il fallait toujours qu'il cachât son impression contraire. Chwostik, il l'aimait bien. Il lui manquerait. Augustus lui tapait sur les nerfs. Pourquoi est-ce qu'il se sentait si bien celui-là ?! Malicieux avec ça ! Un gros rire. Et alors, lui aussi avait été un bon élève, et après ? Au fond c'était un petit garnement sournois. Mais où devait-il aller maintenant ? Donald effleura avec un sentiment de malaise l'objet de sa pensée : il n'était nulle part chez lui, ni ici, ni là-bas. Se promener à cheval au Prater, peut-être ? Depuis la mort de sa mère, il avait presque complètement arrêté. Il se leva. Ici, on pouvait à peine voir à travers la fenêtre. Les vitres étaient serties de plomb. Il sortit sur la terrasse et regarda la rivière en contre-bas. Sur l'esplanade poussaient toutes sortes de touffes vertes au milieu du gravier. Le gardien l'avait vu, il s'approcha et demanda s'il devait seller le cheval.

Donald repartit. Quand il sortit de l'écurie et traversa le hall il rencontra la vieille Kate. A brûle-pourpoint il lui demanda où était sa guitare. Voulait-elle jouer pour lui en bas, au bord de l'étang ? Elle rougit avec un sourire de jouvencelle. Elle ne savait plus bien chanter, dit-elle. Cela ira quand même, dit Donald. Elle alla chercher l'instrument et l'accorda dans le hall. Puis Donald traversa le parc avec la vieille femme, en direction de l'eau. « Ici ? » demanda-t-elle. « Oui, c'est ici l'endroit. » Des notes s'élevèrent. Puis la petite voix. L'eau qu'aucun souffle n'agitait, s'étendait, lisse et calme, entre les grands arbres.

C'est seulement en entendant la musique de Kate qui avait conjuré son angoisse que Donald sut qu'il s'agissait de Monica. Cette révélation lui tomba sur la tête.

Il mangeait le soir avec Kate, elle le servait, l'entourait de soins maternels.

« On pourrait s'installer dans ce chagrin comme dans cette vaste maison vide. On pourrait rester dedans. »

Il resta. Encore deux, encore trois jours. Comme il s'y attendait, son père ne demanda pas à ce qu'il revienne. Plus il restait, plus il y avait à faire ici, peu importe que les nouvelles machines fussent montées depuis bien longtemps. Maintenant à plus forte raison, il était toute la journée à l'usine. M. Cyrus Smith tout comme l'ingénieur en chef semblaient avoir ouvert des tas de tiroirs contenant toutes les affaires en attente d'une décision. Maintenant celles-ci lui dégringolaient dessus. Par exemple la nécessité de construire un hall de montage de dimension moyenne. Donald mettait aussi parfois la main à la pâte. Il répara de ses propres mains une machine endommagée. Autrement, il aurait fallu faire venir quelqu'un de Londres. Il donna le feu vert pour le hall de montage après un échange de lettres avec son père.

Cette correspondance – dictée au secrétariat de l'usine, écrite à la machine – lui laissait une drôle d'impression. Les lignes pleines d'entrain de son père véhiculaient et dégageaient une lourde crainte. Il lui semblait qu'il était question de tout autre chose lorsqu'il parcourait ces lignes où il était écrit à quelle briqueterie il fallait donner la préférence. Il y avait dans cette lettre quelque chose qui s'interposait entre son père et lui. C'était une chose inconcevable qu'il chassait, et elle n'était pas non plus assez nette pour qu'il puisse y réfléchir. Et ce n'était d'ailleurs pas le point fort de Donald, comme nous le savons déjà.

Quelques heures plus tard, revenus à la même barrière d'alpage à claire-voie qui, à la montée, s'était refermée derrière eux en grinçant, ils suivirent la route du col jusqu'à une bifurcation conduisant à l'auberge où le chauffeur les attendait avec la voiture ; aussitôt ils montèrent. Clayton voulait passer encore de jour par la route de montagne tortueuse et préférait prendre le café en bas dans la vallée.

C'est ainsi qu'on se retrouva sur des sièges moelleux, emporté comme sur un tapis sans plus subir les légers ébranlements de chaque pas dans la descente, sur un chemin parsemé de morceaux de calcaire, même plus en contre-bas et dans la forêt. Il était toujours aussi étonnant de recouvrer – comme maintenant – ses sensations auditives dans un petit craquement, tandis que disparaissait cette légère surdité qui avait commencé là-haut sur les sommets. Entre-temps la route changeait à chaque tournant : ici, longue route forestière, et là, après un virage, une vue large et dégagée. Sur les montagnes, une couleur rose annonçait déjà le soir.

Ils s'arrêtèrent près de l'hôtel en face du bureau de la poste Impériale et Royale et trouvèrent une salle vide et calme, avec des meubles clairs en pin où on leur servit le café comme on le faisait alors en Autriche, dans de grands verres qui portaient en haut un turban de crème fouettée. Aussitôt Münsterer, qui venait juste de fermer son bureau, fit son entrée. Le receveur et Chwostik se reconnurent et se saluèrent en même temps, et Robert, affable comme il était, demanda en anglais à Old Pépi s'il ne voulait pas inviter ce monsieur (« this gentleman ») à leur table.

Ainsi « this gentleman » se joignit aux trois autres et avec lui arriva encore un quatrième « mélange » (c'était ainsi qu'on appelait alors ce genre de café) [1]. Rencontre et moment ambigus. Chwostik le ressentait, Münsterer davantage encore. Tous deux prenaient pour ainsi dire la mesure l'un de l'autre, ils parcouraient l'espace qui les séparait, l'espace du temps, en posant des questions sur telle ou telle chose, comme on en pose naturellement en pareil cas, bien que celles-ci ne fussent que les accords maladroits d'un accompagnement extérieur. Münsterer était devenu un homme de belle prestance. La vie à la campagne lui avait manifestement profité.

Cependant il en avait assez, ainsi parlait le receveur ; assez de séjourner ici dans un petit village de Basse-Autriche, proche il est vrai de Vienne, où il n'avait d'ailleurs aucune envie de retourner. L'Empire était grand, disait-il, et comprenait aussi des régions carrément exotiques comme par exemple la Bosnie, annexée il y a peu de temps, ou les régions de l'ancienne frontière militaire en Croatie, sans parler de la magnifique Dalmatie. Or tout cela était accessible dans le cadre de sa profession et finalement une simple question de connaissance des langues, qui était un bonus pour un fonctionnaire demandant ce genre de poste. C'est pour cette raison qu'il avait employé ces dix dernières années et surtout les hivers passés dans ce poste tranquille à apprendre, et il avait bien avancé en croate, hongrois, français et même en turc. Car après tout, il fallait aussi mentionner qu'il existait une direction des postes autrichiennes à Constantinople – une des concessions du gouvernement impérial ottoman, comme on les appelait – et une agence postale en Terre Sainte, à Jérusalem, qui émettait même ses propres timbres. Mais il ne demandait pas tout de suite Constantinople. Et Münsterer annonça pour terminer qu'il ne passerait plus guère que quinze jours ici. La seule difficulté importante avait été que la Croatie, pays qui offrait pour lui le plus grand nombre de possibilités, faisait partie de la couronne hongroise. Il lui avait donc fallu devenir

1. Le café qu'on appelle en France : café viennois ou, depuis 1914, café liégeois. (N.d.T.)

citoyen du royaume de Hongrie. Mais en définitive, la possibilité lui en avait été accordée après un certain temps. Là-dessus, Chwostik lui adressa la parole en croate. Même Robert Clayton prit part à la conversation en cette langue que Münsterer, comme il s'avéra, parlait déjà tout à fait couramment. Là-dessus, Old Pépi se changea en Turc, bien imité également par le receveur. Ils s'excusèrent auprès de Monica pour cette conversation incompréhensible.

C'est avec étonnement que Chwostik voyait pour ainsi dire le receveur suivre ses brisées. L'homme qui était là était resté lié à lui comme s'il n'avait été jadis qu'une bouture de sa propre personne. Il comprenait mieux maintenant pourquoi il avait reconnu Münsterer dès son entrée, en dépit du grand changement qui s'était opéré chez lui et que Chwostik enregistrait seulement maintenant avec plus d'acuité. Münsterer n'avait donc jamais été complètement mis à l'écart, il n'était jamais passé derrière cette paroi impénétrable ouvrant sur un espace indéterminé qui paraît infini, parce que tous les détails lui font défaut, et où végètent ceux qui se sont définitivement détachés de notre vie, même s'ils ne sont souvent qu'à cinq rues de nous, ou plus près encore, ou tout à côté : et on ne les reconnaît plus alors, parce qu'en vérité on ne les a jamais connus. Or Münsterer, il l'avait salué tout de suite.

C'est seulement maintenant que Chwostik se rendait vraiment compte de ces choses qui, insolites et pourtant compréhensibles, se révélaient avec l'apparition du receveur des postes. Il prit la monnaie que la serveuse avait posée devant lui sur la table et la glissa dans son gousset, et en même temps il s'aperçut que ce qu'il faisait était tout à fait contraire à son habitude, qu'il ne serrait pas cette fois dans sa bourse ses trois grosses pièces de cinq couronnes et quelques autres avec. Cette heure se grava dans sa mémoire avec ses moindres détails.

Dans la salle d'auberge on avait allumé, le crépuscule teintait de bleu les embrasures de fenêtres. Ils prirent cordialement congé du receveur et se dirigèrent vers la voiture où le chauffeur aussi arrivait juste, son casse-croûte terminé. Les phares de la voiture s'allumèrent comme des yeux puissants. On descendit vers la vallée comme sur un tapis, en faisant attention aux nombreux virages de la petite route.

On quitta la montagne, la route était plate et on avançait rapidement. Cette fois-ci, Chwostik s'était assis devant, à côté du chauffeur, bien qu'il y eût largement assez de place à l'arrière pour trois personnes. Il voulait être seul.

Lorsqu'ils passèrent devant la « Spinnerin » – à cette époque cette colonne médiévale était située sur une aire encore plus dégagée qu'aujourd'hui, au sommet du Wienerberg – et entrèrent dans la ville très bruyante à cet endroit, Chwostik se détacha enfin de Münsterer qui n'avait pas cessé d'absorber sa pensée pendant les deux heures qu'avait duré le trajet. A la fin il lui vint encore à l'esprit qu'il ignorait la nouvelle résidence de service de Münsterer. N'avait-elle pas été mentionnée ?

On traversa le vaste arrondissement de Meidling, on contourna l'énorme étendue du parc impérial, puis on passa loin devant la façade du château de Schönbrunn, noire dans le noir, le long du lit encaissé de la Wien et enfin on arrive dans l'Auhofstraße. Quand ils s'arrêtèrent pour descendre et pendant que Clayton prenait congé de Monica et qu'ensuite Chwostik lui-même en fit autant, toutes les choses proches et lointaines convergèrent dans ces instants, la garden-party récente et ce qui avait suivi, la lointaine Adamsgasse et Münsterer tout proche.

Ils roulaient maintenant en direction du centre-ville et après l'avoir traversé, ils entrèrent dans leur quartier, direction le Prater. Chwostik ne désirait pas qu'on tournât dans sa rue. Aussi Clayton fit-il arrêter la voiture au coin. Poignée de main, la portière de la voiture claqua, la Knight-Miverva s'éloigna en direction du pont.

Ainsi donc il se retrouva seul ici, dans un quartier familier. Il faisait noir mais l'heure n'était nullement tardive. Chwostik suivit le trottoir mais ne s'arrêta pas devant la porte de son immeuble.

Et il continua. Et il arriva dans l'Adamsgasse. C'était vraisemblablement la première fois depuis son départ d'ici, il y a trente-et-un ans, qu'il passait de nouveau par cette rue. Devant son ancien immeuble – il le voyait déjà de loin à la lueur du bec de gaz qui se trouvait comme autrefois non loin de la porte – se tenaient les silhouettes des pseudo-passantes. Or comme nous le savons déjà, il faisait aussi usage pour sa part – bien que d'une façon plus soignée et pas dans un faubourg – de cette institution qui, à côté de quelques autres (parmi lesquelles, la poésie lyrique et la caste de fraudeurs que sont les marchands) fait partie des plus anciennes de l'humanité.

Pourtant ces choses-là, telles qu'elles s'étaient présentées à lui autrefois dans une promiscuité des plus intimes, s'étaient trouvées d'une certaine façon au-dessous de sa ligne d'horizon ; peut-être parce qu'il avait vécu trop près d'elles. Tout cela s'était trouvé au-dessous de son angle de vision, dans l'espace qui échappait à son regard. Mais entre-temps il avait largement pris ses distances. Et ce parfum douceâtre de pourriture fruitée qui s'accroche à tout lieu familier où l'on retourne plus tard, ce parfum accomplit son œuvre.

Ainsi franchit-il le pas et se retrouva-t-il (comme il le croyait) dans le mauvais train ; déjà celui-ci démarrait, et il ne pouvait plus descendre maintenant sans faire un esclandre (Chwostik le savait bien). C'était une femme d'un certain âge, corpulente mais qui n'était pas sans beauté, avec une expression douce et avenante sur le visage.

Elle ouvrit la porte de l'immeuble. C'est seulement après qu'il tressaillit en pensant à la Wewerka qui pouvait trés bien être encore là, il n'y avait pas du tout pensé plus tôt. Mais il y avait manifestement une nouvelle réglementation – introduite soit par la Wewerka devenue une vieille décrépite, soit par celle qui lui avait succédé (nous refusons de le vérifier) – avec remplacement de la redevance par la remise de la clef aux pseudo-passantes. C'est ainsi qu'il monta l'escalier derrière des hanches larges. Et soudain il lui sembla pendant un instant qu'il était quand même dans le bon train. Entreraient-ils dans son appartement d'autrefois ?

Déjà les larges hanches obliquaient dans cette direction au premier palier. La clef glissa dans la serrure. A présent, trente-et-un ans après, Chwostik croyait sentir encore l'émanation de la lampe dans le vestibule qui n'avait pas changé, bien qu'une faible ampoule électrique y brulât maintenant. Elle tourna à droite, dans la chambre à coucher de ses parents donnant sur la rue. La lumière jaillit. La blancheur du drap posé sur le divan s'illumina. Comme d'ordinaire il donna immédiatement l'argent à la femme, deux fois plus qu'elle avait demandé, pour avoir la paix et pouvoir se retourner dans cette situation qui l'avait pris de court et lui avait été léguée par Münsterer rencontré aujourd'hui. Car c'est ainsi qu'il le ressentait.

Chwostik s'assit sur une chaise. Visiblement disposée par ses doubles honoraires à se montrer aimable, elle se déshabilla aussitôt rapidement et complètement, avant même qu'il ait pu l'en empêcher et lui faire signe que non.

Chwostik ne regardait pas mais gardait les yeux fixés sur le pied du lit qui se trouvait là protégé par un couvre-lit et seulement pour la forme, parce que c'était l'habitude dans une chambre ; mais l'objet principal restait le divan tendu d'un drap propre et destiné à l'utilisation. Il regardait le pied du lit sans savoir ni chercher à savoir à vrai dire si ce lit avait été jadis le lit de son père ou celui de sa mère. Comme toujours : c'était de sous ce lit, et comme s'enroulant autour de son pied, que venait la joie la plus forte, la plus profonde qu'il eût éprouvée durant toute sa vie, le petit train, le seul jouet de valeur qu'il eût possédé petit garçon et qu'adulte il avait soigneusement gardé et conservé jusqu'à aujourd'hui : il se trouvait encore intact et au complet dans un énorme carton, un compartiment pour la locomotive et le tender, un pour chacun des wagons et le plus grand pour les rails. Maintenant il revoyait le train sortir de sous le lit, maintenant il le voyait contourner le pied du lit – d'abord la machine fonctionnant à toute vitesse avec ses bielles étincelantes, puis chaque wagon les uns après les autres – et maintenant il disparaissait déjà dans l'obscurité sous le lit : pour réapparaître mystérieusement parce qu'une partie du circuit sur lequel le train roulait demeurait bien entendu invisible.

Tout cela ne dura à vrai dire que quelques secondes. Il

n'échappa pas à l'excitation de ces instants puis il leva les yeux et regarda la femme nue qui se tenait là, debout, patiente et complaisante, blanche et vigoureuse. Elle sourit; et Chwostik n'avait rien d'un excentrique. Il dévêtit son corps noueux. Il n'oublia ensuite aucune précaution. Lorsqu'elle s'étendit sur le divan, il ressentit une vraie joie, tout en ayant malgré tout dans l'oreille le ronronnement du moteur mécanique, les bruits clairs et métalliques du petit train roulant infatigablement, sortant de dessous le lit, tournant autour du pied de lit et disparaissant de nouveau dans l'obscurité.

Dans la rue. Il n'avait pas tout à fait l'impression d'avoir pris un mauvais train, bien que cela fût pourtant consommé, et dans l'ancienne chambre à coucher de ses parents.

La faim se déclara, alarme dans le creux de l'estomac, faiblesse dans les genoux. Des heures avaient passé depuis qu'ils avaient bu un café avec le receveur des postes. Chwostik entra dans la taverne. Il y avait ici abondance de formes, toutes sortes de disputes, on pouvait sentir des odeurs fraîches et revigorantes, toute la carte y était sans que presque rien ne manquât. Fort bien ainsi. Chwostik s'étonnait du bien-être qu'il ressentait. Il se serait au fond attendu à autre chose après un tel déraillement ou du moins une telle confusion qui l'avait fait monter dans le mauvais train. Puis le chemin pour rentrer chez lui dans l'air presque tiède devant la porte de son immeuble. Or auparavant, il avait poursuivi son chemin sans la moindre hésitation depuis le coin de la rue où s'était arrêtée la voiture de Clayton qui était ensuite repartie. En direction du pont. Vers la maison vide. Donald en Angleterre. Tout était décidé.

Chwostik monta, la cage d'escalier était éclairée. Très doucement il ouvrit – pourquoi en fait ? Pourquoi sa clef glissait-elle sans bruit dans la serrure ? Il se le demandait lui-même, mais cela avait été comme une obligation ! – et lorsque le battant de la porte s'ouvrit à son tour tout aussi silencieusement, Chwostik eut la surprise de voir son joli vestibule tout éclairé. Il avait laissé la lumière !

Toujours sans faire plus de bruit qu'une souris il referma la porte et se dirigea vers l'intérieur.

C'est alors qu'il eut véritablement un coup au cœur.

A gauche, en face du miroir du vestiaire, dans un fauteuil laqué blanc qui venait de madame Rita Bachler, quelqu'un était assis.

Il ne reconnut pas tout de suite la Wenidoppler. Cependant il eut effectivement conscience après-coup que, dès qu'il avait ouvert la porte, il avait senti sa présence, par le nez précisément. Mais nullement comme de coutume à cette odeur de concierge (fœtor conciergicus) qu'elle apportait toujours avec elle.

Non, il y avait un parfum de muguet dans le vestibule.

La Wenidoppler dormait. Elle avait toujours eu l'air commun, même quand elle était jeune, mais cela s'était encore considérablement accentué à mesure qu'elle devenait une femme mûre (comme c'est généralement le cas). En la voyant assise là, Chwostik se rendit tout de suite compte qu'elle s'était « fait des frisettes et pomponnée », comme on dit, bien arrangée quoi.

Elle dormait. C'était toujours une jolie femme, de belle prestance, la Wenidoppler, même si tous les jours de la semaine la vulgarité apparaissait partout par les ouvertures désolées de ses fenêtres où rien ne restait du reflet éclatant de la jeunesse, laissant voir l'intérieur comme les ruines d'un bâtiment après un incendie. Non elle n'était pas sans beauté et aujourd'hui elle était propre de surcroît. Sa tête – inclinée à gauche, le visage presque de profil par rapport à Chwostik – apparaissait bien coiffée (les frisettes). Elle portait une ample robe de chambre à fleurs qui s'était partiellement ouverte ; c'était surtout la sphère d'action de son imposante poitrine qui se trouvait ainsi à moitié libérée, et ce qu'on pouvait deviner, car la Wenidoppler n'étant pas assise le buste affaissé en avant mais au contraire bien renversé en arrière, était plaqué sous l'étoffe tendue d'une chemise de nuit d'un blanc immaculé. Elle avait les genoux écartés, les jambes allongées et ses pieds étaient chaussés de petites pantoufles bleues.

Ayant enregistré ces impressions, Chwostik allait se retirer sur le terrain où il était en sécurité – dont, il est vrai, il ne devait la complète sécurité qu'à une confusion entre deux trains – lorsque la Wenidoppler s'éveilla.

Elle tourna lentement la tête, puis elle ouvrit les yeux tout grand et se redressa prestement, ramenant sa robe de chambre sur sa poitrine. Elle garda les bras croisés sur ses seins. Elle sourit. Ce sourire remit pour quelques instants des vitres à ses fenêtres ouvertes sur du vide, de sorte qu'elles retrouvèrent les reflets d'autrefois et qu'on ne pouvait pas voir à l'intéreur.

« Dieu soit loué, vous êtes là, Monsieur le Directeur » dit la Wenidoppler. « Je ne voulais pas aller me coucher avant. Aujourd'hui mon mari est de service de nuit. Je me suis fait tellement de souci ! C'est qu'on lit toujours des histoires d'accidents arrivés à des touristes sur la Rax et je me suis imaginé : peut-être que Monsieur le Directeur a conduit ces messieurs anglais par un chemin d'escalade et il est arrivé quelque chose. J'étais tellement inquiète, seule chez moi parce qu'aujourd'hui mon mari est de nuit au journal, il ne reviendra qu'au petit matin. J'ai pensé : tu vas monter chez Monsieur le Directeur pour astiquer les choses en métal sur le guéridon pour fumeurs et le plateau de cuivre et tu attendras jusqu'à ce que Monsieur le Directeur arrive. Et je me suis endormie ici, dans le vestibule. »

Image de l'inquiétude d'une servante fidèle ! Il ne se racontait pas d'histoires, Chwostik, notre Old Pépi. Elle avait vraiment l'air gentil là debout devant lui avec ses fenêtres aux vitres toutes neuves. Ses yeux étaient maintenant carrément brillants. « En fait j'ai plutôt un faible pour les femmes un peu mûres. La Monica était encore trop jeune à mon goût », ainsi pensait Chwostik et il se rendit compte sans aucun ménagement pour lui-même du danger presque inévitable qui l'eût attendu ici s'il n'était pas monté juste avant dans un train qui maintenant se révélait être définitivement le bon. Conduite et accompagnement assurés par Münsterer. En Viennois averti, Chwostik frissonna quelques instants pour de bon à l'idée des complications sans fin qu'eût entraînées une liaison avec la concierge – car cela faisait justement partie de ces choses où il faut absolument se garder de mettre les doigts, tout comme de signer par exemple une traite quand on n'est pas un homme d'affaires ou de se porter garant financièrement. Oui, Chwostik frissonna comme s'il avait plongé ses regards dans un gouffre devant lequel il avait retenu au dernier moment son dernier pas.

Pourtant il sourit.

Et même pas d'un air contrarié, mais affectueusement. Old Pépi. Un sacré animal !

Non, il ne s'était rien passé, dit-il, ils n'avaient d'ailleurs même pas fait d'escalade.

« Pour être beau, c'était beau, mais vraiment très fatigant, je suis mort de fatigue », dit-il. (Ma foi, nous trouvons qu'il avait peut-être un peu trop forcé après coup). Tout en disant cela avec un sourire, Chwostik, comme il en avait l'habitude, plongea l'index dans la poche gauche de son gilet, il y sentit les grosses pièces de cinq couronnes et en escamota subrepticement deux qu'il fit passer dans la paume de sa main. « Et vous vous êtes fait du souci à cause de moi et vous m'avez attendu ici » ajouta-t-il encore avec une réelle cordialité, « je suis touché, je dois l'avouer. Mais maintenant je vais vite aller au lit, autrement je vais m'endormir debout. » Chwostik lui tendit la main (ce qu'il ne faisait pas ordinairement), lui prit même la main entre les siennes, lui tapota légèrement le dos de la main, tandis que de la gauche il lui glissait par en-dessous les deux grosses pièces dans sa patte rembourrée. Habituée à compter l'argent, la patte de la Wenidoppler remarqua aussitôt combien cela faisait. Et à l'époque dix couronnes ce n'était déjà plus un pourboire pour concierge mais déjà un cadeau assez important. « Mais Monsieur le Directeur ! » dit-elle, et lui : « Ne parlons pas de ça, Madame Mizzi. » Et elle : « Je vous remercie mille fois, Monsieur le Directeur et je vous souhaite une très bonne nuit. » Elle recula vers la porte de l'escalier et fit une petite révérence : « Je vous baise la main[1], Monsieur le Directeur. » Clac ! Chwostik l'entendit encore descendre l'escalier. Conduite et accompagnement assurés par Münsterer. On aurait presque dit que c'était celui-ci qui lui avait donné en partant les pièces de cinq couronnes pour la Wenidoppler.

---

1. Formule de salutation respectueuse en vigueur dans la vieille Autriche. (N.d.T.)

C'est alors seulement qu'il entra dans son appartement et alluma l'électricité. Clac ! Partie. Il l'avait échappé belle, il était passé entre les mailles du filet, en sécurité (« décrocher de l'ennemi », disait-on ensuite, cinq ans plus tard, au cours de la première guerre mondiale lorsqu'on reculait). Non grâce à sa propre énergie. Il n'était vraiment pas bête notre Chwostik, ne prenant pas son envie de coincer sa bulle pour une décision et un exploit personnels. Il chercha alors la bouteille de cognac, il mit la main dessus, elle était à moitié pleine. C'était une nécessité indispensable. Maintenant lui revenait aussi à l'esprit l'endroit où se trouvait le carton avec le petit train : dans sa chambre à coucher, sous le lit.

Quelque chose parut s'enclencher, une articulation qui jusqu'alors lui était restée presque inconnue, parut se mouvoir chez Chwostik. Grâce à ça, voilà que s'ouvrait maintenant une liberté plus grande, une liberté déjà vouée au jeu : tout comme s'ouvrit dans la pièce de devant où il écarta le fauteuil et la petite table, la surface luisante du parquet, chef-d'œuvre de la Wenidoppler, pareille au miroir d'un étang. Il s'approcha de la fenêtre qui n'offrait plus de perspective sur le Prater. Là où il y avait eu autrefois le vide brillaient ici et là les rectangles éclairés de quelques fenêtres isolées comme autant d'appels incompréhensibles. Lui, Chwostik, avait et le temps et la place pour faire ce qui lui plaisait, pour s'amuser comme il en avait envie : grâce à la conduite et l'accompagnement de Münsterer et aux pièces de cinq couronnes données en viatique. Il tira les cordons, les doubles-rideaux se fermèrent dans un bruit de ruissellement.

Puis il alla dans sa chambre à coucher et du premier coup il sortit le chemin de fer de sous le lit.

Il y avait là beaucoup plus de rails qu'il ne croyait en avoir et par conséquent ça n'avait pas seulement été un petit cercle autour du pied d'un des lits conjugaux, pensa-t-il, une moitié à l'extérieur et l'autre sous le lit : mais le circuit s'enfonçait bien plus loin dans l'obscurité sous le lit. Le train a donc roulé là en-dessous sur une certaine longueur et ce n'est qu'ensuite qu'il est réapparu.

Chwostik assembla sur le parquet les rails qui brillaient d'un éclat argenté, poussant tous les deux rails d'une main experte les petits crochets dans leurs fentes. Pour ce faire il dut bien sûr se mettre à genoux. Il forma un ovale d'une taille appréciable, certainement de la longueur d'un lit et avec deux lignes droites. Ensuite il plaça les wagons sur les rails. Il y en avait quatre : un wagon-poste et trois grandes voitures de voyageurs. Si on leur donnait une légère poussée, ils roulaient avec douceur sur les rails avec un bruit de ruissellement. La locomotive et le tender étaient lourds. Chwostik les sortit tous les deux avec précaution de leur logement. C'est là aussi que se trouvait la grosse clef pour remonter le mouvemnt mécanique.

Il le fit avec précaution lorsque tout le convoi fut attelé.

De la cheminée trapue de la locomotive sortait un tampon d'ouate, blanc, sans poussière, tout à fait comme un panache de vapeur. Chwostik le regardait en tournant la clef pour remonter le mouvement. Et c'est à ce moment seulement que la lointaine chambre à coucher de l'Adamsgasse déboula dans cette pièce comme un bloc compact, et le garçonnet qui était agenouillé là-bas à côté du petit chemin de fer se confondit totalement avec lui. Ce qui dépassait ici c'était le dernier morceau de coton qu'il avait mis la dernière fois qu'il avait joué avec le train (il fallait bien qu'il y eût une dernière fois !). Chwostik tira sur l'un des côtés de la cabine du mécanicien le petit bouton nickelé qui déclenchait le mouvement de la locomotive.

Puis il approcha un fauteuil des rails.

Déjà le train roulait. D'abord lentement en abordant la courbe, puis plus vite dans la ligne droite et ralentissant un peu sur les rails incurvés. Et longtemps, pendant peut-être six ou sept tours de circuit. Tout cela était très chic. C'était comme neuf.

Il resta assis comme ça jusque tard dans la nuit.

Le petit train roulait, sans cesse remonté. Il ne roulait pas seulement sur la surface de ce parquet mais s'enfonçait peu à peu comme par spirales successives sous le brillant-Wenidoppler, dans la teinte brune du passé, et il remontait la spirale et tournait de nouveau sur le parquet retrouvant le présent avec sa lassitude. C'est ainsi que Chwostik le laissa finir sa course et s'arrêter enfin. Et le chemin de fer resta arrêté dans l'obscurité. Demain matin il voulait le revoir puis le ranger soigneusement et le remettre dans son carton. Et cela peut-être pour toujours.

Au C.M. la garden-party fut diversement appréciée : Augustus trouva que cela avait été ennuyeux de rester à traînasser avec les Pipsi (et pourtant il avait bien ri). Les membres ordinaires étaient d'un autre avis. On devait s'habituer de bonne heure aux occasions de paraître dans le monde, dit Hofmock, et cette invitation avait été une véritable occasion d'y paraître, un bon entraînement. A cette déclaration de Fritz, Zdenko ne se sentit pas tout à fait à son aise.

Naturellement, on parla de Monica. Non de madame Harbach. Ces choses-là faisaient absolument partie du domaine secret et attirant de l'inconvenant. Chacun avait en présence de madame Harbach l'impression d'une voie sans issue qui ne menait à rien. Splendeur des instincts chez ces jeunes messieurs ! Aucun doute que les derniers événements aient renforcé la position d'Augustus. En plus : l'opinion qu'un ingénieur ne puisse pas être un gentleman était devenue insoutenable face aux Clayton père et fils. C'est surtout Heribert de Wasmut que cela fit réfléchir.

Zdenko était de plus en plus seul. Ce terme est triste, il évoque la vieillesse et le soir de la vie. Chez lui, c'était un état heureux. Son travail scolaire forcené servait à assurer cet état. Il n'était plus au service du dandysme, de l'impassibilité, comme chez les autres membres du C.M. Toujours est-il que ceux-ci s'étaient aussi coulés dans une forme qui n'était pas sans élégance. Sur ce point, on était forcé de douter de la sincérité d'Augustus. Sa jovialité était impénétrable. Peut-être qu'il ne se sentait pas porté vers cette forme. Cependant – grâce à ses oncles et à leur garden-party – il avait réussi à les surprendre et à plonger tout le monde dans l'étonnement. C'était bien dans son caractère. C'était sa façon d'évoluer dans la vie : malicieusement, avec des effets de surprise. Un jour qu'ils étaient allés se promener au

Prater à l'écart de la Grande allée, un cheval arriva à leur rencontre au galop sur l'un de ces larges chemins qui débouchent sur l'allée au milieu des feuillus, il était sellé, sans cavalier, avec les étriers ballants. On le vit de loin déjà. Les jeunes gens s'écartèrent. Mais Augustus courut au-devant du cheval en l'appelant, étendit les bras et lui barra le chemin si bien que le cheval rétif se mit à faire des cabrioles à droite et à gauche tandis qu'Augustus attrapait les rênes pendantes. La bête se calma aussitôt. Le gros patapouf monta alors placidement en selle et dit qu'il allait ramener le cheval au manège. Rendez-vous ensuite au Café Zartl. Là-dessus il partit au trot. Jusque là il n'avait jamais soufflé un mot de ses leçons d'équitation (prises à contre-cœur).

Zdenko était de plus en plus seul. Presque à chaque instant, il avait présent à l'esprit que les murs qui l'entouraient, pourraient de nouveau tourner comme autour d'un pivot dans un mouvement d'oscillation et de balancement, dépourvus de la stabilité qu'il leur avait connue auparavant. Si la caractéristique de son âge est bien d'ordinaire un excès de projets et de mouvements, tout en bourdonnements et en vrombissements, c'était chez notre jeune monsieur de Chlamtatsch le contraire qui se manifestait. L'année scolaire touchant à sa fin, ils allaient maintenant se promener au Prater, tandis que bon nombre de leurs camarades de classe (et même les fameux « éléments » précédemment nommés) se trouvaient dans un état de tension déprimant et pas spécialement salutaire, sauvant ce qui pouvait être encore sauvé, en mauvaise posture et pressés par le temps, répartissant dans une statistique désespérée les pages à apprendre sur les jours qui restaient encore jusqu'à l'examen de passage : au C.M. par contre, l'année scolaire était depuis longtemps écoulée et terminée. On se préparait pour la classe suivante, la dernière, qui devait se terminer par le baccalauréat. Oui, en s'aidant des manuels qui devaient être utilisées dès l'automne ils s'étaient si bien avancés qu'ils connaissaient déjà à fond les grandes lignes du programme de la classe supérieure et de l'examen final. Leur « dandysme » était bardé de science. Maintenant leur activité se relâchait. On expédiait les affaires courantes, on allait se promener. Ils s'étaient créé une condition de vie dont les délices ne pouvaient guère être surpassés. Aucun souci, beaucoup de temps et toute une vie devant soi.

C'est ainsi qu'ils jouaient aussi au tennis chez Robert Clayton et s'asseyaient autour de Monica que l'on rencontrait ici à chaque fois. Robert aimait avoir ces gamins autour de lui. Oui, plus que cela et chose fort étonnante : ils étaient maintenant les personnes qu'il voyait le plus. Ses amis à lui, et pas seulement ceux d'Augustus.

Celui-ci faisait entendre plus souvent son gros rire depuis que Donald était parti. On serait tenté de dire que son sempiternel bien-être se montrait avec plus de sans-gêne. Auparavant il n'était pas rare que celui-ci ait été mis en sourdine par un regard de Donald à table ou dans le jardin. Ces regards étaient particulièrement appuyés quand Donald retirait la pipe de sa bouche, comme s'il voulait alors dire quelque chose. Mais jamais il n'avait rien dit.

Il est significatif que ces intermèdes muets entre Donald et Augustus n'aient pas échappé à Robert Clayton. Et les choses en étaient même arrivées au point qu'il avait parfois essayé de pousser le gros patapouf à quelques insolences, dans le seul but de provoquer Donald. Mais sans aucun succès.

Zdenko était de plus en plus seul. C'était une époque de calme et ça faisait longtemps qu'il n'avait pas eu autant de temps pour lui. Tout allait à son terme, tout finissait, comme les chemins d'un parc finissent dans le calme d'un rond-point. Ici se retrouvaient les choses les plus disparates. Qu'ils aient déjà complètement mis au net les longues périodes des discours de Démosthène qui étaient au programme de l'an prochain – des périodes qui pour pas mal de lycéens ne devaient être autre chose que les couloirs d'un labyrinthe où le Minotaure pouvait surgir à chaque tournant, mais cette fois pour sanctionner de l'appréciation « insuffisant » – qu'ils se sentent déjà pousser des ailes dans ces exercices grammaticaux de corde raide et qu'ainsi portés ils voient l'éclat de la prose attique à chaque tour et détour, comme s'ils suivaient le cours d'un fleuve en planant au-dessus – tout cela, ou bien encore que lui, Zdenko, ait parfaitement compris que madame Harbach et madame Frehlinger étaient remplaçables, de sorte que toutes les deux restaient aussi en arrière au moment où, au sortir de chemins enchevêtrés, il débouchait sur le calme du rond-point (cette fois-ci c'était Robert Clayton et Monica, elle aussi remplaçable, qui étaient allongés là sur des chaises longues à côté du court de tennis) ; et le fait encore qu'il était manifestement appelé à être sans crier gare le premier de sa classe ou à avoir le prix d'excellence, chose qui le laissait froid : tout cela participait du même mouvement que sa vie accomplissait maintenant de façon étonnante : elle passait derrière lui. Elle s'ordonnait derrière. Elle le poussait en avant avec seulement des choses accomplies, il débouchait sur le rond-point et le rond-point était désert.

Cet état ne dura que quelques semaines. C'étaient ces semaines pendant lesquelles la ville se réchauffait toujours plus, faisant provision pour l'été d'une chaleur de couveuse qui pour l'instant était encore troublée par les souffles d'une brise légère apportant des effluences de goudron d'un chantier où l'on réparait l'asphalte.

Si l'on avait de l'espace autour de soi on y trouvait aussi l'inquiétude : sur ce qui pourrait arriver par exemple. Que Hofmock sortit avec une Pipsi ayant presque son âge, la plus jeune donc, était jugé ridicule au C.M. On passa là-dessus sans en souffler mot, bien que ce fût lui qui ait déballé toute cette histoire au club. Les rendez-vous avaient lieu dans des pâtisseries mignardes. Personne ne voulait y accompagner Fritz, se mêler à cette histoire. (La petite avait interrogé Hofmock sur ses amis). D'une façon générale, on considérait que c'était aussi là une voie sans issue et qu'il n'y avait même pas là cette chaleur apportée par une secrète odeur de roussi et des possibilités impossibles. Pour Zdenko, en tout cas, celles-ci avaient fait long feu.

C'est peut-être bien pour cette raison et du fait de son assurance très supérieure, qu'il fit quand même une exception et s'écarta de l'attitude de ses camarades du club. C'est ainsi qu'on en vint à faire une promenade à Hütteldorf. Auparavant on alla chercher deux Pipsi dans la villa Harbach à Hacking, car en cette saison la famille habitait déjà là-bas en dehors de la ville, et non plus

Reichsrathstraße. Fritz et Zdenko traversèrent le parc en prenant un large chemin en pente raide recouvert de graviers, la maison était sur une hauteur. Tout en marchant, le jeune monsieur de Chlamtatsch se demandait tout étonné ce qu'il venait faire ici en fait. « Des occasions de paraître dans le monde » certainement pas, tandis que pour Fritz Hofmock il s'agissait directement et avant tout de cela ; c'était ce qu'il avait laissé entendre juste avant, alors qu'ils étaient dans le train de banlieue crachant de la fumée. Il en était arrivé là, avançant dans le faisceau du regard des pères, chefs de section, et se dirigeait dans le prolongement de ce faisceau vers une famille d'industriels.

Le train s'était aussi arrêté à la station Unter St. Veit, proche de l'extrémité supérieure de l'Auhofstraße.

La surprise donna alors de la distance à Zdenko, comme s'il regardait par le mauvais côté d'une jumelle de théâtre. C'est donc ici, tout près, que ça c'était passé et réellement passé, aucun doute n'était permis. Il avait appuyé sur le bouton de la sonnette et la montagne Sésame s'était aussitôt ouverte, sans bruit, tandis que le battant vert-olive de la porte s'était escamoté.

Les filles descendirent dans le hall dont les vastes dimensions donnaient une note seigneuriale à la maison qui, à part ça, représentait un des cauchemars de l'époque, tarabiscotée, pleine de niches et d'encorbellements, badigeonnée d'un blanc clinquant, une construction en crème fouettée.

De l'excursion qui suivit pour aller jusque dans l'Haltertal, une seule circonstance nous paraît digne d'ête relevée : à savoir que Zdenko n'arrêta pas de confondre les deux jeunes filles, ce qui alla si loin que Fritz Hofmock commençait à trouver cela pénible. Mais Zdenko était manifestement incapable de remédier à ces actes manqués. Sa voisine de gauche lui racontait quelque chose et peu après il parlait à sa voisine de droite comme si c'était elle qui venait d'évoquer les promenades sur des poneys. Que Zdenko mélangeât les prénoms, il n'y avait pas là de quoi fouetter un chat. Mais ces petites sœurs Harbach ne se ressemblaient vraiment pas beaucoup, ça n'allait pas au-delà d'un air de famille normal ; sans tenir compte du fait que Pipsi était plus petite que son aînée. Or pour le jeune monsieur de Chlamtatsch, elles semblaient être comme deux jumelles !

En dépit de tout cela, on était gai et l'on quitta la large route pour prendre des chemins de sous-bois au cœur de la verdure. On entendait le coucou et quand les jeunes filles parlaient et riaient, pour Zdenko elles auraient tout aussi bien pu être assises sur des branches, comme des oiseaux. Il s'ouvrait tout grand au chant mélodieux de ces petites voix qui résonnaient sous les hautes voûtes du feuillage.

Cette excursion avec les Pipsi dont le souvenir plus tard se confondit toujours chez Zdenko avec le lait chaud qu'on avait bu alors dans la « Knödelhütte » [1], attira de nouveau les deux jeunes créatures dans le jardin de la villa Clayton. C'est Hofmock qui avait adroitement saisi l'occasion présentée par Robert, lequel avait dit qu'ils devraient aussi amener des jeunes dames au tennis.

Etrange toile de fond pour le nouveau couple ! A présent Monica trouvait même du charme à la bêtise des Pipsi Harbach, quand cette bêtise s'offrait dans une candeur laiteuse, entourée par l'intelligence émanant des garçons. Elle appréciait que Clayton voulût justement avoir ce genre de compagnie. Elle était étendue sur la chaise longue de la terrasse et buvait du thé. La partie commençait sur le court. Robert, – habillé en blanc comme les autres – descendit de la plate-forme faite de poutres goudronnées où se trouvait le banc de l'arbitre et vint la rejoindre. Elle entrait dans ce début d'été comme si elle traversait une paroi odorante.

Old Pépi, lui aussi se laissa entraîner et il était assis à côté de Monica sur la terrasse dans le soleil de cette fin d'après-midi. Il y avait chez lui quelque chose de magique qui dépassait l'entendement. Monica s'imaginait le savoir. Quelle que fût la situation qu'elle lui exposait relative à ses affaires : il suffisait que Chwostik vît et écoutât de quoi il était question pour qu'aussitôt

1. Knödel : Grosses boulettes de pâte qu'on mange avec la viande en sauce. (N.d.T.)

tout s'ordonnât de façon claire, qu'on pût en prendre la mesure et trancher sans difficulté. Au fond, il suffisait que Monica parlât avec Chwostik.

A l'arrière-plan de cette situation on pouvait sentir ce qu'elle avait de flottant et par là même de précaire. Pourtant le rond-point restait un havre de calme et Zdenko n'était pas le seul à le ressentir, les trois membres ordinaires du C.M. savouraient aussi cet état.

Cela prit fin avec le départ en voyage de Robert Clayton.

Il fallait bien entendu que Donald rentrât à Vienne maintenant. En dehors de lui il n'y avait ici aucun ingénieur de fabrication.

Les derniers jours à Brindley Hall avaient apporté chez lui un changement notable. Il n'avait aucune prédisposition à l'introspection, comme nous le savons déjà, et où aurait-elle pu finalement conduire, sinon à faire sauter les coutures, serait-on tenté de dire, en remontant toujours plus loin (et finalement très loin de Monica). Non, il s'en tenait à cette histoire, il ne s'en écartait pas d'un pouce. Ici il y avait une erreur de commise. Ça il le savait. Il en arrivait maintenant déjà à l'après-midi précédant la garden-party. Il y avait là une sorte de nausée. Un malaise de sa part. Cela le soulagea car il n'y avait pas là matière à penser. Il s'enfonçait là dans un nuage. La pièce s'était assombrie. Le crépitement de la pluie. Cela n'avait rien à voir avec Monica.

Mais ceci mis à part, son attitude à l'égard de Monica n'avait pas été la bonne. Naturellement. Ses hésitations. Ne lui avait-il pas aussi témoigné par là du respect ? (Ces sacrés bonshommes du Nord peuvent vous rendre malades avec leur façon de porter au pinacle l'objet de leur amour et leurs poses alanguies à la Tristan ! En même temps il y a toujours quelque chose qui ne va pas, et bizarrement c'est toujours quelque chose de différent ! Sacrés gaillards ! Où sont mes bottes ?). Mais s'il trouvait l'erreur, il pouvait tout réparer. Il y avait certainement des choses à rattraper. Oui, bien sûr ! Son père aimait bien Monica ! Tant mieux. Vivre sans son père serait une stupidité sans nom, impossible ! Et pendant que ces réflexions remuaient en lui, Donald s'aperçut, comme un coup de gong reçu sur la tête, qu'il n'avait plus pu joindre Monica au téléphone entre la garden-party et son départ.

Lorsque le paquebot s'approcha d'Ostende, entouré d'un vol de mouettes, et qu'une balise marquant le chenal apparut seule au milieu de l'eau presque bleue ce jour-là, il sentit la détermination le vivifier. Oui, il rattraperait tout, il réparerait toutes ses erreurs. Son esprit avait été engourdi. C'était le moment d'agir enfin. Telles étaient les pensées qu'il avait dans le hall de la douane, debout à côté de sa mallette. Puis dans le train, seul dans un compartiment de première classe, avant même qu'on fût parti, il s'effondra sur son siège capitonné. Pour la première fois il fut comme soulevé par un bras d'une force irrésistible, une grue qui le déposait de l'autre côté, dans un au-delà situé ici-bas. Seule Monica existait.

Aussitôt à Vienne, ayant téléphoné à la maison d'édition du Graben puisque personne ne répondait Auhofstraße, il apprit qu'elle était partie en voyage pour quelques jours, c'était dit en termes vagues

Ici aussi il se retrouvait donc tout seul dans une grande maison, quoique pas tout à fait seul malheureusement : il y avait en effet cet Augustus. Chwostik ne put lui dire où son père se trouvait pour l'instant. Vraisemblablement encore en Hongrie à réceptionner des locomobiles. Il avait dû y aller personnellement à cause de l'absence prolongée de Donald. Bien entendu ils avaient profité là-bas de l'occasion pour sortir tout ce qui les préoccupait, il était clair dès le début qu'ils n'en resteraient pas au montage des machines.

Le printemps commençait à prendre rapidement de l'ampleur, sa vautrant et s'insinuant de partout avec sa lumière d'une magnificence déconcertante. Les averses d'avril et ses sautes de temps étaient passées depuis bien longtemps, les journées se mirent au bleu et y restèrent. Pas de lilas encore. Mais il était déjà temps de partir pour l'Europe du Sud-Est. Il ne fallait pas attendre le plein été. Chwostik avait préparé depuis longtemps un gros dossier pour cette tournée, y compris l'itinéraire avec toutes les correspondances ferroviaires et maritimes ingénieusement combinées.

Ils en parlèrent en détail dans le jardin en arpentant le gazon tondu. Dans la répartition des fonctions, Donald ne devait accompagner Chwostik qu'en qualité d'expert technique, comme ingénieur, et bien entendu aussi en sa qualité de fils du patron. S'il s'était maintenant appuyé sur Chwostik tout en marchant, sur son épaule par exemple, ce geste aurait rendu exactement la situation, il aurait été une façon de rendre honneur à la vérité. Et cela se fit, bien que d'une autre manière : Donald le pria de rester pour le dîner (bien qu'ils en aient terminé avec cette discussion) et il n'admit aucune objection. Mentionnons seulement pour nous amuser que notre face ridée avait prévu pour ce soir-là une expédition qui n'avait rien d'aride – sur la face cachée de sa vie, on sait déjà de quoi il s'agit. Mais cela disparut alors de son champ de vision. Car déjà dans le jardin, et pendant les discussions sur des points concrets, il avait senti ce qui se préparait chez Donald. Lorsque quelqu'un ne parle pas, on s'aperçoit bien qu'il ne parle pas ; qu'on le veuille ou non, nous sentons bien lorsque le silence chez autrui grince sur ses gonds, lorsque la mesure du silence est pleine jusqu'à ras bord. Et Chwostik n'était effectivement pas sans savoir. Mais il était lui-même dans une position embarrassante. Nous avons déjà dit qu'il voyait la gravité de la situation. Plus que cela : il était terrible de voir maintenant ce jeune homme lutter peut-être durement sur un terrain que lui-même, Chwostik, il y a seulement peu de temps, avait quitté le pied léger, avec un sentiment de gratitude et de sérénité.

Pour Donald l'été avait fait irruption, même si l'on était encore dans les premiers jours de mai, que les lilas étaient encore en boutons et que de temps à autre des franges d'air frais pour ne pas dire froid passaient dans le jardin et dans la rue. Mais il y avait en lui cette obscurité que le soleil d'été peut engendrer par la seule puissance de son rayonnement brûlant, avec en plus le sentiment d'être empaqueté des pieds à la tête. Le feuillage était d'un vert tendre, pour lui il était déjà sombre.

Ils mangèrent avec Augustus qui, dès le repas terminé, prit congé avec un sourire malicieux. Chwostik et Donald allèrent dans le hall et s'assirent dans des fauteuils. On servit le café. Il s'en faillit de peu ensuite que Donald n'ouvrît la bouche, ce qui aurait vraiment été du jamais vu. Mais il ne fit qu'une seule et unique remarque : qu'à vivre à cheval sur deux pays, on finissait par se sentir chez soi non pas dans les deux, mais nulle part.

Effectivement, ce point justement était devenu très nettement sensible chez lui et formait un arrière-plan menaçant et vacillant devant lequel il vacillait lui-même depuis que quelque chose l'avait soulevé comme une grue du socle (on serait plutôt tenté de dire du soubassement) sur lequel il se trouvait jusqu'à présent, celui-ci n'était bien entendu rien d'autre que la vie à deux avec son père. Maintenant il s'agissait d'assumer une vie en solitaire, une vie qu'assombrissait d'avance l'été qui allait arriver, à cause de l'obligation où il était maintenant de quitter Vienne. Il téléphona à la maison d'édition. Elle n'était toujours pas là.

Entre-temps il y avait naturellement un certain nombre de choses à régler avant le départ, mais tout se passait sans problème, les choses découlant aisément les unes des autres. Les situations s'aplanissaient comme si elles avaient retenu leur souffle. C'est une chose qu'on peut observer non seulement dans le bonheur mais aussi dans le malheur. Même Augustus, que Donald ne voyait qu'aux repas, paraissait vouloir retenir un peu son gros rire. C'est lui qui évoqua brièvement qu'il avait joué ici au tennis avec ses amis et les Pipsi Harbach. Donald ne portait absolument aucun intérêt à ce genre de choses.

Le lendemain, en rentrant à la maison pour le lunch – il était plus d'une heure – il rencontra deux des lycéens : Wasmut et Chlamtatsch. Il s'arrêta près des jeunes gens qui le saluaient avec correction. Avait-il été en Angleterre ? Oui. Et quand monsieur Robert Clayton reviendrait-il de son voyage ? Il l'attendait d'un jour à l'autre, dit Donald. Car dans quelques jours il devait lui-même partir pour le Proche-Orient pour quatre semaines. « Ça fait envie ! » s'exclama Wasmut. « Il fera un peu chaud », répliqua Donald. « Vous n'aurez donc pas l'occasion d'arbitrer nos parties de tennis comme c'était prévu au début, monsieur Clayton », dit Zdenko. « Heribert et Augustus m'avaient parlé de ça. Nous n'avons d'ailleurs pas eu d'arbitre en fait quand nous avons joué sur votre terrain. Mademoiselle l'ingénieur Bachler est restée la plupart du temps allongée sur la terrasse et c'est pourquoi Monsieur votre papa ne pouvait pas toujours être avec nous. Je crois qu'elle ne joue pas au tennis. »

Chez Donald, un éclair blafard jaillit vers Augustus, ce dissimulateur malicieux aux manières immuables qui fonctionnaient au quart de tour. Maintenant qu'il sombrait – et dans ces instants il savait qu'il sombrait, il le sentait pour la première fois – la façon immuable que cette sale bête («brute» – il pensait maintenant en anglais !) avait de tout prendre comme un jeu, lui parut infiniment haïssable : parce que bien supérieure à lui et à son impuissance.

Les garçons prirent congé de l'Anglais avec correction. Celui-ci fit demi-tour (Chlamtatsch le regarda encore s'éloigner), perdit l'équilibre, manifestement en posant le pied sur une écorce de fruit jetée selon une mauvaise habitude méridionale, se rétablit d'un mouvement brusque et dégingandé, fit encore un signe d'adieu et s'en alla. Tandis qu'ils poursuivaient leurs chemins, Zdenko jeta un regard de côté à Heribert qui paraissait n'avoir rien remarqué. Mais pour lui, les cloisons qui l'entouraient, qui l'isolaient, se remirent à battre comme si elles étaient montées sur des gonds ou des pivots. Cependant elles ne se fermaient plus aussi hermétiquement qu'elles avaient recommencé à le faire quelque temps après l'entrée en scène de madame Henriette Frehlinger. A présent elles restaient entrebâillées. A travers cet entrebâillement Zdenko suivait d'un regard étonné une action qu'il venait à l'instant de lancer dans une vie totalement étrangère, et qui suivait maintenant son cours. (« Que nous venons de lancer », aurait-il pu se dire, car cette mademoiselle Bachler qu'il venait de mentionner aurait très bien pu l'être par Héribert). Ainsi, pour la première fois, Zdenko se trouvait pris dans des circonstances qu'il n'avait jamais imaginées et dont il avait tout ignoré et il se faisait ainsi l'effet, dans une certaine mesure, d'être un objet qui lui aurait été inconnu jusqu'à présent. Cette idée toutefois ne lui tomba pas sur la tête comme un fruit de plomb tombé de l'arbre de la connaissance, il était trop délicat pour cela, mais tout apparut beaucoup plus attrayant et digne d'être exploré, comme sous un coup de baguette magique : c'était une vie dans laquelle lui, Zdenko, apparaissait, mais non sous les traits du Zdenko qu'il connaissait. C'est ainsi qu'en quelques secondes, il passa ici en pleine rue une sorte d'examen probatoire qu'au lycée on ne passait qu'à la fin de cette année scolaire. Il est vrai qu'au C.M. on avait considérablement poussé la préparation de cet examen. En continuant à regarder par l'entrebâillement et en pensant par formes et par images (chaque acte général d'intelligence se diffracte en de multiples qualités individuelles) il n'eut pas de mal à reconnaître la nature du gros patapouf et la sale bête qu'il était, il en sut dans l'ensemble presqu'autant que Chwostik et il aperçut même la gravité de la situation. A présent, il voyait Robert Clayton dégringoler de la chaise d'arbitre noire passée au goudron, aller rejoindre Monica sur la terrasse et rester là.

Tout un été chez la tante de Croatie l'attendait, un long été, vaste et vide. Naturellement ses parents auraient besoin de lui pour être le quatrième au tarot. Mais peut-être pouvait-on aussi faire de longues promenades dans cette région. Et beaucoup penser.

Monica s'éveilla à la première lueur du jour, se dressa sur son séant, se poussa vers Robert et se pencha sur lui ; il dormait d'un profond sommeil. L'expression de son visage était celle d'un petit garçon très sérieux. Ainsi pouvait-elle en profiter pour voir de très près et en toute tranquillité cette tête et cette physionomie. Les bons chevaux ont des têtes sèches, comme disent les hommes du métier ; nettes ; rien de trop ; pas d'accumulations de graisse, de petites poches, de boursouflures, protubérances ou bourrelets. Comme Robert. Sa main était posée à côté de la tête de Robert, paume ouverte, sans force, sous le coup du ravissement. L'homme se tourna alors un peu et se retourna encore, et sa nuque fortement bombée se retrouva sur la paume de Monica. Elle ferma les doigts et les pressa légèrement. Alors, pensant très nettement à la nuque plate de Donald, elle comprit comme jamais auparavant ce qu'il y avait de trompeur dans ce fils placé devant son père comme un paravent, ou simplement comme une porte mal fermée. Elle était passée par cette porte. Maintenant elle avait l'impression que sa main droite enserrait une coupe ne contenant rien de moins que le secret de sa propre vie.

Trop agitée pour rester étendue sans bouger, elle embrassa légèrement Robert sur le front, retira avec précaution sa main de sous sa tête, se glissa hors du lit et passa son déshabillé. La porte-fenêtre donnant sur le petit balcon grinça légèrement. Monica jeta un coup d'œil effrayé sur le dormeur. Il était là et dormait. Sans équivoque, ne renvoyant qu'à lui-même et rien de plus, un homme simple.

Alors elle sortit et laissa la porte entrebâillée. Elle fut accueillie par un air frais presque froid et un silence qu'aucun bruit venu de la maison encore endormie ne dérangeait. En dessous d'elle sur la pente raide, les cimes pointues des épicéas se resserraient dans les lointains en un tapis de mousse uni descendant à pic en vagues successives qui se pressaient en bas et enchevêtraient leurs masses sombres. Là-bas, le jour pointait, embrasement rouge et jaune nimbé de délicates et légères franges nuageuses, c'était pour le regard le seul point d'appui dans l'azur parfait de ce ciel immaculé.

C'était ici sa place, à Monica, sur ce balcon devant l'une des chambres de cette auberge de montagne au-dessous de la route du col qui domine le vide en un abîme presque vertigineux, tout comme elle avait été à sa place là où elle était restée allongée toute la nuit. Le globe solaire avait un aspect surprenant avec ses bords brûlants comme une braise ardente. Aucun rayon ne parvenait encore jusqu'ici. Monica se glissa de nouveau dans la chambre. La porte-fenêtre émit un bref grincement. Elle se coula dans le lit et se pelotonna sous la couverture. Robert dormait encore.

Effectivement il était vite allé en Hongrie à cause de la locomobile mais ensuite il avait pris le train d'Odenburg à Wiener-Neustadt par Sauerbrunn et continué dans la montagne pour attendre Monica. Elle non plus n'avait pas pris sa voiture mais le train, et de la dernière station avant le viaduc du Semmering elle était montée en trois heures et demie jusqu'ici avec une calèche de louage.

Ici on était à l'écart. Surtout en semaine et avant la période des vacances.

Chwostik maintenait la liaison. Cela dit tout en fait sur la position qu'il occupait et la confiance dont il jouissait. Old Pépi annonça aussi l'arrivée de Donald. Chwostik téléphonait de son domicile privé et en anglais.

L'arrivée de Donald n'aurait pas été une raison pour écourter le séjour ici à la montagne. Mais il y avait une réception de prévue chez le vieux Gollwitzer (on disait alors « soirée » [1]) et cette fois, il fallait bien que Clayton y parût, après avoir manqué la dernière fois, à plus forte raison maintenant avant le départ en Orient de Donald, voyage qui, au retour, devait aussi le conduire à Bucarest chez Gollwitzer & Putnik.

Monica était d'ailleurs aussi invitée. A vrai dire, cela ne lui aurait rien fait de manquer cette soirée. Mais ses affaires mettaient des limites à son absence.

Le séjour ne dura donc que quelques jours, et il était le fruit d'une décision subite de tous les deux, lorsque Robert dut aller en Hongrie. C'était aussi une fuite. Il leur fallait larguer les amarres. Même dans le petit appartement de Monica, Auhofstraße, ils ne se trouvaient pas suffisamment séparés de tout ce qu'ils avaient connu. Mais ici, ils étaient transportés, soulevés et basculés dans une sorte d'au-delà du monde d'ici-bas, dont ils n'auraient pas pu s'imaginer qu'il les enserrât d'aussi près qu'il le faisait maintenant. La profondeur des forêts les submergeait, leur sérénité infinie, leur silence, où plongeait la perspective des cimes lorsque s'ouvraient des layons ou des clairières. Autrefois, il y a bien longtemps, on avait aménagé des sentiers courant horizontalement sur les versants escarpés, c'était au siècle dernier quand l'empereur, dans les années où il était plus jeune, allait encore ici à la chasse au coq de bruyère. A présent, en se promenant sans but sur ce qui restait de ces chemins recouverts d'un tapis élastique d'aiguilles de sapins, parsemé de taches de soleil, ourlés d'énormes coussins de mousse, notre couple pouvait

1. En français dans le texte. (N.d.T)

plonger ses regards loin dans la forêt. On s'abîmait dans ses profondeurs. Elle ne finissait pas, elle ne commençait pas, elle avait enveloppé, emmitouflé toute la région dans son noir manteau, y compris Robert et Monica.

Ainsi le moment venu partirent-ils directement du cœur de la forêt pour rentrer à Vienne, deux heures et plus à descendre au trot, avec de temps en temps le bruit de frottement des freins sur les roues, ils passèrent d'abord les virages de la route du col qui offraient une perspective dégagée puis en bas ils traversèrent les localités jusqu'à la station de chemin de fer. C'était un retour, une nouvelle plongée, un profond étonnement déjà sur le quai de la gare de Payerbach-Reichenau où il y avait un kiosque à journaux et un garçon d'hôtel apportant des bagages.

Après avoir rencontré à midi les lycéens sur le chemin du retour, Donald n'alla pas à l'usine l'après-midi ; il ne parla qu'une fois au téléphone avec Chwostik. Au repas il dut intimider le gros Augustus par son mutisme car celui-ci disparut dès que les convenances le permirent.

Une fois encore Donald s'allongea sur le divan après le lunch, sans grand espoir de pouvoir s'endormir. Il y parvint pourtant, bien que pour quelques minutes seulement. Il s'imagina alors que son petit banc d'écolier de Brindley-Hall était ici à côté du divan. Il se leva d'un bond et sortit sur la galerie. Juste en face se trouvait la chambre de son père. Et soudain il fut saisi par l'idée que ces deux maisons étaient belles avec leurs parcs, aussi bien Brindley-Hall que cette villa de la Prinzenallee. L'austère odeur de propre émanant du cuir des nombreux fauteuils dans le hall montait jusqu'ici, imprégnant le silence et le calme. Cependant il en était séparé par la crainte et la colère. Elles rendaient la solitude insipide. Il était devenu aujourd'hui,dans la rue, le jouet des potaches, telle était son impression, et Augustus lui paraissait être à la tête d'un complot de garnements dirigé contre lui. Il y avait quelque chose qui allait trop loin dans toute cette affaire. Il fallait s'éclipser, se retirer dans l'une de ces deux maisons discrètes et soignées, ne pas s'attarder dans la rue avec les lycéens. Ils l'exaspéraient, cet Augustus et tous ses amis.

Il retourna dans sa chambre et fit un brin de toilette. En bas dans le hall, il parla au téléphone avec Chwostik. Puis avec la maison d'édition du Graben, en vain. Auhofstraße, personne ne répondait. Alors il sortit, avec la ferme intention d'échapper à tout cela. Il voulait visiter quelque quartier de la ville où il n'avait jamais été. Seul, sans voiture, sans chauffeur.

L'auberge de Maria Gründling derrière l'église de Matzleinsdorf était bizarre et contrastait vivement avec toutes les manières viennoises, autant avec celles d'autrefois que celles d'aujourd'hui ; du reste en cinquante ans un caractère national ne change pas de façon notable. Peut-être même jamais d'ailleurs. Ici, en tout cas, on ne pouvait parler de manières viennoises pour servir un client. Il arrivait qu'on soit jeté dehors avant même d'avoir pris place et quand on commandait une chope de bière, la corpulente patronne répondait d'un ton grossier qu'on veuille bien aller se faire voir ailleurs, elle voulait maintenant faire un somme.

Pourtant les deux petites salles étaient toujours bondées, bien que de temps en temps elle mît soudain tous les clients dehors ou qu'elle refusât à l'un d'eux d'un ton bourru ce qu'il demandait, même s'il l'avait sollicité avec la plus grande politesse et ne s'agissait que d'aller prendre dans le buffet la bagatelle demandée, par exemple du jambon ou une saucisse : cela aussi était interdit, bien qu'ici les clients fussent de toute façon obligés d'aller se servir eux-mêmes et même mutuellement, mais au commandement de la patronne. Ça se passait à peu près ainsi : « Qu'est-ce que vous avez besoin d'un sandwich au jambon maintenant ?! Des loufoqueries tout ça ! Mais vous pouvez apporter son quart de vin à M. Pühringer. » La patronne ne levait presque jamais ses 128 kilos de sa chaise et elle n'avait pas de serveur.

Et pourtant il y avait des gens qui n'avaient pas la moindre envie d'aller dans une autre auberge car ici on était sûr du spectacle : par exemple de brusques expulsions de clients dont la tête ce jour-là, et à cette heure, ne revenait pas à la patronne (« Vous, aujourd'hui j'veux pas vous voir, allez-vous faire pendre ailleurs ! ») mais aussi des déclarations de sympathie tout aussi franches comme : « J'aime bien ta petite gueule. T'es un amour. Aujourd'hui t'auras une saucisse ! » Ces paroles s'adressaient à un fonctionnaire municipal à la retraite de soixante-seize ans, un vieux monsieur bienveillant qui venait ici pour échapper à sa solitude et avoir l'occasion de rire. Mais s'il riait trop on lui mettait une sourdine : « Un vieux comme toi, il a pas à rire aussi bêtement. T'as déjà un pied dans la tombe. » Les clients favoris étaient tutoyés.

Parmi eux il y avait aussi le peintre académique Graber, gentleman corpulent d'un certain âge, excellent artiste et le meilleur illustrateur de contes de fées de son époque. Cet individu débonnaire qui avait un grand visage dont on voyait au premier coup d'œil qu'il n'était pas insignifiant et au milieu duquel était posé un nez rappelant une corne de postillon, occupait une place d'honneur à côté de la patronne et aussi une position exceptionnelle dans la mesure où il n'encourait de sa part ni la menace d'être jeté dehors ou de se voir refusé ce qu'il commandait éventuellement, ni encore la menace de délicates et judicieuses allusions à la tombe qui l'attendait ou autres étouffoirs du même genre. Dans le système en vigueur ici, où c'est le client qui servait le client, il lui incombait souvent d'ouvrir le buffet et de le refermer à clef quand un plat froid avait été accordé à quelqu'un (ici il n'y avait pas autre chose), et à cette fin la patronne lui donnait chaque fois la clef qu'elle prenait à la ceinture de son tablier.

Graber, un homme qui travaillait beaucoup, connaissait le monde et savait plusieurs langues, venait ici parce qu'il aimait boire une bière le soir et avoir la paix. Celle-ci était garantie, ce qui sinon est loin d'être toujours le cas dans ce genre de tavernes. Or les clients de Maria Gründling se seraient levés comme un seul homme si quelqu'un avait fait du tapage ou n'avait pas respecté l'autorité de la patronne. Celui-ci aurait eu aussitôt tous les bonshommes présents ici contre lui et au moins six paires de poings agrippés au colbac, parmi lesquels les poings fort respectables de Monsieur le peintre académique Graber, qui avait du reste le titre de professeur, ce qu'à vrai dire tout le monde ici ignorait.

Ainsi plongé dans cet étang pacifique, notre homme s'enfonçait lentement dans la bière et la somnolence, prenant aussi part à la conversation qui allait son petit train, émaillée de blagues et de bons mots qui n'étaient bien sûr pas du niveau d'un monsieur comme Graber, mais cela lui convenait parfaitement.

Il y en avait encore d'autres du même genre, isolés parmi les clients de Maria Gründling. Toute auberge a les clients qu'elle mérite, tout comme on peut reconnaître un écrivain à ses lecteurs sans même avoir lu une seule ligne de lui. Même Chwostik du reste avait trouvé une fois à l'occasion le chemin menant jusque-là, peu après que le patron de cette taverne où son père avait jadis été garçon se fut retiré des affaires et eut cédé l'établissement à un autre. Chwostik venait rarement, cependant il connaissait le débonnaire Graber et possédait même un des nombreux livres de contes illustrés par lui, cadeau de l'artiste avec signature autographe. On y trouvait les plus étranges lutins et autres sylvains, des créatures noueuses qui vous regardaient comme des souches d'arbres où des yeux se seraient ouverts.

Il y avait ici une autre catégorie de clients qui – par Wiener-Neustadt et la gare du Sud située à proximité – venaient du Burgenland, partie encore intégrante du royaume de Hongrie à l'époque, en gros de la région située entre les contreforts des montagnes de Styrie et le lac de Neusiedl beaucoup plus bas dans la plaine. Ces clients généralement bottés étaient des figures rustiques qui, pour une raison ou pour une autre, sans doute pour le marché, venaient jusqu'ici, à Vienne, en grandes bottes à tiges, aussi bien les hommes que les femmes. C'étaient des gens paisibles qui parlaient un sabir incroyable ou alors carrément hongrois ou croate.

Lorsqu'après avoir traîné pendant des heures, Donald entra ici, Chwostik était assis à gauche de la patronne, Graber à sa droite comme d'habitude, avec à côté de lui deux vieilles en bottes, vigoureuses et le teint frais.

Le directeur municipal de cabinet était là aussi.

« Eh bien, mon enfant », dit la patronne en interpellant le nouveau client, « à c'qui semble, t'en finis plus de pousser. Assois-toi et rentre tes échasses. Avec le clocher d'la cathédrale Saint-Etienne on peut pas causer, et aujourd'hui j'ai laissé ma lorgnette chez moi. – Ah, ces messieurs se connaissent ? » dit-elle alors, lorsque Donald et Chwostik se saluèrent. « T'as tout l'air d'un Engliche. Assois-toi ici, Tschentleman, à côté de la Fini et de la Feverl. »

Comme elles savaient se débrouiller à Vienne et qu'elles n'étaient pas sottes, le Globe de Hongrie – lui aussi vivait encore et était en pleine santé – les envoyait de temps en temps pour se charger de telle ou telle commission, faire des achats et rapporter telle ou telle chose : pour la cuisine et la maison ; et par la même occasion, pour la table de toilette du petit régisseur Gergelffi – toujours aussi svelte qu'autrefois – qui aimait bien les choses parfumées et avait l'habitude d'utiliser une crème à raser qui s'appelait « Réveille-toi » (!) et qu'on ne trouvait pas il est vrai à Moson. Nous nous rappelons que ce bon employé avait donné une élégante paire de bottes de hussard à Feverl.

Lorsque des personnages quittent leur état de sainteté relative et métaphorique pour redescendre – même provisoirement – parmi nous, individus ordinaires, ils tombent alors très facilement dans les filets tendus par l'écrivain : c'est dans ces filets que frétillent à présent deux anciens petits chevaux de Troie, devenus gros et gras. Doucement ! Nous allons bientôt leur rendre la liberté ; mais on va quand même les regarder un petit peu avant ; nous voulons voir comment ils se débrouillent.

Elles avaient maintenant largement dépassé la soixantaine ; mais elles étaient incroyablement bien conservées. Et en fait elles étaient déjà à la retraite. Mais à Moson elles restaient indispensables ; c'étaient donc des retraitées indispensables. Elles étaient, rigoureusement parlant, plus jolies qu'elles ne l'avaient été du temps où elles étaient des petits chevaux de Troie. Ou bien elles avaient l'air moins vulgaires qu'autrefois ! C'est un cas rare ! Alors que tous les gens ont l'air de plus en plus vulgaire ! La seule autre exception que nous connaissions c'est le receveur des postes Münsterer.

Elles formaient toujours la paire. C'est-à-dire que

chacune n'était pas tant restée identique à elle-même qu'identique à l'autre, ce qui est loin d'être la règle avec des figures doubles comme va bientôt nous le démontrer plus expressément le cas regrettable des Clayton bros. La critique dira à bon droit que l'auteur n'a pas réussi à donner à ces deux figures « un profil plus accusé et à les faire contraster l'une par rapport à l'autre. » Non seulement il n'a pas réussi, il n'a même pas essayé ! C'est toute une affaire de « donner un profil » à ces créatures-là ! Dès le début je les ai confondues, et je n'ai jamais su de quoi elles avaient l'air, prises séparément, seulement toutes les deux ensemble.

L'apparition de Donald en ce lieu dut avoir sur Chwostik un effet alarmant, comme une chose importante et non comme un simple hasard. Bien sûr il lui avait décrit une fois, parmi d'autres curiosités viennoises, l'auberge de Maria Gründling, mais cela remontait à assez longtemps et ils n'y étaient jamais allés ensemble bien qu'ils en aient eu l'intention à l'époque. Et voilà qu'il arrivait ici, à neuf heures du soir, peut-être après avoir longtemps déambulé, en sueur, sans voiture, les souliers poussiéreux et il buvait sa bière à longs traits altérés : tout cela n'était absolument pas dans ses habitudes.

Mais dans cette affaire, Chwostik n'avait pas connu la souffrance avilissante ressentie par toutes ses entrailles, mais une sorte de tristesse supérieure, et il avait été capable de garder la tête haute ; et voilà que remontait pour un instant l'image de la lisière de la forêt, la sortie dans le soleil éclatant avec le vent bondissant vers lui du haut de la montagne. Une fois de plus il se retrouvait à l'air libre, comme s'il franchissait une barrière ou une marche, laissant au-dessous de lui la situation qu'il avait clairement reconnue, une situation qu'il pouvait embrasser d'un seul coup d'œil. Ce qui avait fait irruption dans son milieu vital (consolidé au prix de longs et sérieux efforts), perturbant maintenant jusqu'au tréfonds tout ce qui était advenu, n'avait pas pour origine, comme il le pressentait, une faute grave ou vénielle, une négligence, et n'était pas dû non plus à un hasard malheureux ; c'était fait de la même matière solide et durable qui avait servi de substance à ce milieu vital lui-même. Il importait de garder la tête haute. Et Chwostik la gardait haute. S'il lui était accordé d'emmener avec lui ce jeune homme, qu'après tout il aimait sincèrement – et pourquoi ce projet de voyage devrait-il capoter ?! – alors tout serait gagné et récupéré à l'instant même où le navire appareillerait. Maintenant il voyait la première bande étroite s'ouvrir entre la coque et le mur du quai, puis toute la hauteur du mur jusqu'au niveau de l'eau, mouillé et caressé par le clapotis, les gens sur le quai, tous le visage tourné vers le navire et agitant leurs mouchoirs tandis que du pont supérieur le choral solennel de l'hymne impérial déployait ses ailes – Chwostik rameutait maintenant toutes ces images pour faire pièce à l'aspect alarmant de Donald qui, assis en face de lui à côté des deux poissardes inconnues, les cheveux humides et collés, venait de commander deux litres de vin pour la table – un très jeune client d'à côté devait le verser – il demanda aussitôt un paquet de cigarettes, en offrit à la ronde et en fuma une lui-même, chose fort inhabituelle qui trahissait nettement l'excès, tout au moins aux yeux de Chwostik qui connaissait ses Anglais. Mais demain ou après-demain, Robert Clayton va revenir de son auberge de montagne, le « Preiner G'scheid » ; ensuite la réception chez Gollwitzer, absolument obligatoire ; et peu après ils devaient entamer leur voyage.

Ce sera bien, pensait Chwostik, ce sera une chance pour lui. En ce moment, il n'est pas du tout à sa place à Vienne.

Les figures plus modestes de la table se taisaient, intimidées par l'arrivée du monsieur étranger : « Tu bois pas de vin, Tschentleman ? » dit la patronne à Donald assis devant une chope de bière vide et qui ne touchait pas à son verre de vin. Alors il le vida d'un trait. Depuis un bon moment le professeur Graber savait à peu près à qui il avait affaire. Ce genre d'apparition tout à fait incongrue faisait, pour ainsi dire, partie des règles de la maison. On chuchotait même que des clients célèbres faisaient parfois un tour ici ; peut-être n'étaient-ce d'ailleurs que des histoires qu'on colportait sur tel ou tel. Mais le professeur Graber n'était-il pas après tout lui-même quelqu'un de ce genre ? Il ôta sa cigarette de la bouche et leva d'un air affable son verre à la santé de Donald en disant en anglais : « A votre santé, Monsieur ! » Donald le remercia, sans même s'étonner. Dans cette ville toutes les langues circulaient pêle-mêle, rien de plus naturel. Il y était habitué depuis longtemps. Mais voilà que son air semblait vouloir se radoucir maintenant, à peu près depuis l'instant où il avait répondu au salut de son vis-à-vis. Il remplit une nouvelle fois les verres des vieilles femmes, de la patronne et des trois messieurs à la table – d'une main calme, comme le nota bien Chwostik – sortit sa pipe et allongea précautionneusement ses longues jambes. « Eh bien maintenant, t'as tout c'qui t'faut, Tschentleman », dit la patronne lorsque les nuages bleus du Capstan flottèrent au-dessus de la table. Le secrétaire municipal, agréablement touché, humait l'air. « Ça sent les pays lointains », dit-il, « l'outre-mer. » Ce furent les seuls mots prononcés par le vieux monsieur pendant tout ce temps.

Peu après, Donald et Old Pépi se mirent en route pour rentrer, et à la demande expresse du premier, à pied. Ça faisait loin pour descendre jusqu'au Prater. Une horloge éclairée indiquait dix heures passées. La belle soirée apportait de l'animation dans les rues. Lorsque deux hommes solitaires et vieux garçons – tous deux étaient en effet réellement les deux, et maintenant de façon peut-être encore plus marquée – se promènent tranquillement la nuit dans le centre d'une grande ville, ce n'est nullement de l'égarement ou de l'ennui mais une situation au moins pleine de perspectives, avec des possibilités d'envol dans de multiples directions, tant intérieures qu'extérieures.

En l'occurrence c'était peut-être aussi la différence d'âge qui déterminait le caractère particulier de la situation, et une ouverture d'esprit presque tendre et inquiète de Chwostik à l'égard du plus jeune, dont nous ne voulons cependant pas dire qu'elle provenait d'une espèce de sentiment de culpabilité. Ou alors celui-ci aurait été d'une espèce très subtile.

Il avait une impression de solitude, Milo était parti. Chwostik ne pouvait pas, comme jusqu'à présent, s'entretenir avec lui des différents événements, ce qui avait toujours été d'un effet bénéfique. Mais maintenant il y aurait eu un verrou pour bloquer tout cela. La charge de confiance que Robert Clayton lui avait mise sur les épaules depuis que celui-ci se trouvait avec Monica au « Preiner G'scheid » aurait déjà suffi à l'empêcher de parler de ces choses-là.

Ils arrivèrent à l'église des Barnabites et continuèrent en direction du centre ville. Dans l'odeur de l'asphalte restituant la chaleur de la journée, Chwostik sentit un signe avant-coureur du plein été en ville. Avant l'été, comme intercalé, il y avait le voyage. Il expliqua alors d'un peu plus près ce voyage à Donald, avançant pour ainsi dire à tâtons : et déjà il sentait qu'il y avait là un point douloureux en rapport avec ce voyage et qu'il avait pour ainsi dire touché et déplacé une compresse qui, bien que mal posée, voulait pourtant absolument être prise pour telle et recouvrir convenablement la blessure.

Et c'est pourquoi Donald parla aussi du voyage pour lequel tous les préparatifs étaient faits.

Old Pépi pressentit la raison pour laquelle Donald avait voulu rentrer à pied : c'était la crainte de se retrouver seul dans la villa déserte là-bas en bordure du Prater. Même lui, bien qu'il n'eût jamais été décentré à ce point dans sa vie comme Donald maintenant, pressentait l'angoisse qui devait inéluctablement attendre tout homme à qui la vie quotidienne, en train de s'affaisser et de se déliter, n'offrait plus son appui parce que la faculté de la saisir faisait déjà défaut. Et pendant qu'il marchait ainsi à côté de Donald en direction de la Kärntnerstraße, sa thèse passe-partout selon laquelle le changement d'air est le meilleur remède contre le mal d'amour lui apparut soudain très douteuse. Car celui qui l'attrape le garde.

Il est étonnant de voir comment ce Chwostik était capable de dépasser son propre fonds d'expérience avec un savoir inné des violences de la vie, même si celles-ci précisément avaient épargné sa jeunesse passée dans la pauvreté, pour la simple raison peut-être que la pauvreté et les peines ne leur avaient plus laissé le moindre champ d'action. A cette époque-là, alors que nous passons devant le Grand Opéra avec nos deux messieurs, les villes, la nuit, n'étaient pas aussi animées qu'aujourd'hui par un jeu de lumières multicolores ouvrant sur les lointains, il est vrai que personne ne les avait jamais vues non plus plongées du jour au lendemain dans l'obscurité, écrasées sous un bloc de ténèbres, en proie à la peur. Chwostik et Donald obliquèrent à droite dans l'allée pour piétons de la Ringstraβe. Donald marchait plus lentement. Ici il aurait été possible de parler sans être dérangé par le bruit de la circulation. De temps en temps seulement passaient des automobiles et des fiacres sur la large chaussée au-dessus de laquelle ne s'étirait pas encore une chaîne de lumières vives. Cependant les grands lampadaires à arc diffusaient partout une lueur laiteuse, l'éternelle pleine lune des cités. C'est seulement près du parc municipal que Donald se décida : « Pour moi, monsieur Chwostik, dit-il en anglais, ce voyage que nous projetons vient à point nommé, d'un point de vue tout personnel. J'ai eu dernièrement une mésaventure. Peut-être devrais-je quitter pour de bon ce pays. Aller peut-être à Chifflington, à l'usine qui est là-bas.

– Cela me ferait énormément de peine », dit Chwostik.

Au même instant il sut que ce seraient les dernières paroles franches et directes qu'il aurait pu dire à Donald au cas où ce dernier l'aurait mis aussi dans la confidence. Il le sentait venir. Si Donald devenait plus précis dans ses propos, sa situaion à lui, Chwostik, devait nécessairement à partir de là se gauchir. Chwostik sentait nettement grandir ce danger.

Donald parla de Monica et l'appela par son nom. Ce fut son péché originel, pourrait-on dire, causé par un accès de faiblesse suite peut-être à la fatigue physique mais aussi à la consommation d'alcool, à laquelle il n'était pas habitué. Quant à Chwostik, il se retrouvait dans une situation fort embarrassante dont il ne fallait nullement chercher les causes dans ce genre de faiblesse et de fragilité momentanées.

Donald dit alors un certain nombre de choses qui n'étaient pas spécialement judicieuses et prenaient aussi quelques libertés avec la vérité. Mais comment en aurait-il était autrement ? Qu'aurait-il pu rapporter, qu'aurait-il pu éclairer ? Il lui aurait fallu dire des choses qu'il ne comprenait pas lui-même, peut-être parler d'une nausée l'après-midi d'avant la fameuse garden-party, de l'assombrissement de la pièce par la pluie – mais c'était justement ce dont il s'était absous dès le début. Cela n'avait rien à voir avec Monica. Dans ces conditions ! Il dit : « A mon grand chagrin, je n'ai pas réussi à obtenir de véritable contact avec elle.

– Excusez-moi, monsieur Clayton, dit Chwostik, peut-être que ce n'est possible pour personne quand il s'agit de quelqu'un ayant cette personnalité ? » Première compresse appliquée de travers. L'intention était bonne. Ça devait adoucir, guérir. Bien des choses de la part de la maison Chwostik ! Trahison envers la chambre d'enfant. Sans compter qu'à 1.000 mètres au-dessus du niveau de la mer, Monica était sans aucun doute capable à l'heure qu'il était d'établir un contact.

« Il s'agit ici d'un personnage quelque peu autocratique », ajouta encore Chwostik.

Oui, sacredieu, voilà qui devient de mieux en mieux ! Oh, puissions-nous rencontrer ainsi beaucoup de personnalités autocratiques ! Notre jeunesse en particulier en aurait tiré grand profit ! Mais où et comment Monica avait-elle jamais été autrocratique vis-à-vis de Donald ? Sottises que tout cela ! Sottises, tout ce que raconte en ce moment ce pauvre Chwostik. Comment en serait-il autrement ?

« Avez-vous déjà parlé à mademoiselle Bachler depuis votre retour d'Angleterre, M. Clayton ? »

Infâmie ! Il se met donc à couvert. Que pouvait-il faire d'autre ? Je vous le demande : qui a perdu pied en fait devant Monica ? Certainement pas Pépi. Celui-ci avait enlacé son étoile incandescente et était devenu aussi rouge qu'un poêle de fonte.

Cette conversation misérable se poursuivit encore un peu après qu'ils aient atteint l'extrémité du parc municipal et aient obliqué à droite. Ils longèrent en silence le petit côté du parc puis se dirigèrent vers le pont au-dessous duquel passaient comme autant d'écheveaux les voies de la gare de marchandises, garnies de sombres alignements de wagons. On entendait le bruit des tempons qui s'entrechoquaient. C'est ici que commençait leur quartier : celui où ils vivaient et œuvraient.

Chwostik le ressentait maintenant de façon très vive. Là-bas à gauche, au bureau central des douanes, c'est là qu'il s'était rendu en personne pour régler les grosses expéditions pour Gollwitzer & Putnik à Bucarest. Ils descendaient maintenant la Seidlgasse. Odeur de goudron des pavés de bois. Chwostik pensa soudain au fiacre qu'il avait pris ici, il y a bien longtemps, pour aller chez son propriétaire de jadis, le Conseiller à la Cour d'appel Keibl. Visite d'adieu avant de quitter l'Adamsgasse. Ils passèrent bientôt devant l'usine. A côté de la grande porte, la fenêtre éclairée du veilleur de nuit. « Quelque chose de tout à fait nouveau vient de faire irruption », pensa Chwostik. Oui, il était volontiers disposé à comprendre que les choses n'avaient pas pu rester comme elles étaient et suivre leur cours comme avant. Les vitres du Café Zartl étaient encore éclairées. Donald voudra-t-il y entrer ? Mais il passa devant, en pressant même un peu le pas. Au pont ils se souhaitèrent bonne nuit.

Chwostik se retourna encore une fois rapidement.

Donald s'éloignait, silhouette longue et élancée.

« Celui-là, je l'ai connu quand il était encore petit garçon », pensa Chwostik, «je le voyais alors de temps en temps dans le jardin de la villa. Et maintenant voilà que ça le tient. »

Non, il ne se rehaussait pas en dépréciant des peines qui lui étaient étrangères, ce Chwostik. Il reconnaissait pleinement la gravité de la situation qu'on reconnaît pourtant si rarement à temps. Mais que faire de cette connaissance ? Ne se retrouvait-on pas dans la situation de quelqu'un qui a les yeux ouverts et les mains paralysées ?

Sur l'embarcadère, on sentait le souffle de l'eau et le parfum de verdure arrivant du Prater. Chwostik marchait tout près de la berge. Puis il tourna à gauche, traversa la large chaussée et enfila la rue qui conduisait à son domicile.

Le lendemain, Robert revint et il apparut l'après-midi au bureau, saluant gaiement et bruyamment Donald et Chwostik. Pépi, en lui-même, le trouva changé. Il paraissait plus maigre de visage, un peu bronzé et donnait en gros l'impression d'être plus léger et plus agile. La réception de la locomobile s'était passée sans histoire, dit Robert bien que (cela à l'intention de Donald) il ne se soit plus senti aussi à l'aise ; il avait un peu perdu la main pour régler les détails. On l'avait ensuite invité à une excursion en montagne. C'était une bonne chose de ne pas avoir pris la voiture pour aller en Hongrie : des routes pitoyables. La voiture était en réparation à ce moment là, c'était presque une chance.

Le soir, Augustus fut salué par des hello ! et des bourrades dans les côtes. Après le dîner dans le hall, Robert et Donald discutèrent de quelques affaires courantes. On alla au lit de bonne heure. Donald aussi était très fatigué.

Le lendemain eut lieu la « soirée » chez Gollwitzer à laquelle Chwostik aussi était invité cette fois-ci. Les parents Eptinger s'étaient excusés.

Chwostik partit avec les Clayton. Dans la Fichtnergasse, nouvelle affluence de voitures, débordement de salutations diverses échangées sur le trottoir avant même d'entrer dans la villa et puis un introït tout aussi animé et informel avec tout un brouhaha dès le vestiaire. D'ici on passait dans la première pièce (les Anglais et Chwostik se joignirent aux autres sans dire un mot) où l'on faisait cercle autour du petit maître de maison tout en riant et en criant. Celui-ci, apercevant alors Robert Clayton, fendit le cercle bruyant qui l'entourait et alla à pas rapides au-devant de Robert : « Eh bien, ça me fait extraordinairement plaisir de vous avoir ici, aujourd'hui, monsieur Clayton. » Sa vigoureuse poignée de main se répéta ensuite avec Donald et Chwostik.

Il y a une forme de cordialité, brusque comme un raz-de-marée, qui rend tout invisible, inonde un caractère tout en pouvant même être authentique, d'une authenticité temporaire. De nouveau on vit des personnages qu'on ne rencontrait pas d'ordinaire dans les milieux de l'industrie, des têtes de professeurs et les visages glabres de comédiens en renom du Burgtheater [1]. Beaucoup de conversations, des débats sur des thèmes qui n'étaient

1. L'équivalent autrichien de la Comédie française. (N.d.T.).

pas particulièrement courants. Les Anglais et Chwostik parvinrent jusqu'au jardin d'hiver aujourd'hui ouvert sur le parc. Sur le seuil, venant du dehors, apparut Monica Bachler.

Robert salua Monica avec une bonhomie cordiale et sans façon, Chwostik la complimenta avec une certaine gravité dont les accents laissaient tout de même percevoir qu'il avait bien conscience de l'importance de la personne de Monica, et Donald perdit contenance (lui qui par nature avait pourtant toujours su se contenir) il ne dit pas un mot, lui tendit la main et s'inclina.

Ils restèrent ici dans le jardin d'hiver, où personne d'autre ne passait maintenant, devant le grand bassin double avec son jet d'eau, et regardèrent dans l'eau des carpes dorées qui nageaient lentement, parce qu'il n'y avait vraiment rien d'autre à faire pour l'instant et que personne n'avait quelque chose de plus judicieux à proposer. Et c'est Chwostik qui découvrit le premier que le bassin ornemental du Conseiller de commerce Gollwitzer avait aussi un côté utilitaire orienté vers la gastronomie, tout au moins à certaines saisons.

Dans l'un des deux petits étangs il n'y avait pas de poissons rouges. Là où l'eau du jet retombait en clapotant se trouvaient plusieurs cavités ou refuges faits de morceaux de tuf superposés : c'est ici que Chwostik découvrit les écrevisses dont deux ou trois se promenaient en pleine eau près de ces trous. Chwostik les montra à Robert : cela eut sur ce dernier un effet qui surprit par sa brusquerie. Aussitôt il se tourna vers Monica, lui disant qu'il y avait ici quelque chose à voir. Intéressée, elle se pencha par-dessus le bord. Même Donald regardait maintenant dans l'eau.

Si tout cela ne surprenait pas Chwostik, il y avait pourtant un détail qu'il trouvait étrange : Robert venait de s'adresser à Monica en anglais, ce qu'il n'avait jamais fait jusqu'alors. Il ne faisait d'ailleurs plus guère usage de l'anglais ici à Vienne, et seules les conversations téléphoniques confidentielles avec Old Pépi, quand il était dans ses montagnes, avaient eu lieu en anglais. Et voilà qu'à l'instant il lâchait une exclamation en anglais, et il continua quand, s'agenouillant prestement au bord du bassin, il dit à Monica : « Nous allons les attraper ! »

Elle s'agenouilla à son tour. On aurait vraiment dit qu'ils voulaient faire un concours de pêche aux écrevisses. Mais c'est Monica qui fut la plus rapide. Approchant adroitement la main par-derrière, elle saisit entre deux doigts l'une des bêtes par le céphalothorax, la sortit hors de l'eau et la brandit. Un instant plus tard, Robert Clayton avait fait de même ; « La mienne est plus grosse ! » lança Monica. « C'est vrai », dit Robert (continuant maintenant en allemand). Mais les deux exemplaires étaient de magnifiques écrevisses « solo » comme on dit dans les restaurants. Chacun tenait son écrevisse en l'air pour la comparer et les deux bêtes, furieuses, les pinces ouvertes remuant dans le vide, donnaient maintenant des coups de queues vigoureux, si bien que Monica et Clayton en furent tout éclaboussés. Chwostik avait oublié son étonnement et contemplait les animaux avec un réel intérêt, peut-être voyait-il pour la première fois de très près une écrevisse vivante. Donald restait à l'écart. On remit les bestioles dans l'eau. « Jusqu'à ce que le vieux Gollwitzer vous mange ! » dit Monica.

Ce petit intermède, pendant lequel ils étaient restés tout seuls dans le jardin d'hiver (cette fois aussi tous les invités s'étaient entre-temps dirigés vers le buffet) est devenu plus tard le sujet d'une conversation que Donald et Chwostik eurent deux jours après le départ de Trieste, sur le pont où ils se promenaient avant le dîner, lorsque l'obscurité était déjà tombée, que la mer offrait une coloration bleu-foncé tirant sur le noir et que le bruit de l'eau fendue par l'étrave et jaillissant le long des bordages semblait se faire entendre plus distinctement. C'est seulement maintenant, avec l'apparition des premières étoiles, qu'on remarquait la voûte tendue du ciel. Quelle que soit la différence de point de vue qui séparait toujours Donald et Chwostik, sur ce point-là leurs impressions concordaient : dans toute cette histoire de peu d'importance, il y avait pour tous les deux un je ne sais quoi d'incompréhensible, une certaine exagération, à ce qu'ils supposaient, en tout cas du côté de Robert, et une espèce de précipitation du côté de Monica.

Le bateau sur lequel ils voyageaient était un paquebot de luxe qui faisait une croisière, mettant d'abord le cap sur le Levant et Istanbul. Les escales dans les ports convenaient parfaitement à Chwostik et Donald, ils purent habiter sur le bateau et mener leurs pourparlers à Beyrouth. De Constantinople il fallut d'abord prendre l'Orient-Express jusqu'à Bucarest (Gollwitzer & Putnik) puis jusqu'à Belgrade (l'ingénieur Wosniak, Milo) ensuite Budapest et de là en Croatie où quelques affaires d'importance les attendaient aussi. Il fallait également visiter Slunj. Avant de partir, Robert Clayton avait encore rappelé plusieur fois à son Old Pépi ce qu'il y avait à voir dans cet endroit. « Ce sera vraiment une belle fin pour un voyage, avait-il dit à Donald. C'est l'idée qui m'est venue. J'y ai été avec ta mère en voyage de noces. »

Donald souffrait depuis la seconde réception chez Gollwitzer, et aussi depuis qu'ils avaient quitté Vienne, c'était une souffrance parfois terrible, que nous serions tenté de trouver bien méritée, mais nous sommes incapables de le faire pour la simple raison que nous sommes ici en présence d'un individu qui s'engage dans une voie très difficile. Nous pourrions dire que par sa souffrance Donald était seulement en train de se rapprocher de la vraie situation dont monsieur Chwostik, comme nous savons, connaissait déjà la gravité depuis longtemps.

Monsieur Chwostik était partie prenante. Il ne pouvait pas être simple spectateur pour les raisons que nous connaissons. Mais ce qui pénétrait et perturbait son milieu vital – qu'il avait en vérité édifié non sans peine et consolidé non sans ténacité – le stimulait autant que cela l'accablait, les deux à la fois. Et c'était là que résidait la particularité de sa situation présente. Il le savait aussi. Tout au fond de lui se réveillait une époque depuis bien longtemps passée, une époque remplie d'efforts, de soucis, de changements pressants et contraignants. Il se rappela alors plusieurs fois sa visite chez le Conseiller à la Cour d'appel, le Dr Keibl, dont il avait pris congé et qu'il n'avait ensuite plus jamais revu, bien qu'il eût alors été question de se revoir à l'occasion d'une quelconque soirée entre hommes. Cela lui revenait maintenant assez souvent à l'esprit, ici sur le bateau. Il y avait plus de trente ans. Cette époque lui apparaissait maintenant comme extraordinairement agitée. Et quelque chose allait revenir, tout aussi agité.

Bon ! Soit ! Telle était à peu près l'attitude intérieure de Chwostik. Mais ce qui devait en ressortir, il ne le savait pas en fait.

Même un simple spectateur comme par exemple le spécialiste munichois des maladies internes, le docteur Paul Harbach, était obligé de remarquer qu'en ce moment Donald était dans une mauvaise passe, qu'il n'était pas maître de lui-même. Et en faisant cette fois totalement abstraction du fait que le docteur Harbach était médecin, et même un médecin éminent. C'est d'ailleurs en cette qualité qu'il fit une fois, en présence de Chwostik, une brève remarque selon laquelle Clayton devrait s'imposer quelques ménagements et ne pas mettre son cœur à trop rude épreuve. A cette occasion il fit ausi une remarque sur les lèvres de Donald en employant l'expression « cyanosées » ou « légèrement cyanosées », expression que Chwostik ne comprit pas. Mais il n'y avait rien là de grave avait dit le docteur Harbach.

En outre celui-ci était toujours et dans tous les cas simple spectateur, et pas seulement quand il allait une fois par an à Vienne rendre visite à sa famille (le grand poêle, plus la frégate, plus les Hilda et les Pipsi), seulement pour quelques jours chaque fois. Il rentrait juste de cette visite qui, en accord avec la saison, l'avait conduit à la villa de Hacking et non Reichsrathstraße. Après quoi il s'était arrêté chez des amis en montagne, et maintenant il commençait son voyage, ses premières vacances depuis sept ans. Sans but précis, disait le docteur Harbach. Provisoirement il voulait aller jusqu'à Istanbul.

Pour nous, cela correspond tout à fait aux particularités de son personnage de simple spectateur que, depuis la fenêtre de sa chambre située sur la façade principale de la villa de Hacking, un peu en retrait, il ait observé avec des yeux légèrement en boules de loto les lycéens Hofmock et Chlamtatsch qui arrivaient, et qu'il en ait pris note, tout comme il a observé leur départ peu après avec les plus jeunes de toutes les Pipsi. Il nous apparaît aussi significatif qu'il soit encore resté longtemps à la fenêtre, après que toute cette jeunesse ait disparu, sans faire le moindre mouvement et enfin qu'il n'ait jamais évoqué plus tard (en qualité de simple spectateur) ce qu'il avait vu, cette scène sans importance et visible pour tout le monde.

On avait alors coutume, sur un bateau de croisière, de prendre les repas à une grande table commune – appelée table d'hôte [1] – à laquelle prenait place à un bout le capitaine ainsi que l'un ou l'autre des officiers et le médecin de bord. Même les passagers étaient toujours assis aux mêmes places. C'est de cette façon que Donald et Chwostik avaient fait la connaissance à table du docteur Harbach et d'autres personnes encore bien sûr dans la salle à manger. C'est surtout dans les salons et sur les ponts que tout ce monde se mélangeait.

On traversa le détroit d'Otrante avec un peu de vent contraire et de houle mais ensuite on navigua sur une mer d'huile. La forte chaleur commençait à devenir opaque sur le pont-promenade supérieur (c'était l'impression qu'avait Donald), et les hommes sortirent de plus en plus en complets blancs et avec ces casquettes blanches à visières qui étaient alors tellement en vogue au bord de mer et sur les bateaux. Les dames portaient des robes d'été très souvent blanches elles aussi, et des chapeaux de paille. Au-dessus des chaises-longues, on voyait ici et là des ombrelles que le vent ne dérangeait pas car c'est à peine s'il y en avait. Le panache de fumée de la cheminée restait longtemps à flotter ainsi au-dessus de la mer. Après que pour la première fois depuis qu'on avait dépassé les îles dalmates, à peu près à la hauteur du Cap Santa Maria di Leuca, on eut aperçu au loin à tribord la terre, pendant toute une heure, la mer assombrie par la chaleur, ridée de minuscules vaguelettes, se ferma en un horizon circulaire.

Donald quitta le pont. Son sentiment d'être à la merci de tout et gagné par l'obscurité commençait à devenir

1. En français dans le texte.

insupportable. Il traversa le grand salon vide et entra dans le café qui, avec sa tapisserie brune, ses guéridons de marbre, et les journaux et revues accrochés au mur, serrés dans des baguettes, donnait l'impression d'être un morceau de Vienne parti à la dérive. Comme là-bas ce café était sous l'autorité du chef de salle du restaurant, un maître d'hôtel qui avait fait ses classes à Vienne – seuls ceux-là étaient engagés sur les paquebots de l'Osterreichischer Lloyd – il s'appelait Kostazky. Ces gens-là possédaient d'ailleurs une prodigieuse connaissance des personnes constituant ce qu'on appelait le gratin.

Ici, il faisait frais, pas moins de deux ventilateurs électriques fonctionnaient.

Dans cet endroit fermé, Donald se sentait souvent plus léger qu'au dehors où la lumière avait causé une blessure si terrible à toute forme d'isolement et d'apaisement qu'ils semblaient ne plus jamais devoir revenir. C'est sous un ciel radieux que le chagrin est le plus lourd. Et puis arrivèrent ces voiles de chaleur dont l'ombre l'angoissait.

Ici, il avait pourtant des instants de réflexion. Pour autant que cela fût possible chez un être qui n'avait pas l'habitude de penser, c'est-à-dire pas l'habitude d'être seul avec lui-même. Cependant il explorait peu à peu et par instants la partie la plus obscure de la blessure qu'il portait en lui, guidé non par une réflexion mais par une sourde pression dans sa conscience, pression qui est toujours pour nous un meilleur guide que la connaissance la plus claire.

Celui qui l'attrape, le garde. Cette façon de voir la situation de Donald était loin d'être celle de Robert Clayton. Celui-ci s'en tenait à l'idée qu'une fille de trente-sept ans est trop âgée pour un homme de trente-deux ans. cela lui suffisait. Il n'a jamais corrigé cette opinion banale, à la grande différence de Pépi qui n'avait pas tardé à trouver fort douteuse sa thèse passe-partout selon laquelle le changement d'air est le meilleur remède contre le mal d'amour.

Car bien sûr Monica avait dû prendre ses précautions, se doutant bien qu'une explication entre les Clayton bros. serait tôt ou tard dans le domaine du possible. Elle s'en était tenue, non sans un certain doigté, à cette imprécision et cette souplesse qui, dans des cas pareils, sont nécessaires pour faire face à toutes les éventualités. Elle disait que passé un temps, elle s'était réellement intéressée à Donald mais qu'il ne lui avait pas été possible d'établir de contact avec lui. A proprement parler, exact, presque vrai. Quand deux personnes mentent sur la même chose, ce n'est pas le même mensonge. Mais en tout cas Donald (vis-à-vis de Chwostik) a davantage menti sur ce point que Monica.

Robert ne s'inquiétait pas de cela. Sa thèse de la différence d'âge qu'il n'exprimait pas en présence de Monica était bien établie, la voie lui était ouverte.

Il la suivait allègrement. Les parties de tennis des lycéens dans le parc de la villa prirent peu à peu une autre tournure. A l'heure du thé, on s'asseyait en faisant cercle autour de Robert et de Monica comme autour du maître et de la maîtresse de maison.

Chwostik manquait à Monica. Robert disait la même chose et ne le pensait pas seulement pour les affaires (dans ce domaine aussi, Chwostik manquait à vrai dire). Sa présence aurait été pour tous les deux une parfaite toile de fond à leur bonheur en quelque sorte, un dégradé apaisant pourrait-on dire. On le voit, leur égoïsme dégénérait déjà comme il est de règle pour des amants.

Ils l'étaient vraiment devenus et sur la différence d'âge qui en tout état de cause existait là aussi, le toujours fringant Robert ne s'est jamais posé de question. Comme nous l'avons dit une fois, les Clayton possédaient depuis déjà assez longtemps à Weissenbach, au bord de l'Attersee, une villa dont ils n'avaient vraiment pas fait grand usage jusqu'à présent. Cela avait été un achat occasionnel. C'est à cette maison que Robert pensait de temps en temps dans les circonstances présentes. Cependant ce coin de Haute-Autriche avec les lacs tout proches du Salzkammergut, était justement une des régions de passage de la société viennoise et l'on ne pouvait guère aller de la porte de son jardin au pavillon de bain et à l'embarcadère de l'autre côté de la route, sans être salué par le propriétaire de la villa voisine ou être si ce n'est renversé du moins saisi par l'arrivée d'une automobile pleine de gens de connaissance. D'ailleurs les affaires de Monica exigeaient sa présence à Vienne.

Restait donc l'Auhofstraße. Pour ce qui était du travail de Monica, il était pour Robert, au fond de lui-même, une affaire en voie de liquidation. Ses intentions étaient très claires. Si cette maison d'édition sur le Graben n'avait pas existé, il aurait pu voyager avec Monica et disparaître n'importe où.

Restait donc l'Auhofstraße. L'esprit de Donald, dans la mesure où il peut en être question, ne hantait pas les lieux. Il n'y avait jamais été présent en vérité, même pas – du vivant de Donald, aurions-nous presque été tenté d'écrire. Pour Monica les choses ne paraissaient pas être très différentes.

Entre-temps le vieux gardien Broubek observait l'explosion des grappes blanches et mauves des lilas du parc et peut-être était-il le seul parmi les personnes ici présentes à suivre ce processus avec attention. Plus de descentes aux enfers, plus de journal et de lunettes posés sur la table dans le local d'entrée du chauffage. Le sombre séjour était éteint dans tous les sens du terme, et le chauffage central relativement récent était tout aussi gris-fer, froid et mort que les poêles pour assécher soigneusement entassés dans la cave et qui jadis y avaient été en usage.

Mais dans la cour pavée de la maison du gardien il y avait maintenant, dans toutes sortes de pots et de caisses, une opulente variété de plantes, au milieu de petites flaques d'eau chaque fois qu'on les arrosait. C'était ici le lieu des transplantations, des soins et de la taille, et au bord de la terrasse où les chaises-longues faisaient un contrepoint profane et bariolé à la grande voûte bleue du ciel se trouvaient toujours quelques exemplaires représentatifs.

Quand les parties de tennis reprirent Prinzenallee, curieusement c'est l'absence de Donald qui tourmenta Zdenko.

Parler de cela au C.M. se révélait impossible. Un événement impondérable survenu dans la rue, lorsqu'il avait rencontré le plus jeune de ces deux Anglais avec Heribert de Wasmut – et Heribert n'avait manifestement rien remarqué du tout de l'assombrissement blafard du visage de Donald ! – un événement tout d'abord impondérable avait mis en relief, en y regardant de plus près, les contours de certains faits, et même toute la gravité de la situation. Et si Donald avait trébuché, cela en faisait aussi partie, tout comme son brusque mouvement dégingandé pour retrouver son équilibre. Mais ce n'était pas ce qui tourmentait le plus Zdenko. C'était plutôt le fait que Donald faisait quelque part à présent un périple au Proche-Orient avec une blessure que lui, Zdenko, lui avait infligée sans y prendre garde, par une remarque fortuite ! Certes, cela aurait tout aussi bien pu être le fait de Wasmut. Pourtant c'était lui le responsable (Inexact : pas lui, mais le mécanisme de la vie extérieure. Zdenko tenait pour personnels des phénomènes impersonnels. Mais c'était vraiment trop demander à un lycéen intelligent).

Ainsi n'y avait-il plus de Donald, Prinzenallee – en fait, celui-ci restait toujours présent à travers Zdenko – et nous sommes volontiers enclin à supposer que le plus jeune des Clayton bros. ne manquait à personne en particulier. A Augustus moins qu'à quiconque à vrai dire.

Les circonstances actuelles lui convenaient fort bien. On entendait souvent son gros rire. Qui plus est, ce rire était carrément provoqué par Robert. Ce garçon lui plaisait : à l'école il avançait bien et montrait du talent dans le choix de ses relations, comme Monsieur le docteur Petschenka l'avait déjà constaté ; c'est seulement sur le plan physique que le gros patapouf était un peu paresseux, il se défilait aussi bien quand il s'agissait de jouer au tennis que de monter à cheval.

C'est au cours de telles considérations impromptues que Robert Clayton s'aperçut un jour rétrospectivement que Donald n'avait pour ainsi dire jamais amené d'amis à la maison. Manifestement il n'en avait pas. Maintenant la question se retournait contre lui, Robert, car lui non plus ne pouvait pas faire état de grand-chose dans ce domaine. Si, Chwostik. Robert était vraiment fier de ce dernier. Mais ils avaient vécu ensemble, lui et Donald, ça venait de là. Ça remplaçait pour ainsi dire le club qu'ils n'avaient pas. Parmi les jeunes gens du comité du bal de l'école d'ingénieurs par exemple, aucun ne s'était lié avec Donald. Tout cela venait de cette vie à deux, il en avait maintenant nettement l'intuition.

En même temps, il sentait que tout était fini à présent.

Il faudrait que Donald se marie.

Cela lui apparut soudain comme la solution à toutes ces questions. Ainsi donc la distance qui s'était installée entre les Clayton bros. n'était pas seulement spatiale. Oui, maintenant déjà, au point où l'on en était, on ne pouvait plus guère revenir en arrière. Qu'on n'aille pas croire que cela ne causait aucun malaise à Robert. Car sa faculté de prémonition allait bien jusque-là. Il avait aussi conscience que seule l'absence de Donald maintenait encore la situation en suspens ; et ce genre de situation portait en lui les propres limites de sa durée : Robert ne cessait de le ressentir. Mais son talent pour saisir et savourer la douceur des choses qui affleurent dans l'instant et leur beauté toujours unique (comme Chwostik a bien su le faire un certain soir !), n'avait peut-être jamais été bien grand ; et la vie d'un homme d'affaires de son style, toujours orienté par des prévisions à long terme, est certainement peu faite pour ouvrir les yeux à de semblables aptitudes. Quoiqu'on soit bien obligé de dire : celui qui n'a jamais fortement sollicité ces aptitudes que l'on est tenté d'appeler futiles, celui-là n'a jamais vécu ni jamais rien vu du monde, qu'il soit allé à Beyrouth, en Espagne ou aux treize chutes de Slunj en Croatie. Car ce monde est tout entier contenu dans sa douceur qui affleure, même avec ce qu'il a de plus « profond » (là surtout), et que celui qui ne veut pas le croire aille – s'il en a envie – interroger un peintre.

Sur ce point il manquait quelque chose à Robert Clayton. Sinon il aurait dû remarquer les lilas, comme Broubek le gardien. Or, il ne voulait absolument rien remarquer mais s'assurer de la possession des choses et si possible avant le retour de Donald.

Ici, nous en arrivons donc à Monica. Son mariage avec Robert était pour elle une certitude. Mais peut-être un peu trop. C'était un trop bon mariage. Il dépassait pour ainsi dire les limites du décorum. Les femmes sont poursuivies jusque dans leurs passions par les efforts qu'elles font pour sauver leur réputation et c'est quand ces efforts ne comptent pour rien qu'elles veulent surtout ne pas se compromettre. Elle regimbait un peu. Il n'était pas judicieux pour Rober d'aller trop vite en besogne et lui, en homme du nord qu'il était, dénué par nature de malice à l'égard des femmes contrairement aux méridionaux, et qui devenait donc facilement ridicule, attachait beaucoup trop d'importance à ces vétilles.

Car depuis peu elle accordait encore plus d'importance que d'habitude à ses affaires et Robert devait alors souvent passer au second plan. On peut d'ailleurs supposer que madame Henriette Frehlinger y était allée là de quelques conseils. Les avis de ce genre sont souvent méchants, trop avisés, ils troublent l'instinct, par exemple celui d'une somnambule érotiquement soucieuse de sa réputation en équilibre sur le faîte d'un toit pentu comme au sommet de son désir d'ascension (on redescend alors juste à temps dans sa chambre en passant par la fenêtre). La conseillère, dans pareils cas, est la pluspart du temps ivre de bon sens et a en plus le sentiment d'être l'avocat et le défenseur de tout son sexe, échauffée peut-être de surcroît par les possibilités qu'elle a laissé passer de sauver sa réputation à elle.

Malgré tout, Monica était quand même heureuse, et de toutes les personnes qui avaient ici partie prenante de près ou de loin, c'est certainement elle qui se rapprochait le plus du gardien Broubek pour ce qui était de regarder les lilas. Par moment, son silence et son recueillement grandissants faisaient penser à ceux des plantes qui se trouvaient dans la cour pavée de la maison du gardien, dans des pots et dans des caisses au milieu de flaques d'eau qui, si petites qu'elles fussent, étaient capables de refléter le ciel. On pourrait dire la même chose de Monica allongée sur sa chaise longue aux couleurs vives sur la terrasse. Les balles de tennis frappant les cordes tendues de la raquette produisaient un son plein, rond, puissant. Maintenant elle entendait Robert qui faisait l'arbitre et annonçait le score de la partie : « Thirty all. »

Or, tel n'était pas le score de la partie qui occupe en fait notre attention, il n'y avait pas égalité ; il n'y avait pas but mais culbute. L'arrêt décisif était en effet tombé.

Pourtant, continuer à exister après celui-ci – que nous appelons ainsi – voilà ce qui était vraiment décisif, et c'est à ce moment-là seulement que l'on gagne ou que l'on perd tout, sur une seule carte déjà posée sur la table. Il faut être un auteur dramatique bien naïf pour croire qu'une fois le rideau tombé, il ne se passe plus rien derrière. On ne peut pas faire gober une telle bêtise à un auteur d'assez bons romans et un tant soi peu roué.

Car entre-temps, non seulement le paquebot « Cobra » traçait son sillon sur la surface lisse de la mer, mais le temps qui progressait de façon tout aussi continue avait mis accessoirement en relief d'innombrables détails, c'est ainsi par exemple qu'on avait fait connaissance d'une foule de gens, et pas seulement du docteur Harbach de Munich, ou bien encore qu'on s'apercevait un jour avec un léger étonnement que l'agréable intérieur du navire n'avait plus du tout le même aspect que peu après l'embarquement, lorsqu'on avait fait porter les bagages dans son élégante cabine. Chacun évoluait maintenant dans des espaces connus, comme dans son propre chez-soi. Il y avait même là, juste derrière le café, un American-bar, ce que Donald trouvait ridicule, surtout avec les grands tabourets.

C'est ainsi qu'un bien-être ouvertement affiché s'installa à bord, un bien-être que Donald observait comme de l'extérieur, sans réussir à s'y laisser absorber avec les autres.

Donald avait d'ailleurs laissé entendre au docteur Harbach que son père et lui fréquentaient la Reichsrathstraße. Pourtant le docteur Paul n'avait pas entendu les noms des deux Anglais dans la maison de ses parents. Peut-être ne faisait-on pas mention là-bas de ce genre de relations vis-à-vis de quelqu'un qui restait en marge. Tout en échangeant quelques paroles à ce sujet, Donald pensait à la tenture de soie violette dans l'un des salons Harbach ; et derrière cette tenture, non devant elle, se tenait Hilda : derrière le mur donc, mais un mur transparent comme de l'eau. Durant un instant, il chercha pour ainsi dire à s'appuyer sur la grande jeune fille blonde qui lui adressait la parole en anglais. Mais à ce moment Gollwitzer vint se mettre entre eux deux. Aussitôt après Donald descendait avec Broubek l'escalier menant au local du chauffage central. Dans la première pièce, sur une table sous le soupirail, les lunettes du gardien étaient posées sur le journal.

C'était ainsi que Donald était souvent totalement absent pendant quelques instants, et ça se voyait.

Parmi ceux qui s'en apercevaient, madame Ann Hildegard Kruhlow, née Wusterstiebel, vieille dame corpulente et bienveillante, dont l'inquiétude maternelle fut carrément mise en émoi par Donald. Elle voyageait avec son époux, un pasteur luthérien à qui les gens de chez lui avaient donné le sobriquet de « général des trombones » car le pasteur Kruhlow était à la tête d'une association de joueurs de trombones qui avait des ramifications dans toute l'Allemagne. Une très petite partie de cette association formait ici un groupe de neuf trombones en voyage d'agrément, donc neuf messieurs parfois accompagnés de leur dame, mais celles-ci ne faisaient pas de musique. Ils avaient emporté leurs instruments avec eux. La première fois, et pour la plus grande réjouissance de tous doit-on dire, ils jouèrent sur le gaillard d'avant une transposition ad hoc pour neuf trombones d'un divertimento de Mozart. Ils jouaient remarquablement et même plus que cela : c'étaient tous des virtuoses, qui jouaient de leur instrument uniquement pour leur plaisir et qui avaient, sinon, de toutes autres professions. Ainsi se trouvaient par exemple dans ce groupe singulier deux avocats berlinois et un grand industriel de Göppingen dans le Würtemberg.

Ces braves Allemands pacifiques avec leurs facéties sentimentalo-musicales faisaient presque Américains. Et il est tout de même intéressant de remarquer que même dans un groupe pas très nombreux – ce petit paquebot n'avait en effet pas beaucoup de passagers – il y a souvent une bonne dose d'extravagance qui surnage. Le capitaine du « Cobra » voyait d'un bon œil ce genre de divertissements offerts gratuitement à ses passagers. C'est pourquoi il amena cet ensemble méritant à donner le soir sur le pont-promenade un concert avec l'orchestre du navire qui avait toujours coutume de jouer pendant le dîner, et où l'on put entendre entre autres un grand pot-pourri de Aïda, y compris la Marche triomphale.

Cette manifestation eut aussi un autre aspect qui ne

fut pas sans importance. Les musiciens viennois de l'orchestre du navire s'étaient auparavant bien entendus avec ces excellents Allemands et ils avaient répété ensemble. Le récital fut donc brillant. Ils jouaient alors qu'il faisait encore jour, sans doute parce qu'il aurait été difficile d'éclairer convenablement toús les pupitres sur le pont. Or, pendant le dernier morceau, la couleur de la mer changea nettement et les fortes sonorités des cuivres allèrent retentir au-dessus d'une eau qui, abandonnant l'éclat bleu de la journée, passa dans les gris comme dans un retour à ses propres profondeurs, tandis que le soleil déclinant incendiait encore tout l'horizon.

Nul ne put se dérober tout à fait à ces impressions et Donald moins que quiconque, lui qui croyait entendre pour la première fois de sa vie de la musique. Et il en était sans doute ainsi. Chaque fois qu'il était allé à l'Opéra impérial de Vienne, cela n'avait jamais été rien d'autre qu'une obligation de fonction en tenue de soirée.

Or, tandis qu'il restait debout devant le bastingage à regarder la mer qui prenait peu à peu des tons gris, Madame le pasteur Kruhlow qui faisait de même à ses côtés, lançant un petit regard de côté sur Donald, commença pour la première fois à devenir soucieuse. Durant quelques instants elle eut l'impression de voir la terrible situation d'un enfermé, d'un véritable enterré vivant.

L'année scolaire se poursuivait et jusqu'à ce qu'elle se termine il y avait presque un mois et demi, bien que le C.M. ait pris beaucoup d'avance avec ses préparations organisées. Mais pour Zdenko, cette partie du cycle supérieur avait été déjà dépassée sous le coup de deux impulsions pourrait-on dire : la première avait été sa collision (seul ce terme rend bien la chose !) avec madame Henriette Frehlinger, la seconde l'assombrissement livide de Donald Clayton dans la rue.

Toutes deux avaient laissé de la tristesse. Lorsqu'il marchait maintenant dans le soleil qui brûlait déjà un peu, la rue, baignée de ses rayons, s'obscurcissait en quelque sorte, et il commençait à trouver très désirable sa petite chambre qui n'était pas située du côté de la Razumovskygasse mais derrière, avec la fenêtre donnant sur le parc des comtes Seiler. Même le Prater pouvait lui être une source de douleur et dans les nombreuses heures de liberté qu'il avait, il restait souvent désemparé sans aller ou être attiré nulle part, s'arrêtant par exemple à un vaste rond-point de la Grande allée bordé de bancs vides sous les marronniers illuminés de rose et de blanc, à l'endroit où la large avenue conduisait à la Rotonde, bâtiment resté en place après l'Exposition Universelle de 1880 et qui heureusement a été détruit par un incendie beaucoup plus tard. Dans de tels instants qui n'avaient pas de commencement et surtout pas de fin ni de conclusion, immobiles au creux de la main vide du temps, serait-on tenté de dire, il regardait sur le sol recouvert de gravier chaque brindille tombée de l'arbre.

Le C.M. se mit à l'heure du temps. Ce qui restait, c'était le travail scolaire en commun, la finalité pratique. Mais cela n'allait pas plus loin et ce premier aiguillage délicat, chargé d'espérance et qui devait mener sur une voie plus dégagée – cet aiguillage jadis inconsciemment manœuvré par les Anglais – était resté loin derrière sur la voie, il y était resté vraiment aux deux sens du terme. Les jours anciens et plus ternes, avant cet aiguillage là-bas en bas, semblaient engloutis dans l'obscurité. La vie commençait avec la grande photographie du viaduc du chemin de fer sur le Firth of Forth, lors de la traversée, pièce après pièce, des salons Frehlinger. Depuis longtemps, on n'avait plus mis d'œillet blanc dans le petit vase posé devant les Mémoires du vieux chancelier Metternich dans la chambre de Hofmock. Rien ne s'estompe plus vite que le parfum d'une époque, parfum qui effectivement est le premier à en réunir tous les détails : et il en faut beaucoup en même temps pour que se forme ce genre d'aura ! Maintenant tout brillait dans un ordre superbe mais le souffle avait disparu.

Entre-temps la tante Vuković était arrivée à Vienne, elle logeait à « l'Impérial » et voyait souvent les parents. A regarder cette dame sexagénaire, on avait toujours l'impression qu'elle portait des bottes à tige, et peut-être en portait-elle réellement dans son domaine de Croatie. Ce n'est que devant cet arrière-plan rugueux que Zdenko s'aperçut vraiment de la nature profonde de sa mère, madame de Chlamtatsch. Madame le chef de section ne faisait pas partie des gens que l'on voit de loin et qui déplacent beaucoup d'air ; d'ailleurs jusqu'ici elle ne s'est jamais trouvée en travers de notre chemin. Ni de celui de personne. Pareille chose ne pouvait vraiment pas arriver, s'agissant d'Eugénie de Chlamtatsch.

Ce genre de femmes se trouve souvent, presque toujours même, flanqué de maris d'une nature tout à fait opposée, des hommes déplaçant beaucoup d'air et refusant bien sûr toute aperception, deux choses qui vont généralement de pair mais ne sont jamais liées à une intelligence qui a fait un retour sur elle-même et s'est mise consciemment en possession d'elle-même. C'est à vrai dire une chose inexistante chez ces fortes personnalités qui d'ailleurs peuvent être guéries pour ainsi dire en une nuit par une bonne dose de vulgarité si elle est administrée au bon moment.

Ce n'est pas à cette catégorie qu'appartenait le chef de section mais curieusement à la même confrérie que la mère de Zdenko, si bien que les deux parties du couple se fondaient et se confondaient à bien des égards, sans qu'on pût les distinguer : des gens vivant de façon si réglée qu'ils n'étaient jamais allés frôler un tant soit peu les limites du convenable propre à leur couche sociale, sans parler de les franchir. Mais ils affirmaient en même temps, bien qu'à mi-voix seulement, qu'ils ne faisaient aucun cas de ces dernières. C'était en quelque sorte le dernier refuge de l'autonomie de leur être. Cela ne pouvait manquer d'aboutir à un scepticisme acide appliqué à tout et à tous mais aussi à leur vie présente et passée. Chlamtatsch était un homme mince, grand et élégant, il connaissait beaucoup de choses et était un excellent juriste en droit administratif. Dans ce domaine il aurait presque pu rivaliser avec le célèbre professeur Bernatzik, extrêmement redouté dans les examens d'Etat, bien qu'il n'eût pas été à sa hauteur pour le mordant des réparties. Mais même sans cela, son érudition lui offrait suffisamment de moyens pour exercer son scepticisme. Celui-ci se répercutait ensuite en écho chez son épouse. Ainsi le ménage suivait sans éclat son petit chemin et, abstraction faite de Zdenko, ils ont engendré aussi peu de choses que les fortes personnalités au caractère pénible et ennuyeux, c'est-à-dire rien du tout.

La tante Ada Vuković déplaçait de l'air, refusait toute aperception, montrait constamment un esprit frondeur, marchait à grandes enjambées, parlait fort et beaucoup, avait une dose excessive de sens pratique mais au fond, dans le domaine des conventions, elle faisait tout comme les Chlamtatsch, avançant à pas feutrés et ne frôlant jamais leurs vraies limites, pomme rustique et rougeaude, tombée tout droit de l'arbre, parallèlement au tronc, et qui n'était pas allée rouler loin de celui-ci.

Bon, on voit bien ce qu'il en est. On rodait déjà pour l'été le tarot à quatre avec « appel au roi » donc – seule et unique raison d'ailleurs pour laquelle Zdenko était aussi invité à Vanice, ce qui jusqu'alors n'était jamais venu à l'idée de madame de Vuković ; que son neveu grandissait, voilà une chose dont elle ne s'apercevait qu'en relation avec la possibilité de le mettre à contribution pour le tarot. Puisqu'il en était maintenant ainsi, il pouvait venir avec ses parents. S'il avait été un gamin turbulent, elle aurait fait montre de moins de tolérance et fort peu d'intérêt.

Oui, tante Ada révéla même qu'elle jouait maintenant au bridge, petit jeu un peu plus difficile qui commençait à se répandre sur le continent. Dans la maison du chef de section on s'y était déjà essayé auparavant.

Il y eut donc un avant-goût du séjour à Venice (tel était le nom du domaine). A ces occasions Zdenko tâta le terrain, se renseigna mine de rien sur les possibilités de découvrir la région, de faire par exemple d'assez longues excursions (à cette occasion il apprit d'ailleurs que sa tante avait des chevaux de selle) et commença à planter des jalons afin de pouvoir se défiler là-bas de temps à autre.

Quelle époque, cette époque d'Ada Vuković ! Si jusqu'à présent les parents de Zdenko ne s'étaient établis que très discrètement à la lisière de l'existence de leur fils, désormais la maison lui donnait entièrement campos si l'on fait abstraction des parties de cartes. Tout à fait compréhensible. Les parents se donnaient du mal. Le lecteur est déjà lui-même suffisamment terre à terre pour savoir qu'Ada est la tante à héritage. Le parfum et l'aura, oui tout le C.M. au grand complet, s'étaient rassemblés sur la terrasse de la villa Clayton ; et si pour Zdenko l'ombre de Donald hantait les lieux, cela ne faisait que renforcer la tristesse qui chez nous tous a toujours été plus favorable à l'évocation des fantômes délicats et vaporeux du passé que la bruyante allégresse. La présence d'Augustus, créature totalement étrangère à ce point de vue, n'avait pas d'autre effet que de concentrer toute cette situation, précisément du fait qu'elle était ici mitoyenne, contiguë et ainsi encore plus sensible. La présence de la Pipsi d'Hofmock avait à peu près le même effet : il continuait à l'amener avec lui. Dans le modèle présent, les grandes jambes et l'allonge toute chevaline des sœurs aînées apparaissaient d'ailleurs quelque peu atténuées et adoucies, les proportions étaient ici plus humaines.

Chwostik était de plus en plus seul. On ne peut pas dire que Donald, tel qu'il était à l'époque, fût un partenaire, un compagnon. En outre et curieusement, il se tenait tout près de Madame le pasteur Kruhlow (il se retenait à elle, pourrait-on dire), une dame avec qui, même avec la meilleure volonté du monde, Old Pépi ne pouvait avoir de conversation.

Cependant, à peu près à la hauteur de Malte (d'où venaient toujours à l'époque les premières pommes de terre, les pommes nouvelles, importées à Vienne) cette dame respectable entama avec lui, à son grand étonnement, une conversation au sujet de Donald, d'où il ressortait clairement que celui-ci s'était confié à elle d'une façon ou d'une autre. Il fut possible en même temps de constater par ce biais que le plus jeune des Clayton bros. ne semblait pas encore avoir vraiment saisi toute la gravité de la situation, ni son caractère définitif (le tomber de rideau) car (selon Madame le pasteur) il était manifestement taraudé par l'idée qu'il était « parti en voyage à un moment tout à fait inopportun, lorsque tout aurait encore pu s'arranger pour lui. »

Quelle femme étonnante que celle qui venait d'amener Donald à se déboutonner, dévoilant par là même les grosses lacunes qu'il avait sur l'appréciation de la situation ! Cette dernière chose apparaissait sans doute encore plus étonnante. Certes, Chwostik eût été en possession d'un capital de savoir suffisant pour employer dans le cas présent ce qu'on appelle un remède de cheval. Mais le poids de la charge de confiance que Robert Clayton lui avait mis sur les épaules le lui interdisait ; et sans doute aussi la sagesse.

Ce n'est qu'avec ces derniers événements que l'on se trouva intérieurement aussi dans une situation nouvelle, et donc, pour ainsi dire, complètement enfermé dans ce voyage, dont le début, avec le départ de Vienne et aussi de Trieste, était maintenant loin en arrière et s'estompait comme les mouvements d'un rideau par lequel on était passé et qui, enfin apaisé, tombait de nouveau en plis immobiles et verticaux.

De l'autre côté d'un tel rideau qui séparait maintenant hermétiquement les Clayton bros. l'un de l'autre, Robert se mit dans la tête l'idée qu'avant le retour de Donald, les choses devaient avoir atteint un stade qui leur donnât forme et les mît hors de doute. Là-dessus, le voyage de son fils paraissait lui offrir une occasion toute trouvée et qu'il ne fallait pas manquer. En d'autres termes : si l'on ne pouvait pas se marier dans la prochaine quinzaine, il fallait quand même se préparer tout à fait ouvertement et même publiquement à le faire (« devant le peuple assemblé », comme a dit une fois un homme célèbre – car il arrive parfois même à ces gens-là de mettre du pathos dans leur vie privée).

Certes, il ne voulait pas de pathos, Clayton senior, mais il poursuivait dans toutes ses affaires la chimère de l'ordre et de la sécurité, mirage qui fuit constamment devant nous, borne marquant l'arrivée et toujours repoussée, *meta fugiens*. Les hommes d'affaires sérieux aiment bien importer cette forme de comportement qui leur est nécessaire, dans un domaine où elle n'a pas sa place.

Monica le savait probablement encore mieux, sans cependant perdre des yeux le souci de sa réputation, de sorte que sous ce rapport la borne d'arrivée *(meta)* restait la même pour tous les deux. Mais ce ne dut tout de même pas être une décision facile pour Madame l'ingénieur, il faut bien le lui concéder, de laisser en plan tout ce qu'elle avait réalisé. Car elle était parvenue à un beau résultat, c'était indéniable. D'un autre côté, Clayton ne laissait aucune équivoque sur le fait que le cas échéant, elle devrait abandonner son affaire du Graben et en cas de mariage, il n'y aurait d'ailleurs guère d'autre solution ne fût-ce que pour des raisons touchant à sa réputation, elle s'en rendait bien compte elle-même. On comprend accessoirement que ses parents n'aient pas du tout été consultés. Madame Rita et ce gandin de docteur Bachler auraient d'ailleurs sûrement été d'accord avec cette alternative. L'idée que Robert puisse aller à Döbling demander sa main – il semblait cogiter quelque chose de ce genre – déclencha chez elle un éclat de rire retentissant, et cela dans son bureau du Graben.

Ainsi, bien des forces étaient attelées et couplées à cet événement véritablement essentiel dont Clayton était assez peu conscient ou seulement comme ça en passant : l'éclatement d'une forme de vie à deux avec Donald, qui, depuis la mort de Harriet, était solidement ancrée dans le sol et formait même la base sur laquelle ils se tenaient tous deux. Robert Clayton semblait maintenant prêt à l'abandonner sans y réfléchir davantage.

Ce n'était pas la montagne du Liban (comme le croyaient quelques passagers), que l'on pouvait maintenant voir depuis la proue du navire mais une des hauteurs relativement élevées dominant le chenal et le port de Beyrouth aménagé par les Français au début des années 1890. En approchant ainsi d'un des buts de son voyage, Chwostik se sentit poussé à faire une déclaration bien triviale : il tapota sur sa veste à l'endroit où se trouvait son portefeuille et dit : « Il faudrait arriver ici avec un portefeuille bourré et acheter des soieries. Ça, ce serait une affaire ! Notre activité ici, c'est du deuxième choix. »

Naturellement ils voulaient aussi aller à Damas situé plus à l'intérieur des terres. La première fois Chwostik y était allé en voiture express tirée par des chevaux. Maintenant les installations portuaires avaient entraîné depuis longtemps la construction d'un chemin de fer. Cette fois-ci Chwostik et Donald ne profitèrent pas de la montagne du Liban et du panorama grandiose qu'on a de là-haut, à l'inverse de beaucoup de passagers du « Cobra », y compris du docteur Harbach, qui partirent tout là-haut sur des montures appropriées, c'est-à-dire à dos d'âne.

Une fois la passerelle franchie, Donald se retrouva sur le quai avec un profond sentiment d'effroi ; non pas soudain, ce n'était pas de l'épouvante, mais un sentiment tenace et souple, comme s'il s'enfonçait dans le sol.

Avait-il cru de façon magique que le fait de poser le pied sur la terre ferme, sur la terre d'un autre pays, le libérerait d'un seul coup d'un serrement de cœur qui avait souvent été insupportable sur le bateau ? Il en était tout autrement. Il lui semblait qu'elle se tenait maintenant à côté de lui.

Chwostik dont le carnet bien garni répartissait le temps avec méthode, était déjà assis à côté de Donald dans la voiture et parlait arabe avec le cocher, comme si de rien n'était.

Ils souffrirent peu de la chaleur, celle-ci n'était pas très forte à cette époque de l'année et le ciel qu'ils avaient vu d'un bleu de porcelaine se couvrit de nuages. Il y eut même une petite pluie d'orage. Ce n'est qu'ensuite, dans cette atmosphère de fraîcheur propre retenant la poussière, que le concert de lumière commença à jeter tous ses feux au-dessus du chenal et de la ville avec ses innombrables jardins tout en angles, accrochés sur les hauteurs derrière, là où finissent les rues étroites et tortueuses. On aurait dit maintenant, dans cette fraîcheur éclatante, que les parois d'une grotte se tournaient vers l'extérieur, tapis scintillant et mordoré.

Chwostik et Donald étaient attendus, ce qui va de soi étant donné la soigneuse organisation de ce voyage. Les discussions se firent en français ; ils prévinrent ainsi poliment toute tentative de baragouiner en anglais. Les locaux des sociétés où ils se rendirent, situés dans la partie européenne et moderne (pour cette époque) de la ville, étaient spacieux, blanchis à la chaux et frais, d'une élégance pour ainsi dire coloniale, avec des ventilateurs qui ronronnaient, et ils étaient ornés de grands récipients en terre pour tenir l'eau fraîche, comme on en fabriquait beaucoup ici de différentes tailles.

Il s'agissait en gros de deux compagnies commerciales françaises ou plutôt levantines, devrait-on dire, parce que ce terme montre la direction où Robert Clayton, il y a plusieurs années de cela, avait connu une mésaventure. Mais plus tard, Chwostik avait remis de l'ordre dans tout cela par une attitude sans équivoque. Aujourd'hui encore les représentants de la banque, par laquelle les affaires devaient transiter et qui travaillaient avec les deux sociétés, étaient présents. On s'était habitué à cette condition et on l'acceptait désormais.

Pendant les négociations Donald resta sur la touche, il n'était pas vraiment présent. Il donnait à l'occasion des renseignements techniques, comme un distributeur automatique débite du chocolat. Son allure et son comportement avaient d'ailleurs un effet très profitable, il intimidait, il effarouchait même – il en avait toujours été ainsi lors de ces voyages – et en Orient c'était en tout cas plus déterminant que les manières vives et avenantes de Robert. Donald, lui, pesait sur ce genre de transaction comme un presse-papier, pour confirmer, pour fixer. Chwostik avait depuis longtemps saisi cette fonction qui était la sienne, et en présence de partenaires commerciaux, il accentuait le pouvoir potentiel du chef junior par une attitude respectueuse bien marquée et en s'interrompant au milieu d'une phrase quand celui-ci s'apprêtait à prendre la parole, ce qui n'arrivait d'ailleurs pas très souvent.

Cette fois pourtant, tout ce qui avait trait aux affaires était vraiment totalement indifférent à Donald. Cela eut un effet extrêmement favorable. L'apparente dispute entre les deux concurrents pour savoir qui traiterait avec Clayton & Powers ramena un peu Chwostik, secrètement étonné, à l'état de Donald et à sa contenance, prise aux deux sens du terme, et qui s'accordait en outre parfaitement à son physique.

C'était donc aussi dans une certaine mesure une espèce de manège pour impressionner la partie adverse auquel ils se livraient ici, manège qui n'était vraiment pas dans l'intention de Donald mais dont Chwostik tirait consciemment profit, et qu'il savourait même carrément.

En même temps, il se rendait bien compte que Donald ne savait souvent même pas de quoi il retournait. Il ne faisait que réagir correctement et sans défaillance à certains stimuli techniques.

Lorsque, deux jours plus tard, le « Cobra » appareilla, tout était réglé au mieux et les excellents résultats se trouvaient à l'abri dans les dossiers de Chwostik. Appuyés au bastingage, à côté d'Old Pépi et de Donald, se trouvaient le docteur Harbach et Madame Kruhlow, deux éléments de la cavalerie montée sur la montagne libanaise (Harbach décrivit plus tard la chevauchée de Madame le pasteur), pendant que les neuf trombones jouaient : *« Muss i denn, muss i denn zum Städtele hinaus »* [1], ce qui pouvait peut-être paraître surprenant sur le bateau, mais qui provoqua les applaudissements unanimes de la population restée sur les quais. Donald ne pensait pas à Monica en ce moment mais à « La Reine » [2].

Elle avait été présente à un repas par lequel tout s'était terminé comme à l'accoutumée ; on lui avait toujours donné ce titre glorieux pour la saluer et c'est vrai qu'il lui allait bien. Epouse de l'un des associés commerciaux, un petit homme brun, elle était née à Paris et avait aussi grandi là-bas : figure majestueuse d'un beau modelé, c'était une madame Harbach d'une trentaine d'années plus jeune mais blonde et peut-être pas tout à fait aussi sotte. A table, Donald s'était trouvé assis à côté d'elle. Elle connaissait Vienne. Elle raconta à Donald qu'on l'y avait envoyée quand elle était jeune fille pour étudier la musique et apprendre l'allemand. Mais pour l'allemand, ça n'avait pas marché ; car tout le monde à Vienne avait immédiatement parlé français avec elle.

Donald connaissait cette prévenance polyglotte typique de la ville. « La reine » se confondait avec Hilda Harbach. Cependant, elle ne se tenait pas derrière la tenture lilas mais devant celle-ci. A propos de la

1. Chanson populaire : « Faut-il donc, faut-il donc que je quitte ma petite ville ? ».
2. En français dans le texte. (N.d.T.).

prévenance polyglotte, Donald avait été forcé de penser à l'anglais de Monica.

« La reine » lui causait de la douleur, encore maintenant. Justement parce qu'elle se tenait devant la tenture. Si le voile lilas avait été étalé sur elle, peut-être aurait-elle pu lui être de quelque secours contre Monica. Mais telle qu'elle était, ses rondeurs étaient beaucoup trop exposées à la lumière omniprésente.

A table, elle lui avait encore raconté que sa plus jeune sœur s'était mariée à Budapest « dans la même branche » (pour reprendre mot pour mot ses paroles) ; il ferait probablement connaissance de sa sœur, une madame Putnik (elle prononça le nom à la française, à peu près « Putnique »)[1].

C'est pendant ces retours en arrière, appuyé ici au bastingage – alors que le port disparaissait peu à peu mais que la ville et les hauteurs qui la surplombaient retrouvaient pour un instant le même aspect qu'à l'arrivée, jusqu'à ce que le bateau virât de bord pour prendre son nouveau cap – c'est ici, parmi les passagers debout en longues files le long des rambardes peintes en blanc et regardant derrière eux (les trombones s'étaient tus) que Donald prit entièrement conscience de son enfermement, qu'il le vit comme on voit un fait quasi extérieur, et qu'il ne sentit plus seulement de façon atténuée le clou auquel il était accroché. C'est seulement maintenant qu'il se rendait compte où il en était arrivé, que quelque chose d'incompréhensible le taraudait et qu'il ressentait en même temps comme totalement étranger. De nouveau, comme autrefois lorsqu'avait jailli en lui cet éclair livide en direction d'Augustus (cet éclair dont le reflet avait tant effrayé le jeune monsieur de Chlamtatsch !), il se sentit couler, il le savait. Sa main gauche fouilla dans la poche de son pantalon à la recherche des allumettes, et tout en serrant les dents sur sa pipe éteinte il la ralluma. Puis il lança par-dessus bord la pipe qui décrivit un grand cercle et mit l'allumette consumée dans sa bouche.

On vit voler la pipe. On saisit la relation, et un peu plus loin il y eut même des rires. Ce petit incident avait

1. Putnik se prononce à l'allemande: Poutnick (N.d.T.)

échappé à messieurs Chwostik et Harbach. Mais la Kruhlow ouvrit tout grands les yeux, alarmée. Et pendant une seconde on aurait dit les yeux d'un cheval effrayé.

Làszló Putnik, neveu du second patron de cette maison de Bucarest avec laquelle les Clayton se trouvaient en relation, n'était pas encore marié depuis tout à fait deux ans et habitait avec sa jeune femme à Budapest, Ligeti fàsor (aujourd'hui cette rue s'appelle autrement, elle a depuis changé deux fois de nom) : c'était jadis un quartier tranquille, retiré, des maisons de style élégant, avec des jardinets en façade et souvent aussi de grands jardins derrière.

Il s'agissait de la jeune sœur de « La reine », plus intelligente que cette reine d'Orient, et donc de ce point de vue encore moins comparable à la maman Harbach ; pour le reste, si. Toutefois, pour tout ce qu'on appelle chez les femmes la personnalité, d'une expression empruntée au monde masculin, elle se rapprochait de notre femme-ingénieur, Monica.

Fort bien, mais son mariage tourna mal tout de suite. Selon l'avis général, Làszló était une demi-portion. Non pas du point de vue financier et commercial : il se révélait toujours extrêmement capable dans ce domaine. Même Robert Clayton s'était fait promptement rouler dans la farine lors de son passage en Hongrie pour vendre une locomobile ; tout à la fin il avait encore dû en rabattre sur le prix et il n'y avait pas eu de Chwostik pour l'en empêcher, ni de Donald pour signifier d'un geste que le prétendu défaut technique, si minime fût-il, n'existait en aucune façon. Papa Robert, qui en pensée était déjà parti pour l'auberge alpine du Preiner G'scheid, avait perdu la main pour régler ce genre de petits détails et ne s'était pas senti très sûr de lui.

C'étaient des entourloupes de maquignons appliquées aux locomobiles, pourrait-on dire. Mais à part ça, il était facile de le posséder, le Làszló. Tous les violons solos de l'orchestre tzigane de Budapest le connaissaient, et les diverses violonistes femmes ne lui étaient pas étrangères sur un autre plan.

Et pourtant il avait une femme qui était un vrai bijou !

Plus d'un secouait la tête en évoquant le genre de vie de Làszló Putnik et aussi en considérant le genre de femmes qui lui jouaient la sérénade. Elles n'étaient pas toujours reluisantes. Mais c'est un fait qu'elles savaient jouer du violon. Le bruit se répandit que madame Putnik (Putnique) n'avait aucun sens de la musique.

On aurait alors dû juger en fait différemment les excès de monsieur Làszló, mais on ne le fit pas et on le considéra tout simplement comme une petite fripouille. Mais du choc que le jeune homme avait subi, personne à vrai dire ne savait rien. La sœur cadette de la reine de Beyrouth était déparée par une cicatrice de brûlure de la taille d'une serviette de toilette et qui, de la même façon, faisait le tour de ses reins. Il ne faisait aucun doute qu'aussi bien les parents de Margot Putnik à Paris que la fameuse « reine » devaient le savoir. Quoi qu'il en soit, les pourparlers du mariage avaient été engagés et cette entourloupe de maquignon ne buta sur aucune difficulté lors des fiançailles très respectables. Ensuite on garda tout simplement le silence. Même dans le cercle restreint de la famille. Entre « La reine », quand elle venait à Paris, rue du Général-Beuret, et ses parents il n'y eut jamais un mot de prononcé sur cette affaire, ni avant le mariage de Margot, ni après. On peut reconnaître ici l'esprit de l'époque. Il n'y avait presque jamais d'explications. Même pas entre pères et fils.

Avec le temps Làszló ne toucha plus aux femmes premiers violons et se contenta de boire, tout seul, en silence.

Elle s'en sortit mieux que lui. Consciente de sa culpabilité du fait de ne pas s'être opposée à ses parents, Margot resta la seule personne à juger avec tolérance le jeune Putnik. Dans la famille de sa femme, on était bien loin de le faire. Mais qui les avait renseignés sur la vie qu'il menait ? Margot peut-être ? Pas du tout. Mais « La reine » était arrivée un peu à l'improviste à Budapest, elle avait choisi de passer par Constantinople d'où elle pouvait prendre le confortable Orient-express pour Paris tout en ayant l'occasion de voir sa sœur sur le chemin qui la menait chez ses parents. Et, arrivant dans une certaine mesure à contre-temps à Budapest, elle avait mis tout de suite un pied pour ainsi dire dans la vie de Làszló Putnik.

En outre, il y a toujours des bouches trop bavardes. Quant à Margot, qui avait observé autrefois le silence le plus parfait, elle défendait maintenant son mari qui n'en était pas un.

Ce mari qui n'en était pas un était assis avec Tibor Gergelffi, de quelques années plus jeune que lui, « de la même branche », fils d'un régisseur de domaine dans l'Ouest de la Hongrie (nous avons fait connaissance par hasard de ce monsieur), assis devant une csàrda comme on appelle une petite auberge en hongrois, de l'autre côté du Schwabenberg, à l'intérieur des terres. Si ces jeunes messieurs avaient encore fait un petit bout de chemin à pied ou en voiture, ils seraient arrivés à l'une des plus remarquables collections d'antiquités romaines de l'Europe de l'Est : ces antiquités occupaient paisiblement un petit musée situé à l'écart. Mais ces choses-là leur étaient indifférentes.

Ils étaient assis sous de vieux arbres, dans le calme, sans musique, et buvaient du vin rouge d'Ofen. Les gens des pays de l'Europe du Sud-Est où l'on aime la bonne chère, s'entendent à ce genre de choses. Ils connaissent toujours l'endroit où il faut aller. Mais ils savent aussi s'y attarder, sans se soucier de l'heure, ni assigner de but à leurs pensées.

Telle était la toile de fond, la tonalité de base. Le récitatif du moment était chez Làszló moins réjouissant.

Tibor était son seul confident : discret jusqu'à l'entêtement. Ce dernier trait de caractère n'est pas rare chez le Magyar, il a déjà quelque chose de l'opacité impénétrable de l'Extrême-Orient ; mais le caractère tout simplement obstiné reprend bien vite le dessus. Putnik n'était pas hongrois, en tout cas pas un vrai Hongrois, il était plutôt serbe. Chez les nations de toute cette partie du Sud-Est, le sentiment de l'honneur est souvent dur, inflexible jusqu'à avoir un côté dangereux. Quoi qu'il en soit, il y a bien longtemps que notre Làszló n'était plus un Hongrois authentique, mais un rejeton de la ville, grandi à Budapest.

« Mon oncle est prêt à tout moment à me prendre à Bucuresti dans son entreprise », dit-il.

Le soleil couchant traversait le jardin depuis le fond jusqu'au mur de la maison rongé par les intempéries et le flot de ses rayons se trouvait transmuté en une surface verticale aux reflets incarnats.

« Et tu es encore là ?! » s'exclama Tibor, question rhétorique accompagnée d'un étonnement tout aussi rhétorique.

« Et j'y resterai.

– Il me semble que tu es devenu fou, dit Tibor. D'abord on t'a pris au piège. Ta situation est l'une de celles qui ne doivent pas exister, dirais-je. La seule chose que tu peux faire c'est de t'enfuir. Tu as devant toi la brèche qui mène à la liberté, une porte ouverte. Et tu veux rester dans ton trou ? Fais tes bagages, pars pour Bucuresti et divorce. Tu aurais même la loi avec toi. Si tu restes ici, tu lâches ta dernière carte.

– Je veux faire la conquête de Margot », dit Làszló en regardant le mur rougi par le couchant, comme s'il en tirait ses paroles. Et Gergelffi ne répondant plus rien, il ajouta d'un ton décidé : « Elle est le seul être qui ait montré de la compréhension et de l'amour pour moi.

– Ouïe, ouïe, ouïe, ouïe, commença à gémir Tibor tout en se tortillant. On t'a fait acheter le chat dans un sac et maintenant tu voudrais en faire un lapin. Et tu sais, Làszló, pour ce qui est de comprendre, tu n'es vraiment pas tellement difficile à comprendre, tout ça c'est vraiment aussi simple qu'une paire de claques. »

Tibor se tut. (Mais on voyait maintenant qu'il était blessé).

Quoi qu'il en soit, Làszló avait fait mention de l'oncle de Bucarest. Il avait donc déjà caressé des pensées d'évasion.

Elles apparaissaient à Gergelffi comme la seule chose raisonnable. Toute autre tentative pour trouver une solution à la situation ne pouvait que rester théorie ou simple chimère, comme cette idée saugrenue de « faire la conquête » de Margot. Tibor respectait celle-ci d'ailleurs, à cause de son allure. Mais chaque fois qu'il avait l'occasion de la voir quelque part, il se sentait carrément glacé par son air inaccessible et complètement fermé derrière lequel elle s'était retranchée. Il y avait là quelque chose d'effrayant et d'inimaginable, un peu comme un astre éteint flottant dans l'espace vide. Ce que débitait Làszló n'avait pas de sens. Quelle place y avait-il là pour l'amour, la compréhension ? On ne peut pas vivre à côté du désespoir. Telles étaient ses pensées. En ce moment même.

Les temps étaient passés où Làszló s'était étourdi. Plus de premiers violons. Plus de premières violonistes. Même les bouteilles restaient à leur place. Comme celle posée sur la table et remplie de vin rouge d'Ofen. Il n'y avait que Gergelffi à en boire, avec circonspection. Tout cela était inquiétant : comme s'il se préparait quelque chose. Il aurait préféré voir Làszló vider verre sur verre et commettre des excès. Ce qu'il redoutait le plus au fond c'était une sorte de deuxième choc pour Putnik. Tibor avait été témoin du premier : effroi, fureur, avilissement dans la lutte l'opposant à l'estime et la tendresse. Il ne fallait pas que ça recommence. Il ne restait que la fuite.

Lentement pourtant, avec opiniâtreté, Margot commençait à triompher. Sa nature de marbre qui chaque fois avait glacé et oppressé Gergelffi, le poussant même hors de la vie, ne se faisait plus du tout sentir à la maison – or ça, Tibor ne pouvait bien sûr pas le savoir – mais avait entre-temps complètement disparu, laissant place à un don qui commençait à se manifester, celui de mettre l'autre à son aise. Nous ne disons pas : de l'entourer d'amour. Il y a toujours là simultanément une exigence. Non : Làszló avait la plus belle vie chez lui, tout compte fait. Elle, Margot, était comme un souffle. Performance appréciable quand on pèse 72 kilos. A peine présente, sauf s'il l'attirait vers lui. S'il lâchait prise, elle disparaissait. Ils étaient, par exemple, en train de bavarder : il cessait de parler. Elle disparaissait. Hors de la pièce.

Gergelffi qui passait auprès de Margot pour un compagnon de beuverie de Làszló n'était jusqu'à présent jamais monté chez le jeune couple. C'est seulement maintenant que Làszló restait de plus en plus chez lui le soir, qu'il fut un jour invité ; et il hésita beaucoup avant d'accepter cette invitation. Lorsque finalement il accepta, il eut pendant toute une journée l'impression d'être un fieffé fripon. Il se rendit donc sur le terrain de l'adversaire. C'était quelque temps après la conversation derrière le Schwabenberg avec le vin rouge sur la table.

Ils mangèrent à trois. Margot devait supposer que Gergelffi savait tout. Il lui importait visiblement d'accueillir à bord le confident de Làszló, comme si leurs rencontres devaient maintenant avoir lieu ici et le centre de gravité se déplacer vers l'intérieur de la maison. Elle fit aussi visiter à Tibor le vaste appartement et lui montra tout. Le jardin n'était pas beaucoup plus large que la maison mais il allait loin derrière. Là, il y avait des garnitures de marbre fermant le fond du jardin devant un mur massif : des bancs incurvés dominés par d'énormes vases de pierre. On voyait tout cela d'une pièce donnant sur le jardin, et prolongée par une petite terrasse avec un escalier descendant dans la verdure. Il y avait une très grande salle à manger, deux salons, un grand et un plus petit. Tibor, qui avait déjà une vue d'ensemble du plan de la demeure, bien que celui-ci ne fût pas très simple, déduisit exactement où la chambre à coucher devait se trouver. Que Làszló dormît dans la chambre donnant sur le jardin, voilà une chose que Gergelffi savait depuis longtemps, il venait d'ailleurs de voir différents effets masculins qui traînaient là. Des fusils de chasse étaient accrochés au mur. Ici la porte-fenêtre donnant sur la terrasse était grande ouverte car cette dernière était séparée du jardin par une clôture grillagée en bas.

« Je n'ai jamais été chez ma sœur à Beyrouth », répondit-elle à table à la question de Tibor, avec un ton un peu appuyé et une expression perceptible de refus, en fixant le damas blanc de la table, la porcelaine et le cristal. Elle s'était un peu penchée en avant et parlait vers la table sans regarder personne. Son énorme couronne de cheveux blonds brillait sous le lustre suspendu au-dessus d'eux. Vers 1900, un dessinateur à la mode, César Helleu, a fortement influencé l'allure des Parisiennes qu'il aimait voir surtout blondes, avec des visages en forme de cœur plutôt qu'allongés, et les yeux très écartés. Puisqu'il est bien connu que la nature imite l'art, comme nous l'enseigne Oscar Wilde, de plus en plus de Parisiennes commencèrent alors à être telles que Helleu les voulait ; cela s'étendit même jusqu'à l'écartement des yeux et cela eut même du pouvoir sur les 72 kilogrammes de Margot qui n'étaient certainement pas prévus par Helleu... Elle était belle, Margot, carrément belle. Gergelffi le voyait clairement, le pensait clairement, et avec étonnement.

Non, il n'était pas si facile que ça d'arriver à Bucuresti. C'est seulement maintenant que le poids des choses se révélait, l'atteignait et qu'il vit alors la situation de Làszló dans toute sa gravité.

S'il avait connu « La reine », la différence effective et fondamentale entre ces deux femmes, ces deux sœurs, lui aurait vraiment sauté aux yeux. Là-bas un étalage magnifique de formes et de chair, resplendissantes dans la lumière. Ici tout était voilé, dissimulé, regard oblique, apparence floue, un être comme caché derrière un écran liquide.

Il ressentit encore davantage cela plus tard, quand ils furent assis dans le petit salon à boire le café turc. Ici également, il y avait au bout d'une tige de cuivre poli un de ces larges abat-jour de l'époque, descendant très bas, de couleur violette ; à l'intérieur la lumière était encore atténuée vers le bas par un voile violet lui aussi et non pas par du tulle blanc ou des choses du même genre telles qu'on en trouve encore aujourd'hui. On ne pouvait pas vraiment dire que cet éclairage fût avantageux pour une jolie femme. Mais elle était assise derrière cet écran de lumière lilas appuyé pour ainsi dire sur elle, comme derrière un tissu délicat et comme si sa présence était en quelque sorte médiatisée.

Tibor qui, en face de sa beauté, ne succombait à aucun ravissement – ses goûts s'orientaient dans de toutes autres directions ! (et surtout en ce moment, comme nous allons bientôt l'apprendre !) – Tibor employait carrément toutes ses forces à essayer de la voir et la cerner avec netteté, à essayer de savoir qui elle était et de la scruter, tout en ressentant en même temps la vanité de ce genre d'effort.

Pour le reste le contact fut bon et la soirée se déroula harmonieusement, comme on a l'habitude de dire. Ce n'était pas difficile avec Margot. Elle ne faisait pas partie de ces gens qui sont là comme des souches et attendent qu'on les fasse bouger, sans offrir même pour cela la moindre prise. C'est elle qui menait le mouvement, faisant tourner autour d'elle ces deux jeunes hommes minces et d'allure délicate, comme des satellites autour d'un soleil. Etonnant ce qu'elle arrivait à faire ! Ce n'est pas à tort que nous l'avons comparée à notre femme-ingénieur, elle en avait l'envergure pour ainsi dire. Ni Putnik ni Gergelffi n'étaient des puits de science ou de culture et ce dernier était heureux de pouvoir suivre tant bien que mal en français. Car Margot disait que pour l'instant son hongrois était juste suffisant pour la vie pratique dans la maison. Elle s'appliquait à le perfectionner ; mais en société elle ne voulait pas encore parler hongrois. Elle faisait bien. Le magyar est une langue très poétique, donc particulièrement sensible aux fausses intonations ou à l'emploi raide et scolaire de la grammaire. Pour savoir le hongrois, il faut soit être né magyar, soit être un génie des langues.

Une fois pourtant elle parla hongrois – et ce fut précisément à partir de là qu'elle transforma les deux garçons en satellites.

Ils n'avaient encore jamais pris la peine par exemple de faire le bout de chemin entre la csàrda derrière le Schwabenberg et ce fameux musée solitaire d'antiquités romaines. Margot le connaissait depuis longtemps. Elle avait été suffisamment longtemps seule et malheureuse pour trouver des trésors devant lesquels les gens heureux passent en titubant, vides : heureux même dans le malheur parce qu'une seconde personne, un confident est là, à qui on peut parler, tout en buvant du vin. L'amie de Margot, Irma, de la riche maison des Russow, où grâce à Putnik elle était entrée dès les premiers temps de leur mariage, aurait pu devenir pour elle cette seconde personne, cette confidente. Mais pour Margot il n'était pas dans le domaine du possible de confier à cette fille d'un certain âge, falote et distinguée, le secret âpre et palpable de sa propre personne, secret qui constituait en même temps la seule clef pour comprendre sa situation et qui, au fond, conditionnait tout sans exception. Irma lui donnait en toute amitié des cours de hongrois réguliers et approfondis. Ces leçons chez les parents d'Irma étaient chaque fois pour Margot un bonheur détaché de tout, quelque chose comme des vacances, une île sans liaison avec le continent de sa vie où elle était pourtant forcée de retourner.

Ici aussi donc, comme partout, un mur. Parfois elle était saisie par la peur, à se voir ainsi entourée de murs.

Pour Irma Russow, elle était la belle femme admirée, comblée de tous les dons qui font effet sur les autres, ces dons qui lui manquaient et qu'aucune richesse ne peut remplacer. Au moins aurait-il fallu une autre nature que celle d'Irma pour faire de la richesse un succédané. Bientôt elle s'attacha à Margot d'un amour exalté : et sans se douter de rien.

Ainsi la solitude première fut encore souvent accentuée ici par une solitude à deux. Làszló, dont le style de vie, dans le premier temps de son mariage, n'était un secret pour personne à Budapest, était considéré par Irma Russow comme un bouffon malveillant et comme l'offenseur perpétuel d'une image divine. En présence de cette dernière, elle ne risqua bientôt plus aucune parole contre lui. Mais la défense de Làszló prise par Margot ne tarda pas à élever son idole presque jusqu'à ces régions éthérées où commence l'odeur de sainteté.

C'est donc ici, chez les Russow, non loin de Vörösmarty Ter, que Margot apprit le hongrois, et quand elle eut dépassé le stade élémentaire, Irma l'initia aussitôt à la poésie nationale qui est toujours la mieux à même de nous enseigner n'importe quelle langue. Au contact des différentes œuvres poétiques elle apprit l'intonation, elle reconnut les valeurs spécifiques à la langue hongroise, ce qu'aucune traduction donc ne peut transmettre. A cette époque l'influence de Andreas Ady ne se faisait pas encore sentir mais depuis longtemps Alexander Petöfi était comme un phare que l'on voit de loin. Margot apprit à dire en hongrois différentes œuvres de lui et n'eut de cesse que son intonation devînt libre et se déplaçât avec aisance.

Or, ce soir-là, assise avec Gergelffi et Làszló, sa retenue s'effaça à un détour ou à un tournant de la conversation portant sur ce sujet, et elle se mit à réciter le début d'un long poème de Petöfi. Il a pour titre « Septembre finissant », et a été traduit en allemand pour la première fois à Vienne par l'excellent docteur Franz Bubenik, qui avait déjà traduit l'œuvre de Petöfi aux alentours de 1900. Toutefois nous préférons ici une transposition toute récente, qui correspond davantage à l'état actuel de notre langue. Elle est de Fritz Dietrich et se trouve parmi les œuvres offertes en hommage à Rudolf Alexander Schröder [1] pour son 80e anniversaire :

Dans la vallée les jardins se hâtent de fleurir
Par la fenêtre ouverte on entend encore le vert peuplier frémir
Mais toi déjà tu vois les spectres menaçants
Les fantômes blêmes de l'hiver, de la mort.
Et déjà la neige recouvre les hauteurs !
Et pourtant c'est l'été, toujours et encore
Un été rayonnant jusqu'au fond de mon cœur
L'écume du printemps depuis longtemps passé
Resplendit encore dans les fleurs de marronniers.

Lorsqu'elle eut dit ces vers derrière l'écran de lumière lilas appuyé contre elle, le centre de gravité de la soirée, son poids, se déplaça vers la jeune femme. Le Hongrois, même s'il n'est pas lettré, connaît et aime pourtant ses poètes, ils sont pour lui un patrimoine national de premier rang ; tout au moins il en était ainsi autrefois. La tumultueuse mélancolie du rythme de ces vers qu'il n'est guère possible de rendre en traduction, effaça de façon indicible les disparités entre ces trois jeunes personnes et scella l'unité. On peut dire que Gergelffi, en dépit de toutes ses réserves, succomba au charme de Margot.

Cela ne l'a pas empêché, là-bas, Ligeti-fasor, de continuer à accorder toute son attention à la soubrette, une blonde et charmante Marika, après qu'il fut parvenu à établir un premier petit contact avec elle pendant qu'elle faisait le service.

Aussitôt il pensa que cette jeune fille devait être ravissante en jupes courtes et en demi-bottes. Les demi-bottes représentaient pour Tibor quelque chose de bien particulier, elles allaient et venaient pour ainsi dire de multiples façons dans les espaces délicats et secrets de sa pensée. Un vrai Caligula ! Nous aurons l'occasion d'y revenir plus en détail. Il n'était jamais maladroit et

1. Rudolf Alexander Schröder (1878-1962), fondateur de la maison d'édition : « *Die Insel* », poète lyrique, essayiste et traducteur, continuateur de la tradition humaniste européenne. (N.d.T.).

aujourd'hui non plus. Il y avait là en outre les lourdes pièces d'argent de cinq couronnes, tout à fait ce qu'il fallait pour ceux qui ne lésinent pas sur les pourboires ; nous les avons déjà vues utilisées à cette fin. C'est grâce à elles que Chwostik a autrefois conjuré le danger de la Wenidoppler, inspiré en cela par Münsterer (comment cela s'est fait exactement, voilà qui n'est même pas très clair pour nous, mais ça s'est passé comme ça, on n'y peut rien). Quoi qu'il en soit, ce n'est qu'au moment de partir, dans le vestibule, que Gergelffi montra sa générosité, après avoir auparavant pris congé de Margot et de Làszló ; ce dernier était assez intime avec lui pour se dispenser de le reconduire cérémonieusement jusqu'à la porte, il était en outre trop paresseux et troisièmement légèrement éméché. Tibor put ainsi tout arranger sans délai, glisser son obole et un bristol avec un numéro de téléphone dans une main tout aussi prompte à accorder ses faveurs, mais plus petite. Il y eut aussi par la même occasion un baiser. Les choses allèrent très vite et la suite également, il faut bien le dire ! Car à partir de ce jour, Marika mena une nouvelle vie, découvrant aussi entre autres choses les établissements à champagne de Budapest (ceux de seconde catégorie).

Tout était parti donc de cette soirée mémorable Ligetifasor et l'on voit qu'il restait encore des places libres – entre Petöfi et Margot. Il n'y a pas seulement de la place pour les frasques dans l'intimité des chaumières, mais aussi entre deux battements de paupières ou entre la coupe et les lèvres. Quant à l'effronterie, elle était déjà omniprésente. Et pourtant elle n'apparaissait que de façon épisodique, cette effronterie. Elle n'a pas diminué la profondeur des impressions qu'il éprouva face à Margot pendant toute la soirée. Durant ces heures fugitives où l'on s'était retrouvé à trois contrairement à l'habitude, il y eut des instants où il se sentit effleuré par le désir interlope (ultime, suprême, extrême possibilité parmi toutes celles qu'il avait !) de pouvoir s'éprendre de Margot – en dépit de toutes les frayeurs que cela impliquait – et non pas d'une quelconque Marika (qui n'avait pas encore de demi-bottes, mais là-dessus les choses allaient changer !).

Il partit donc tard, l'esprit d'abord occupé bien sûr par la jeune fille, un peu alourdi par le vin, et il ne prit pas le métro pour aller au centre ville, comme on aurait pu s'y attendre, mais partit à pied.

A l'Octogone, dans la vaste obscurité que les lampes à arc accentuaient avec symétrie, il sentit pourtant naître en lui un sentiment de doute prêt à embrasser et à submerger après coup toute cette soirée qu'il venait de passer. Tibor Gergelffi n'était certainement pas ce qu'on appelle un intellectuel. Mais il poussait toujours assez loin la gymnastique qui consiste à sauter d'une chose à son contraire et qui résume, il faut bien le dire, toute notre pensée. Et même s'il ne possédait aucune culture, il pratiquait cependant quelque chose qui se rapprochait de la dialectique. Il y avait toujours recours, faisant preuve dans ce domaine d'une certaine énergie. Elle le mena alors en quelques instants jusqu'au point où il dut s'avouer que théorie et fantasmagorie avaient plutôt été de son côté lorsqu'il avait dit à Làszló sous forme de recommandation que la seule chose à faire était de partir au plus vite pour Bucuresti. Maintenant qu'il voyait le poids des choses, sa propre recommandation – si raisonnable qu'elle ait pu être – lui apparaissait rien moins que naïve.

Mais comment rester ?! Toute cette situation, alourdie d'un fardeau qui devait rester anonyme et secret et qui appuyait donc constamment chez Làszló sur le nerf de la vie, pouvait-elle donc aboutir à autre chose qu'à une issue effrayante, d'autant plus terrible qu'elle tarderait car il y aurait immanquablement des illusions qui s'installeraient, indispensables à vrai dire pour rendre cette vie supportable ?! Il n'y avait rien d'autre à attendre des discours de Làszló disant qu'il voulait « conquérir » Margot. Au plus profond de lui-même il avait déjà pris la fuite. C'est tout à fait spontanément, là-bas en face, derrière le Schwabenberg, qu'il avait fait cette révélation impromptue : son oncle de Roumanie était à tout moment prêt à le prendre à Bucuresti dans son affaire.

Gergelffi s'arrêta. Il était arrivé depuis longtemps à l'Andrassy-ut. Il s'agissait à cet instant d'y voir clair et de trouver une nouvelle orientation à sa propre attitude, bien qu'il eût franchi une limite et fût entré dans une sorte de brouillard en acceptant l'invitation de ce soir (qu'aurait-il donc dû faire – suffit ! Làszló lui avait demandé auparavant pour ainsi dire en confidence et il aurait été possible de refuser aussitôt énergiquement !) Ce brouillard. De quoi était-il fait ? De cette étrange position dominante que Margot avait occupée ce soir, au-dessus de Làszló, au-dessus de lui-même, au-dessus de tous les deux. Il s'agissait d'éliminer, d'écarter tout cela !

Il sentait peser sur lui tout le poids de cette intention mais ne trouvait aucun moyen imaginable de la réaliser. Il désirait maintenant prendre une tasse de café pour dissiper les effets du vin. Ce Tibor Gergelffi était si intensément et même si précisément occupé à faire l'inventaire de la destinée d'un autre que lui, qu'il se trouvait soustrait à la somnolence et à la paresse. Nous apercevons là sa qualité décisive.

Sous le sombre nuage de ses pensées, de ses pensées contre Margot, Gergelffi leva les yeux. Il s'était arrêté près d'un monument qui se trouvait un peu en retrait du large boulevard et qui représentait un homme cachant son visage derrière le manteau qu'il ramenait devant lui : le chroniqueur anonyme du roi Bela IV, un historien hongrois du treizième siècle.

La tante Ada Vuković cessa soudain de promener ses bottes à Vienne et se retrouva dans l'impossibilité de bouger : clouée à « l'Impérial », dans sa chambre. Enorme inquiétude chez les Chlamtatsch. Mais leur médecin de famille, le docteur Félix Gewinner, aussitôt dépêché là-bas, dit – après avoir pris encore l'avis d'un neurologue – que ce n'était absolument rien du tout. Un lumbago, un tour de reins comme on dit. La bonne tante circulait trop, elle n'était pas habituée à la dureté des pavés, en plus comme elle transpirait pendant ces promenades elle avait sûrement pris froid. Il suffisait qu'elle puisse de nouveau bouger un peu – ce qui ne saurait tarder avec les frictions prescrites – et elle pourrait retourner chez elle à la campagne et tout s'arrangerait tout seul là-bas.

C'est d'ailleurs ce qui fut fait. Mais elle n'était pas encore assez d'aplomb pour faire le voyage. Il fallait l'accompagner. Les Chlamtatsch toutefois ne poussaient pas aussi loin la course à l'héritage. En plus, la frêle Eugénie aurait été bien en peine de manœuvrer l'imposante bonne femme, de lui prodiguer par exemple les secours nécessaires pour grimper les marches d'un wagon. Et le chef de section se trouva aussitôt retenu dans ses fonctions par des obligations et ne pouvait se libérer. L'affaire échut à Zdenko dont les vacances de Pentecôte approchaient déjà. Il n'en fut pas fâché. Il pourrait ainsi reconnaître le terrain pour l'été.

Lorsque, la Pentecôte venue, il franchit le Semmering avec sa tante (à Vienne, ses parents et la femme de chambre lui avaient bien évidemment prêté main-forte lors de l'embarquement dans le wagon), madame de Vuković désira se rendre au wagon-restaurant, ce qui fut d'ailleurs réalisé sans difficulté particulière. Là, après un repas copieux où elle avait vidé presque à elle seule une bouteille de vin rouge, elle commanda avec le café noir plusieurs grands cognacs, et Zdenko fut même obligé d'en avaler un.

Bref, il vit qu'elle buvait ; et ainsi comprit-il un peu mieux ses douleurs. On ne pourra guère qualifier le cognac de potion anti-rhumatismale. Elle n'en avait peut-être pas usé aussi consciencieusement en présence des parents, et les médecins s'étaient bien sûr montrés discrets. Mais il sembait maintenant que la tante Ada n'ait pas pu résister plus longtemps et elle s'en paya encore un autre pour faire bonne mesure.

Chose curieuse, Zdenko trouva cela sympathique. Non pas qu'il eût lui-même entretenu un rapport particulier avec ces potions. Mais il sentait que sur cette base, il lui serait plus facile de s'entendre avec la vieille femme, et, qui plus est, sans que celle-ci fasse trop de difficultés ou l'accapare trop. En outre : les buveurs sont toujours plus humains que les non-buveurs. Il est plus facile de discuter avec eux, et quand ils ne peuvent plus discuter, c'est encore mieux.

Ainsi – tandis qu'au fil des virages de la ligne du Semmering les grandes fenêtres découpaient alternativement des paysages de rochers et de lointains ensoleillés – une certaine inquiétude que Zdenko avait encore nourrie auparavant au sujet de cette tante était en train de disparaître. Et effectivement, il voyait juste : car durant les quelques jours de son séjour à Vanice elle resta presque totalement invisible et la plupart du temps le valet de chambre servait les repas au jeune monsieur tout seul.

Ainsi, après avoir de nouveau piloté hors du wagon-restaurant l'objet qui lui avait été confié (on avait encore emporté une bouteille plate de voyage, de taille moyenne), Zdenko s'endormit en même temps que la tante Ada sur son siège confortablement rembourré. Il n'était pas habitué à un usage même minime de potions anti-rhumatismales.

A Constantinople – où les passagers assemblés à l'avant du « Cobra » n'avaient vu la célèbre entrée du port que par temps très brumeux – le docteur Harbach s'était joint à nos deux voyageurs avec leur assentiment, principalement pour la raison qu'ils voulaient aller à Budapest : c'est là que se trouvait en effet les Russow, et c'était donc pour lui un point d'attraction. Pendant que les deux messieurs vaquaient à leurs occupations, il flânait de-ci de-là. La grande affaire fut ensuite Bucarest. Là-bas, ils furent tout à Gollwitzer pendant plusieurs jours ; le docteur Harbach mangeait dans des restaurants somptueux où l'on présentait d'abord au client le poisson ou la viande crus, qu'il voyait ensuite rôtir derrière lui sur le grill.

Il est caractéristique de la situation que Chwostik – qui jetait pour ainsi dire sur Donald un regard en dessous et en coin – n'ait eu aucun déplaisir à savoir le médecin en leur compagnie, sans même parler du fait que bien des conversations avec le docteur Harbach lui faisaient découvrir beaucoup de choses nouvelles ; et il était toujours partant pour apprendre, le Pépi ; c'était chez lui le trait dominant : un routinier de l'aperception. D'ailleurs le médecin savait sans doute déjà un certain nombre de choses sur le jeune Anglais, bien qu'après l'appareillage à Beyrouth il n'ait pas remarqué que celui-ci avait mis à la bouche l'allumette consumée à la place de sa pipe, sous le regard effarouché de la vieille Kruhlow.

Belgrade, où ils réglèrent leurs affaires avec le

représentant général, l'ingénieur Wosniak, apporta quelques motifs de soulagement à Chwostik. Il pouvait enfin parler ici à cœur ouvert de tout ce qui concernait les Clayton bros. et lui aussi donc. Dans la fraîcheur de la pièce derrière le bureau de Milo à l'hôtel de la Kralja Milana – où évidemment ces trois méssieurs descendirent – ils burent quelques baracks [1], et il est intéressant de remarquer qu'ici, l'atmosphère étrangère aidant, la discrétion de Chwostik finit par se relâcher.

Ainsi Milo apprit où en étaient vraiment les choses à présent, une fois le rideau tombé.

Son point de vue était le suivant : pour Pépi, éviter les complications et d'une façon générale songer à son intérêt. C'est ainsi qu'il recommanda d'abord de ne surtout pas intervenir – ce qui à vrai dire allait de soi – mais il ajouta encore qu'un état comme celui de Donald recélait des possibilités et des risques imprévisibles ; et que Chwostik prenne garde de ne jamais se laisser tromper par la surface souvent parfaitement lisse des choses. Il voyait donc manifestement au-delà, le Milo.

Ayant pris bonne note de ces recommandations, on arriva à Budapest une dizaine de jours avant la Pentecôte et on logea au « Britannia ». Le docteur Harbach alla immédiatement rendre visite aux Russow, pendant que Donald et Chwostik exerçaient leur activité dans « la même branche » [2] et firent alors la connaissance de messieurs Putnik et Gergelffi, qu'ils n'avaient encore pas eu l'occasion de rencontrer lors de leur dernier voyage.

Quant à ce Gergelffi – qui était-il vraiment, est-on en droit de se demander à ce point du récit et sans considération de sa vive et exacte sollicitude pour le destin de Làszló ? Après être longtemps resté Andrassy-ut devant le monument de l'historiographe et chroniqueur royal inconnu, il repartit enfin, traversa la chaussée à la largeur imposante et entra dans un grand café situé de l'autre côté et qui était presque aussi désert que la rue et visiblement allait bientôt fermer. Mais il eut encore son noir. Les effets du vin se dissipèrent. Tibor se

1. Barack Palinka : eau-de-vie d'abricots hongroise. (N.d.T.).

2. En français dans le texte. (N.d.T.).

remit alors en chemin vers la Dörbentei-utea, où il avait un appartement petit mais élégant.

Il ressemblait déjà vraiment beaucoup à son père, doit-on dire, dans la silhouette fine, dans l'allure, dans le visage quelque peu étroit et obstiné. Il partageait même avec le régisseur du vieux Globusz une prédilection pour les parfums forts, prédilection qui paraît un peu inhabituelle chez un représentant de l'économie rurale. Mais la Hongrie n'est pas la Haute-Autriche ou la Basse-Bavière. Tibor était aussi un bon cavalier, comme son père.

Un jour qu'il était retourné voir son père à Moson, après ne pas y être allé pendant de longues années, il fut servi et chouchouté par deux braves vieilles qu'il n'avait guère remarquées auparavant quand elles étaient plus jeunes. Elles lui plurent alors beaucoup à cause de leur douceur et de leur ingénuité et il demanda au vieil homme d'où est-ce qu'elles venaient.

« Du trottoir, » dit Gergelffi père, « elles étaient putains à Vienne. » Ce n'est que beaucoup plus tard qu'il apparut que cette information laconique avait commencé à jouer un rôle dans l'économie intellectuelle de Tibor Gergelffi : comme véhicule à son scepticisme, qui pourrait facilement se résumer en une seule phrase : « Si ça ne va pas d'un côté, ça ne va pas de l'autre ». C'était à peu près ça.

En vérité, s'il lui avait été possible d'accompagner Margot sans être vu dans certaines de ses promenades, sa maxime se serait trouvée confirmée. Par exemple au musée d'antiquités romaines de l'autre côté du Schwabenberg.

Les gens très civilisés ont eu à toutes les époques non seulement du confort (comme en témoigne par exemple l'élégante salle de bains romaine au musée de Deutsch-Altenburg) mais aussi beaucoup de superflu et tout un fourbi plus ou moins plaisant que nous regardons avec plus d'intérêt que les grandes œuvres du passé, parce qu'il nous ressemble davantage. A ces époques, tout comme aujourd'hui, il y avait une armée d'individus qui imaginaient, produisaient et distribuaient ce genre de chose. L'Antiquité était ainsi étonnamment affranchie dans certains domaines occupant dans la vie une position centrale (sans être d'une indécence à faire frémir et à donner des angoisses) et il y avait donc aussi de nombreux bibelots et figurines que l'on pourrait difficilement mettre aujourd'hui dans sa maison, même si le travail en est admirable. Dans ce domaine, les frontières du possible sont chez nous singulièrement plus resserrées. Il semble que chez les Romains (et les Romaines ?) le singe ait été particulièrement apprécié, en dimensions très réduites, occupé à s'amuser à des singeries : certaines statuettes de ce genre étaient même articulées.

Dans le musée derrière le Schwabenberg, toutes ces choses-là étaient rassemblées dans une petite pièce séparée, où seuls les messieurs étaient conduits quand par hasard un groupe des deux sexes visitait les collections. Il n'y a pas eu d'essai pratiqué pour savoir comment s'y prenait le gardien, homme de belle prestance, ancien adjudant réserviste de l'armée hongroise, quand il n'y avait que des dames. Margot, en tout cas, venait seule. Elle eut ainsi bientôt plusieurs fois l'occasion de visiter tout ce qu'il y avait.

C'est pourquoi il s'en faut de beaucoup que Gergelffi ait eu raison avec son aphorisme absurde : « Si ça ne va pas d'un côté, ça ne va pas de l'autre. »

Aussitôt les Russow donnèrent un grand dîner pour le docteur Harbach en quelque sorte, et les messieurs qui voyageaient avec lui ; mais c'était en même temps pour les gens « de la même branche » [1] ; en tout cas les Putnik furent invités et Tibor aussi.

Entre-temps la chaleur était devenue considérable et dans la salle à manger des Russow quatre ventilateurs fonctionnaient, ainsi qu'un diffuseur d'essence de pin.

C'était une bénédiction. Chwostik et Donald n'arrivaient tout de même pas en sueur tout droit de leur travail, mais du « Britannia » où ils s'étaient changés après s'être longuement douchés. Quand ils descendirent, le docteur Harbach était déjà assis dans le hall, également habillé de frais, en tenue de soirée.

1. En français dans le texte. (N.d.T.).

Donald s'imaginait toujours avoir devant les yeux un voile de brume causé par la chaleur de ces journées, il lui était impossible de s'en défaire, comme s'il avait eu une toile d'araignée devant le visage. Même sous la douche il avait eu cette impression, c'était entre lui et les carreaux de faïence blancs du mur. Cela entraînait une impression de maladresse, comme si des voiles masquaient le premier plan pourrait-on dire ; peut-être aussi un très léger vertige.

Après le rapide trajet en voiture jusque chez les Russow on resta fort heureusement aussi frais que l'on était.

C'est dans cet état supportable, bien que toujours légèrement brumeux et voilé, que Donald aperçut pour la première fois madame Margot Putnik, sœur de « La reine ».

Gergelffi, smoking parmi les smokings, était là lorsqu'il lui fut présenté dans un salon, maintenant aussi frais que la salle à manger et dont les portes étaient encore fermées à cette heure.

Chez Tibor, se dressa alors ce fameux désir qui lui était si spécifique de bien voir les choses, on dirait presque son appétit de les saisir. Donald était dans la lumière d'un lustre suspendu au-dessus de lui. Elle, en revanche, se tenait pour ainsi dire en retrait derrière un écran de lumière atténuée, dans l'éclairage couleur topaze d'un lampadaire. Et pourtant, sur son visage qui – sauf au moment où elle avait récité les vers de Petöfi – n'était apparu à Gergelffi que comme une fenêtre que l'on voit toujours d'habitude les volets clos, il vit s'allumer une vive lueur qui, bien qu'elle ait été vue comme à travers des interstices seulement, était chez elle le signe d'un réveil : à l'instant où elle vit Donald.

Et c'est ainsi que pour Tibor l'accent se déplaça sur la seule voie qui puisse encore conduire Làszló Putnik vers la liberté, c'est-à-dire à Bucuresti.

Cette intuition fut aussitôt brouillée et déformée par des éléments extérieurs : Monsieur le docteur Harbach, dont on fit la connaissance, Irma Russow qui apportait des verres sur un plateau, les vieux Russow, petits et distingués, qui lui adressèrent la parole. Et l'on ne tarda pas d'ailleurs à ouvrir toutes grandes les portes de la salle à manger.

Comme il l'avait été à côté de « La reine », Donald était maintenant assis à côté de sa sœur : mais sans être assailli par une splendeur cernée de lumière. Le voile de brume causé par la chaleur et qu'il avait déjà éprouvé plusieurs fois aujourd'hui au cours de cette première journée à Budapest, se trouvait ici transmué et rafraîchi ; et s'il n'avait pas ressenti une étrange maladresse (même dans les mains), il serait entré dans un état de bien-être séraphique. Ce qui bougeait à côté de lui, ces mains au-dessus de l'assiette, ce léger tintement des couverts, c'était comme une espérance soudaine apportée par le vent, une porte ouverte que l'on n'espérait déjà plus.

Donald s'aperçut aussi immédiatement que Beyrouth ne semblait pas être un sujet de conversation pour sa voisine de table, il l'abandonna et préféra lui parler des joueurs de trombones sur le « Cobra » et de tous ces gens sur le quai acclamant le concert d'adieu. Elle rit de bon cœur. Gergelffi le vit de l'autre côté de la table, légèrement de biais.

Réfléchissant vite et fort, il prit la mesure des choses, notre Tibor. Bien sûr, il était venu ici avec une intention ferme et arrêtée qui n'avait rien à voir avec Làszló mais concernait l'Anglais lui-même et son fondé de pouvoir. Mais maintenant qu'il avait aperçu comment, à la vue de Donald, une lueur avait jailli derrière les volets bien clos de Margot et qu'il les observait à présent à la dérobée, le point de départ d'une toute autre possibilité lui apparut plus nettement que la première fois : une possibilité de libérer Putnik.

Il s'agissait de concilier les deux.

Tout cela lui apparut clairement sur le champ, ici, à table.

Restait à trouver comment.

Le vieux Globusz avait fait son chemin à Mosonszent-janos, il était devenu un homme riche. Mais son parc de machines était entre-temps devenu complètement vêtuste. La nécessité de renouveler l'équipement était imminente. S'il réussissait à amener l'Anglais à Moson, toujours pour le compte de la société commerciale de Budapest au service de laquelle Tibor se trouvait, afin d'obtenir là-bas des conditions particulièrement favorables de la part des usines Clayton & Powers pour l'achat de fournitures complètes, depuis les locomobiles jusqu'aux faneuses, ce serait profitable à la position de son père, à la sienne aussi de surcroît auprès de la maison de Budapest, et à plus forte raison au vieux Globusz. N'était-il pas possible de piloter l'Anglais à Moson pour qu'il établisse en spécialiste tout ce qui était nécessaire, et d'obtenir aussitôt de lui et de son fondé de pouvoir une offre à des conditions de faveur ?! Toutes les livraisons devraient bien sûr passer par la maison de Budapest ; mais si les conditions étaient avantageuses, on pouvait très bien aussi rester au-dessous des prix vis-à-vis de Moson, ne serait-ce déjà qu'en considérant qu'il s'agissait de séries complètes et que de surcroît Globusz payait rubis sur l'ongle. On pouvait envisager ça en toute bonne conscience. Tout escompte que Globusz devrait alors nécessairement obtenir, était facilement récupérable par les usines viennoises vu la promptitude avec laquelle serait menée cette opération d'envergure.

En même temps : le fait que ces messieurs avaient l'intention de pousser jusqu'en Croatie était déjà connu de Gergelffi.

Moson était presque sur leur route.

La société mettra une voiture à leur disposition.

Et une fois sur les lieux, la fastueuse hospitalité hongroise jouerait aussi son rôle.

En outre il y avait maintenant à Moson une sorte de maison de maître. Le vieux Globusz avait fait construire – lui-même il est vrai continuait imperturbablement à habiter dans sa chaumière paysanne. Mais pendant un certain temps il avait nourri des pensées de mariage, bien qu'elles n'aient finalement pas abouti. Maintenant la villa était là : et avec tout le confort. On n'avait plus besoin de rougir de son logement.

C'est à tout cela que pensait Gergelffi à table. Quand on se lèverait de table il s'agissait d'entrer en contact avec l'Anglais. Avec le fondé de pouvoir il fallait bien se méfier un peu ; c'était un de ces finauds de Viennois ; un rusé compère sans doute ; il parlait même très correctement le hongrois avec la vieille Russow. Que Donald parlât couramment français avec Margot voilà qui bien sûr n'avait pas échappé à Tibor. Mais il ne se laisserait pas entraîner sur ce terrain glissant. Au cours de la journée il avait une fois entendu Donald parler tout aussi bien l'allemand. Il fallait s'en tenir à cette langue. Peut-être comprenait-il aussi le hongrois ? Chez un Anglais c'était quand même peu vraisemblable. Mais sur ce point, il s'agissait en tout cas d'être prudent, ne fût-ce qu'à cause du fondé de pouvoir viennois. A table, Tibor décida d'écrire dès ce soir une lettre exprès à son père à Moson. Il pouvait avoir confiance en lui. Il avait du charme, du chic et même de l'élégance, il préparerait et arrangerait certainement tout au mieux. Des calèches, des chevaux de selles, de jolies filles pour le service, et pour les missions de confiance comme de nettoyer les bottes, les vêtements et autres choses de ce genre, les deux vieilles. Elles avaient été putains à Vienne. Tibor sourit, prit congé de ses pensées et s'intéressa au bavardage d'un monsieur Radinger, ingénieur à Vienne (là-bas on l'appelait « le gentleman des sleepings » !) avec une nièce de madame Russow, une jeune dame d'une remarquable joliesse mais pas du goût de Gergelffi. (Nous aimerions bien savoir, quel est-il ce goût – peut-être les « jolies filles » de Moson ?) La conversation entre Radinger et sa voisine de table se déroulait en allemand.

C'était un dîner polyglotte, pourrait-on dire. A table, le docteur Harbach parlait continuellement avec Irma Russow, mais le sujet de leur entretien était insaisissable pour les autres, le ton de celui-ci était bien au-dessous du brouhaha général, mais semblait pourtant pousser très loin ses ramifications. Cette conversation avait donc un sujet, ce qui d'habitude n'est guère le cas en société. Nicolette Gaudinger, nièce de la maîtresse de maison et que « le gentleman des sleepings » ennuyait au plus haut point sans que celui-ci semblât pour sa part le remarquer d'une façon ou d'une autre, essaya à plusieurs reprises de tendre l'oreille de l'autre côté de la table vers Harbach et sa voisine de table, peut-être même dans l'espoir de pouvoir pour ainsi dire se raccrocher en tiers à leur conversation, mais en vain. Tous deux conversaient rapidement à voix basse et ne faisaient attention à personne.

La maman Russow était à ce moment-là très satisfaite. Elle ressentait souvent avec chagrin combien la maison, en dépit de toute sa richesse, avait peu à offrir à cette chère enfant si douée mais malheureusement dépourvue de tous ces pavillons et autres étendards qui signalent généralement une femme dans le monde. A bien la regarder, on ne pouvait cependant absolument pas dire qu'Irma Russow fût sans beauté. Silhouette agréable, elle était plus grande que son père et sa mère et sous la chevelure d'un blond-cendré, son visage était éclairé et embelli par une bienveillance profonde et sensible. En Allemagne, cette jeune fille aurait peut-être trouvé son bonheur. Mais pour ici, et sans doute aussi pour Vienne et Paris, elle manquait par trop d'éclat.

C'est à quoi justement madame Russow songeait à cet instant, et elle était heureuse qu'un homme aussi intelligent et bien de sa personne que le docteur Paul, des parents de qui elle connaissait à Vienne la grande maison, consacrât une attention empressée et exclusive à sa fille.

Il en fut ainsi toute la soirée. Même lorsqu'on quitta la salle à manger après le dîner et qu'on passa dans un autre salon beaucoup plus vaste que celui où l'on avait reçu les invités. Ils s'arrangèrent pour rester côte à côte et pour s'asseoir l'un à côté de l'autre.

Gergelffi ne tarda pas à réaliser son plan auquel il donna un apprêt tout à fait anodin et inoffensif et qu'il présenta avec regret comme un désir irréalisable, parlant de Moson, de la vie à la campagne en Hongrie. C'est seulement tout à la fin et à l'arrière-plan que se profilèrent les longues files de séries de machines. Si c'était possible, s'ils pouvaient rendre ce service à son vieil oncle (Globusz n'était pas du tout son oncle !) Bref, une affaire au comptant sans difficulté. C'est ainsi qu'il eut Chwostik. On trouvera bien une occasion, dit celui-ci. Donald, assis derechef à côté de Margot, remplissait entièrement sa fonction de presse-papier pendant cette conversation impromptue qui ne faisait qu'effleurer l'essentiel.

La lettre au père commence maintenant à tenir debout, pensa Tibor.

Il y avait ici un homme heureux, le docteur Harbach, et un autre qui semblait vouloir le devenir parce qu'il éprouvait du soulagement : Donald.

Dans le premier cas, tout roulait à merveille. Dans le second, Donald était décidé – c'était venu brusquement, sans réfléchir – à prendre Margot Putnik comme on prend une poudre contre le mal de tête, convaincu de l'efficacité de ce médicament. Il faisait d'ailleurs déjà effet. Cette fois-ci il était aussi fermement décidé à ne rien négliger, prêt à toute activité.

De nos jours on appelle ça « une fuite en avant ». Des expressions aussi chic étaient encore inconnues à l'époque.

Lecteur et auteur sont dans les transes. Le grand dadais est donc vraiment sur le point d'être mêlé au monde, il a fallu suffisamment de poids et de pression pour y arriver, on peut le dire.

Ici aussi, tout roulait à merveille, plus précisément : tout dévalait la pente, la grande dégringolade ! On avait été invité chez les Putnik. Dans cette ville de Budapest les fêtes allaient en se succédant. Les affaires de Gergelffi prospéraient, pas seulement celle de Moson (la visite de Donald, de Chwostik et même celle du docteur Harbach, que Tibor prenait pour une espèce de médecin privé de l'Anglais, avait déjà été fermement décidée deux jours plus tard !) mais aussi : l'affaire de Bucarest. Déjà Tibor savait que Donald avait perdu la tête ; quelque peu rapidement ; il considérait bien sûr que ce n'était dû qu'aux seuls charmes de Margot, ignorant qu'il était des arrière-plans plus lointains.

Gergelffi ne redoutait absolument pas le scandale. Seulement, il ne devait naturellement jamais s'en produire un entre lui et l'Anglais. Et dans le meilleur des cas, tout devait se terminer par deux fuites : celle de Clayton à Moson et celle de Làszló à Bucuresti. Vraiment pas bête, tout ça.

Le docteur Harbach nous plonge dans l'étonnement. Non parce que trois jours plus tard il se fiançait avec Irma Russow. Nous trouvons cela tout à fait convenable. Même mademoiselle Gaudinger le trouvait convenable bien qu'elle fût ici intéressée, et elle nous montre par là qu'elle était une fille de valeur. Non, ce qui nous étonne c'est qu'une fois que tout se fût déroulé en gros conformément au fameux plan Gergelffi, il partit avec

Donald Clayton et l'aimable face ridée de Chwostik, au lieu de rester à Budapest auprès de sa fiancée jusqu'à la fin de ses vacances.

Un simple spectateur, même lors de ses propres fiançailles. Il a réussi cet exploit.

Spectateur aussi parce qu'il fut capable de reconnaître dans ses propres doutes du moment un adjuvant conventionnel, qui faisait tout simplement partie de l'ensemble (« Ainsi donc, qu'il s'examine celui qui veut se lier pour l'éternité » – bel examen, en vérité bien vulgaire !). Il savait pertinemment qu'il prenait la seule bonne décision possible. Les gens en marge prennent toujours la bonne décision. Pour lui cela s'est révélé tout à fait exact plus tard.

A Vienne, c'est-à-dire Reichsratstraße, ou plutôt à Hacking, on trouva aussi que ces fiançailles étaient une très bonne chose, non point tant en considération de la personne d'Irma (qu'on n'avait en effet connue que gamine) mais en regard de la situation de fortune de la fiancée qui faisait apparaître ce mariage comme un retour du fils dans la bonne société de droit héréditaire (que l'on croyait fermement représenter).

Quant au départ de Budapest du docteur Paul, il n'y avait rien là de tellement grave. Ne célébrerait-on pas les noces encore cet été ?

C'était une jeune fille d'un certain âge, au-delà de la trentaine, et Harbach n'était pas non plus tout jeune, peut-être trois ou quatre ans de plus qu'Irma Russow. Lorsqu'elle l'avait revu au bout de seize ans, lors de la réception dans la maison de ses parents, elle se sentit comme touchée par la flamme d'une explosion. A partir de cet instant elle vécut tournée vers lui comme une plante cherchant le soleil.

Naturellement on n'avait pas tardé à en informer les parents dans les formes voulues et Irma ne trouva pas du tout ridicule que Paul demandât sa main à son père (on se rappelle bien volontiers à ce propos l'éclat de rire de Monica Bachler dans son bureau quand elle avait appris les intentions similaires de Robert Clayton).

Parallèlement à ces événements réjouissants et touchants, Margot, à la vue du programme d'activité de Donald – qu'il s'était lui-même imposé d'une certaine façon – entra d'abord en effroi, puis finalement en fureur et tout à la fin en désespoir.

Pourtant l'Anglais lui plaisait : et même beaucoup ! Mais dans sa situation qui la tenait complètement enchaînée, cela ne faisait que rendre tout cela encore pire. Une retraite radicale était impossible, à cause de Làszló : il la revendiquait. A présent il avait besoin de Margot, de la splendeur discrète de son apparition lors des mondanités et des réjouissances qui se succédaient ici. Quant à elle, elle aspirait au calme et au paisible tombeau de tous ses désirs, par-delà le Schwabenberg, dans le musée silencieux, dans la petite chambre du gardien. Ici seulement elle pouvait garder l'initiative face à un soupirant au cœur simple qui n'aurait jamais osé aller un tant soit peu au-delà de ce qu'elle lui accordait et de la façon dont elle désirait le lui accorder.

Naturellement, les réflexions de Gergelffi partaient toujours du fait que Margot, au bout du compte, était absolument intouchable (il ignorait bien sûr tout de ses visites au musée des antiquités). Mais ce qu'il savait, par Làszló, l'Anglais ne le savait pas. Freiner Donald devait être presque impossible à Margot, et il n'était pas exclu que se crée une situation compromettante dans laquelle elle pouvait tomber.

Il est intéressant de remarquer que juste au moment où le malheureux se mit à lui faire une cour de plus en plus assidue, une terrible haine contre tous les hommes en général s'éleva chez Margot, à la seule exception de cet être de belle prestance mais servile qu'elle retrouvait au musée.

Cependant elle succomba, et il est indéniable que Làszló l'y aida indirectement. Pendant le souper chez les Russow il avait eu l'honneur d'être assis à côté de la vieille dame et de lui faire la conversation du mieux qu'il pouvait, tandis qu'elle lançait de temps à autre un regard furtif et enjoué vers sa fille et le docteur Harbach assis en face d'elle. Et après le repas, dans le grand salon, il avait évité Margot – et donc aussi Donald Clayton, qui resta à côté d'elle pendant presque toute la soirée – sans doute aussi parce qu'il voulait se consacrer à la jolie Gaudinger qu'il avait souvent comme partenaire au tennis. Sur le court, Nicolette ne passait pas inaperçue dans la mesure où elle portait des jupes blanches très courtes (pour les mœurs de l'époque). Quand elle lançait la jambe, le regard pouvait remonter jusque bien au-dessus du genou. Làszló attendait toujours ce moment, oui, il essayait même de le provoquer en plaçant ses balles comme il fallait. Dans le salon chez les Russow, cet imbécile de Radinger arrivé de Vienne s'était d'ailleurs mis en travers de son chemin.

Il semble d'une façon générale qu'il supportait de plus en plus difficilement la tension entre ce que son mariage – que l'on commençait maintenant à considérer comme un mariage sauvé sinon même consolidé – représentait aux yeux du monde et l'inexistence de ce mariage dans la réalité ; et c'est ainsi que ses pensées avaient eu la possibilité de se tourner toujours davantage vers Bucarest et l'oncle Putnik, à qui il avait même écrit une lettre à cette époque. Sans détails confidentiels il est vrai. Une lettre uniquement destinée à tenir ce fer au feu. Mais tout en écrivant cette lettre il pensait, une fois à Bucuresti, s'ouvrir complètement à son oncle pour se justifier. Et ces pensées avaient déjà bien fait avancer les choses. Comme toujours dans de pareilles situations, un élément extérieur vint encore s'ajouter. Le patron de Làszló, le vieux Mazaros, le serinait presque tous les jours pour qu'il règle provisoirement certaines choses ici et puisse ainsi aller pour quelques jours à Bucuresti chez son oncle. Or bien sûr, Mazaros n'avait pas en tête les affaires privées de Làszló (dont il ne savait pas grand-chose) mais la mise à profit pour son entreprise d'un rapport de parenté. Il s'agissait d'établir un arrangement avec Gollwitzer & Putnik par une espèce de spécialisation des deux maisons, afin que l'on ne se fasse pas tort mutuellement pour la vente de certaines séries de machines moyennes. Il y a des moments dans la vie où tout s'oriente dans une certaine direction, dans le cas présent il s'agissait de Bucarest.

Quant à Margot, elle succomba dans la mesure où elle fut disposée à attendre Donald pour le thé. Cela au vu et su de Làszló, appuyé par Gergelffi qui trouvait fort avantageuse cette charmante façon d'enrober de mondanités les relations d'affaires. Le matin, Putnik s'excusa alors auprès de Donald – à qui il téléphona dans ce but au "Britannia" – parce qu'il était malheuseusement impérativement retenu par l'arrivée d'un gros client de la campagne. Cela était même exact, bien que ce ne fût pas impératif. Mais peut-être comprenait-il déjà Tibor, sans devoir passer par les mots, cela va de soi.

Peu après cinq heures, Putnik avait réglé ses affaires et il retrouva Gergelffi dans ce café de l'Andrassy-ut où, il y a peu de temps, Tibor, qui venait du monument au chroniqueur inconnu, avait chassé avec un "noir" les vapeurs du vin.

Ils appartenaient à deux sociétés commerciales différentes, le Tibor et le Làszló, il faut le rajouter ici, bien qu'elles fussent "de la même branche" [1] (toutes deux livrées par Clayton & Powers). Cependant ils restaient bien sûr toujours en contact, sans se porter préjudice cela se conçoit, et même sans porter préjudice à leurs sociétés. On se tenait au courant, on se répartissait même les affaires. C'est ainsi par exemple que Moson avait été laissé à la maison de Gergelffi, non sans contrepartie dans une autre affaire, bien entendu. Or, c'est pour celle-ci qu'on avait maintenant besoin du catalogue général de Meszaros et Gaudinger qui venait juste de sortir (tel était le nom de la maison où travaillait Làszló) et ce livre, Putnik l'avait laissé chez lui, Ligetifasor.

Gergelffi, qui était pressé de régler cette affaire, ne serait-ce que pour rendre la pareille après l'affaire de Moson, et qui devait avoir aujourd'hui l'occasion de transmettre ce catalogue, dit : « Téléphone chez toi. Fais apporter ce livre par Janos. » C'est alors que Tibor apprit que le valet de chambre et la cuisinière étaient aujourd'hui en congé mais que la femme de chambre devait servir le thé. Il resta imperturbable, il frôla d'une main tranquille une possibilité unique qui s'offrait et dit sur un ton léger : « Tu prends un taxi, tu vas chez toi, tu t'assois un quart d'heure à table pour les convenances, à prendre le thé et à faire la conversation avec l'Anglais, puis tu attrapes le petit bouquin et tu reviens ici.

1. En français dans le texte. (N.d.T.)

J'attends. En aucun cas tu ne peux repartir tout de suite. Tu n'as qu'à dire que tu t'es libéré une demi-heure pour avoir au moins la possibilité de le saluer. »

Rien de plus, et tout cela dit avec un air de ne pas y toucher. On peut dire que Gergelffi non seulement cernait exactement la situation mais qu'il en discernait tous les éléments (un homme qui avait l'expérience de l'aperception !) Il sentait maintenant l'hésitation de Putnik, il la sentait comme une tension qui augmente lentement, il sentait à présent que tout était à un point d'équilibre extrême, prêt à pencher l'instant d'après d'un côté ou d'un autre : vers une décision.

Rien de plus, pas une parole de plus. Tibor prit un journal sur la table et disparut derrière. Alors finalement Putnik appela le garçon qui passait, afin de payer, mais celui-ci s'éloigna à pas rapides.

« Ne perds pas ton temps avec ça, je règlerai », dit Gergelffi derrière son journal.

Làszló se leva, prit son chapeau et partit sans ajouter un mot. Gergelffi laissa alors tomber le *"Pesti Hirlap"* et regarda Làszló se diriger vers la sortie. Et pendant ces quelques instants il eut l'impression que Putnik était un petit wagonnet qu'il aurait lui-même mis sur des rails disposés à l'avance.

Chwostik, il faut le dire, et l'on ne peut en aucune façon y voir une défaillance de sa part, Chwostik misait sur Margot. Que savait-il donc ? Rien. Il ne pouvait qu'être trompé par les apparences.

Il en était de même du docteur Harbach qui, bien que fiancé, voyait certaines choses parce qu'il restait en marge. Ils discutaient dans la chambre de Chwostik au "Britannia" tout en buvant un sherry-cobler glacé, boisson alors à la mode mais qui est aujourd'hui remplacée depuis longtemps sur le continent par des choses plus fortes.

« J'ai malheureusement l'expérience de ce genre de situations comme celle de Mr. Donald », dit Harbach (Etonnant tout ce qui peut arriver à un simple spectateur !) « On roule là sur des rails sans pouvoir en sortir. On peut provoquer un déraillement et c'est un risque à courir. C'est uniquement de cette façon qu'on peut casser, dirais-je, cet état-là. »

On le voit, ils avaient déjà dû avoir des entretiens au sujet de Donald. Ici aussi l'air de l'étranger avait relâché les liens imposés par la discrétion. Il est vraisemblable que Harbach savait non seulement ce qu'il en était avec Monica, mais aussi avec Clayton. Autrement Chwostik n'aurait guère pu lui faire comprendre toute l'affaire.

« Et vous, cher Docteur, vous un homme heureux, vous vous penchez sur le sort d'un malheureux », dit Chwostik, « cela m'en impose. »

Ici en revanche, on peut voir à ces premières paroles qu'au cours des décennies notre face ridée s'était pour ainsi dire déridée, avait perdu de son attitude contrariée. Ce ton-là ne venait pas de l'Adamsgasse.

« Oui, je suis heureux », dit Harbach simplement.

« Vous avez d'ailleurs toutes raisons de l'être. Une dame comme Mademoiselle Irma Russow, votre fiancée, doit pour ainsi dire être épousée sur le champ si les autres conditions le permettent. Et c'est le cas ici. Vous connaîtrez avec elle un bonheur encore beaucoup plus grand, me semble-t-il. C'est seulement quand elle sera votre femme qu'elle s'épanouira et resplendira. Croyez-moi. Je le sens. Vous avez la femme qu'il vous faut. »

« Oui », dit Harbach, « moi aussi je l'espère, moi aussi je le crois. »

Ils levèrent leurs verres et trinquèrent à la santé d'Irma. Il y a trois semaines ils ne se connaissaient pas encore, n'avaient jamais entendu parler l'un de l'autre. Chwostik pressentait obscurément que ce voyage contenait et dévoilerait davantage que ce qu'il avait imaginé et projeté. Ce voyage était tout un monde prenant et déconcertant, fermé de toute part. Pendant un bref instant il se revit alors avec Donald, la nuit, au moment où ils passaient devant l'église des Barnabites en revenant de la taverne de Madame Maria Gründling. A l'époque, le problème de Donald n'était pas différent de celui d'aujourd'hui. Et pourtant maintenant tout paraissait fondamentalement changé.

Gergelffi attendit presque une heure au café. Puis il regarda encore une fois sa montre, hocha la tête avec satisfaction et demanda l'addition. Il n'aurait sûrement plus le catalogue aujourd'hui. Mais pour le principal, tout marchait peut-être réellement comme il le souhaitait.

Il s'agissait maintenant de rencontrer la petite. Cette fois-ci, il ne voulait pas l'attendre chez lui. Le temps était limité ; Tibor ne supportait pas ça dans des occasions pareilles. Marika avait déjà dit hier au téléphone qu'il lui serait difficile de s'absenter parce que Madame avait quelqu'un pour le thé. Après peut-être. Après le service. Mais elle n'aurait sûrement pas sa soirée de libre. « Aujourd'hui, tu dis rien du tout. Demain seulement. Quand t'auras fini le service, tu demandes si tu peux t'absenter deux heures, ton frère est de passage et il change de train à Budapest. Tu comprends ? Le soir tu seras rentrée à temps, je te le garantis. Bon, quand t'auras fini, au petit café près d'Erszebet-ter. Tu m'attendras, ou c'est moi qui t'attendrai ; le premier qui arrive attend l'autre. Moi, j'pourrai difficilement être à l'heure. Disons, vers les six heures. Il faut absolument que je te voie demain. »

Elle était certainement déjà là-bas. Il monta dans un taxi et dix minutes plus tard prit à son bord Marika qu'il avait été chercher au café (elle y était depuis plus d'une demi-heure) et puis en route pour la csàrda derrière le Schwabenberg. Là-bas on était à l'abri des regards. Personne n'y venait.

Tibor n'apprit rien de particulier. C'était un monsieur anglais. Il était déjà venu avant, pour le souper aussi. De bons pourboires. Après avoir servi le thé, elle avait présenté tout bas sa demande. Madame s'était mise en colère, et pour de bon, elle connaissait Madame ! « C'est un peu fort ! » avait-elle dit parce qu'aujourd'hui la cuisinière et Janos le valet de chambre avaient aussi congé. Mais devant l'invité elle n'a pas pu dire grand-chose de plus. Seulement : « Eh bien, file. Il faut qu'à huit heures tu sois de retour ! »

Très bien. Ici, il n'y avait plus rien d'autre à faire.

Tibor put se consacrer à ce qui hier l'avait poussé de façon si pressante à arranger un rendez-vous avec Marika.

On pourrait presque dire de Gergelffi que ses passions le guidaient très raisonnablement. C'est ici l'endroit où se dévoilent ses goûts curieux dont nous nous sommes déjà enquis auparavant. Depuis hier il brûlait au moins d'en parler avec Marika (tout était prêt sinon). Attendre jusqu'à dimanche et son jour de sortie lui paraissait insupportable. Après, il fallait qu'il aille à Moson. S'il la préparait dès maintenant, tout se passerait sans problème dimanche, dans son appartement, et le plaisir en serait d'autant plus grand.

Il demanda donc à Marika si elle avait déjà porté un costume de paysanne hongroise, comme dans les villages au bord de la Tisza.

« Qui porte ça en ville ? » dit-elle. «Et en plus ça se porte avec des bottes, je crois bien. »

« Bien sûr ! » s'exclama-t-il. « Uniquement avec des bottes ! »

Nous dressons ici l'oreille pour ainsi dire. Ces bottes nous semblent quand même peser bien lourd dans la balance. Au cours de ce récit nous sommes déjà plus d'une fois tombés sur des bottes. Par exemple les bottes de hussard de Feverl à Moson. Plus loin, en vitesse, les bottes de Madame Vuković. Et même les bottes de l'auteur (ces dernières à propos d'un grand dadais). Mais ces bottes-là avaient une signification particulière. Si par exemple Finy avait dit un jour à Feverl, et à plusieurs reprises « pas avec des bottes » (si bien que nous avons fini par reprendre ces mots avec leur intonation), chez Gergelffi, c'était expressément le contraire : « uniquement avec des bottes ». Et c'est ce à quoi il devait aussi parvenir avec sa Marika.

En somme donc, un goût rustique. Peut-être que c'est ce qui le conduisait aussi à Moson. Là-bas, il y avait bien sûr beaucoup de filles en bottes (nous faisons à présent abstraction de la vieille Feverl). Il est quand même curieux de voir comment chez ce Gergelffi l'inquiétude pour un ami, l'intérêt commercial et les penchants personnels se rejoignaient. Un homme de talent !

Et c'est comme tel qu'il se mit en besogne, tout au fond dans un coin du jardin de l'auberge, chuchotant avec la petite à la table peinte en vert. Comme elle devait être ravissante à regarder dans un pareil costume ! Belle et blonde comme les blés ! Il en avait déjà commandé un. Samedi, elle pourrait l'essayer ; la couturière le livrerait chez lui, presque terminé, il était coupé à sa taille. Et il y avait aussi un magasin de chaussures qui devait faire apporter différentes bottes pour sa minuscule pointure (elle n'était pas si petite que ça), il avait obtenu du patron du magasin que quelqu'un vienne samedi après-midi, la plus ancienne vendeuse (« de bons pourboires »). Il y a sûrement une des paires qui irait. Il avait fallu les commander spécialement. A cause de ses petits pieds. Ces pointures n'étaient pas toujours en magasin...

C'est ainsi que les choses avançaient, tout en babil, en caresses et en flatteries. Et d'ailleurs pourquoi ne devrait-elle pas lui faire ce plaisir. C'était un amant délicieux, le Tibor. Et un amant généreux.

Samedi, en fin d'après-midi, elle pourrait sûrement venir une heure, pour l'essayage. Samedi et dimanche, le Janos serait là, parce que c'était aujourd'hui son jour de sortie. Toujours en même temps que la cuisinière.

« C'est qu'il sort avec elle. »

« Et dimanche, chez moi, Dörbentei-utea, tu seras splendide dans ton costume ! » s'écria Gergelffi en levant son verre de vin rouge d'Ofen. « Vive ta beauté ! »

« Et qu'est-ce que nous ferons quand j'aurai mis le costume ? Nous danserons la csàrdàs ? Est-ce que tu as aussi des bottes, toi ? »

« Danser la csàrdàs ? – Tu peux l'appeler comme ça. Mais pour ça, je n'ai pas besoin de bottes. »

Ils riaient et buvaient. Le jardin de l'auberge était presque désert. Un homme était arrivé tout seul et s'était assis loin d'eux, à l'écart, le dos tourné à notre couple, c'était tout. La lumière du soleil couchant traversait le jardin et venait frapper le mur de la maison, rongé par les intempéries.

Cet après-midi-là, Illek, le gardien du musée attendit en vain. Quand elle venait, c'était à peu près une heure avant la fermeture des collections ; à cette heure-ci, le conservateur, directeur du musée, un monsieur d'un certain âge qui donnait aussi un cours d'archéologie à l'université, était déjà parti. Il n'était jamais possible de savoir si elle viendrait. Il n'y avait pas de rendez-vous, ni ici ni ailleurs. Il ignorait son nom, son adresse. Elle se faisait appeler Mimi. Il était aussi convenu qu'à n'importe quel moment elle pouvait cesser de venir définitivement, que chacune de ses présences ici pouvait être la dernière.

C'est ainsi que vivait Illek. Au fond, il avait toujours vécu comme ça, n'avait jamais rien possédé. Elevé à l'orphelinat. Appris le métier de cordier. Resté ensuite un certain temps à l'armée comme sous-officier. Devenu ainsi titulaire du « certificat d'aptitude » comme on dit en Autriche et d'une façon générale dans l'armée : droit à une pension de retraite civile. Réussi à l'examen pour accéder aux carrières de fonctionnaires de rang moyen. D'abord gardien de musée. Et encore jeune avec ça, encore loin d'avoir trente-cinq ans.

Une fois, il avait assisté à une grande chose, bien qu'il n'aurait pas pu dire en fait où était la grandeur et en quoi elle consistait. Dans la région de Kaposvàr, plusieurs bataillons de l'infanterie hongroise de réserve ainsi que quelques escadrons des hussards rouges de la réserve hongroise avaient participé à des manœuvres, tout le reste faisait sinon partie de l'armée d'active autrichienne, un régiment de dragons et évidemment toute l'artillerie, car il n'y en avait pas dans les troupes de réserve, qu'elles soient hongroises ou autrichiennes. Ce fameux régiment de dragons s'était préparé à attaquer comme il en avait reçu l'ordre et avait été presque totalement anéanti dans cette attaque : c'est ce que déclarèrent les arbitres devant une situation sans équivoque. L'ordre d'attaquer qu'avait reçu le régiment avait donc été absurde et celui qui l'avait donné dut, peu de temps après, prendre sa retraite.

C'est ce que l'on apprit alors par la suite. Lorsque le régiment qui devait se retrouver anéanti dans cette affaire (c'était le septième) apparut au loin, se déployant bientôt en ordre de bataille sur une grande largeur parce que les escadrons arrivaient les uns après les autres sur le front, l'adjudant Illek était couché à plat ventre, dans une des chaînes de tirailleurs flanquant les bataillons qui attendaient ici les cavaliers, sans tirer avant d'avoir bien la cavalerie dans leur feu croisé. C'est alors seulement que retentit la note stridente des sifflets à roulettes, y compris celui d'Illek, et que les mitrailleuses à tir rapide commencèrent à entrer en action.

Ce qui parut grand à Illek, s'était produit un peu avant. La journée était voilée, chaude, avec des nuages bas et sombres. Le sol était très sec et poussiéreux et lorsque les quelque deux mille cavaliers se mirent en mouvement, ils soulevèrent des nuages presque aussi épais mais de poussière cette fois et le déploiement achevé, les trompettes sonnèrent le trot puis aussitôt après le galop, le sol battu par un grondement sourd de tonnerre trembla comme la peau d'un tambour. Dans le bloc sombre du régiment arrivant au galop, le bruit des clairons perçait comme des éclairs dans un ciel d'orage. Quelques instants plus tard le crépitement du feu de l'infanterie commença – puis cessa. On avait sonné la fin de la manœuvre. La cavalerie s'arrêta et fut mise hors course.

Qu'y avait-il donc là de grand ? Mais Illek avait assisté à la chute fictive de ce régiment de cavalerie qui avait assombri tout l'horizon comme à celle d'un être individuel, à la chute d'une créature d'une puissance supérieure qui avait pourtant succombé et s'était effondrée, et lui, Illek, y avait contribué pour sa part en transmettant avec son sifflet à roulette le signal reçu.

Il en ressentit aussitôt une profonde douleur, et il la ressentait encore aujourd'hui quand il y pensait et il ne pouvait que secouer la tête. Tout cela n'avait été que des manœuvres.

Peu importe.

Elle ne vint pas. Illek parcourut attentivement les salles, regardant partout. Puis il ferma soigneusement tout à clef. A proximité, dans une vieille maisonnette, habitait le veilleur de nuit qui, en dehors du musée, surveillait encore d'autres objets des environs. Illek le pria d'aller faire une fois un saut en face. Ils se remplaçaient souvent de cette façon. Puis il fit demi-tour, passa devant le musée et se dirigea vers la csàrda, sous les vieux arbres, au milieu de la verdure.

Ici, c'était un endroit agréable, « un bon endroit » comme on a coutume de dire, qui se transformait peu à peu en un quartier résidentiel avec des villas disséminées ici et là. Illek n'allait presque jamais en ville, à moins que le conservateur ne le chargeât d'une mission. Les repas lui étaient apportés par la femme du veilleur de nuit (qui faisait aussi son ménage) ou bien il les prenait directement en face, dans la cuisine de celle-ci. Son existence n'était pas accablée par un travail pénible, ni par des soucis ou des affaires de toutes sortes. S'il y avait du travail de secrétariat à faire au musée, il s'en acquittait de son écriture correcte de sous-officier, selon les indications exactes du docteur qui lui écrivait alors toujours bien lisiblement les mots étrangers ou les expressions latines qui se présentaient, sur une feuille de papier. Le musée ne possédait pas de machine à écrire. Quant aux lettres pour l'étranger, par exemple en anglais, en allemand ou en français, et qui étaient nécessaires pour donner un renseignement scientifique demandé, c'est le docteur qui les écrivait de sa propre main.

Une personne qui a grandi à l'orphelinat est la plupart du temps à peu près affranchie de tous liens familiaux, ce qui entraîne une réduction d'au moins quatre-vingts pour cent des incidents habituels d'une vie ordinaire et aussi la disparition des correspondances les plus stériles qui soient, à savoir les correspondances familiales. Illek n'écrivait presque jamais de lettres, il n'en recevait pas non plus. Il aurait du reste été fort capable de rédiger et d'écrire des lettres tout à fait convenables. Mais en dehors de son activité de bureau, il n'en avait pas l'occasion. C'est ainsi que se creuse peu à peu sous nos yeux la baie tranquille où notre ancien adjudant réserviste était arrivé et où il séjournait depuis longtemps déjà lorsqu'un jour, tel un splendide navire tout en lumières et en pavillons, Margot Putnik apparut devant cette baie, s'immobilisa et jeta l'ancre.

Seule une vie qui a été longtemps capable d'endurer un vrai vide peut être submergée par l'ivresse d'une telle plénitude.

Devant la csàrda, Illek vit un taxi s'arrêter, puis le couple dans un coin du jardin, mais il détourna aussitôt les yeux comme tout homme correct qui voit des amoureux, et il choisit une place à l'écart.

Elle n'était pas venue. La plupart du temps c'est vrai elle ne venait pas, et entre deux de ses apparitions il se passait souvent huit et même parfois quinze jours. De temps en temps, mais rarement, elle venait plusieurs jours de suite. Chacune de ses apparitions était pour Illek le résultat de circonstances qui une fois encore s'étaient combinées de façon particulièrement heureuse. Cela dépendait même de lui. S'il acceptait qu'elle ne vînt pas, s'il n'allait pas l'attendre en bas dans le petit hall du musée, mais marchait lentement à travers les salles d'exposition, sans s'irriter des visiteurs qui s'y trouvaient encore : elle apparaissait soudain à un détour, silhouette toute en lumière. Il n'avait pas le droit de lui adresser la parole. Il s'inclinait, s'écartait, et elle passait devant lui. Quand il traversait ensuite les salles et criait : « On ferme, s'il vous plaît, Messieurs dames ! », elle arrivait en dernier, et quand tout le monde avait déjà quitté le bâtiment, elle entrait dans sa petite pièce ; et ici il avait le droit de l'enlacer. C'était chaque fois un instant d'excitation phénoménale, quand elle descendait les escaliers la dernière – dans la cage d'escalier très claire qui conduisait aux salles d'exposition de l'étage (là où se trouvaient aussi les bibelots romains), il y avait des dalles antiques scellées dans les murs et portant des inscriptions – un peu hésitante, puis, arrivée dans le hall où il n'y avait plus personne, elle obliquait à gauche vers sa porte.

Une fois assis dans la csàrda devant le vin qu'on lui avait apporté, ces images ne le hantèrent plus. Bien sûr il l'avait attendue passionnément, aujourd'hui, et même pendant un moment à la porte du bâtiment, comme s'il avait déserté son propre corps pour aller à sa rencontre. Et c'est ainsi qu'elle n'était pas venue. Mais à présent Illek avait déjà retrouvé le chemin de la docilité et de l'obéissance, retournant à cet arrière-plan feutré devant lequel en fait toute sa vie se déroulait et dont les dernières agitations s'apaisaient maintenant comme un rideau de séparation qui, immobile et inexorable, lui dérobait Mimi.

Mais devant ce rideau il était resté quelque chose qui n'avait pas été entraîné et caché par ses derniers mouvements. Un petit objet gris qu'à première vue on aurait pu prendre pour un fer à cheval perdu. Or ce n'en était pas un, mais un talon de botte usé. Il se trouvait non loin de cette seule et unique image de la grandeur qu'il avait été donné à Illek d'apercevoir dans sa vie : la chute du régiment de cavalerie près de Kaposvàr. Le talon de botte était sur une route au-dessus de laquelle la poussière flottait comme un corps solide étiré en longueur – c'était aussi la raison pour laquelle, à première vue, on aurait pu prendre ce talon de botte pour un fer à cheval – parce que c'est d'ici qu'une fois les exercices terminés, les troupes repartaient avec les canons et toute l'intendance, en d'interminables colonnes. Ce talon de botte était à gauche dans la poussière de la route, et déjà on l'avait dépassé.

Ce talon de botte, c'était Illek lui-même. Il était à gauche dans la poussière de la route et déjà on l'avait dépassé. Mais lui restait là. Avec une pénétration soudaine et une force de conviction exclusive (dont un homme cultivé ne serait peut-être plus du tout capable en pareil cas) Illek imprima en lui l'image de sa vie entière et ne remarqua qu'ensuite que c'étaient les larmes coulant sur ses lèvres qui donnaient au vin un goût salé et amer. Oh, pas de rancune contre cette dame ! C'était seulement la plainte devant la sentence si dure qui le frappait.

C'est à ce moment qu'il entendit l'automobile arriver. Il était seul dans le petit jardin de la csàrda.

Donald avait bien compris ce que Margot irritée avait rapidement murmuré en hongrois à sa femme de chambre, tout comme ce qui avait trait au valet de chambre Janos et à la cuisinière. C'est une quinzaine de minutes plus tard, après qu'il eut entendu claquer la porte d'entrée dans le vestibule attenant, que son grand moment d'activité arriva.

Margot baissa les yeux vers lui, tandis qu'il tombait à genoux devant elle sur l'épais tapis persan (il y en avait dans tout l'appartement) et commençait à couvrir de baisers son bras nu en remontant à partir du poignet.

Elle lui abandonna son bras tandis qu'elle même s'abandonnait à sa froideur presque absolue, détachée de tout et de tout le monde et abritant sa haine et son mépris. Car c'en était vraiment trop que ce grand dadais d'Anglais arrivé ici sans rien savoir et chez qui elle avait depuis longtemps subodoré qu'il fuyait on ne sait quoi, la prît aussitôt pour amante, profitant d'une occasion favorable pour se changer les idées et se donner un peu d'apaisement, qu'il voulût la prendre alors que littéralement tout le monde aujourd'hui l'avait abandonnée (cela allait même jusqu'aux domestiques !) De se savoir ici exposée, seule, dans l'impossibilité de pouvoir faire comprendre si peu que ce fût sa situation à l'Anglais, tout cela contribuait à la rendre lucide et prudente et renforçait son point de vue. Alors qu'il commençait à couvrir sa jambe de baisers en partant de la cheville, elle décida de l'anéantir, et elle s'y prit très bien.

Elle fit jouer ses doigts dans sa chevelure, se pencha même pour baiser sa tête. Cela ne lui coûtait pas car Donald lui plaisait effectivement. L'espace d'un instant seulement, elle fut traversée par l'idée qu'elle pourrait peut-être prendre ici la direction des opérations, comme avec Illek, mais un mur d'impossibilités ne tarda pas à s'élever devant une telle perspective. Elle sentait l'odeur de ses cheveux blonds très soignés et très souples exhalant quelque fragrance amère. Mais ce plaisir qu'il lui inspirait restait pour ainsi dire en-dessous d'elle, tout comme Donald agenouillé ici à ses pieds. Ce plaisir ne montait pas jusqu'à la région glacée de sa rage froide dirigée contre chacun en particulier et contre tous à la fois, contre Làszló, Gergelffi, le valet de chambre Jonas, la cuisinière, la femme de chambre Marika. C'est contre tous ceux-là réunis qu'elle portait son coup. On l'avait forcée, poussée, on lui avait imposé cet Anglais et finalement tout le monde l'avait laissée tomber. Eh bien maintenant sa réponse allait venir.

Elle se leva, prit Donald par la main et dit en français : « Viens ! Viens avec moi ! »

Margot le conduisit hors du grand salon qui jouxtait le vestibule et l'entraîna plus à l'intérieur de l'appartement, traversant une salle à manger, refermant partout derrière elle les hautes portes, jusque dans un salon plus petit ; ici elle s'arrêta devant deux battants peints en blanc, sourit à Donald avec douceur et lui dit :

« Je t'appellerai. »

Elle lui donna prestement un baiser sur la joue et disparut.

C'est ainsi qu'il fallait lui mettre les points sur les i.

A présent enfin il comprenait tout. De même qu'autrefois il aurait dû passer par une porte toute pareille au lieu d'écouter la pluie. Maintenant il n'éludait plus ce point. Mais il restait une chose à faire. Il était près du but. Il se trouvait transporté juste devant le but, appuyé au montant de la porte, confronté à l'indicible. En dépit de son manque de retenue, il n'avait même pas encore osé y penser. Maintenant c'était là.

Son cœur lent commençait à se presser. L'excitation le rongeait, accompagnée d'un étrange sentiment d'engourdissement. La voix de Margot lui parvint assourdie sans qu'il pût comprendre ce qu'elle disait. Donald avança la main vers l'ovale doré du bouton de porte et ouvrit lentement, s'attendant à trouver une pièce plongée dans l'obscurité, peut-être une petite lumière tamisée... La chambre était violemment éclairée. Un lustre jetait ses feux, au-dessus d'un miroir une applique, à côté des lits jumeaux entièrement recouverts, une lampe puissante. Elle était debout, nue à l'exception de ses bas, dans la lumière intense, le dos tourné vers lui, tout le milieu de son corps n'était qu'une tache rouge vif, un éclat sombre sous la blancheur immaculée du dos. Donald, qui était entré, chancela contre le panneau de la porte et y resta appuyé. Il n'entendit les pas qu'au tout dernier moment, lorsque Làszló était déjà dans l'encadrement de la porte. Dans l'esprit de Margot les choses avaient marché on ne peut mieux. L'apparition de Làszló était pour elle le couronnement imprévu de la situation. Elle resta immobile, telle qu'elle était et regarda à gauche, pardessus l'une de ses épaules blanches. Donald recula, passant ainsi devant Putnik qui s'était avancé un peu plus dans la pièce, et il partit droit devant lui, mais par un autre chemin que pour venir, il sortit par une autre porte et arriva dans la pièce donnant sur le jardin qui était la chambre à coucher de Làszló. Là, il s'arrêta et regarda dans le jardin par la porte-fenêtre ouverte. Putnik arriva aussitôt. « M. Clayton ! » cria-t-il d'une voix sèche. L'instant d'après, rapide comme l'éclair, il décrocha un fusil du mur et le pointa à bout portant sur l'Anglais. Donald détourna le canon, si bien que l'arme était à présent dirigée vers le jardin. C'est carrément ce que Putnik (deux précautions valent mieux qu'une) semblait avoir attendu, car c'est seulement à ce moment qu'il appuya sur la détente avec une certaine ostentation. Un coup partit, résonnant avec un bruit de tonnerre, on put voir les plombs s'ouvrir un chemin à travers la cime d'un arbre qui dépassait, puis frapper le vieux mur massif du fond, en déclenchant de petits nuages de poussière accompagnés d'un ruissellement de gravats. Effrayé, Putnik qui n'avait pas soupçonné que ce fusil était resté chargé depuis la dernière chasse au canard à cause de sa propre négligence, laissa tomber toute cette comédie destinée à mettre en évidence une défaillance de l'arme vengeresse et non pas son fonctionnement. « Sapristi ! » dit-il. « Maintenant le concierge va rappliquer dare-dare. Vous êtes mon témoin, monsieur Clayton ; nous n'avons pas pu décharger l'arme autrement, parce que le tire-cartouches n'a pas marché, n'est-ce pas ? » « All right » dit Donald, et il fut lui-même étonné de s'entendre parler anglais. Déjà le timbre strident de la sonnette retentissait, en fait il ne parvenait jusqu'ici qu'amorti, après avoir traversé le vaste appartement. Làszló s'éloigna et ne tarda pas à revenir avec Andre-bàcsi, un petit homme âgé dont le visage glabre était couvert de petites rides, on aurait dit un pot fêlé de toute part. Donald sourit, le fusil maintenant dans la main : « Cela devait arriver », dit-il en hongrois, « on ne doit pas manipuler une cartouche avec un outil. Le jardin n'a pas de mal. » Là-dessus il mit la main dans son gousset et donna au concierge une pièce de deux couronnes (on appelait encore ça un « florin » à l'époque). « Pour la frayeur », Andre-bàcsi partit en riant. « Si la police devait poser des questions, puis-je dire ce qui s'est passé, Votre Grâce ? » « Mais bien sûr », dit Putnik et, une fois le vieux disparu, il dit à Donald : « Restez encore cinq minutes, monsieur Clayton, ce sera mieux. » Ils restèrent devant la porte de la terrasse, sans parler. Donald, contre son habitude, fuma la cigarette qu'on lui offrait. Finalement, il la jeta en bas sur le gravier. Putnik lui tendit la main, Donald la prit et après s'être regardés quelques secondes, Làszló dit : « Il existe des choses terribles ». Donald serra brièvement la main qui se tendait et s'en alla sans dire un mot, remontant le Ligeti-fasor en direction de la ville toujours plus loin, tout emmitonné, abasourdi, entendant et voyant à peine. Arrivé au « Britannia » dans sa chambre, il commanda un whisky, se jeta ensuite sur le divan et dormit des heures, comme après un rude effort.

Après le départ de Donald, Làszló alla non pas chez Margot mais d'abord au téléphone et appela son patron, monsieur Meszaros.

« Au bureau toutes les affaires courantes sont maintenant réglées », dit-il entre autres choses, « mademoiselle Körmendi peut vous présenter tous les papiers à la signature. Ce serait le bon moment pour partir à Bucarest, puisque je n'ai rien en retard pour l'instant. »

« Bravo ! » lança Meszaros dans l'écouteur, à l'autre bout du fil, « alors allez-y, allez-y ! Le mieux, ce serait encore aujourd'hui ! »

« Bon, alors je pars cette nuit. »

C'étaient tous en fait des gens très raisonnables et même jusqu'au fond de leurs bottes pour certains.

Puis il appela Tibor, disant qu'il passerait chez lui. Avec sa valise.

Enfin, il alla voir Margot. Elle était maintenant en robe de chambre. « Tu ne dis rien ? – Tu ne demandes rien ? – Même pas après un coup de feu ? »

« Non », répondit-elle calmement. « Parce que ça m'est égal. Vous pouvez bien tous vous entretuer, je n'y vois aucun inconvénient. »

Uno cum nuda coitus praesumitur, dit le droit romain. Juridiquement, il y avait ici flagrant délit d'adultère. Mais Làszló avait suffisamment de correction pour ne pas désavouer sa conviction intime, tout content en outre de partir pour Bucarest et d'échapper à toutes ces histoires. Il a subvenu en grand seigneur aux besoins de sa femme. En plus, elle avait du bien.

Elle resta à Budapest. Elle a encore eu pendant de nombreuses années une liaison au musée avec l'adjudant Illek qui devint par la suite fonctionnaire titulaire, donc attaché au secrétariat et eut à son tour un gardien sous ses ordres. Cependant Illek continua à habiter au musée et les habitudes de notre couple ne furent pas troublées. C'est déjà la troisième conserve d'amour – après celle mise en place par Rita Bachler et le Conseiller à la Cour d'appel Keibl et celle de l'Ergoletti – que nous rencontrons au cours de ce récit. Ce sont précisément les choses les plus importantes de la vie que l'homme aime séparer de celle-ci. Même Donald dans son fauteuil a toujours fait tapisserie devant Monica.

Après que la fuite nº 1 (pour Bucuresti) se fut déroulée conformément au plan Gergelffi, la fuite nº 2 (pour Moson) ne tarda pas à avoir lieu. Mais auparavant Tibor eut encore son dimanche en bottes, entre des bottes, devrait-on dire en fait, car lui n'en portait pas à cette occasion.

La fuite nº 2 se déroula dans le plus grand confort en toute honnêteté et toute jovialité. Devant l'hôtel « Britannia » arriva une énorme voiture, un vrai bahut, dirions-nous aujourd'hui, mais elle était suffisamment large et commode pour que trois personnes puissent confortablement y prendre place à l'arrière, tandis que Gergelffi était assis devant, à côté du chauffeur. La plupart des bagages était sur le toit. On franchit le pont Sainte-Marguerite et l'on prit en gros la direction du Nord-Ouest à travers la campagne hongroise tout en collines et presque montagneuse ici, dont les routes splendides avaient parfois tellement d'ornières et d'autres splendeurs du genre que notre face légèrement ridée – assise au milieu entre Donald et le docteur Harbach – sautait en l'air comme un poisson hors du torrent. Sur la grand-route qui longeait la Danube, on avançait il est vrai comme sur un tapis.

Chwostik – qui du reste avait vaguement entendu dire qu'un coup de feu était parti ! – a naturellement supposé que chez madame Putnik, Donald avait été soit éconduit, soit encore surpris avec elle. L'humeur manifestement apathique du fils du patron pouvait accréditer les deux suppositions, il semblait être redevenu un vrai presse-papier, et Chwostik n'avait rien à y redire étant donné la technique des discussions qui devaient avoir lieu. Mais voilà que recommençait à se dresser entre eux le mur d'ignorance qui n'avait été entamé que très provisoirement, jadis, sur le chemin qui menait de l'auberge de Maria Gründling jusqu'au Prater, en passant d'abord devant l'église des Barnabites. Ces murs s'élèvent naturellement, un tempérament comunicatif ne peut guère les empêcher de grandir et ils s'édifient plus vite que l'on ne parle.

Ils apprécièrent le trajet, surtout cette portion qui, dans la région de Komorn, permettait d'avoir assez longtemps une vue sur le fleuve dont les eaux lisses comme un miroir et d'un gris-vert atteignaient ici une largeur gigantesque. Déjeuner à Györ où l'industrie hongroise commençait alors à s'étendre, la ville n'était pas très accueillante mais le repas fut délicieux. De là il restait encore à faire une cinquantaine de kilomètres et l'on remonta en voiture dès qu'on eut pris le café noir.

A Mosonszentjanos (le domaine se trouvait du reste à une assez grande distance de cette localité) Gergelffi, en fait de bottes, fut aussitôt transporté au septième ciel. Elles apparurent dès la réception solennelle d'arrivée, car à droite et à gauche du grand portail de la ferme – il était orné de feuillage et de rubans aux couleurs hongroises – se tenait un groupe de jeunes servantes en costume national. « Ça commence bien », se dit Tibor. Par la suite il ne sut plus où donner de la tête.

Globusz arriva à leur rencontre, le vrai globe de Hongrie. Depuis de nombreuses années déjà il faisait du cheval et de la natation avec application pour ne pas grossir davantage, et ces efforts étaient passés au premier plan à l'époque de ses projets de mariages. Depuis, il s'en était tenu à ces disciplines profitables, profitables aussi pour son appétit. Ainsi devenait-il de plus en plus globulaire. On pourrait dire : non plus hippopotamesque (nous nous remémorons ici sa première leçon de natation !) mais plutôt mastodontesque.

A côté de lui, Gergelffi père faisait l'effet d'un crayon taillé. Derrière le personnel qui se bouscule on aperçoit Finy et Feverl.

Il faut reconnaître et constater à cet endroit du récit que les petits chevaux de Troie n'arrêtent pas de trotter à notre rencontre, sans considération du coup de chausson administré page 103. C'est ce qui arrive quand on s'est laissé faire une fois. Soyons satisfaits au moins de ne plus revoir du tout la concierge Wewerka qui, il est vrai, a nécessité une bonne dose d'énergie pour être éliminée de notre composition page 115.

Ces deux vieilles petites bonnes femmes, notre Donald les revit donc encore et toujours ensemble ; et il leur demanda par plaisanterie, si elles étaient jumelles et depuis combien de temps elles vivaient ensemble. « Jumelles, non », dit Feverl (ou était-ce Finy ?), « mais ça fait trente-cinq ans, et même plus, qu'on est ensemble. »

La réponse pénétra plus profondément qu'il ne l'avait lui-même senti dans un premier temps, elle lui revint encore plusieurs fois à l'esprit au cours des jours suivants. Ce qui semblait ici réalisé, lui l'avait perdu, ce qui formait ici un présent solide, était pour lui du passé : une sorte de patrie fraternelle qu'il avait quittée, qui s'était fermée derrière lui. Il voyait maintenant la maison dans la Prinzenallee à Vienne comme de l'extérieur, depuis la rue. Il était devant le portail du parc. Et ce portail était fermé.

Dans les derniers jours passés à Budapest, l'ardeur du soleil avait recommencé à assombrir sa vue, profondément, comme de l'acier, avec souvent en plus quelques troubles d'équilibre quand il marchait. Dans la mesure du possible, il aimait rester dans sa chambre qui était grande et fraîche et lui donnait une sensation de vide, comme si personne n'y avait jamais habité avant lui.

C'était exact, comme il l'apprit plus tard. C'était la seule, parmi les chambres d'hôtes de la maison, à être utilisée pour la première fois.

Des fenêtres, on voyait le lac. Quand on le regardait, qui se perdait au loin dans les roseaux et dans les brumes de chaleur assombrissant l'horizon, il offrait un aspect changeant comme tout ce qui est regardé par des natures tranquilles ; et il suffit parfois d'une cour où le gardien vient d'arroser les plantes. Au fond, Donald était maintenant devenu l'une de ces natures tranquilles et même depuis déjà un certain temps : depuis qu'à bord du « Cobra », alors que le soir tombait et que la mer prenait des reflets gris, les Allemands avaient tiré des sons clairs de leurs trombones. Ce lac aussi avait des reflets identiques. Les vols d'oiseaux cessèrent (une fois la silhouette insolite d'un grèbe au long col était passée comme un trait à moins de vingt mètres de la fenêtre). Les roseaux n'étaient plus vert foncé sous les bannières et les îlots troubles du ciel, plus tard ils virèrent au bleu et ce n'est que beaucoup plus tard que Donald découvrit qu'ils étaient éclairés par la lune dont la face paisible s'était levée à gauche au-dessus du lac. A cette heure, le chant des grenouilles atteignait des sommets dans l'aigu et avait une régularité immatérielle.

Le coup que Donald avait reçu à la fin de son séjour à Budapest, avait laissé une entaille profonde qui ne se refermait plus, comme si la matière atteinte avait perdu son élasticité. Ça aurait pu être hier, ça aurait pu être cet après-midi. Il n'y appliqua d'ailleurs pas sa pensée, et nous savons bien que cela n'a jamais été son fort, et maintenant encore moins que jamais. Il comprit soudain que quelque chose l'entraînait, qu'au-dessous de lui le courant s'enfonçait tout droit et l'emportait, et encore plus depuis qu'il avait essayé d'échapper à Monica. Revenu maintenant d'une erreur il cherchait carrément à retrouver son ancienne douleur, et donc Monica avec, et donc aussi le chemin qui conduisait à elle. Un matin – dans la chaleur, le lac était enveloppé de vapeurs laiteuses – l'idée qu'on se trouvait ici pas très loin de Vienne le frappa tout d'un coup. Mais l'étape suivante devait être Agram. C'était bien ainsi, c'était bien. Pas de retour prématuré après la blessure encore béante reçue à Budapest. Du calme, de la distance, un détour. C'est seulement ainsi que tout pouvait encore changer pour lui. Il fallait que cela change et cela changerait. Arriver trop tard à Vienne, c'était un risque qui n'existait pas. Il fallait seulement éviter d'arriver trop tôt, prématurément.

Sa poitrine se libérait. Maintenant il ressentait après-coup à quel point sa respiration avait été oppressée, comprimée lorsqu'en se réveillant au « Britannia » après des heures de sommeil sur le divan, il avait aussitôt revu cette ceinture rouge vif sur toute la largeur des hanches nues de Margot, la lumière crue et la statue immobile d'une épouvante qui aurait jailli de lui-même.

Pour le reste, Donald fit fonction de presse-papier. On visita, évalua, calcula et l'on se rendit ainsi compte peu à peu quelles étaient les machines modernes qui manquaient à cette exploitation pour qu'elle devienne véritablement exploitable.

Donald fit des tournées à cheval avec Globusz et les deux Gergelffi – de toute façon il y avait toujours des chevaux de selle et un valet d'écurie à la disposition de l'Anglais – et le soir les partenaires tenaient pour ainsi dire des conseils de guerre séparés, Donald et Chwostik dans la chambre de l'un ou de l'autre (les deux chambres donnaient sur le lac dont le bord, au fond, touchait l'horizon) et la face ridée faisait ses calculs en s'appuyant sur les données techniques de Donald et calculait la possibilité d'un rabais exceptionnel à la firme de Budapest, ce qui donnait ainsi à Gergelffi, à son tour, la possibilité de livrer les machines à Globusz à un prix avantageux. Tibor, pour sa part, négociait des deux côtés et se trouvait dans une certaine mesure entre les partenaires et finalement, lorsque tous se trouvèrent réunis autour d'une table, tout se passa bien et chacun s'en tira avec profit. La livraison comprenait tellement d'articles, le paiement était à une échéance si rapprochée, même presque au comptant, que l'usine non plus ne perdait pas dans cette affaire. Finalement Chwostik télégraphia à Vienne la liste des articles immédiatement nécessaires à Budapest.

Une fois la partie commerciale réglée, on fit une fête à laquelle tout le personnel prit également part. Tables, bancs, plancher pour la danse – tout fut installé en plein air entre le bord du lac et l'arrière de ce bâtiment des communs, au dernier étage duquel Finy et Feverl avaient un logement spacieux. Tout était coloré, des bottes à foison. On prépara le goulasch de poissons dans un chaudron au-dessus d'un feu. Les tziganes arrivèrent avec un chariot à ridelles transportant les gros instruments : le cymbalum, la contrebasse et le violoncelle. Le lac prenait maintenant des reflets gris, on alluma les lampes-tempête sur les tables.

Mais Tibor, où en était-il, que voyait-il ? Des bottes à foison, avons-nous dit – mais aujourd'hui elles enfermaient surtout des jambes d'hommes. Il aurait pu, il aurait dû le savoir, il le savait. Et pourtant, comme c'était déprimant de voir les jeunes filles en bas blancs avec des sortes de bottillons rouges montant seulement jusqu'à mi-mollet ! En effet, elles n'étaient pas venues ici pour le travail des champs. Les gars et les filles étaient venus des environs sur des voitures à ridelles multicolores avec des planches fixées en travers en guise de sièges. Beaucoup de gars à cheval aussi. Ils portaient donc des éperons.

Sur les longues tables, les verres de vin étincelaient, et lorsqu'ils étaient traversés par la lumière des bougies ils brillaient comme de grosses gouttes d'ambre ou de sang. Globusz rayonnait, débordant de bienveillance. A la petite table des maîtres on commençait déjà à servir le goulasch de poissons. Après avoir aussi mangé et bu, les tziganes se mirent en place et prirent leurs instruments.

C'était un chant, pianissimo ; tout le monde se tut aussitôt. Derrière, le cymbalum accompagnait le premier violon qui jouait seul, comme une brise qui descend sur les saules ou sur les roseaux. A part ça aucun accord d'accompagnement, les instruments se taisaient. Le crescendo du violon solo vrillait les tempes. Puis en réponse à sa plus haute note tous les instruments attaquèrent enfin dans un large contrepoint, prenant appui sur la contrebasse. Ensuite, quand le rythme de la csàrdàs commença, les couples arrivèrent les uns après les autres sur le plancher de la piste et dansèrent les figures libres avec beaucoup de mesure et de décence. On assistait à une fête paysanne pleine de dignité et de bienséance en dépit de toute la rumeur de cette musique térébrante. Il en fut ainsi jusque tard dans la nuit.

Le lendemain matin on fit la grasse matinée et l'on se prépara non sans prendre un solide petit déjeuner. Puis, après de multiples adieux (auxquels Finy et Feverl avaient d'ailleurs aussi pris part) et une sorte de coup de l'étrier que le vieux Globusz avait offert en personne devant la voiture, l'antique calèche automobile reprit la direction de Györ où l'on fit de nouveau un succulent déjeuner avant de s'installer confortablement et bien à l'heure dans le wagon direct pour Agram attelé au rapide en provenance de Budapest. Gergelffi, petit et mince comme un crayon taillé, était sur le quai et fit des signes quand le train s'ébranla.

Comme presque toujours depuis qu'ils étaient partis de Constantinople, ces messieurs avaient un compartiment de première classe pour eux tout seuls, et même Harbach avait coutume de réserver sa place dans le compartiment voisin afin que tous les trois puissent s'étendre confortablement. C'est ainsi que tout le monde fit ici aussi une bonne sieste. On en avait besoin. Le séjour à Moson n'avait pas été précisément fatigant, (le seul à s'être vraiment fatigué là-bas avait été Gergelffi, féru de bottes), mais varié, plein de mouvements, presque mouvementé ; tout au moins pour Donald. Dans l'ensemble on se trouvait dans un état proche du bien-être.

Ils arrivèrent tard à Agram, et après un excellent petit dîner pris à l'hôtel, ils ne tardèrent pas à aller se reposer. A table déjà, par suite d'un nouvel accès de fatigue de tous les trois, la conversation s'était presque complètement assoupie.

Donald se réveilla de bonne heure et alla à la fenêtre. Il ne pouvait pas mettre un nom sur ce qu'il voyait ici : une tour au loin (reconstruite, nous le savons, après le terrible tremblement de terre de 1880) et plus près de lui, des jardins.

C'était donc par là que menait le détour, un détour raisonnable.

Sa quatrième pipe s'était envolée. En rêve il avait revu les choses de telle façon qu'il aurait encore pu aller la chercher.

Dehors, le soleil grandissait. Donald imaginait d'avance les brumes de chaleur de la journée. En regardant dehors il sentit un léger vertige, se retourna vers la chambre et commença sa toilette.

C'était à Slunj qu'ils devaient terminer leur voyage – ou plutôt faire demi-tour. C'est là que le détour reprenait la direction de Vienne. Cette ville de Croatie n'évoquait rien pour Donald. Son père lui avait dit à plusieurs reprises, avec une insistance presque lancinante, qu'elle valait la peine d'être vue parce qu'il y avait là de belles chutes. La firme avec laquelle ils devaient avoir affaire ce matin entretenait à Slunj une succursale. Ici, à Agram, on y attachait de l'importance, c'est pourquoi l'on avait demandé que, du côté de la maison Clayton & Powers, on se penche sur les conditions techniques particulières à l'agriculture de cette région pour modifier dans ce sens la construction des machines dans toute la mesure du possible. Des tâches qui incombaient donc davantage à Donald qu'à Chwostik. Ici à Agram c'était l'inverse. Simplement rester assis là, presse-papier.

Après s'être rasé et aussi douché, il passa ses longues jambes dans un pantalon gris fraîchement repassé. Une fois habillé, il éprouva soudain de la répugnance à descendre maintenant pour le petit déjeuner, à voir d'autres gens assis devant leur thé, et entamer leurs œufs à la coque. Il sonna et commanda son petit déjeuner dans la chambre.

Sur le plateau il y avait aussi du courrier, comme s'il venait juste d'arriver. En réalité, le concierge avait oublié, la veille, de prendre les lettres dans le casier et de les lui remettre, et Chwostik qui avait tout autant envie de dormir que Donald, ne s'était pas avisé de demander s'il y avait du courrier. Par contre le docteur Harbach, arrivé devant la porte de sa chambre, avait fait demi-tour et était redescendu, et c'est ainsi que dès son arrivée à Agram il avait reçu une lettre toute à fait délicieuse de sa fiancée à Budapest.

Sur la première enveloppe, Donald vit l'écriture de son père. L'autre était tapée à la machine. Sur celle-ci non plus le nom de l'expéditeur n'était pas indiqué, ce qui, soit dit en passant, était loin d'être aussi courant qu'aujourd'hui après les époques de folle censure que nous avons traversées. Seuls les Anglais sont restés fidèles à l'ancien usage et aujourd'hui encore ils n'inscrivent toujours pas le nom de l'expéditeur sur l'enveloppe.

Robert écrivait différentes choses, surtout qu'il était ravi des nombreuses commandes fermes arrivées au cours du voyage. Puis, à titre privé, qu'il lui semblait que Donald avait eu « quelques aventures » à Budapest ; Gollwitzer aussi avait laissé transparaître quelque chose dans ce sens, écrivait-il.

Gollwitzer aussi. Qui d'autre avant lui ? Que ces choses soient parvenues jusqu'à Bucarest, nous le savons, et il n'est donc pas étonnant qu'elles aient continué leur chemin jusqu'à la Fichtnergasse à Vienne. Mais on peut sans doute aussi supposer qu'il y a eu une liaison directe entre Budapest et Vienne ; et nous ne ferons pas fausse route en supposant que cela est parti de Monsieur l'ingénieur Radinger, relayé ensuite par Madame le directeur Henriette Frehlinger, pour arriver jusqu'à Monica Bachler.

Un conseil paternel, ou si l'on veut fraternel, était lâché un peu à brûle-pourpoint à l'adresse de Donald : il devait songer à se marier, à fonder une famille et un foyer.

Puis venaient la confidence que lui, Robert, avait l'intention de mettre cela en pratique pour la deuxième fois, et la nouvelle de ses fiançailles avec Mademoiselle Monica Bachler, suivie de l'annonce de leur prochain mariage.

Donald avança alors la main, une main froide, vers l'autre lettre posée sur le plateau, l'ouvrit en abîmant passablement l'enveloppe et y trouva quelques lignes dactylographiées signées « M » et où il était dit entre autres (et avec quelque précaution)... « sois assuré que je ne m'interposerai jamais entre ton père et toi. Je suis très heureuse. Reste toujours mon ami ! »

La chaleur faisait comme un écran d'acier. Le séjour à Agram fut bref. Dès le lendemain ils reprirent la route. Ils se retrouvèrent aussi une fois dans un café avec leurs partenaires commerciaux. Donald fut silencieux comme un presse-papier. Cet établissement lui donna l'impression d'avoir été transporté du « Cobra » jusqu'ici et le garçon ressemblait presque trait pour trait au maître d'hôtel de là-bas, Kostazky. A l'époque pourtant tout était encore beaucoup mieux. Donald se trouvait à présent à un tournant plus bas et il le savait. Le retour ou le détour par Slunj s'engloutissait sous ses yeux, il détourna le regard. Une fois, il eut très envie de parler avec la femme du pasteur, la Kruhlow. Elle était engloutie, comme sa quatrième pipe devant Beyrouth.

Le voyage jusqu'à Slunj, localité qui faisait alors déjà

partie du comtat de Modrus-Fiume situé en partie le long de la côte, et non plus comme autrefois de la frontière militaire croato-slovène, fut assez compliqué et la dernière partie du trajet dut se faire dans un véhicule trouvé sur place pour ne pas se retrouver coincés dans la lourde voiture de poste, ce qui d'ailleurs aurait à peine été possible vu les bagages, somme toute considérables, des trois messieurs. Ils passèrent la nuit à Sturlić et même très confortablement, bien que dans un cadre un peu vieillot. Il y avait sur chaque table de nuit des bougeoirs en bois tourné avec un pied tellement large qu'il occupait presque tout le dessus ; pour poser son portefeuille et sa montre il fallait ouvrir le tiroir. Donald y mit aussi les trois pipes qui lui restaient et sa « pouch », sa blague à tabac moitié en caoutchouc moitié en cuir. C'est cette dernière partie du voyage qui fut de loin la plus appréciée par le docteur Harbach. De Sturlić ils arrivèrent dans la vallée du cours supérieur de la Korana et le suivirent presque jusqu'à l'endroit où, arrivant de la gauche, la Slunjćica s'y jette en chutes gigantesques. On leur avait recommandé de passer la nuit dans l'auberge vieillote au bord de la rivière. C'est ce qu'ils firent et ils retrouvèrent partout la même solidité qu'à Sturlić, sauf que les chandeliers n'étaient pas aussi énormes. Vu d'ici, le trajet de Budapest à Györ dans l'automobile en forme de bahut dont nous avons parlé, apparaissait rétrospectivement comme le comble de la modernité.

Là-haut, au bourg de Slunj, on ne les attendait que pour l'après-midi suivant. Harbach et Chwostik avaient dans l'idée de dormir tout leur soûl et d'aller ensuite un peu se promener. Pour le vieux monsieur (c'est l'impression qu'avait le docteur) la dernière portion du voyage avait sans doute été déjà suffisamment fatigante. Et Donald se serait volontiers associé pour sa part à ces projets de grasse matinée. Mais depuis Budapest il se réveillait toujours de plus en plus tôt le matin. C'est ainsi qu'il eut dans l'idée de prendre son petit déjeuner tout seul et de passer la matinée à se promener et à visiter.

Ils prirent leur dîner sur une espèce de terrasse à la lumière de lampes-tempête, au-dessus de la rivière profondément encaissée. L'aubergiste affirmait qu'on pouvait déjà entendre les chutes d'ici. C'était du moins le cas quand on se taisait. Le bruit qui évoquait d'une certaine façon un brassage profond semblait comme sourdre du sol. Après le repas ils burent encore du Grasevina rouge de Pozegan. Le docteur Harbach eut une conversation animée avec Chwostik sur la fête de Moson, la modération avec laquelle les gens du pays dansaient la csàrdàs, et sur la Hongrie en général. Tous deux réfléchissaient en même temps à ce qui avait bien pu arriver à Donald à Budapest, ils l'auraient même volontiers provoqué pour qu'il leur dise certaines choses à ce sujet. Mais ils n'y réussirent pas. Même dans sa vie privée il était devenu presse-papier et était pour ainsi dire assis cinquante centimètres encore derrière le bout du tuyau de sa pipe qu'il tenait silencieusement entre les dents, parfaitement à l'horizontale.

Presque exclusivement seul, depuis son arrivée à Vanice, Zdenko croyait éprouver de temps en temps une sensation de vertige. Par exemple le matin, quand le vieux serviteur apportait le petit déjeuner dans la salle à manger où le couvert était mis tout au bout d'une longue table de chêne luisant comme un miroir. La vaste pièce n'était pas précisément sombre, elle avait de hautes fenêtres cintrées du côté de la terrasse. Mais il y avait dehors une telle réverbération que Zdenko avait presque l'impression d'être assis ici dans l'obscurité. Sa tante continuait à ne pas se montrer. Le serviteur interrogé dit : « Sa Grâce est indisposée. » Zdenko saisit le léger éclair d'ironie qui à ces mots parcourut le visage glabre du serviteur. La tante Ada rattrapait sans doute largement ce que les médecins l'avaient vraisemblablement empêchée de faire à Vienne ou tout au moins ce qu'elle s'était alors trouvée empêchée de faire.

Vanice était une terre seigneuriale de neuf cents arpents avec une forêt et une chasse. Madame de Vuković qui possédait une dose excessive d'intelligence pratique et qui semblait avoir affermé tous les domaines où cette intelligence pouvait s'exercer était en réalité, à cause de son alcoolisme, totalement tributaire du régisseur Brlić. Car si elle mettait beaucoup de persévérance à parcourir son domaine en tous sens chaussée de ses bottes (nous connaissons cela de

Vienne), il y avait aussi chez elle des creux qui revenaient avec une égale persistance et qui se remplissaient d'alcool comme des ventouses, à intervalles réguliers. Si par exemple elle était à donner des ordres à la cantonade le matin lors de la construction d'une nouvelle porcherie, elle se retrouvait dans la même matinée étendue sur son divan, pleine à ras-bord et grognant comme un porc. Il n'est pas possible d'avoir une activité continue de cette façon. Peut-être a-t-elle eu de fréquents accès de profond mécontentement et s'est-elle alors saoulée juste après. Nous serions les derniers à ne pas comprendre ces choses-là du plus profond du cœur. Sa chance était que le brave Brlić était un homme de bien, pieux et laborieux. La Vuković l'avait tiré de la misère d'un orphelinat, elle l'avait élevé au-dessus de la classe des petits journaliers, lui avait fait faire des études, même une école supérieure d'agriculture, et l'avait institué régisseur. On le voit : ce n'était pas une mauvaise femme. Pour Brlić elle était plus que cela, elle était purement et simplement ce qu'il y avait de plus haut sur la terre ; et la propriété que sa bienfaitrice lui avait confiée devint pour le régisseur une sorte de sanctuaire qu'il administrait. Il se serait d'ailleurs carrément échiné pour sa maîtresse sans demander son reste, mais ce n'était pas nécessaire car la main-d'œuvre était suffisamment abondante. En outre, Brlić possédait une sorte de génie de l'organisation et une aptitude marquée pour mettre chacun à la bonne place. Vanice était une propriété modèle, Ada une tante à héritage. Le vieux serviteur, il s'appelait Popovici, également fidèle dans sa partie et à sa façon, tenait pourtant Brlić pour le plus grand imbécile qu'il eût jamais rencontré. Pour nous, il est d'ailleurs intéressant de remarquer que le régisseur avait une certaine ressemblance avec Münsterer (qui ne résidait pas très loin de là, en qualité de receveur d'un bureau de poste du royaume de Hongrie), le beau-fils de la Wewerka que nous avons éjectée avec perte et fracas page 115. Mais à un niveau plus primitif pour ainsi dire. Certes son visage se désagrégeait comme par morceaux. Mais il ne parvint jamais à une synthèse, un apaisement, une cohésion. Il était ignominieusement laid, et cela depuis son enfance, lorsqu'il fut happé par Madame de Vuković. Cela aussi parle en faveur de tante Ada.

Zdenko rôdait dans la région. Il n'était même pas obligé de partir à pied. Il y avait pour lui un cheval de selle et une valet qui l'accompagnait sur un autre cheval. Ce valet s'appelait Ivo (ou on l'appelait ainsi, car en réalité son vrai nom était Istvan ce qui équivaut à peu près à Stephan, on aurait donc dû l'appeler Pista, en plus parce qu'il était hongrois, mais on s'en tenait à Ivo.)

Pourquoi les chevaux de selle, et même quatre ? Qui montait à cheval ici sinon Brlić ? Qui montait en selle ?

Madame de Vuković (quand elle n'était pas saoule). En bottes bien sûr, mais aussi en culotte de cheval et comme on peut le déduire de ce dernier détail, à l'écuyère. (Chose extrêmement inhabituelle pour l'époque, surtout chez une vieille dame.)

Eh bien, bravo ! Pourtant elle se tenait bien en selle. Et elle avait de quoi, largement de quoi ! Et parce qu'elle se tenait bien en selle, toute comparaison avec la fameuse écuyère du Liban autrefois décrite par le docteur Harbach, Madame le pasteur Kruhlow, doit être bannie. Elle aussi avait largement de quoi s'asseoir mais elle partait souvent cul par-dessus tête quand l'ânier braillant se mettait à courir avec l'animal.

Elle était bien en selle, la Vuković. D'une façon générale les gros culs ont une bonne assiette, hommes ou femmes. L'auteur de ces récits se trouvait un jour à cheval derrière son frère aîné, ancien officier de uhlans, et fut étonné de voir comment celui-ci se coulait pour ainsi dire autour de sa selle. On est vraiment des cavaliers minables à côté.

Ivo était de l'âge de Zdenko et parlait un peu l'allemand. Il disait “Votre Grâce” au lycéen et celui-ci n'aurait pas été membre du C.M. s'il n'avait pas accepté cela comme une évidence.

Pour le reste, le membre du C.M. n'était pas chiche et la boîte en carton sous la paillasse de la chambre où Istvan mettait ses économies voyait son contenu augmenter de façon honorable après chaque promenade avec Zdenko. Un des traits caractéristiques de la vie à Vanice, c'est qu'on n'ait jamais rien volé à Istvan, bien que tout le monde ici n'ait pas tardé à connaître l'existence de cette boîte (on demandait carrément à Istvan comment allait sa boîte), car la servante qui faisait les chambres du personnel devait bien sûr parfois retourner et battre cette paillasse. Istvan était un joli garçon, une bonne nature, un peu mélancolique avec de grands yeux bridés un peu obliques. Pour les travaux de la ferme il portait un tablier bleu et toujours des bottes à haute tige. Dans la boîte en carton se trouvaient des pièces en tout genre, des petites, des grosses, des hellers, des kreutzers, des couronnes (Zdenko !), des florins, des pièces de cinq couronnes et quelques rares billets bleus de dix couronnes. Istvan savait toujours exactement combien il avait.

Cependant on ne faisait pas que monter à cheval et sortir, bien que le temps restât toujours beau, le ciel profond, le soleil omniprésent, accumulant de la chaleur partout où il pénétrait, d'infimes portions de chaleur intense autour de quelque petit mur au fond de la cour et une extraordinaire réverbération au-dessus de la campagne quand on regardait au loin. La chaleur jetait des brumes, donnait le vertige. Dans la biliothèque à côté de la salle à manger régnait une fraîcheur relative mais aussi le même silence compact que dehors, au-dessus des champs. Ici Zdenko lisait les vieilles histoires à scandale de Brantôme dans une ravissante édition in-octavo, reliée en cuir, dix-huitième siècle. Il aimait bien avoir ce petit livre en main, sans pourtant reconnaître la valeur qu'il aurait eu pour un bibliophile. Il y avait aussi les cent volumes de la « Collection des Mémoires » [1] de Petitot. Tout cela était ce qui convenait à toute cette situation, et aussi au C.M. Lui, Zdenko, s'enfonçait rapidement, profondément dans cette situation. Sans complexe; sans devoir se séparer de quoi que ce soit, parce que c'était ici un élément rapporté et que cela ne faisait alors pas vraiment partie intégrante de lui-même. Non, c'est lui qui avait sa place ici, lui tel qu'il était, et il sentait qu'il était ici à sa place comme un tiroir dans son logement.

Une seule chose le chagrinait : que le C.M. fût maintenant du passé ; même si tout ici semblait bien

1. En français dans le texte (N.d.T.)

devoir correspondre au C.M., celui-ci avait bel et bien cessé d'exister. Mais en fait son chagrin ne venait pas de cette perte ; c'était bien plutôt elle qui la première avait rendu sensible la fuite du temps et c'était cette fuite qui engendrait le chagrin qu'il resssentait ici, parmi les rayonnages de livres montant jusqu'au plafond.

On n'aurait pas soupçonné ce genre de choses en regardant le jeune monsieur de Chlamtatsch monter en selle devant la terrasse tandis qu'Istvan lui tenait l'étrier. Il avait de l'allure notre petit gars : sa culotte de cheval avait une coupe parfaite, ses bottes aussi. Deux articles chers, ce qui se faisait de mieux, comme on a coutume de dire. C'est ainsi qu'on l'avait équipé à neuf, déjà en prévision de l'été. A bien y regarder, c'étaient là des moyens servant à s'assurer l'héritage, tout comme le bridge dans la maison Chlamtatsch. Mais la tante Ada n'eut pas l'occasion de voir notre joli garçon en si bel équipage, parce qu'elle buvait. Une seule fois elle fit une apparition au dîner.

Tel qu'il était, cela faisait alors un poids d'environ cinquante-deux kilos sur le cheval. Cette petite tête blonde, ce visage large et délicat présentaient pourtant depuis quelque temps ce trait plus sévère que nous connaissons, et qui était apparu charmant à l'ingénieur Monica Bachler dans le jardin des Clayton. Les lignes fondamentales en avaient été renforcées par madame Henriette Frehlinger et c'est ensuite seulement que s'étaient imprimées par-dessus les exigences du C.M. s'y rapportant. En lisant Brantôme, Zdenko pensait alors souvent à madame Henriette, c'était en fait la première fois qu'il la revoyait dans sa mémoire et ces images ne restaient pas sans effet sur lui, cela se conçoit.

« Pauvre idiote » (Monica Bachler par devers soi), ce qualificatif pour désigner sa belle amie ne passait pas loin de l'essentiel du personnage. Si l'on considère à présent ce monsieur Radinger qui entre-temps était depuis longtemps rentré de Budapest à Vienne où il se répandait en bavardages, et qu'on le compare à Zdenko « sûr comme un casemate » (Monica Bachler), discret tout en restant agile d'esprit, le choix n'est pas douloureux. Et pour madame Henriette Frehlinger la question de choix n'aurait pas dû se poser. Mais en agissant comme elle le fit, elle nous a privés de la possibilité de la ranger, avec Zdenko, dans notre collection comme quatrième specimen de conserve d'amour. Une vraie « pécore ». Monica a raison.

C'était donc la fuite du temps qui au fond lui faisait mal, rien d'autre, des douleurs comme lorsqu'on change de pansement. Il passait à travers lui, ce temps, il passait contraint et forcé et lui, Zdenko, avait alors de légers vertiges, et la chaleur avait un éclat sombre. Sous cette couverture de chaleur – elle était comme de l'eau profonde mais limpide – Zdenko pouvait maintenant voir tout au fond et reconnaître de façon indéniable les époques où le C.M. était encore loin d'exister et où les deux Anglais n'avaient encore provoqué aucun changement ni aucun allongement de son trajet pour aller à l'école. Et pour la première fois depuis ce temps-là, il pouvait de nouveau se pencher au coin qui s'était formé alors, et regarder son existence murée dans l'angle comme dans une niche. Ainsi saisissait-il par en-dessous, devrait-on dire, tout ce qui était, tout ce qui avait été. Car le C.M. était mort. Et là-bas dans l'angle, tout était maintenant plus vivant, la niche s'ouvrait. A présent il se rappelait très nettement les années longtemps encore avant son examen d'entrée au lycée – qu'il avait dû passer pour avoir le droit de sauter la deuxième année du cours moyen, et à l'examen cela avait marché plutôt mal que bien – il retrouvait les fréquentes et fortes douleurs dans les chevilles, le soir dans son lit, et qui souvent l'empêchaient même de s'endormir, à quoi la gouvernante anglaise avait dit : « C'est que tu grandis, mon cher ! » dans le seul but sans doute de le consoler.

C'était étonnant. Il était là debout, le Brantôme à la main, avec dans les narines l'odeur propre et discrète de tous ces livres sur les hauts rayons et dans l'oreille le silence qui dehors pesait comme un tison sur les champs et les bois.

Il croyait presque pouvoir le saisir. Il reposait sur la terrasse comme un seul bloc immobile et doré et s'interrompait ici en dégradé dans une pénombre relative. Qu'était devenue l'ardeur qu'ils avaient déployée à la lecture des écrits et des Mémoires du vieux

Chancelier ? Où était le petit vase à long col avec l'œillet blanc ? « Le doux visage de Petschenka – est carré de forme, si je ne me trompe pas. » Etait-ce perdu à jamais ? Fallait-il donc que ce soit vraiment perdu à tout jamais ? Pour lui, cela n'était pas si lumineux et évident. C'est seulement ensuite que venait madame Henriette nouvellement surgie du Brantôme. Maintenant elle explosait, elle éclatait, une protubérance dans la Auhofstraße, maintenant cette blancheur de glacier déferlait et inondait tout, plus puissante et plus récente que l'or sur la terrasse dehors, les dégradés de la pénombre ici dans la bibliothèque. Or seule elle, Henriette, était passée, effacée sans rémission, elle avait disparu dans un passé encore plus profond que les détours sur le chemin de l'école, que la petite fleur blanche dans le vase. Il sentait la blessure du temps en voie de guérison chatouiller et tirer sous le pansement des mois, comme si on enlevait les fils, comme si elle devait maintenant se tenir fermée et guérir d'elle-même. Ainsi Zdenko comprenait enfin, comme jamais encore auparavant, qu'il était transporté, qu'il se trouvait ailleurs, au-delà. Et en lui se manifestait encore une légère réticence, de l'incrédulité. Il ne voulait pas ouvrir la main. Dans quelques jours ne recommencerait-on pas à jouer au tennis dans le jardin des Clayton ? Fritz et Heribert n'y étaient-ils pas en ce moment-même avec le gros Augustus, et le vieil Anglais n'était-il pas avec Monica sur la terrasse ? Comment pouvait-il en être autrement ?

Chose curieuse pourtant, il ne croyait pas à tout cela. Vues d'ici les choses avaient une allure différente, il savait mieux ce qui en était. Il n'y avait pas plus de court de tennis que de madame Henriette et de C.M. et de petit vase avec un œillet.

Et tout ça, uniquement parce qu'il avait dû accompagner la tante Ada ici, à Vanice ? Ne serait-il pas dans quelques jours rentré à Vienne, au lycée ? Non, ce n'était pas parce qu'il était venu ici. C'était le contraire, le voyage avait eu lieu parce que tout était sur le point de finir, non seulement le C.M. mais aussi le tennis.

Le dernier matin, Zdenko et Ivo allèrent à cheval aux chutes de Slunj, la plus grande curiosité des environs. Le chemin n'était pas long. Une vingtaine de minutes au trot, en partie à travers des bois de feuillus.

C'est à peu près au moment où ils entamaient le dernier tiers du trajet que Ivo arrêta son cheval – Zdenko l'imita – et l'oreille aux aguets, il mit un doigt sur ses lèvres pour montrer qu'il fallait faire silence.

En effet, ils entendaient déjà les chutes d'ici et le bruit sourd semblait venir du sol dans un tumulte étouffé. Cela n'avait aucun effet sur les chevaux. Ils restaient calmes. Le cheval réagit surtout à des événements brusques. Ce qu'ils entendaient ici n'était rien moins que brusque. Ils l'auraient peut-être entendu plus tôt s'ils s'étaient arrêtés. Cela faisait partie de la région, c'était une présence continuelle, tranquille au milieu des forêts parsemées de taches de soleil, comme le bleu du ciel au-dessus des cimes des arbres.

Mais cette sonorité souterraine eut un effet puissant sur Zdenko et c'est lui qui, bien qu'au sens figuré, dressa les oreilles et non son cheval, lequel aurait vraiment pu le faire sans problème. Il eut soudain l'impression qu'il allait maintenant voir beaucoup plus encore qu'une chute d'eau très connue, qu'il allait au-devant d'un dénouement ou d'une découverte, à la rencontre de la plus grande et de la véritable aventure de sa vie.

Rempli de ces impressions, il donna une impulsion à son cheval bai mais resta au pas ce qui eut de quoi surprendre Ivo, ou Pista. Mais Zdenko était maintenant animé par tout autre chose que la curiosité, il n'avait aucune hâte d'arriver à un but qui aurait pu le satisfaire. Ce qu'il désirait ardemment au contraire, ce à quoi il aspirait c'était le recueillement. Sans s'occuper de celui qui était à côté de lui, il s'enfonçait dans ces minutes qui passaient, il voyait les taches de soleil sur le chemin, le ciel au-dessus des cimes des arbres, il entendait la sonorité profonde devenue pour lui un simple élément de ce paysage et de ce présent.

On peut dire qu'il se comportait de manière souveraine. Son comportement était le contraire de tout emportement, il se retenait de succomber automatiquement à tout ce que cette heure apportait comme sur un plateau, pour qu'il en soit submergé et rassasié. Lui ne recherchait pas cette heure, mais bien davantage, il essayait au contraire d'entraîner dans cette heure tout ce qu'il avait été et tout ce qu'il avait possédé.

Bien sûr, il n'y parvint pas. Pourtant il continuait au pas. Même à cette allure lente, le brassage et le tumulte des chutes devenaient plus distincts, et c'était maintenant un grondement qui ne paraissait plus sortir de terre mais se trouvait au bout du chemin, bien qu'encore à bonne distance.

Zdenko lança alors son cheval dans un galop qui, sur le large chemin herbeux, lui procurait un plaisir immense. A côté de lui, Ivo souriait, pourquoi, voilà qui reste obscur. Au bout d'un moment – les chutes étaient maintenant devenues bruyantes – ils virent de loin quelque chose de blanc.

En poussant leurs chevaux un peu plus en avant, ils virent alors la large surface écumante en amont des cataractes, là où l'eau filait en bras puissants, lançant ici et là des gerbes d'eau, et se précipitait entre la longue ligne de moulins d'un brun vieilli couronnant la fracture. Tout à côté, à gauche, se trouvait la bourgade avec ses maisons.

Ils trouvèrent là une auberge assez importante. Zdenko désirait laisser les chevaux à un endroit où on en prendrait soin. C'était possible ici. Dès qu'il aperçut les solides passerelles munies de rambardes et passant de moulin en moulin, de rocher en rocher, il n'hésita pas à traverser la cataracte. Il n'avait pas peur, notre ami Zdenko.

Ivo non plus. Ils descendirent vers les eaux agitées et vers le premier pont qui commençait ici. Derrière, le valet gardait un œil attentif sur son jeune maître. Le tumulte et le déchaînement de l'eau devinrent bientôt énormes. Si l'on avait eu envie de parler, il aurait fallu crier. Mais ils se taisaient, et faisaient attention, avançant toujours plus loin ils arrivèrent au premier moulin. Il était fermé. On n'était pas en effet à la saison où l'on moud le grain. Les ponts conduisaient plus loin, pas tout à fait jusqu'au bord de la fracture mais un peu en retrait de celle-ci. Ces passerelles n'étaient à vrai dire pas aussi étroites qu'elles en avaient eu l'air de loin. Ici et là le chemin praticable taillé dans le roc, avec une rambarde apparemment solide, avançait au milieu des rochers séparant les chutes. Dans ces endroits-là, Zdenko et Ivo préféraient marcher sur le sentier du côté du rocher, sans se servir de la rambarde de bois.

Ils approchèrent du milieu des chutes sans avoir rencontré personne. Ce qui supplantait tout dans ce parcours, l'ombre menaçante qui présidait pour ainsi dire à son accomplissement, c'était la violence du bruit de l'eau qui, même si une fois le premier moulin passé avait tellement grossi qu'il était impossible de se comprendre autrement qu'en criant, n'avait pas tardé à atteindre une intensité beaucoup plus terrible. Ici aussi les eaux lançaient de toute part de hautes gerbes retombant en nappes qui venaient mouiller les passerelles sous lesquelles, à d'autres endroits, le courant filait entre les moulins comme de gros serpents, lisse et dur sous l'effet de la vitesse. Le bruit semblait étagé en nombreuses couches et en strates plus ou moins graves, grondement de tonnerre et feulement aigu, bruit sourd de broyage et giclée d'aigus ; et au milieu de tout cela, le plus terrible c'était en fait ce hurlement ininterrompu que l'on percevait.

Ici, alors qu'il s'arrêtait et parcourait du regard la surface s'étendant en arrière des chutes dans l'écume blanche et l'éclat du soleil, Zdenko eut pleinement conscience – et avec un étonnement franc et avoué – qu'il n'avait pas peur. Et plus que cela : presque en même temps il sut aussi pourquoi la peur n'était pas au rendez-vous. Elle aurait dû se manifester au milieu de ce grondement. Chacun se connaît jusque-là, il sait où sont les limites de son courage et de ses nerfs, qu'il soit peureux ou non, comme Zdenko. Mais de se promener ici, concentré comme il l'était, c'était déjà à la limite, si ce n'est au-delà. Or il savait en même temps d'où lui venait cette capacité : c'était une disparition, la disparition d'une sensation apparue ces derniers jours mais déjà éprouvée à Vienne – le fait de ressentir la réverbération du soleil comme un assombrissement accompagné d'un léger vertige. Mais de quand datait cette disparition ? De ce matin ? Du galop de tout à l'heure sur le chemin forestier ? Soudain il se rendit compte avec une clarté totale qu'il aurait pu être angoissé d'avancer ainsi au-dessus de la cascade si cette sensation d'être pressé contre le sol, accompagnée d'un assombrissement et de vertiges, avait été encore en lui. Elle avait disparu. Sous le soleil, la blancheur de l'eau écumante avait une luminosité intense, éclatante. A cet instant il eut un sentiment de grande sécurité, de force même. Ce qu'il voyait devant lui, il l'avait pour ainsi dire solidement en main et il le maîtrisait. C'est peut-être justement la raison pour laquelle Ivo lui sourit à ce moment, lorsque Zdenko le regarda dans les yeux. Ce sourire était à la fois caressant et soumis.

A quelque distance devant eux ils aperçurent trois hommes près d'un moulin qui étaient peut-être en train de réparer quelque chose, on les voyait manier des marteaux – mais bien sûr on ne pouvait pas entendre les coups – et de temps à autre l'un d'eux disparaissait à l'intérieur de la cabane brune. Et voilà qu'un quatrième homme apparut, il venait d'en face, de l'autre côté de la chute, il était à une assez grande distance et s'avançait vers le moulin.

Zdenko et le palefrenier s'arrêtèrent et regardèrent l'homme s'approcher sur les passerelles et poser de temps en temps la main gauche sur la rambarde. Alors qu'il était encore éloigné de quelque vingt pas du moulin et des hommes qui y travaillaient, quelque chose comme un bâton ou une lance s'échappa de sa main gauche, mais aussitôt après on vit ce morceau de rambarde tomber avec Donald derrière, du côté de la cataracte.

Zdenko l'avait presque reconnu, juste à l'instant de sa chute, peut-être même au mouvement brusque avec lequel l'Anglais, au dernier moment, avait encore voulu rétablir son équilibre sur les planches humides, arrosées de gouttes.

Ils pressèrent le pas mais furent arrêtés près de la cabane du moulin par les hommes qui avaient vu l'autre tomber et regardaient maintenant en bas, l'index levé en signe d'avertissement et même d'adjuration, répétant sans cesse le même mot (c'était l'expression croate pour dire « Attention ! », donc « Posor ! »). Ils montrèrent, dans la direction d'où Donald était venu, l'abîme fumant d'écume et quand Zdenko se pencha un peu au-dessous de la rambarde pour regarder en bas, ils le tinrent par la taille.

Là en bas, à quelques mètres seulement au-dessous de la passerelle qui courait ici au-dessus d'un rocher plat incliné, en partie couvert d'une végétation de mousse glissante, en partie hérissé de dents, Donald gisait sur le dos ou plutôt il était suspendu sans bouger car il avait dû rester accroché à quelque chose au-dessus de l'abîme. A quelques largeurs de main de Donald seulement on voyait un serpent liquide, lisse comme du verre et de l'épaisseur d'un gros tronc d'arbre, filer comme un trait.

Entre-temps les hommes s'étaient précipités dans la cabane et en ressortirent avec deux gros rouleaux de cordes. Ils firent comprendre aux deux garçons qu'ils devaient marcher derrière et avançèrent aussi vite que la prudence le permettait sur ces passerelles arrosées de gouttes, vers le lieu de l'accident.

En effet Donald ne gisait guère à plus d'un pied de l'eau, là où elle se précipitait en hurlant et en grondant vingt-neuf mètres plus bas. Après que les deux cordes aient été disposées en spirales régulières, le plus âgé – et non le plus jeune – des trois Croates passa une des extrémités sous ses bras et fit un nœud comme on en fait pour l'escalade. Il était maintenant assis au bord de la passerelle. Les deux autres assurèrent la corde autour de l'un des poteaux verticaux qui soutenaient le tablier de la passerelle et ausssi en partie la rambarde ; celle-ci, il est vrai, manquait à présent sur quelques mètres à partir d'ici, du côté où avait eu lieu la chute. L'homme assis avait noué l'extrémité de la seconde corde autour de son bras gauche mais sans serrer. Les autres le firent alors glisser, petit à petit. Il s'agissait d'amener le sauveteur à gauche, à côté de l'homme évanoui, afin de pouvoir passer autour de lui la seconde corde emportée, la nouer et remonter ensuite. On ignorait cependant comment le corps était resté suspendu tout près de l'abîme et à quoi, peut-être seulement à une toute petite aspérité. Un seul contact, un seul mouvement malencontreux pouvait le faire aussitôt basculer. On pouvait voir un avantage dans le fait que le dos semblait être cambré sur les pierres et que les bras étaient relevés au-dessus de la tête et rejetés en arrière.

Maintenant le vieux paysan était vraiment suspendu tout à côté de Donald. Zdenko regarda, enveloppé par les grondements.

Déjà il commençait à s'y habituer.

Pendant toute l'opération, il revit la silhouette déjetée de Donald au moment où celui-ci avait essayé au dernier moment de recouvrer son équilibre : c'était véritablement à son mouvement brusque et dégingandé qu'il avait reconnu l'Anglais.

Ici donc, dans ce continuel bruit de tonnerre d'une puissance sans égale, et encore entièrement sous le pouvoir d'événements qui avaient fait brusquement irruption, le Donald qui avait trébuché sur la passerelle recula dans le temps, l'image se dédoubla et il le voyait maintenant trébucher là-bas dans la rue (sur une quelconque écorce de fruit), après qu'il eut pris congé de Heribert Wasmut et de lui, avec, pour ainsi dire, une blessure qui lui avait été infligée par lui, Zdenko, une blessure sur laquelle on ne pouvait plus revenir, et on l'avait laissé partir de cette façon pour son voyage au Proche-Orient après lui avoir dit que pendant son séjour en Angleterre, Monica était venue dans le parc et avait assisté aux parties de tennis. Et maintenant il avait revu Donald en train de trébucher et de tomber. Les deux images étaient comme des parenthèses isolant et unifiant ce qu'il y avait à l'intérieur. Et cela semblait appartenir au passé d'une façon beaucoup plus appuyée et catégorique que le C.M., l'œillet blanc dans le vase, et même que madame Henriette ou tout ce qui pouvait avoir hanté ses pensées là-bas, dans la bibliothèque de Vanice, les deux ou trois fois où il s'était penché sur son Brantôme. Tout cela était maintenant comme vu à travers des jumelles de théâtre tenues à l'envers. Pour ce qui est de Donald, il en faisait complètement le tour : du début à la fin, son premier et son dernier faux pas.

Courageux, le vieux Croate en bas avait effectivement réussi – avec des mouvements très lents et très calmes – à glisser la corde sous le dos de Donald ; il fit le nœud sur la poitrine et abaissa ensuite les bras du corps inerte. En haut, ils avaient maintenant tendu la corde. Il ne pouvait plus tomber.

C'est par à-coups que l'on se sortit de cette dangereuse

entreprise. Zdenko et Ivo durent maintenant eux aussi saisir les cordes et l'un des deux paysans prit le commandement. A deux reprises, le corps de Donald étant resté accroché en bas à une aspérité, il fallut remonter à son niveau le vieil homme pour qu'il le dégageât. Les changements de corde et les assurances se faisaient avec la plus extrême prudence. Plus haut, là où le rocher était lisse et couvert d'une mousse glissante, les choses furent plus faciles. Finalement on remonta Donald par les épaules sur la passerelle, on l'allongea sur les planches et l'on vint ensuite à l'aide de son sauveteur. Celui-ci resta assis sur la passerelle, épuisé. L'aspect de Donald fit une drôle d'impression à Zdenko. Les yeux étaient à demi-fermés et semblaient presque révulsés. Ivo se mit à genoux à côté de lui ; le plus jeune des trois Croates lui dit alors quelque chose à l'oreille. « Que dit-il ? » demanda Zdenko de la même façon. « Cet homme est mort de frayeur », traduisit le Hongrois. Ils avaient tourné et retourné le corps inerte, il ne présentait aucune espèce de blessure, il était sec à l'exception de quelques éclaboussures ; dans le dos, son costume de voyage à carreaux portait une large traînée verte provenant de la mousse spongieuse. Zdenko s'avisa qu'il avait sur lui des cigarettes et des allumettes et il en distribua. Le vieil homme était toujours assis sur les planches humides, épuisé.

Donald était mort. Lorsque ce fait irréfutable trouva accès chez Zdenko, il lui sembla qu'une baguette frappait sur une timbale la note finale derrière cette portion de temps qui venait juste de se détacher entre des parenthèses, depuis le faux pas de Donald dans la rue à Vienne jusqu'à son dernier mouvement déjeté sur la passerelle humide. Ainsi cette période appartenait au passé – oui, c'était même la seule période qui appartenait désormais vraiment, distinctement, totalement au passé ! – elle était clairement dégagée de tout le reste, elle avait presque un corps, on pouvait bien l'embrasser du regard, comme si on le prenait dans sa main. C'était une chose maîtrisée. Zdenko retrouva la sensation avec laquelle, peu auparavant, sans aucune crainte, il avait dirigé ses regards sur la surface écumante, puis vers les yeux d'Ivo. Soudain il remarqua que celui-ci pleurait. Il n'eut pas cette réaction. Il maîtrisait dès à présent le prochain mouvement qu'il allait faire, sortir de lui-même comme d'une caverne, il voyait maintenant une nouvelle fois le soleil au-dessus de l'eau écumante, il entendait maintenant une nouvelle fois et comme pour la première fois son bruit de tonnerre et il porta un regard neuf sur les hommes debout sur la passerelle et sur le mort allongé-là.

Celui-ci fut alors soulevé par les deux plus jeunes Croates. Zdenko et Ivo voulurent leur prêter main-forte, mais gravement et en secouant la tête on leur fit signe que non et on leur fit comprendre qu'ils devaient rester derrière. Avant de passer l'endroit où manquait maintenant la rambarde du côté de la chute, le vieux examina les poteaux où elle avait été fixée. Ils étaient certes solides. Mais les encoches dans lesquelles la barre de bois était enfoncée étaient anormalement et fortement gonflées et il en avait peut-être bien été de même avec les extrémités de la barre posées dessus, si bien que celles-ci étaient peut-être sorties de leur logement avec leur gros clou sous l'effet de l'humidité et peut-être aussi des vibrations produites par l'eau. Un regard jeté sur le piédroit suivant ne révéla pourtant rien de comparable. Ici, la rambarde aurait retenu l'homme le plus lourd, sans céder.

Ils continuèrent alors à avancer avec le corps – le vieil homme marchait juste derrière Zdenko et Ivo – en direction de l'autre rive d'où Donald était venu, non sans que le plus jeune des trois hommes eût rapporté auparavant les rouleaux de cordes dans le moulin. Plusieurs fois les garçons qui portaient le mort sur ce chemin où il fallait être prudent durent se reposer. Et ainsi de moulin en moulin, qui étaient tous fermés, et de passerelle en passerelle jusqu'à la dernière. Le bruit de tonnerre de l'eau s'estompa, pareil à cette légère surdité lorsqu'on descend d'une haute montagne. Un pont assez long. La rive pierreuse. De la gauche, un chemin carrossable descendait vers l'entrée du pont. Devant eux se trouvait le talus bordant le lit des eaux parsemé de rochers. Le plus jeune des paysans s'en alla aussitôt au bourg pour aller quérir le médecin communal, comme on s'en rendit compte ensuite et quelqu'un de la mairie ou de la gendarmerie.

Ils s'agenouillèrent à côté du mort, ouvrirent ses vêtements, auscultèrent le cœur.

Il n'y avait plus aucun doute.

Après qu'on eut dit une prière, Zdenko regarda la surface liquide au-dessus de l'eau écumante, regarda le soleil. Puis Ivo. Il se peut que les yeux de Zdenko aient lancé un éclair. Dans le regard encore humide du palefrenier, quelque chose apparut, comme un étonnement effrayé, presque une véritable épouvante. Zdenko détourna les yeux. A partir de ce moment il sut qu'il importait de se dominer, de cacher ce courage étrange et nouveau qui l'habitait, précisément en face de ce mort, courage nécessairement insultant pour tout témoin de cette heure qui commandait le deuil.

Presque en même temps que le médecin, le chef du poste de gendarmerie et le maire, le docteur Harbach et Chwostik apparurent à la bifurcation du chemin carrossable conduisant à la rivière et au pont.

La rencontre des trois groupes qui s'étaient aussitôt rassemblés autour de l'homme mort étendu sur la berge comme autour de leur centre naturel du moment, tandis qu'entre-temps Chwostik et Zdenko avaient commencé par se saluer sans autre explication (ce dernier fut aussi reconnu par le docteur Harbach resté en marge et qui ne dit mot) – cette rencontre produisit beaucoup d'agitation désordonnée, à laquelle finalement le côté officiel de la chose imposa une direction uniforme et qui se calma un peu. Une fois que le médecin communal – à qui son confrère de Munich s'était entre-temps fait connaître – eut constaté la mort survenue chez Donald, par arrêt du cœur et non par noyade (c'était l'évidence même), le maire convoqua les témoins de l'accident à la mairie pour la rédaction d'un procès-verbal. Les deux médecins évoquèrent à mi-voix la possibilité qu'il y avait peut-être d'éviter une autopsie vu la clarté des circonstances, et la nécessité d'autre part, vu la chaleur estivale, de prendre des mesures immédiates de conservation ; déjà Chwostik avait fait savoir que le corps devait être transféré, probablement même en Angleterre.

Entre-temps, deux hommes du poste de gendarmerie étaient encore arrivés du bourg avec une civière.

Zdenko fit quelques pas en direction de l'eau. Le bruit des chutes était à un niveau très bas, apaisé, d'ici ce n'était plus un hurlement, un mugissement, un sifflement mais un seul point d'orgue. L'énorme agitation de l'eau était devenue stable pour ainsi dire, un tonnerre rentré, des mouvements opposés et simultanés, édifiant dans l'oreille un massif acoustique dont le calme sonore réduisait tout ce qui l'effleurait.

Chwostik traversa les rues de la localité, franchissant des ponts et des bras d'eau. On lui indiqua le chemin du bureau de poste. Il croyait soudain comprendre ce qui lui avait été inintelligible sur le « Cobra » en pleine Adriatique : le retour de cette époque si extraordinairement agitée d'il y a trente-deux ans, avec ses peines, ses soucis, ses craintes (vis-à-vis des Anglais aussi, à cause des deux filles qu'il avait eues chez lui !). Et quelque chose de cette agitation faisait mine de revenir. Bon ! Soit ! C'est ce qu'il avait pensé. Mais quoi en fait ? Qu'est-ce qui devait revenir ? Maintenant, c'était là, l'amande avait jailli de sa coquille, une amande dure. En pénétrant dans le bureau – les battants de la porte oscillaient encore sur leurs gonds – il baissa la tête, profondément hébété. Au guichet était assis Münsterer qui le reconnut aussitôt. « Qu'est-ce qui vous amène ici, à Slunj, monsieur Chwostik ? » demanda-t-il pendant qu'ils se serraient la main. « Une triste circonstance », répondit Chwostik . Mais cela bien sûr n'était pas tout à fait exact. La triste circonstance l'avait seulement conduit au bureau de poste. « Qu'y a-t-il pour votre service, monsieur Chwostik ? » demanda Münsterer. « Je suis ici tout seul, mes employés viennent juste de partir manger », ajouta-t-il, expliquant et justifiant, pour ainsi dire, le silence qui régnait ici. « Un télégramme », répondit Chwostik. Il regarda longuement Münsterer et contempla ce visage détendu et apaisé, comme si toute cette dernière période se trouvait là dénouée devant lui, au grand jour.

Collection de littérature étrangère
dirigée par Gilles Barbedette

Déjà parus :

Octobre - Christopher Isherwood
traduit de l'anglais par Gilles Barbedette

Descriptions de descriptions - Pier Paolo Pasolini
traduit de l'italien par René de Ceccatty

Les Petits Riens de la vie - Grace Paley
traduit de l'américain par Claude Richard

Le Destin des souvenirs - Italo Svevo
traduit de l'italien par Soula Aghion

Le Baobab - Wilma Stockenström
traduit de l'anglais par Sophie Mayoux

Lumière - Eva Figes
traduit de l'anglais par Gilles Barbedette

Le Stade de Wimbledon - Daniele Del Giudice
traduit de l'italien par René de Ceccatty

Couleur du temps - Umberto Saba
traduit de l'italien par René de Ceccatty

Un meurtre que tout le monde commet
Heimito von Doderer
traduit de l'allemand par Pierre Deshusses

Plus tard le même jour - Grace Paley
traduit de l'américain par Claude Richard

Chantilly-Express - Andrea De Carlo
traduit de l'italien par René de Ceccatty

L'Enchanteur - Vladimir Nabokov
traduit de l'anglais par Gilles Barbedette

Les Quatre Filles Wieselberger - Fausta Cialente
traduit de l'italien par Soula Aghion

Les Hommes de Chine - Maxine Hong Kingston
traduit de l'anglais par Marie-France de Paloméra

Liaisons Etrangères - Alison Lurie
traduit de l'anglais par Sophie Mayoux

Les Yeux d'un serviteur - Hermann Lenz
traduit de l'allemand par Michel-François Demet

Le Scorpion - Paul Bowles
traduit de l'anglais par Chantal Mairot

La Galerie des jeux - Steven Millhauser
traduit de l'anglais par Françoise Cartano

Les Excentricités du cardinal Pirelli - Ronald Firbank
traduit de l'anglais par Patrick Reumaux

La fleur foulée aux pieds - Ronald Firbank
traduit de l'anglais par Jean Gattégno

Un été indien - Truman Capote
traduit de l'anglais par Patrice Repusseau

La Première Extase - Elisabetta Rasy
traduit de l'italien par Nathalie Castagné

Achevé d'imprimer
le 16 septembre 1987
sur les presses de
l'Imprimerie A. Robert
24, rue Moustier - 13001 Marseille
pour le compte
des Editions Rivages
5-7, rue Paul-Louis Courier - 75007 Paris
10, rue Fortia - 13001 Marseille

Dépôt légal : Septembre 1987